कशीर

कशीर

सहना विजयकुमार

प्रकाशक

प्रभात पेपरबैक्स

4/19, आसफ अली रोड, नई दिल्ली–110002

फोन : 23289777 • हेल्पलाइन नं. : 7827007777

इ–मेल : prabhatbooks@gmail.com ❖ वेब ठिकाना : www.prabhatbooks.com

संस्करण

प्रथम, 2020

मूल्य

तीन सौ पचास रुपए

अनुवाद

डॉ. प्रधान गुरुदत्त

अ.मा.पु.स. 978-93-90378-10-4

मुद्रक

आर–टेक ऑफसेट प्रिंटर्स, दिल्ली

———— ★ ————

KASHEER

Novel by Smt. Sahana Vijayakumar

Published by **PRABHAT PAPERBACKS**

4/19, Asaf Ali Road, New Delhi-110002

ISBN 978-93-90378-10-4

₹ 350.00

आंतर्य में जो अमूर्त बना हुआ था,
उस कश्मीर को अक्षरों का
रूप प्रदान करनेवाली
माता शारदाजी के चरणों में

भूमिका

भारत के बुद्धिजीवियों में यह धारणा बनी हुई है कि भारत और पाकिस्तान के बीच की अनबन के लिए कश्मीर की समस्या ही मूल कारण बनी है। यदि इस समस्या को सुलझा भी लें और जम्मू-लद्दाख समेत पूरे कश्मीर को दान-पात्र में रखकर समर्पित करके साष्टांग नमस्कार कर देने पर भी पाकिस्तान नई-नई किरकिरियाँ निकालना बंद नहीं करेगा, यह परिज्ञान या इस समस्या की जड़ों को पहचान लेने की प्रामाणिकता इन बुद्धिजीवियों में है ही नहीं। राष्ट्र के सर्वोच्च न्यायालय ने जब एक आतंकवादी को मौत की सजा सुना दी और इससे संबंधित अपील को भी ठुकरा दिया, तब भी उस सजा को अमल में लाने के प्राथमिक कर्तव्य को पूरा करने की प्रक्रिया में रोड़े अटकाने के कई तंत्रों को सिरजाने के द्वारा, उस अपराधी को बचा पाने की कोशिश में जुटे रहने की 'वोट बैंक' की राजनीति ही, दुर्भाग्य से, हमारे गणतंत्र का मूल द्रव्य बन चली है। इसी तरह, पाकिस्तान के तथा कश्मीर के विचार में भी 'वोट बैंक' की उस राजनीति को ही प्राथमिकता मिल रही है। कश्मीर से संबंधित सारी समस्याओं को सिरजानेवाले हमारे राष्ट्र के प्रथम प्रधानमंत्री की, उनके सह-कार्यकर्ताओं की उस अहंकारजन्य अविवेकता को, जिसने सैनिक विशेषज्ञों की सलाहें ठुकरा दीं, मान लेने की प्रांजलता भी उस राजनीतिक पक्ष ने नहीं दिखाई, जो कल-परसों तक हुकूमत को अपने कब्जे में रख रहा था।

इस संकीर्ण समस्या के स्वरूप का समावेश उपन्यास में कर लेते समय साहित्यिक सौष्ठव को साध लेने का साहस किया है श्रीमति सहना विजयकुमार जी ने। ऐसी वस्तु को निबाह लेते समय, आम भारतीय साहित्यकार या तो अपनी धार्मिक सहिष्णुता की उदारता का या गांधीजी के आसमानी आदर्श का ढिंढोरा पीटने का प्रयास किया करते हैं; अपनी राजनीति की चतुराई को बिराजने लगते हैं। निष्ठुर सच्चाई का अनुसंधानात्मक विवरण प्रस्तुत करनेवाले विरले ही होते हैं। श्रीमति सहनाजी ऐसे विरले साहित्यकारों की पंक्ति में बिराजनेवाली बनी हैं। अनुच्छेद 370 की वजह से किसी अन्य प्रांत के नागरिकों को कश्मीर में जमीन-जायदाद पा लेने की आजादी से वंचित कर दिया गया था। इसलिए कोई भी उद्यमपति वहाँ पूँजी विनिवेश कर नहीं पा रहा था और रोजगारों की सृष्टि भी हो नहीं सकती थी। मगर भारत के अन्यान्य प्रांतों के लोगों की ओर से संचित कर की राशि से ही भारत सरकार कश्मीर के लोगों को पालने-पोसने का कार्य कर रही है। इसको यों खाते

और इतराते रहनेवाले यहाँ के मुसलिम लोग आजादी के नारे उगलते रहते हैं और भारतीय सेना के जवानों के ऊपर पत्थरबाजी किया करते हैं। भारत के बुद्धिजीवी यह हो-हल्ला मचाते रहते हैं कि और-और अधिक राशि वहाँ उँडेल देने के द्वारा, कश्मीर के मुसलमानों का तुष्टीकरण करके, उनके मन को जीत लेने की कोशिश करनी चाहिए। अल्पसंख्यकों के तुष्टीकरण के सिवा अन्य किसी विकल्प के बारे में सोच न पानेवाली सरकार उसी अंतहीन अँधेरे गलियारे में भटक रही है। इसके साथ-साथ, यात्रा-संबंधी उद्यम ही श्रीनगर के मुसलमानों के लिए चंद पैसे कमा लेने का एक मार्ग बना है। उनकी ओर से दिखाए जानेवाले दो-चार सुरक्षित स्थानों को देखकर लौट आनेवाले भारत के यात्री यों मान लेते हैं कि उन्होंने कश्मीर को देख लिया है और सबकुछ शांत है; और इसी विचार का प्रचार भी किया करते हैं।

ऐसे एक उपन्यास की रचना के लिए, इन इने-गिने यात्रा के स्थानों का दर्शन कर लेना काफी नहीं होता; भयानक और खतरनाक गलियों और गलियारों में घूमना भी पड़ता है। मर्दों के लिए ही ऐसे स्थल जानलेवा हुआ करते हैं, तो औरतों के लिए और भी खत-रनाक साबित होते हैं। ऐसी हालत में यह लेखिका निडर होकर, 'घर वापसी' योजना के अंतर्गत कई घेट्टों में रहनेवाले कश्मीरी परिवारों के लोगों से मिलकर, उनकी मदद से, वहाँ पर भय की धमकी की आड़ में हुए धर्मांतरण, अत्याचार, कत्ल और खून-खराबों की वारदातों से संबंधित स्थलों और ब्योरों का खुद परिचय प्राप्त करके आई हैं; आजकल भी भय के मारे संत्रस्त होकर, मुट्ठी में प्राणों को पकड़कर जीते रहनेवाले कई हिंदू बड़े-बुजुर्गों का, महिलाओं का, तरुणों तथा तरुणियों का साक्षात्कार करके आई हैं। कश्मीर, जो एक समय भारतीय संस्कृति एवं विद्वत्ता का समृद्ध स्थान बना हुआ था, सचमुच ही शारदाजी का आवास-स्थान बना हुआ था, आज किस प्रकार तेजोविहीन और क्षात्रगुण से वंचित होकर, डरपोक-सा बनकर, किस तरह म्लेच्छ धर्म की शरण में आ गया—इन सारे विचारों के बारे में लेखिका ने गहरा अनुसंधान किया है। कश्मीरी विद्वानों के मार्गदर्शन तथा सुदीर्घ समय के अध्ययन के अभाव में, नित के खून-खराबे की उन जगहों में, आज भी ऐसी वारदातों की जगहें बनी हुई हैं, उन प्रदेशों में खड़े होकर, उन घटनाओं को साकार कर लिये बिना, ऐसे उपन्यास की रचना करना संभव ही नहीं है।

बीसवीं शताब्दी के पूर्वार्ध समय के साहित्य चिंतक ए.सी. ब्राइलेजी ने Oxford Lectures on Poetry नाम के अपने ग्रंथ में यह लिखा है कि सूई की नोक के ऊपर एक कलात्मक कविता की रचना की जा सकती है; मगर एक महान् काव्य की रचना करने के लिए एक महान् वस्तु की आवश्यकता होती ही है। पिछले सत्तर सालों से उद्विग्नता की स्थिति में ही रहनेवाले कश्मीर की समस्या से बेहतर और कोई वस्तु हो सकती है क्या महान् उपन्यास की रचना के लिए? विभिन्न दो संस्कृतियों का संघर्ष, उसका इतिहास, भारत की सभी दिशाओं से विद्वानों को, मुमुक्षों को आकृष्ट करते रहनेवाले उस सर्वज्ञ

पीठ का विनाश, अपने-अपने प्रदेशों के क्षुल्लक वोट को पा लेने की दृष्टि से कश्मीर के आतंकवादियों के सामने 'जी हुजूर' करके सलाम समर्पित करनेवाले इस महान् देश के महान् गणतंत्र की यह राजनीति, सेना के जवानों के दोनों हाथों को पीठ पीछे बाँधकर आतंकवादियों को मिटा देने का हुक्म देते रहनेवाली उत्तर-कुमार जैसी सरकार—इनमें से प्रत्येक अंश भी इस आधुनिक महाभारत का अंग ही बना हुआ है। इस महत्त्वपूर्ण वस्तु ने लेखिका का ध्यान आकृष्ट कर दिया है।

"यदि हम भारत को छोड़कर चले जाएँगे, तो रूक्ष बहुमत में रहनेवाले ये हिंदू लोग आप लोगों को पैरों तले कुचल डालेंगे। हमारे आने से पहले, पूरे भारत पर आप ही का राज होता रहा।"—यों बोलकर अंग्रेजों ने मुसलमानों को अलग कर दिया। जात-पाँतों का विभाजन करके हिंदुओं की एकता को तोड़ दिया और स्वतंत्रता के आंदोलन में रहनेवाले तथा ब्राह्मणों, कायस्थों, बनियों की अगुआई में आगे बढ़ते रहनेवाले उस आंदोलन को कमजोर कर दिया। भारत को आजाद कर देना जब अनिवार्य बन चला, हिंदुस्तान और पाकिस्तान करके भारत को विभाजित कर देने के लिए कुमक भी दिया। अन्यान्य प्रमुख धर्मों का मूल और चूल का अध्ययन करनेवाले डॉ. अंबेडकरजी ने भविष्य की हितदृष्टि को लक्ष्य में रखकर यह विवेकपूर्ण सलाह दी थी कि पाकिस्तान में रहनेवाले हिंदुओं का तथा भारत में रहनेवाले मुसलमानों का विनिमय कर लेना चाहिए। बादलों की ऊँचाई से भी ऊँचे स्तर के गांधीजी के आदर्शों में झूमते रहनेवाले कांग्रेस पक्ष के नेताओं ने अंबेडकरजी की सलाह की उस यथार्थता को मान लेने से इनकार कर दिया। हिंदू-मुसलिम एकता के प्रस्ताव को देश की आजादी से भी महत्त्वपूर्ण विचार माननेवाले गांधीजी की जिद को और मार्क्सवाद के नशे में डूबे रहनेवाले नेहरूजी के सिद्धांत को ही विजय मिल पाई। पाकिस्तान अपने यहाँ के उन अल्पसंख्यकों के साथ कैसा बरताव करेगा, यह तो उसकी नैतिकता से संबंधित विचार है; हिंदू-मुसलिम एकता के जिस आदर्श का जमाने से पालन करते आए हैं, उसको हम लोग तिलांजलि नहीं देंगे, यह इन नेताओं का वाद था।

लेकिन गणतंत्र की चुनावी राजनीति के उपलक्ष्य में कांग्रेस पक्ष के सर्वतंत्र-स्वतंत्र मुखिया के रूप में उभर आनेवाले नेहरूजी ने अंग्रेजों की ओर से रूपित तंत्र को ही अपना लिया। 'रुक्ष बहुमतवाले हिंदू आप को रौंद देंगे; मेरी तथा कांग्रेस पक्ष की छत्रच्छाया में आपकी भलाई सुरक्षित रहेगी; इस विचार को अच्छी तरह समझ लीजिए'—यों मुसलिम वर्ग के वोटों को अपने पक्ष में पूरी तरह से सुनिश्चित कर लिया। 'उच्च वर्ग के लोग हजारों सालों से आप लोगों को रौंदते आए हैं; मेरे और कांग्रेस पक्ष के हाथों में ही आपके योग-क्षेम की रक्षा हो सकेगी।' यों बोलते-बोलते उनके वोटों को अपने पक्ष में सुरक्षित कर लिया। अन्य वर्ग के लोगों को मुसलिमों की अलगाववादी मानसिकता को सहानुभूति की दृष्टि से देखने पर विवश कर दिया गया। इन नेताओं ने ऐसी मानसिकता तैयार कर दी, जिसमें अन्य वर्ग के लोग और मुसलिम समुदाय के लोग हिंदू समाज के उच्च वर्ग के

लोगों को दुश्मनों के जैसे देखने लगे। कश्मीर में हो रहे अत्याचार, लूटमार, कत्ल आदि राक्षसी क्रौर्य का शिकार बनकर, घर-बार तजकर जम्मू या भारत के अन्य प्रांतों की ओर भाग आनेवाले उन सभी को हुकूमत करनेवाले राजनीतिक पक्ष ही नहीं, समाचार पत्र भी 'कश्मीरी पंडित' करके संबोधित करने लगे, न कि 'कश्मीरी हिंदू'।

इस उपन्यास में आनेवाले चरित्रों में बशीर अहमद, उनका बेटा अनवर, ड्राइवर सलीम आदि ऐसे मुसलमानी चरित्र हैं, जो जात-पाँत और धर्म की सीमाओं से ऊपर उठकर, न्याय को ढूँढ़ पाने की कोशिश में जुटे रहते हैं। पुराने वेदांत के विचारों में आज की समस्याओं के लिए समाधान ढूँढ़ लेने की कोशिश करनेवाले हृदयनाथ पंडित, अपने लिए तथा अपने परिवार के प्रति और अपने समुदाय के प्रति अन्याय साधनेवाले आसिफ के पिताजी के घर के सामने एक घंटी बाँधकर, रोज सवेरे अजान की पुकार सुनाई देते समय 'मेगच्छ इनसाफ' करके, इनसाफ के लिए माँग करते रहनेवाले कैलाश मास्टर, कश्मीर के अपने घर-बार को छोड़कर निराश्रितों के रूप में आनेवाले अपने ही धर्म के बंधु-भाइयों से चौगुना भाड़ा वसूल करनेवाले हिंदू लोग, ऐसी अमानवीय परिस्थिति में दांपत्य जीवन के स्रोत के सूख जाने पर भी दांपत्य के मूल्यों को बनाए रखनेवाले संजीव और आरती कौल, मुफ्ती लतीफ जैसे चरित्रों के द्वारा इस लेखिका ने उपन्यास के ब्योरों को कलात्मक स्तर पर स्थापित कर दिया है।

विचारों का अनुसंधान करके उन ब्योरों को उपन्यास में भर देना उतना मुश्किल काम नहीं है, लेकिन उनको कलात्मक स्वरूप में ढालकर सजीवता प्रदान करने में ही सर्जनशीलता बनी रहती है। अपने पहले उपन्यास में रूमानी प्रेम की वस्तु का, कर्तव्य के मूल्यों की दृष्टि से सही विश्लेषण करके प्राज्ञ पाठकों की प्रशंसा एवं मान्यता प्राप्त कर ली श्रीमति सहनाजी ने। अपने इस दूसरे उपन्यास में, विशेष महत्त्व की कथा-वस्तु को चुनकर, उसे प्रशंसनीय रूप में निभाने में उन्हें ज्यादातर सफलता मिली है। अपने परिवार में या पड़ोस में या अन्य प्रांतों में घटी घटनाओं के आधार पर एक सुंदर कथा बुन लेना कलात्मकता का निदर्शन बन सकता है, रंगोली की सुंदर रचना रच देने के जैसे, लेकिन समूचे राष्ट्र के, सारे मानव समुदाय के सांस्कृतिक संघर्ष को दरशानेवाली वस्तु को चुन लेना, उसके लिए आवश्यक अध्ययन और अनुसंधान करना, चिंतन-मंथन करना और उसको कलात्मक स्वरूप में प्रस्तुत करने की कोशिश करना—ये सभी विचार महान् भविष्य के परिचायक अंश बनते हैं, भरोसा जगा देते हैं। इस उपन्यास के द्वारा इस लेखिका ने ऐसा भरोसा जगा दिया है। भारतीय अध्यात्म में आत्मा का कोई लिंग-भेद नहीं है, वैसे ही, सर्जनात्मक शक्ति भी लिंग-भेद से परे है। यों ऊपर उठकर पलनेवाले व्यक्ति ही प्रमुख साहित्यकार बनते हैं। ऐसा प्रधान साहित्यकार बन पाने के सभी गुण एवं लक्षणों की कला को सहनाजी ने यहाँ दरशाया है।

—डॉ. एस.एल. भैरप्पा

आमुख

अस्सी का दशक जागतिक स्तर पर इसलाम के धार्मिक पुनरुज्जीवन के लिए कारण बना। उसके पूर्वार्ध में, बड़े पैमाने पर तेल के निक्षेप से समृद्ध मुसलिम समुदाय के बहुसंख्यक लोगों से युक्त मध्य-प्राच्य के देशों में तेल की कीमत कई गुना अधिक हो जाने के कारण, उन देशों के तेल के निर्यात से रातों-रात कई बिलियनों की मात्रा में पेट्रो-डॉलर की आमदनी हो चली; इधर उत्तरार्ध में, ज्यादातर देशों में सेक्युलरिज्म को जड़ से उखाड़ फेंकने के लिए और शेष अन्य राष्ट्रों के इसलामीकरण के लिए उस राशि के ज्यादातर हिस्से को खर्च दिया गया। इस प्रक्रिया में प्रमुख पात्र निभानेवाले सऊदी अरेबिया और लिबिया देशों ने अपनी विरोधी धारणाओं को भूलकर इस कार्य में कंधे-से-कंधा मिला लिया। यों शुरू होनेवाली इसलामीकरण की प्रक्रिया 1979 में घटी ईरान की क्रांति में अपनी पराकाष्ठा तक पहुँच गई। पंद्रह सालों तक देशभ्रष्ट होकर रहने पर भी, ईरान भर में मूलभूतवाद की चिनगारी को भड़का देनेवाले अयातुल्लाह खोमैनी को जो विजय प्राप्त हुई, वही मध्य-प्राच्य के प्रत्येक देश के लिए एक नमूना बन गई। तब उठी इसलामीकरण की जोरदार लहर ने उत्तर अफ्रीका के देशों को ही नहीं, इरान, अफगानिस्तान, इंडोनेशिया, मलेशिया जैसे कई देशों को लील लिया; उसके पछाड़ में हमारे पड़ोसी राष्ट्र—बाँग्लादेश और पाकिस्तान भी—आ गए; भारत भी इससे थरथरा गया; लेकिन, इस विचार की ओर ज्यादातर लोगों का ध्यान गया नहीं। एक ओर, 1977 में अपने संविधान से 'सेक्युलरिज्म' को हटाकर, बाँग्लादेश इसलामीकरण के लिए तैयार हो गया और अपनी खुशी से सऊदी की बाँहों में जा गिरा; दूसरी ओर, शुरू से स्वतंत्रवादी और मूलभूतवादी चिंतकों के बीच की प्रतियोगिता का क्षेत्र रहनेवाला पाकिस्तान अंत में मूलभूतवादियों की पकड़ में आ गया और सऊदियों की ओर से ढेर सारी मदद पाकर, अपने को उसने कृतार्थ मान लिया; तत्पश्चात् ही अपने हाथों जितना संभव था, उस पैमाने में भारत का इसलामीकरण साधने के लक्ष्य को पूरा करने के लिए मेहनत करने लगा।

इस पृष्ठभूमि को लक्ष्य में रखकर, कश्मीर की समस्या को परख लेना चाहिए।

जब तक इसलाम के अंदरूनी संप्रदायवाद, सुधारवाद और सेक्युलरवाद को समझ नहीं पाएँगे, तब तक कश्मीर की समस्या हमारी समझ में नहीं आएगी। इन आयामों को समझ लेने के लिए जो वस्तुनिष्ठता आवश्यक बनती है, उसके अभाव में, इस समस्या के मूल और विकास के स्वरूप ही हमारी पकड़ में नहीं आते। सीमा-नियंत्रण रेखा से बाहर कुछ भी देख लेने की इच्छा जिनके मन में होती ही नहीं, उनको सीमा के अंतर्गत वस्तुस्थिति भी दिखाई नहीं देती है। इस बात में जितनी सच्चाई है, उतनी ही सच्चाई इस बात में भी है, ऐसी मनस्थिति जब तक बनी रहेगी, तब तक इस समस्या का समाधान भी मृगतृष्णा बना रहेगा। 1990 में हुई कश्मीरी हिंदुओं की निर्मम हत्या के तथा तब हुए स्थानांतरण से संबंधित खबरों के पृष्ठों को उलटते जाएँगे, तो वह प्रयास हमें इसलामीकरण के आरंभ के इतिहास के पृष्ठों की ओर ही ले जाता है। ऐसी हालत में यह दावा कि इतिहास को भुलाकर वर्तमान में हमको बसर करना चाहिए, किसी के मुँह से क्यों न निकला हो, वह गैर-जिम्मेदारी का तथा बालिश स्वरूप के वक्तव्य मात्र ही नहीं, आत्मवंचना से उगा वक्तव्य ही बना रहेगा।

कॉशुर भाषा में 'कशीर' का अर्थ होता है 'कश्मीर।'

इस उपन्यास की रचना के हेतु क्षेत्र-कार्य करने के लिए जब मैं जम्मू और कश्मीर गई हुई थी, मुझे हर तरह की मदद पहुँचाई जिन्होंने, उन सभी भाई-बहनों के लिए धन्यवाद समर्पित करना चाहती हूँ। कश्मीर में मेरे लिए काफी समय देने के अलावा, उसके बाद भी 'इ-मेल' और फोन के द्वारा मेरी शंकाओं को दूर करनेवाले वरिष्ठ विद्वान् डॉ. काशीनाथ पंडितजी के प्रति भी मैं कृतज्ञ हूँ। उनके कई मूल आकरों का मैंने अपने अध्ययन में उपयोग कर लिया है। इसी प्रकार, मेरे बारे में अतीव विश्वास व्यक्त करनेवाले जम्मू के अवतार किशन त्रक्रूजी तथा उनके परिवार के अन्य सदस्यों का, कश्मीर के अश्विनी पंडितजी और उनके परिवार के लोगों का, वरिष्ठ पत्रकार दयानंद सागरजी का और जम्मू विश्वविद्यालय के कानून विभाग के पूर्वाध्यक्ष प्रो. डॉ. के.एल. भाटियाजी का आभार मानना चाहती हूँ। कश्मीर में मेरे लिए आवश्यक हर प्रकार का ब्योरा पहुँचाने में मदद करनेवाले कश्मीर के हिंदू और मुसलिम भाई-बहनों को, विशेषकर छोटे भाई समान नियाज वानी को धन्यवाद देना चाहती हूँ। मेरे वास्ते दिल्ली से कश्मीर आनेवाले लेखक और पत्रकार-मित्र विवेक सिन्हाजी के प्रति भी मैं कृतज्ञ हूँ।

अपना बहुमूल्य समय देकर, इस उपन्यास का अध्ययन और परामर्शन करने के अलावा, भूमिका भी लिखकर मुझे आशीष देनेवाले डॉ. एस.एल. भैरप्पाजी के प्रति भी मैं आभार व्यक्त करना चाहती हूँ। चर्चा के प्रत्येक अंश को नई दृष्टि से देखने की प्रेरणा देने के साथ-साथ, इस उपन्यास का प्यार से अध्ययन करके, मुझको प्रोत्साहन प्रदान करनेवाली श्रीमति एल.वी. शांतकुमारी जी के प्रति मैं ऋणी हूँ। पूरे उपन्यास की आमूलाग्र

आलोचना करने के अलावा, कई महत्त्वपूर्ण सुझाव देनेवाले तथा पूरक ब्योरे प्रस्तुत करनेवाले शतावधानी डॉ. आर. गणेशजी के प्रति भी मैं कृतज्ञ बनी हूँ।

उपन्यास की रचना के स्तर में ही कई अंशों के बारे में, आकर सामग्री के बारे में सूचना देने के अलावा, इसका आमूलाग्र अध्ययन और विश्लेषण करनेवाले प्रो. प्रेमशेखरजी की मदद का इस अवसर पर स्मरण कर लेना चाहती हूँ। कानून संबंधी विचारों को सुस्पष्ट कर लेने में मदद सहायता पहुँचाई है न्यायवादी किरण बेट्टदपुरजी ने। कई चरित्रों के बरताव से संबंधित मेरे शकों को दूर किया है श्रीमति ज्योति महादेवजी ने। आप दोनों इस कारण स्मरणीय बने हैं। मेरी लिखाई के लिए प्रेरक एवं मार्गदर्शक बने रहनेवाले श्रीवत्स जोशीजी ने अमरीका से भी कई आधार-ग्रंथों को मुझे प्राप्त करा दिया है। उनके प्रति भी मैं कृतज्ञता व्यक्त करना चाहती हूँ। वरिष्ठ विद्वान् एस.आर. रामस्वामीजी सदैव मुझे प्रोत्साहन देते आए हैं; मेरे लिए आवश्यक सभी आधार-ग्रंथों को मुहैया करानेवाले हैं विघ्नेश्वर भट्टजी! इन दोनों का आभार मैं मानना चाहती हूँ।

मुख्य रूप से, इस उपन्यास के हिंदी अनुवादकार, मैसूर विश्वविद्यालय के निवृत्त प्रो. डॉ. प्रधान गुरुदत्तजी की मैं बहुत आभारी हूँ। गुरुदत्तजी अंग्रेजी और हिंदी भाषाओं में अनेक अनुवाद कर चुके हैं और इस क्षेत्र के विशेषज्ञ जाने जाते हैं। मैं आभारी हूँ बैंगलोर के श्री के.एल. आनंदजी की, जिन्होंने इस अनुवाद में आर्थिक योगदान दिया है। विशेष रूप से आभार व्यक्त करती हूँ श्री अरुण कुमारजी का, जिनकी वजह से यह हिंदी प्रकाशन संभव हो पाया है।

यहाँ पर जिनका नामोल्लेख छूट गया हो, ऐसे प्रत्यक्ष और परोक्ष रूप से मदद पहुँचानेवाले उन सभी को मेरा धन्यवाद!

यद्यपि यह मेरी दूसरी रचना है, लेकिन कई दृष्टियों से यह पहली रचना ही बनती है। भले ही इसके चरित्र और सन्निवेश काल्पनिक हैं, इसकी बुनियाद सच्चाई पर ही आधृत है; इसकी भूमिका बनी है मेरी अध्ययनशीलता। अस्तु।

—सहना विजयकुमार
e-mail : sahana.itqa@gmail.com

एक

सारे आँगन में सन्नाटा छाया हुआ है। यह तो पत्थर की बनी हुई, पच्चीस फीट की ऊँचाई की, षट्कोणों के आकार की इमारत है; दीवारों की चौड़ाई करीब बीस फीट की है। प्रत्येक दीवार में दो-दो प्रकाश के झरोखे हैं। फर्श पर चौमुखे, गाढ़े काले रंग के, चिकने पत्थर के बिछावन हैं। आँगन के बीच में संगमरमर की बनी हुई, आदमकद की हंसवाहिनी, सर्वालंकारभूषिता, षट्भुजाओंवाली शारदाजी की मूर्ति विराजमान है। उसके सामने जो खंभे हैं, उनमें जलती हुई दीपमालाएँ हैं, जिनके प्रकाश से सारे आँगन में हलकी-सी हरियाली की आभा फैली हुई है। शारदाजी की मूर्ति के दाहिने पार्श्व में सिंहासन के रूप में शोभायमान रत्नजटित सर्वज्ञ-पीठ से निरंतर स्वरूप में प्रभा बिखेरती जा रही हैं; दाईं ओर उसके आमने-सामने कतारों में बैठा हुआ है न्याय, वैशेषिक, सांख्य, योग, बौद्ध तथा जैन दर्शनों के प्रतिपादक विद्वानों का समुदाय, जो आदर के साथ सिर नवाकर बैठा हुआ है। उनके पीछे बैठे हुए हैं उनके अनुयायी। उनके सामनेवाली कतार में एक पीठ पर आसीन हुए हैं अर्ध-निमीलित नेत्रों की भंगिमा में विराजमान आचार्य शंकर भगवत्पादजी। आँगन के शेष भाग में लोगों की भीड़ भरी हुई है।

"आप लोगों ने तो मान लिया है कि आचार्य शंकर भगवत्पादजी ने आपके सभी तर्कों के लिए समर्पक लगनेवाले उत्तर दे दिए हैं। क्या अब भी ऐसा कोई संदेह बचा है, जिसका समाधान आप को न मिला हो?" बिना किसी प्रकार की भूमिका के, सभा के प्रमुख महोदय ने, विद्वानों की कतार की ओर दृष्टिपात करते हुए, यह प्रश्न पूछा। उनकी वाणी की प्रतिध्वनि के अलावा और कोई शब्द सुनने में नहीं आया। इमारत से दो गज की दूरी पर, प्रशांत रूप में बहती हुई मधुमती नदी के पार्श्वनिनाद ने उस पर्यावरण को और गंभीरता प्रदान कर दी है।

"तो, ऐसी परिस्थिति में, सबके इस मौन को, आगे बढ़ने की अनुमति के रूप में स्वीकार कर लिया जाता है। बहुत प्राचीन काल से हमारे इस शारदा देश को ज्ञानोपासना का केंद्र स्थान मानते आए हैं। यह तो हम सबके लिए हर्षदायक विचार बना है कि अब भी इसी परंपरा को इसने बनाए रखा है। इसका निष्कर्ष करने के लिए कि दक्षिण देश से

आनेवाले शंकर भगवत्पादजी सर्वज्ञ-पीठ को अलंकृत करने के लिए योग्य बने हुए हैं या नहीं, कई दिनों से जो वाक्यार्थ चलते आए हैं, उसके लिए आप सभी प्रत्यक्षदर्शी बने हैं। आप सभी इस बात के लिए साक्षी भी बने हैं कि यह विजय ही इस बात को प्रमाणित करती है कि सब तरीकों से वे इस पद के लिए सर्वथा योग्य हैं, चूँकि सभी वाद और प्रतिवाद समाप्त हो चले हैं, अब यही न्यायोचित लगता है कि उनका पीठारोहण भी संपन्न हो जाए। इसके लिए आप सब की सहमति है न?"—यों पूछते हुए उस प्रमुख ने आँगन के दाईं और बाईं ओर अपनी दृष्टि फैलाई।

"जी हाँ, जी हाँ"—यह उत्तर पहले क्षीण रूप में, बाद में जोर से, एक मत के रूप में सुनाई दिया।

"शंकर भगवत्पादजी की जय हो।"—यों नारा लगाते हुए, सबसे पहले सुरेश्वराचार्यजी उठ खड़े हुए। अन्य तीन व्यक्तियों ने भी उनका अनुसरण किया। तब सभा में भी यह नारा गूँज उठा। अब पंडितजी और अन्य प्रमुख व्यक्ति एक-एक करके सर्वज्ञ पीठ की तरफ बढ़ने लगे।

उनके न्योते को स्वीकार करते हुए, भगवत्पादजी भी अपने आसान से उतर कर पीठ की ओर कदम बढ़ाने लगे। आश्चर्य और उल्लास से भरी जनता की भीड़ भी संभवनीय दृश्यों को अपनी आँखों में भर लेने के लिए उत्सुक हो चली है। "ये वह सर्वज्ञ हैं न, जिन्होंने आज तक बंद पड़े हुए शारदा मंदिर के दक्षिण के द्वार को खुलवा दिया है।"—यों पुरजनों के एक समुदाय में कानाफूसी हो रही है। पीठारोहण का वह अमृत-क्षण निकट आने लगा, तो यह नारा फिर से गूँज उठा—"शंकर भगवत्पादजी की जय हो।" बाजे भी बज उठे। आनंद के आवेश में डूबे हुए एक ज्ञानवृद्धजी बुलंद आवाज में कश्मीर के निर्माण से संबंधित श्लोकों का उद्घोष करने लगे। उनकी आवाज में जो अभिमान भरा हुआ था, उसने सब लोगों को पुलकित कर दिया—

कः प्रजापतिरुद्दिष्टः कश्यपश्च प्रजापतिः।
तेनासौ निर्मितो देशः कश्मीराख्यो भविष्यति॥

('क' वर्ण के द्वारा सूचित किए जानेवाले कश्यपजी ही प्रजापति हैं। उन्हीं से 'कश्मीर' नाम के इस देश का निर्माण हुआ है।)

कं वारि हरिणा यस्माद्देशादस्मादपाकृतम्।
कश्मीराख्यं ततः पश्य नाम लोके भविष्यति॥

(जिस स्थल में से 'क' रूपी जल को श्रीहरि ने खाली कर दिया और जलोद्भव नाम के राक्षस का संहार कर दिया, उसी वजह से यह देश 'कश्मीर' के नाम से संसार में ख्याति को प्राप्त हुआ है।)

यों श्लोकों का वाचन हो रहा था, तो भगवत्पादजी पीठ पर आसीन हो रहे थे।

पार्श्वनिनाद के रूप में शांति-मंत्रों का गुंजन हो रहा था। ध्यान में निमग्न शंकर भगवत्पादजी पीठ पर विराजमान हो रहे थे। भावपरवश होनेवाला जनसमुदाय उस हृदयंगम दृश्य को आँखों में समा ले रहा था। बहुत समय तो बीता नहीं था। इतने में—

"अब यहाँ से प्रस्थान करने का समय हो चला है। हस्तामलक आचार्यजी आगे बढ़िए।"—यों कहते हुए भगवत्पादजी उस पीठ से उतरने लगे। अब तक मंत्रमुग्ध-सा होकर खड़े रहनेवाले मुझमें सुध-बुध लौट रही है। इस अवसर के खो जाने से पहले ही मुझे पूछ लेना चाहिए। कौन जाने, फिर से आचार्यजी के दर्शन कब होंगे? हाथों से लोगों की भीड़ को बड़ी मेहनत से सरकाते हुए, शीघ्र गति में पीठ की ओर कदम बढ़ाते हुए, आचार्यजी के पास पहुँचा। भगवत्पादजी उठ खड़े हुए थे। विनम्रता से सिर नवाते हुए, हाथ जोड़कर मैंने निवेदन किया—

"भगवत्पादजी, म्लेच्छों के अतिक्रमण के कारण हमारे जनसमुदाय के अनेक व्यक्ति अविद्या के वशीभूत हो चले हैं। आसुरी प्रवृत्ति के उनके मार्ग में, भरी हुई क्रूरता और हिंसा की कोई सीमा ही नहीं है। जब तक उनको इसका बोध न होगा कि वे अज्ञान से घिरे हुए हैं, उनको मुक्ति मिल नहीं पाएगी। उनकी रक्षा किस प्रकार की जा सकती है? जनमानस की इस असुविधा के लिए कारण बने हुए इस घोर विप्लव से हमको कब तक मुक्ति मिल पाएगी? इस समस्या का समाधान किस प्रकार हो पाएगा?"

भले ही मैंने अपने नियंत्रण को न खोने का दृढ़ निश्चय कर लिया था, फिर भी मेरे अंतःकरण पर हुए संघात से जने दुःख के कारण, मुझे इसका अनुभव हो रहा था कि मेरे शरीर में हलका-सा कंपन हो रहा है। भगवत्पादजी ने कोई उत्तर नहीं दिया था। आँखें मूँदकर, मैं यही प्रतीक्षा करता रहा था कि अभी अपना उत्तर दे देंगे। मेरी पीठ के पीछे कहीं हो-हल्ला हो रहा था—"भगवत्पादजी के लिए जगह दे दीजिए। एक तरफ सटकर खड़े हो जाइए।" उस अवसर के लिए उचित, मगर थोड़ी सी रूखी बातें सुनाई दे रही थीं। मैंने आँखें खोल लीं। वे मेरे सामने नहीं थे। मुड़कर देखा। तब तक वे मंदिर के प्रवेश-द्वार तक पहुँच चुके थे। हाय, उन्होंने क्योंकर मेरी अवगणना कर दी है? यह बात तो नहीं है कि उनकी दृष्टि मेरी ओर ही नहीं? अब क्या करूँ? सागर के समान जमी हुई इस भीड़ में उनका पीछा करना भी असंभव-सा लगता है। मेरे आंतर्य में अशांति फैल रही है—शायद, भय की भावना भी रही होगी। चारों ओर घिरे लोग क्या सोचते होंगे, इसका खयाल भी किए बिना, इतने जोर से चिल्ला उठा कि लोगों की भीड़ की आवाज भी उसमें मिट चली।

"हे भगवत्पादजी, राग और द्वेष के उपद्रवों के कारण यहाँ की परिस्थिति हाथों से निकलती जा रही है। असत्य का बोलबाला अधिक हो रहा है और सम्यक् ज्ञान मृगजल-सा बन चला है। दक्षिण से आनेवाले आपके सिवा और कौन इस समस्या का समाधान सूचित कर पाते हैं? यों आपका चला जाना उचित लगता है क्या?" उनकी बात तो दूर,

मेरे बगल में खड़े हुए लोगों को भी मेरी आवाज सुनाई नहीं दे रही है, इस बात का बोध मुझे होने लगा है। आगे क्या करूँ ?—यों मैं छटपटाता रहा। इतने में भगवत्पादजी बाहर निकल गए: त्वरित गति से चले गए, संदिग्धता के इस कूप में मुझे अकेला छोड़कर।

"हे माँ शारदा"—मेरी नस-नस में से यह रुदन फूट निकला।

एकदम सचेत होकर बैठ गए हृदयनाथ पंडितजी। गरमी की झाँकी तक न रहनेवाले सितंबर के महीने में भी उनके शरीर में से पसीना छूट रहा था। एकतान में झीं-झीं करते रहनेवाले कीड़े-मकोड़ों की आवाज मात्र सुनाई दे रही थी।

यैवोमा सैव कश्मीरा यस्मातत्त्स्माद्रभुजंगम।
विशोकेत्यभिविख्याता भ्रमिता च तथा मया॥

अनजाने में ही यह श्लोक उनके मुँह से निकल आया। 'कश्मीरा' के नाम से ही साक्षात् भगवती देवी यहाँ बसी हुई हैं। यह कश्मीर देश वह विहार-भूमि बन बैठा है, जिसमें शारदा, सरस्वती, उमा, ललिता, त्रिपुरसुंदरी आदि नामों से वे विराजमान हो रही हैं। यहाँ वे उपस्थिता ही नहीं, शोकरहिता भी बनी हुई हैं। इस विचार के स्मरण मात्र से उन्हें ऐसा लगा कि वे देवी मुझे अभय प्रदान कर रही हैं। इससे पंडितजी के मन को थोड़ी सी तसल्ली भी मिली। शायद इसी कारण, बार-बार यह श्लोक उनकी जीभ पर नाचता रहता है। अब इस श्लोक के समाप्त होने पर, उन्होंने चार-पाँच बार लंबी साँस ली और अपने हृदय की धड़कन को नियंत्रित कर लेते हुए, उठ चले। कमरे का दरवाजा खोलकर, बाहर निकलते ही ठंडी हवा का झोंका पटकने लगा। बाहर की गली में दस कदम की दूरी तक चलकर, मंदिर के बाएँ पार्श्व में आकर खड़े हो गए। चार-पाँच क्षण भी बीते नहीं थे।

"क्यों पंडितजी, क्या हुआ"—आकुलता भरी आवाज कानों में आ पड़ी।

"बुरा सपना था, बेटे, जाग गया।"—आवाज से चेहरे का मिलाप साधने की कोशिश करते हुए, सैनिकों के बंकर की ओर उन्होंने घूरकर देखा। गहरा अँधेरा छाया हुआ था। कुछ भी फायदा नहीं हुआ। उस तरफ रहनेवालों के लिए भी सत्तर साल के करीब की आयु के पंडितजी की काया का सुस्पष्ट दर्शन उस समय संभवनीय नहीं बन रहा था। साढ़े पाँच फीट की लंबाई का और पतले गठन का उनका शरीर अस्पष्ट रूप से भले ही दिखाई क्यों न दे रहा हो, फिर भी प्रकाश के अभाव में चेहरा साफ दिखाई नहीं दे रहा था। चेहरे पर नाचते रहनेवाले भावों को पहचान लेने के लिए तो अलग तरीके की प्रभा की ही आवश्यकता होती है। वे सोच रहे थे कि जिसने मुझसे बातचीत की थी, वह पहली पारी में काम करते रहनेवाला सैनिक तो नहीं होगा। इतने में फिर से उसकी आवाज सुनाई पड़ी।

"निश्चिंत होकर आप सो जाइए। सुरक्षित रूप में आपकी तथा शंकराचार्यजी की इस पहाड़ी की रक्षा करने का जिम्मा हमारा है। आप जाकर सो जाइए।"

पारी बदलने पर तैनात व्यक्तियों की आवाज बदलती क्यों न हो, फिर भी भरोसा देने का उनका तरीका एक ही रूप का हुआ करता है। ऐसे भरोसे के आधार पर ही मैं दिन-रात काट रहा था। इस सच्चाई की जानकारी तो मुझे मिली थी, मगर मैं किसी और को ऐसा भरोसा दे नहीं पा रहा था। अपनी इस असहायता की सच्चाई के विस्फोट के कारण, पंडितजी का मन मसोस उठा। कितनी बार ऐसा अनुभव हो चला है, इसका हिसाब तो उन्होंने रखा नहीं था।

तत्क्षण लौट जाने का मन नहीं हुआ। वहीं खड़े रहकर, उसी दिशा में दूर तक उन्होंने नजर दौड़ाई। शारदाजी का मंदिर तो यहाँ से करीब एक सौ तीस किलोमीटर की दूरी पर बसा है। उसके बगल में ही मधुमती और किशन गंगा नदियों का संगम स्थान है। वहीं मंदिर की पूर्वी दिशा में विद्यापीठ भी बसा है। मुझे याद है कि पिताजी ने बताया था कि वह यहाँ से एक मील की दूरी पर बसा है। बताया जा रहा है कि गाँव का नाम भी शारदा है। अब तो वह सीमा की नियंत्रण रेखा के उस पार है। देश के विभाजन से पहले, सभी लोग भाद्रपद माह की शुक्ल अष्टमी के दिन होनेवाले मेले में भाग लेते थे। पिताजी गर्व से कहा करते थे कि वहाँ पर विद्वानों का समारोह संपन्न हुआ करता था। उनका वर्णन सुनकर ही मैं उनकी कल्पना कर रहा था न? पहले तो सपनों में मंदिर और विद्यापीठ ही दिखाई पड़ते थे। पिछली बार दक्षिण में बसे श्रृंगेरी की यात्रा करके लौट आने के बाद, ऐसे सपने आने लगे हैं। हर बार वे ही दृश्य दिखाई देते हैं, मगर संवाद विभिन्न हुआ करते हैं। कई बार ये सपने सुस्पष्ट हुआ करते हैं; कभी-कभी उलझनों से भरे रहते हैं, लेकिन कभी भी भगवत्पादजी ने क्षोभ के उपशमन का तरीका बताया ही नहीं है। यह मानकर कि मेरी बातें उनको सुनाई नहीं देती हैं, हर बार अपनी भरपूर ताकत का प्रयोग करते हुए बुलंद आवाज में निवेदन कर लेने पर भी कोई फल मिल नहीं रहा है। इस बात की याद कर लेने पर, पंडितजी का मन मुरझा भी जाता है। कभी-कभी ऐसा भी सोचा करते हैं कि समाधान की इस तरह की याचना करना ही गलत नहीं है क्या? सुदीर्घ समय तक हुकूमत चलानेवाले शाहमीर, चक, मुघल तथा आफघन खानदान के लोगों ने कश्मीर की इस धरती को मनमाने ढंग से लूट लेने के उपरांत, ऐसा कोई व्यक्ति मिल नहीं पाया था, जो भूल-चूक के प्रति जिज्ञासा को प्रयोदित कर पाता था, सांत्वना पहुँचा सकता था, पूजा की विधियों से या धर्मशास्त्र के विचारों से संबंधित संदेहों को दूर करके मार्गदर्शन कर सकता था। इसलिए हमने यह प्रतीक्षा कर ली थी कि इस विचार में भगवत्पादजी से सहायता मिल पाएगी। सुना है कि सुदूर दक्षिण देश से आए हुए वे आचार्य कश्मीर से बदरी पहुँचकर, कई दिनों तक बदरी नारायणजी की सेवा करने के उपरांत, कैलास पर्वत की ओर चल पड़े थे। श्रृंगेरी के विद्वानों ने यह भी बताया था कि वहीं उनका तिरोधान भी हुआ था। दिग्विजय के उस कार्य में आगे बढ़ते समय सभी संकटों का निवारण करते

चलनेवाले उन आचार्यजी ने मात्र मेरे विचार में क्योंकर उपेक्षा बरती है ? मेरा विश्वास है कि ज्ञानदीपिका को हाथ में लेकर चलनेवाले वे आचार्य ही मेरे प्रश्नों का उत्तर दे सकते हैं। या यह विचार तो नहीं कि अपना प्रतिनिधित्व कर पानेवाले किसी और व्यक्ति को भेज दें ? अब तो परिस्थिति बहुत सूक्ष्म हो चली है, ऐसा लगने पर हृदयनाथ पंडितजी ने मुड़कर चारों ओर देखा।

गहरे स्वरूप में छाए हुए अंधकार के बीच में भी झूमते-झामते अपने अस्तित्व को सूचित कर रहे थे ऊँचे-ऊँचे देवदारु के वृक्ष। उनको देख लेने पर पंडितजी को ऐसा लगा, मानो सभी गतिविधियों के लिए साक्षी बने रहने पर भी, किसी सबूत को प्रस्तुत करने की असहायता को प्रदर्शित करनेवाले अपने अस्तित्व का ही प्रतिरूप बन चले हैं ये वृक्ष। पहाड़ों की स्थिति भी ऐसी ही थी। कहा जाता है कि अशोक के पुत्र जलौक ने पहले यहाँ के मंदिर का निर्माण करवाया था। उसके बाद कश्मीर के राजा गोपादित्य की अगुआई में नए मंदिर का निर्माण हुआ था। अब अस्तित्व में रहनेवाले मंदिर का निर्माण करवाया था किसी अनाम भक्त ने, ऐसी प्रतीति बनी हुई है। इस पहाड़ी पर आचार्य शंकरजी के पादार्पण के पश्चात् ही, इसको शंकराचार्यजी के नाम से अभिहित कर दिया गया है। कुछ भी हो, ऐतिहासिक पूर्वावशेषों से आवृत रह गया है यह मंदिर, जिसका इतिहास, कम-से-कम चालीस बरसों से यहाँ निवास करते रहनेवाले पंडितजी के लिए भी अब भी निगूढ़ बना हुआ है। किसी वस्तु के अवलंबन से मुक्त समाधि-स्थिति को साध लेने का प्रयास करते समय, अपनी क्रतुशक्ति से अतीत ध्येय-वस्तु के रूप में यहाँ के ये वृक्ष और ये पहाड़ क्यों मुझे प्रतीत होते हैं ? इस प्रश्न का उत्तर पंडितजी को अब भी सूझ नहीं पाया है। ऐसे बहुत से विचार हैं, जो उनकी सुध-बुध से भी अतीत बने हुए हैं; ऐसा सोचते रहने पर, त्वरित गति से मारुत बहता आता है, जो किसी के संदेश को लेकर आया हुआ-सा प्रतीत होता है; उसकी उत्साहपूर्ण गति से स्फूर्त होकर और तेजी से ये वृक्ष झूम रहे हैं। पंडितजी ने थोड़ी देर के लिए आँखें मूँद लीं। उनका कमरा बना था पहाड़ की चोटी के ऊपर के समतल प्रदेश में। गली के अंदरूनी भाग में जानबूझकर उसको यों बनाया गया था ताकि तत्क्षण किसी की नजर वहाँ न पड़े। कमरे की लंबाई और चौड़ाई ज्यादा-से-ज्यादा आठ फीट की थी। उससे मिली हुई एक छोटी सी पाकशाला भी थी। गली से बाहर निकलकर, दाईं ओर मोड़ लेंगे तो प्रथमतः दर्शन हुआ करते हैं शंकराचार्यजी की मूर्ति के। वहाँ से आगे सोपान बने हुए हैं। बीस सोपानों की चढ़ाई पूरा कर लेंगे, तो हमें वह स्थल मिलता है, जहाँ शंकराचार्यजी ने ध्यान संपन्न किया था। वहाँ एक छोटी-सी गुफा बनाई गई है। और करीब बीस सोपानों की चढ़ाई पूरी कर लेंगे, तो पहाड़ी की चोटी पर पहुँच जाते हैं। वहाँ के मंदिर के गर्भगृह में ईश्वर जी का लिंग प्रस्थापित हुआ है।

एक बार लंबी साँस लेकर पंडितजी ने नीचे की ओर देखा। श्रीनगर के दीपों की

कतार की ओर देखने पर ऐसा लग रहा था, मानो जुगनुओं को जबरन वहाँ बाँध रखा हो। उसके पीछे घना अँधेरा छाया हुआ था। यहाँ के अँधेरे में कितनी क्रूरता छिपी हुई है, ऐसा उन्हें लगा। उसी को घूरकर देखने लगे। तत्पश्चात् उन्हें लगा कि यथार्थ में अँधेरे का कोई अस्तित्व ही नहीं है; ज्योति का अभाव ही अँधेरा बनता है—इस सत्य का बोध हुआ। इन दोनों के बीच के अंतर को समझे बिना, मुझे क्षण भर के लिए विह्वल जिसने कर दिया था, मेरी उस ज्ञान-शक्ति की संकुचितता के प्रति मेरे मन में थोड़ा सा क्रोध भी जना। प्रकाश के अभाव को ही अँधेरा मान लेने पर, अँधेरे की परिभाषा ही बदल जाती है और उसके सारे राक्षसीय गुण मिट जाते हैं और उसको आसानी से मरोड़ा जा सकता है; यह आत्मविश्वास उभर आता है! यों सोचते हुए दीपों की कतार की ओर उन्होंने फिर अपनी नजर फेरी। यह तो सच है कि अँधेरे को आसानी से हटाया जा सकता है; लेकिन उसके लिए प्रखर रूप में जलती रहनेवाली दीपिका की नितांत आवश्यकता होती है। इस देश के ऊपर छाए हुए अँधेरे को हटाने के लिए इतनी सी ज्योति पर्याप्त होगी भी कैसे? मन में इस विचार के उठने पर, एक प्रकार की वेदना होने लगी। लौटकर शंकराचार्यजी की मूर्ति के सामते खड़े हो गए। आचार्यजी की आसनस्थ भंगिमा की उस मूर्ति के सामने खड़े हो गए। आचार्यजी की आसनस्थ भंगिमा की उस मूर्ति के आनन में अपूर्व शांति की भावना झलक रही थी। अँधेरा कितना भी गहरा क्यों न हो, उससें निरंतर स्वरूप में ज्योति छलकती रहती है। साथ ही यह आशा भी जागती रहती है कि इस समस्या का समाधान भी मिल पाएगा। न जाने किस पत्थर से यह मूर्ति बनी है? प्राय: संगमरमर की ही बनी होगी। अगली बार जब न्यासधारी आनंद जी से भेंट होगी, उनसे पूछ लेना चाहिए—यों उन्होंने सोचा। अगले ही क्षण अपनी मूढ़ता का बोध हो जाने से, उन्हें हँसी भी आ गई। वास्तव में उस शिला से तो ज्योति छलक नहीं रही थी। थोड़ी देर तक और खड़े रहकर, अनचाहे मन से लौट आने पर, लेट जाने पर भी, नींद नहीं आई। सवेरे जो अभिषेक संपन्न करना चाहिए था, उसकी तैयारी कर लेने के लिए शीघ्र ही उठ गए। आचार्यजी की मूर्ति की वंदना करने के लिए जब वे उद्युक्त हो रहे थे, सैनिक ने बताया—

"पंडितजी, कल देर रात को जो सैन्य काररवाई हुई, उसमें सेना ने चार आतंकवादियों को मार गिराया है। दु:ख की बात यह है कि इस काररवाई में हमारी सेना के एक मेजर साहब की भी हत्या हो गई है।"

पंडितजी कुछ भी बोले नहीं। उनके न पूछने पर भी, वे लोग इन वारदातों की हू-ब-हू रपट उनको दिया करते हैं; संवाद में बार-बार उल्लेख हो आता है, गोला-बारूद की काररवाइयों का। उनके पीछे जो क्षात्रगुण छिपा रहता है, उसकी प्रतिमा जो उनकी आँखों के सामने आ जाती है, उससे उनका मन जैसे खौल उठता है, यह बात उन सैनिकों को मालूम नहीं होती। ऐसी वारदातों के कथनों को सुनाने से उनको रोक देने का मन भी

नहीं होता। आप को इस बात पर गर्व कर लेना चाहिए। "सारे भारत में, इतिहास के सही कालानुक्रम में ऐसी वारदातों का लिखित और निरंतर स्वरूप का ब्योरा कहीं मिलता है, तो कश्मीर में ही। अन्य सभी जगहों में, अपने लिए मिल पानेवाली सूचना के आधार पर, संवाददाताओं को उनके इतिहास की पुनर्रचना कर लेनी पड़ती है।"—पिछले महीने यहाँ की भेंट के लिए आए हुए विदेशी प्रोफेसर का यह कथन मुझे याद आता है।

कम-से-कम कल्पना में रस लेने का अवसर तक न देनेवाला वह भूतकाल तो यह उद्घोषित करता रहता है कि 'लो, मैं यहीं हूँ, दुःख-दर्द के साकार रूप में विद्यमान रहनेवाला यह वर्तमान और अनिश्चितता के झूले में झूमते रहनेवाला वह भविष्य—ये तीनों इस धरती से संबद्ध अभिशाप ही हैं। ऐसी भावना जब बार-बार मन में उठती रहती है, तो गर्व कर पाएँ भी कैसे? पंडितजी का यह प्रश्न जब जीभ तक पहुँचे बिना, गले में ही अटक जाता है, तब मन में खलबली के अलावा और कोई भाव उभर आता ही नहीं है। यह तो वह अमर सत्य है, जो मात्र इनके अनुभव में आ सकता है या वेद्य हो सकता है।

त्वरित गति में बह आनेवाले मारुत के एक झोंके ने जब पंडितजी को जरा ढकेल दिया, उनकी कृश काया अस्थिर होकर झूमने लगी। अब वे उस आयोमय स्थिति में पहुँच गए, जब यह प्रश्न उनको सताने लगा कि अब जो अधिक दुर्बल हो चला है, वह है मेरा मन या शरीर। 'शारदे' का उद्गार निकालते हुए, क्षण भर के लिए उन्होंने अपनी आँखें बंद कर लीं। सोपानों पर चढ़ने के लिए जब वे उद्युक्त होने लगे, सैनिक ने फिर आवाज दी—"पंडितजी, जिस मेजर साहब की हत्या हुई है, वे दक्षिण भारत के थे।"

पंडित का चेहरा वेदना में तड़प उठा। वहीं खड़े होकर उन्होंने लंबी साँस ली।

दो

अँधेरा धीरे-धीरे मिटता जा रहा है। पौ फटने के लिए अभी काफी समय लगनेवाला है। दूर पर बसी मसजिदों से 'अजान' की आवाज सुनाई दे रही है। मुअज्जन अपनी पूरी ताकत से आवाज देकर, लोगों को जगाकर, फजर निमाज के लिए बुलावा दे रहे हैं। हर एक मुअज्जन के बुलावे के बीच थोड़ा सा अंतर आ जाने के कारण, आवाजों के मिल-जुल जाने से, किसी की भी आवाज साफ सुनाई नहीं दे रही है, लेकिन बशीर अहमदजी उनमें से किसी की आवाज का सहारा लेते नहीं हैं। भले ही उनको अरबी की जानकारी नहीं है, 'अजान' के हर अलफाज के मायने जान गए हैं, पूछताछ के द्वारा।

"अल्लाहु अकबर, अल्लाहु अकबर, अल्लाहु अकबर, अल्लाहु अकबर" (अल्लाह ही सबसे महान् है।)

"अशहदु, अल्ला इलाहा इल्लल्लाह, अशहदु, अल्ला इलाहा इल्लल्लाह"

(मैं यह प्रमाणित करता हूँ कि अल्लाह को छोड़कर और कोई भगवान् है ही नहीं।)

"अशहदु अन्न मोहम्मद-उर्-रसूलुल्लाह, अशहदु अन्न मोहम्मद-उर्-रसूलुल्लाह" (मैं यह प्रमाणित करता हूँ कि मोहम्मद ही अल्लाह के संदेशवाहक हैं।)

"हय् अलस् सलह्, हय् अलस् सलह्" (प्रार्थना करने के लिए आ जाइए।)

"हय् अलल्-फलह्, हय् अलल् फलह्" (यश पाने के लिए आ जाइए।)

"अस्सलातु खैर-उ-मिनन् नोम्, अस्सलातु खैर्-उ-मिनन् नोम्" (सो जाने से बेहतर है प्रार्थना करना।)

"अल्लाहु अकबर, अल्लाहु अकबर" (अल्लाह ही सबसे महान् हैं।)

"ला इलाहा इल्लल्लाह" (अल्लाह को छोड़कर और कोई भगवान् नहीं है।

ठीक समय पर निमाज अदा करने के लिए 'अजान' की प्रतीक्षा करते रहते हैं। साधारणतया 'अजान' की आवाज सुनाई देने में और फजर निमाज अदा करने में पंद्रह-बीस मिनट का अंतर हुआ करता है। यह तो सबके लिए जाग उठकर, तैयार होकर, मसजिद की तरफ आ जाने के लिए मिलनेवाला समय हुआ करता है। भले ही बशीर अहमदजी 'अजान' की आवाज सुनाई देने तक तैयार ही खड़े रहते हैं, फिर भी वे मसजिद जाते नहीं हैं। आज भी 'जाय-निमाज' को फैलाकर खड़े हैं। यांत्रिक तरीके से उनके पैर 'किब्ला' की तरफ मुड़े हैं। अभी दोनों हाथों को ऊपर उठाकर, अँगूठों से कानों को छूकर 'अल्लाहु अकबर' कहने ही वाले थे कि जोर से 'ठण' की आवाज सुनाई पड़ी। उसके पीछे ही उनकी जानी-पहचानी आवाज कानों में पड़ी—

"मेगच्छ् इनसाफ।"

बशीर अहमदजी चौंक गए। यकायक उनको सर्दी-सी लगी और उनका सारा बदन काँप गया। सँभाल लेने से पहले ही फिर एक बार वही आवाज, पहले से बड़े जोर से सुनाई पड़ी—'ठण।' फिर वही आवाज—

"मेगच्छ् इनसाफ।"

वह आवाज और उसमें छिपी हुई ताकतें उनके लिए नई नहीं थीं। फिर भी उनमें नई हलचलें वे पैदा कर देती थीं। दो बार सुनाई पड़ी वह आवाज एकदम रुक गई और थोड़ी देर के लिए ऐसा सन्नाटा छा गया कि कोई आवाज कानों में नहीं पड़ी; फिर वही आवाज बार-बार सुनाई देने लगी। 'ठण', 'ठण'! उसी आवाज का खुरखुरापन—

"मेगच्छ् इनसाफ! मेगच्छ् इनसाफ!"

आवाज के इस दुहराने से बशीर अहमदजी का बदन पत्थर-सा बन गया; मगर उनका मन पिघल गया। चंद लम्हों के बाद खड़े रहना भी उनके लिए मुश्किल हो गया; बदन का वजन एक बार दाहिने पैर पर डालते, तो अगली बार बाएँ पैर पर डालते हुए छटपटाने लगे। जो दर्द महसूस होने लगा था, उसको दबा देने की मानो अंतिम कोशिश

कर रहे हों, कमरे में इधर-से-उधर और उधर-से-इधर चक्कर काटने लगे। अंत में मानो इस कसरत से थक गए हों, एक जगह रुक गए। इतने में उनके कमरे में आई उनकी बीवी रिफत जान दरवाजे के पास ही खड़े होकर अपने शौहर के पीठ के पीछे से ही बोल उठी—"फिर आया हुआ है वह शैतान। रोज निमाज के वक्त वह एक मुसीबत पैदा कर रहा है हमारे लिए।" दबी आवाज में भले ही बोलती रही, उसने अपना मुँह सिकोड़ लिया था और इसका इंतजार करने लगी थी कि वे अपनी ओर मुड़ें, मगर कुछ भी बोले बिना, झुकाए हुए अपने सिर को ऊपर उठाए बिना, एक ही अदा में चुपचाप खड़े रहनेवाले अपने शौहर को देखकर तैश में आई, उसने अपनी आवाज ऊँची करके कहना शुरू कर दिया—"किसी-न-किसी से कहकर उसके लिए कोई बंदोबस्त करा सकते हैं न? नहीं तो, हम लोग ही यह मकान खाली करके, उस पुराने मकान में चले जाएँगे। इस जंगल में अकेले मकान में रहने से ही, वह रोज यहाँ आकर हमें तंग करने लगा है। नहीं तो, उसमें इतनी हिम्मत कहाँ आती···" उसने अपनी बात अभी पूरी नहीं की थी।

इतने में बशीरजी, अपना सिर उठाए बिना ही, गरज उठे—"बस, अपना मुँह बंद करो।"

हमेशा अपने शौहर की छोटी सी बात से भी डरकर वह चुप रहा करती थी; मगर आज न जाने क्यों, वह आगे बोलना चाह रही थी। पचहत्तर साल की उम्र में कदम रखनेवाला यह अपना शौहर तो दिन-ब-दिन छोटा तो नहीं हो रहा था। इससे पहले तो उनका बदन काफी सुडौल बना हुआ था। आजकल बहुत सूखते जा रहे हैं। बेफिक्र रहने की इस उम्र में और परेशानियों के साथ इसकी भी एक परेशानी और आ धमकी है। यों दिन-रात इस मुसीबत को सहते हुए, अपनी तबीयत को खराब कर लेते रहनेवाले उनको देखकर, उसमें यह हिम्मत आ गई थी। कुछ भी हो, यों सोचते हुए, अपनी आवाज को थोड़ी सी धीमी करके, वह आगे बोलने लगी—"आप उसकी इस मुसीबत को क्यों सह ले रहे हैं··· इस तरह··· ?"

उसकी यह बात पूरी होने से पहले ही, उसकी ओर फिरकर, अपने दाहिने हाथ की निशाने की उँगली को उसकी ओर उठाते हुए, लाल-लाल आँखों से उसको घूरते हुए, जोर से गरज उठे—"मुँह बंद करो करके कहा नहीं क्या? भली बात में बोलूँ मैं समझ में आती नहीं है क्या?" नाराजगी की वजह से, उनकी उँगली ही नहीं, सारा बदन काँप रहा था। आँखों से चिनगारियाँ बरस रही थीं; सारा बदन पसीने से तर हो रहा था; आसपास की सुध-बुध भी मानो वे खो रहे थे।

तैश से अपनी ओर फिरते हुए अपने शौहर को देखकर, नाराजगी के नतीजे से डरकर, रिफतजी सिर झुकाकर खड़ी रह गईं। शौहर की आँखों में झलकती हुई नाराजगी का अंदाजा कर पाती थीं; मगर उसका सामना करने की हिम्मत उनमें नहीं थी। एक-दो

लम्हे तक वैसे ही खड़ी रहीं; उसके बाद, सिर उठाए बिना ही वहाँ से निकल गईं।

बशीरजी धीरे-धीरे खिड़की की तरफ गए और वहाँ से झुककर देखने लगे। अपने घर के नजदीक बिजली का जो खंभा था, उसमें किसी ने कहीं से लाई गई एक घंटी बाँध दी थी। वह कांसे की ही बनी होगी। घंटी की जीभ में एक रस्सी बाँध दी गई थी, जिसे नीचे तक छोड़ दिया गया था। हर बार उसको खींचने पर, वह घंटी बज उठती थी। जोर से खींचने पर, घंटी की आवाज भी बढ़ जाती थी। वह इस तरह घंटी की रस्सी को जोर से खींचता रहा और हर बार घंटी के बजने के बाद सिर उठाकर मकान की ओर देखता रहा और 'मेगच्छ् इनसाफ' करके जोर से चिल्लाता रहा। बहुत देर तक यह सिलसिला जारी न रहेगा; आठ-दस बार ऐसा करता रहेगा और उसके बाद वह चलता बनेगा; उसके सिर उठाने पर, चूँकि मैं परदे के पीछे हट जाता था, अब तक मैंने देखा नहीं था कि उसकी आँखों में कैसा खयाल नाच रहा था। क्रोध का खयाल तो नहीं रहा होगा, क्योंकि उस कौम की रगों में वैसा खयाल शामिल ही नहीं है। नाराज होकर एक मार लगा दूँ, तो ऊपर न उठ पानेवाला वह शख्स आज क्योंकर जिद पकड़कर ऐसा बरताव कर रहा है? ऐसा सोचते समय बशीरजी के मन में बहुत ही गम का खयाल जग उठता था, जिसका बयान तक करना भी मुमकिन नहीं था। ऐसे अवसर पर अपने बाबा की याद बहुत सताने लगती थी और उनके द्वारा सुनाई गई बादशाह जहाँगीर की इनसाफपरस्ती की कहानियाँ भी याद हो आती थीं।

कहा जाता है कि बादशाह जहाँगीर ने अपने महल के सामने ऐसी ही एक घंटी बँधवा दी थी और उसकी रस्सी लटका दी थी। इनसाफ माँगनेवाला कोई भी व्यक्ति—चाहे वह रईस हो या रंक—रस्सी खींचकर घंटी बजा सकता था। उसकी आवाज सुनते ही खुद महल से बाहर आकर बादशाह उसकी दरयाफ्त सुन लेते थे। एक बार एक औरत ने वहाँ आकर यह शिकायत की—"जहाँपनाह, मेरे शौहर यमुना दरिया के तट के ऊपर हवा खाने के लिए गए हुए थे। तब किसी की दाग दी गई गोली से मेरे शौहर की मौत हुई है। यह पता लगाकर कि किसने वह गोली दाग दी थी, मुझे इनसाफ दिलवा दीजिए।" तब बादशाह ने अपने वजीरों को हुक्म देकर, तहकीकात करवाई, तो पता चला कि गोली दागने का कसूर करनेवाली कसूरवार और कोई नहीं, खुद उनकी प्यारी बेगम साहिबा नूरजहाँ ही थी। उनको तो अपनी इस बेगम साहिबा पर बेहद प्यार था। उसको सजा कैसे दी जा सकती थी? यह कसूर कैसे हुआ, इसके बारे में पूछताछ करने पर यह पता चला कि जानबूझकर यह कसूर नहीं किया गया था, बल्कि कबूतर का शिकार करते समय दागी गई गोली गलती से उस बेकसूर शख्स को लग गई थी। जानबूझकर किया गया कसूर था या अनजाने में हुआ कसूर था, कसूर तो कसूर ही है न! इसलिए उन्होंने तुरंत अपनी बेगम साहिबा को जेलखाने में बंद करवा दिया। अगले दिन बादशाह ने दरबार की बैठक

बुलाई और इनसाफ माँगने के लिए आई हुई उस औरत को भी बुलवाकर यह हुक्म दिया कि "मेरी बेगम ने तुमको बेवा बना दिया है। अब तुम भी उसको बेवा बना दो। लो, मुझे भी गोली मार दो। यह मेरा हुक्म है।" उस औरत ने, लाख मनवाने पर भी, माना नहीं। तब बादशाह और बेगम ने उस औरत को गोद में ले लिया और उसे अपने महल में रख लिया तथा बेटी की तरह उसको पाला और पोसा। वाह, यह कैसी इनसाफपरस्ती है!

यह एक ऐसी कहानी थी जिसने उनके ऊपर काफी असर कर दिया था। बादशाह की इनसाफपरस्ती से संबंधित कई ऐसी कहानियों से वे वाकिफ थे। उसको भी इसकी जानकारी शायद थी ही। इसीलिए यहाँ आकर, यों हिम्मत के साथ उसने घंटी बजाई होगी या यह भी मुमकिन है कि वह इससे वाकिफ ही न हो। फिर भी, इसको अपना हक मानकर, ये लोग रस्सी खींच लेते हैं। उनकी गुजारिश में न दीनता होती है, न रोष ही होता है; बल्कि होती है ईमानदारी! कई दशकों से इनकी इस ईमानदारी से मैं वाकिफ हो चला हूँ। मेरे आंतर्य को या अंदरूनी खासियत को सतानेवाली बात यही है। मेरे पास आखिर है भी क्या? सही इनसाफ करने पर मुझको मजबूर करनेवाला वह शाही बड़प्पन है क्या? जब तक वह उधर रस्सी खींचता रहा, तब तक बाहर जाकर उसका सामना कर पाने की हिम्मत ही नहीं आ रही थी न! किसी तरह बाहर भले ही जाऊँ, तो भी किसको यह आदेश दे पाऊँगा कि किसको मौत के घाट उतार देना चाहिए। मुझको या मेरी बीवी रिफत को? अपने शौहर के साथ अपनी जिंदगी बसर करती रहनेवाली मेरी बेटी सैला को? इसका अंदाजा करने से ही मन को दर्द-सा होने लगता है। कुछ भी हो, मन में धीरज बाँध कर, किसी तरह भले ही उसके सामने खड़ा हो जाऊँगा, तो भी हाथ में पत्थर को भी पकड़ न पानेवाला वह शख्स बंदूक को कैसे पकड़ सकेगा? अपने हाथों क्रूरता बरत नहीं पाने का विचार जब उसको ही मालूम हुआ है, वह हमारे यहाँ आकर, बार-बार इनसाफ माँगता क्यों है? कुछ भी देने की योग्यता मुझमें नहीं है, यह बात उतने बुद्धिमान उस व्यक्ति की समझ में अब भी नहीं आई है क्या? या जानबूझ कर, मुझे चुभाने के लिए ही वह यहाँ आया करता है क्या? हाल ही में कई महीनों से रोज सवेरे की शुरुआत इसी से होती है। कहीं दूर से यहाँ आकर, घंटी बजाकर, गले को दुखाकर लौट जाता है। जब तक उसकी आवाज कानों में पड़ती रहती है, एक प्रकार की यातना होती रहती है। पड़ोसियों का बोझ अपने कंधे पर न पड़े, इस खयाल से ही श्रीनगर की कलेजी जैसी जगह में रहनेवाले उस मकान को छोड़कर, इतनी दूर की जगह पर आ बसने पर भी, उसकी ओर से मुझे तकलीफ पहुँच रही है, करके एक बात अपने उन लोगों तक पहुँचा दूँ तो उतना ही काफी है। मगर ऐसा करने के लिए मन ने माना नहीं; इन सबके लिए मूल कारण बनी रहनेवाली उस घंटी को ही निकाल फेंक देने की इच्छाशक्ति ने भी साथ नहीं दिया। तो अपनी असहायता के बोझ से दिनोदिन दबे जाते रहने की वजह से, मैं बौना होता जा रहा

हूँ, ऐसा लगने पर, बशीरजी ने अपनी आँखें मूँद लीं।

थोड़ी देर के बाद आवाज बंद हो चली। जब यह बात साफ हो चली कि वह आवाज फिर से सुनाई नहीं देगी, धीरे से ऊपर उठकर, उन्होंने अपनी निमाज शुरू की। रोज की तरह आज भी देर हो चली थी। अब तो सुन्नत की रकात का वक्त भी गुजर चुका है। कम-से-कम, 'फर्द की रकात' पूरी कर दूँ, यों सोचकर, 'तकबीर' के साथ शुरू करके पहले 'सूरह अलफातिहा' बोल लेने के बाद, 'सूरह अल-फलक' उन्होंने बोल लिया। घुटनों पर हाथ रखकर, कमर को आगे झुकाकर 'रुकु' कर लेते हुए, पाँवों के बीच में दिखाई दे रहे 'जाय-निमाज' के विन्यास को देख लेते समय, उसी का चेहरा आँखों के सामने आ गया। सिर को हिलाकर 'सज्द' करने के लिए वे तैयार हो गए। घुटनों को फर्श पर टिकाते हुए, पृष्ठ के बल पर बैठकर, आगे झुककर पहले नाक को, बाद में माथे को धरती से छुआकर, हाथों को कानों की सतह में रख लेकर, आँखें मूँद लेने पर, फिर वही आवाज सिर में गूँजने लगी। पहला 'सज्द' सीधी तरह से चल नहीं पाया; लेकिन, दूसरा 'सज्द' किस तरह पूरा हुआ, उसका पता ही न चला। यों एक 'रकात' पूरा हुआ। ठीक तरह से अदा किया गया या नहीं, इसमें शक आ गया, तो फिर एक बार 'सूरह रकात' को अदा करके, उसे पूरा कर लिया। तब तो अनिवार्य रूप से अदा करने के नियम के मुताबिक दो 'फर्द रकात' पूरे कर दिए गए। चाहे तो अब 'सुन्नत रकात' को अदा किया जा सकता था, लेकिन उनको ऐसा लग रहा था कि अब तो उसके लिए जरूरी ताकत उनके बदन में बची नहीं है। वैसे तो 'फर्द' और 'रकात' को मसजिद में इमाम जी के इशारे के मुताबिक ही अदा करना चाहिए था, मगर बशीरजी ने इस नियम को बहुत पहले ही तोड़ डाला था। अपने मजहबी नातेदारों के साथ सामूहिक रूप में अदा क जानेवाली निमाज, घर में अकेले ही की जानेवाली निमाज से पच्चीस गुना ज्यादा मूल्यवान् होती है, यह नसीहत भी अब उनको प्रमुख नहीं लगती थी। अब निमाज अदा करने के बाद, थोड़ी देर तक वे चुपचाप बैठे रहे। अंत में 'दुआ' माँग लेने के लिए उनका मन नहीं कर रहा था। क्या बचा था अब माँगने के लिए ?

"या अल्लाह, सबकुछ तुम को ही मालूम है न!"—यों सोचते हुए, वे चुप रह गए।

कभी-कभी ऐसा भी लगता है कि खुदा से यह क्यों न माँगूँ कि उस इनसान के झंझट से मुझे छुटकारा दिला दो। यह सोचकर भी चुप हो जाते हैं कि उसका यों आते रहना ही ठीक है। वह आता ही रहे और मैं घर के अंदर ही रहा करूँगा। वैसे तो वह घर के अंदर आता ही नहीं है; मैं भी बाहर झाँकूँगा नहीं। यही सिलसिला जारी रहे। जितने दिनों तक चलेगा, उतने दिनों तक चले। इससे ज्यादा कुछ तो होनेवाला नहीं है। यों अपने आप को वे तसल्ली पहुँचाते रहे कई दिनों तक। फिर भी रोज सवेरे एक नए तरीके की बेचैनी उनको सताने लगती थी; उनको बेसहारा-सा बना देते थी; तन-बदन और मन को

निश्चेष्टित बना देनेवाली एक गहरी थकावट उनको घेर लेती थी। यों सोचते हुए बैठे रहने की वजह से, उनके पाँव काठ जैसे होकर दुखने लगे तो 'बिस्मिल्लाह' बोलते हुए, बगल की दीवार का आसरा लेते हुए, उन्होंने पाँव पसार लिये।

बड़ी देर के बाद, डरते-डरते, चोरी के कदम रखते हुए रिफत जानजी वहाँ पहुँची थीं। कमरे के अंदर घुसने की हिम्मत न होने की वजह से, बाहर से झाँककर देखा। अपने शौहर के पसारे हुए गोरे पैरों को देख लेते ही, बिना आहट मचाए, वहीं से वे लौट चलीं।

तीन

"उठिए न, आज क्यों इतनी देर तक सो रहे हैं?"—यों पत्नी आरती के थाप कर जगाने के बाद ही संजीव कौलजी की आँखें खुलीं।

छादन खोले बिना, उसके अंदर से ही, यों बोलते हुए उन्होंने करवट बदल ली— "श्रीनगर में अबकी बार सर्दी बढ़ी है न?"

"जी हाँ। साढ़े सात बज गए हैं। रसोई के मेरे काम भी पूरे हो चले हैं।"—यों कहकर, आरतीजी कमरे से बाहर चल पड़ीं।

"हाय", इतनी देर हो चली है क्या? तुमने मुझे जल्द क्यों नहीं जगाया?"—यों पूछते हुए, जल्दबाजी में उठकर, बिस्तर और चादर को ठीक करके, गुसलखाने की ओर दौड़े संजीवजी।

रसोईघर में कदम रखनेवाली आरती ने फिरकर देखा तो उसे दिखाई दिया अपने उस पति के सुड़ौल बदन का गठन, जो उसकी ओर पीठ फिराकर गुसलखाने की ओर दौड़ रहा था। उसकी लंबाई साढ़े पाँच फीट से कुछ अधिक थी; बदन की चौड़ाई भी उसके अनुरूप थी। गुसलखाने के अंदर उसे ओझल हो जाते देखकर, बुलंद आवाज में उसने कहा ताकि नल से गिरते हुए पानी की आवाज से ऊपर उठकर, अपनी आवाज उसे सुनाई दे—"रात को बड़ी देर तक कुछ पढ़ते बैठे हुए थे न, इसलिए मैं चुप रही। खुद जाग उठेंगे करके मैं अब तक प्रतीक्षा करती रही।"

पति की ओर से तुरंत प्रतिक्रिया आई—"ठीक है।"

दो मिनट तक चुप रहने के बाद, आरती बोली—"कल रात को फिर सैनिक काररवाई हुई है। चार आतंकवादियों की तथा हमारी सेना के एक मेजर साहब की मौत हुई है। सवेरे से लेकर टी.वी. में उसी को दिखा रहे हैं।"—फिर उसने जोर से कहा।

"ठीक है। बाद में देख लूँगा।"

"कहा जा रहा है कि ये सभी आतंकवादी पुलवामा जिले के हैं। सेना की इकाई के ऊपर हमला करने की योजना वे बना रहे थे। वे जिस घर में छिपे हुए थे, उसी को

घेरकर, भारतीय सेना ने अपनी कारवाई की है।" जो भी सूचना मिली हो, उसे अपनी तरफ से पति तक पहुँचा देना ही अपना सतीधर्म बनता है, यों मानकर चलते हुए, कई साल ही बीत चले हैं।

"मेजर साहब कहाँ के निवासी थे?"—यों पूछ लेनेवाले संजीवजी की अस्पष्ट बातों से ही पता चला कि वे दाँत माँज रहे थे।

"एक मिनट रुकिए। देखकर बताऊँगी।"—यों कहते हुए, वह टी.वी. की तरफ चली। एकाध मिनटों में उसने अपने पतिदेव को संदेश भिजवा दिया कि वे बेंगलुरु के थे।

अपने पतिदेव के लिए प्रिय दम आलू, जिसमें पूरी तरह से हलकी मिर्च लगा दी गई थी, अब तैयार था। उसे एक डिब्बे में और अन्न को एक और डिब्बे में अलग से डाल दिया। नाश्ते के लिए रोटी बना देने की बात सोचते हुए 'नहाना पूरा हुआ क्या?' करके आवाज देते हुए, उसने रसोईघर से झाँककर देखा। तब तक तैयार हो चले थे पतिदेवजी। चूँकि टी.वी. के सामने खड़े हुए थे, उनकी पीठ ही दिखाई दे रही थी। जल्द-जल्द और दूसरे हाथ में खाने का डिब्बा लेकर, अपने पतिदेव के पास पहुँचते-पहुँचते, उसने टी.वी. की ओर झाँका। कोई 'ब्रेकिंग न्यूज' आ रही थी। कोई आम समाचार नहीं, विशेष समाचार था, जिसे परदे पर चमकीले बड़े-बड़े अक्षरों में दिखा रहे थे। वह भी तो कश्मीर से संबंधित था। वह रोज-रोज का आम समाचार नहीं था, बल्कि कोई अनूठा समाचार था, जिसकी सच्चाई के बारे में अचरज की भावना आ रही थी। उसने प्लेट सामने कर दी तो यह भी न देखते हुए कि प्लेट में क्या है, टी.वी. की ओर से आँख हटाए बिना, क्षण भर उसकी ओर नजर फेंककर, जल्द-जल्द खाने लगे। डिब्बे को टी-पाई के ऊपर रखनेवाली आरती का ध्यान भी तब समाचारवाचक की ओर ही जा रहा था—

"अभी-अभी मिली हुई खबर। बहुत ही प्रत्याशित 'घर वापसी' योजना के अनुष्ठान के लिए केंद्र सरकार ने हरा निशान दिखा दिया है। देश-विदेशों में बँटे हुए कश्मीरी हिंदुओं के लिए स्थायी तौर पर अपनी मातृभूमि में फिर से बस जाने का अवसर प्रदान करनेवाली इस योजना का कल अधिकृत रूप से श्रीगणेश होनेवाला है। इस योजना के प्रत्येक अंश के साधक-बाधक विचारों के बारे में पहले गहराई से चिंतन-मंथन करके, इस योजना की विस्तृत रूपरेखा तैयार की जाएगी और उसके बाद ही, एक-एक स्तर पर उसको लागू कर दिया जाएगा। पच्चीस साल पहले, परिस्थितियों की कठपुतलियाँ बनकर जो लोग अपना घर-बार छोड़कर यहाँ से निकल गए थे, उन कश्मीरी पंडितों तथा अन्य हिंदू परिवारों को अब निर्भय होकर लौट आने का और पहले जैसे सुख-चैन से बस जाने का अवसर मिलना चाहिए"—यों गृहमंत्रीजी ने कहा है। केंद्र और राज्य सरकारों के तत्त्वावधान में इस कार्यक्रम को अनुष्ठान में लाया जाएगा। साथ ही, कश्मीर के हिंदू समुदाय के प्रतिनिधियों की सलाह समिति भी कार्यशील बनी रहेगी। मंत्रीजी ने यह भी

कहा है कि इस योजना के अंतर्गत जम्मू और कश्मीर की बस्तियों में रहनेवाले प्रत्येक हिंदू परिवार की परिगणना की जाएगी। उन्होंने यह भी कहा है कि इस कौमी फसाद की वजह से बेघर और बेसहारा बनकर, अब जम्मू की बस्ती में रहनेवाले मुसलमान भी इस योजना का लाभ उठा सकेंगे। देश की प्रजासत्तात्मक व्यवस्था के लिए चुनौती बनी रहनेवाली, कश्मीरी हिंदुओं के स्थानांतरीकरण की विडंबनात्मक समस्या की समाप्ति की दिशा में हमारी सरकार कार्योन्मुख जो हुई है, वही सरकार के मनोबल की दृढ़ता के लिए साक्षी है। गृहमंत्रीजी के इस कथन की भी विपक्ष ने कड़ी आलोचना की है। उनका कहना है कि यह तो संप्रदायवादियों को रिझाने की रणनीति मात्र है और इससे भारत जैसे धर्मनिरपेक्ष राष्ट्र में उन शक्तियों के लिए बढ़ावा मिलता है और अल्पसंख्यकों की भलाई के लिए यह मारक भी बनती है।

इतने में आरतीजी के फोन की घंटी बजने लगी। रसोईघर की तरफ दौड़कर देखा कि वह काल किसका था? वह भाभी का था। वहीं स्टूल पर बैठकर उनसे बातचीत करने लगी। थोड़ी देर में पतिदेव का यह कहना कानों में पड़ा—"आरती, मैं दफ्तर जा रहा हूँ।" उनके बाहर निकल आने तक, संजीवजी दरवाजा बंद करके निकले हुए थे। जब यह बात याद आई कि सवेरे से लेकर अब तक पतिदेव का चेहरा देखने का अवसर ही नहीं मिला था, "भाभीजी, एक मिनट लाइन पर ही रहिए" बोलते हुए, सोपानों से नीचे उतरकर ज़ब तक बाहर आईं, तब तक संजीवजी की गाड़ी धूल उड़ाते हुए निकल गई थी। लौट आने पर उनका मुख भले ही पीला पड़ गया था और मन थोड़ा उदास भी हो चला था, फिर भी अपनी इस भावना को दरशाए बिना, "भाभीजी, अब बोलिए" करके अपनी बातचीत उसने जारी रखी।

*****

निवास के प्रदेश के मिट्टी के रास्ते पर संजीवजी धीरे-धीरे कार चलाते रहे। फोन की घंटी बजने लगी, तो फोन उठा लेने पर पता चला कि वह कॉल किशन पंडितजी की है। कार की गति को और कम करके, एक हाथ में फोन को पकड़कर ही बोलने लगे। इनके नमस्कार बोलते ही, उनकी तरफ से कुशल-मंगल की बातें सुनाई देने लगीं—"तोयहि छुव महरा वारै?"—उनकी आवाज में बड़ी आस्था बनी हुई थी।

"अस छ् वारै।"—इन्होंने भी अपने कुशल-मंगल की बात सुनाई।

"आज सवेरे आपने टी.वी. देखा क्या? केंद्र सरकार कल से ही एक नई योजना जारी कर रही है। न जाने और क्या-क्या भुगतना होगा?"

उनके यों पूछने पर, इन्होंने कहा, "देखेंगे कि क्या होगा! हमारी अगली बैठक में इसके बारे में विस्तृत रूप में चर्चा करेंगे। तब तक हमें ठोस सूचना भी मिल जाएगी।"

मानो कुछ और याद आया हो, उन्होंने पूछा—“और, कैलाशजी? कैसे हैं वे?”

“वैसे ही हैं। आज भी गए हुए थे। पाँव में घाव कराके लौटे हैं। कहीं ठोकर खाए होंगे।”—अपनी आवाज में किसी प्रकार के उतार-चढ़ाव के बिना ही वे बोले।

“ठीक है। तो मैं शाम को आपसे मिलूँगा। नमस्कार।”—यों उनसे बोलकर संजीवजी ने फोन कट कर दिया। निवास के प्रदेश के द्वार तक पहुँच पाने में उनके सामने और पीछे कई गाड़ियों की कतार ही लग गई थी। उनमें स्कूटरों की संख्या ही अधिक थी। कारों की संख्या कम ही थी। यह निवासों का वह प्रदेश था, जिसे कश्मीर के हिंदू परिवारों के लिए सरकार ने रच दिया था। श्रीनगर से करीब दस किलोमीटर की दूरी पर उसे बनाया गया था। फिलहाल यहाँ दो सौ पचास परिवार रहा करते थे। चूँकि यह प्रदेश शहर के बाहरी वलय में बसा हुआ था, यह माना जा रहा था कि यहाँ अन्य स्थलों की तुलना में बेहतर रक्षा मिला करती है। आने-जाने के लिए अधिक समय भी लगता था। संजीवजी का दफ्तर नगर के हृदय-भाग में बसा हुआ था। यहाँ से वहाँ तक आने-जाने के लिए कम-से-कम आधा घंटा लग जाता था।

‘गेट’ पार करके, मिट्टी के उस तंग रास्ते पर करीब पचास मीटर की दूरी तय करने के बाद, एक छोटी सी गली मिलती है। वहाँ से बाईं तरफ मोड़ लेकर थोड़ी दूर चलें, तो एक बड़ा राजमार्ग मिलता है। इस राजमार्ग में दाईं तरफ मोड़ लेंगे तो श्रीनगर का मार्ग मिल जाता है। मिट्टी के इस रास्ते पर और निवास प्रदेश के रास्तों पर टार लगाने के लिए सरकार ने किसी जमाने में ही धन का प्रमोचन कर दिया था, मगर यह काम शुरू ही नहीं हुआ है। संजीवजी को ऐसा लगा कि अब तक वह राशि भी बची नहीं होगी। राजमार्ग में मोड़ लेकर, कार को फिरा देते समय, कैलाशजी का चेहरा उनकी आँखों के सामने आ गया और ततखन उनके चेहरे का रंग पीला पड़ गया। 1990 में कश्मीर में हुए अपने भाई-बंधुओं के मारण-होम की तथा स्थानांतरण की बातें उनको मालूम हैं। उसी तरह अपने घर-बारों और नातेदारों से वंचित होकर जीते-जागते मुर्दों के जैसे रहनेवाले लोगों को भी वे जानते हैं, जो या तो पुरानी यादों की जुगाली करते रहते हैं या बोलना भी भूलकर आँसू बहाते हुए, दुनियादारी की सुध-बुध खो बैठे हुए होते हैं। ऐसे लोगों से मिलकर, बातचीत के द्वारा उनको किसी तरह सांत्वना पहुँचाते भी आए हैं। अब भी, फुरसत मिलने पर, उनसे मिलकर, उनके दु:ख-दर्द के विचार में संवेदना प्रकट किया करते हैं, लेकिन रोज किसी-न-किसी के घर के द्वार तक जाकर लौट आनेवाले कैलाशजी के निराले स्वभाव को समझ पाना संजीवजी के लिए मुश्किल हो रहा है। कभी-कभी ऐसा भी लगता है कि सबकुछ याद रहने पर भी, वे जानबूझकर चुप्पी साध रहे हैं। संजीवजी बचपन से उन्हें देखते आए हैं; उनके घर में आते-जाते ही वे बड़े हुए हैं। इसलिए आज की उनकी बुरी हालत को देखते ही, एक ओर व्यथा होने लगती है; दूसरी ओर डर भी होने लगता है।

चूँकि वे रोज वहाँ जाया करते हैं, उनके प्राणों के लिए खतरा पहुँचने की या और किसी अनपेक्षित घटना के घटने की संभावना को नकारा नहीं जा सकता। किसी के लाख कहने पर भी, वे मानते नहीं हैं। यों सोचते रहने पर यकायक उनको कुछ सूझा और रास्ते के पार्श्व में कार को रोककर, हृदयनाथ पंडितजी को उन्होंने फोन किया। उनका फोन 'स्विच ऑफ' हुआ था। कई बार ऐसा ही होता है। 'चार्ज' खत्म हो जाने पर भी, पंडितजी को यह बात मालूम होती ही नहीं है। उनको ढूँढ़ते हुए पहाड़ के ऊपर जाना पड़ता है। यों सोच लेने पर, संजीवजी को उनके ऊपर थोड़ा सा गुस्सा भी आ गया; मगर, उसके साथ ही उनकी आयु का स्मरण कर लेने पर अपने ऊपर ही शरम आने लगी। सीधे दफ्तर जाने का मन नहीं हुआ। कार की गति बढ़ाकर शंकराचार्यजी की पहाड़ी की ओर बढ़ने लगे। कार से ही पहाड़ी की चोटी तक चढ़ नहीं सकते थे; सोपानों तक ही जा सकते थे; कितनी भी आदत क्यों न हो, दो सौ तैंतालिस सोपानों को एकदम चढ़ जाने पर थकावट महसूस होने लगती है। और-तो-और, बावन साल की आयु कम की आयु नहीं है।

हाँफते-हाँफते, पहाड़ी की चोटी के समतल प्रदेश तक पहुँच गए संजीवजी। यात्रियों की भारी भीड़ थी। इस ऋतु में जब अधिक गरमी भी नहीं होती और अधिक सर्दी भी नहीं होती और आबोहवा प्रियतर लगती है, यात्री अधिक संख्या में आया करते हैं। खिले हुए केसर के फूलों को तथा फलों से भरे सेब के पेड़ों को देखकर, शिकारा में बैठकर डल सरोवर में तरते जानेवाले यात्री अपने आप को भूल जाते हैं। 'हाउस बोट' में कई दिनों तक रहकर पारिवारिक जीवन का आनंद लूट लेते हैं। कई लोगों को यही सचमुच का स्वर्ग लगता है। संजीवजी इस बात को अच्छी तरह जानते थे कि स्वर्ग की सभी परिभाषाएँ इतनी सरल हुआ नहीं करती हैं।

सोपानों पर चढ़ते समय, बीच में खड़े होकर रोड़ा अटकाते रहनेवालों से 'थोड़ी सी जगह दीजिए' करके विनती करते हुए और उनको इधर-उधर सरकाते हुए, शीघ्र गति से मंदिर के गर्भगृह की ओर बढ़ने लगे। भारी भीड़ थी। प्रसाद पा लेने की इच्छा से खड़े लोगों की बड़ी कतार बाहर से ही लगी हुई थी। कमर झुका कर, गर्भगृह के छोटे से द्वार में घुस जाने की जब उन्होंने कोशिश की, तो कतार में खड़े कई लोगों की आँखें लाल-लाल हुईं; जब उन्होंने यह सफाई दी कि 'मैं प्रसाद लेने के लिए अंदर नहीं जा रहा हूँ; पंडितजी से मेरा निकट परिचय है। मैं यहाँ का ही निवासी हूँ। उनसे तुरंत मिलना पड़ा है।' तब उनके सटे हुए शरीर ढीले हुए और उन्होंने रास्ता बना दिया। अंदर पाँव रखते ही, संजीवजी ने चारों ओर नजर फेरी। काफी चौड़ा होने पर भी, वृत्ताकार के उस गर्भगृह में दस से ज्यादा लोग खड़े हो नहीं सकते थे, क्योंकि काफी झरोखे नहीं थे, प्रकाश भी बहुत कम था। दो कदम की दूरी पर पद्मासन में बैठकर, पंडितजी दंपतियों को प्रसाद बाँट रहे थे। उनसे कुछ बातें कर लेने की, कुछ जान लेने की वे कोशिश कर रहे थे। "नमस्कार

महरा"—यों बोलते हुए, संजीवजी आगे बढ़े।

आवाज से ही उनको पहचान लेनेवाले पंडितजी ने, अपना सिर उठा लेते हुए कहा—"ये दंपती दक्षिण देश के हैं।"

अपनी बारी की प्रतीक्षा करते रहनेवाले लोग गर्भगृह के द्वार के सामने घिर गए थे; संजीवजी को पंडितजी का चेहरा दिखाई नहीं दे रहा था। यह भी संभव नहीं था कि पंडितजी को भी संजीवजी का चेहरा दिखाई दे। उनका परिचय और जान-पहचान इतनी गहरी बनी हुई थी कि उसकी आवश्यकता ही नहीं थी; बातचीत कर लेने में कोई बाधा नहीं थी। पंडितजी ने कहा—

"मैं यह पूछ रहा हूँ कि ये कहाँ से आए हुए हैं, मगर ये समझ नहीं पा रहे हैं। हिंदी भी इन्हें ठीक तरह से समझ में नहीं आ रही है। मुझे अंग्रेजी आती नहीं है! पूछ लीजिए न!"

पंडितजी के कहने पर संजीवजी ने उनसे बात की और पंडितजी को बताया—"ये तमिलनाडु के हैं।" पंडितजी और कुछ बोले नहीं।

उस दंपती के चले जाने के बाद, धीमी आवाज में, धीरे-धीरे संजीवजी बोले—"महरा, अच्छा होता यदि आप एक बार निवास के प्रदेश में जाकर कैलाशजी से बातें कर पाते।"

"दो हफ्ते पहले ही वहाँ गया हुआ था न! मैंने बार-बार और कई तरीकों से उनसे कहा था कि कहीं मत जाया करें।" पंडितजी ने यों प्रत्युत्तर दिया।

"और एक बार आकर उनसे बोला कीजिए। बार-बार समझाते रहेंगे, तो एक-न-एक दिन आपका कहा शायद मान लेंगे।"—यों बोलने के बाद, पंडितजी का चेहरा देख लेने की कोशिश उन्होंने की, मगर अँधेरे ने साथ नहीं दिया, लेकिन इतना तो समझ में आया कि उन्होंने अपना सिर झुका लिया था।

सिर नीचा करके पंडितजी सोच रहे थे : न जाने का इरादा तो उनका नहीं था। ऐसे दिन भी थे, जब उनकी ओर से मिलनेवाले आश्वासन के लिए कैलाशजी कातरता से उनकी प्रतीक्षा करते रहते थे। तब तो असहायता के कारण मैंने अपने मुँह को सी लिया था। अब और अधीर हो जाने की स्थिति में, मैं उन्हें और क्या तसल्ली दे सकता था? मेरी आवाज इतनी दब गई थी कि खुद मुझे भी सुनाई नहीं दे रही थी। हर बार उनका सामना करते समय मेरी यह अधीरता थोड़ी सी मात्रा में सताने लगती थी कि इस समस्या का समाधान संभव ही नहीं है; उनसे आमना-सामना हो जाने पर यह अधीरता बृहदाकार को पा लेती थी और पूरी तरह से मुझको ही घेर लेती थी। उस अवसर पर मेरे मन में झाँकनेवाली अपराधी की भावना से, मैं अपने आप को खुद समझाने लगता था। सांत्वना की दो-चार बातें कहकर लौट आने में अपने आप को पूरी तरह से निर्बल समझ लेता था और फिर से सचेत होने के लिए काफी समय लग जाता था। कम-से-कम मेरी बातों का

सकारात्मक परिणाम हो रहा था क्या? कैलाशजी ने तो मेरे पास आना बंद नहीं किया था।

पंडितजी मन-ही-मन इस विचार पर व्यथित हो रहे थे कि मेरी बातों का कुछ भी परिणाम नहीं हो रहा है। इसलिए वे चुप्पी साध रहे थे। उनके इस मौन का कारण समझ न पानेवाले संजीवजी ने कहा—"जब आप को सुविधा हो, तभी आकर उनसे बातचीत कर सकते हैं। एक और भी विचार है। पता चला है कि घर वापसी की योजना कल से शुरू होनेवाली है। मैं अब दफ्तर जा रहा हूँ; हो सके तो शाम को आपसे मिलूँगा।" इतना कहकर, मानो उतनी देर तक वहाँ रह जाने से उन्होंने कोई गलती कर दी हो, शीघ्रता के साथ निकल जाने की इच्छा से दो कदम आगे बढ़े थे। फिर यकायक पीछे फिरकर यह कहा—"आपका फोन 'स्विच ऑफ' हुआ है। देख लीजिए कि चार्ज खत्म हो गया है या नहीं।" दौड़-धूप करते हुए नीचे उतर गए।

"रात के हादसे का विचार मालूम हुआ है न?"—पंडितजी की आवाज ने उनका पीछा किया।

"जी हाँ! शाम को चर्चा कर लेंगे।"—पीछे फिरे बिना ही, उत्तर देते हुए, संजीवजी उतर गए।

पंडितजी उसी दिशा की ओर देखते रहे। "पंडितजी, शीघ्र ही प्रसाद देने की कृपा करेंगे क्या? लोगों की भीड़ बढ़ रही है। यहाँ खड़े रहने के लिए भी जगह नहीं है।"—यों किसी भक्त ने उनको सावधान कर दिया। तभी पंडितजी को इसका होश आया।

*****

दफ्तर की तरफ तेजी से कार चलाते रहनेवाले संजीवजी को कल की सभा में हुई बातचीत की याद आ रही थी। किसी भी विचार से संबंधित चर्चा ही क्यों न हो, उसके अंतिम चरण में यही राय व्यक्त होती है कि कश्मीर को भारत के अविभाज्य अंग के रूप में बनाए रखने के लिए आवश्यक दृढ़ निर्धार का मनोबल भारतीय नेता लोगों में नहीं था। 565 राज-संस्थानों को भारत के साथ विलीन कर लेनेवाले कांग्रेसी नेताओं ने—खासकर विलीन-प्रक्रिया की जिम्मेदारी निभानेवाले सरदार वल्लभ भाई पटेलजी ने—कश्मीर के संबंध में मृदुता क्यों दिखाई? राष्ट्र की यह विलीन-प्रक्रिया फूलों की माला उठा लेने के समान कोई सरल प्रक्रिया नहीं थी। जूनागढ़ में अधिक फसाद तो नहीं हुआ, मगर हैदराबाद में रजाकों के दंगों और फसादों को नियंत्रित करने के लिए सेना की मदद लेनी पड़ी। कश्मीर के मामले में ऐसे ही पौरुषपूर्ण क्रम की आवश्यकता थी। नेहरू और अब्दुल्लाजी की जोड़ी इस विचार को एक ओर खींच रही थी; दूसरी ओर, प्रतिरोध करने की अनुमति के अभाव में, सरदार पटेलजी को हाथ बाँधकर चुप रहना पड़ा। उनको हाथ बाँधकर बैठना पड़ा था, करके बोलना भी ठीक नहीं जँचता है। उन्होंने ठीक समय पर जो क्रम

लिया, उसी की वजह से भारतीय सेना कश्मीर में जा उतरी; और इसी वजह से कश्मीर का एक हिस्सा हमारे कब्जे में बचा हुआ है। पाकिस्तान को सही सबक सिखाने के कई मौके हमें मिले थे। उनसे हाथ धो बैठने का परिणाम आज किनको भुगतना पड़ रहा है? यह सवाल संजीवजी के आंतर्य को एक ओर सताने लगा, तो उसका उत्तर भी दूसरी ओर उभर आ रहा था। मुझे ऐसा लग रहा था कि रास्ते के बीच खड़े होकर यह उद्‌घोष करना चाहिए कि 'इन नेताओं के लिए देश की भलाई से बढ़कर अपनी प्रतिष्ठा ही प्रमुख लगती है जिसके लिए साक्षी बना है यह कश्मीर और मेरा यह जीवन'—यों गरज उठना चाहिए कि सारा देश इसे सुन ले। उसके बाद मेरा बोलना जिंदगी भर के लिए बंद हो जाए, तो भी परवाह नहीं है, लेकिन देश के किसी भाग में ऐसी गलती का पुनरावर्तन हो न पाए, ऐसा करना मेरा कर्तव्य बनता है; ऐसा सोचते समय, अनजाने में ही उनकी आँखें भर आईं; हाथ भी गीले होकर, स्टीयरिंग पर का नियंत्रण ढीला होता गया। रास्ते के एक बगल में कार खड़ी करके, उन्होंने आँखें मूँद लीं। यह भावना कि 'मैं अकेला और असहाय हो चला हूँ', इतनी तीव्रता के साथ मुझे सता रही है, तो यह मेरी हार है या सारे देश की? प्रश्न के उभर आने से, मन में और खलबली मची और मन को शांत कर लेने के लिए काफी समय लगा। फिर से कार चलाने लगे, तो उनके मन को नए प्रश्न और चिंतन घेरने लगे।

सरकार तो धीरज के साथ नई योजनाएँ रूपित कर रही है, मगर इतने मार खाने पर भी, कश्मीर के हिंदुओं में आज तक सहमति रूपित नहीं हो रही है। हमारे निवास के लिए प्रमोचित की जानेवाली करोड़ों रुपयों की निधि को निगल लेनेवाले राजनीतिक नेताओं के लिए हमारे ही आदमी बिचौलिए बन बैठे हैं। और कई लोग तो केंद्र सरकार को पसोपेश में डालने का इरादा रखते हैं। केंद्र के सामने दीनता के साथ यह विनती रखते हैं—"हम लोग कश्मीर लौटना ही नहीं चाहते; हमारे लिए जम्मू में ही रोजगार के अवसर और निवास की सुविधा कल्पित कर दीजिए।" दूसरा गिरोह यह माँग प्रस्तुत करता है—"हम लोग कश्मीर जरूर लौटेंगे; मगर, हमारे लिए अलग ही जगह पर निवास के प्रदेश का प्रबंध कर दिया जाए और उसको केंद्र-शासित प्रदेश घोषित कर दिया जाए।"—यों आँसू भरे नयनों से विनती करते हैं। कई वर्ष पहले, प्रधानमंत्री जी के निकटवर्ती एक व्यक्ति ने बातचीत के लिए हमको बुलाया था। तब यह विवाद उठ खड़ा हुआ था कि किन-किन को उसमें भाग लेना चाहिए; अंत में किसी फैसले पर नहीं पहुँच पाए और कोई नहीं गया। अब सरकार ने सलाह-समिति रचने का जो प्रस्ताव रखा है, उसका भी शायद यही हाल हो सकता है। इन दोनों वादों में सच्चाई है कि कश्मीर में मुसलमानों की संख्या ही अधिक है; और अन्य वर्ग के लोगों को भी यहाँ रहने का समान अधिकार है। अलगाववादी नेताओं को हटाकर और पाकिस्तान की बंदर की पकड़ से यहाँ के लोगों को मुक्त कराके, जब तक आम जनता को विश्वास में लेने के प्रयास नहीं किए जाते, तब तक कोई भी योजना सफल हो

नहीं पाती है। उसको साकार करने की दृष्टि से, मुसलिम समुदाय के लोगों के जैसे हिंदुओं का यहाँ रहना भी आवश्यक बनता है। इन सब विचारों के बारे में किसी के साथ चर्चा करने की इच्छा होती है; ऐसी बातचीत के जरिए मन को हलका बना लेने के लिए मेरा मन तड़पता रहता है, लेकिन इस तड़प की तीव्रता को समझ पानेवाले हैं भी कहाँ? जो बात यहाँ रहनेवालों की समझ में नहीं आती है, वह शेष भारतीयों की समझ में आ भी कैसे सकती है? देश के अन्य भागों में यह अज्ञान फैला हुआ है कि कश्मीर कोई अन्य अलग राष्ट्र है। ऐसा भी लगता है कि इस समय किसी भी दिशा से क्यों न हो, मदद हो आएगी, तो वही काफी होगी। ऐसी मदद मिलेगी या नहीं, यह बात भी पक्की नहीं है। फिलहाल, सरकार ही आशा की वह किरण बनी हुई है। कई दिशाओं में बँटी हुई जनता के मनों को एक ही सूत्र में बाँधें रखने की मांत्रिक शक्ति से अभिभूत कोई व्यक्ति सचमुच ही इस धरती पर है क्या?—यों संजीवजी सोचने लगे थे, तो अनति दूर पर दफ्तर दिखाई दे रहा था।

चार

"पप्पा, एक कहानी सुनाने के बाद ही आप नहाने जाइए।"—मैत्रेयी मेरे पीछे आकर खड़ी हो गई।

हाथ में जो तौलिया था, उसे एक ओर रखकर, उस लड़की को अपने सामने बिठाकर, खिड़की के बाहर नरेंद्रजी ने आँखें फेरीं। इस साल बरसात का मौसम कुछ विलंब से शुरू हुआ था। सितंबर का महीना अपने अंतिम चरण में पहुँच चुका था; फिर भी बरसात कम नहीं हुई थी। दिन-ब-दिन बेंगलुरु की ट्रैफिक-समस्या बदतर होती जा रही थी। उसका साथ दे रही थी यह बरसात, जिसकी वजह से रास्ते के कई छोटे-बड़े गड्ढे पानी से भरे हुए थे; छोटी सी गलियाँ और बड़े रास्ते भी नाले जैसे बन चले थे। तालाब के भर जाने पर, राज्य के मुख्यमंत्री वहाँ जाकर 'समर्पण की देन' दिया करने की रस्म जो पूरी करते थे; उसके लिए अब वहाँ जाने की जरूरत ही नहीं थी। तालाब के प्रदेशों का अतिक्रमण करके जहाँ मकान बना-बनाकर नए 'एक्स्टेंटंस' बनाए गए थे, उन सबकी ओर से पानी की बाढ़ आ रही थी और तालाब अपने स्वामित्व की पुनर्स्थापना कर रहे थे। सभी प्रदेशों पर कब्जा कर लेने की मानव की प्रवृत्ति का प्रतिरोध करते हुए, उसको प्रकृति ही मानो सबक सिखाने चली थी। अगर अब भी हम इस सबक को सीख लेने से इनकार करते रहे, तो जैसे कई टी.वी. के चैनल बार-बार दिखा रहे थे, जल-प्रलय अवश्य हो जाएगा, ऐसी भावना मन में उभर रही थी। हँसी भी आ रही थी। सामने बैठी रहनेवाली अपनी बेटी की ओर ध्यान गया, तो हँसी बिखेरते हुए उन्होंने उससे पूछा—"बेटी, तुम्हें कैसी कहानी चाहिए।"

"कोई भी हो सकती है, मगर नई होनी चाहिए।" सिर हिलाते हुए जब उसने उत्तर दे दिया, उसके छोटे-छोटे जूड़े इधर-उधर हिलने लगे थे।

"बहुत पुराने जमाने में हमारे भारतवर्ष में विश्वामित्र नाम के एक राजा थे।"—उसने धीरे-धीरे बोलना शुरू किया।

"विश्वामित्र तो ऋषि थे न, वे राजा कैसे बन गए?"—इतने में, उनको रोकते हुए, उसने पूछा।

"पूरी कहानी सुन लो। उसके बाद, यह बात तुम्हारी समझ में आ जाएगी।"—यों बोलते हुए, क्षण भर के लिए रुककर, उन्होंने कहानी आगे बढ़ाई—"विश्वामित्र नाम का वह राजा खुशी से राजकाज चला रहा था।"

"हाँ"—हाथ बाँधकर वह सुन रही थी।

"एक बार उन्होंने यह निश्चय कर लिया कि सारी धरती की प्रदक्षिणा कर लेनी चाहिए और अपनी सेना के साथ वे निकल पड़े। राजा की सेना कितनी बड़ी हुआ करती है, यह बात तो तुम्हें मालूम है न?"

"हाँ।"—उसने आँखें विस्फारित करते हुए उत्तर दिया।

"एक-एक प्रदेश की सैर करते हुए, वे वसिष्ठजी के आश्रम में पहुँच गए। राजा का यथोचित सम्मान करना चाहिए, यों सोचकर, वसिष्ठजी ने अपनी कामधेनु को बुला लिया। कामधेनु का क्या मतलब है, यह बात तुम जानती हो न, बताओ न।"

"यह वह गाय है, जो हमारी सभी माँगें पूरी करती है।"—उसने तुरंत उत्तर दे दिया।

"ठीक है। वह शबला आकर उनके सामने खड़ी हो गई। वसिष्ठजी ने उसे यह आदेश दे दिया कि "इस राजा की सेना को संतृप्त कर देनेवाले भोजन का प्रबंध कर दो।" उनके यों आदेश देने के पश्चात्, एक क्षण भी बीता नहीं था। इतने में, उस शबला ने भाँति-भाँति के भक्ष्य तैयार कर दिए।"

"हूँ।"

"इसे देखकर विश्वामित्रजी को बड़ा विस्मय हुआ। उन्होंने वसिष्ठजी से कहा—'हे ऋषिवर्य! शबला जैसी निराली गाय को अपने पास रख लेने से आप को क्या लाभ मिल पाएगा? उसे मुझे दे दीजिए। उसके बदले आप जो भी माँगें, उसे मैं दे दूँगा।' वे इस माँग को स्वीकार कर सकते थे क्या? उन्होंने एक ही शब्द में इनकार कर दिया—'नहीं।' विश्वामित्रजी बहुत क्रोधित हो चले। उस शबला को जबरदस्ती ले जाने की उन्होंने कोशिश की। वह उनके हाथ से छूटकर फिर से वसिष्ठजी के पास आ पहुँची और उसने विश्वामित्रजी के सैनिकों के द्वारा किए गए बलात्कार की बातें बता दीं। यह सुनकर उनको भी क्रोध आ गया। उन्होंने सूचना दी—'हे शबला, तुम अभी एक बड़ी सेना सिरजा दो।' उस शबला की एक बार की हुंभा की पुकार से ही एक बड़ी सेना का सृजन हो चला।

उसने विश्वामित्र की सेना को और उनके बच्चों को विध्वस्त कर दिया।"—इतना कहकर नरेंद्रजी ने अपनी बेटी की ओर देखा।

"हूँ" करके विस्मय के साथ इस कथानक को सुननेवाली के विशाल नयन और खिल उठे।

"आखिर विश्वामित्र तो क्षत्रिय राजा थे न! वे चुप कैसे रह सकते थे? ईश्वरजी की कृपा से और शक्तिशाली अस्त्रों को प्राप्त कर लेने की इच्छा से वे तपस्या करने के लिए निकल पड़े। कई दिनों के बाद, फिर से वसिष्ठजी से युद्ध करने आ पहुँचे।"

"हूँ।"

"तो दोनों के बीच भयानक युद्ध शुरू हुआ। विश्वामित्रजी कितने भी प्रबल अस्त्र का प्रयोग क्यों न करें, वसिष्ठजी का मंत्रदंड उसे आसानी से निगल लेता था। एक-एक अस्त्र को निष्फल होते देखकर विश्वामित्रजी के मन में भय की भावना पैदा होने लगी। अंत में, बचाए रखे हुए ब्रह्मास्त्र का भी उन्होंने प्रयोग कर दिया। वह कोई सामान्य अस्त्र था क्या? फिर भी वसिष्ठजी के मंत्रदंड ने उसे बड़ी आसानी से निगल लिया। तब विश्वामित्रजी का अहंकार मिट चला और अपनी हार मानते हुए, वे वहाँ से लौट गए। इससे उन्होंने क्या सबक सीखा होगा, बताओ न!"—उत्तर की प्रतीक्षा में नरेंद्रजी अपनी बेटी की ओर देखते रहे।

दो-चार क्षणों के बाद उसने कहा—"सबक यही है कि ऋषि ही उनसे बढ़कर बलवान् हैं।"

"हाँ, जब यह सिद्ध हुआ था कि ऋषियों का मंत्रबल ही अपने बाहुबल से अधिक प्रभावशाली है, उसने निश्चय कर लिया कि उसे भी ऋषि बनना चाहिए। हजारों सालों तक तपस्या करके अंत में विश्वामित्रजी महान् ऋषि बने।"—यों बोलने के बाद दो-एक क्षणों तक नरेंद्रजी ने अपने कथन को रोक दिया और अपनी बेटी से पूछा—"कहानी का यहाँ अंत हो गया है। पूरी तरह से इसे समझ पाई है क्या?" किसी भी कहानी को सुन लेने के बाद सैकड़ों प्रश्न उठाना उसकी आदत ही बन गई है। यह बात नहीं है कि तुरंत ही प्रश्न पूछ लेती है। अगले दो-चार दिनों तक उसी धुन में रहती है। किसी समय अपने प्रश्न लेकर आ जाती है।

"हाँ"—यों बोलनेवाली मैत्रेयी, कुछ और ही सोचने लगी थी। एक मिनट के बाद उसने पूछा—"पप्पा, उन दिनों के ऋषियों के जैसे ही हैं न आज के स्वामीजी?"

"हाँ।"—मैंने कहा। उसका प्रश्न फूटकर आया—

"फिर ये लोग युद्ध करने क्यों नहीं जाते?"

"जाते हैं। जिन्होंने शक्ति पा ली हो और उसका संचयन कर लिया हो, ऐसे लोग आज भी युद्ध करने निकलते हैं, लेकिन आजकल जो युद्ध चला करते हैं, वे शस्त्रास्त्रों

के युद्ध नहीं हुआ करते; वे अलग प्रकार के होते हैं।" पिताजी के बताए अंतिम दो-चार शब्द उसकी समझ में नहीं आए। इसलिए मन में खलबली पैदा हो गई। फिर भी, कहानी के मुख्य भाग को समझ पाने की खुशी में, वह बाहर दौड़ गई।

*****

"पप्पा, आपके फोन की घंटी बज रही है।"—उनके गुसलखाने में जाकर अभी दो मिनट भी नहीं बीत पाए थे। वह दरवाजा खटखटाने लगी थी।

'शॉवर' बंद करके उन्होंने कहा—"देखो किसका नंबर है ?"

"विक्रम अंकलजी का है।"

"पिक अप' करो और उनसे कहो कि पाँच मिनट के अंदर पप्पाजी खुद 'कॉल' करेंगे।"

"ऐसा ही कहा था मैंने। दो मिनट के बाद, फिर उन्होंने ही 'कॉल' किया है।"

"भेष, बेटी।"

नहाने का काम पूरा करके, गीले सिर में ही बाहर आकर, उन्होंने फोन को 'चेक' किया। विक्रम ने 'मैसेज' भी भेजा था—"अर्जुन ज नो मोर। मैं आपके यहाँ आ रहा हूँ। वहाँ से एक साथ चलेंगे।" मैसेज को पढ़ते ही, ऐसा लगा कि छाती में कुछ अटक गया है। उन्हें अपनी आँखों पर ही विश्वास नहीं हो रहा था। कहीं कुछ भूल हुई होगी, यों सोचकर उस 'मैसेज' को बार-बार—न जाने कितनी बार—पढ़ लेने पर धीरे-धीरे सच्चाई का बोध होने लगा। यह तो जानी-मानी बात है कि सेना में काम निभाते रहनेवाले सभी लोगों के संबंध में अप्रत्याशित रूप में मौत की संभवनीयता गाढ़ी बनी रहती है। फिर भी अपने लिए प्रिय व्यक्तियों के शहीद होने की खबर सुनते ही, आंतर्य की व्यथा तीव्रता को प्राप्त होती है। इस व्यथा के सामने, मस्तिष्क को सूझ पानेवाले सभी तर्क और यथार्थता के सभी विचार अपने अर्थ को एकदम खो बैठते हैं।

एक बार और उस 'मैसेज' को पढ़ लेने के बाद वे कमरे की खिड़की के पास जाकर खड़े हुए। अर्जुन था छह फीट लंबाई का, अच्छे गठन का और घुँघराले बालों का एक सुंदर युवक। "सेना में भरती हो जाओगे तो तुम्हारे ये बाल कट जाएँगे न"—यों जब विक्रम उसको चिढ़ाता था तो तेज दिमागवाला वह बोला करता था—"कोई चिंता नहीं। बचपन में ही मेरी माँ ने जूड़ा लगाकर, उसको मल्लिका के फूलों से अलंकृत कर दिया था।" वह ऐसा व्यक्ति था, जो सौंपे गए कार्य को पूरी तरह से निभाने की निष्ठा रखता था और उसे साध भी लेता था। उसके व्यक्तित्व में पारे की गतिशीलता थी। ये सभी ऐसे गुण थे, जो सेना में अफसर बनने के लिए अत्यावश्यक होते थे।

पिछले हफ्ते जब फोन किया था, उसने बड़े जोश से कहा था—"देखते रहिए।

'वि विल एलिमिनेट देम फ्रॉम द रूट्स।' एक-एक को बिल से बाहर निकालकर, मौत के घाट उतार देंगे।"

"तुम्हारी पोस्टिंग कहाँ हुई है? कश्मीर के किस इलाके में हो आजकल?"—यों नरेंद्रजी ने सच्ची आस्था के साथ पूछताछ की थी। चूँकि उन्हें यह बात पूरी तरह से मालूम थी कि कश्मीर के किस इलाके में कैसा खतरा मौजूद है, अनजाने में ही यह बात उनके मुँह से निकल आई थी।

"ये सारी बातें अभी बताई नहीं जा सकतीं है, लेकिन इतना तो सौगंध खाकर बता देता हूँ कि मरने से पहले आप को वहाँ बुलाकर, वहाँ के रास्तों में खूब घुमा दूँगा।" 'दिस प्लेस इज ए मस्ट सी फॉर यू।' दुर्भाग्य का विचार यह है कि सारे संसार में कश्मीर जैसी बदकिस्मत की जगह बहुत ही कम होती है।"

"वाह! यह कैसा अनोखा व्यामोह बढ़ा है उसके प्रति?"—यों इन्होंने उसको छेड़ा था।

इस पर जोर से हँसते हुए उसने एकदम कह दिया था—"भाई साहब, ऐसा कौन सा इतिहास है जिससे आप अनजान हैं?"—यों इस सवाल के साथ, जल्दबाजी में ही 'बाय' कहकर, उसने फोन रख दिया था। 'मरने से पहले'—भूल-चूक से भी यह बात मुँह से नहीं निकलनी चाहिए थी, ऐसी भावना उस समय नरेंद्रजी के मन में भले ही आ गई थी, फिर भी उसके लिए उन्होंने विशेष महत्त्व नहीं दिया था। सुराग देकर ही हार चखाना, यही शायद किस्मत का तरीका लगता है। बाहर धीमी सी वर्षा हो रही थी। नरेंद्रजी अर्जुन से संबंधित यादों में भीगे जा रहे थे।

*****

"पप्पा, जलपान कर लीजिए।"—नरेंद्रजी उस ओर फिरे, जहाँ से आवाज आ रही थी। हाथ में प्लेट लेकर कमरे के दरवाजे पर आ खड़ी रहनेवाली बेटी के साथ, उनकी पत्नी आशा भी थी। कोई प्रतिक्रिया व्यक्त किए बिना खड़े रहनेवाले उनको तुरंत यह बात सूझी कि क्या करना है। माँ और बेटी अचरज के साथ उनको देख रही थीं। उनके बीच में जगह बनाकर, 'हॉल' की तरफ दौड़कर, उन्होंने टी.वी. का रिमोट ले लिया।

'ब्रेकिंग न्यूज'—"कश्मीर में आतंकवादियों से हुई गोलाबारी में कर्नाटक के वीर योद्धा मेजर अर्जुनजी शहीद हुए हैं।" मोटे अक्षरों में हिंदी के एक चैनल से यह वार्त्ता प्रसारित हो रही थी—"तीस साल की आयु के मेजर अर्जुनजी मूलत: इंजीनियरिंग में स्नातक थे। अपनी शिक्षा के उपरांत, वे सेना में शामिल हुए थे और शीघ्र ही मेजर के ओहदे तक की बढ़ोतरी हासिल की थी। पिछले कई सालों से कश्मीर में उनकी नियुक्ति हुई थी। अब तक अपनी अगुआई में उन्होंने कई सैनिक कारवाइयों में सफलतापूर्वक रूप

में भाग लिया था। पत्नी और तीन साल की पुत्री को वे पीछे छोड़ गए हैं।" अपनी तरफ से संचयित सामग्री का प्रसारण वह चैनल कर रहा था। टी.वी. के एक कोने में अर्जुन की छवि दिखाई जा रही थी। दूसरी ओर अवकाश-प्राप्त विशेषज्ञ एक सेनाधिकारी बैठे हुए थे, जो इन सभी विचारों से संबंधित ब्योरा दे रहे थे कि सेना को कैसी-कैसी परिस्थितियों का सामना करना पड़ता है और उनको निभाने के लिए कैसी दिलेरी की आवश्यकता होती है; एक और तथ्य विश्लेषक 'ऑनलाइन' इसमें पाकिस्तानी सेना के हथकंडे का विवरण दे रहे थे। "इस अवसर पर हमें उन योद्धाओं की याद हो आती है, जिन्होंने 1947 में कश्मीर को हमलावरों से मुक्त कराने में अपने प्राणों की बलि चढ़ा दी थी। बड़गाँव में मेजर सोमनाथ शर्मा, मुजफ्फराबाद में कर्नल नारायण सिंह, उरी में ब्रिगेडियर राजेंदर सिंह, बारामुला में लेफ्टिनेंट कर्नल राय—ऐसे एक-दो नहीं, कइयों की याद हो आती है। इतना ही नहीं, जब मेजर जनरल तिम्मय्याजी ने 12 हजार फीट की ऊँचाई पर रहनेवाले जोजिला पास के ऊपर अपने टैंकों को चढ़ा दिया था, ये हमलावर डरकर भाग गए थे। यह घटना सैनिक साधनाओं के इतिहास में स्वर्णाक्षरों में अंकित हुई है।"—सेना के अफसर बता रहे थे। टी.वी.वाले बड़ी जल्दबाजी कर रहे हैं। इनसे भी सवाल पूछ रहे हैं और उनसे भी पूछ रहे हैं। किसी को भी अपनी बात पूरी करने का मौका नहीं दे रहे हैं। बीच में ही टी.वी. स्क्रीन पर अर्जुनजी के घर के अग्र भाग का दृश्य प्रस्तुत हो रहा है। चैनल का एक पत्रकार तो उनके घर के गेट से सटकर खड़ा है। वहाँ रहनेवाला सिपाही उसको बाहर ढकेल रहा हैं; फिर भी वह संवाददाता, यह कहकर सीधे प्रसारण की रपट की प्रामाणिकता का प्रदर्शन कर रहा है—"अब तो, जैसे आप खुद देख रहे हैं, अर्जुनजी के घर में अत्यंत दु:खद परिस्थिति का निर्माण हुआ है।"

नरेंद्रजी का हाथ 'व्हाट्सएप' और 'फेसबुक' के ऊपर चलने लगा। उसमें अर्जुन के फोटो और उसके पराक्रम से संबंधित कई 'मैसेज' देखने को मिल रहे हैं। हर कहीं अश्रुतर्पण की बाढ़ ही दिखाई दे रही है। पीछे से आई आशा दंग रह गई—"हाय! हाय! अर्जुन की...कब हुई?" उसकी आँखें भर आईं; माँ को रोते हुए देखकर मैत्रेयी भी उदास हो चली। इतने में बाहर 'कार' के आकर खड़ी होने की आवाज सुनाई पड़ी।

"विक्रम आया है। चलो, हम सब निकलेंगे।"—नरेंद्र ने जल्दबाजी की।

"मेरे बताने तक, तुमने देखा ही नहीं था क्या? रात के कितने बजे तुम्हारी 'फ्लाइट' यहाँ आ पहुँची?" रोज की गति से बढ़कर ज्यादा तेजी के साथ, विक्रम 'कार' चला रहा था। भले ही उसकी नजर रास्ते पर ही थी, उसका मन कहीं और भटक रहा था, यह बात साफ दिखाई दे रही थी।

"जब तक मैं घर लौट पाया, रात के तीन बज चुके थे। थोड़ी देर सोया था। आँख खुलते ही सीधे नहाने गया। तभी तुम्हारा फोन आया।"

आगे चलकर किसी ने बात नहीं की। अर्जुन का घर अभी आधा किलोमीटर की दूरी पर था। वहीं से रास्ते के दोनों ओर वाहनों की कतार लगी हुई थी। गेट के पास तो कड़ा पहरा लगा हुआ था। घर के अंदर जाने के लिए, अस्मिता को फोन करना पड़ा। उसके बोलने के बाद ही पुलिसवालों ने हम को अंदर जाने दिया। हर कहीं लोगों की भीड़ लगी हुई थी। कई लोग आपस में बोल रहे थे—"सुना है कि कलेवर के आ पहुँचने में शाम हो जाएगी। कहा गया है कि चेहरा देखने लायक बना हुआ है, चूँकि गोलियाँ लगी हुई हैं गले में और वस्ति में।"

धीरे-धीरे पाँव रखते हुए अंदर पहुँचनेवाले इनके लिए अस्मिता को ढूँढ़ पाना मुश्किल ही बना। इनको देखते ही वह अपने आप को रोक नहीं पाई; लेकिन क्षण भर के लिए। अगले ही क्षण 'भैया' बोलते हुए, नरेंद्र की ओर दौड़ आई। अन्विता अपनी माँ से चिपकी हुई थी। पिता की मौत की बात कहाँ तक उसकी समझ में आई थी, यह तो मालूम नहीं; मगर, लगातार रो रही थी। उसने उस बच्ची को उठा लिया; उसके आँसू पोंछे; उसके माथे पर हाथ फेरा और उसे गले से लगा लिया। अस्मिता का दुखड़ा उसके चेहरे पर साफ नजर आ रहा था। दक्षिण भारत के अर्जुन और उत्तर भारत की अस्मिता का विवाह संपन्न कराने में प्रमुख पात्र निभाने की याद हो आई, तो नरेंद्र का हृदय बोझिल हो चला। अस्मिता के पिताजी भी सेना में अफसर बने हुए थे। उनकी तरफ से कोई आपत्ति नहीं थी। अर्जुन ने अपने निश्चय को प्रकट कर दिया था, किसी आपत्ति की ओर ध्यान दिए बिना ही; मगर, यह जिम्मा नरेंद्र को ही सौंप दिया था कि "भैया, माँ की कई आपत्तियाँ हैं: 'मेरा तो यह इकलौता बेटा है। मेरे मन में यह आशा नहीं होगी क्या कि मेरा बेटा अपने ही नाते की किसी लड़की को बहू बनाकर लाए? क्या हमारे यहाँ कोई लड़की नहीं मिलती कि एक परदेशी लड़की को बहू बना लें।' अपने बेटे पर की सारी नाराजगी को उन्होंने नरेंद्र के ऊपर उतार दिया था। 'माँजी, भाषा, जात, रिश्ते-नाते के नाम पर आपस में झगड़ते रहने का वह जमाना गुजर गया है। अपनी तरफ की लड़कियों से भी अच्छी तरह यह लड़की कैसे हिल-मिलकर रहेगी, इसे आगे चलकर आप ही देख पाएँगी'—यों उनको समझा-बुझाकर, अर्जुन की ओर से सौंपी गई जिम्मेदारी को उन्होंने सफलतापूर्वक निभा दिया था, लेकिन अर्जुन ने यह नहीं बताया था कि ऐसा अवसर यदि आ जाएगा तो क्या किया जा सकता है? कोई खास जिम्मेदारी भी उसने सौंपी नहीं थी। फिर भी उन्हें ऐसा लग रहा था कि इस परिवार के प्रति उनकी एक नैतिक जिम्मेदारी है। अर्जुन उनसे दस साल छोटा था। फिर भी वह उनसे बहुत हिल-मिल गया था। पड़ोस में रहनेवाला वह पाठ्य-विषयों के बारे में ही नहीं, सभी विचारों में उनसे मार्गदर्शन पा लेता था। दिनोदिन दोनों के बीच आपसी बांधव्य गहरा होता गया; यहाँ तक कि अपने जीवन से संबंधित किसी विचार के बारे में निर्णय लेने से पहले, उनकी राय लेने की आदत ही पड़

गई; मानो आगे चलकर वह एक नियम-सा बन गया। कभी-कभी प्रमुख निर्धार लेने के विचार में भी, उनकी विवेचना पर निर्भर रहा करता था। बाद में भले ही उसे अपना वास्तव्य बदलना पड़ा, मनों की निकटता बनी रही। इन्होंने भी उनके प्रति भ्रातृत्व की भावना बढ़ा ली थी। यों दोनों परिवारों के बीच आपसी संबंध जुड़ गया था। यह भावना पल रही थी कि इस कड़ी को निकाल देने का सामर्थ्य मौत में भी नहीं होगा; इतने में उसकी मौत की इस यथार्थता ने प्रबल रूप में उनके मन को झकझोर दिया; इसने उनको कुछ समय तक हिलाकर रख दिया; हताश भी कर दिया। वैसे ही उनकी नजर अस्मिता की ओर फिरी। दबी हुई आवाज में वह आशा से बोल रही थी। दोनों का कद समान भी था; गोरेपन में भी समानता थी, लेकिन अस्मिता के व्यक्तित्व में जो दृढ़ता और आत्मविश्वास देखने में आते थे, उनकी तुलना में वह फीकी लगती थी, भले ही उससे अधिक सुंदर क्यों न हो। उम्र में अस्मिता से बड़ी होने पर भी, उसके जैसी विचारशीलता इसमें देखने में नहीं आती थी। नरेंद्र की दृष्टि में, उसके व्यक्तित्व के फीकेपन के लिए यही कारण न था। ऐसा भी लग रहा था कि ऐसी परिस्थिति का यदि सामना करना पड़ता, तो इस स्तर के मानसिक संतुलन को बनाए रखना उससे संभव हो नहीं पाता था। इन कारणों से अस्मिता के प्रति प्रशंसा और अनुकंपा की भावनाएँ नरेंद्र के मन में उभर आईं। "भैया, याद रखें कि मेरी रक्षा की जिम्मेदारी आपकी है।"—राखी बाँधते समय, हर साल हँसमुख होकर जो बात वह कहा करती थी, उसके लिए अब तो पहले से अधिक अर्थपूर्णता आई हुई है, ऐसा लगने से उसके प्रति वात्सल्य की भावना और बढ़ आई। उस भीड़ में अर्जुन के माता-पिता को ढूँढ़ पाने के लिए और अधिक समय लग गया।

उसके पिताजी एक ओर मौन होकर और सिर झुकाकर खड़े हुए थे। उनके कई रिश्तेदार और दोस्त उनको घेरे हुए थे; फिर भी ऐसा लग रहा था कि वे किसी की ओर से सांत्वना की न प्रतीक्षा कर रहे थे, न उसकी आवश्यकता ही थी, मगर उसकी माताजी की वेदना की कोई सीमा नहीं थी। बेटों के प्रति विशेष आस्था रखनेवाली माताओं के वर्ग में आनेवाली उनके नष्ट के परिमाण का अंदाजा कर लेना भी औरों के लिए आसान नहीं था। पुत्र के कलेवर की प्रतीक्षा में अडिग बैठी हुई उनकी आँखों से आँसू की धारा ही बह रही थी। बीचों-बीच अस्पष्ट रूप से ये शब्द निकल आ रहे थे—"हमेशा हाथ में बंदूक लिये फिरता था। बचपन से उसकी यही आदत थी। हमेशा मैं कहती रहती थी—"यह बंदूक खेलने योग्य खिलौना नहीं है; उसे मत लाकर दीजिए। अंत में उसी ने उसके प्राण ले लिये।" अपने चारों ओर घिरे भाई-बंधुओं की ओर देखते हुए, वे ये शब्द कह रही थीं, तो उनको सांत्वना पहुँचाने का तरीका समझ में न आने के कारण, सभी मूकवत् खड़े रहे। तब तक नरेंद्र के बगल में आकर खड़ी रहनेवाली आशा ने यह कहते हुए दूसरी ओर मुँह फेर लिया कि "उनकी वेदना मुझसे देखी नहीं जाती।" आगे बढ़कर उसने यह भी

कहा—"यमराज को भी कई नियमों का पालन करना चाहिए। कम-से-कम इस नियम को बना लेना चाहिए कि माता-पिता की आँखों के सामने बच्चों को मौत का शिकार बनने नहीं देना चाहिए।"

उसके इस कथन से हामी भरते हुए, विक्रम ने अपना सिर हिला दिया। विक्रम तो बचपन से नरेंद्र का सहाध्यायी था; बाद में उसका नजदीकी दोस्त बन गया था; कॉलेज की पढ़ाई पूरी होते-होते प्राण-मित्र भी बनकर, उसी के साथ जीवन का हर कदम रखनेवाला बन गया था। इसलिए विक्रम के मन में भी, नरेंद्र के जैसे ही, अर्जुन के प्रति प्यार और विश्वास की भावनाएँ पली हुई थीं। अर्जुन के प्रति बढ़ आई आत्मीयता का बंधन, जो इस प्रकार के अंत्य को प्राप्त हुआ था, उसे सह पाने में असमर्थ होकर, वह भी मूकवत् हो चला था।

यह जानकर कि कोई गण्यमान्य व्यक्ति अस्मिता से मिलने आए हैं, किसी ने अस्मिता को आवाज दी। चली आई वह, नरेंद्र की बाँहों में रहनेवाली अन्विता को उठा लेने के लिए नरेंद्र के पास आई। रो-रोकर थक जाने या नींद की कमी के कारण वह कुछ ऊँघने लगी थी। उसको अपने कंधे पर लिटा लेने की कोशिश करनेवाली अस्मिता को रुकावट महसूस होने लगी। झुककर देखा तो मैत्रेयी ने अन्विता के हाथ को जोर से पकड़ लिया था। अस्मिता ने हाथ छुड़ाने की कोशिश की तो यह बोलते हुए उसने अस्मिता का हाथ हटा दिया—"नहीं, मैं नहीं छोड़ूँगी।" नरेंद्र ने झुककर, फर्श पर घुटना टेककर, एड़ी के बल बैठकर, अपनी बेटी के सिर पर हाथ फेरते हुए कहा—"बेटी मैत्रेयी, अन्विता बहुत थक गई है। वह कितना रो रही थी, तुमने देखा है न? थोड़ी देर उसे अपनी माँ के पास रहने दो। यहाँ जमे हुए लोगों के चले जाने के बाद, उसे हमारे यहाँ ले जाएँगे। ठीक है न?" पिताजी का कहा मानकर, सिर हिलाते हुए, उसने अपनी पकड़ ढीली कर दी। उसका हाथ पकड़कर, खड़े ही रहकर, मुड़कर चली अस्मिता को नरेंद्र ने आवाज दी—"अस्मिता!"

उसने मुड़कर देखा।

"धीरज रखो, हम सब तुम्हारे साथ हैं।"—यों कहते हुए, उसकी नजर से नजर मिलाई, तो उसके आंतर्य में से उमड़ आती हुई वेदना को आँखों में भी प्रतिफलित होते देखकर, उसकी वेदना भी समझ में आई। जिस वेदना को उसने दबाए रखा था, वह कहीं फूटकर बाहर न आ जाए, इस भय से, उससे नजरें बचाते हुए, सिर हिलाते हुए, शीघ्रता के साथ उस ओर बढ़ गई।

"हम लोग फिर शाम को यहाँ आएँगे।"—नरेंद्र ने कहा।

"जरूरी नहीं है।" उसने दबी आवाज में, मगर स्पष्ट रूप से कहा। यों बोलते समय उसने मुड़कर नहीं देखा। सीधे अर्जुन की माँ के पास पहुँची और यों कहते हुए

उन्हें सांत्वना देने लगी—"माँजी, अर्जुन कहीं गए नहीं हैं। वे हमारे साथ यहीं हैं। आप धीरज मत खोइए।"

दूर से ही उस परिवार को फिर एक बार आँखों में भर लेकर, नरेंद्र वहाँ से लौटा। कार में जाकर बैठते समय भी अर्जुन की बातें और उसके चेहरे ही उसकी आँखों के सामने आ रहे थे। पहली बार, एक सैन्य काररवाई के अवसर पर, बाल-बाल बचकर जब वह लौट आया था, तो उसे चेतावनी देते हुए, उसने कहा था—"आपके खाने के दाने-दाने पर जैसे आपका नाम लिखा रहता है, उसी तरह जो गोलियाँ हम खाते हैं, उनमें से प्रत्येक गोली पर हमारा नाम लिखा रहता है। कोई भी जवान उससे बचने की कोशिश नहीं करता। आप जो दाना खाते हैं, वह आप को जिंदगी देती है। हम जो गोली खाते हैं, वह बेरहमी से हमारी जान ले लेती है। हे भाई, फर्क इतना ही है।"—यों बोलते हुए, वह जोर से हँस दिया था। मुग्धता के साकार रूप में रहनेवाला जिम्मेदार जवान बनकर, आगे चलकर सेना की एक टुकड़ी का नेता बनकर, गंभीर स्वरूप की काररवाइयों में अपने को उलझाता रहा; फिर भी, चेहरे की हँसी को रत्ती भर भी मिटने नहीं दिया; सब लोगों का दुलारा बना रहा। बात-बात पर 'भैया' कहते हुए, मेरे आंतर्य के लिए भी जो बहुत ही प्यारा बना हुआ था, अब कहीं मुर्दा बनकर पड़ा हुआ है। आँखों के सामने इस तसवीर के झाँकते ही, गला भर आया और उसकी नजर आसमान की ओर फिरी। दो-चार क्षणों के बाद, उसकी प्रज्ञा यथार्थता की ओर लौटी। कार अभी क्यों आगे नहीं बढ़ी, यों सोचते फिरकर देखा। विक्रम की आँखों से बह आते रहनेवाले आँसू की बूँदें उसके गालों और गले को पार करके, नीचे शर्ट के अंदर घुस चली हैं। उसके हाथों ने 'स्टीयरिंग' को इतनी जोर से पकड़ रखा था कि तन का सारा खून मानो उँगलियों की ओर बह आया हो; वे इतनी लाल-लाल हो चली थीं। "डरपोक हैं। उनकी नीचता की वजह से हमारे लड़के अपने प्राणों से हाथ धो रहे हैं। यह कैसा न्याय हैं ?" अपने आपसे बोलते हुए उसको देख लेते ही, उसके मन में हो रहे आंदोलन का स्पष्ट चित्र उसकी समझ में आ रहा था। वैसे ही पिछली सीट की ओर देखा। आशा खिड़की से बाहर की ओर देखते हुए आँसू पोंछ रही थी। मैत्रेयी तो माँ से सटकर बैठकर, सबकुछ ध्यान देकर देख रही थी।

*****

घर लौट आते समय, 'हिंदी टी.वी.' वालों की ओर से फोन आया। "सर, नमस्कार। 'डिबेट' आज शाम को 'शेड्यूल' हुई है। सात बजे। आप आएँगे न ?"—वे पूछ रहे थे। टी.वी. के परदे को पूरी तरह भर दें, यों कई लोगों को इकट्ठा कर चुके थे। वे सभी एक साथ यों चिल्ला रहे थे कि किसी की बात किसी और की समझ में न आती थी। ऐसा उनको प्रेरित करके, उसी को चर्चा माननेवाले अन्य टी.वी. चैनलों से 'हिंदी टी.वी.'

भिन्न था; इसलिए केवल इस चैनल के कार्यक्रमों के लिए वह जाया करता था। अन्य चैनलवाले अभी इस विचार में उसको मनवाने में सफल नहीं हुए थे। अपने 'कैलेंडर' में देखकर, उस शाम को और किसी कार्यक्रम की व्यस्तता न होने की बात निश्चित करके, उसने उत्तर दिया—"जी हाँ, आ जाऊँगा। किस विषय पर चर्चा होगी?"

"'अजान' को निषेधित कर देने के बारे में हर कहीं आवाज उठी है न, उसके बारे में और केंद्र सरकार की 'घर वापसी' योजना के बारे में। हमने सोचा है कि दोनों विचारों के लिए आधे-आधे घंटे का वक्त देंगे।"

"ठीक है। और कौन-कौन आ रहे हैं?"—यांत्रिक रूप में उसने पूछा।

'जनवाणी' पत्रिका के मानद संपादक सुंदरकृष्णजी और लेखिका मीरादेवीजी।"

दोनों उससे परिचित व्यक्ति ही थे—एक तो राज्यस्तरीय दैनिक के 'सेक्युलर' संपादक थे; बुद्धिजीवी होने की प्रतिष्ठा पाई हुई मीरादेवी जी दूसरी थी। इसलिए एक बार फिर अपनी सहमति को दृढ़ीकृत करके उसने फोन रख दिया। 'अजान' और कश्मीर—दोनों विचारों से मैं अच्छी तरह परिचित ही हूँ। विशेष तैयारी कर लेने की कोई आवश्यकता नहीं है, ऐसा उसे लगा।

"विक्रम, कल की बैठकों की पूरी रपट, आते-आते ही मैंने तैयार कर ली है। घर पहुँचते ही उसको 'इ-मेल' कर दूँगा। देसी धान्यों से तैयार किए जानेवाले बिस्कुट के लिए वे पहली प्राथमिकता देते हैं। कब से उसे निर्यात करना शुरू कर सकते हैं, इसके बारे में उनसे बातचीत करके, तुम ही इसके बारे में निश्चय ले लो।" उसकी इस सूचना के प्रति सिर्फ सिर हिलाकर विक्रम ने हामी भर दी। घर पहुँचने के बाद भी, उसका हाथ पकड़कर वह चुप बैठा रहा। बोले बिना भी संवहन को साध लेनेवाली अर्थपूर्ण और गहरी मित्रता थी इन दोनों के बीच। उसके चले जाने के बाद भी, बड़ी देर तक नरेंद्र निष्चेष्टित ही रहा। बाद में, धीरे से उठकर इ-मेल भेजकर, उसने 'लैपटॉप' बंद कर दिया। तब तक धीरे से आकर, मैत्रेयी उसकी गोद में आ बैठी और संदेह व्यक्त करते हुए कि बोलना चाहिए या नहीं, उसने बोलना शुरू कर दिया।

"पप्पा, किसी के मरने पर सब लोग क्योंकर रोया करते हैं?"—आँखों में आँखें डालकर यों पूछनेवाली बेटी को अपनी ओर फिराकर, दो-एक क्षणों तक सोचने के बाद उसने कहा—

"मान लो कि तुम्हें कहीं से एक खिलौना मिल गया है।"

इतना बोलकर वह अपनी बेटी की ओर देखने लगा। रोज की तरह, हाथ बाँधकर वह बैठी हुई थी।

"हूँ।"

"तुम्हें यह मालूम नहीं है कि वह किसका है। फिर भी उससे प्यार बढ़ा लेती हो;

उसके साथ खेलने लगती हो; उसको खाना खिला लेती हो; नहलाया करती हो; उसी के साथ सोया भी करती हो। है न?"

"हाँ।"

"अचानक उसके निजी वारिस आकर उसे ले जाते हैं। तब तुम्हें कैसा लगता है?"

"मुझे दु:ख होता है और रोना आता है।"

"पहले से तुम्हें यह बात मालूम है न कि वह मेरा नहीं है और किसी और का ही है।"

"हाँ।"

"फिर भी, तुम रोती क्यों हो?"

"इसलिए कि वह इतने दिनों तक मेरे पास था और उससे बहुत प्यार हो चला था।"

"यह भी ऐसी ही भावना है।" जब उसने यह बात कही, क्षण भर के लिए वह खिड़की से बाहर देखती रही।

"दादा जी की जब मौत हुई थी, उन दिनों दादी माँ बहुत रो रही थीं। आजकल वे हँसी-खुशी से बोला करती हैं।"

"उस खिलौने के छिन जाने के बाद, तुम किन्हीं और खिलौनों के साथ खेला करती हो या खेलना ही बंद कर देती हो?"

"हाँ! अब यह बात मेरी समझ में आई।" उसके चेहरे पर तसल्ली की भावना दिखाई देने लगी। अगले ही क्षण, उसने एक और सवाल पूछा—"दादाजी की मौत के अवसर पर भी आप रोए नहीं थे। अब भी माँ के तथा विक्रम चाचा के रोने पर भी, आप रोए नहीं। तो, रोना गलत है क्या?"

"प्यार की भावना बढ़ा लेना, रोना और उसके बाद हँसी-खुशी मनाते रहना—इनमें से किसी को गलत नहीं मान सकते। बिना रोए रह जाना भी गलत नहीं है। सबकुछ उन लोगों के स्वभाव पर निर्भर रहता है।"

"यू आर ए स्ट्रॉन्ग डैडी। माँ यही बताती रहती है।"—वह मेरे और नजदीक आ गई और अपने दोनों हाथ मेरे गले में डालते हुए, यों बोल गई। ममता उभर आई तो उसे प्यार से पुचकारा।

"एंड यू आर माई स्वीट डाटर।"—उसके यों बोलने पर, खुशी से उसका चेहरा खिल उठा। वह बाहर दौड़ चली।

*****

मेज पर रखे हुए फोटो की ओर नरेंद्र की नजर गई। विक्रम और उसने अर्जुन के साथ वह फोटो खिंचवा लिया था। सेवा में भरती होने के चंद ही दिनों में वह फोटो खिंचवाया गया था। उसी ने उसकी प्रतियाँ बनवाकर फ्रेम में लगाकर, हमको पहुँचा दिया

था। बचपन से ही जवान बनकर सेना में भर्ती होने का सपना वह देख रहा था। प्रतियोगिता परीक्षाओं में उत्तीर्ण होने के बाद, घरवालों के विरोध के बावजूद, उनको किसी-न-किसी तरह मनवा लिया गया था। इस कार्य में सफल होकर, सेना में भर्ती होने का उसका सपना जब साकार हो चला, तब उससे ज्यादा खुशी नरेंद्र को मिली थी। असाधारण स्थैर्य, तंत्रकारिता और मनोबल की वजह से, अर्जुन की कीर्तिपताका सेना के क्षेत्र में जब अधिक-अधिक ऊँचाई में फहरने लगी; तब उनके माता-पिता अपनी चिंता भुलाकर, पुत्र की साधनाओं पर गर्व करने के अब आदी हो चले थे।

वाणिज्य के क्षेत्र में उद्योगपति बनकर, रोजगार के अवसरों को सिरजाने का लक्ष्य रख लिया था विक्रम ने। केंद्रीय सरकार की स्वावलंबी योजना के अंतर्गत, उधार के रूप में मूलधन प्राप्त करके, अपने चाचा के मार्गदर्शन में आहार-अनुसंधान और उत्पादन से संबंधित एक उद्यम की उसने स्थापना कर ली। उसकी गहरी श्रद्धा, अविरत परिश्रम और दूरदर्शिता की वजह से उस उद्यम में इतनी प्रगति साध ली कि उसने इस क्षेत्र के बहुराष्ट्रीय संस्थानों से होड़ करने की क्षमता प्राप्त कर ली। सस्ता दाम और उत्कृष्टता—इन दोनों कसौटियों में नाम कमा लेने के कारण, उसने अपने क्षेत्र को बढ़ा लिया। उसी क्षेत्र के अपने चाचा के और अन्य व्यक्तियों के कई छोटे-छोटे संस्थानों को विलीन करवा लिया; और कई संस्थान उसके सहयोग में काम करने लगे। इसके फलस्वरूप, आज उसके मातहत वैज्ञानिकों तथा तंत्रज्ञों का एक बड़ा दल ही काम कर रहा है। आजकल इस संस्थान की चार शाखाएँ देश के अन्यान्य स्थलों में कार्योन्मुख हो चली हैं और उत्पादन की छह इकाइयाँ भी स्थापित हुई हैं। पंद्रह से अधिक देशों में इस कंपनी के उत्पादों के वितरक भी हैं। सैकड़ों युवाओं को रोजगार का अवसर प्रदान करनेवाला विक्रम, अपना ही उद्यम स्थापित करने की इच्छा रखनेवाले व्यक्तियों को मार्गदर्शन भी देता आया है।

शुरू से ही राष्ट्र के इतिहास, धर्म और राजनीति में नरेंद्र की बड़ी श्रद्धा रही है। जब से उसके सगे मामा जी ने उसको गहराई से समझा दिया कि "हमारी शालाओं की पाठ्य-पुस्तकों में भारत के इतिहास से संबंधित ब्योरों का गलत ही निरूपण होता आया है"; इससे सच्चाई के अनुसंधान के प्रति गहरी श्रद्धा बढ़ने लगी। पाठ्य-पुस्तकों में छपे झूठे विचारों का सबके सामने परदाफाश करने लगा और उनमें अघोषित सच्चाइयों को भी प्रकाशित करने लगा। इससे पसोपेश में पड़नेवाले इतिहास के अध्यापक ने उसे अपने कमरे में बुलाकर समझाया था कि इतिहास के अपने गहरे अध्ययन को जारी रखो; मगर, उसमें आस्था नहीं रखनेवाले अन्य छात्रों को असुविधा मत पहुँचाओ। आगे चलकर, अध्ययन के साथ-साथ, उसके लिए पूरक सिद्ध होनेवाली यात्राएँ भी करने लगा। इनसे मिले उसके तादात्म्य के कारण, सब लोग उसको अनुसंधानकर्ता ही मानने लगे। उसके द्वारा संकलित ब्योरे और आँकड़े लेख लिखनेवालों के लिए ही नहीं, बहसों में भाग

लेनेवालों के लिए भी उपयुक्त सिद्ध होने लगे। झूठ और सच के बीच के अंतर को साफ करनेवाले इस समय की कई गतिविधियाँ भी निराली लग रही थीं। हर कहीं संघर्ष होने लगे थे। नए सिरे से आविष्कृत हो रहे तांत्रिकी ज्ञान को संघर्ष का मूल कारण मानना चाहिए या ऐसे एक संधिकाल के लिए वरदान सिद्ध होनेवाली अत्यावश्यक सामग्री उसे मान लेना चाहिए, यह समझ में नहीं आ रहा था। जहाँ एक ओर सच्चाई को तोड़-मरोड़ करके, मूल्यों का खंडन करते हुए, देश की बुनियाद की जड़ों को ही ढीला कर देने की कोशिश में लगे रहनेवाले स्वयंघोषित धर्मनिरपेक्ष तथा बुद्धिजीवी कहे जानेवाले लोगों की संख्या बढ़ रही थी, वहीं दूसरी ओर सच्चाई को ही आधार बनाकर, उनके लिए योग्य प्रत्युत्तर देने की आस्था रखनेवाले युवाओं की संख्या भी बढ़ रही थी। भूमिका में ही रहकर, नरेंद्र ऐसे लोगों का समर्थन करता आ रहा था। अपने कामकाजों के दबाव में फँसे रहने पर भी, इन सभी गतिविधियों का सूक्ष्म अवलोकन करते हुए, उनमें सक्रिय रूप में भाग लेते रहनेवाला विक्रम, युवाओं को प्रोत्साहन देते हुए, उनके लिए आवश्यक मंचों का प्रबंध करता आ रहा था। युवाओं के लिए अवसर प्रदान करते रहनेवाले सामाजिक माध्यमों के द्वारा लोगों में एक नई जागृति, एक नई संवेदना उभर आने लगी है; इतना ही नहीं, छोटे-बड़े अक्षर-समरों के लिए वे मंच बन रहे हैं; गुटनिरपेक्ष वर्गों के लिए सच्चाई और झूठ का सही बोध होने लगा है और यह एक नया अभियान भी बनता जा रहा है; यह उसकी राय थी। अपनी सैद्धांतिक विजय के वास्ते कितने भी निचले स्तर तक उतरते रहनेवाले विचारवादी, लेखक और कलाकार—इन सबके छक्के छुड़ानेवाले, साक्ष्याधारों के साथ उन लोगों को उन्हीं की बातों के फंदे में फँसानेवाले युवाओं को देखते समय, नरेंद्र को ऐसा ही लगता था कि यह भी एक प्रकार का युद्ध ही है, जिसके लिए ऐसे क्षात्र गुण की आवश्यकता होती है। आमतौर पर, नरेंद्र परदे के पीछे रहनेवाले संसाधक-व्यक्ति की भूमिका निभाता रहता था। विक्रम ही बहसों में भाग लेने के लिए उस पर अनुरोध किया करता था। उसकी राय यह थी कि "अध्ययन जब तक करते रहोगे, तब तक उस पर तुम्हारा अधिकार हुआ करता है; मगर ज्ञान पा लेने पर, उस ज्ञान के ऊपर हम सबका अधिकार हो ही जाता है।" पहले उसके इस वाद को नरेंद्र ने गंभीरता से नहीं लिया था, मगर आजकल टी.वी. चैनल की बहसों में भाग ले रहा है। इसको छोड़ दें, तो उसकी दुनिया में पुस्तकें ही प्रधान भूमिका निभाती आई हैं।

अपनी संस्था शुरू करते ही विक्रम ने उसको भी अपनी ओर खींच लिया। बेंगलुरु शाखा के विक्रय विभाग के प्रधान व्यवस्थापक के रूप में उसको नियुक्त कर दिया। देश-विदेशों में संपन्न होनेवाले सम्मेलनों में भाग लेने के लिए उसको भी भेज दिया करता है। फिर भी इस विचार की ओर भी ध्यान देता है कि ये कार्यक्रम किसी तरह उसके अध्ययन के लिए रोड़े न बनें। दूरस्थ कश्मीर में रहने पर भी, वहीं से अर्जुन को अपना समर्थन देता

रहा। जब कभी वह छुट्टी पर आ जाता था, तीनों मिला करते थे और देश के हालचाल के बारे में बहस किया करते थे। अब तो यह हाल हो चला था।

कल का सारा दिन यात्रा में ही बीत चला था। रात को भी नींद न आने से, मारे थकान के, आँखें मुँदी जा रही थीं। फिर भी सो नहीं पा रहा था। आँखें मूँद लेते ही, सामने प्रस्तुत होनेवाली अर्जुन की यादों में खो जाते रहने पर भी, थोड़ी सी ऊँघाई आई थी, मगर यकायक जाग गया तो खाने का समय बीत चुका था। उसी की याद में खोए रहने से कुछ-न-कुछ खा लेने के लिए भी मन नहीं करता था। इसलिए, अपने अध्ययन-कक्ष में जा बैठा। शाम को स्टूडियो जाने का समय होने तक वह बाहर नहीं आया। आमतौर पर, भानुवार के दिन ज्यादा-से-ज्यादा समय अपने साथ बिताते रहनेवाले अपने पिता की अन्यमनस्कता को देखकर, मैत्रेयी चुपचाप बैठी रही। जब वे निकल पड़े, माँ के साथ गेट तक आकर खड़ी रही और कार के आँखों से ओझल हो जाने तक 'टाटा' करती रही।

*****

पति के उस तरफ निकल जाने के बाद, शयन-कक्ष को साफ कर देने की दृष्टि से आशा अंदर आई। उसकी आवश्यकता ही नहीं थी। बिस्तर में एक झुर्री भी न आए, इस तरह सबकुछ ठीक करके वे चले गए थे; इसलिए उसका मन अपने पति के बारे में सोचने लगा। यह बात मेरी समझ में आ गई थी कि वे औरों के जैसे नहीं हैं। शादी की बात जब तय हुई थी, सासूजी ने अपने सामने मुझे बिठाकर, मुझसे सीधे कह दिया था—"यह थोड़ा अजीब सा लड़का है। तुम्हीं को सँभाल कर चलना होगा।" यह बात सुनकर बौखला गई थी। पहली बात तो यह थी कि मेरी शादी के संपन्न होने तक उसकी आयु उनतीस साल की हो चली थी और मेरी आयु छब्बीस साल की ही थी। डिग्री की पढ़ाई पूरी कर लेने पर, पिताजी ने निश्चित रूप से कह दिया था कि काम करने जाना नहीं चाहिए।

किसी मध्यवर्ती की मदद से इनके साथ मेरी शादी तय हुई थी। जब मुझे देखने के लिए आए हुए थे, उन्होंने स्पष्ट रूप से कह दिया था कि "मुझे तो अध्ययन और यात्रा की लत कुछ अधिक ही है।" मैंने चुपचाप, "ठीक है" करके हामी भर दी थी। मेरी श्रद्धा और अभिरुचियों के बारे में इन्होंने मुझसे पूछ लिया था। न जाने, मैंने क्या कह दिया था। इनके साथ बातचीत कर लेने के बाद, पिताजी ने अपना निर्णय सुना दिया था—"चौंतीस साल की आयु उतनी अधिक तो नहीं है। लड़का तो देखने में सुंदर है। उसके व्यक्तित्व में भी काफी गंभीरता है। इसीलिए उसके चेहरे पर उतनी अच्छी छवि है।" मुझे भी ऐसा ही लगा था। इनकी छवि माँ से मिलती-जुलती थी। रंग था गेहूँ से मिली सफेदी का; कद छह फीट से करीब तीन इंच कम था; हट्टा-कट्टा गठन था। गोल चेहरा था। बड़ी-बड़ी आँखों के तथा गंभीर स्वभाव के इनको देख लेने पर, इनके प्रति मन में भयमिश्रित गौरव

की भावना उभर आई थी। एक-दो दिन के बाद, जब हम लोग इनके घर गए थे, सासू माँ ने कहा था कि इनका स्वभाव कुछ निराला-सा है। मेरी समझ में जब यह बात नहीं आई थी, तब इन्होंने ही उसका मायना समझाया था।

"बड़ी मेहनत करके अपने बच्चों को मैंने पाला-पोसा है। बचपन से ही बहुत कम बोलने का स्वभाव था उसका। मेरे पतिदेवजी की मौत के बाद तो वह पूरी तरह से अंतर्मुखी हो चला, लेकिन वह बहुत होनहार था। पढ़ाई करके वह ऊँचे स्तर तक पहुँच गया। इस विचार से कि अपने स्वभाव से मेल खानेवाली लड़की मिलेगी या नहीं, शादी कर लेने के लिए भी वह आगे-पीछे करता रहा। जिन एक-दो लड़कियों को उसने देखा था, उन्होंने इसके साथ बड़े घमंड से बातचीत की थी, ऐसा लगता है। बहुत दिनों के बाद, जान-पहचान के लोगों की ओर से तुम्हारे बारे में उसे पता चला और तुम्हें देखकर उसने हामी भर दी।" इतना बोलकर जब सासू माँ हँस पड़ी, तब तक कान देकर ध्यान से सुनती रहनेवाली मुझको 'अंतिम वाक्य सुनते ही' लज्जा आ गई और मैंने सिर झुका लिया।

मेरा गला पकड़कर, चेहरे को ऊपर उठाते हुए उन्होंने कहा था—"तुम्हारे चेहरे पर सौम्यता के लक्षण हैं। मुझे भी तुम पसंद आई हो।"—यों हँसकर, आगे बढ़कर वे बोली—"यह तो ठीक है, मगर आजकल भी वह बहुत-कुछ पढ़ता रहता है। अचानक ही यात्रा करने निकल जाता है। उसके दोस्तों की टोली में कॉलेज के लड़कों से लेकर बड़े-बड़े विद्वानों तक कई लोग मिलते हैं। कभी-कभी हमारे घर में ही उनकी बैठकें चलती रहती हैं। वेदांत, भारतीय संस्कृति, प्रचलित गतिविधियाँ—ऐसे अन्यान्य विचारों के बारे में घंटों तक बहस चलती रहती हैं। वह बोलने लगता है, तो वे सब खुशी से सुनते रहते हैं। पढ़ाई के दिनों में ही वाद-विवाद करने में वह बड़ा चतुर बना हुआ था। स्कूल और कॉलेज की संवाद-गोष्ठियों में उसे जो पुरस्कार मिले थे, उनकी गिनती रखना भी आसान नहीं था। पढ़ाई के दिनों से ही गंभीर विचारों के अध्ययन में वह रुचि लेता रहा; अपने अध्यापकों को ही आदर्श मानते हुए, उनके मार्गदर्शन में ही बढ़ता आया है। इसलिए वह भी बड़े गंभीर स्वभाव का बना हुआ है। आगे चलकर उसको समझ पाओगी। अब अंदर जाकर, वहाँ रहनेवाली तुम्हारी सौतनों से मिलकर आ जाओ।" उनकी यह बात सुनकर, मैं उलझनों और घबराहटों में डूब गई थी। "अरी लड़की, घबरा गई क्या ? मेरा मतलब था उसकी ओर से सजाकर रखी गई पुस्तकों से। जाकर उन्हें देखकर आओ।"—यों कोमल स्वर में उनके बोलने पर, झिझकते ही उनके कमरे में मैंने पाँव रख दिया था। छोटी-बड़ी पुस्तकों का वह एक बृहद भंडार ही था। यदि वे पूछेंगी कि तुमने क्या देखा, उन्हें बताने के लिए दो-एक पुस्तकों के नाम याद रख लेने की मैंने कोशिश की थी, लेकिन इसमें मैं सफल हो नहीं पाई थी। संस्कृत, अंग्रेजी और हिंदी पुस्तकें ही नहीं, कन्नड़ जैसी अन्य भाषाओं की पुस्तकें भी थीं। उन सबको अलग-अलग करके जोड़कर रख दिया गया था।

मनोविज्ञान तथा अन्य विषयों एवं धर्मों से संबंधित बड़ी-बड़ी पुस्तकों का संग्रहालय ही वह बना हुआ था। कॉलेज के पुस्तकालय में ऐसी पुस्तकों की ओर आँख उठाकर भी मैंने नहीं देखा था। यह भय होने लगा कि इनके बीच में कैसे जी पाऊँगी? लेकिन, मेरे होनेवाले पतिदेव ही इनके मालिक बने हुए हैं, यह संतोष मेरा हुआ था। इसी खुशी से फिर मैं सासू माँ से जा मिली, तो मेरा चेहरा लाल-लाल हो उठा था और इसका अनुभव मुझे खुद होने लगा था।" इसके आंतर्य को अच्छी तरह समझकर, उसके अनुसार रहा करोगी, तो उतना ही मेरे लिए काफी है। पति-पत्नी के बिछुड़ जाने के लिए आजकल किसी कारण की आवश्यकता होती नहीं है। यह विचार ही कुछ हद तक मेरी चिंता का कारण बना रहता है।" इतना बोलकर वे चुप हो गईं, तो मुझे ऐसा लगा कि यह औरत उन माताओं से भिन्न और निराली है, जो अपने बच्चों की बुराइयों को छिपाकर, उनका विवाह रचा देते हैं। उस दिन से हम दोनों माँ-बेटी जैसी बन गईं। वे अपने बड़े बेटे के यहाँ कुछ समय और शेष समय हमारे यहाँ रहा करती थीं।

इसका मतलब यह नहीं कि पारिवारिक विचारों के प्रति उनकी कोई आस्था नहीं है; लेकिन अध्ययन के लिए अधिक प्राथमिकता देनेवाले हैं। किसी काम को उठा लेने से पहले, उसके परिणामों के बारे में काफी चिंतन-मंथन किया करते हैं; निर्णय कर लेने के बाद, उससे कभी मुकरते नहीं हैं। पिताजी तो इनको बहुत ही 'प्रैक्टिकल' शख्स मानते थे। मेरे माँ-बाप के लिए ही नहीं, हमारे रिश्ते-नातेदारों में भी ये सबके लिए बहुत ही प्रिय लगे थे। कहीं मनमुटाव हो जाए या जवान बेटों के साथ समालोचना कर लेने की आवश्यकता हो जाए, तो तुरंत उनको इनके पास ही ले आते थे। कोई भी इनकी बातों का निराकरण इसलिए नहीं करता था कि वे ऐसा सुझाव नहीं देते, जिसका खुद पालन नहीं कर पाते या अवसर आने पर जिसे कर भी नहीं दिखा पाते। ये बोलते बहुत कम हैं; मगर इनका हदय बहुत ही कोमल है। चूँकि मेरी दीदी विदेश में जा बसी हैं, मेरी माँ हमारे साथ ही रहने लगी हैं, हमारे घर की निचली मंजिल में। पिछले साल मेरे पिताजी की मौत हो गई थी। जब वे जीवित थे, तब भी ऐसा ही करते थे—यानी बेटी के घर आकर रहना नहीं चाहते थे। वे हठ करने लगे थे; फिर भी यह कहकर इन्होंने उनको मनवा लिया था कि उनके लिए अलग ही व्यवस्था कर दी जाएगी; यों अनुरोध करके उनको ले आए थे। दो कमरोंवाले, एक बरामदे और एक रसोईघर से युक्त जिस मकान का इन्होंने प्रबंध किया था, वह इन दोनों के लिए वास्तव में बड़ा ही था। वे एक ही कमरे का इस्तेमाल किया करते थे; दूसरा कमरा बाहर के शहरों से आनेवाले इनके दोस्तों के लिए सुरक्षित रहा करता था। आज भी यही क्रम जारी है।

कभी-कभी मेरे पति हमको भी अपने साथ विदेश ले जाते थे। शादी संपन्न होने के उन दिनों में ये टी.वी. के कार्यक्रमों में भाग नहीं लेते थे। उसके बाद कहीं एक दिन

इन्होंने अप्रत्याशित रूप में व्याख्यान दे दिया था, जो बहुत ही लोकप्रिय बन गया था। तब से टी.वी.वाले इनके पीछे पड़े हुए हैं। आजकल तो रास्ते पर जाते समय, लोग इनको पहचान लेते हैं; और इनसे दो-चार बातें करना आम घटना बन गई है। यह तो मेरे लिए गर्व की बात बनी हुई है। हस्तलाघव देते हुए, यों बोला करते हैं कि "नरेंद्रजी, संवाद के दौरान आपने जो सच्चाई बताई, वह तो आज तक हमें मालूम ही नहीं थी।" इन्हीं की ओर से कई पुस्तकों के नाम भी जान लेते हैं। ऐसे अवसरों पर गर्व के साथ इनके बगल में खड़ी रहती हूँ। निष्ठुर सच्चाई पर अड़े रहते हैं; मगर, कभी भावुक बनते नहीं हैं। ऐसा रहने की आदत भी प्राय: उन्होंने बना ली होगी। इनके आंतर्य में क्या चलता रहता है, उसको इनके बरताव के आधार पर ही जाना जा सकता है। मुँह खोलकर ये बातें बता नहीं देते हैं। इनके जैसे बनने की मेरी कोशिश सफल नहीं हुई है। "घर में बेकार बैठे रहने के बदले, चाहो तो तुम भी काम करने की बात सोच लो" करके मुझे यह सलाह भी दिया करते हैं। "काम करने से हमारी शिक्षा भी आगे बढ़ जाती है।"—उनकी इस बात में सच्चाई तो है; मगर, वक्त-वेवक्त ये जब बाहर ही रहा करते हैं, तब मैं भी घर पर नहीं रहूँगी, तो मैत्रेयी की देखरेख करेगा कौन? काम पर जाने के लिए माँ भी सम्मति नहीं देती थी। मुझे कड़ा आदेश दिया था कि दामादजी को किसी प्रकार की असुविधा नहीं पहुँचनी चाहिए। ऐसा एक दिन भी नहीं होता, जब मेरे मन में यह बात नहीं आती है कि न जाने किस जन्म के पुण्य से मुझे ऐसा पति मिला है।

हॉल में आकर आशा ने टी.वी. को चालू कर दिया। संवाद के शुरू होने में अभी पंद्रह मिनट बाकी थे।

मैत्रेयी कल का 'स्कूल बैग' तैयार कर रही थी। हू-ब-हू अपने पिता के जैसी हो चली है। उसकी 'क्लास टीचर' बोलती रहती है कि उसमें उसकी आयु से बढ़कर प्रबुद्धता देखने में आ रही है। अचानक अर्जुन की याद हो आई। चंद दिनों के लिए अस्मिता और अन्विता को अपने यहाँ ले आना चाहिए; उनके लिए भी एक बदलाव हो जाएगा। यों सोचते हुए, दीप जलाने के लिए पूजा-कक्ष की ओर आगे बढ़ी।

जब तक वह लौटी, टी.वी.वाले यह दिखा रहे थे कि आज के संवाद का विषय क्या है और कौन-कौन उस संवाद में भाग ले रहे हैं। सोफे के ऊपर बैठे हुए उसको पिछली बार हुए संवाद की याद आने लगी थी। अब भी वे ही—यानी सुंदरकृष्णजी और मीरादेवीजी ही—आए हुए थे। चंद दिन पहले सुंदरकृष्णजी ने उद्घोष किया था कि भगवद्गीता को जला डालना चाहिए। यह बहुत बड़ी खबर बनी थी और आज उसी विषय के बारे में संवाद चलनेवाला था। अन्य टी.वी. चैनलों के संवादों में मेज पर हाथ मारते हुए, अपने ऊपर भगवान् के चढ़ आने पर अंधाधुंध बरताव करनेवाले व्यक्ति के जैसे बरतनेवाले सुंदरकृष्णजी आज इनके सामने बहुत ही संयमी व्यक्ति के जैसे बरत रहे

थे। न जाने क्यों? या इनका सामना करते हुए, उनको डर लग रहा था क्या? उस दिन गीता की अवहेलना करनेवाले इसी शख्स को इन्होंने गीता के अठारहवें अध्याय का यह श्लोक—यानी 'युथेच्छसि तथा कुरु' (अर्थात् 'तुम्हारी जैसी इच्छा हो, वैसे ही किया करो—तो बड़ी उदारता की बात है')—उसे सुनाकर, उनसे पूछा था कि "हमारे देश के धर्म को छोड़कर, संसार के किसी अन्य धर्म में ऐसी स्वतंत्रता का उल्लेख तक नहीं मिलता। ऐसी स्वतंत्रता का दुरुपयोग करते हुए, अंट-संट बकना उचित लगता है क्या? इसी तरह कुरान और बाइबल के बारे में, उनको जला डालने की बात कहने की ताकत आपमें है क्या? अभिव्यक्ति की स्वतंत्रता का उपयोग कर लेते समय आत्मावलोकन, विवेचन और परिणाम से संबंधित दूरदृष्टि आपमें नहीं होनी चाहिए क्या?" इनके ऐसे सवालों के सामने वे हतप्रभ हो चले थे। भाँति-भाँति का समर्थन देते हुए, अपने वाद को प्रस्तुत करने की भरपूर कोशिश करने पर भी, उनके वाद में मजबूती नहीं थी। इनकी बातों में न रूखापन था, न नाराजगी ही थी। एक प्रकार की दृढ़ता के साथ इनकी आवाज निकल रही थी। इसके साथ ही, इनकी वैषयिक जानकारी बड़ी गहरी हुआ करती थी। इसलिए इनका सामना करना आसान नहीं था। इनकी दृष्टि भी तीखी हुआ करती थी। इस चैनल में यह नियम बना दिया गया था कि एक व्यक्ति के बोलने के बाद ही, दूसरे व्यक्ति को बोलना चाहिए। कई बार ऐसा होता था कि इनके बोलने के बाद, दूसरे व्यक्ति अपना मुँह खोलते ही नहीं थे। इसलिए, आजकल अंत में ही बोलने का अवसर इनको दिया जाता था। वह इस प्रकार उधर सोच रही थी, तो मैत्रेयी ने कमरे से ही आवाज दी—

"पप्पा का संवाद शुरू हुआ है क्या?"

"अभी शुरू होनेवाला है, तुम आ जाओ।"

मम्मी की यह बात सुनते ही, वह आकर बगल के सोफे के ऊपर बैठ गई।

अंतिम विज्ञापन दिखा रहे थे। अभी संवाद शुरू होनेवाला है—यों सोचने लगी थी, तो उसका मन पिछली बार के संवाद की जुगाली करने लगा था। ये मीरादेवी तो अजीब किस्म की औरत हैं। उनके स्वभाव में उतावलापन ही अधिक हुआ करता है। आज तक किसी संवाद में उनको अंत तक बैठते हुए मैंने देखा ही नहीं था। कई बार इनके प्रति नाराज होकर, चीखते-चिल्लाते, प्रतिवाद में कुछ भी बोल न पाने की वजह से, रोते हुए निकल गई थीं। फिर भी बार-बार संवाद में भाग लेने के लिए आती रहती हैं। उस दिन भी ऐसा ही हुआ था। कुरान में क्या कहा गया है, इसकी सही जानकारी न होने की वजह से, कुछ अंट-संट बोल गई थीं। अंत में इन्होंने बता दिया था कि कुरान की व्याख्या कितना महत्त्व रखती है। इन्होंने किसी चौथे खलीफ की—क्या नाम था उनका, अली इब्न अबु तालिब! पैगंबर मोहम्मदजी के ये दामाद थे न! उनका यह कहना है—"यह कुरान है, जिसे सीधी रेखाओ में लिखा गया है। यह खुद बोल नहीं पाता; इसके लिए

जुबान की—यानी व्याख्याकारों की—आवश्यकता है; जनता ही इसकी व्याख्याकार बनी है।"(This is Quran, Written in straight lines; it does not speak with a tongue; it needs interpreters, and interpreters are people.") इस बात को सुनते ही, वे इनके प्रति नाराज हो उठीं और इनको घूरकर देखते हुए, उठकर चली गईं। इनके इतने गहरे अध्ययन का लाभ मुझको और मैत्रेयी को मिल रहा है, जिससे कई विचारों की जानकारी हमको मिला करती है। जब ये औरों के लिए स्पष्टीकरण और विवरण दिया करते हैं, विषय कितने भी संकीर्ण क्यों न हों, हमारे मन में भी अंकित हो जाते हैं। यों सोचते हुए, आशा ने फिर से टी.वी. के ऊपर अपना ध्यान केंद्रित कर दिया। अब निरूपक बोलना शुरू कर रहा था।

"वीक्षकों को नमस्कार। मैं हूँ आपका गणेश चिन्नप्पा। टी.वी. के 'प्राइम टाइम' के संवाद के लिए आपका स्वागत कर रहा हूँ। आज के संवाद का विषय बहुत ही मजेदार तथा गंभीर स्वरूप का है।" जब वह बोल रहा था, टी.वी. के परदे पर नरेंद्र तथा अन्य विद्वानों के फोटो दिखा रहे थे। नरेंद्र हाथ बाँधकर बैठे हुए थे। खड़े रहें या बैठे रहें, हाथ बाँधे रखना उनकी आदत ही बन गई है, यों सोचा आशा ने।

'स्टूडियो में बैठे रहनेवालों को आमतौर पर यह पता नहीं चलता कि कैमरा कब उन पर 'जूम' होता रहता है। लेकिन अपने अनुभव से नरेंद्र को इस बात का पता चलता था। निरूपक जब बोलता रहता है तब सिर्फ उसी पर 'फोकस' करते हैं; औरों को अगले 'फ्रेम' में दिखाते हैं। उसने निरूपक की ओर नजर फैलाई। वह बोलता जा रहा था—

"रोचक और गंभीर विचार यह है कि मसजिदों की ओर से सुनाई दी जानेवाली 'अजान' की आवाज से और लोगों की नींद और शांति को भंग पहुँचता है। इसलिए उसका निषेध कर देना चाहिए करके एक समुदाय अभियान चला रहा है और कानून का सहारा लेने का निश्चय भी उसने कर लिया है। इसका निषेध करना चाहिए और इसका निषेध नहीं करना चाहिए करके, यों हर कहीं वाद-विवाद चल रहे हैं और जोर पकड़ते जा रहे हैं। इस भूमिका में हम यह जान लेने की कोशिश करेंगे कि हमारे चिंतकों तथा विशेषज्ञों की राय क्या है? आज के इस संवाद में भाग ले रहे हैं: 'जनवाणी' पत्रिका के मानद संपादक सुंदरकृष्णजी, लेखिका और प्रगतिवादी चिंतिका मीरादेवीजी तथा अनुसंधानकर्ता नरेंद्रजी।" उनका यों परिचय कराते समय, उन लोगों ने हाथ जोड़कर 'नमस्कार' जताया। कैमरे ने उन सबका 'नमस्कार' वीक्षकों तक पहुँचा दिया।

निरूपक ने बताया—"संवाद शुरू करने से पहले हम लोग एक छोटा सा 'वीडियो क्लिप' देख लेंगे—'मेरा घर मसजिद के पास ही है। मैं रात भर पढ़ता रहता हूँ और तड़के ही सो जाता हूँ; एक-दो घंटों की नींद भी पूरी नहीं होती। इतने में ध्वनिवर्धक का हो-हल्ला मचना शुरू हो जाता है। दूसरों को हमारी तरफ से किसी प्रकार की तकलीफ नहीं

पहुँचनी चाहिए, यही सभी धर्मों का सार है न?'—एक छात्र इस प्रकार अपना दुखड़ा रो रहा था। निरूपक ने इस ओर फिर कर पूछा—"अब बताइए सुंदरकृष्णजी, इस छात्र की बातें सुन लेने पर, उस पर होते रहनेवाले या सारे समाज पर होते रहनेवाले परिणाम को ध्यान में रखकर देख लेंगे, तो 'अजान' को निषेधित करने के प्रस्ताव के बारे में आपकी क्या राय है?"

संपादक महोदय ने मुँह पर हाथ रखकर, धीमी सी आवाज में खाँसकर, अपने को तैयार कर लिया। उनके बाल आधे पके हुए थे; कोलिया चेहरा था; महीन फ्रेम का चश्मा पहने हुए थे। 'ट्रिम' की गई दाढ़ी और मूँछ उनके चेहरे की शोभा बढ़ा रही थीं। गेहूँ के रंग से भी ज्यादा गहरा लगनेवाला रंग था उनकी त्वचा का। उन्होंने कहा—"देखिए, हमारा तो एक धर्मनिरपेक्ष देश है। सभी धर्मों के लोगों की रीति-नीति का सम्मान करना चाहिए। 'अजान' से हम लोगों को तकलीफ महसूस होती रही होगी, लेकिन मुसलमानों के लिए उसकी जरूरत है ही। अल्पसंख्यकों की धार्मिक भावनाओं के प्रति भी हमें सम्मान दिखाना है न? यह बात रहे, मेरा सवाल यह है कि आजकल हम लोग इतने असहिष्णु क्यों होते जा रहे हैं?"—निरूपक से ही वे यह सवाल करने लगे थे।

वह भी यह सवाल करने पर उतरा—"आपकी इस बात को कैसे मान सकते हैं कि हम लोग असहिष्णु बनते जा रहे हैं? मुसलिम प्रशासन ही जिन राष्ट्रों में जारी है, वहाँ के मुसलिमों को जितनी आजादी मिली है, उससे अधिक आजादी भारत के मुसलिमों को मिली है, करके वहाँ के लोग ही बोल रहे हैं न?"—निरूपक ने यों प्रतिवाद किया।

"होगा। उस आजादी को हड़प लेने की कोशिश हमारी सांप्रदायिक शक्तियों की ओर से हो रही है न? 'अजान' नहीं चाहिए; 'गोहत्या' नहीं होनी चाहिए"—ऐसे नारों का मतलब क्या है? इनका मतलब यही है न कि हम लोग धर्मनिरपेक्षिता की भावनाओं की धीरे-धीरे हत्या कर रहे हैं?" नाराजगी दिखाते हुए, अपनी आवाज ऊँची करके, उन्होंने निरूपक से ही पूछा। उसका जवाब नहीं देते हुए, सिर्फ मुसकराते हुए, तब निरूपक ने मीरादेवीजी की ओर मुड़कर, उनसे पूछा—"मीरादेवीजी, आप इसके बारे में क्या कहना चाहती हैं?"

गोल मुखवाली और थोड़े से मोटे लगनेवाले वर्ग में आनेवाली मीरादेवी ने गहरा 'मेकअप' करवा लिया था। 'लिपस्टिक' की वजह से रंगीन होकर चमकते रहनेवाले उनके होंठ वीक्षकों के आकर्षण के केंद्र बने हुए थे। मानो निरूपक के प्रश्न की ही प्रतीक्षा कर रही थीं, उन्होंने जबरदस्त जवाब दिया—"सुंदरकृष्णजी की राय से मैं पूरी तरह से सहमत हूँ। अपने धर्म का जो निबंधन होता है, उसका पालन करने की आजादी अल्पसंख्यकों को दी जानी चाहिए। 'आफ्टरऑल वी आर ए सेक्युलर डेमोक्रेटिक रिपब्लिक यू सी।'"

"इसके बारे में आपकी राय क्या है, नरेंद्रजी?"—उनकी ओर मुड़कर, निरूपक ने पूछा।

"धर्मनिरपेक्षता संबंधी संविधानात्मक गुण-लक्षण के लिए देश की सुरक्षा और जनता की भलाइयों से अधिक महत्त्व नहीं देना चाहिए, यही मेरी राय है। 'अजान' हमारे लिए कितना प्रासंगिक है, इसका निश्चय करने के लिए, उसकी पृष्ठभूमि को समझ लेना आवश्यक बनता है। यह सन् 622-623 की अवधि की बात है। तब पैगंबर मोहम्मदजी मक्का से मदीना में अभी नए-नए आए हुए थे। खजूर को सुखाने के लिए इस्तेमाल करनेवाली एक कोठरी को ही मसजिद बना लिया था। उनके और उनकी बीवियों के कमरे मसजिद से सटे हुए थे। तब मदीना के लोगों का इसलाम में मतांतर अभी नया-नया हो रहा था। नए मजहब में दिन में कई बार इबादत करने की परिपाटी थी न! वह छूट न जाए, यह भय भी उनको सता रहा था। उन दिनों में घड़ियाँ थीं कहाँ? लोग जब चाहे तब मसजिद के सामने जमा हो जाते थे। इससे सब लोगों को तकलीफ पहुँचती थी। पैगंबरजी के यहाँ 'बिलाल' नाम का एक निष्ठावान नौकर था। उसकी आवाज बड़ी बुलंद थी। निमाज का समय हो जाने पर, उसको कोठरी की छत पर चढ़ाकर, जोर से 'आवाज' दिलाने की परिपाटी शुरू कर दी गई। उसकी आवाज सुनकर, लोग निमाज करने के लिए आने लगे। इस परिपाटी के कारण, लोगों में उलझन होने बंद हो गई। यह है 'अजान' का इतिहास। यह तो उस समय के लिए अनुकूल बना रहा। आजकल जब भाँति-भाँति की घड़ियाँ और 'अलारम' की सुविधाएँ उपलब्ध हुई हैं, ध्वनिवर्धकों का इस्तेमाल करते हुए, गैर-मुसलमानों को भी सचेत कर देने की यह परिपाटी कहाँ तक उचित जँचती है, इस विचार के बारे में सोच-विचार करने की आवश्यकता है।"—इतना कहकर वह चुप रह गया। इस विचार को पचा लेने के लिए उन सबको काफी समय लगा।

"जैसा कि आप लोग देख रहे हैं, आज हमको बहुत ही रोचक विचार मालूम हो रहे हैं। एक छोटे से विराम के बाद इस संवाद को जारी रखेंगे।"—यों बोलते हुए, निरूपक इनकी ओर मुड़ा। टी.वी. के परदे पर विज्ञापनों की कतार ही लग गई। निरूपक बेंगलुरु के यातायात के बारे में बोलने लगा था। मुसकराते हुए, नरेंद्र उसकी बातें सुन रहा था।

सुंदरकृष्णजी कनखियों से नरेंद्रजी को देख रहे थे। बातचीत करने की उनकी कुशलता सबके मन को जीत लेती थी। वे कभी सब्र खोते नहीं थे। जब कभी मैं विषयांतर या वितंडावाद करने लगता था, वे चुप रह जाते थे। उन्हें ऐसा लगता था कि मुँह पर पचाड़ दिया गया है। यदि संवाद में भाग लेने से इनकार करते थे तो उनके गौरव को धक्का पहुँचता था। लोग यह समझ लेते थे कि संवाद में भाग लेने से डर रहे हैं। यह तो पुस्तक का कीड़ा बन गया है। दिल्ली जाकर वहाँ के पुस्तकालयों की

खाक छान डालता है, ऐसा कहा करते हैं। कैसी अजीब हालत में यह प्रकाश में आ गया था! बेंगलुरु के विज्ञान कॉलेज में आयोजित किसी राजनीतिक पक्ष के युवा नेता के व्याख्यान से संबंधित सभा थी वह। हजारों की संख्या में वहाँ छात्र इकट्ठे हुए थे। काफी समय बीत गया था। फिर भी उस नेता का पता नहीं था। सब्र खोते रहनेवाले छात्रों का मनोरंजन कराने की दृष्टि से मंच पर आने के लिए किसी युवा को आयोजक ने निमंत्रण दिया, तब मंच पर आकर इसने छात्रों से पूछा था—"विज्ञान से संबंधित इस कॉलेज के समारोह के लिए विज्ञान संबंधी भूमिका से एकदम वंचित ऐसे राजनीतिक नेता को न्योता देने के औचित्य के बारे में किसी ने व्यवस्थापक समिति से सवाल ही नहीं किया क्या?" उस भरी सभा में, छात्रों से उसने यह भी सवाल पूछा था—"आपमें से राजनीतिक नेता बनने की इच्छा रखनेवाले कोई हैं, तो अपना हाथ उठा लीजिए।" किसी ने हाथ नहीं उठाया, तो उसने यह भी सवाल उठाया था—"तो, वोट माँगने के लिए आनेवाले इन राजनीतिक नेताओं की बातें, आगे चलकर किस तरह से अपने लिए लाभदायक होंगी, ऐसा सोचकर आप लोग यों इकट्ठे हुए हैं क्या?" छात्रों में इससे खलबली मच गई। नाराज हुए आयोजक ने इसको मंच से हटा देने की जब कोशिश की, तो कई छात्र मंच के ऊपर आ गए और इसको अपना समर्थन देते हुए, इससे आग्रह किया कि वह अपनी बातें आगे बढ़ाए। उसके बाद, इसने एक घंटे तक व्याख्यान दिया था। उस दिन जो नेता आनेवाले थे, उनकी और अन्य कई राजनीतिक नेताओं की शैक्षिक योग्यता की कमियों का स्पष्ट रूप से खुलासा किया और निदर्शनों के साथ यह भी स्पष्ट कर दिया कि किस प्रकार राज्य के विकास के लिए वे रोड़ा बन सकते हैं; बीच में खलबली मचाते रहनेवाले योजकों को छात्रों ने ही चुप करवाके बिठा दिया। इससे बड़ा हो-हल्ला ही मच गया। ऐसे सुअवसर से टी.वी.वाले कैसे हाथ धोकर बैठते? आपस में होड़ करते हुए, इन सभी चैनलों ने इस घटना का जोरदार प्रसारण कर दिया और अगले दिन पौ फटने से पहले वह मशहूर हो गया। हमारी पत्रिका में भी हमने सविस्तार 'कवरेज' दे दिया। कई राजनीतिक पक्षों ने उसे अपने पक्ष में शामिल कर लेने की कोशिश की; मगर उन्हें सफलता मिली नहीं। इसकी बातें सुनने के लिए लोग बड़े उत्सुक हो उठे थे; लेकिन यह किसी के हाथ में नहीं आ रहा था और ईद के चाँद के रूप में, कहीं-कहीं विरले ही किसी विषय पर बोला करता था। उसमें समाजमुखी चिंतन रहा करता था; तत्त्वज्ञान की झलक भी रहती थी। इस चैनल के संवादों के लिए नियमित रूप में आया करता है। इसके इस असामान्य व्यक्तित्व ने मेरे आंतर्य में एक प्रकार की अधीरता पैदा कर दी थी, जिससे मेरी बहस कई बार पटरी से उतर भी जाती थी न? फिर भी, इसको पूरी तरह से कहाँ समझ लिया है? यह बात रहे, 'अजान' के बारे में इसने जिस पुस्तक का नाम लिया, उसको पढ़ लेना चाहिए।

"नरेंद्रजी, 'अजान' की शुरुआत के बारे में ये ब्योरे किस पुस्तक में मिलते हैं?"—दबी हुई आवाज में, थोड़ी सी सकुचाई के साथ ही, उन्होंने पूछा।

"Mohammed and the Rise of Islam! इसके लेखक हैं D.S. Margoliouth!" उन्होंने तुरंत लिख लिया। "क्या नाम बताया, इन्होंने?"—यों पूछते हुए, मीरादेवीजी ने भी लिख लेने का प्रयास किया। फिर से इनसे पूछ लेने में उनकी अहमिका रोड़े अटका रही थी। अब तक उन्होंने एक ही पुस्तक प्रकाशित की थी; मगर, सैकड़ों अभियानों में भाग लेने का अनुभव उन्हें मिला था। अब इसका अंदाजा लगा लेने में उनका मन डूबा था कि उस पुस्तक का साइज या आयतन क्या हुआ होगा? थोड़ी देर बाद, निरूपक ने फिर शुरू किया—

"विराम के बाद, फिर आपके लिए स्वागत। कश्मीर में आज हमारा एक और वीर योद्धा शहीद हुआ है। पत्थरबाजी की वजह से केंद्रीय सशस्त्र सुरक्षा बल के कई जवान गंभीर रूप से घायल हो चुके हैं। ऐसी वारदातों के बीच, सरकार 'घर वापसी' योजना का अनुष्ठान करने निकली है।"—इतना बोलने के बाद, रुककर सुंदरकृष्णजी की ओर फिरकर, उसने पूछा—"सुंदरकृष्णजी, इसके बारे में आपकी राय क्या है?"

"देखिए, ऐसी सूक्ष्म योजना को अनुष्ठान में लाने के विचार में केंद्र सरकार को काफी सावधानी बरतनी होगी। आखिरकार यह तो अल्पसंख्यक मुसलमानों के हक से संबंधित मामला है। इसकी जानकारी पाए बिना कि उनको क्या चाहिए, उनके ऊपर सेना का दबाव डाल देंगे, तो यह स्वाभाविक है कि वे पत्थरबाजी पर उतर आएँ"—आपत्ति से युक्त निश्चय के रूप में इन्होंने यह बात कही।

निरूपक फिर नरेंद्रजी की ओर मुड़ा।

"पहली बात तो यह है कि सुंदरकृष्णजी के कथन में एक बड़ी गलती है। वह यह है कि कश्मीर में अल्पसंख्यक मुसलमान नहीं, हिंदू हैं। दूसरी बात यह है कि…" बीच में ही इनको रोकते हुए सुंदरकृष्णजी बहस करने पर उतरे। यह उनको अपनी बातों में बाँध लेने ही वाले थे कि मीरादेवी आपे से बाहर हुईं और साँड़ के जैसे बीच में घुसते हुए बोल उठीं—"मिस्टर नरेंद्र, आप इस बात को क्यों समझ नहीं लेते? Kashmir is a special case! वहाँ अनुच्छेद 370 जारी है। उससे कश्मीर को विशेष स्थान और मान मिले हुए हैं।"—वे उस पर टूट पड़ीं।

"कश्मीर के बारे में इतना कह दिया गया है कि 'Temporary provisions with respect to the State of Jammu and Kashmir'! ये अस्थायी और तत्काल के लिए लागू होनेवाले प्रावधान मात्र थे। चाहे तो, भारतीय संविधान के इस प्रावधान को फिर से देख लीजिए। इक्कीसवें विभाग में यह देखने को मिलता है। तत्कालीन उस प्रावधान को स्थायी स्वरूप दिलवाने की दृष्टि से 'विशेष स्थान-मान' से संबंधित उस शब्द-पुंज

के पिछले सत्तर सालों से व्यवस्थित रूप में प्रयोग और समर्थ रूप में दुरुपयोग होते आए हैं।"—नरेंद्र ने शांत स्वरूप में कहा।

तुरंत मीरादेवी उठ खड़ी हुईं। क्रोध से उनका चेहरा लाल-लाल हो चला था। अपमान जो हुआ था, उससे उनका सारा बदन काँप रहा था—"यहाँ बैठकर, इतनी सारी बातें बोल रहे हैं न? हमारे जवानों ने वहाँ पर जो दुर्जन्य किया है, उसे आपने वहाँ जाकर अपनी आँखों से खुद देख लिया है क्या? वहाँ के नादान लोग जो यातनाएँ सह रहे हैं, उसे आपने देख लिया है क्या?"—मानो, यही उनका कोई अंतिम अस्त्र था, वे जोर से गरज उठीं। अंतिम दो शब्दों का उच्चारण करते समय, उनकी आवाज भी काँपने लगी थी। मानो यह बात समझ में आ गई कि अभी पूरा नियंत्रण खो बैठनेवाली हैं, निरूपक की ओर देखते हुए वे बोल उठीं—"कृपया मुझे क्षमा कर दीजिएगा। मेरे लिए एक अत्यावश्यक काम आ पड़ा है।"—यों बोलते हुए, वे वहाँ से निकल गईं। उनकी 'हील्ड' चप्पल की आहटें विधेय रूप में उनका पीछा करती गईं।

*****

नरेंद्र अभी घर लौटा भी नहीं था कि विक्रम का फोन आया। "मैंने आज का संवाद देखा। सेक्युलरिज्म को लेकर ये लोग इतना बड़बड़ाते रहते हैं! क्या इन सबको यह बात मालूम है कि चर्च की 'बंदर की पकड़' से यूरोप के राष्ट्रों को मुक्त कराने के लिए, धर्म और राजनीति को अलग करके प्रशासन के यंत्र के लिए आवश्यक स्वतंत्रता प्रदान करने के लिए, ईसाई धर्म के विषय विश्वास नहीं रखनेवालों को भी जीने के मानवीय अधिकारों को दिलवाने के लिए सत्रहवीं सदी में जो आंदोलन शुरू हुआ था, उसी का नाम है सेक्युलरिज्म।"

"उनको मालूम हुआ होगा, मगर लोगों को मालूम नहीं था न"—नरेंद्र ने कहा।

"तुम्हारा कहना ठीक है। यूरोप में इसके जन्म लेने के हजारों सालों से पहले ही, 'वसुधैव कुटुंबकम्' (सारा संसार एक ही परिवार है।) के नाम के सेक्युलरिज्म का जो सिद्धांत प्रचलित था, उसके ऊपर मुसलमानों की हुकूमत की अवधि में ग्रहण छा गया था। आजकल इन लोगों की जो बड़बड़ाहट सुनाई दे रही है, वह पूरी तरह से मूर्खता का प्रतीक बना हुआ है, इस बात की जानकारी सबको मिलनी चाहिए।"—विक्रम ने पक्का प्रतिपादन किया।

"हाँ। एक विवरणात्मक लेख प्रकाशित होनेवाला है। उसमें यह सारी सूचना मैंने दी है। इसी सप्ताह में वह प्रकाशित हो जाएगा।"—इसने उत्तर दिया।

"अच्छी बात है। वह सुंदरकृष्ण तो कागज का शेर है। आगे चलकर, सारे सप्ताह में उसकी पत्रिका में गंदे-गंदे लेख ही प्रकाशित होते रहते हैं, देखते रहो। जिन लेखों को

लिखवा देता है, उनको अपने अधीक्षक लोगों को दिखाकर, उनकी कृपा की भीख माँग लेना और मुर्दा बने हुए साम्यवादी सिद्धांत को 'वेंटीलेटर' के सहारे जिंदा रखना—ये ही उसके मकसद हैं। पिछले सप्ताह में हिंदू धर्म के अंधविश्वास के नाम से कई लेख उसने लिखवाए थे। वह इस तरह का शख्स है, तो मीरादेवी दूसरे किस्म की है। आजकल वह 'फेसबुक' पर लिखती रहती है। उसका कहना है कि 'अजान' के मामले में अपने सभी मुसलमान भाई-बंधुओं को मेरा पूरा सहयोग मिलता रहेगा। मेरे इस सहयोग को साबित करने के लिए मैं गोमांस का भक्षण करने के लिए भी तैयार हूँ।"

"उन लोगों को अपना काम करने दो; हम लोग अपना काम करते रहेंगे।" दो मिनट बाद, नरेंद्र ने फिर कहा—"विक्रम, मेरे सिर में एक कीड़ा घुस गया है।"

"ठीक है। विकास गौड़ को 'चार्ज' दे दो। तुम्हारे प्लान को अंतिम स्वरूप देने के बाद, मुझे बता देना।" मुँह खोलकर मेरे बता देने से पहले ही सबकुछ समझ लेनेवाले अपने इस मित्र के प्रति नरेंद्र के मन में गर्व की भावना जाग उठी। अगले कदम के बारे में सोचते हुए, उसने कार की गति बढ़ा दी।

*****

"पप्पा, वह आंटी आज बहुत जल्दी उठकर चली गई?"—घर पहुँचते ही मैत्रेयी ने पूछा।

नरेंद्र ने मुसकराते हुए, सिर हिलाकर, चुप्पी साध ली। "वहाँ जाकर आपने देखा है क्या?"—मीरादेवी की ये बातें तब से उसे सता रही थीं। भले ही वह यह सवाल पूछा नहीं करती थी, फिर भी अर्जुन की मौत उसको इसी निश्चय पर पहुँचा देती थी, इसमें कोई संदेह नहीं था। अर्जुन के कश्मीर जा पहुँचने के बाद, नरेंद्र ने भी अपने सारे अन्य अध्ययनों को अलग रखकर, दिन-रात की परवाह किए बिना, उसी के बारे में गहरे अध्ययन में अपने को जुटा लिया। जब उसे इस विचार की जानकारी मिली कि इस समस्या के कई आयाम हैं, प्रत्येक आयाम के पथ में वह अग्रसर हुआ। देश के अन्यान्य ग्रंथालयों से पुस्तकें मँगवाकर अध्ययन करने पर, कश्मीर से संबंधित ऐतिहासिक, सामाजिक और आर्थिक विचार तथा अन्य अंश शीघ्र ही उसकी समझ में आ गए, लेकिन कश्मीर पर हुए इसलाम के सीधे और गहरे प्रभाव को समझ लेने के लिए अधिक समय लग गया। इन सबके बारे में अर्जुन से मैंने जब चर्चा की, वह भी अन्यान्य आकरों से सूचनाएँ संकलित करके मुझे पहुँचाने लगा। वहाँ के लोगों से मिलकर उसने जो विचार मेरे लिए संकलित किए थे, वे पुस्तकों में नहीं मिल पाते थे। अपनी पढ़ाई से प्राप्त जो सूचना वह मुझे बताया करता था, वह हम दोनों के लिए उपयुक्त बनती थी। कभी-कभी समाचार के किसी छोटे से अंश से जो चर्चा शुरू होती थी, वह घंटों तक चलती थी और कश्मीर से सीधे संबंधित

नहीं रहनेवाले इतिहास के किसी पृष्ठ पर जाकर रुक जाती थी। पिछली बार जब अर्जुन आया हुआ था, कई पुस्तकें ले आया था। "चेक साम्राज्य के द्वारा कश्मीर पर प्रभुत्व की स्थापना और उनके प्रभुत्व की अवधि में हुए मतांतर से संबंधित सारे ब्योरे इन पुस्तकों में मिला करते हैं; इन्हें पढ़ लो" करकर उसने वे पुस्तकें मुझे दे दी थीं। प्रत्येक विचार जब स्पष्ट होता जाता, नरेंद्र इन विचारों के विश्लेषण में लग जाता था कि इस सुंदर देवभूमि की दुर्दशा के लिए कारणीभूत बने विचार क्या थे और उनका परिणाम क्या हुआ ? ऐसे अवसरों पर अर्जुन बहुत ही भावुक होकर चुप रह जाता था। सैनिक काररवाई के अंग के रूप में कश्मीर के अन्यान्य भागों में उसे जाना पड़ता था न! वहाँ से लौटने के बाद, वहाँ जो भी सूचना प्राप्त होती थी, उसका ब्योरा वह मुझे सुनाता था। जब वह जीवित था, मैं उन प्रदेशों में जा नहीं पाया था। अब ऐसा कोई कारण नहीं बचा था, जो वहाँ जाने से मुझे रोक सकता था। यदि ऐसा कोई बहाना ढूँढ़ भी लूँ, तो वह अपने आपके प्रति की जानेवाली धोखेबाजी मात्र हो जाती है। यों सोचते हुए खाने के लिए बैठ जानेवाले नरेंद्र का ध्यान इस ओर जाता ही नहीं था कि थाली में क्या परोसा गया है।

"बोली जानेवाली बातों में कोई अर्थ न होने पर भी, वह औरत कितना दुरहंकार दिखा रही थी।"—तरकारी परोसते हुए, आशा बोलती जा रही थी।

"एक बात तो उसने सही बताई न ? कश्मीर जाकर उन प्रदेशों को मैंने देखा कहाँ है ?"—सिर झुकाकर, परोसे गए चावल में उँगली चलाते हुए, थाली में ही अक्षरों को अंकित करते हुए, प्रामाणिकता के साथ जब मैंने यह बात कही, वह सचमुच घबरा गई।

"आपका मतलब क्या है ?"—यों पूछते समय, उसकी आवाज काँपने लगी थी। वे क्या बोलने जा रहे हैं, इसकी ज्यादातर कल्पना उसने कर ली थी।

"जितनी जल्द हो सके, वहाँ जाने की बात सोच रहा हूँ।"—बिना सिर उठाए ही उसने जवाब दिया।

उसका चेहरा सकुचा गया। इन्होंने निश्चय कर लिया है। अब किसी का कुछ कहा नहीं सुनते। न जानें क्यों उस दलिद्दर औरत ने यह सवाल पूछ लिया ? उसकी गरिमा ही क्या है, जो उसकी उस बात को ये इतना महत्त्व दे रहे हैं। और कहीं जाते, तो मुझे इतनी चिंता नहीं होती थी; कहीं-कहीं जाकर, सप्ताह भर वहीं रहकर आ जाते थे न, ऐसे अवसरों पर मैंने इन्हें टोका था क्या ? दिन में कम-से-कम एक गोलाबारी, पत्थरबाजी और कर्फ्यू जहाँ जारी होते रहेंगे, उस कश्मीर जैसी खतरनाक जगह में जाने की बात सोचनेवाले इनको मेरी चिंता भाती क्यों नहीं है ?

ऐसी ही सोच में डूबी हुई आशा तभी सचेत हुई जब मैत्रेयी ने मुँह सिकोड़कर पूछा—"माँ, मैंने दही माँगी तो तुमने दाल डाल दी है।" नरेंद्र भी अपनी सोच से बाहर आया; और आशा के चेहरे की ओर देखा तो उसकी घबराहट समझ में आई। उसने

आश्वासन दिया कि चूँकि सारी व्यवस्था करके ही वह वहाँ जानेवाला है, उसे किसी प्रकार की चिंता करने की जरूरत नहीं है। शीघ्र ही खाना खत्म करके लैपटॉप उसने खोल लिया। कश्मीर की यात्रा से संबंधित 'वेबसाइट' में अपना पता और 'फोन नंबर' दर्ज करके, जल्द-से-जल्द संपर्क करने की प्रार्थना दाखिल करने के बाद ही उसके मन को शांति मिली। इस भरोसे से कि 'मैसेज' देखते ही वे लोग फोन कर देंगे, वह अपने अध्ययन-कक्ष की ओर बढ़ा।

रसोईघर साफ करके, आशा अपने शयन-कक्ष की ओर आई। मैत्रेयी मात्र वहाँ सो रही थी। ये यहाँ नहीं हैं, तो अध्ययन-कक्ष में जरूर होंगे, यों सोचकर, पैरों की आहट तक न सुनाते हुए, धीरे-धीरे वहाँ आ पहुँची। आहट मचाते हुए भी वहाँ पहुँचती तो भी उनको मालूम नहीं होता था। अध्ययन करने बैठते हैं तो ध्यान की स्थिति में डूबे रह जाते हैं। इसी तरह कभी-कभी सोच में खोए रहते हैं। इसका भी ध्यान नहीं रहता है कि चारों ओर क्या हो रहा है ? यों सोचते हुए, कमरे के दरवाजे के पास खड़े होकर उसने देखा। अब भी मोटी जिल्द की एक पुस्तक में उनका ध्यान गड़ा हुआ है। उतने बड़े कमरे में एक मेज, कुरसी और पुस्तकों को कतार में जोड़ी गई अलमारियाँ देखने में आती हैं। सभी अलमारियों में पुस्तकें भरी हैं। उस बड़ी मेज के ऊपर पुस्तकें बिखरी पड़ी रहती हैं। कोई और सामान बरबाद हो जाए तो ये चिंता नहीं करते हैं, मगर पुस्तकों की जिल्द को भी खराब होने नहीं देते। मेरे सिवा किसी और को उस कमरे में प्रवेश भी नहीं मिलता। अलमारियों तथा मेज को साफ करते समय जो पुस्तकें मिलती हैं, कभी-कभी उन्हीं को अपना पतिदेव मानते हुए, बड़ी देर तक छाती से लगाकर बैठी रहती हूँ। सीधी तरह से मेरे साथ जो बातें बोला नहीं करते, उनके साथ शायद बोलते रहते हैं, ऐसा भी कभी-कभी मुझे लगता है। अब जो कश्मीर की यात्रा पर निकलने की सोच रहे हैं, इस विचार ने ही मेरे आंतर्य में एक प्रकार का भय पैदा कर दिया है। ये तो कहते हैं कि डरो मत, मगर मेरे मन में जो खलबली मची रहती है, उसे मैं ही जानती हूँ। ऐसा ही लगता है कि यदि ये मेरे निकट ही रहें तो मन शांत रह सकता है। यह भी पता नहीं है कि कब तक ये अध्ययन करते रहेंगे। कई बार, मेरी आँख लगने के बाद भी, ये पढ़ते रहते हैं। उनके उठने की आहट सुनकर जाग जाती हूँ; कभी-कभी ये ही मुझे जगा देते हैं। आज तो बहुत ही अनमने लग रहे हैं; शायद उनके आने में और देर होगी। जब तक वे नहीं आते, तब तक जागी रहूँगी। इनके आ जाने के बाद, उनकी छाती में मुँह छिपाकर सो जाना चाहिए। ये जब माथे पर हाथ फेरते हैं, मुझे ऐसा लगता है कि मैं भी एक बच्ची हूँ और इनसे और चिपककर सो जाती हूँ; तब सारे भय दूर हो जाते हैं। कल्पना मात्र से जब मन हलका हो चला, वहाँ से आशा लौट आई।

*****

अगले दिन सवेरे, जब नरेंद्र अपने दफ्तर में था, फोन आया—“कश्मीर की यात्रा के लिए अपना नाम आपने दर्ज कराया था ? कितने दिनों की यात्रा करने की अभिलाषा है आपकी ?” आयोजिका की ओर से सारा ब्योरा पा लेने का बाद, उससे यह जानकारी मिली : सामान्यतया तीन, छह और दस दिनों की यात्रा का आयोजन किया जा सकता है। श्रीनगर के प्रेक्षणीय स्थलों के अलावा, गुलमार्ग, सोनमार्ग, पहलगाँव आदि के प्रमुख प्रेक्षणीय स्थलों की भी यात्रा करवाते हैं, लेकिन इसके लिए उनकी ओर से दिखाए जानेवाले कृत्रिम रंग के कश्मीर में उसकी कोई रूचि नहीं थी। दो मिनट तक सोच लेने के बाद, उसने सीधे उस आयोजिका से पूछा—“आपकी फेहरिस्त में नमूदित स्थलों को देख लेने के प्रति मेरी कोई श्रद्धा नहीं है। श्रीनगर के जिन प्रदेशों में हिंदू समुदाय के लोग रहा करते थे, उन प्रदेशों को तफसील से देखना चाहता हूँ। हो सके तो बारामुला और पुलवामा जिलों के अंदरूनी भागों को भी देखना चाहता हूँ।” उसकी बात पूरी होते ही, अगले क्षण ही उसने कहा—

“सर, क्या आप को इस बात की जानकारी है कि आप क्या पूछ रहे हैं ? वे सभी प्रेक्षणीय स्थलों की सूची में शामिल होनेवाले स्थल हैं ही नहीं” अपनी आवाज में घबराहट के जो चिह्न बने थे, उनको छिपा लेने की उसने कोई कोशिश नहीं की।

“मैडम, मैं कोई आम यात्री नहीं हूँ। उस हैसियत से भी मैं वहाँ नहीं आ रहा हूँ। मैं एक भारतीय होने के नाते वहाँ आ रहा हूँ।”—उसके यों दृढ़ रूप में कह देने के बाद, करीब आधे मिनट की चुप्पी साधकर, फिर उस आयोजिका ने कहा—

“मैं आप को कैसे बताऊँ, यह मुझे सूझ नहीं रहा है। वे तो बड़े खतरनाक स्थल हैं। अगर आप वहाँ जाने की जिद करते हैं, तो आपके लिए टैक्सी की व्यवस्था कर सकते हैं। ड्राइवर के सिवा किसी और को आपके साथ भेज भी नहीं पाते। कहीं कुछ दुर्घटना हो जाएगी, तो उसकी पूरी जिम्मेदारी आप हो की होगी। सोच-विचार करके, जल्द-से-जल्द आप अपना निश्चय हमें बता दीजिए। इसलिए आवश्यक प्रबंध करने के वास्ते हमारे लिए भी दो-चार दिनों की आवश्यकता होती है।”

उस आयोजिका के यों कह देने के बाद, नरेंद्र के मन में भी खलबली मच गई। उसे यह विचार मालूम था कि अन्य स्थलों की तरह यहाँ अकेले ही मनमाने घूमने की आजादी नहीं है। ड्राइवर के साथ कार में बैठकर, रास्तों में घूम जाने मात्र से कश्मीर के बारे में आखिर क्या जानकारी पाई जा सकती है ? इसकी भी प्रतीक्षा नहीं की जा सकती है कि वह ड्राइवर मुक्त रूप से मुझसे बातचीत करते हुए, मुझे उन सभी जगहों में ले जाएगा। उसे ऐसा लगा कि ऐसी व्यवस्था से उसका काम सही रूप में चल नहीं सकता। यों सोचते समय, उसे विक्रम की याद हो आई। हर कहीं उसके परिचय के लोग हुआ करते थे। यहाँ भी ऐसा कोई-न-कोई होगा ही। अच्छा होगा, यदि ऐसे किसी व्यक्ति का

सहयोग मिल पाएगा। उसने तभी विक्रम को फोन किया। "वहाँ जाने की बात सोच रहे हो क्या?" उसकी आवाज में भी घबराहट की छाया थी। इसने चुपचाप 'हाँ' कह दिया। उसने कह दिया—"ठीक है। मेरे एक मित्र, जो कश्मीरी पंडित हैं, बेंगलुरु में ही हैं। उनसे पूछताछ करके तुम्हें बताऊँगा"

अगले दिन ही विक्रम का फोन आया। "मेरे मित्र से बातचीत करके, उन्हें तुम्हारे बारे में मैंने सबकुछ बता दिया है। तुम्हारे ठहरने के लिए होटल के बदले अपने एक मित्र के यहाँ उन्होंने व्यवस्था कर दी है। उनका नाम है संजीव कौल। अभी उनका नंबर 'मैसेज' कर दूँगा। यह निश्चय कर लो कि कब तुम वहाँ जा सकोगे।" उसकी बातें सुनकर मन को चैन मिला। दफ्तर के लिए निकले हुए उसने, घर के दरवाजे पर ही थोड़ी देर तक रुककर, संजीवजी को फोन किया। पास ही खड़ी रहनेवाली आशा के चेहरे पर आतंक छाया हुआ था।

"संजीवजी, नमस्कार। माँ हूँ नरेंद्र। बेंगलुरु से बोल रहा हूँ।"

"..."

"कब आ सकता हूँ।?"

"..."

"तो परसों के लिए टिकट बुक कर दूँ क्या?"

"..."

"ठीक है। धन्यवाद।"—यों बोलते समय, उसके चेहरे पर हलकी सी मुसकान खिल गई।

"क्या कहा?"—यों, मारे घबराहट के, सवाल करनेवाली आशा की ओर फिरकर, यह बताते समय भी कि "परसों मैं यात्रा पर जा रहा हूँ," उसके चेहरे की मुसकान मिटी नहीं थी। यों तो उसके चेहरे की शांत मुद्रा और उस पर सदैव खिली रहनेवाली मुसकान उसके लिए चिर-परिचित ही थी; मगर न जाने क्यों, आज वह कुछ अजीब सी लग रही थी। मारे आतंक के, भीगे हुए स्वर में, वह पूछ उठी—"कब तक लौट आएँगे?"

"वहाँ पहुँचने के बाद बताऊँगा।"—शांत चित्त से ही उसने उत्तर दिया था। फिर भी, उस उत्तर ने उसके आतंक को और बढ़ा दिया। आँखों के छोर को भिगोते हुए दिखाई देनेवाले आँसू की बूँदें, अब आँखों को भरकर टपकने लगीं तो उसे पहचानकर, उसकी हथेली पकड़कर धीरे से दबाते हुए, उसने कहा—"आशा, अभी निश्चित रूप से यह नहीं बता सकता कि कितने दिनों तक वहाँ मुझे रहना पड़ेगा। तुम आतंकित मत हो। मैं खुशहाल लौट आऊँगा।"

जब तक उनके सामने रहूँगी, तब तक मेरा आतंक बढ़ता ही रहेगा, यों उसे लगा। तभी उसे याद आया कि मन की विह्वलता के समय, वह हमेशा भगवान् के सामने रहनेवाले

घी के दीये को जला दिया करती है। वह अंदर दौड़ चली। दीया जलाकर जब तक वह लौटी तब तक उसकी कार निकल गई थी। सारा दिन इसी बौखलाहट में गुजरता जा रहा था। बार–बार काम दुहराए जा रहे थे, यहाँ तक कि 'रसम्' में नमक दुबारा डाल दिया; छौंक डालना भूल गई। मन किसी तरह काबू में आ नहीं रहा था। एक जगह निस्तेज होकर बैठ गई। थोड़ी ही देर में उसे अस्मिता की याद आ गई। कभी–कभी, विरले स्वरूप में, ऐसी हालत में मैं इतनी अधीरता का अनुभव कर रही थी। उधर अर्जुन कश्मीर में ही रहकर, लड़–भिड़ने के अवसर पर, जब मुर्दा बनकर लौटा, तब भी अस्मिता ने काबू नहीं खोया था, हमारी तरफ से उसने सांत्वना की भी प्रतीक्षा नहीं की; शव के दर्शन के लिए आने से भी उसने हम को मना कर दिया था। उम्र में बड़ी रहनेवाली मैं इस तरह बरताव करने लगूँगी, तो सबकी नजर में मैं ओछी हो जाऊँगी न? यों सोच लेने पर, उसके मन को किसी और प्रकार की तसल्ली की आवश्यकता महसूस नहीं हुई और वह स्थिर हो चली। तब वह उठी और अपने पति के कपड़ों को 'सूटकेस' में जोड़कर रखने लगी। उस दिन रात को जब वह लौटा, काफी देर हो चुकी थी। कहीं भी जाना क्यों न पड़े, दफ्तर के दिनोदिन के कामों को पूरा कर देना, अपनी अनुपस्थिति में जिन कामों को निभाना चाहिए, उनके बारे में अधीनस्थ कर्मचारियों को स्पष्ट सूचना दे डालना उसकी आदत ही बन गई थी। इस भावना से कि यह अपने दोस्त का दफ्तर है या मैं खुद नामी अफसर बना हुआ हूँ, वह कभी अपने कार्यों को हलका नहीं मानता था।

अगले दिन भी, दफ्तर में ही उसे ज्यादा समय बिताना पड़ा था। जब वह घर लौटा, मैत्रेयी सो गई थी। 'लगेज' उसके सामने रखकर, आशा ने पूछा, "सात–आठ सेट के कपड़ों को जोड़कर रख दिया है; काफी होंगे न?" "हाँ, काफी होंगे"—यों सिर हिलाते हुए, वह अपने अध्ययन कक्ष की ओर बढ़ा। काम–काज के द्बाव के बीच में भी अर्जुन की याद जिस तरह उसे सता रही थी, कल ही कश्मीर जाने से संबंधित छोटा सा उद्वेग भी किसी तरह सताने लगा था। वह तो भय से जना उद्वेग नहीं था, बल्कि उस जगह से संबंधित बरसों के अध्ययन, वार्त्तालाप, चिंतन–मंथन और कल्पनाओं से उद्भूत विशेष अनुभाव था। कुरसी पर बैठकर, हाथ बाँधकर, सिर को पीछे सटा लिया था। तब से अर्जुन के द्वारा सदैव उद्धृत उस कथन की याद हो आई, "The only thing necessary for the triumph of evil is for good men to do nothing." (यदि अच्छे आदमी कुछ नहीं करेंगे, तो वही दुष्ट शक्तियों पर विजय का कारण बन जाता है।) न जाने यह किसका कथन था, लेकिन उसकी याद आते ही मन में निराशा छा जा रही थी। सज्जन लोगों की भरपूर कोशिश के बावजूद भी, क्योंकर उनको सफलता मिल नहीं पाती?—इस विचार के बारे में सोचता रहा तो बिना किसी कोशिश के, सरदार वल्लभ भाई पटेलजी की तसवीरें उसके स्मृति–पटल के ऊपर उभर आने लगीं। कश्मीर का विचार आते ही

यकायक उनकी याद आ जाती है। 1947 की 3 जून को भारत के विभाजन की योजना तैयार हुई और उसी साल के 5 जुलाई को देश के सभी राज-संस्थानों के विलीन की प्रक्रिया से संबंधित मंत्रालय की अधिकृत रूप में स्थापना हुई। उसको निभाने का जिम्मा सरदार वल्लभ भाईजी को सौंप दिया गया। तब वायसराय माउंट बेटन ने, अपने उच्च अफसर क्लेमेंट अटलीजी के नाम लिखे गए पत्र में यों अंकित किया था—"मुझे इस बात पर खुशी हो रही है कि नए संस्थानों के विलीन की प्रक्रिया से संबंधित मंत्रालय के दायित्व को नेहरूजी को सौंपा नहीं गया है। यदि ऐसा कर देते, तो सबकुछ बरबाद हो जाता। यथार्थवादी एवं संवेदनशील पटेलजी अब इसकी निगरानी करने जा रहे हैं।" उस विदेशीय व्यक्ति की इस स्पष्ट उक्ति से ही इसका अनुमान किया जा सकता है कि सरदारजी की कैसी क्षमता रही होगी।

निगरानी का जिम्मा अपनाते ही सरदारजी ने सभी राजाओं और महाराजाओं को विलीन की प्रक्रिया की सही जानकारी दी और उनके अविश्वास को दूर किया; और 15 अगस्त तक करीब 562 संस्थानों की सहमति प्राप्त कर ली। यह कोई छोटी साधना थी क्या? तब तक अभी सवाल बने हुए हैदराबाद, जूनागढ़ तथा जम्मू-कश्मीर के संस्थानों में, हैदराबाद और जूनागढ़ को अपने कब्जे में ले लेने का निश्चय सरदारजी ने कर लिया, मगर जम्मू-कश्मीर के विलीन के संबंध में निश्चय लेने का अधिकार उन्होंने राजा हरिसिंहजी को ही दे दिया। इसका एक कारण भी था। जम्मू-कश्मीर राज्य से संपर्क साधने के लिए दुरुस्त स्थल-मार्ग ही जब उपलब्ध नहीं था, जल्दबाजी करने से कोई फायदा नहीं मिलेगा, यों सोचकर वे चुप रह गए थे। ब्रिटिश जनरल रेडक्लिफ ने जो विभाजन करवाया, उसके द्वारा गुरुदासपुर के नाम के तब तक जाने गए जम्मू से होते हुए कश्मीर में जा पहुँचने के एकमात्र संपर्क-मार्ग को जब हमारे हवाले कर दिया, तब सरदारजी ने तत्क्षण काररवाई शुरू कर दी। गुरुदासपुर जिले के पठानकोट से जम्मू तक की 67 मील की दूरी के तंग रास्ते को चौड़ा कर देने के उस काम को आठ महीनों की अवधि में पूरा करने का उन्होंने आदेश दिया था और उसे पूरा करवा भी दिया था।

इतने में, अपने को कश्मीरी पंडित मानने के भावनात्मक कारण को प्रस्तुत करते हुए, जम्मू-कश्मीर की निगरानी के दायित्व को सरदारजी के हाथों से छीनकर, बिना किसी विभाग के जिम्मे के, मंत्री के रूप में काम करते रहनेवाले गोपालस्वामी आयंगरजी को सौंप दिया। सवाल यह नहीं था कि उन्होंने ऐसा क्यों किया? यह विचार तो सबको मालूम था कि कांग्रेस पक्ष के ऊपर सरदारजी की क्या पकड़ थी और जिस धीरता के साथ वे आगे बढ़ रहे थे?—इनसे नेहरूजी सचमुच ही अधीर हो चले थे। इन्हें एक नीचता-बोधक प्रवृत्ति भी सता रही थी, लेकिन यह सवाल सबको सता रहा था कि लौह पुरुष माने गए सरदारजी प्रतिरोध दिखाए बिना चुप क्यों रह गए थे? यह एक 'यक्ष-प्रश्न' ही बना है।

जवाहरलालजी के पिता मोतीलालजी ने अपने बेटे के विषय में सरदारजी से यह विनती की थी—"सदैव तुम उसके लिए सहारा बने रहो। तुम्हारी सलाह और समर्थन उसके लिए आवश्यक बनते हैं। इसलिए कि वह भावुक है, इसकी संभावना होती रहती है कि वह गलतियाँ कर बैठे।" या यह भी संभव है कि पिता से कांग्रेस पक्ष के अध्यक्ष के पद का स्थानांतरण कराके, वंशानुक्रम के प्रभुत्व का श्रीगणेश करनेवाले गांधीजी ने यह जो बात कही थी कि "सरदार पटेलजी तो नेहरूजी का साथ देंगे ही", उसको चरितार्थ करने के लिए ही, सरदारजी ने चुप्पी साध ली क्या? गांधीजी कितने बड़े महात्मा ही क्यों न बने हों, आम आदमी की हैसियत से सोचने में वे विफल हुए थे। "हो सकता है कि मैं कामचोर हूँ और मुझसे गलतियाँ भी हो सकती हैं, लेकिन राजनीति के क्षेत्र में मैं आपके लिए बेटे के समान ही हूँ न?"—नेहरूजी की ऐसी लुभावनी बातों में आकर, उन्होंने देश की भलाई की ही बलि चढ़ा दी न? इससे बड़ा विपर्यास क्या हो सकता है? नेहरूजी की असमर्थता की सुस्पष्ट जानकारी थी उनके पिताजी को, गांधीजी को, कांग्रेस पक्ष को, अंग्रेजों को और खुद नेहरूजी को। भारत के भविष्य को सुदृढ़ बनाने के सुदूर के विचार को रखनेवाले और हमारी रक्षा साधने की दिलेरी रखनेवाले नायकत्व से हमको वंचित करने का अधिकार गांधीजी को किसने दिया था? एक-दो बार नहीं, कांग्रेस पक्ष के अध्यक्षीय चुनाव से तीसरी बार भी पीछे हटने पर सरदारजी को गांधीजी ने विवश कर दिया न? उसमें भी 1946 का वह चुनाव इतना महत्त्वपूर्ण था कि उसके संपन्न होने के चंद दिनों में ही अंग्रेजों ने नेहरूजी को मध्यावधि की सरकार रचने का निमंत्रण दे दिया था। सरदारजी यदि प्रतियोगिता में भाग लेते, तो वे ही अध्यक्ष चुने जाते और स्वतंत्र भारत के प्रथम प्रधानमंत्री बन जाते, इसमें तिल मात्र भी संदेह नहीं है।

नेहरूजी थे गांधी-टोपी मात्र पहननेवाले छद्मवेशी; मगर, पटेलजी गांधीजी के प्रति सचमुच का गौरव रखते थे। आगे चलकर, नेहरूजी के अविवेक की वजह से, कश्मीर के विषय में गलतियों पर गलतियाँ होने लगीं। बक्शी गुलाम मोहम्मद और शेख अब्दुल्लाजी ने सरदारजी से विनती की—"हैदराबाद के विषय में आपने जैसा कदम उठाया था, वैसा ही करके कश्मीर की समस्या का हल क्यों नहीं निकाल देते?" तब सरदारजी ने उत्तर दिया था—"आप जाकर अपने दोस्त से कहिए कि कश्मीर के मामले में कम-से-कम दो महीनों तक चुप रहे और मैं समस्या का हल निकाल दूँगा।"—ऐसा कहा गया है।

इसमें आश्चर्य की कोई बात नहीं है कि सारे देश की जनता ने सरदारजी के प्रति अतीव विश्वास रख लिया था। उधर जम्मू-कश्मीर के राजा हरिसिंहजी ने भी सरदारजी के प्रति गहरा प्यार और विश्वास जताते हुए एक पत्र लिखा था। अपने आंतर्य की सारी बातों का निवेदन करके, उन्होंने अपने मन को हलका बना लिया था। ऐसी खूबियों के सरदारजी जब मृत्यु-शय्या पर तड़पते पड़े रहे, नेहरूजी ने उनकी ओर ध्यान तक नहीं

दिया। जब 1950 की दिसंबर को उन्होंने अंतिम साँस ली, उनके अंतिम दर्शन के लिए प्रस्थान करनेवाले कांग्रेसी कार्यकर्ताओं को उन्होंने रोक रखा था। राष्ट्रपति बाबू राजेंद्र प्रसादजी तथा अन्य कई नेता, नेहरूजी की सूचना का धिक्कार करते हुए, बंबई गए हुए थे। सरदारजी की याद में एक स्मारक का निर्माण करवाने की बात तो दूर रही, उनका नाम लेनेवालों को भी, पटेलजी की टोलीवाले करारते हुए, नजरअंदाज कर दिया नेहरूजी ने। आगे चलकर, कश्मीर के मामले में एक के बाद एक प्रमाद करते गए। सरदारजी की अनुपस्थिति की याद करते हुए, भारत की जनता दु:खी होती रही, यों कहेंगे तो उसको झूठ-मूठ करार नहीं किया जा सकता। आज भी इस विचार को लेकर हाथ मल लेते हैं। सरदारजी जैसे महान् देशप्रेमी को अपने पैरों तले कुचलकर विराजते रहनेवाले कई दुष्ट लोग भारत के इतिहास में पाए जाते हैं। ऐसों को देख लेने पर, मुझे ऐसा लगता है कि अर्जुन का कथन झूठा है; देश के लिए अपने प्राणों को न्योछावर करनेवाले हमारे इन जवानों के धैर्य और साहस भी निरर्थक प्रतीत होते हैं। अगले ही क्षण ऐसा भी लगता है कि यदि हम लोग चुप रहेंगे, तो हमारी चुप्पी उनके आदर्श के प्रति और उनके महान् व्यक्तित्व के प्रति अगौरव का ही प्रतीक बनती है और इस प्रवृत्ति के खिलाफ आवाज उठाते हुए, आगे बढ़ने को मन करता है। यों सोचते-सोचते नरेंद्र ने आँखें मूँद लीं।

जब यह बात याद आई कि मेरे कश्मीर जाने की बात मैंने अस्मिता को बताई ही नहीं है, तुरंत उसे 'मैसेज' भेज दिया। उसी ने फिर तत्क्षण फोन करके आतंक भरी आवाज में पूछा—"क्यों भैया? आप उस बुरी जगह क्यों जाना चाहते हैं?" यदि मैं यह कहूँ कि अपने आपमें कोई जगह बुरी नहीं होती है, तो यह बात उसकी समझ में नहीं आती, यों सोचकर मैंने बताया—"देख आने की इच्छा हो रही है। दो-चार दिनों में लौट आऊँगा।" हिंदी में ही उसको उत्तर देते समय, मुझे ऐसा लगा कि धीमी आवाज में वह सिसकियाँ भर रही है। उसे ऐसा भी लगा कि जो भाव अब तक घनीभूत हो चला था, वह अब पिघलकर सिसकियों का रूप धारण कर रहा है। उसके साथ बोलते समय ही ऐसा हुआ करता है, तो उसके लिए वह आत्मीयता ही कारण बनती थी। कश्मीर से लौटने के बाद, दो-चार दिनों तक उसको अपने यहाँ रखकर उसे सांत्वना पहुँचानी चाहिए, यों उसने सोचा। बच्ची के प्रति ज्यादा ध्यान देने की सूचना देकर, जरूरत पड़ने पर आशा और विक्रम से संपर्क कर लेने की भी सलाह दी। कई मिनट बीत चले। फिर भी उस तरफ से कोई प्रतिक्रिया नहीं आई।

"मेरी बात सुनाई दे रही है न?"—उसने धीमी गति से फिर पूछा।

"हाँ! सावधानी बरतें और खैरियत से लौट आइए।"—न जाने कितनी देर के बाद वह बोली; मगर उसकी आवाज में आत्मीयता की आस्था थी।

फोन रख देने के बाद, अनजाने में ही लंबी साँस निकल आई। बैठी हुई जगह से ही,

पुस्तकों की खुली अलमारी की ओर उसने नजर डाली। दो खानों में कश्मीर से संबंधित पुस्तकें ही भरी थीं, जिनका उसने पूरी तरह से अध्ययन किया था। फिर भी कश्मीर से संबंधित विचार उसकी पकड़ में आए ही नहीं थे। उसने इसकी भी कल्पना तक नहीं की थी कि वह शीघ्र ही इस जानकारी के लिए कश्मीर की यात्रा कर पाएगा। वह वहाँ जा रहा था एक प्रेक्षक रूप में; मगर, उसका अभिन्न पात्र बनकर नहीं। उसका एक हिस्सा बन जाना भी आसान नहीं था। भूमिका तैयार थी; खेल शुरू हुआ था; मगर, इसकी जानकारी नहीं थी कि यह उसका कौन सा अंक है। ये अंक भी एक-से-एक अधिक संकीर्ण बनते जा रहे थे। इसकी कल्पना भी नहीं कर पाते थे कि आगे क्या होगा? न जाने इसने अपने गर्भ में कितने रहस्यों को छिपाए रखा है, जो किसी भी पुस्तक के दायरे में बंदी नहीं बन सकते थे या किसी इतिहासकार की प्रज्ञा की सीमा में भी नहीं आ सकते थे या किसी विद्वान् की विश्लेषक-प्रतिभा की पहुँच में भी नहीं आ सकते थे। यों सोचते-सोचते, वह अपने कमरे से बाहर निकला।

पाँच

सृष्टि के समय से लेकर आज तक मेरा नाम 'कश्मीर' ही रहा है; वह किसी अपभ्रंश के रूप को प्राप्त नहीं हो पाया है; उसी अभिधान को मैंने बनाए रखा है। किसी प्राचीन राजा के समय के किसी ग्रंथ ने या शिलालेख ने या ताम्रपत्र ने मेरी कहानी का निरूपण करने में सफलता नहीं पाई है। कभी ऐसी कोशिश हुई हो तो वह रुखे सत्य को या भूतकालीन अर्थ को शोध लेने की या उसको सुधारने की प्रक्रिया मात्र बनी रही है। अतीत की घटनाओं को कल्पना की अपनी कुशलता से चित्रवत् निरूपित कर पाने की प्रतिभा से समन्वित कोई कवि-ब्रह्म भी मेरी कहानी का वर्णन कर नहीं पाता। इसका कारण यह है कि उसकी दिव्य दृष्टि की पहुँच में आते हैं मेरी विशेषताओं के बहुमुखी आयाम ही। मेरी कथा को सुंदर रूप में प्रस्तुत करने की इच्छा की या इतिहास के उस उत्तरदायित्व को समर्थ रूप में निभाने की कर्तव्यपरायणता की परिधि को कोई भी निबंध या काव्य पार नहीं कर पाता। इसलिए अपनी कथा का खुद निरूपण करना ही उचित लगता है।

"रत्नप्रभाविनी बनी हुई यह भूमि तो तीनों लोकों में श्रेष्ठ बनी है। उसमें भी यह उत्तरी भूभाग बहुत ही उत्तम बना हुआ है; उसमें भी हिमालय पर्वत का यह प्रदेश सर्वोत्कृष्ट बना है। ऐसे मनोहर हिमालय के पर्वत में बसा हुआ कश्मीर का यह भूभाग श्रेष्ठातिश्रेष्ठ बना है।" जबसे मेरी सृष्टि हुई है, तब से यह कथन सुनने में आ रहा है। मेरी याद के मुताबिक यह खुद कश्यपजी का कथन है। मेरी सृष्टि की भूमिका भी बहुत की विशिष्टतापूर्ण बनी हुई है। हिमालय में रहनेवाले 'सतीसर' नाम के उस महान् सरोवर में 'जलोद्भव' नाम

का एक राक्षस रहता था। उसके उपद्रव को सह न पानेवाले नागराज नील ने अपने पिता कश्यपजी से विनती की कि उसका संहार कर दें। तब उन्होंने ब्रह्मा, विष्णु, रुद्र आदि को बुलाकर आदेश दिया कि वे जलोद्भव का संहार कर दें। उसके बाद, उस सरोवर की जगह मेरा निर्माण कर दिया और मुझे 'कश्मीर मंडल' के नाम से अभिहित करके, नील नाग को मेरा परिपालक बना दिया। जब मुझे इस बात का पता चला कि खुद पार्वती देवी ने ही वितस्ता नदी का रूप धरकर, मुझको पावन कर दिया है, मेरे आनंद की कोई सीमा न रही।

हंसस्वरूपिणी शारदाजी भेदगिरि के सरोवर में विराजमान हो चली हैं। पवित्र मंदिरों से भरे मेरे भू-भाग में ऐसा कोई स्थल नहीं है, जो तीर्थक्षेत्र न बना हो। कश्यपजी के इस भू-भाग को कठोर और तीक्ष्ण किरणों से जला नहीं डालना चाहिए, इस दृष्टि से गरमी के मौसम में भी सूरज यहाँ प्रखर रूप में जलता नहीं है। चूँकि मैं सबसे श्रेष्ठ हूँ, मुझसे संबंधित प्रत्येक घटना हितकारी ही हुआ करती हैं, यों सोचकर स्वाभाविक रूप से भविष्य की प्रतीक्षा करती रही, लेकिन जैसे-जैसे अद्यतन इतिहास का एक-एक पृष्ठ अनावृत होता गया, यह बात मेरी समझ में आने लगी कि कहीं कोई महान् दोष घटा है।

देवाधिदेव ही मुझे व्यथा पहुँचाने के विचार में उत्साह नहीं दिखाते थे। महाभारत के युद्ध के अवसर पर भी, पांडवों तथा कौरवों ने मुझे कोई घाव नहीं पहुँचाया। भारतवर्ष के सभी राजाओं को अपने पक्ष में शामिल होने का निमंत्रण उन्होंने भेज दिया था। चूँकि मेरे भू-भाग पर प्रशासन चलाते रहनेवाले महाराजा गोनंदजी को अभी छोटा बालक मान लिया था; उन्हें युद्ध का निमंत्रण नहीं भेजा गया था। गोनंद जब अपनी गर्भावस्था में था, तभी उनके पिता दामोदरजी का श्रीकृष्ण ने वध कर दिया था। तब दामोदर की पत्नी यशोवती का राजतिलक करवा दिया था श्रीकृष्ण ने। एक स्त्री का राजतिलक करवाने की घटना से संक्रुद्ध मंत्रियों को जब यह कहकर श्रीकृष्ण ने समझाया था कि "कश्मीर का मतलब होता है शिवजी की पत्नी पार्वती और इसी कारण मैंने उनका राजतिलक करवा दिया है।" मैं कितनी आनंदित हो चली थी! महाभारत जैसे घोरयुद्ध से ही जब मुझे छूट मिली थी, मैं बहुत ही निराकुल हो चली थी। किसी प्रकार की हानि को न प्राप्त होते हुए, महान् विपदा से मुक्त होने की भावना से मैंने संतोष मनाया था। मुझे इस तथ्य का परिज्ञान ही नहीं हुआ था कि कुछ भी खोए बिना किसी भी महान् वस्तु को प्राप्त किया नहीं जा सकता। गोनंद के पश्चात् अधिकार को प्राप्त करनेवाले पैंतीस राजाओं का समय बीत चला। उसके बाद सिंहासनारूढ़ सैकड़ों राजाओं में सभी प्रकार के व्यक्तियों को मैंने देखा है। उनमें कामी थे, लोभी थे, धीर-वीर थे, जड़ चेतनवाले थे, निर्मल चरित्रवाले थे, अपनी ओजस्विता से तीनों लोकों में मेरी कीर्ति-पताका को फहरानेवाले थे, दानी थे, जंघाबलविहीन थे, अनर्ह व्यक्ति भी थे। अनर्ह व्यक्ति के सिंहासनारूढ़ होने पर राज्य को जो संकट भोगने पड़े, जिस दु:स्थिति को प्राप्त होना पड़ा, इनको देखकर व्यथित हो चली हूँ; ऐसे व्यक्ति का

प्रभुत्व शीघ्र ही क्यों न मिट जाए, यों परिताप भी कर चुकी हूँ।

लेकिन मैंने स्वानुभव से यह सच्चाई जान ली है कि भारतवर्ष का कोई भी अनर्ह राजा अपनी कुयुक्ति और क्रूरता के विषय में म्लेच्छ राजाओं से होड़ नहीं कर पाएगा। अकारण ही लोगों की जान लेने के कार्य को अपने मजहब का फर्ज माननेवाले उन घातक व्यक्तियों के बाहुबल के तथा षड्यंत्र के कारण बहे खून में किसी-न-किसी मात्रा में भिगोए जाकर मेरा बदन लाल-लाल जब हो उठता था, मेरी संतान धीरे-धीरे अपने विरावेशों को भूलकर जब भी शरणागत बनती आती थी, मुझे कश्यपजी की याद हो आती थी; फिर श्रीकृष्ण का अवतरण क्यों न हो जाए, यों मेरा मन सोचने लगता था। यदि महाभारत के युद्ध में कश्मीर के राजा भी भाग लेते, तो उनका क्षात्रतेज अवश्य बढ़ जाता था; शत्रुओं को पीछे हटाने में उपयुक्त व्यूहों तथा रणतंत्रों की जानकारी मिल पाती थी और कश्मीर भी असीमित क्षात्र-पौरुष का मायका बन जाता था; और आज की दयनीय स्थिति को सह लेने की नौबत ही नहीं आती थी—यों कभी-कभी मेरा मन सोचने लगता है, लेकिन सदैव यह प्रश्न मुझे सताता रहता है—"किस समय से ऐसी प्रज्ञाशून्यता हमारी परंपरा को महामारी के रूप में सताने लगी? मूल धातु या विचार में ऐसे कोई अंश थे ही नहीं, जो ऐसी मानसिक दुर्बलता को पनपने देते थे। युद्ध क्षेत्र में शोक से व्याकुलचित्त होकर, धनुर्बाणों को तजनेवाले अर्जुन को श्रीकृष्ण ने आखिर यही उपदेश किया था न—"नपुंसक मत बनो; यह तुम्हारे लिए शोभा नहीं देता।"

क्षात्रो धर्मो ह्यादिदेवात् प्रवृत्तः
पश्चादन्ये शेषभूताश्च धर्माः।
अस्मिन् धर्मे सर्वधर्माः प्रविष्टाः
तस्माद् धर्मं श्रेष्ठमिदं वदन्ति॥

(सब धर्मों से पहले आदिदेव ने क्षात्र धर्म की सृष्टि की। यदि इसको स्थान नहीं मिलेगा, तो सारे अन्य धर्म विनाश को प्राप्त हो जाते हैं। इसका कारण यह है कि वे सभी इसी में मिले हुए हैं। इसीलिए, सर्वश्रेष्ठ धर्म के नाते ज्ञानियों ने इसकी प्रशंसा की है।)

—(शांतिपर्व, अध्याय 64)

यह कथन महाभारत में ही मिलता है न? वेदों के समय में क्षात्र धर्म के लिए ब्रह्म तत्त्व जैसा ऊँचा स्थान ही मिला था न? पारमार्थिक और लौकिक तत्त्वों का समन्वय जब साधित होगा, तभी संसार को सुरक्षा मिल पाती है न? ऋग्वेद में इंद्र क्षात्र गुण का प्रतीक बना हुआ है और शांति और सुरक्षा के लिए कंटकप्राय बने हुए सभी राक्षसों का संहार कर देता है। यजुर्वेद में भी क्षात्र-तत्त्व की सार्वभौमिकता का विशाद वर्णन मिलता है। राजसूय, सौत्रामणि, वाजपेय, अश्वमेध जैसे कितने ही क्षात्र-यज्ञों का उल्लेख उसमें पाया जाता है। राजा के आविर्भाव का उद्घोष करने के लिए राजसूय को, मित्र-संचयन के लिए

सौत्रामणि को, विनष्ट राज्य की पुनःप्राप्ति के लिए तथा सेना-सन्नाह के लिए वाजपेय को और राजा के सार्वभौमत्व के प्रतीक के रूप में अश्वमेध याग-यज्ञों को संपन्न किया जाता था। सामवेद तथा अथर्ववेद में और पुराणों तथा काव्य-कला संबंधी परंपराओं में ऐसे प्रसंग विरले ही मिलते हैं, जिनमें क्षात्र का नामोल्लेख न हो। ऋषियों की परंपरा में, रामायण और महाभारत जैसे महाकाव्यों में जिस अप्रतिम क्षात्रप्रज्ञा का उद्घोष हुआ है, वह हम लोगों के लिए नित्य-प्रेरणा का स्रोत क्यों नहीं बना?

"यदि तुम युद्ध नहीं करोगे तो तुम्हारे शरीर और मन की प्रकृति ही युद्ध करने के लिए तुमको प्रेरित कर देगी"—यों अर्जुन को संबोधित करते हुए श्रीकृष्ण ने जो बातें कही थीं, वे मात्र अर्जुन के लिए संबद्ध लगती हैं क्या? पूर्व में तो मेरी संतान ने म्लेच्छों के आक्रमण का सामना कितनी दिलेरी और सामर्थ्य के साथ किया था और उनको खदेड़ दिया था। बाद की पीढ़ियों की तलवारों ने अपनी तीक्ष्णता मात्र नहीं खोई, म्यान से बाहर आना ही बंद कर दिया न! राजाओं के पूरे समुदाय के ऊपर अहिंसा-व्रतरूपी अतिरेकपूर्ण बरताव का राहु छा गया क्या?—या शत्रुओं से भी मान्यता प्राप्त कर लेने की विवेकहीनता थी क्या? या दया-दाक्षिण्य और उदारता का ढिंढोरा पीट लेने का मूर्खतापूर्ण रवैया था क्या?—मैं जानती नहीं। भारत वर्ष के अन्य स्थलों में जैसे देखने में आया था, उसी तरह मेरी संतान में धीरे-धीरे क्षात्रगुण का ह्रास होता गया और म्लेच्छों के अमानवीय, पातक कृत्यों के खिलाफ डटकर खड़े होने के बजाय, सिर झुकाकर शरण लेने लगे; इस बहाने कि हमारे पास सुसज्जित सेना नहीं थी और आधुनिक रणतंत्रों और युद्ध सामग्रियों की कमी थी, हमारे यहाँ सिर्फ गज सेना थी और सबल अश्व सेना का एकदम अभाव था, निर्वीर्यता प्रदर्शित कर दी न! अलावा इनके, कई आभास दिनोदिन जन्म ले रहे थे न! जैसे गुण-कर्मों के आधार पर सिरजाई चातुर्वर्ण्य की व्यवस्था के अनुसार देश की रक्षा करने की जिम्मेदारी क्षत्रियों की मात्र है! यों बेवकूफी कर दी न? जनम से शूद्र होने पर भी, ब्राह्म तत्त्व को उद्दीपित कर लेने के निदर्शनों की कमी थी क्या? अपनी रक्षा कर लेने के लिए आवश्यक पौरुष का मनोधर्म समय-समय पर जाग्रत् हो नहीं पाया; यह मिथ्या भी व्यापक रूप में फैल गई कि हमारा यह सनातन धर्म दुर्बल हो चला है और बाह्य आक्रमणों के सामने यह थरथरा जाएगा। ऐसी प्रवृत्तियों के लिए साक्षी बने रहने पर भी, कुछ न कर पाने की हालत में मैं फँसी हुई थी!

आगे चलकर कभी-न-कभी इत्यात्मक मोड़ पाएगा, ऐसी मेरी आशा और प्रतीक्षा के बीच में ही, परकीयों के अट्टहास के सामने सहमे जाकर, मेरी संतान ने माँ के आँचल को तजकर स्थानांतरण कर दिया। इस विकराल अध्याय ने मेरे मन को बहुत व्यथित कर दिया। मैं चाहने लगी थी कि विस्मृति मुझे क्यों न घेर ले? लेकिन वे ही पुरानी यादें मुझे झकझोरने लगीं और उनके भयानक आघात से थरथराई गई मुझमें अब ग्लानि मात्र भरी

हुई है। अलावा इसके, सभी प्रक़ार की विभ्रांतियों से मुक्त होकर, अब मेरा मन सूना और नंगा हो चला है। जब यह भावना बलवती होती जा रही है कि मैं न तो श्रेष्ठ बनी हूँ और न मेरी सृष्टि के पीछे कोई महान् लक्ष्य ही है, प्रतीक्षाओं के मकड़ी के जाल से मुक्त होना आसान बनता जा रहा है। मेरी कोख से जन्म लेनेवाले आनंदवर्धन, अभिनवगुप्त, क्षेमेंद्र, कल्हण, बिल्हण, सोमदेव, मम्मट, शाङ्र्गदेव—इनमें से किसी को भूलकर भी याद कर लेने की कोशिश मैं नहीं करूँगी। मेधाशक्ति के साकार रूप बने हुए उनके विद्वत्तापूर्ण ग्रंथों के एक अक्षर को भी अपना मान लेने की भी कोशिश नहीं करूँगी। देव और दानव से भी हार न माननेवाली मैं इन ओछे मानवों के हठ, स्वार्थ और काठिन्य के सामने हार मानकर, सिर झुका लेती हूँ। "स्त्रीरूपधारिणी भूत्वा वृद्धितीर्थे निवत्स्यति" (साक्षात् देवी सरस्वती ही यहाँ स्त्री का रूप धरकर, वृद्धतीर्थ नाम के इन स्थल में बसी हुई हैं।)—पुराणों में मेरा उल्लेख करते समय पाई जानेवाली ऐसी सूक्तियों के लिए अब कोई महत्त्व बचा नहीं है। आज तो कश्मीर वह पुण्यभूमि नहीं रह गई है, जो कभी ऋषिवरेण्यों का निवास-स्थान बना हुआ था; आज कश्मीर हिमाच्छादित पर्वतों की वह श्रेणी नहीं रह गई है, जो कभी ब्रह्मा, विष्णु और रुद्र आदि का निवास-स्थान बना हुआ था; कश्मीर जो कभी माता शारदाजी के पुत्रों का आँगन बना हुआ था, आज हरियाली से भरा कानन मात्र भी नहीं रह गया है; कश्मीर आज नदियों, तीर्थों और निर्झरों का रम्य स्थान भी नहीं रह गया है; कश्मीर आज सत्वहीन भूमि बन गया है जहाँ उन प्राचीन ऋषियों की परंपरा के स्मृति-चिह्न भी मिट चले हैं; कश्मीर आज मेरा जलता हुआ बदन बनकर रह गया है; कश्मीर आज वह उलझी हुई गाँठ बन गई है जिसको सिरजनहार भी सुलझा नहीं सकता; कश्मीर आज मेरे मन की वह खलबली बन गई है, जो कभी मिट नहीं सकती। यही है सच्चाई; और किसी कहानी की ओर कान मत दीजिए।

छह

सुंदरकृष्णजी अपने कमरे में फेरा डाल रहे हैं।

पिछले हफ्ते अंधविश्वास के बारे में जो लेखनमाला प्रकाशित की थी, उसके पक्ष में तथा विरोध में कई प्रतिक्रियाएँ आई हुई थीं। कई ऐसी प्रतिर्क्रियाएँ भी आई हुई थीं, जिनको अत्युग्र आलोचना कहा जा सकता था, लेकिन वे इनसे हतप्रभ होनेवाले थोड़े ही थे। पत्रिकाओं में प्रकाशित होनेवाले लेखों के ऊपर तो वे काबू रख पाते थे, मगर संवादों पर, सामाजिक 'वेबसाइट्स' में आनेवाली प्रतिक्रियाओं के ऊपर नियंत्रण रखना उनके वश की बात नहीं थी! परसों जो संवाद चला, उसमें उन्होंने जिस रवैए को अपनाया था, उसके विचार में उनके अधियोक्ता असंतुष्ट हो चले थे। यदि शब्बीरजी, जो हमेशा इनके

साथ रहते थे और अल्पसंख्यकों के प्रबल अधिवक्ता बने हुए थे, उस दिन भी उनके साथ होते, तो अच्छा होता था, लेकिन सुना था कि उस दिन वे शहर में नहीं थे; टी.वी. चैनलवालों ने अन्य दो-चार लोगों से संपर्क किया था और उन्होंने इस न्योते को स्वीकार नहीं किया था। टी.वी. के संवादों में भाग लेना आसान काम नहीं है। आजकल तो एक-एक संवाद भी एक-एक युद्ध जैसा ही होता है। हजारों लोग टकटकी लगाकर देखते रहते हैं; उनके कान प्रत्येक शब्द को ध्यान देकर सुनते रहते हैं और उनके मन उस विषय को तत्क्षण भाँप लेते हैं। संवादकों की सफलता या विफलता के बारे में वही अपना फैसला सुना देते हैं। हालत बहुत ही नाजुक हुआ करती है। इसलिए बेकार चिल्लाते रहना और उस मूर्ख औरत के जैसे बरताव करना सुंदरकृष्णजी को अच्छा नहीं लगता था। वे इस तत्त्व को मानते थे कि जिस विषय पर वे बोला करते हैं, उसको शब्दों का रूप देने से पहले, अपने आंतर्य में उस विषय के प्रति विश्वास होना चाहिए, तभी उसके फलितांश के रूप में उभर आनेवाले शब्द बहुत ही परिणामकारी हुआ करते हैं। उदाहरण के तौर पर 'वंदे मातरम् के बदले जय हिंद बोलना है' नामक विषय के बारे में हुए संवादों में, इस विषय के समर्थक नेहरूजी संवादों में सबसे पहले बुलंद आवाज में बोला करते थे और दूसरों से भी हामी भरवा देते थे, ऐसा कहा जाता है। बार-बार वे ऐसा ही किया करते थे। इसके फलस्वरूप 'वंदे मातरम्' की परिकल्पना लोगों के मन से धीरे-धीरे दूर होती गई और आजकल वह कौमपरस्तों का एक नारा मात्र बन गया है, जिसे उनका 'शंखनाद' ठहरा दिया गया है और आजकल किसी और के मुँह से, गलती से भी, यह नारा निकलता ही नहीं है। काररवाई तो ऐसी ही होनी चाहिए। यों सोचते समय, उनके चेहरे पर गर्व की मुसकान खिल उठी। इस सिद्धांत के विचार में भी उनका यही रवैया था; अपने विचारों को कार्यरूप में लाने की संभावना के बारे में विश्वास जागने के बाद ही, उन्होंने अपने को उसके प्रति पूरी तरह से समर्पित कर लिया था न? इस देश में जो भी अभियान चले थे, ज्यादातर उन सभी अभियानों में साम्यवादियों के भाग लेने का ऐतिह्य ही है न! 1919-20 में रूस के मास्को शहर से एक रेल भर में गोला-बारूद भरकर भेज दिया था और उसे भारत के उत्तर-पश्चिमी भाग में बसे पठानों में बाँटकर, पंजाब के ऊपर हमला करने के लिए उनको उकसा दिया था। यों देश को स्वतंत्रता दिलाने के कांग्रेस पक्ष के प्रयत्नों को निरर्थक कर देने के लिए सदैव कोशिश करते रहे; 1942-45 के बीच भारत में अंग्रेजों के खिलाफ जो 'भारत छोड़ो' आंदोलन चला था, उसको विफल बना देने की दृष्टि से, उन्होंने अंग्रेजों से हाथ मिला लिया था; मुसलमानों की ओर से पाकिस्तान की रचना की जो माँग प्रस्तुत की गई थी, उसका समर्थन करते हुए, उसके लिए पूरक विचारों से मुसलिम लीग को लैस किया था; स्वतंत्रता की प्राप्ति के बाद भी 1948 में हैदराबाद के निजाम को तथा दंगाबाज रजाकों को समर्थन दिया था; 1950 में भी चीन का समर्थन किया था और

1962 में जब चीन ने भारत पर हमला किया था, तब भी उन्होंने उसका स्वागत किया था। 1967–69 में पश्चिम बंगाल में जब हत्याकांड हुए, तब भी उन्होंने चुप्पी साध ली थी। ऐसे अवसरों पर हमारी जड़ों को मजबूत करने के लिए हमने कैसे-कैसे साहस किए। फिर भी जब तक सरदार पटेलजी जीवित रहे, नेहरूजी सचमुच असहाय ही बन बैठे थे न! 1948–50 की अवधि में ऐसे आंदोलनों में भागी बने हुए कितने ही कामरेडों को सरदारजी ने जेलखाने में डाल दिया था; तब भी नेहरूजी को मौन रहना पड़ा था। 1950 में पटेलजी की मौत के बाद ही यह साम्यवादी पक्ष बलवान बना और उसके सदस्यों की संख्या में भी—जो तब तक धँसी हुई थी—भारी वृद्धि दिखाई पड़ी और नेहरूजी को वह स्वतंत्रता मिली, जिससे साम्यवाद की पटरी पर देश को चलाने की आजादी भी उनको मिली।

समाजवाद का प्रयोग रूस में सफल तो नहीं हुआ; मगर, जात्यतीत या धर्मनिरपेक्ष स्वरूप में (सेक्युलरिज्म) भारत में वह सफल हो चला। इसी वजह से आज भी हमारा अस्तित्व बना हुआ है। उसको बनाए रखने और बढ़ावा देने के लिए ही एक विश्वविद्यालय की स्थापना भी की गई। उसे देश का बहुत ही प्रतिष्ठित विश्वविद्यालय माना गया है। अब यह करीब पचास साल का हो गया है। सुना है कि जब पिताजी की पढ़ाई हो रही थी, दिल्ली में एक ही विश्वविद्यालय था। इसमें सुव्यवस्थित ग्रंथालय, छात्रावास और कैंटीन थे; इन सब सुविधाओं की उपलब्धता के बावजूद, शुल्क बहुत ही कम हुआ करते थे, मगर सुविधाओं की गुणवत्ता के विचार में कोई कमी होने नहीं दी गई थी। बुद्धिमान, क्रांतिकारी और प्रगतिमुखी विचारवादियों के लिए मुक्त मन से और निर्भीक स्वरूप में सोच-विचार कर लेने की क्षमता को बढ़ाने के लिए आवश्यक उत्तेजनकारी पर्यावरण था। कई बार मास्को नगर की यात्रा करके लौट आए नेहरूजी ने अपने आराध्य देव लेनिनजी की समाधि के सामने खड़े होकर जो स्फूर्ति पा ली थी और जिसको सब लोगों में वितरित किया था, उसी का यह फल था।

उससे बहुत प्रभावित होकर, नेहरूजी ने यह उद्गार निकाला था, ऐसा कहा जाता है—"नौकर बनकर, भारत के कारखानों में दस-ग्यारह घंटों तक मेहनत करके और उसके बाद जानवरों के लिए भी जीने योग्य न रहनेवाले स्थलों में रहने से रूस की जेलों में रहना ही बेहतर लगता है।"

अपने पिताजी के सपनों को जहाँ तक इस बेटी ने समझ लिया था, यह तो मालूम नहीं है, लेकिन इसी बेटी ने उस विश्वविद्यालय की स्थापना की थी और कई कतारों में ऐसी ही विचारधारा के प्रोफेसरों को तैयार कर दिया था न? अपने सिद्धांतों से प्रतिबद्ध पक्ष को, संसद् को, पत्रिकोद्यम को, न्यायांग को और पुलिस के दलों को भी उधर रूपित कर लेने में उसी ने मदद पहुँचाई थी न? अधिकार की लालसा से भरी उसको हम जैसे बुद्धिमान 'प्रगतिमुखी चिंतकों' का समर्थन यदि नहीं मिलता, तो देश में रहनेवाले उन

'फासीवादियों' (fascist) का सामना करने की शक्ति कहाँ मिल पाती थी? कहा गया है कि अपने ही प्रभावी मंडल की स्थापना कर लेने के लिए उसने रुपयों की बाढ़ ही बहा दी थी; वहाँ अध्ययन करनेवाले चतुरमति छात्र भी ऐसे ही थे; केंद्रीय लोक सेवा आयोग की परीक्षाओं में बहुत आसानी से उत्तीर्ण होकर, रणतंत्रनिबद्ध स्थानों में नियुक्त होकर अपना ऋण चुका देते थे। इतिहास की भी नए सिरे से रचना करवा दी; उसमें भी मध्यकालीन युग के हिंदू-मुसलिम संघर्षों के सभी साक्ष्यों को छिपाकर, अस्तित्व में ही न रहनेवाली सौहार्द की भावनाओं का उद्घोष करवा दिया; ऐसी पाठ्य-पुस्तकों की रचना करवाई, जिन्हें आनेवाली पीढ़ियों के छात्र-छात्राओं को अध्ययन करने पर विवश कर दिया; ऐसी कहानियाँ सिरजा दीं, जिनका आशय यह बताना था कि शैवों ने वैष्णवों की, वीरशैवों ने जैनियों की, सभी हिंदुओं ने मिलकर बौद्धों और जैनियों की हत्या कर दी—बार-बार इनको दुहरा भी दिया। यों मुसलमानों के साथ हिंदुओं का समीकरण कर देने की एक-दो नहीं, कई कोशिशें की गईं। उस अवधि को सचमुच स्वर्णयुग ही मानना चाहिए। इसके कारण ये थे : परमाधिकार उनके हाथ में था; उनके आदेश को कार्यरूप में लाने की आस्था रखनेवाले बुद्धिजीवी भी थे; सबसे मुख्य बात तो यह थी कि आम जनता को देश की गतिविधियों के विचार में आज की जैसी विशेष श्रद्धा नहीं थी; थोड़ी सी श्रद्धा रखनेवालों के लिए भी आसानी से मिल पानेवाले समाचार के माध्यम भी उपलब्ध नहीं हुए थे।

अब तो कोई रोकथाम ही नहीं है। आज की पीढ़ी के संप्रदायवादी यों बरताव कर रहे हैं, मानो कई दशकों की दीर्घ निद्रा से एकदम जाग चुके हों। इतिहास की किसी घटना का चाहे उल्लेख कर दें, उसकी सच्चाई का या झूठ-मूठ का अनुसंधान कर देते हैं। यों प्रश्न पूछ बैठते हैं कि "केरल के मुसलमानों ने मोपला दंगे के अवसर पर हिंदुओं की जो निर्मम हत्या कर दी, उसको किसानों और जमींदारों के बीच हुए संघर्ष का रूप देकर, झूठ-मूठ क्यों फैला रहे हैं? किसी भी निम्न वर्ग के हिंदुओं के द्वारा मुसलमानों को अपने विमोचक के रूप में स्वीकार करके, उनका स्वागत करने का कोई उदाहरण मिलता नहीं है। इसका कारण यह है कि मतांतर के बाद भी निम्न वर्ग के उन हिंदुओं को उच्च वर्ग के वे मुसलमान अपने साथ मिलाते नहीं थे। अलावा इसके, हिंदुओं के जातिगत तारतम्य के बावजूद भी, उनका अपना-अपना महत्त्व और प्राशस्त्य बना रहता था, चूँकि यह विभाजन पेशे पर आधारित रहता था। उदाहरण के तौर पर, किसी विवाह के अवसर पर ब्राह्मण-पुरोहित को जो महत्त्व दिया जाता था, वैसा ही महत्त्व बढ़ई या धोबी या चमार और कुम्हार को भी दिया जाता था। लाख कोशिश करने पर भी, उनका मतांतरण हो नहीं पाता था, यों कई ईसाई धर्म-प्रचारकों ने ही लिखा है न?"—ऐसे सबूतों को सामने पेश कर देते हैं। "अपना जैसा महोन्नत राष्ट्र, उस पर प्रभुत्व करते रहनेवाले महान् राजा

और वैसा उदात्त धर्म और कहीं देखने को भी नहीं मिलता—यों माननेवाले हिंदुओं का मतांतरण करना बहुत ही मुश्किल है करके अलबरूनी जैसे मुसलमान इतिहासकार ने ही बता दिया है न!"—यों जब वे सवाल कर बैठते हैं, तब अपनी तार्किक प्रतिभा को तीव्र स्वरूप का झटका पहुँचने का अनुभव सुंदरकृष्णजी को हुआ है। गतेतिहास से संबंधित विचार ही नहीं, आजकल जो घटनाएँ संपन्न हो रही हैं, उनसे संबंधित ब्योरे भी वे चाहते हैं। यदि वे संतुष्ट नहीं होंगे तो आर.टी.आई. (Right to Information) या पी.आई. एल. (Public Interest Litigation) अर्जियों के द्वारा वे ब्योरे प्राप्त कर लेते हैं। सदन में और विश्वविद्यालयों में कहीं कोई खाँस लेता है, तो उसके भी ब्योरे वे पा लेना चाहते हैं। सुंदरकृष्णजी की राय में, तांत्रिकी ज्ञान आजकल अभिशाप् बन चला है। न जाने कब और किस समाधि से कौन सी सच्चाई उभरकर आ जाएगी! 'फेसबुक' और 'ट्विटर' तो युद्धक्षेत्र जैसे बन चले हैं। बौद्धिकता, जो कभी दुर्बेध्य किला बनी हुई थी और कई दशकों से ऐसी ही मानी जा रही थी, अब अपना मूल्य खो बैठी है। अब वे ऐसा वाद प्रस्तुत कर नहीं पा रहे हैं। इसका भी उन्हें अनुभव होने लगा है कि भले ही शैक्षिक क्षेत्र की उनकी पकड़ अभी पूरी तरह से ढीली नहीं हुई हो, धीरे-धीरे उनका प्रभाव तो कम होता जा रहा है।

अपने किसी वक्तव्य के प्रति दो-चार विरोधी वक्तव्य भी सुनने में आ रहे हैं। नरेंद्र जैसे किसी विश्वविद्यालय की पढ़ाई का समर्थन न पाए हुए अनुसंधानकर्ताओं की संख्या बढ़ रही है। उनकी उपेक्षा नहीं की जा सकती। उनसे सूचना पानेवाले व्यक्तियों की ओर से प्रस्तुत लेखों को भी मान्यता देनी पड़ती है। नहीं तो, एक ही वाद की प्रस्तुति का पुनरावर्तन होने लगता है और अपने पाठकों की संख्या भी घटने लगती है। प्रतिवादी को धूल चखवाने की प्रक्रिया में अपने सिद्धांत की श्रेष्ठता का बार-बार ढिंढोरा पीटने का मौका भी तो मिल जाता है न! यों करने की कोशिश में यदि एक छोटे से विचार को फिरा-फिराकर बोलने यदि लगूँ, तो उस विचार की जन्मकुंडली को ही झाड़ देने के लिए कसकर खड़े रहते हैं, सामाजिक 'वेब-साइट' में सदा क्रियाशील बने रहते हैं, विरोधी पंथ के ये आलोचक।

हाल ही में संपन्न हुई राष्ट्रस्तरीय सभा में केंद्र सरकार की 'घर वापसी' योजना का हर तरीके से विरोध करके, उसको विफल बना देने का निर्णय लिया गया है। अब हमारा क्षेत्र दिल्ली विश्वविद्यालय तक ही सीमित न रहकर, अंतरराष्ट्रीय सीमा तक विस्तृत हो चला है, क्योंकि आई.आई.टी. में पढ़ते रहनेवाले मेरे कई छात्र आजकल अमरीका के कई विश्वविद्यालयों में प्रभावी ओहदों पर काम कर रहे हैं।

वहीं काम करते हुए, भारत सरकार की सांप्रदायिक विचारधारा का खंडन करनेवाले लेख लिखवाकर, वहाँ की प्रमुख पत्रिकाओं में नियमित रूप से प्रकाशित करवाते रहे हैं। कश्मीर के बारे में लिखवाए गए एकाध लेख हाल ही में प्रकाशित हुए हैं और उन्होंने लोगों का ध्यान भी आकृष्ट कर दिया है। इसके बारे में अमरीका के टी.वी. वालों ने जो कार्यक्रम

प्रकाशित कर दिए हैं, वे काफी लोकप्रिय भी बने हैं। जब ऐसे लोगों का समर्थन मिला है, अपने को इसमें और जोरदार तरीके से जुट जाना चाहिए। अपनी पत्रिका में भी असरदार लेख प्रकाशित करवाने चाहिए और सार्वजनिक कार्यक्रमों का आयोजन भी करना चाहिए। यों लोगों का ध्यान आकृष्ट करने के अलावा, केंद्र सरकार को धूल चाटने पर विवश कर देना चाहिए। अब की बार विजय साध लेंगे तो आगे चलकर होनेवाले चुनावों में अपनी इच्छा के अनुकूल चलनेवाली सरकारों को रचा भी सकते हैं। इस दृष्टि से, जहाँ तक हो सके, उन राज्यों में बृहत प्रमाण में विरोधी अभियानों और अन्यान्य आंदोलनों का आयोजन करवाना चाहिए। सभी धर्म-प्रचारकों (मिशनरियों) तथा पिछड़े वर्गों और अल्पसंख्यक समुदायों का सहयोग भी मिलने से जत्थों का आयोजन करना मुश्किल नहीं होगा। अनुदान की कमी तो होती ही नहीं। महत्त्वपूर्ण पदों पर रहनेवालों ने यह आश्वासन दिया है और किसी प्रकार की मदद चाहिए तो हमें बताइए। मैं मानद संपादक हुआ हूँ भी; इसलिए कि पत्रिका में आवश्यक हस्तक्षेप करूँ और अन्य जिम्मेदारियों भी सँभाल लूँ, तो ऐसा मौका शायद फिर नहीं मिलेगा। अन्य राज्यों से भी अधिक हलचल यहाँ मचा देनी चाहिए, लेकिन योग्य मुखिया ही न हो, तो अभियान किस प्रकार चलाया जाएगा? भले ही हमारा विश्वविद्यालय देहली के विश्वविद्यालय की एक शाखा है, यह प्रभावशाली तो बना ही नहीं है। 'माइक' के सामने खड़े होकर, बिना थरथराए बोल सकनेवालों को—कम-से-कम, ऐसे एक व्यक्ति को—तैयार करने में आज तक यह विश्वविद्यालय सफल नहीं हुआ है।

सोचते-सोचते और थोड़ी देर तक फेरा डालने के बाद सुंदरकृष्णजी को एक संभावना सूझी। दिल्ली विश्वविद्यालय के समाज-विज्ञान विभाग के प्राध्यापक दासगुप्तजी को उन्होंने फोन किया—

"हैलो प्रोफेसर साहब! मैं सुंदरकृष्ण बोल रहा हूँ, बेंगलुरु से। आप कैसे हैं?"—निरर्गल रूप में अंग्रेजी में बोलते समय एक प्रकार के गर्व का उन्हें अनुभव होने लगता है। इससे उनके मन को अतीव आनंद मिलने लगता है।

"हाँ! मैं अच्छा हूँ। आप कैसे हैं?"—किसी भी समय फोन करूँ, तो भी एक ही प्रकार के विश्वास के साथ वे बोला करते हैं। वे हैं भी स्थिर चित्तवाले व्यक्ति।

"मैं भी अच्छा हूँ। आपसे एक प्रमुख विचार के बारे में बातचीत करनी थी। आप दो मिनट का समय दे सकते हैं क्या?"

"ऑफकोर्स। कहिए न!"

"परसों जब मैं वहाँ आया हुआ था, आपके विभाग के एक छात्र ने 'आनेवाले दिनों में भारत की धर्मनिरपेक्ष-नीति कैसी होनी चाहिए' नाम के विषय पर अद्भुत व्याख्यान प्रस्तुत किया था न? उसका नान क्या है?"

"उसके बारे में पूछ रहे हैं? उसका नाम है मुरारी। वेरी डाइनॉमिक बॉय है।

अब तो वह 'हीरो' बन गया है। इस साल से यहीं रहने लगा है। एम.ए. में पढ़ रहा है। इतिहास, राजनीति, माध्यम, कार्मिक अध्ययन जैसे विचारों में उसकी अच्छी जानकारी है। सामाजिक व्यवस्थाओं के विचार में अपनी ही नई 'थ्योरी' प्रस्तुत कर सकने की सामर्थ्य उसमें निहित है। परसों आप ही ने देखा है न?"—यों बोलते समय प्रोफेसर की बातों में अपने छात्र के प्रति गर्व झलक रहा था।

"जी हाँ! उससे गहरी तरह से प्रभावित होने की वजह से ही अब मैं आप को फोन कर रहा हूँ।" इतना बोलने के बाद, थोड़ी देर रुककर, सुंदरकृष्णजी ने अपनी बात आगे बढ़ाई—"अपने राज्य में एक नया अभियान शुरू करने की मैंने योजना बनाई है। उसका सारथ्य सँभालने के लिए वही योग्य व्यक्ति है, ऐसा मुझे लग रहा है। चंद दिनों के लिए उसको हमारे यहाँ भेज पाएँगे क्या? इस संबंध में विश्वविद्यालय के कुलपतिजी के नाम पर अधिकृत विनती भेजनी है क्या?"—यह बात खत्म होते ही डॉ. दासगुप्तजी जोर से हँस पड़े।

"वाह, वाह! आप भी उसको चाहते हैं क्या? टी.वी. चैनलवाले तो हमारे कैंपस में ही आ बसे हैं। आई एम नॉट किड्डिंग। हाल ही में उसके दो-चार साक्षात्कार प्रसारित हुए हैं। आपने भी उसको देख लिया होगा। उसको भेज देने के बारे में हैदराबाद, केरल और पश्चिम बंगाल की ओर से विनतियाँ आई हैं। वैसे तो, केंद्र सरकार की 'घर वापसी' योजना के कार्यक्रम के प्रति विरोध व्यक्त करने के लिए ही आप उसकी उपस्थिति चाहते हैं न?"—यों एक ही साँस में अपनी सारी बातें बोलकर, अंत में यह प्रश्न पूछते हुए, प्रोफेसर दासगुप्तजी रुक गए।

"जी हाँ!"—अगले क्षण ही सुंदरकृष्णजी ने हामी भर दी।

"ठीक है, उसे अवश्य भेज देंगे। मैं खुद कुलपतिजी से इस विचार में बातचीत कर लूँगा, दिनांक निश्चित करके आप मुझे बताइए, लेकिन इसमें एक और विचार की ओर ध्यान देना है। उसके लिए आपके राज्य में संपर्क 'मीडिया कवरेज' मिलना चाहिए। उस लड़के में अच्छी प्रतिभा है। उसके भविष्य को अच्छी तरह रूपित करने का जिम्मा हम सब पर ठहरा है।" गंभीर तरीके से इतना बोलने के बाद, दो-एक मिनट के पश्चात् उन्होंने यह बात कही—"हम जिस पौधे को पानी सींचकर बड़ा बना देंगे, उसको महान् वृक्ष के रूप में पनपते देखने से अधिक खुशी और किसमें आती है। है न?"—यों बोलते हुए, प्रत्युत्तर के लिए मौका न देते हुए उन्होंने फोन रख दिया।

मानो एक बड़ा बोझ उतर गया, हलके मन से मुख्य संपादक के कमरे की तरफ फुर्तीले कदम से निकल पड़े सुंदरकृष्णजी। तभी यकायक उनको नरेंद्र की याद आई, तो उनका मन उसके बारे में सोचने लगा। ऐसा लगता है कि कश्मीर के बारे में उसकी जानकारी काफी गहरी है। उस दिन वह संवाद और कुछ समय तक यदि चलता, तो उसकी

जानकारी की गहराई का पता चलता। शुरू में भारतीय साम्यवादी पक्ष ने कश्मीर के विलीन के विचार का खंडन किया था। इतना ही नहीं, अपनी स्वतंत्रता के बारे में निर्धार कर लेने का अधिकार कश्मीर को दिया जाना चाहिए, इस अर्थ की विनती भी उसने अंग्रेजों के सामने रखी थी। और तो और, सोवियत के सभी अधिकृत प्रकाशनों में यही जाहिर किया गया था कि 'भारतीय सेना ने कश्मीर पर आक्रमण कर दिया है। इन सभी कारणों से, अपनी साम्यवादी मन:स्थिति के प्रति विद्रोह कर लेने में असमर्थ होकर, नेहरूजी ने 1949 में यकायक युद्ध विराम घोषित कर दिया। यह विचार शायद नरेंद्र को मालूम नहीं था। या मालूम भी हुआ होगा। कश्मीर के बारे में विश्वमंडल ने जो भी निर्देश दिए थे, वे सभी United Nations Security Council Resolution संख्या 47 के Chapter-6 की परिधि में आते हैं। इसका मतलब यह था कि वे केवल सलाहें मात्र थीं और अनिवार्य रूप से पालन किए जानेवाले आदेश नहीं थे। इसलिए, पाकिस्तान ने जब अपनी सेना वापस नहीं ली, तब उसके ऊपर किसी ने कोई काररवाई नहीं की। इसी प्रकार हमें भी युद्ध विराम घोषित करने की अनिवार्यता नहीं थी, मगर सोवियत के आदेश के प्रति अपनी प्रतिबद्धता दिखाते हुए नेहरूजी ने युद्ध विराम की घोषणा कर दी। अलावा इसके वे जनमत-गणना के प्रस्ताव के पक्ष में भी थे। आगे चल कर, जब सोवियत संघ तथा भारतीय साम्यवादी पक्ष जब भारतीय धारणा का समर्थन करने लगे, तभी नेहरूजी भी जनमत-गणना के प्रस्ताव के खिलाफ आवाज उठाने लगे। तब तक पाकिस्तान भी अमरीका की तरफ अपना स्नेहहस्त पसार चुका था और उसने पाकिस्तान को अपने सीने से लगा लिया था। इधर, समय-समय पर मास्को से आनेवाले आदेशों का पालन करने की दिशा में नेहरूजी को बहुत ही क्लेशदायक परिस्थितियों का सामना करना पड़ा। फिर भी उनको निभा लेने की नेहरूजी की छाती और कुशलता की दाद देनी चाहिए, क्योंकि और लोगों में उन गुणों को देख पाने की बात तो दूर रही, कल्पना कर लेना भी मुश्किल है। कश्मीर के विचार को संवाद का अंग बना देंगे तो ये सारे अंश जाहिर हो जाएँगे, यह झिझक तो उन्हें सता रही थी। फिर भी अगले ही क्षण यह धीरज भी बँध आया कि उस अवसर को किसी-न-किसी तरह निभा सकता हूँ। तो, सुंदरकृष्णजी आत्मविश्वास के साथ आगे बढ़े।

*****

"गलती तुम्हारी है, पप्पा की नहीं; तुम्हें अपनी माँ कहते हुए भी मुझे शरम आती है।"—सोलह साल का बेटा यों निर्विकार भाव से बोलकर चला गया है। यदि नाराज होकर ऐसा बोलता, तो ऐसा मान सकती थी कि मेरे प्रति थोड़ा सा प्यार है। उस दिन से लगातार फोन कर रही हूँ; मगर वह उठा नहीं रहा है।

"इतने सालों से उसको पालते-पोसते आई हूँ; थोड़ी सी नीयत भी नहीं है, इस

'रास्कल' के मन में। जा मरे उस भिखारी के पास।"—यों जोर से चिल्लाकर उसने अपने मन को सांत्वना पहुँचा ली।

प्रोफेसर का यह ओहदा है नाममात्र के लिए। पहले से बाहर के क्रिया-कलापों के प्रति ही मेरी अधिक आस्था रही है। प्रतिगामी या संप्रदायवादी शक्तियों को रौंद डालने की दृष्टि से चलाए जानेवाले किसी भी अभियान में मेरी एक महिला की आवाज होनी ही चाहिए थी। विरोध, रास्ता रोको या कोई जत्था क्यों न हो, उसमें आगे रहनेवाली मैं ही हुआ करती थी। मुझ जैसी या मुझसे होड़ करनेवाली कोई भी महिला किसी भी राजनीतिक पक्ष में नहीं है। मंत्रियों ने भी मुझे सिर पर चढ़ा रखा है। नहीं तो मेरे वेतन मात्र से इतना बड़ा बँगला मैं कैसे बना पाती ? उनकी अभिलाषा है कि मेरा पुत्र भी एक बड़ा इंजीनियर या डॉक्टर बने। उन्होंने यह आश्वासन दिया है कि कहीं एक अच्छी जगह उसे 'सीट' दिलवा देंगे, लेकिन इस इडियट के माथे में वह भाग्य लिखा न हो, तो मैं क्या कर सकती हूँ ? मेरा मूल्य समझना है तो उसे चंद दिनों तक अपने बाप के साथ रहना पड़ेगा। उसके बाद भी, यदि वह अपने आप आ जाएगा, तो उसे अपने साथ मिला लूँगी। मैं उसके साथ कभी गिड़गिड़ाऊँगी नहीं; यह सवाल उठता भी नहीं है।—यों सोच लेने पर, मन को सचमुच कुछ तसल्ली मिली।

इसके साथ ही मंत्री जी की याद हो आई। हमारे कॉलेज के कार्यक्रम में भाग लेने के लिए जब वे आए हुए थे, तभी पहली बार उनसे भेंट हुई थी; मैंने ही उनका परिचयात्मक भाषण किया था। 'वेरी आउटगोइंग लेडी' करके दिल खोलकर उन्होंने मेरी प्रशंसा की थी। इतना ही नहीं, अपनी आँखों से भी विशेष प्रशंसा दिखाई थी। मुझे और क्या चाहिए था ? आठ सालों के अपने उस रिश्ते में उन्होंने किसी कमी का मुझे अनुभव होने नहीं दिया है। मैं भी मुफ्त का खाना हजम करनेवालों के स्वभाव की नहीं थी। ऐशो-आराम की यह जिंदगी, यह स्थान और मान कि 'मैं मंत्री जी की बहुत चहेती हूँ'—यह सबकुछ मिला है उनकी कृपा से ही। इस जानकारी से कि उनके इस प्यार को बनाए रखना बहुत ही मुख्य बनता है, मैं कभी उनके निजी विचारों में दखल नहीं देती।

शेष सभी विचारों में वे मुझे प्रोत्साहन दिया करते हैं; मगर राजनीति में प्रवेश करने की मेरी मनोदशा को नकारते आए हैं। उन्होंने मुझे सूचना दी थी कि इस विचार को छोड़कर, जो भी बनना चाहती हो तो बनो। इसीलिए मैंने निश्चय कर लिया था कि मैं साहित्यकार बनूँगी! संस्कृति विभाग के मंत्रीजी के साथ उनकी गहरी दोस्ती थी; मैंने एम.ए. की भी पढ़ाई की थी न ? ये दोनों विचार मेरे लिए बहुत उपयोगी सिद्ध हुए। मेरे लिए जो कथावस्तु सूझी थी, उसके बारे में लेखन-कार्य करने के लिए सुसमर्थ माने गए तीन लेखकों को पकड़ लिया और उन तीनों से लिखवाए गए भागों को जोड़कर उसे एक पुस्तक के रूप में प्रकाशित करवा दिया और मंत्री महोदयजी से ही उसका जोरदार प्रमोचन

भी करवा दिया। एकाध पुरस्कार भी मिले। प्रथम प्रकाशन की प्रतियों को ग्रंथालयों में तथा मित्रों में पहुँचा कर उसकी द्वितीय आवृत्ति निकालने की कोशिश करते-करते मुझे इस बात का पता चला कि पुस्तकों की बिक्री करना कितना मुश्किल काम है। कई पंथबद्ध तथा संप्रदायवादी साहित्यकारों की पुस्तकें प्रमोचन के तुरंत पश्चात् दो-तीन आवृत्तियों के भाग्य को प्राप्त कैसे हो सकती हैं? इस विस्मयपूर्ण प्रश्न का उत्तर अब तक मुझे मिल नहीं पाया है। मैंने जिस विषय या वस्तु को चुन लिया था, वह तो अच्छा नहीं था। महिलाओं के विमोचन से संबंधित कहानी थी वह। मुझे लगा कि मेरी लेखन-कला में और कुछ सुधार की प्रायः आवश्यकता भी थी। मैंने तो उस कथा का सुंदर निरूपण ही किया था।

अब दूसरी पुस्तक लिखने की इच्छा हो रही है। प्रकाशन के अवसर पर ही दो आवृत्तियाँ निकालने की योजना करनी चाहिए। पहले ही छपाई करवाकर रख दूँगी। पुस्तक का नाम सुनते ही लोगों को आपस में होड़ करते हुए खरीदना चाहिए, ऐसा करने के लिए किस तंत्र को अपनाना चाहिए?—इसके बारे में सोचने लगीं मीरादेवीजी। पहली बात तो यह है कि पुस्तक का विषय 'सेन्सेशनल' होना चाहिए। उनसे पूछ लूँगी तो वे ऐसा कोई विषय अवश्य सूचित कर देंगी। दूसरी बात यह है कि परिणामकारी रूप में लिख पानेवालों को ढूँढ़ लेना चाहिए। इसकी तो व्यवस्था कर पाऊँगी। तीसरी बात है पुस्तक की बिक्री की योजना। यदि ये 'ऑफर' दे देंगी कि 'मेरे हस्ताक्षर से युक्त मेरी पुस्तक की तीन प्रतियाँ एक साथ खरीद लेंगी, तो पंद्रह फीसदी छूट दी जाएगी।' तो पुस्तकों की आसानी से बिक्री हो जाएगी न! 'हेयरपिन' से लेकर 'होम थिएटर' तक सभी वस्तुओं की बिक्री इसी तरह की जाती है न? पहले पुस्तक के विषय के बारे में निश्चय कर लेंगे; अन्य विचारों के बारे में उसके बाद सोचा जा सकता है! यों सोचते हुए उन्होंने मंत्रीजी को फोन किया। दस मिनट के बाद उन्होंने फिर 'कॉल' किया—

"बताओ न!"—दबी आवाज में मंत्रीजी बोले।

"एक और पुस्तक लिखने की इच्छा हो रही है। कथा के विषय के बारे में आपसे कुछ सलाह लेने की दृष्टि से मैंने फोन किया है।"—यों इन्होंने तुरंत उत्तर दिया।

"यह बात पूछने के लिए! वक्त और ब़े-वक्त की भी तुम्हें परवाह नहीं है क्या?"—मंत्रीजी नाराज हो रहे थे।

"आप कब तक इस तरफ आ पाएँगे, इस बात का पता नहीं था न। जो भी विचार मन में आ जाए, उसे तुरंत बता नहीं दूँगी तो मेरे मन को तसल्ली नहीं मिलेगी। यह बात आप को मालूम है न?"—यों बोलते समय इसकी आवाज भी अपने आप दबी जा रही थी।

"फोन रख दो।"—इतना ही उन्होंने कहा।

उसी दिन शाम को वे इनके घर आ गए। तब तक आठ बज गए थे। कमरे से बाहर आने तक नौ बज गए थे। थके हुए थे। सोफे पर बैठकर, दोनों हाथों से इनकी कमर को

कसते हुए, इनके कंधे पर आराम करते हुए उन्होंने कहा—

"अब बोलो।"

"वही, पुस्तक के विषय के बारे में।"

"साहित्यकार तो तुम हो न?" उनके यों छेड़ने पर, इन्होंने झूठी नाराजगी दिखाई। तुरंत यह बात भी सूझी कि 'मेरे अधिकार की सीमा इतनी ही है'; और वे खिन्न हो चलीं।

"इस बात पर उदास क्यों होती हो? किसी प्रचलित समस्या को लेकर लिख दो। राष्ट्रीय समस्या हो, तो और भी अच्छा। अंग्रेजी में भी उसका अनुवाद करा सकते हैं। शीघ्र ही लिख दो। अगले साल के साहित्य सम्मेलन के शुरू होने से पहले उस पुस्तक की छपाई पूरी हो जानी चाहिए और पुस्तकें उपलब्ध भी होनी चाहिए।"—प्यार से उन्होंने समझाया। 'कभी-कभी नाराज हो उठनेवाली इसकी छोटी-मोटी आशाओं को पूरा कर दूँ, तो पालतू कुतिया की तरह रह जाएगी।' यों सोचते हुए, उनके माथे पर हाथ फेरते रहे। आधा घंटा और वहीं बिताकर, वहाँ से चले गए।

'राष्ट्रीय समस्या के बारे में लिखो' करके कितनी अच्छी सलाह उन्होंने दे दी। मुझे यह बात सूझी ही नहीं थी। आखिर राजनीति के क्षेत्र में रहनेवाले हैं न? दूर की बात सोचने की आदत है न!"—यों मन की गहराई से उनकी प्रशंसा करते हुए, मीरादेवी ने अंग्रेजी चैनल लगा दिया। समाचार के मुख्य अंशों का प्रसारण हो रहा था। देखना चाहिए कि इनमें कोई नया विषय मिल पाएगा।

"बढ़ती हुई नक्सलों की मुसीबतों से छत्तीसगढ़ की सरकार के लिए सिर-दर्द।"—यह तो बहुत ही अरोचक विचार ठहरा।

'अमरीका के अध्यक्षजी की तीसरी बार भारत से भेंट। संबंधों को सुधार लेने की दिशा में नया कदम!'—इसको लेना संभव ही नहीं है। विदेश संबंधी गतिविधियाँ इस जन्म में मेरी समझ में नहीं आएँगी।'

"नई कर-प्रणाली का अनुष्ठान। मुद्रा-स्फीति पर और प्रतिबंध लगाने की दिशा में केंद्र सरकार का उपक्रम!"—हिसाब-किताब के संबंध में मेरी साधना तो पहले से ही नहीं के बराबर रही है। इसलिए इस विषय को चुन लेने की संभावना सपने में भी हो नहीं पाती। यों सोचते-सोचते उनके मन में निराशा छाने लगी। टी.वी. बंद करना ही बेहतर है। यों सोचते 'रिमोट' को हाथ में ले ही रही थी कि परदे पर एक और समाचार यकायक विराज उठा—

"कश्मीर में भारतीय सेना पर फिर पेल्लेट गन का प्रयोग! पाँच बालकों की हालत चिंताजनक! कब रुकेगा नादानों की हत्या का सिलसिला।" हाँ! यही ठीक है। कश्मीर तो हमेशा जलता ही रहता है। कश्मीर के बारे में सोचते ही नरेंद्र की याद और उसके साथ किए गए संवाद की याद आने लगी। 'स्टूडियो' में बैठकर मनमाना बकता रहता

है। हर बार मैं उठकर आ रही हूँ न! मुझे बहुत सस्ता मान लिया है। अब उसे लिखकर अपना सामर्थ्य दिखा दूँगी। यों सोचते ही, साध लेने का उत्साह आंतर्य में उभर आ रहा है, मगर उसकी शुरुआत किस प्रकार होनी चाहिए? यह आम तरीके की पुस्तक नहीं होनी चाहिए। इसके लिए बहुत ही व्यवस्थित तैयारी आवश्यक बनती है। तभी सुंदरकृष्णजी की याद आई। चंद ही क्षणों में उनके मन में एक योजना भी रूपित हो गई। तुरंत उन्होंने फोन उठा लिया।

"हैलो मिस्टर सुंदरकृष्णजी, मैं मीरादेवी बोल रही हूँ।"—'मैं' का उच्चारण करते समय 'मैं' पर विशेष दबाव डाल दिया।

"जी हाँ, मालूम हुआ है। बताइए, आप कैसी हैं?"—धीरे से उन्होंने पूछ-ताछ की।

"फाइन, आपसे एक कृपा चाहती हूँ।"

"कहिए न। हो सकता है तो जरूर करेंगे। कहिए क्या करना है?"—यह बात हमेशा सुंदरकृष्णजी के मन में बैठी रहती है कि यह मंत्रीजी की चहेती है।

"मन में यह विचार आया है कि कश्मीर के बारे में एक पुस्तक लिखूँ। उसकी भूमिका के रूप में आपकी पत्रिका में दो-चार लेख लिखना चाहती हूँ।"

"यानी, उन लेखों को मिलाकर, पुस्तक के रूप में प्रकाशित करना चाहती हैं क्या?"—सुंदरकृष्णजी पूरी तरह समझ नहीं पाए।

"नहीं, नहीं। लेखों के द्वारा लोगों की उस विषय के प्रति आस्था जगानी है। उसके बाद ही पूर्ण रूप में पुस्तक रचने का इरादा है। ज्यादा नहीं, चार-पाँच लेख मात्र!"—उन्होंने अपनी बात पूरी की।

यह एक ऐसी औरत है, जिसको न विषय पर काबू होता है, न अपनी जबान पर। लेखों की हालत भी इससे भिन्न नहीं होती है। इसलिए इसकी सूचना का निराकरण कैसे किया जा सकता है, इस सोच में पड़े हुए थे सुंदरकृष्णजी।

"एक अच्छी डॉक्यूमेंटरी" क्यों न तैयार करें? वह बहुत परिणामकारी भी हुआ करती है। फिल्म इंस्टीट्यूट में तो हमारी जान-पहचान के लोग हैं ही। चाहे तो मैं वह सारी व्यवस्था कर दूँगा।"—चतुराई से उनको किसी और दिशा में खींच लेने का प्रयास वे कर रहे थे।

"किस जमाने में हैं आप? 'फेसबुक' की दो मिनट की वीडियो देखने की सहनशीलता भी जिनमें नहीं है, ऐसे वे लोग घंटों तक चलनेवाली 'डॉक्यूमेंटरी' देखेंगे क्या? अलावा इसके, मेरी आस्था है अक्षरों की कृषि में।" असंदिग्ध रूप में उद्घोष कर रही थीं मीरादेवी। आगे चलकर जो साहित्य सम्मेलन होनेवाला है, उसकी अध्यक्षा का न्योता मिलने की संभावना भी उन्हें दिखाई दे रही थी।

सुंदरकृष्णजी पेच में फँस गए, लेकिन तत्क्षण उन्हें एक और मार्ग भी सूझा—

"ठीक है। ऐसा कर देंगे। आप अपने विचारों को फोन के द्वारा बता दीजिए। पत्रिका के हमारे कार्यकर्ता उनको लिख लेंगे। आपकी भाषा यदि हमारी 'स्टाइल शीट' से मिलती-जुलती न हो, तो हमारे लिए समस्या बन जाएगी। मेरी बात आपकी समझ में आ रही है न?"—अनुनय की ध्वनि में सुंदरकृष्णजी बोलने लगे थे।

"अरे, मैं कहाँ लिखती हूँ? मेरे लिए रामनाथ जी लिखनेवाले हैं।"—तुरंत उनको अपनी गलती मालूम हो चली तो उन्होंने अपनी जीभ काट ली।

"तो लिखने से पहले मुझसे संपर्क कर लेने की उन्हें सूचना दे दीजिए।"—मुसकराते हुए बोलनेवाले सुंदरकृष्णजी के मन के लिए भी अब थोड़ी सी तसल्ली मिली।

"ठीक है, धन्यवाद।"—मीरादेवी ने फोन रख देने की उत्सुकता दिखाई।

"मैडम, मैं आप को एक सलाह दे सकता हूँ क्या?"

"बोलिए।"

"पब्लिक डिस्कोर्स के अवसरों पर यदि आप अपनी 'बॉडी लैंग्वेज' की ओर थोड़ी सी सावधानी बरतेंगी तो अच्छा होगा। उस दिन के आपके बरताव के बारे में बहुत सारे 'केमेंट्स' आए हैं। मेरे यों कहने का गलत मायने मत निकालिए।"

"हाँ, हाँ।" 'आई रियलाइज इट। आई विल करेक्ट माइसेल्फ।'—मन में ही इसको अनपेक्षित चेष्टा मानते हुए उन्होंने फोन रख दिया और तुरंत एक और 'नंबर' डायल कर दिया।

"रामनाथजी, आज शाम को आ सकेंगे क्या? एक बहुत ही प्रमुख विचार के बारे में आपसे बातचीत करनी है।"

उस तरफ से हामी का उत्तर मिलते ही, उनके चेहरे पर मुसकान खिल गई। 'अब तो वह मान गया है। अब मेरे मन को तसल्ली मिली है। पिछली पुस्तक लिखने में जिन तीन लोगों ने भाग लिया था, उनमें यह भी एक है। उम्र में छोटा होने पर भी बहुत बड़ा बुद्धिमान है। अंतिम घड़ी में मिलने पर भी, सुव्यवस्थित रूप में उसने अपना जिम्मा निभा दिया था। लेख लिखने की तथा पुस्तक तैयार कर देने की सारी जिम्मेदारी उसी को सौंप देनी चाहिए। रुपए-पैसे दे दूँ तो बिना किसी हिचकिचाहट के अपना काम पूरा कर देता है।'—यों सोचते समय, उन्हें नरेंद्र की याद आ गई। 'उसको सही सबक सिखा दूँगी'—यों सोचते-सोचते, उन्होंने अपने जबड़े दबा लिये।

सात

फोन जब आया, तब संजीवजी दफ्तर के लिए निकलनेवाले ही थे। घर के दरवाजे के पास खड़े होकर वे जो बातें कर रहे थे, वह अंदर रहनेवाली आरती को भी सुनाई दे रही थी।

"..."

"नमस्कार नरेंद्रजी! अमितजी ने मुझे सबकुछ बता दिया है।"

"..."

"जब चाहे आ जाइए। मेरे लिए कोई तकलीफ नहीं होगी।"

"..."

"बिल्कुल ऐसा ही कर दीजिए। मुझे टिकट 'फॉरवर्ड' कर दीजिए। मैं 'एयर पोर्ट' आ जाऊँगा।"

"..."

"ठीक है। धन्यवाद।"

बोलना खत्म करके जब वे निकलनेवाले थे, आरती ने पूछा—"आपने कहा था कि कोई आनेवाले हैं। वे ही हैं क्या?"

"हाँ, उनका नाम है नरेंद्र। परसों यहाँ आनेवाले हैं।" पीछे मुड़कर देखे बिना ही, पत्नी को उत्तर देनेवाले संजीवजी के मन में दिन भर एक प्रकार का उल्लास भरा रहा। रिश्तेदारों के आकर ठहरने में कोई विशेषता होती नहीं है, लेकिन जिनकी जान-पहचान तक न हो, ऐसे किसी अन्य प्रांत के व्यक्ति का आना एक अनहोनी-सी घटना बनी हुई थी।

कर्नाटक के होते हुए भी बहुत अच्छी तरह हिंदी बोला करते हैं, यह बात हाल ही में संजीवजी को मालूम हुई है। भाषा की कठिनाई न हो, तो सबकुछ आसान बनता है। अनुसंधानकर्ता होने के नाते, यह तो स्पष्ट हो चला था कि कश्मीर की जानकारी प्राप्त कर लेने के लिए वे आ रहे हैं। जहाँ तक हो सकेगा, उनको मदद पहुँचानी चाहिए। इसी धुन में रहने की वजह से संजीवजी को इसका पता भी नहीं चला कि अगला दिन कैसे गुजर गया।

"अभी-अभी लगेज का 'चेक इन' पूरा किया है।"—यों आशा को 'मैसेज' भेजकर, 'बोर्डिंग गेट' के पास डाली गई कुरसियों में एक के ऊपर बैठकर, नरेंद्र ने चारों ओर नजर दौड़ाई। चार-पाँच कुरसियाँ मात्र खाली पड़ी थीं। 'फ्लाइट' के उड़ान भरने के लिए आवश्यक संख्या में यात्री भरे हुए थे। ज्यादातर यात्री पुरुष ही थे। जुब्बा और पायजामा तथा सिर पर टोपी पहने हुए तथा दाढ़ी रखनेवाले यात्रियों को देखते ही इस बात का पता चलता था कि वे मुसलमान हैं। पैंट और शर्ट पहना हुआ और टोपी न पहना हुआ एक युवक था; मध्यम आयु के कई व्यक्ति भी थे; कई औरतें बुरका पहने हुए थीं। एकाध लड़कियाँ भी थीं, जो कॉलेज की छात्राएँ लगती थीं। उन्होंने 'टाइट पैंट' और 'टी-शर्ट' पहन लिये थे और वे आपस में गपशप कर रही थीं। इन सबके बीच नए-नए विवाहित हिंदू दंपतियों की दो जोड़ियाँ भी थीं। जब उनकी ओर इन्होंने देखा, तो वे मुसकरा दिया; इन्होंने भी मुसकान लौटा दी। थैली में रखी हुई पुस्तक निकालकर उसमें अपना मुँह छिपा लिया। पाँच मिनट भी अभी बीते नहीं थे; फोन की आवाज आई। स्तंभ लेखक मनोहर

'कॉल' कर रहा था। हाल ही में इस युवक ने पत्रिकोद्यम के क्षेत्र में कदम रखा था। बहुत तीखी भाषा में यह लिखा करता था। भाषा के ऊपर उसकी अद्‌भुत पकड़ थी। आजकल गहरे अध्ययन में अपने को उलझा रहा था। इसके प्रति बहुत गौरव रखता था।

"दाऊजी नमस्कार! आज की 'जनवाणी' पत्रिका के अंक में बुरके की आदत के बारे में एक लेख छपा है। उसके प्रति प्रतिक्रिया के रूप में हमारी पत्रिका में एक प्रतिक्रिया प्रकाशित करने की इच्छा हो रही है। उसकी पृष्ठभूमि और उन दिनों की आवश्यकता और उपयोगिता के बारे में थोड़ी रोशनी डालेंगे तो बड़ी सुविधा होगी।"

"उस लेख में क्या-क्या लिखा गया है?"—इन्होंने पूछा।

"हाय, क्या कहूँ? शीर्षिका में छपे 'बुरका' शब्द को छोड़ देंगे तो पूरे बुरके से संबंधित और कोई विचार है ही नहीं। उसके अंदर गांधीजी के सर्वधर्म-समभाव के तत्त्व का निरूपण कर दिया गया है। बीच-बीच में अनावश्यक रूप में बुद्ध, बसवेश्वर और अंबेडकरजी के विचारों को भी घुसेड़ दिया है। मैं उसे पूरा पढ़ भी नहीं सका। इसलिए सोच रहा हूँ कि वास्तविक विचारों से युक्त एक लेख क्यों न लिख दूँ?"

"तुम्हारे फोन में 'कॉल रिकॉर्डर' है क्या?"

जवाब में उसने कहा—"हाँ। आपसे बातचीत करते समय हमेशा उसको 'ऑन' करके ही रखा करता हूँ।"—यों बोलकर वह हँस पड़ा।

"ठीक है। 'कुरान' में प्रमुख तौर पर दो स्थलों में बुरके का उल्लेख मिलता है। सूरह 24, आयह 31; सूरह 33, आयह 59। इनका अपने लेख में इसी तरह उल्लेख देना। इनमें तो दूसरा सूरह बहुत प्रमुख बनता है। इसमें उन दोनों मकसदों को साफ कर दिया गया है कि उस जमाने के अरब देश की औरतों के लिए बुरका पहनना क्यों लाजिम कर दिया गया था। अहम मकसद यह था—इससे यह पहचाना जाता था कि बुरका पहननेवाली औरत किसी की बीवी या गुलाम बनी हुई है, क्योंकि शादीशुदा औरतों को ही बुरका पहनने का हक दिया गया था। यदि कोई गुलाम औरत बुरका पहन लेती थी, तो उसे दंड दिया जाता था। इसकी वजह यह थी कि गुलाम औरत को जो चाहे भोग सकता था। इसीलिए आजकल भी मुसलिम लोग यही मानते हैं कि जुल्म और जबरदस्ती के मामलों में 90 फीसदी जुर्म औरतों पर ही हुआ करते हैं। बुरका और हिजाब पहनकर औरतों को इज्जत के साथ घर में रहना चाहिए। इसके बदले, बदन की नुमाइश करते हुए फिरती रहेंगी तो और क्या होगा।'—यों उलेमाओं को जुल्म और जबरदस्ती का समर्थन करते हुए तुमने भी सुना और देखा भी होगा। दूसरा मकसद था गैर-मर्दों से अपनी बीवियों के लिए हिफाजत मुहैया कराना। समझ में आईं न ये दोनों बातें?"

"हाँ!"

"इसके लिए पैगंबरजी की जिंदगी की भी एक मिसाल मिलती है। अरब देश के

'खैबर' नाम के प्रदेश में रहनेवाले यहूदी कौम के ऊपर हमला करके अपने चेलों से उनके मुखिया का खून करवा दिया और उसकी बीवी सफिया से उन्होंने शादी कर ली। उसके बाद भी उन चेलों में यह जान लेने की बेकली बनी रही कि वे उसे बीवी का दर्जा दे देंगे या गुलाम बनाकर रख लेंगे। जब उन्होंने उसे बुरका पहनाकर, औरों की नजर से उसे छिपाकर रख लिया, तब यह बात साफ हो गई कि उसे बीवी की जगह दे दी गई है। यह सारी जानकारी हमको Sir William Muir के द्वारा लिखी गई, 'The Life of Mahomet' नाम की जीवनी में मिला करती है। अब मैं डॉ. तौफीक हमीदजी की Inside Jihad नाम की जो पुस्तक पढ़ रहा हूँ, उसमें भी ये सारी बातें पाई जाती हैं। एक मिनट ठहरो, पृष्ठ संख्या भी बता देता हूँ···108–109।" नरेंद्र ने बोलना रोक दिया।

"धन्यवाद दाऊजी! मैं भी इन पुस्तकों को खरीद लूँगा।"—मनोहर की आवाज में जोश भरा हुआ था।

"उसमें एक और विचार भी जोड़ दो। इसलाम और ईसाई पंथों को इधर धर्म का स्थान और मान देनेवाले तथा सर्वधर्म समभाव के नाम पर, उनको हिंदू धर्म के समान होने का प्रमाण-पत्र देनेवाले भी थे गांधीजी। उन दोनों पंथों ने धर्म संबंधी प्रमाण-पत्र मात्र को स्वीकार कर लिया; गांधीजी ने अहिंसा संबंधी जो महामंत्र सुनाया था और मतांतर न करने का जो उपदेश दिया था, वह स्वीकार्य नहीं हुआ। उसके परिणाम आजकल भी देखने में आ रहे हैं।"

"हाँ।" मनोहर तल्लीन होकर सुन रहा था। उसने जो और सवाल उठाए थे, उनका उत्तर देकर फोन बंद किया। तब तक 'बोर्डिंग' की सूचना भी घोषित होने लगी। हवाई जहाज में बैठने के बाद पुस्तक खोलने पर भी पढ़ने का मन नहीं हुआ। उसने आँखें बंद कर लीं।

*****

संजीवजी ठीक छह बजे हवाई अड्डे पहुँच गए। 'फ्लाइट' के आने का समय था सवा छह बजे। रास्ते के एक पार्श्व में कार खड़ी करके प्रतीक्षा करने लगे।

*****

जब यह जानकारी मिली कि हवाई जहाज श्रीनगर में थोड़ी ही देर में उतरनेवाला है, नरेंद्र उसी क्षण से खिड़की की ओर झुककर बाहर झाँकने लगा। हवाई जहाज में चढ़ते समय से लेकर एक आकारविहीन भाव उसको सताने लगा था। वह भाव अभिव्यक्ति के दायरे में नहीं आ रहा था। वह कोई अधीरता नहीं थी; न कातरता ही; उसे एक प्रकार का आकर्षण माना जा सकता था। किसी भी विदेश की धरती पर उतरते समय ऐसे आकर्षण

का अनुभव नहीं हुआ था। जो समय कटता जा रहा था, उसके प्रत्येक मिनट की जानकारी, जो गम्य स्थान के निकट मुझे लेते जाते रहने का अनुभव प्रदान कर रही थी, वह तो सचमुच ही नई थी। शेष सबकुछ यांत्रिक स्वरूप का ही था।

हवाई जहाज नीचे उतरने लगा, तो बाघ, हिरन और गाय के आकार के बादल बीच में आकर भूदेवी के दर्शन में रोड़ा अटका रहे थे। और कई बादलों के झुंड तो ऐसे लग रहे थे मानो कपास को पतला बनाकर उड़ने दिया गया हो। किसी और दिशा से, रथ के जैसे वैभव के साथ आ रहा था एक बहुत बड़ा बादल। उसको देखकर, मानो गौरव के साथ इधर-उधर सटकर जगह दे रहे थे शेष छोटे-छोटे बादल। उनके इस खेल को विस्मय के साथ देखते रहनेवाले उसके होंठ के छोर पर मुसकराहट खिल उठी। यकायक कुछ और ही विचार मानो झलक गया और वह उसकी तलाश करने में जुट गया। राक्षस के चेहरे से या ए.के. 47 बंदूक से मिलता-जुलता एक भी बादल उस स्वच्छ गगन में दिखाई नहीं दिया। वह धरती को देख लेने की कोशिश कर रहा था। इसमें रोड़ा बने हुए वे बादल जब अपनी जिद छोड़कर बिखर गए, तब घनी हरियाली से आवृत वह घाटी दिखाई देने लगी। कतारों में अपने बदन को फैलाकर खड़ी हुई छोटी-बड़ी पहाड़ियाँ थीं। सारी धरती पर हरियाली की शोभा विराज रही थी। तो वह लाल चादर है कहाँ? ऊँचाई से देखते समय जो दिखाई नहीं दे रहा था, वह शायद निकट पहुँच जाने पर दिखाई देगा। जैसे-जैसे नीचे उतरने लगे, पर्वतों की माला बृहदाकार को प्राप्त होने लगी थी। दूर पर छोटी रेखा के जैसी दिखाई दे रही थी सफेद चोटियों की कतार। हरी साड़ी के सफेद छोर के जैसी लग रहा था वह दृश्य। अर्जुन की याद उभर आने लगी।

थोड़ी देर तक उसी को देखता रहा। हवाई जहाज का जब भूस्पर्श होने लगा था, उसने अपना 'मोबाइल ऑन' किया। आशा ने मैसेज भेजा था—'कुछ भी करने से पहले यह बात याद रखें कि मैं और बच्ची घर में हैं और आपकी प्रतीक्षा कर रही हैं। भूलिए मत!' लगा कि बेचारी है; कितना भी डर क्यों न लगे, मेरे कामकाजों में रोड़ा अटकाती नहीं है। विक्रम का 'मैसेज' भी आया है—'तुरंत यदि मदद की जरूरत हो, तो मिश्रजी को फोन कर दो। आमतौर पर वे दिल्ली में ही रहा करते हैं। बाकी विचारों में सावधान रहा करो। हम सब तुम्हारे साथ हैं। 'ऑल दि बेस्ट।' तुम्हारे लौट आने की प्रतीक्षा करते रहते हैं।' 'लड़ाई के मैदान के लिए निकलनेवाले जवान से मैं कुछ भी कम नहीं हूँ', ऐसा लगा और हँसी भी आ गई। इसके साथ ही जब इसका भी परिज्ञान हुआ कि अपने ही देश के एक अन्य राज्य में जाने की बात कितने आतंक का विचार बनी हुई है, मेरे मन में खेद की भावना भी जागी।

हवाई जहाज से उतरकर और 'लगेज' लेकर, उत्साह के साथ बाहर आते ही, ठंडी हवा के सुखद स्पर्श से तन-मन पुलकित हो चले और एक नया सा भाव ही झोंक

गया। अब उसका आनंद उठाने के लिए समय नहीं था। संजीवजी ने यह सूचना दी थी कि वे गहरे नीले रंग की 'शर्ट' पहने हुए होंगे। उसने चारों ओर नजर दौड़ाई। सेना के दो बंकर दीख पड़े। सोचा कि वहीं दूर से आते रहनेवाले ही संजीवजी होंगे। वे और करीब आ पहुँचे। चेहरा वही था, जिसे उन्होंने 'व्हाट्सएप' में देखा था। उन्होंने भी इनको तुरंत पहचान लिया। "नमस्कार, मैं हूँ नरेंद्र।"—बोलते हुए उन्होंने भी अभिवादन कर दिया। उन्होंने इसको हलके तरीके से, मगर आप्तता के साथ गले से लगा लिया। कद में मुझसे थोड़े छोटे थे; फिर भी शरीर का गठन मजबूत था। दूध जैसे सफेद रंग के संजीवजी की शुभ्र आँखों ने नरेंद्र को आकृष्ट कर लिया। लंबी नाक और गाढ़े काले रंग के बालों ने उनके चेहरे की शोभा को और बढ़ा दिया था, जिससे उनकी आयु का आसानी से अंदाजा नहीं किया जा सकता था।

"भारत देश में ही बसे हुए एक और देश में आप आए हुए हैं। आपका स्वागत है।"—इतना बोल देने के बाद उन्होंने कहा—"मैंने अपनी 'कार' वहाँ खड़ी कर दी है। चलिए, वहाँ तक चलें। यों इसको वहाँ से प्रस्थान करवाया। मना करते रहने पर भी, उसकी थैली उन्होंने ही उठा ली।"

कार चालू करते हुए उन्होंने पूछा—"सफर कैसा रहा?"

"अच्छा रहा। कोई कठिनाई नहीं हुई।"

"आप पहली बार यहाँ आ रहे हैं न?"

"हाँ" बोलते हुए इसने अपनी नजर फेरी। राह के दोनों पार्श्वों में हाथ में बंदूक पकड़कर खड़े हुए और चल-फिर करते हुए योद्धा थे। हवाई अड्डे से दूर चले आते-आते उनकी संख्या कम हो रही थी और शहर के निकट पहुँचते-पहुँचते उनकी संख्या बढ़ती जा रही थी।

"कश्मीर में सीमा सुरक्षा बल, केंद्रीय सशस्त्र आरक्षक बल, भारतीय सेना की कई 'बटालियन', जम्मू-कश्मीर पुलिस बल और विशेष कारवाई दल—ये सब मौजूद हैं। इसलिए जहाँ भी देखें, आप को ये जवान ही दिखाई देते हैं। यहाँ सिर्फ दो प्रदेश हैं : 'सूक्ष्म' और 'अति सूक्ष्म।'—यह देखकर ही संजीवजी बोले कि उसका ध्यान सैनिकों पर ही केंद्रित हुआ था। उसने तब मुसकराते हुए अपना सिर हिला दिया। रास्ता भले ही चौड़ा नहीं था, फिर भी वे तेजी से कार चला रहे थे। पॉपुलर और चिनार वृक्षों की ऊँचाई और आकार को भाँप लेने से पहले ही, जल्द-जल्द वे आँखों से हटते जा रहे थे। इधर-उधर, कहीं-कहीं एक-दो दुकान दिखाई दे रही थी। 'जम्मू और कश्मीर की दो राजधानियों में यह भी एक है' करके गर्व से कह देने योग्य कोई अंश वहाँ देखने में नहीं आ रहा था।"

"दुनिया के मशहूर यात्रा-स्थल होने के नाते श्रीनगर का काफी विकास हो जाना चाहिए था न?"—अपने को रोक न पाने से उसने पूछ ही लिया।

हामी भरते हुए, इनकी ओर फिरकर उन्होंने कहा—"कई दशकों से हमारे राज्य में मजहब ही राजनीतिक पक्षों का 'एजेंडा' बना है। इसलिए, ढूँढ़ने पर भी आप को विकास की कोई निशानी मिल नहीं पाती। इधर, सर्दी की राजधानी जम्मू की तुलना में गरमी की राजधानी श्रीनगर को अधिक प्राथमिकता मिली हुई है।"—ये बातें सुनकर, इन्होंने उनकी ओर देखा। इनके चेहरे की दुविधा को पहचानकर, उन्होंने अपनी बात आगे बढ़ाई—

"मजहब यहाँ कितना बलवान बना हुआ है, इसको समझाने के लिए एक मिसाल देना चाहता हूँ। 1988 में धार्मिक केंद्रों के दुरुपयोग को निषेधित करने से संबंधित कायदे को देश भर में लागू कर दिया गया है न! हमारे राज्य ने उसका अनुमोदन नहीं किया। इसका कारण यह था कि यहाँ राजनीतिक कार्यप्रणालियाँ मसजिदों में ही तय की जाती हैं। यहाँ के मुफ्ती लोग मजहब से बढ़कर राजनीति में अपने को उलझा लेते हैं। इस बयान में जितनी सच्चाई है, उतनी ही सच्चाई इस बयान में भी है कि मजहब की मदद के बिना यहाँ के राजनीतिक नेता अपनी छोटी उँगली भी हिला नहीं सकते। चुनावी तकरीर भी मजहब के केंद्रों में दी जाती हैं। इसी से आप अंदाजा लगा सकते हैं कि मजहब की पकड़ यहाँ कितनी मजबूत है। इन दोनों ने विकास या तरक्की को मृगजल बना दिया है। हाथों में हुकूमत जब होगी, मजहबी-अलगरजी या धर्म-निरपेक्षता का स्वाँग रचनेवाले ये राजनीतिक नेता, हुकूमत से वंचित हो जाने पर इसलामी बुनियादपरस्ती या मूलभूतवाद नाम की आग में पेट्रोल उँडेलकर, उसे और भड़का देते हैं तथा कश्मीर के मुसलिमों का 'वोट-बैंक' किस तरह यहाँ काम करता है, यह तो आप को मालूम है ही। पाकिस्तान की तरफदारी करनेवाले ही बड़ी तादाद में हैं। ऐसे लोगों के मन को बहलानेवाली बातें नहीं करेंगे, तो उनके 'वोट' इनको मिलेंगे ही नहीं। तख्त पर बैठने के बारे में, जा बैठने के बाद उसको बनाए रखने में, उस मियाद में जितना हो सकेगा उतना कमा लेने की धुन में डूबे रहनेवाले उन लोगों के लिए राज्य की तरक्की के बारे में सोचने की फुरसत ही कहाँ मिलती है?"

संजीवजी ने यों सवाल करते हुए अपनी बात रोकी, तो कुछ समय तक उनकी बातों की जुगाली करते रहने के बाद, नरेंद्र ने कहा—"मैंने सुना है कि ये मसजिदें बंदूकों को और पत्थरबाजी के पत्थरों को जमा कर रखने के गोदाम बने हुए हैं।"

"मसजिदों की भूमिका यहाँ तक ही सीमित नहीं है। वहाँ क्या-क्या कारनामे किए जाते थे, उनके बारे में मुझे खुलासा नहीं करना चाहिए।"—इतना बोलकर वे चुप हो गए। कुछ समय तक दोनों मौन रहे।

"यह तो शहर का बाहरी क्षेत्र है न?"—थोड़ी देर के बाद उसने पूछा।

"जी हाँ। हमारे निवास-स्थान से थोड़ी दूर पर यह बसा है। यह बड़गाँव जिले के दायरे में आता है।"

"फिलहाल यहाँ की परिस्थिति कैसी है ?"

"कल रात भी भारतीय सेना ने दो आतंकवादियों को मार गिराया है। जम्मू-कश्मीर के 'विशेष टास्क फोर्स' के दो पुलिसकर्मी भी मारे गए हैं। श्रीनगर के अति-सूक्ष्म प्रदेशों में आज 'कर्फ्यू' जारी है। यह तो हमारे लिए आम विचार बना हुआ है।"—इतना बोलने के बाद वे हँस पड़े। बहुत सालों की कठिन साधना के उपरांत प्राप्त होनेवाली साधना का जैसा भाव छिपा था उनकी हँसी में। नरेंद्र खिड़की की ओर देखने लगा।

"सुना है कि आप एक अनुसंधानकर्ता हैं। कश्मीर के बारे में पुस्तक लिखने जा रहे हैं क्या ? यहाँ आने का मकसद यदि मालूम हो, तो उन जगहों के बारे में तय कर सकते हैं, जिनको दिखाया जा सकता है।"—उन्होंने कहा।

"मैं कोई लेखक थोड़े ही हूँ। इस जगह को और यहाँ के निवासियों को देख लेने की दृष्टि से यहाँ आया हूँ।" दो मिनट के बाद, उसने यह बात जोड़ी—"परसों जो 'शूट-आउट' हुआ था, उसमें शहीद होनेवाला मेजर अर्जुन मेरा भाई है।"

"ओह !"—उन्होंने उद्गार निकाला। तुरंत वे कुछ बोले नहीं। थोड़ी देर बाद उन्होंने कहा—"मुझे यह नहीं मालूम कि हम लोग पुलवामा जा सकते हैं या नहीं। देखेंगे। आतंकवादियों के मूलोच्छेद संबंधी सभी काररवाइयाँ वहीं चल रही हैं।" वह फिर खिड़की की ओर मुड़ा। भारतीय सेना के 'कमांडो' से भरी जीप तेजी से इनको पार करके आगे बढ़ी। तुरंत खिड़की से बाहर झाँकते हुए उसने देखा। हट्टे-कट्टे कमांडो, हाथ में राइफल लिये सभी दिशाओं की ओर मुँह करके खड़े हैं।

"कभी-कभी गश्त करते हुए फिरते रहते हैं।"—संजीवजी ने कहा।

जब तक जीप आँखों से ओझल नहीं हुई, तब तक नरेंद्र उसी तरफ देखता रहा। उसके बाद ही उसने सिर खींच लिया। रास्ते के आजू-बाजू में केंद्रीय आरक्षक बल की बसें खड़ी हैं। दस-दस कदम पर गन पकड़ा हुआ योद्धा खड़ा है। उसने यह मान लिया कि यह तो अति सूक्ष्म प्रदेश हुआ होगा।

"देखिए, हमारे निवासों का प्रदेश आ गया है।"—कार के एक तंग रास्ते पर पहुँचते ही संजीवजी ने कहा! नरेंद्र का ध्यान उस तरफ गया। लोहे की शलाकाओं से बना बड़ा गेट बंद हुआ था। इनके 'हॉरन' बजाते ही झाँककर देखनेवाले रक्षक पुलिसवाले ने आकर उस गेट को खोल दिया।

"यह भी एक मुसलमान ही है क्या ?"—गेट पार करके, आगे बढ़ने पर, मुड़कर उसी की ओर देखते हुए नरेंद्र ने पूछा।

"जी हाँ।"—संजीवजी के उत्तर में जो भावशून्यता भरी हुई थी, उसने इसको बाधित किया। अब उसकी समझ में यह बात आ गई कि मुश्किल से उनके चेहरे पर खिली हँसी में भी यही भावशून्यता क्यों भरी हुई थी।

गेट से मिली हुई और चारों ओर फैली हुई ऊँची 'कंपाउंड' की दीवार के पीछे 'अपार्टमेंट' जैसे लगते हुए इमारतों के झुंड थे। एक-एक अपार्टमेंट में करीब बारह 'फ्लॉट' रहे होंगे। चारों ओर की उस 'कंपाउंड' की ऊँचाई को बढ़ाने के लिए तीन-चार फीट के अदर-चादर ('आसबेस्टास शीट') बँधे हुए थे। एक इमारत के बाजू में कार खड़ी करके, नीचे उतरकर चारों ओर नजर दौड़ाते हुए संजीवजी ने कहा—

"90 के दशक में कश्मीर के ज्यादातर हिंदू परिवार यहाँ से निकल गए; इने-गिने परिवार ही यहाँ रह गए हैं। यहाँ से विस्थापित हुए कई परिवार, सात-आठ सालों के बाद, यहाँ की परिस्थिति में थोड़ा सा सुधार देखने में आने पर फिर से लौट आए। उदाहरण के तौर पर मुझे ही ले सकते हैं। सरकार के 'पावर डेवलपमेंट डिपार्टमेंट' में मेरा पेशा रहा। गड़बड़ी के उन दिनों में जम्मू चला गया था न! फिर भी अपने परिवार को भी यहाँ लाने योग्य परिस्थिति अभी बनी नहीं थी। इसलिए दफ्तर के नजदीक ही एक कमरा किराए पर लेकर, अपने दोस्तों के साथ रहने लगा था। नौकरी के प्रति इच्छा से बढ़कर, यहाँ लौट आने का जो अवसर मिला था, उसने हम सबको खुशी ला दी थी।" इतना बोल देने के बाद वे इतना मौन हो चले, मानो किसी विचार में खो गए हों।

"जो लौटे नहीं, उनके ओहदे क्या हुए?"—उसने धीरे-धीरे पूछा।

"कश्मीर लौटें या नहीं लौटें, वेतन तो हमें मिला करता था, लेकिन यहाँ लौट आने के बाद, न हमको घर के भाड़े का भत्ता मिलता था। न पदोन्नति ही। कहीं किसी को पदोन्नति मिले, तो उसका जानबूझकर कश्मीर के किसी कोने में तबादला कर देते थे। जान बची तो लाखों पाए, यों सोचकर ज्यादातर लोग बाहर ही रह गए। उस समय कम-से-कम पंद्रह हजार लोग सरकारी नौकरी पर काम कर रहे थे। अब शायद सब लोग 'रिटायर्ड' हो चुके होंगे। 'रिटायर' होने तक एक ही वर्ग में रह जाने का परिणाम होता है उनकी 'पेंशन' पर। जो भी ओहदे खाली होते गए, उन में सरकार ने मुसलमानों की ही भर्ती की है।" इतना कह देने के बाद भी आगे बढ़ कर उन्होंने कहा—

"2008 में प्रधानमंत्रीजी ने पुनर्वास की जो योजना प्रकट की, उसके तहत कई हिंदू युवाओं के लिए सरकारी ओहदे दिए गए। उनके निवास के लिए इस निवास-प्रदेश का निर्माण कर दिया गया। उनके लिए ही नहीं, विस्थापन के उन दिनों में जो लोग कश्मीर छोड़कर नहीं गए थे, उनको भी यहाँ जगह दी गई। मेरी ननद के बेटे को भी यहीं बसने दिया गया है, चूँकि उसे भी सरकारी नौकरी दी गई थी। जब वह अभी छोटा था, उनका सारा परिवार आतंकवादियों की बर्बरता का शिकार बना था। हम ही ने तब से उसकी देखरेख की है। अब वह शादीशुदा होकर अपनी बीवी और बच्चों के साथ यहीं रहने लगा है। वह बहुत ही अनुरोध कर रहा है कि हम लोग जाकर उसी के साथ उसके यहाँ रहा करें। मेरे रिटायर होने में अभी कुछ साल बाकी हैं। अलावा इसके, इतने सालों से

एक साथ रहनेवाले इन दोस्तों को छोड़कर जाने के लिए मन नहीं कर रहा है। इसलिए आमतौर पर हम लोग इन्हीं के साथ रहा करते हैं। उसका अनुरोध बढ़ने पर मेरी पत्नी भी जम्मू से यहाँ आया करती है। दोनों चंद दिनों तक उसके साथ रहा करते हैं।" अपने उस उथल-पुथल के जीवन को, जितना सरल हो सकता था, उतने सरल रूप में प्रस्तुत करने के बाद उन्होंने इसकी ओर देखा। अपना दुखड़ा छिपा लेने की बड़ी कोशिश करने पर भी, उनके आंतर्य की खलबली इसकी समझ में आ गई। पलटी हुई अपनी जिंदगी को सीधी कर लेने के लिए जूझते रहनेवाले इस समुदाय की हार के लिए कारण बने कितने और पहलू होंगे, उनसे मैं अनजान हूँ—यों सोचते हुए, एक बार उनकी ओर गहराई से देखा।

बाद में चारों ओर देखते हुए इसने पूछा—"पूरे कश्मीर में यही एक निवास का प्रदेश है क्या?"

"नहीं। अन्य जिले में रहनेवाले प्रदेशों को भी गिन लेंगे, तो उनकी संख्या छह होती है। यह तो श्रीनगर के बहुत ही करीब है।"

"विस्थापित लोगों की संख्या कितनी थी और वे कहाँ-कहाँ जा बसे हैं?"

"एक अंदाज के मुताबिक उनकी संख्या चार लाख से अधिक थी। वे अब जम्मू, दिल्ली, महाराष्ट्र में और आपके कर्नाटक के बेंगलुरु में भी बिखरे हुए हैं। बिना किसी उतार-चढ़ाव की आवाज में उन्होंने उत्तर दिया। उनकी स्थितप्रज्ञता बार-बार इसकी समझ में आ रही थी। मुसलमानों के बारे में, उनकी मसजिदों के बारे में बोलते समय भी उनमें कोई भावविकार दिखाई नहीं दे रहा था। उनकी इस निर्लिप्तता को उनकी अच्छाई मानना चाहिए या असहायता?—यों सोचते हुए, सामने रहनेवाली इमारत को देखता रहा। ऐसा लग रहा था कि उसका निर्माण कई दशकों पहले ही हुआ होगा। कहीं-कहीं निकल आया हुआ गारा, बहुत कुछ हरे रंग को प्राप्त हुई दीवार—ये उसके काफी पुराने होने के चिह्न बने हुए थे। शेष इमारतें भी इसी हालत में थीं।

"चलिए, पहली मंजिल में मेरा मकान है।"—उन्होंने मुझे जगाया। सोपानों पर चढ़कर, एक फ्लॉट के सामने खड़े होकर, बुलावे की घंटी बजाने पर, चंद ही मिनटों में दरवाजा खुला।

"यह है मेरी पत्नी आरती।"—दरवाजा खोलनेवाली औरत का उन्होंने परिचय करा दिया। मुसकराते हुए उसने हाथ जोड़कर नमस्कार किया। पतले गठन की, गोरे रंग की, शुभ लक्षणोंवाली महिला थी वह। घर के बरामदे में पाँव रखते ही, "आइए, अंदर ही चलेंगे।"—यों कहते हुए वे मुझे सीधे कमरे में ही ले चलीं। फर्श पर 'कारपेट' बिछा हुआ था, शायद सर्दी के कारण ही। कमरा बहुत बड़ा भी नहीं था, बहुत छोटा भी नहीं था। टी.वी. और खाट भी अपनी-अपनी जगह थे। फर्श के एक कोने में चौक के आकार का बड़ा बिस्तर बिछाकर बैठने की सुविधा कर दी गई थी।

“हाथ-मुँह धोकर आ जाइए।”—तौलिया हाथ में थमाते हुए उन्होंने कहा।

दोनों के बिस्तर पर बैठ जाने पर आरतीजी ने उनके सामने चटाई जैसी वस्तु बिछा दी।

“यह क्या है ?”—नरेंद्र ने पूछा।

“इसे ‘बतपलव’ बोलते हैं। खाना खाते समय या जलपान करते समय इसे बिछा लेते हैं।”—संजीवजी ने कहा। पहले एक कटोरी में बादाम, अखरोट और काजू लाकर रख दिए। उसके बाद ही चाय और जलपान की वस्तुएँ आ गईं। “लीजिए। संकोच मन कीजिए।”—दोनों ने यों कहते हुए उसका उपचार किया। संजीवजी ने टी.वी ‘ऑन’ किया। जम्मू-कश्मीर की स्थानीय वाहिनी में वार्त्ता प्रसारित हो रही थी। उसमें लड़ाई-झगड़े और ‘स्ट्राइक’ से संबंधित समाचारों की ही भरमार थी।

“थोड़ी देर के लिए आप आराम कर लीजिए। एकाध प्रमुख कार्य हैं, जिन्हें पूरा करके शीघ्र ही लौट आऊँगा; देर नहीं करूँगा।”—यों बोलते हुए वे ऊपर उठे। “चाहिए तो आप दरवाजा बंद कर सकते हैं।”—खिड़की का परदा खींचकर वे बाहर निकल गए।

नरेंद्र ने वहीं पाँव पसार लिये। थोड़ी देर बाद उठकर, खिड़की के पास खड़े होकर, बाहर की ओर झाँका। धीरे-धीरे अँधेरा हो रहा था। बच्चे खेल-कूद में डूबे हुए थे। सामने एक छोटा सा मंदिर था। उसकी चोटी के ऊपर केसर का झंडा फहरा रहा था। बहती हवा के कारण वह फटफटाता रहा। बुजुर्गों का एक गिरोह वहीं बाजूवाले चबूतरे के ऊपर बैठकर बातचीत में जुटा था। औरतों और मर्दों के अलग-अलग झुंड हवा खाने में जुटे थे। हवा खाने के इस कार्य के अंग के रूप में, वहाँ की इमारतों का चक्कर काट रहे थे। कई लोग अपने मकानों के सामने ही खड़े होकर बोलचाल में लगे हुए थे। पाँच मिनट तक ध्यान देकर उनकी ओर देखें तो पता चलता है कि उनका संसार उनके ‘कंपाउंड’ तक ही सीमित है। देश के अन्य स्थलों में रास्ते के बीच में खड़े होकर अपनी आजादी के छीने जाने की बात करनेवाले सेक्युलर बुद्धिजीवियों का चित्र उसकी आँखों के सामने आ गया, तो अनजाने में ही कई शब्द उसके मुँह से निकल आए।

अचानक ही लाउडस्पीकर की जोर की आवाज सुनाई दी तो वह चौंक गया। यह बात समझ में आने में कुछ समय लगा कि यह अजान की आवाज है। कई गिरोहों में ये आवाजें सुनाई दे रही थीं। इससे यह बात समझ में आ गई कि आसपास एक ही नहीं, कई मसजिदें हैं। बेंगलुरु में इसकी जो आवाज सुनाई देती थी, वह इसमें एक फीसदी भी नहीं थी। ऐसा लग रहा था कि इसलाम जोर से जाहिर कर रहा था कि हर कहीं मेरा अस्तित्व बना हुआ है। मानो स्पष्ट रूप से सबको यह दिखाना चाहती थी कि मेरे सामने तुम्हारी कोई हस्ती ही नहीं है। उसने सिर उठाकर आसमान की तरफ देखा। उसे ऐसा लगा कि वह आवाज इसके सामने अपने मुँह को इस कारण से बंद रख रही थी कि शब्दगुण में

तुमसे मैं किसी प्रकार होड़ नहीं कर सकती हूँ। फिर सामने रहनेवालों की ओर उसने नजर फैलाई। बच्चों से लेकर बुजुर्गों तक कोई भी किसी मात्रा में विचलित न होकर भी अपने काम में जुटा हुआ है और उससे आगे बढ़ता जा रहा है। डरने से क्या बनता है?—यों सोचते हुए वे लोग उसकी उपेक्षा कर रहे थे या हमें और कितना डरा सकते हो, हम भी देखेंगे। आवाज और ये लोग!—इन दोनों के बीच मानो कोई प्रतियोगिता ही हो रही थी या पर्यावरण के इस कसाव के ये आदी हो चुके थे, लेकिन उसको सह लेना इसको मुश्किल हो रहा था। थोड़ी देर के बाद ध्वनिवर्धकों की वह आवाज जब थम गई, मानो सबकुछ पूर्व स्थिति को प्राप्त हो रहा था। इतने में फोन की 'कॉल' आई। आशा बोल रही थी⋯।"

"हाँ, आराम से हूँ। यहाँ आ जाने के बाद, इनसे बातचीत करते हुए बैठ गया और तुरंत तुम्हें फोन करने की बात मैं भूल गया। यहाँ सारी सुविधाएँ मिली हुई हैं। चिंता मत करो। कल फिर मैं फोन करूँगा। मैत्रेयी को भी बोल दो। उसे ही फोन दे दो।"—यों बोलने के बाद, थोड़ी देर तक अपनी बेटी से भी उसने बात की। फिर आशा से बोल लेने के बाद, उसने अपनी थैली की 'जिप' खोल दी। इनको पहुँचाने के लिए मीठी और नमकीन खाद्य वस्तुएँ उसने दे दी थीं। यदि वह इनकी याद नहीं दिलाती, तो मैं भूल ही जाता था। यों सोचते हुए, रसोईघर के दरवाजे पर आकर खड़े होकर उसने कहा—"भाभीजी, मेरी पत्नी ने आपके लिए कुछ मीठी और नमकीन खाद्य वस्तुएँ भेजी हैं। कृपया इन्हें ले लीजिए।"

मारे संकोच के ही, यह कहते हुए, उसने ले ली—

"जी, इन सबको यहाँ ले आने की जरूरत क्या थी?"

इधर रसोईघर की ओर भी उसने तीखी नजर डाली। घर बनाने का काम पूरा होने से पहले ही यदि गृह-प्रवेश की रस्म पूरी कर देते, तो रसोईघर की जो हालत रहेगी, वैसी ही हालत बनी थी, इस रसोईघर की। खाली 'सीमेंट' की दीवार थी, जिसमें चूना तक नहीं पोता गया था। उससे मिला हुआ पत्थर का एक बरामदा मात्र था। अलावा इसके, न कोई कपाट था, न कोई और सुविधा ही थी, जिससे सामानों को जोड़कर रख लिया जा सकता था। इन्होंने एकाध लकड़ी की पेटियाँ रखकर, उन में सामानों को जोड़ लिया था। उनके ऊपर परदा भी डाल दिया था।

उसने धीरे से पूछा—"यहाँ के हर एक मकान में इतनी ही सुविधा होती है क्या?"

"यह हमारी खुशकिस्मती है। सूरज के—यानी मेरी बहन के बेटे के—स्कूल जानेवाली आयु के बच्चे हैं। इसलिए उसे यह पूरा मकान मिला है। शेष कई परिवारों को एक ही मकान को बाँटकर जीना पड़ा है। बरामदे में एक परिवार रहता है, तो कमरे में दूसरे परिवार को रहना पड़ता है।"—हँसी के साथ वे बोलीं। सुनकर अवाक् होकर खड़े रहनेवाले उसको देखकर, उन्होंने अपनी बात बढ़ाई—

"इससे पहले तो मकानों की संख्या और भी कम थी न। एक ही घर में चार-चार

परिवार भी रहा करते थे। ऐसे कई निदर्शन भी आप को मिलते थे। रसोईघर में तो दो टीबा बना देते थे, लेकिन नहाने का घर और टट्टी-घर एक ही हुआ करता था। सवेरे-सवेरे स्कूल और दफ्तर जाने की जल्दी के कारण आपस में नाराजगी आम बात होती थी, क्योंकि प्रत्येक परिवार में कम-से-कम तीन-चार लोग तो होते ही थे न!"—यों बोलकर, जब वे फिर से हँस पड़ी, तो इसे ऐसा लगा कि दिल में एक कसाव की भावना पैदा हुई है। आगे बढ़कर उसके मुँह से न बात निकली, न चेहरे पर कोई हँसी ही खिली।

"आइए, घर देख लीजिए।"—यों उनके कहने पर इसने कदम बढ़ाया। इससे पहले जो देख चुका था, उससे अधिक रसोईघर में कुछ नहीं था। उससे मिला हुआ एक छोटा सा बरामदा था। एक और कमरा था, जो उसको ठहराए गए कमरे से भी छोटा था। देखने से ही पता चलता था कि वह अध्ययन-कक्ष है। एक कोने में मेज और कुरसियाँ थीं। एक छोटे से कपाट में पुस्तकें भरी थीं। "सूरज के बच्चे यहीं पढ़ लिया करते हैं। दोनों पढ़ाई में अपने वर्ग में ही सबसे अव्वल हैं।"—यों कहते समय, उनकी बातों में गर्व झाँक रहा था। घर में इसका कोई निशान नहीं था, जो इस बात को सूचित करता था कि वह परिवार वहाँ है। मानो उसके मन की बात समझ गई हैं, उन्होंने कहा—"वे सब अब दिल्ली गए हुए हैं। एक सप्ताह में लौट सकते हैं।"

जिस एक और अंश को भाँप लिया था, उसके बारे में उसने पूछा—"नहाने के घर में और रसोई के घर में एक-एक कटोरी में आपने मिट्टी रख दी है न! क्योंकर?"

"वह हमारी मिट्टी है न? पहले भले ही साबुन इस्तेमाल करें, अंत में उसी से हाथ धो लेते हैं। बरतनों के बारे में भी ऐसा ही कर लेते हैं। पहले से यह प्रथा हमारे यहाँ चली आई है।"—हँसते हुए वे बोलीं।

बच्चे किस प्रकार स्कूल जाया करते हैं? इन सारे परिवारों के लिए दूध और सब्जियों की आपूर्ति किस प्रकार हुआ करती है?—इन सबके बारे में पूछताछ कर लेने के बाद उसने पूछा—"बाहर जाकर एक चक्कर काटकर आ सकता हूँ क्या?"

"बाहर से आपका मतलब क्या है?"—उन्होंने घबराहट में पूछा। प्रश्न का उत्तर भी उन्होंने खुद दिया—"कंपाउंड के बाहर कहीं मत जाइएगा। यहीं दो-चार कदम टहलकर लौट आएँगे तो चिंता की कोई बात नहीं रहेगी।" सिर हिलाकर वह अभी बाहर निकलनेवाला ही था कि संजीवजी सामने से आ पहुँचे।

उसने कहा—"यों ही बाहर टहलकर आने की बात सोचकर निकल रहा था।"

"चलिए। मैं भी निकलूँगा आपके साथ।" वहीं से वे मुड़ गए। सामने मिले कई लोग संजीवजी से बोल रहे थे। नए सिरे से कानों में पड़ती रहनेवाली कश्मीरी भाषा को सुनते हुए नरेंद्र खड़ा रहा। कुछ लोग सिर्फ खुशहाली की बातें पूछा करते थे; कुछ और

लोग और भी कई प्रश्न पूछ रहे थे। बात करने के उनके रवैए से ही इस बात का पता चल रहा था। केंद्रीय सरकार की योजना के बारे में भी बातें हो रही थीं।

एक-दो चक्कर काटते समय ही सामने से आनेवाले नए चेहरों की संख्या कुछ कम हो चली, तो नरेंद्र ने उनसे पूछा—"कार्यालय का पर्यावरण कैसा रहता है ? चंद इने-गिने लोग ही वहाँ रहते हैं न ?"

"जी हाँ! हमारे विभाग में सिर्फ हम दो लोग ही हैं। किसी और विचार में हम लोग दखल नहीं देते। अपने कामों में जुटे रहते हैं।"

"बाकी लोग तो वे ही हुआ करते हैं न ?"

"जी हाँ।"

"आपके साथ उनका बरताव कैसा हुआ करता है ?"

"कई लोग तो सिर्फ अपने-अपने कामों में जुटे रहते हैं। और कई लोग तो ऐसे होते हैं, जो मौका मिलते ही अपने साथ निमाज करने के लिए हमको बुलाते हैं; हमारी आलोचना करना और खिल्ली उड़ाना तो होते ही रहते हैं, लेकिन हम लोग कोई प्रतिक्रिया नहीं करते हैं।"

"खिल्ली उड़ाने से आपका मतलब क्या है ?"

"ये सब मौके के मुताबिक हुआ करते हैं। मिसाल के तौर पर यह मान लें कि क्रिकेट के मैच में भारत की हार हो जाती है। मनमाने ढंग से हमारी बेइज्जती किया करते हैं। विस्थापन की बात आई तो 'डरपोक पंडित' करके सबके सामने हमारी खिल्ली उड़ाते रहते हैं।"

"पढ़े-लिखे लोग भी··· ?"

"उन्होंने जो कुछ सीखा है, उसी को यदि पढ़ाई-लिखाई मान लें, तो मुझे 'हाँ' कहना पड़ता है।" यह बात सुनकर वह मौन रह गया। आगे चलते रहनेवाले संजीवजी रुककर बोले—"ऐसी घटनाओं को यदि अपमान मान लेंगे, तो सबकुछ छोड़कर यहाँ से निकल जाना पड़ता है। कितनी बार ऐसा कर सकते हैं ? मन करता भी है क्या ?"—इतना बोलकर आगे बढ़ते रहनेवाले उन्होंने फिर रुककर कहा—"सबकुछ से मेरा मतलब यह नहीं है कि हम अपनी नौकरी को भी छोड़कर जा पाएँगे या हमें जाना पड़ता है।" उसकी आँखों में आँखें डालकर उन्होंने यह बात कही। 'यह बात समझ में आई है' करके इसने सिर हिला दिया। उसी क्षण उन्हें ऐसा लगा कि उससे मिलने से लेकर अब तक अपने मन की जो बेचैनी छुपा रखी थी, वह अब धीरे-धीरे और थोड़ी सी मात्रा में बाहर आ रही है। साथ ही, इस विचार में भी आश्वस्त हो गए कि इसमें इन सभी अंशों को धर लेने की शक्ति है। उसके लिए भी यही कारण बना होगा। यों सोचते हुए वे घर की दिशा में कदम बढ़ाने लगे।

दरवाजे पर खड़ी रहनेवाली आरती ने उनको देखते ही कहा—"पंडितजी इधर बड़ी देर से आपकी प्रतीक्षा कर रहे हैं।"

"हाय! मैं अपना फोन ले नहीं गया था।"—यों कहते हुए संजीवजी ने घर के अंदर कदम रखा।

बरामदे में कुरसी पर बैठे हुए पंडितजी का परिचय कराते हुए नरेंद्रजी से बोले—"आप हैं हृदयनाथ पंडितजी। शंकराचार्यजी की पहाड़ी में पुरोहित बने हुए हैं। जहाँ तक मेरा परिज्ञान है, पूरे कश्मीर में पंडितजी ही एक ऐसे व्यक्ति हैं, जो संस्कृत जानते हैं।" तब इसने उनकी ओर देखा। कद में संजीवजी से कुछ छोटे थे। बदन थोड़ा पतला था। माथे पर लंबा तिलक लगा था। मूँछ और दाढ़ी संन्यासी के लक्षणों को सूचित कर रही थीं। पीछे की ओर बालों की कंघी की थी। बड़े गोरे रंग के होने पर भी आँखों में चमक नहीं थी। चेहरे पर चिंता छाई हुई थी। केसर के रंग का कुरता और पायजामा पहने हुए थे।

हाथ जोड़कर उसने 'नमस्कार' कह दिया।

"महरा, आप हैं नरेंद्रजी। अनुसंधानकर्त्ता हैं। बेंगलुरु से आए हुए हैं। चंद दिनों तक हमारे यहाँ रहेंगे।"—यों जब संजीवजी ने नरेंद्र का परिचय करवा दिया, पंडितजी ने भी 'नमस्कार' कह दिया।

तुरंत खड़े होकर उन्होंने पूछा—"आप दक्षिण भारत के हैं और अनुसंधानकर्त्ता भी। तो हमारे कश्मीर के बारे में सबकुछ जानते नहीं होंगे न?" उनकी आवाज में कातरता थी, कौतूहल भी था। यों पूछते समय उसी की ओर देख रहे थे।

"'सबकुछ' कहने का मतलब क्या है, पंडितजी?"—उनकी ओर देखते हुए उसने भी पूछा, धीरे-धीरे से। संकुचित हुई उनकी भौंहें और छोटी लगती आँखें किसी सुनिश्चित उत्तर की प्रतीक्षा कर रही हैं, ऐसा लग रहा था।

"अज्ञान के भँवर में फँसे हुए लोगों के बीच में ही रहने की हमारी असहायता और विवशता के बारे में। कहीं से सहायता मिल पाने की बहुत दिनों की हमारी प्रतीक्षा के बारे में।"—बिना किसी प्रकार की हिचकिचाहट के उन्होंने तुरंत उत्तर दिया, मानो उन्होंने उत्तर को जबानी याद करके रख लिया था।

उनकी बातों के अंतरार्थ को समझ पाने में उसको कुछ समय ही लगा। बाद में उसने धीरे से कहा—"यह तो सच है कि वे अज्ञानी हैं, मगर आपके ज्ञान के बल का विनियोग किस प्रकार हो रहा है? किसी समाधान को ढूँढ़ पाने में असमर्थ होने की प्रतीक बनी हैं क्या आपकी ये बातें?"—इतना कह देने के बाद, उसने ये बातें भी जोड़ दीं—"मेरे यों कहने का कारण यह है—मान लीजिए कि बाहर से किसी-न-किसी प्रकार की सहायता आप को मिल भी जाएगी, मगर कश्मीर में किस दिशा में उसको बहा ले जाना चाहिए, इसका निश्चय कर देने का जिम्मा आप ही का हुआ करता है न? उसके लिए सुयोग्य

क्षेत्र-कार्य को निभा देने का जिम्मा भी आप ही का होता है न?"—यों पूछते हुए वह उनकी ओर देखने लगा।

पंडितजी मानो कुछ खलबली में फँस गए—"आपके कहने का मतलब क्या यह है कि इस समस्या का समाधान हमारे हाथों में ही है?"—यों पूछनेवाले उनके चेहरे पर चिंता की रेखा और गहरी हो चली थी और नरेंद्र उसको पहचान पा रहा था।

उनके मन की इस खलबली को समझकर धीरे-धीरे और सुस्पष्ट शब्दों में तब उसने कहा—"यह बात नहीं। किसी भी समस्या के बारे में कितनी भी गहराई से तथा चिकित्सकीय दृष्टि से आपने विश्लेषण किया होगा, उस पर निर्भर रहता है उसका समाधान भी। यदि ऐसा होना है, तो उसके लिए आवश्यक बनती है आपके मनोबल की वृद्धि। तब अनजाने में ही समाधान के मार्ग सूझ पड़ते हैं। यदि यह नहीं हो पाता, कम-से-कम उस परिस्थिति के लिए अनुकूल तात्कालिक या अस्थायी समाधान ढूँढ़ लेना संभव बनता है, यह मेरी राय है।" इतना कह देने के बाद भी वे कुछ बोले नहीं। उसने शांत स्वर में आगे बढ़कर कहा—"उनको अज्ञानी करार देने से, आप को अपने ज्ञान के स्तर की ऊँचाई का बोध बार-बार होने के कारण, थोड़ी देर के लिए सांत्वना मिल सकती है। क्या आप को कभी ऐसा लगा है कि इससे अधिक प्रयोजन मिल पाया है?"

पंडितजी ने कोई उत्तर नहीं दिया। यह भाव उनके मन को घेर रहा था कि अब तो पिछली बार से अधिक असहाय बनता जा रहा हूँ, लेकिन धीरे से सोच-विचार कर लेने पर इस सच्चाई का भी बोध होने लगा कि म्लेच्छों को अज्ञानी करार करके, कदम-कदम पर अपने दुर्भाग्य को कोस लेने से बढ़कर और कोई कार्य अपनी ओर से साधित नहीं हुआ है। अचानक कहीं से मिलनेवाली मदद से अपने ये सारे संकट दूर हो सकते हैं, 'यों मान लेना निरा भरम है' करके अब उसकी बातों से स्पष्ट रूप से समझ में आ रही है। फिर भी, आगे बढ़ने का मार्ग साफ़-साफ दिखाई नहीं दे रहा था, लेकिन उन्हें ऐसा लगा कि बहुत समय से जिस श्रृंखला में अपने आप को बंदी बना लिया था, उससे मुक्त होने का अनुभव होने लगा था; मन कुछ हलका हुआ था। अपने आपसे उन्होंने कह लिया—"यही सच है; खुद मिथ्या ज्ञान का शिकार बनकर, औरों के अज्ञान के बारे में सोच रहा था।" आगे बढ़कर उन्होंने कहा—"हाँ, चूँकि अब मुझे अपने मिथ्या ज्ञान का जो बोध हुआ है, वही सही उत्तर है, क्योंकि उसमें सच्चाई है।"—यों नरेंद्र को संबोधित करके बोलते समय उनकी नजर उसी में गड़ी हुई थी।

उस नजर में जो सीधापन था, वह उसकी भी समझ में आ गया और उनको सांत्वना पहुँचाने की दृष्टि से तब उसने कहा—"इस विचार को आपने मान लिया न! यह बहुत ही अहमियत रखता है। आगे चलकर किसी प्रकार के भरम को जगह नहीं मिलती है और अगला अनुसरणीय मार्ग आसान बन पाता है।"

उसके यों कह देने के बाद भी, बड़ी देर तक पंडितजी कहीं खोए हुए-से नजर आ रहे थे। अब थोड़ी ही देर में श्रीनगर के सभी बिजली के दीप जल उठनेवाले हैं। अब जो निबिड़ अंधकार छाया हुआ है, वह उसके प्रकाश में मिट जाएगा और सारा नभोमंडल जगमगा उठेगा। उस प्रभा में विराजमान हो उठनेवाले कश्मीर देश की परिकल्पना करते हुए उसको देख लेने की अभीप्सा से तीव्र गति में कदम बढ़ाते हुए खिड़की के पास पहुँचकर आसमान की तरफ देखने लगे। यों देख लेते समय, ऐसा लगा कि उनके तन-बदन का संतुलन खो गया है और आसरा पाने के लिए खिड़की की सलाइयों को पकड़ लिया। थोड़ी देर तक अपने अस्तित्व को ही भूलकर उसी में खोए हुए थे। सावधान हो जाने पर धीरे से लौट आए। पहले तो संदेह की आवाज में शुरू किया; मगर, मानो अंतिम निर्णय सुना रहे हों, उन्होंने कहा—"तो आपने दक्षिण भारत तक ही अपने को सीमित नहीं रखा है।" तब थोड़ी सी हँसी बिखेरकर नरेंद्र चुप रहा। उनकी आँखों में यह भाव व्यक्त हो रहा था कि उनके मन में कोई भरोसा जागा है; चिंता की रेखाएँ अब मिट गई हैं। अपने अध्ययन से मिली अंतर्दृष्टि से मैंने इनसे संवाद किया है और उनके बोध के लिए मैं निमित्त मात्र बना हूँ; इससे अधिक मेरा योगदान कुछ भी नहीं है; ऐसा उसे लग रहा था, लेकिन उनके बगल में खड़े संजीवजी या बरामदे में खड़े होकर देखती रहनेवाली आरतीजी की समझ में कुछ भी नहीं आ रहा था। वे एक-दूसरे को देखते रहे।

"कल पहाड़ी पर आते समय, इनको अपने साथ ले आइए। ऐसे कई विचार हैं, जिनके बारे में मुझे इनसे संवाद करना है।" धीरे से कुरसी पर बैठते हुए जब संजीवजी से बोले, तब उन्होंने पंडितजी की ओर देखा।

पंडितजी अब भी नरेंद्र की ओर ही देख रहे थे, मगर उनके चेहरे पर अब तक जो अजीब सी भावनाएँ दिखाई दे रही थीं, अब उनकी झलक तक नहीं थी। सभी खलबलियों से मुक्त होकर प्रशांतचित्त हुए-से वे दीख रहे थे। धीरे-धीरे उससे हिलमिल जाते रहे हैं, ऐसा सोचते हुए, संजीवजी ने उनसे पूछा—"ठीक है, मैं उन्हें ले आऊँगा। पहाड़ी से आप क्यों उतर आए? और ऐसी वेला में?"

"कैलाश से मिलने आया था। अब भी उसे काफी समझाया है। वह कोई प्रतिक्रिया दिखाता भी नहीं है। देखें, कल से उसमें कोई परिवर्तन देखने में आएगा या नहीं।"—यों बोलनेवाले पंडितजी ने दो-चार क्षणों के बाद फिर कहा—"सुना है कि पत्थरबाजी बढ़ी है। कोई गंभीर घटना शायद घटनेवाली है। आप भी सावधान रहिए।"

"अब से थोड़ी देर पहले, उसी विषय पर चर्चा करने के लिए यहाँ सब लोग मिले हुए थे। सरकार सिर्फ होंठ की सहानुभूति दिखाने के लिए बोल नहीं रही है। आतंकवादियों का ज्यादातर दमन हो चला है। सीमा की ओर से होनेवाले घुसपैठियों का घुसवाना भी गणनीय मात्रा में अब कम हो चला है। सैन्य दल की अतिरिक्त टुकड़ियाँ हर कहीं नियुक्त

हुई हैं। बारामुला, कुपवाड़ा, अनंतनाग और पुलवामा जिलों में तो कदम-कदम पर सैनिकों की नियुक्ति हुई है, ऐसी खबरें आ रही हैं। श्रीनगर में भी चार-पाँच दिनों से हर कहीं सैनिक-ही-सैनिक नजर आ रहे हैं। 90 के विस्थापन के दिनों में जो परिस्थिति बनी थी, वह कुछ अलग ही थी; अब की हालत उससे भिन्न है।"—यों कह देने के बाद थोड़ी देर तक चुप रहनेवाले संजीवजी ने फिर कहा—"फिर भी यदि हालत के और बिगड़े जाने की सूचना मिले, तो जम्मू चले जाएँगे करके कई लोग सोचने लगे हैं।"—यों बोलते हुए उन्होंने अपना सिर झुका लिया।

"ऐसी हालत यदि हो जाएगी, तो आप क्या करेंगे?"—नरेंद्र ने गंभीरता के साथ पूछ लिया।

"अभी उसके बारे में कोई निश्चय किया नहीं है।"—यों बोलते हुए संजीवजी ने धीरे से सिर उठा लिया। उनका चेहरा एक हिमखंड जैसा बना था, जिसमें सभी भावनाएँ घनीकृत हो चली थीं। नरेंद्र की ओर मुड़कर उन्होंने कहा—"जब से केंद्र सरकार ने 'घर-वापसी' की योजना घोषित कर दी, घाटी में हर कहीं विरोध और पत्थरबाजी की घटनाएँ लगातार होती रही हैं। स्थायी रूप में हमारा यहीं निवास करवाना उतना आसान नहीं लगता, जितना सरकार ने समझा था।" अब नरेंद्र ने पंडितजी की ओर देखा। असहाय भावना के साथ वे खड़े हुए थे।

उनको संबोधित करते हुए नरेंद्र ने पूछा—"यहाँ आपका कोई आश्रम है क्या?"

"आपके प्रदेश में जैसे आश्रम हुआ करते हैं, वैसे आश्रम यहाँ हो भी सकते हैं कैसे? नियमित रूप में पाठ और प्रवचन का प्रबंध करने पर भी पढ़ने-सीखने के लिए आनेवाले हैं भी कहाँ?" उनकी आवाज में निराश भरी हुई है, ऐसा लग रहा था। एक-दो मिनट के बाद उन्होंने कहा—"यहाँ से थोड़ी दूर पर ज्येष्ठा देवी का मंदिर है। वहाँ ठहरने की भी सुविधा है। बाहर से आनेवाले भक्त लोग दो-चार दिन ठहरकर वहाँ से निकल जाते हैं।"

वह यह कहना चाहता था कि मेरे इस सवाल का यह मकसद नहीं था, मगर उस विषय को आगे बढ़ाने की इच्छा न होने से वह चुप रह गया।

"अच्छा महरा, कल सवेरे हम लोग वहाँ आ जाएँगे। अब यहीं खाना खा कर प्रस्थान कर दीजिएगा।" तब तक काफी देर हो जाने की वजह से संजीवजी ने उनसे यों निवेदन किया।

"नहीं, नहीं। कल मिलेंगे।"—यों कहते हुए पंडितजी उठे और 'नमस्कार' बोलते हुए शीघ्र ही सबसे उन्होंने विदा ले ली।

खाना खाने के लिए जब वे लोग बैठ गए, फिर 'अजान' की आवाज जोर से सुनाई देने लगी। ऐसा लगा कि कोई हथौड़े से सिर पर मार रहा हो।

उसने पूछा—"यह क्यों इतनी बुलंद आवाज में सुना रहे हैं?"

"आस-पास ही कई मसजिदे हैं। आम दिनों में ऐसा ही होता रहता है। भारत यदि क्रिकेट के मैच में हार जाता है या किसी विचार में उसे पीछे हटना पड़ता है, तो एक बड़ा गिरोह ही 'माइक' के द्वारा जोर से इबादत करना शुरू कर देता है। एक के बाद एक 'रकात' शुरू कर देते हैं। वह तो जल्द खत्म होनेवाला है ही नहीं।"—इतना बोलने के बाद रुककर उन्होंने पूछा—"'रकात' के मायने जानते हैं न?"

"जी हाँ। जानता हूँ। कुरान के निर्दिष्ट 'आयातों' का पठन करते हुए प्रार्थना समर्पित करना! प्रत्येक निमाज के लिए इतनी 'आयातों' का पठन करना चाहिए, यों लाजिम बना दिया गया है।"

"हाँ! खास अवसरों के लिए अतिरिक्त 'रकात' लाजिम कर देते हैं।"—उन्होंने यह बात जोड़ दी।

"तीन सब्जियाँ, एक साग और चावल परोस दिए गए थे।" उन्होंने कहा—"हमारे यहाँ रोटी बनाते हैं सिर्फ सवेरे। दोपहर को और रात को चावल ही खाया करते हैं।"

"हमारे राज्य में भी पहले यही क्रम था, लेकिन आजकल रात को चपाती खाने की आदत पड़ गई है।"—उसने भी आवाज मिलाई। आरतीजी हाथ खोलकर परोसती हैं। 'और थोड़ा लीजिए' करके परोसती ही जा रही थी। इसने चार कौर अधिक ही खा लिया। अपने घर में जो रसोई बनती थी, उससे भी अधिक सात्त्विक भोजन था यह। जब यह बात याद आई कि कश्मीरी पंडित सामिष-भोजी भी हैं, इसने पूछा—"कब से आप लोग सामिष-भोजी बने हैं और क्योंकर? मुसलमानों के असर से ऐसे बने क्या? अब तक उसने जो भी पुस्तकें पढ़ी थीं, उनमें से किसी पुस्तक में इसके बारे में कोई ब्योरा नहीं मिला था।"

"श्रीनगर में जो उत्खनन किए गए हैं, उनसे पता चलता है कि नव-शिलायुग के समय से ही कश्मीरी पंडित सामिष-भोजी बने हुए थे। साल में छह महीने से भी अधिक समय तक हिमाच्छादित रहने के कारण यहाँ अनाज को पैदा करना संभव ही नहीं था उस अवधि में। यही शायद मुख्य कारण था, लेकिन अचरज की बात यह है कि इस समुदाय का एक भी व्यक्ति कसाई नहीं बना था। आज तक भी यह बात सही है। अलावा इसके, यह भावना भी प्रचलित हुई है कि कश्मीर के सभी सामिष खाद्य वस्तुएँ आजकल के ईरान से—उन दिनों में पारस कहे जानेवाले देश से—आयात की जाती थीं, मगर इस बात में जो सच्चाई निहित है, वह मुसलमानों की बनाई जानेवाली खाद्य वस्तुओं तक ही लागू होती है। इस बात से आप परिचित हैं ही कि हम पंडितों की ओर से की जानेवाली सामिष खाद्य वस्तुएँ उससे पूर्णतया विभिन्न तरीके से बनी ही हुआ करती हैं। खान-पान के क्षेत्र के अलावा, अन्य क्षेत्रों में भी ईरान का प्रभाव कितना गहरा बना हुआ है।"

"आप सैयदों के बारे में बोल रहे हैं न?"—उसने पूछा। इस विचार में थोड़ी सी जानकारी इसे मिली थी।"

"जी हाँ। उत्तर-पूर्वी ईरान के खोरासान प्रांत में 'बैहक' नाम का एक गाँव है। वहाँ के सुन्नी मुसलमानों को 'बैहाकी सैयद' कहा जाता था। वे लोग मूलतः योद्धा थे और दिल्ली के जहाँपनाह फिरोज शाह तुगलक से उनका अच्छा रिश्ता भी था। उसने कई बैहाकी सिपहसालारों को आज के फरीदाबाद शहर के नजदीक बड़े पैमाने में जागीर दे रखी थी। ये सैयद एक जमाने में इतने ताकतवर बने थे कि कश्मीर के सुलतान को ही तख्त से नीचे उतारकर, कुछ समय तक खुद कश्मीर पर हुकूमत चलाने लगे थे। उनकी हुकूमत की मियाद में भी कश्मीर में हिंदुओं का काफी पैमाने में मजहबी बदलाव कर दिया गया था। और ईरान के पश्चिमी प्रांत हमदान में रहनेवाले सैयदों को 'पीर' या 'संत' कहा जाता था। हजारों की तादाद में कश्मीर आ पहुँचनेवाले इन्होंने यहाँ के लोगों के इसलामीकरण में जो किरदार निभाया, वह बहुत ही बड़ा और अहम था।"

संजीवजी की बात पूरी होने की प्रतीक्षा करती रहनेवाली आरतीजी ने चिकनी बातों में यों सावधान किया—"पहले खाना पूरा कर लीजिए और आगे चलकर बातचीत जारी रखिए। मैं दही ले आऊँगी।"—यों बोलकर अंदर जानेवाली वे अपने दुपट्टे में दही का बरतन पकड़कर ले आईं। उन्होंने खुद जब यह स्पष्टीकरण दिया कि "उबाली हुई वस्तु को छू लेनेवाले हाथों से दही का बरतन छूते नहीं हैं।" तब वह अचरज में आ गया।

"इसी से मिलती-जुलती प्रथा हमारे यहाँ भी प्रचलित है।"

उसके इस कथन के प्रति मुसकराहट की प्रतिक्रिया दिखाते हुए उन्होंने कहा—"यह कैसी अचरज की बात है कि हमारी प्रज्ञा से अतीत कई धागे किस प्रकार हमको बाँधे रखते हैं।" प्रतिक्रिया के रूप में जब वह भी मुसकरा दिया, तब जूठन के नियमों का यथावत् परिपालन करती रहनेवाली अपनी माँ का चित्रण उसकी आँखों के सामने आ गया।

"आप थके हुए हैं। अच्छी तरह सोकर आराम कर लीजिए। कल सवेरे हम निकलेंगे। तीन-चार दिनों तक मैं खुद आपके साथ रहूँगा। उसके बाद एक 'ड्राइवर' को नियुक्त कर दूँगा।"—इससे आश्वस्त होकर कि उसे किसी प्रकार की असुविधा नहीं हो रही है, वे बाहर निकल गए। गले तक कंबल खींचकर वह लेट गया। आँख मूँदते ही उसे नींद आ गई।

आठ

"कहिए, मैडम!"—रामनाथजी विधेय-स्वरूप में बैठे हुए हैं। तेल लगाकर, माँग निकालकर, अच्छी तरह कंघी किए हुए बाल। शुभ्र लगता हुआ सफेद कुरता, भूरे रंग की पैंट पहने हुए हैं। देखने से ही पता चलता है कि वे अनुशासन का पालन करनेवाले हैं। भौंहों के बीच लगाया हुआ कुमकुम का तिलक उनके चेहरे की शोभा बढ़ा रहा है। मीरादेवीजी उनसे पूछ रही हैं—"कश्मीर के बारे में आपने काफी अध्ययन कर लिया है न?"

“कुछ हद तक, मैडम! ‘वेबसाइट’ में जो लेख मिला करते हैं, ज्यादातर उन सबका मैंने अध्ययन कर लिया है। इधर पत्रिकाओं में और टी.वी. चैनलों में जो भी वार्त्ताएँ प्रकाशित या प्रसारित होती हैं, जो चर्चाएँ होती रहती हैं, उनको अवश्य देखा या सुना करता हूँ।”—यों मैडम को उत्तर देने के बाद, उन्होंने अपना सिर नीचे कर लिया।

“अब आप को एक प्रमुख कार्य सौंप रही हूँ। कश्मीर के बारे में आप को चार लेख तैयार करने हैं। सुंदरकृष्णजी की पत्रिका ही में उनके प्रकाशन के लिए मैंने व्यवस्था कर दी है। लेखों के प्रकाशन के पश्चात् एक पुस्तक की भी रचना करनी है। लेखों में पूरा-पूरा ब्योरा देने की आवश्यकता नहीं है। एक प्रकार से आगामी पुस्तक की भूमिका के रूप में वे हों, तो उतना ही काफी है। उनको पढ़ लेनेवाले वाचकों के मन में आगामी पुस्तक के प्रति अतीव आकर्षण और कौतूहलपूर्ण प्रतीक्षा जगानी चाहिए; कब वह पुस्तक हमें मिल पाएगी, ऐसी उत्सुकता भरी रहनी चाहिए। मेरी बात आपकी समझ में आ रही है न?”—यों शीघ्रातिशीघ्र अपनी उस महत्त्वाकांक्षा से रामनाथजी को अवगत कराने का उन्होंने प्रयास किया।

“हाँ मैडम! लेख लिखने का कार्य कब शुरू करना है? पुस्तक तैयार करने के लिए कितना समय मिल पाएगा?”—मैडमजी के उछलते हुए उत्साह को देखकर कुछ आतंकित मन से ही उन्होंने ये सवाल किए थे।

“पुस्तक तैयार करने के लिए आप को एक महीने का समय मिल जाएगा। अच्छी तरह तैयारी कर लीजिए। इस विचार से संबंधित ‘रेफरेंस बुक्स’ खरीदकर, उनका अध्ययन कर लीजिए। यथार्थ या वास्तविक विचारों के बारे में सिर खपाने की आवश्यकता नहीं है। ‘यू जस्ट हैव टू रीड बिट्वीन द लाइंस।’ जो विचार मिलते हैं, उन्हें अपने मकसद के अनुकूल इस्तेमाल करते हुए, अपना ही एक ‘नैरेटिव’ बिल्ड-अप करना है। नए सिरे से मुझे यह बताने की आवश्यकता नहीं है कि किस विचार की उपेक्षा करनी है और किस विचार की उत्प्रेक्षा करनी है। यह काम आपके हाथों हो सकता है न?”

“हाँ मैडम, हो सकता है।”—मीरादेवीजी की धारणा और वैचारिकता का सही परिचय रखनेवाले रामनाथजी ऐसे चतुर व्यक्ति थे, जो उँगली दिखाने पर हाथ को ही निगल सकते थे।

“रुकिए, लेख के बारे में सुंदरकृष्णजी से भी बातचीत कर लेंगे।”—यों कहते हुए, फोन करके ‘हैलो’ कह देने के बाद, फोन उनके हाथ में थमा दिया।

दो-चार मिनटों तक उनकी बातें सुन लेने के बाद, रामनाथजी ने अंत में कहा—“हाँ सर··· ‘ओके’ सर···मेरे पास भी वही तंत्रांश है।” इतना कह-सुन लेने के बाद, रामनाथजी ने अंत में फोन मैडम के हाथों में दे दिया।

“मीरादेवीजी, रामनाथ जी को सारी बातें मैंने बता दी हैं। वे अपनी सोच के मुताबिक

लेख लिखकर भेज दें। उसको और असरदार बनवाने का जिम्मा मेरा रहेगा। इस विचार के बारे में एक नई लेखमाला शुरू करके, उसमें सप्ताह में दो लेख प्रकाशित करने का मैंने निश्चय ले लिया है। जब तक यह माला पूरी न होगी, कश्मीर के बारे में कोई और लेख प्रकाशित नहीं करूँगा। इस माला के अंतिम लेख के प्रकाशन के बाद, एक-दो दिनों के अंदर दिल्ली से मुरारि भी आ जाएँगे। तब तक बड़े समारोह का आयोजन कर दूँगा। लेख-माला का अंत और विरोध-प्रदर्शन का आरंभ, दोनों आपस में जुड़े रहेंगे। आपकी क्या राय है?"

सुंदरकृष्णजी के प्रस्ताव के बारे में सुन लेते ही, मीरादेवी का चेहरा खुशी से खिल उठा। उस दिन के उनके अनपेक्षित उपदेश के कारण, उनके प्रति मन में जो क्रोध जागा हुआ था, वह अब मिट चला।

"बहुत अच्छा आइडिया है। चार लेख तैयार करने की सूचना मैंने उन्हें दी है। आप ही इसका निश्चय कर दीजिए कि उनमें किन-किन अंशों को शामिल कर लेना है। मैं पुस्तक की तैयारी में अपने आप को जुटा लूँगी।" फोन रखने जा रही थी, तो यकायक एक विचार याद आया। उन्होंने कहा—"जब मुरारीजी आएँगे, मुझे बताना, भूलिएगा मत।"

"छि: ! यह कैसे हो सकता है? आप को छोड़कर यह कार्यक्रम होगा भी कैसे?"

सुंदरकृष्णजी का यह प्रत्युत्तर सुन लेने पर उनका चेहरा और खिल उठा। आनंद के आवेग में उन्होंने कहा—"कार्यक्रम का सारा खर्च मेरा ही हो।"

"अच्छा!"—मुसकराते हुए सुंदरकृष्णजी ने फोन रख दिया। मीरादेवी जी के मुख की मुसकराहट मिटी नहीं; प्रत्येक क्षण में वह नया रूप धर रही थी।

"रामनाथजी, आप एक काम कीजिए। जितना जल्द हो सके, आप लेख तैयार करके दे दीजिए। उसके बाद पुस्तक तैयार करना आसान हो जाएगा। अभी आप छुट्टी के लिए अर्जी भेजकर, पूरी तरह से अपना काम शुरू कर दीजिए। आपके लिए वेतन के साथ की छुट्टी दिलाने का जिम्मा मेरा होगा। पुस्तकें इकट्ठी करके, अध्ययन कर लेने का कार्य शुरू कर दीजिए। मुझे नियत-रूप में कार्य-प्रगति का 'अपडेट' भेजते रहिए। लीजिए, इसमें पच्चीस हजार रुपए हैं।"

"ठीक है मैडम!"—और कुछ कहने तो निकले थे; मगर अपने को उन्होंने रोक लिया।

"कहिए न!"—उन्होंने आदेश दिया।

"मैडम, मेरी ननद अब पी.यू.सी. की परीक्षा ले रही है। उसने डॉक्टर बनने की बहुत बड़ी आशा रख ली है।"

"ठीक है। यह तो अगले साल की—मार्च-अप्रैल की बात है न? उसे सीट दिलाने का जिम्मा मेरा रहेगा"—उन्होंने आश्वासन दिया।

"थैंक्स, मैडम!"—यों कहते हुए विनय की वह साकार मूर्ति वहाँ से निकल गई। उसके चले जाने के बाद मीरादेवी इतनी खुशी में इतरा रही थीं कि उनके पैर धरती पर ही टिक नहीं रहे थे। गाना गाने की और नाच नाचने की उत्कट अभिलाषा हुई; दोनों को एक साथ कर दूँ या बारी-बारी से कर दूँ, यह उलझन भी पैदा हुई; अपने आप इस उलझन का समाधान भी मिला; मन जिस तरफ बढ़ने लगा, उसी तरफ बढ़ते हुए, याद आए किसी गीत को गुनगुनाते हुए, हाथ-पैर हिलाने लगी; बाहर आकर खड़ी हुई रसोइयन लक्ष्मी को डाँटकर अंदर भेज दिया। उनके मन में प्रत्येक क्षण में नई-नई कल्पना उभर आकर रूप ले रही थी—मानो राज्य के तथा राष्ट्र के स्तरों में वह ख्यातनामा बनी हो, संत्रस्त कश्मीरी मुसलमानों की अधिकृत आवाज मानो आप बन चली हो, मानो धर्म-निरपेक्षता की संदेशवाहिका बन गई हो, अनगिनत पुरस्कार मानो उसको ढूँढ़ते हुए आ चुके हों और लोकप्रियता की पराकाष्ठा तक पहुँच गई हो। ऐसी ही कल्पनाओं में डूबी हुई वे आदम-कद के आईने के सामने जब आ खड़ी हुईं, तो उन्हें थोड़ी सी निराशा हुई। इधर, उन्हें ऐसा भी लगा कि आगे चलकर मिलनेवाली बौद्धिक मान्यता के अनुकूल शारीरिक गठन भी होना चाहिए। उन्हें ऐसा भी लगा कि उनके लंबे-लंबे केश प्रगतिशील अभियान के लिए उचित नहीं लगते; इसलिए आगे बढ़कर एक क्षण भी उन्हें वैसे ही रख लेने का मन नहीं हुआ। तुरंत चप्पल पहनकर उन्होंने अपने 'ड्राइवर' को बुला लिया।

एकदम 'सलून' का दरवाजा पीछे हटाते हुए अंदर जाकर कुरसी पर बैठकर, आत्मविश्वास की दृढ़ता से 'बॉबकट कर दो' करके उन्होंने कह दिया, तो 'सलून' की मालकिन अचरज में आकर मुँह ताकती रह गई।

"मैम, मुझे तो ऐसा लगता है कि 'बॉबकट' आपके चेहरे के लिए अच्छा नहीं लगता। इसलिए पहले 'स्टेप कटिंग' बना लीजिए। आगे चलकर, चाहे तो 'बॉब' बना सकती हैं।" मीरादेवी से भले ही कई सालों का परिचय था और उनसे कुछ हद तक की आजादी भी बढ़ा ली थी, उसने धीरे-धीरे और आगे-पीछे देखते हुए यह बात कह दी।

भले ही उसके उत्साह के ऊपर ठंडा पानी छिड़काने का अनुभव हुआ, सचेत होकर उन्होंने उसकी सलाह मान ली और कहा—"जितना हो सके, उतना शॉर्ट बना दो।" उनकी यह बात सुनकर उसकी दो सहायिकाओं को हँसी आ गई, मगर मुश्किल से उन्होंने अपनी उस हँसी को रोक लिया। इसको अनदेखा करते हुए, उन्होंने अपना सिर उनके हवाले कर दिया। बड़ी देर तक सिर के ऊपर कैंची चलाते हुए, बालों को थोड़ा-थोड़ा वह काट रही थी और वह कंधे पर गिर रहा तो, वे मानने लगी थी कि कदम-कदम करके बौद्धिकता की चोटी पर वे चढ़ रही हैं। यों मान लेते हुए, उन्होंने अपनी आँखें मूँद लीं। 'कटिंग' पूरी करने के बाद, जब उस मालकिन ने मुख के सामने आईना पकड़कर दिखाया, उन्हें ऐसा लगा कि केश-विन्यास और चेहरे के बीच कोई ताल-मेल ही नहीं है। फिर भी बदलाव

ही संसार का नियम है, यों कहते हुए, उन्होंने अपने मन को सांत्वना पहुँचा ली। मालकिन ने जितना माँगा उतना पैसा देकर कार में आकर बैठ गईं। अगले ही क्षण कार के आईने में अपना चेहरा देख लेने की इच्छा मन में आ गई। जब कभी ऐसी इच्छा हो आती थी, चेहरे को सुंदर दिखाने का जिम्मा अपनी आँखों को सौंपकर, खुद निश्चिंत हो जाती थीं। अब भी वैसा ही करके, मन को सांत्वना पहुँचा ली। घर आने के बाद, साधना के पहले सोपान की चढ़ाई पूरी कर देने के उमंग में, कश्मीर के सुंदर चित्रों को टटोलने के लिए 'इंटरनेट' की तलाशी करने लगीं। इस बात की कल्पना करने लगी कि परसों से लेखों का प्रकाशन शुरू होनेवाला है। उस लेख की जिस जगह अपनी तसवीर छपनेवाली है, उसमें अपने चेहरे को देख लेने की कल्पना में खुद अपना चेहरा फिर देख लेना चाहिए। यों सोचते हुए 'गूगल' के ऊपर हाथ चला रही थीं, तो यकायक मंत्रीजी वहाँ आ पहुँचे। चूँकि वे सिर झुकाकर बैठी हुई थीं और दूर से उनका चेहरा ठीक तरह से दिखाई नहीं दिया, बाल कटी हुई इस औरत को देखकर, मंत्रीजी घबरा गए कि वे गलत घर में कदम रख चुके हैं। इसलिए 'सॉरी' बोलते हुए वे वहाँ से लौटने लगे। "अजी, मैं ही हूँ।"—यों चिल्लाते हुए उनको इन्होंने जब रोक लिया, तभी ठीक तरह से उन्होंने देखा।

"हाय, यह क्या भेस बना लिया है तुमने?"—यों बोलनेवाले मंत्रीजी को सँभाल लेने के लिए दो मिनट से ज्यादा समय ही लगा।

"कितने घने रूप में कंधे भर फैला रहता था। अब तो गला सूना-सूना सा लगता है। यह तो अच्छा नहीं लगता डियर।" उसके सिर और गले पर हाथ फेरते हुए निराशा की ध्वनि में ही बोले मंत्रीजी। उसके प्रत्युत्तर देने से पहले ही, चूँकि 'फोन' आ गया, वे बातचीत में डूब गए।

"जी हाँ। मसजिद में जाने की बात कह रहे हैं? मैं तो तैयार हूँ। यह तय करने के बाद मुझे बताइए कि कब वहाँ जाना है? पिछली बार उन्होंने जो टोपी दी थी, वह अब भी मेरे पास है। उसे पहनकर आऊँगा।"—मंत्रीजी खुशी से बोल रहे थे।

"..."

"टिप्पू जयंती मनाने की बात कर रहे हैं न? धूमधाम के साथ मनाएँगे। उसी की ही क्यों? उसके बाप हैदर अली की भी मनाएँगे। उसने भी अंग्रेजों के खिलाफ लड़ाई की थी। इस हिसाब से वह भी आजादी के लिए लड़नेवाला बनता है। उसकी भी जयंती मना लेंगे।"

"..."

"लिंगायतों तथा कृषकों के 'वोट' तो बँट जाएँगे। उसको तो रोक नहीं पाएँगे। खटाई खानेवालों की संख्या उस क्षेत्र में आखिर कितनी है? ज्यादा-से-ज्यादा एक लाख होगी? उनके भरोसे चुनाव को जीता जा सकता है क्या? हमारे लिए अहम बनते हैं पिछड़े वर्गों तथा अल्पसंख्यकों के 'वोट।' वे बँट न जाएँ, इसके लिए जो भी आवश्यक बनता

है, उसके लिए प्रबंध कर देंगे।"—मंत्रीजी अपने दोस्त के साथ चुनावी रणतंत्रों के बारे में बोलते जा रहे थे। मीरादेवीजी के सब्र की सीमा टूटती जा रही थी। फिर भी और कोई चारा नहीं था। बड़ी देर के बाद बातचीत के समाप्त होने की सूचना मिलने जा रही थी।

"हाँ, हाँ। इतना ही हमको साध लेना है कि मजहब के नाम पर वे लोग आपस में लड़ते रहे। अगर वे सब एक हो जाएँगे तो हमारे लिए क्या काम बचा रहता है? है न?" मंत्री जी ठहाका मारकर हँस रहे थे, तो उनकी छाती और पेट की मांसपेशियाँ स्वस्थान से अलग होकर ऊपर-नीचे कूद रही थीं। आखिर बातचीत खत्म करके, उन्होंने 'फोन' रख दिया।

उनकी ही प्रतीक्षा करती रहनेवाली इस 'मैडम' ने बड़े जोश के साथ अपनी योजना के 'ब्लू प्रिंट' का खुलासा देने की कोशिश की। उसको सुन लेने का सब्र तो उनमें नहीं था। फिर भी उनकी बातों में हामी भरते हुए जल्दबाजी में उनको कमरे के अंदर खींच ले गए मंत्रीजी।

नौ

मुष्ताक ने दाई ओर करवट बदल ली। एकदम दर्द उभर आया। मार पड़ी थी बाएँ कंधे पर। मरहम-पट्टी लगवाकर दो दिन बीत चले थे। फिर भी दाएँ कंधे में और छाती की हड्डियों में दर्द हो रहा था। 'बिस्मिल्लाह' बोलते हुए, दाहिनी कोहनी का आसरा लेते हुए, धीरे से वह उठ बैठा। बड़ी प्यास लग रही थी। पानी चाहिए था। लानेवाला कोई नहीं था। वह फिरोज तो खाना रखकर चला गया था। 'मेरे साथ आज यहीं रहो' करके उससे आग्रह किया था, मगर यह कहते हुए कि 'अगले हमले का स्केच बनाना है' वह निकल गया था। उसके घर के पास ही सब लोग मिल रहे हैं, यों उसने बता दिया था।

फिर 'बिस्मिल्लाह' बोलते हुए, मुश्ताक धीरे से उठ खड़ा हुआ। पूरी तरह से सीधा खड़ा नहीं हो पा रहा था। आधा झुककर ही, मुश्किल से एक-एक कदम रखते हुए रसोई-घर के घने अँधेरे में बिजली के बल्ब के 'स्विच' को ढूँढ़ने की उसने कोशिश की। वह नहीं मिला तो नाराजगी में दीवार पर घूँसा मारा। होंठ चबाते हुए, जोर से घूँसा मारने की वजह से बाएँ हाथ का दर्द और बढ़ गया। मारे संकट के, 'या अल्लाह' बोलते हुए, एकदम हाथ को पीछे हटाते समय, अचानक ही हाथ 'स्विच' से लग गया, तो बल्ब जल उठा। जोर से लंबी साँस लेते हुए, दाएँ हाथ से सुराही का पानी गिलास में भर रहा था, तो मसजिद से 'अजान' की आवाज सुनाई देने लगी। 'इशा निमाज' का वक्त हो चला है। अपनी तरफ से 'निमाज' करना बंद करके जमाना हो चला है। अब तो ऐसा लग रहा है कि एक 'सूरह' भी आसानी से याद नहीं आ रहा है। 'निमाज' न कर पाऊँगा, तो कम-

से-कम अल्लाह की दुआ कर लेने की चाह आ रही है। 'जल्द-से-जल्द मुझे चंगा कर दो' करके दुआ माँग लूँ क्या? मगर, उससे क्या फायदा होगा? बार-बार जाता रहता हूँ और मार खाता रहता हूँ। अब की बार यदि वह चंगा कर भी देगा, तो उससे क्या फायदा मिलेगा? यह दुआ कर लेनी चाहिए कि 'जल्द-से-जल्द इस लड़ाई को खत्म कर दो और शैतान भारत की सरकार से हम को आजाद कर दो।' जब तक हमें वह आजादी नहीं मिलेगी, तब तक हमारी लड़ाई खत्म नहीं होगी। यों सोचते हुए फिर 'हॉल' में आकर, खाट के ऊपर बैठ गया तो अचानक बड़ी थकावट महसूस होने लगी। आँखों में अँधेरा छा रहा है, गला सूखता जा रहा है, ऐसा उसे लगा। सोचा कि यदि अम्मी जान होतीं, तो बगल में बैठकर, मेरी देखरेख किया करती थीं। अमीना दीदी के निकाह के सिलसिले में वे मायके गई हुईं हैं। न जाने क्यों अब की बार मुझे इतना दर्द हो रहा है, इतनी थकावट हो रही है? इससे पहले भी कई बार पेल्लेट गन की मार खाई थी; मगर, वे इतनी जोर की मार नहीं थी। आज तो अकेले रहना भी मुमकिन नहीं हो रहा है। कम-से-कम, फिरोज को फोन करके यहाँ आ जाने की मिन्नत करूँगा। यों सोचकर, उसने फोन उठा लिया। फिरोज का नंबर 'स्विच-ऑफ' है। सचमुच ही कोई और 'प्लान' चालू हो रहा है या उस छैल-छबीली रिहाना के पीछे घूम रहा है? समझ में नहीं आ रहा है। आजकल थोड़ा सा वक्त मिलने पर भी भाग जाता है वह दलिद्दर। कितने लोगों ने मुझसे कहा है कि उसके साथ-साथ फिरते हुए उसको हमने देख लिया है। इस बात की याद हो आते ही, उसके ऊपर मुझे बेहद नाराजगी हो आई; इसके लिए वजह बना था रिहाना के साथ का उसका रिश्ता। ऐसा लगते ही कि मुझे ऐसी कोई सहेली नहीं मिली है, इस विचार की वास्तविकता से उसकी छाती को यों आघात पहुँचा, जिसने प्लेट की मार से भी ज्यादा दुःख उसे पहुँचाया था। ऐसे ही ख्यालों के साथ वह धीरे से अपने बिस्तर पर लेट गया। फिर उभर आती हुई उस वेदना के साथ जोर से निकल आई उसके मुँह से 'बिस्मिल्ला' की आवाज।

फिरोज की यह नाराजगी भारत के ऊपर, चींटियों के जैसे कश्मीर को घेरे रहनेवाले भारत के जवानों पर आ धमकने लगी है। इन सबके लिए कारण बने हुए हैं वे हरामखोर सैनिक। इनको देखते ही मेरा सारा बदन जल उठता है। इंशा अल्लाह, यदि वे सारे सैनिक, मच्छरों के जैसे मर-मिटेंगे तो ऐसे दर्द को एक-दो बार नहीं, हजारों बार सहने के लिए भी मैं तैयार रहूँगा। उन सैनिकों को यह हुक्म दिया गया है कि पाँवों में मारने के लिए ही उनका इस्तेमाल करें, ऐसा मैंने सुना है। फिर भी ये हरामी सैनिक बदन और वतन के ऊपर भी उन्हें बरसा देते हैं। हाथ में 'गन' मिल जाएँगी तो किसकी मर्दानगी बढ़िया बनती है, इस बात को दिखा देते हैं दस ही मिनट के अरसे में। परसों का हमारा अंदाजा थोड़ा गलत हो गया। यह तो हमें मालूम नहीं है कि किस बदमाश ने उनको यह सूचना दी थी कि हमारे मुजाहिद भाई लोग उस घर में छिपे बैठे हुए हैं। और कौन हो सकते हैं? हमारे

ही लोगों ने यह खबर दी है। अल्लाह के हाथों से बचकर वे कहाँ जा पाएँगे? हमेशा ऐसे अवसरों की इंतजार में ही रहनेवाले भारतीय सेना के शिकार के कुत्ते कहीं से आकर एकदम हमला कर गए। इस पूरे इलाके को चारों ओर से उन सैनिकों ने घेर लिया था। हमारे भाई लगते हमारे फौजी उनके नजदीक पहुँचकर, उनकी मदद भी नहीं कर पाए। जो लोग हमारे सैनिकों के हाथ में फँस गए थे, वे थे आरक्षक दल के चंद शैतान मात्र! फिरोज ने पत्थरबाजी के लिए जरूरी पत्थरों का प्रबंध कर दिया था। आठ-दस बड़े-बड़े थैलों में भरकर उनको यहाँ लाया गया था। फिर भी ठीक जगह पर खड़े होकर वे पत्थरबाजी कर नहीं पाए। उस दलिद्दर सरकार ने बड़े सवेरे से ही चूँकि इंटरनेट की सुविधा कट कर दी थी; 'व्हाट्सएप' व्यवस्था सरासर बेकार साबित हुई। कितने लोगों को, कब और कहाँ आकर इकट्ठा होना चाहिए; किस गिरोह को, किस दिशा में बिखरकर आगे बढ़ना चाहिए—ऐसे रणतंत्रों को भी रूपित कर नहीं पाए। वैसे तो रोज की तुलना में उस दिन हमारी संख्या बहुत कम ही थी। फिर भी, अल्लाह सुभानहु व ताला की मेहरबानी चूँकि हम पर हमेशा बनी रहती है, कभी हम लोग डर से काँप नहीं उठते। किसी भी हालत में कमी-बेशी भी नहीं होती। बदले में कितनी एकता, कितनी उमंग भर आती है। जब सब लोग एक साथ यह दुहराते हैं कि

हम क्या चाहते हैं?—आजादी।
चाहे गोली मारो—आजादी।
चाहे डंडा मारो—आजादी।
लेके रहेंगे—आजादी।

बदन का सारा लहू चेहरे में भर आता है; बदन पर रोंगटे खड़े हो जाते हैं। ऐसा लगता है कि मौत को न्योता देने के लिए यह एक वजह ही काफी है। नहीं तो उन शैतानों की सेना का सामना करने की ताकत कहाँ से आ पाती थी? उस दिन उन्होंने हम लोगों को घेरकर दर्जनों पेल्लेटों को मनमाने ढंग से यों दाग दिया कि नजदीक के जंगलों में घुसकर अपने को बचा लेना दूभर का काम बन गया था। कहा गया है कि दस लोगों की आँखें फूट गई हैं। बाद में फिरोज का कहना था कि उसकी तुलना में हमारे जो घाव हुए है, वे बहुत ही कम हैं। उस वारदात में हमारे चारों भाई शहीद हो गए हैं न? यह हमारे लिए बहुत ही दुःखद विचार है, मगर उसके बारे में फिक्र क्यों करें? एक की मौत हो गई तो उसी से सैकड़ों मुजाहिद पैदा हो जाते हैं। हमारा मकसद जब इतना महान् हो, तो उसके लिए दो-चार जानों की कुरबानी चढ़ाना बहुत बड़ी बात नहीं बनती है। जब मैं छोटा लड़का था, तब अम्मी जान कहा करती थी न? उनसे अपने आप को छुड़ाकर हमें आजाद होना है। उन पर पत्थरबाजी करते रहेंगे, तो हमें आजादी देकर वे लोग भाग निकलेंगे'। जब मैंने पत्थरबाजी शुरू कर दी, मेरी उम्र अभी तीन साल की थी। 'लेके रहेंगे—आजादी' का

नारा लगाते हुए, रास्ते में से गुजरते हुए सैनिकों के 'ट्रकों' पर जब मैंने पत्थर फेंका था, अम्मी जान कितनी खुश हुई थीं और आँखें खिलाकर, हँसते हुए, ताली बजा रही थीं! दो टुकड़े गोश्त और खिला दिया था न? उम्र में छोटा होने पर भी उन तीनों में से तुम ही बड़े बहादुर हो करके मेरी तारीफ करती थीं और सब जुलूसों में शरीक होने के लिए मुझे भेज दिया करती थीं। इसलिए मदरसा जाकर पढ़ाई करने से बढ़कर, सैनिकों के ऊपर पत्थरबाजी करके उनको भगा देना ही मेरे लिए अच्छा लग रहा था। अम्मी जान भी पढ़ाई पर जोर नहीं दे रही थीं। मेरे बड़े भाई भी पढ़े-लिखे नहीं बने थे। गाँव में अब्बाजी की जो जमीन थी, उसकी देखरेख का जिम्मा हमारे चाचाजी निभा लेते थे और उपज में जो हमारा शेयर होता था, उसे बिना भूल-चूक के हमें पहुँचा दिया करते थे। उपज जब अच्छी नहीं होती थी, तब भी हमें रुपए-पैसे की मदद दिया करते थे। बड़े भाई लोग भी चूँकि जल्द ही कमाने लगे, भूखे रहने की नौबत कभी नहीं आई थी।

जब मैं बालिग हो गया, कश्मीर को आजादी दिलाना ही मेरी जिंदगी का बड़ा मकसद बन गया और मैं फिरोज के गिरोह में शामिल हो गया। अड़ोस-पड़ोस के लड़कों के लिए मैं ही एक बड़ा नमूना बन गया और वे भी लड़ाई में साथ देने लगे। अब तो जब भी मैं पुकारूँगा, बिना कोई सवाल उठाए, जहाँ चाहूँ, वहाँ आ जाते हैं।—यों तब तक के अपने संघर्षमय जीवन का पुनरावलोकन कर लेते हुए, मुश्ताक ने अपनी करवट बदल ली और दाईं ओर मुड़ गया। दर्द अब कुछ कम हुआ है, ऐसा उसे महसूस होने लगा।

अपने बदन को ही नहीं; अपनी सारी जिंदगी को आजादी की लड़ाई के लिए निछावर कर दूँगा। अब थोड़ी सी कमजोरी मुझे सता रही है, उतना ही। दो-चार दिनों में फिर से बदन में ताकत आ जाएगी। तब इंशा अल्लाह, फिर वहीं जाऊँगा। परसों वह एक शैतान, मेजर अर्जुन करके बताया जा रहा है, मारा गया है। यह खबर सुनकर मन को थोड़ी सी तसल्ली मिली है। उन शैतानों की समझ में यह बात क्यों नहीं आती? कश्मीर उनके अब्बा की या दादा-परदादा की कमाई हुई जायदाद नहीं है। यह हमारा वतन है। इसके ऊपर हमारा हक बनता है। क्या करना चाहिए या नहीं करना चाहिए—यह हमारी मर्जी का विचार है। उनको क्या हक मिला है कि हमारे ऊपर यों हक चलाने निकले हैं? हमने कभी भारत की सीमा में कदम रखकर, अपना शेयर माँगा है? वे क्योंकर हमारे वतन पर खड़े होकर, हमारे ऊपर हुकूमत चलाने की कोशिश कर रहे हैं? इसी वजह से उन पर हम लोग इतने नाराज हो चले हैं न? कभी-कभी इतनी नाराजगी आ जाती है कि बुलडोजर ले जाकर, झोंपड़ी जैसे लगते उन शैतानों के 'बकरों' को मिट्टी में क्यों न मिला दें? तब आसपास खड़े रहनेवाले हमारे लोग तालियाँ बजाकर और सीटी मारते हुए हमारे जोश को जरूर बढ़ावा देंगे। कभी ये शैतान अकेले-दुकेले में हमारे हाथ आ जाएँ तो उनके नामोनिशान मिटा देंगे। फुटबॉल की तरह उनको लात मारते हुए रास्ते भर में

लौआ देंगे। जो भी अत्याचार या कड़े-से-कड़ा बरताव करें, वे हरामी उसे सहकर चुप रह जाते हैं। आज नहीं तो कल, उनको जरूर यहाँ से भगा देंगे, यों निश्चय कर लेने पर दर्द के बीच में भी मन को एक प्रकार की तसल्ली मिल रही है।

फिरोज चाहे किसी गटर में क्यों न पड़ा रहे, मैं सलीम को फोन कर दूँगा, यों उसने सोच लिया। यकायक यह बात उसे याद हो आई कि भारतीय यात्रियों को सैर कराने के लिए गुलमर्ग गया हुआ है और चुप हो गया। मन अमीना दीदी के निकाह की कल्पना करने लगा। हमेशा अपने सिर पर हाथ फेरते हुए, प्यार से बोलनेवाली दीदी के प्रसन्न चेहरे की याद आते-आते ही धीरे-धीरे मुश्ताक की आँखें अपने आप मुँद गईं।

दस

नरेंद्र की जब आँख खुली, साढ़े छह बज चुके थे। आरतीजी ने जब यह बात बताई कि संजीवजी हवा खाने निकल चुके हैं, उसके मन में यह खयाल आया कि मैं भी क्यों उनको ढूँढ़ते हुए बाहर न निकलूँ। फिर सोचा कि कल से उनके साथ चलूँगा; और अपनी नहलाई आदि उसने पूरी कर ली। तब तक संजीवजी लौट आए। उसकी नींद आदि के बारे में पूछ लेने के बाद खुद भी तैयार हो गए। दोनों जब घर से निकले, साढ़े नौ बज चुके थे। रास्ते में उनको निरंतर फोन कॉल आते ही रहे। कश्मीरी में ही उनका संवाद चल रहा था। कई लोगों को 'जी हाँ', 'ठीक है' करके उत्तर देकर चुप हो रहे थे। और कई लोगों को शांत मन से उत्तर दिया करते थे। कभी-कभी सवाल भी पूछते थे। आवाज की ऊँचाई-निचाई से ही यह बात समझ में आ जाती थी।

"पहले शंकराचार्यजी की पहाड़ी पर चलेंगे। सुना है कि उस प्रदेश में 'कर्फ्यू' नहीं लगा है। उसके बाद यह निश्चय कर लेंगे कि आगे चलकर क्या करना है?"—उनकी इस सूचना के प्रति उसने हामी भर दी, सिर हिला देने के द्वारा।

फिर एक बार श्रीनगर के मार्ग पर उतरकर उनकी कार शहर की दिशा में बढ़ते लगी। तब जन-सांद्रता तथा वाहनों के संचार की निबिड़ता की ओर उसका ध्यान गया। नगर के नजदीक पहुँचने में करीब आधा घंटा लग गया। "देखिए, यही हैं 'इकबाल पार्क।' यह है 'बक्षी स्टेडियम' और जो उधर दिखाई दे रहा है, वही है 'लाल चौक', 'घड़ी का गोपुर।' श्रीनगर के इतिहास के सारे महत्त्वपूर्ण अंश इसी घड़ी की कंठियों में छिपे हुए हैं।"—यों बोलकर थोड़ी देर के लिए उन्होंने कार वहाँ रोक दी। "नजदीक से देख लेने के लिए फिर कभी आएँगे।"—यों वे ब्योरा दे रहे थे, तो नरेंद्र उन सबको अपनी आँखों में समा रहा था।

"यह है दुनिया भर में मशहूर 'डल सरोवर।' यही है 'शिकारा (हाउस बोट का)

स्टैंड।'—यों दिखाते हुए उन्होंने मार्ग के एक बाजू में कार खड़ी कर दी। उसने भी उस ओर नजर फेरी। कई शिकारे तब तक पानी में उतरे थे। भाँति-भाँति के नामों के रंग-बिरंगे हाउस-बोट सामने खड़े थे। यात्री उनको घेरे हुए थे। उनमें से ज्यादातर शादीशुदा नए दंपती ही थे। पानी की ओर उसने देखा। इन सबके शोरगुल के बीच में भी अपने आंतर्य की शांति को मानो उसने बनाए रखा है, ऐसा लग रहा था। उसकी विशालता इतनी अधिक थी कि उसका दूसरा छोर दिखाई नहीं दे रहा था। माँ के सूख न जानेवाले थन के जैसे उस तालाब का पानी धरती के स्तर तक फैलकर बाहर छलकने के लिए भी मानो तैयार है, ऐसा लग रहा था। मार्ग के छोर पर बाँध-बाँधकर पानी को रोका गया था। उसकी गहराई तक उतर कर शोध कर लेने की इच्छा बलवती होने पर भी, एक ही बार अपने वात्सल्य की वर्षा करके, वह अपने रहस्य को खोलकर दिखानेवाला नहीं था। उसके अंदर ही नरम संचालन हो रहा था। बता देने की उत्सुकता तो उसमें है, मगर धीरे-धीरे और अपनी इच्छा के अनुकूल, वह अपने रहस्य को खोलता जाता है। शांतचित्त होकर, सावधान होकर, उनको सुन लेना है। उसकी ऊपरी सतह से ठंडी हवा बहती आ रही है। उसके आंतर्य में शीतलता न हो, तो इस प्रकार वह ठंडक पहुँचा सकता भी है कैसे? वह सचमुच मेरी माँ जैसा ही है, इसमें कोई संदेह नहीं है। सिर उठाकर उसने देखा। उसकी पृष्ठभूमि में एक ओर थे हिमाच्छादित पर्वतों के शिखर जो आसमान की ऊँचाई तक पहुँच रहे थे; दूसरी ओर गहरी हरियाली से विराजते उन्नतोन्नत गिरि-शिखर। यही उसका आँगन है, जो मुझको बुला रहा है। ऐसा लगने पर कार से उतरकर, वहीं खड़े होकर, उसने आँखें मूँद लीं। जोर से बहती आई हवा उसके सिर को चूमते हुए आगे बढ़ चली, मानो अपने नवजात शिशु के माथे को सूँघ लेनेवाले पिता हों।...

"चलेंगे क्या? आज शाम को या कल सवेरे यहाँ आराम से आकर बैठेंगे। उसकी सुंदरता को देखकर अपने आप को भूल बैठे हुए उसको देखकर, संजीवजी ने उसको सावधान किया। वह लौटकर, कार में बैठ गया।

"यहाँ से शुरू होती है शंकराचार्यजी की पहाड़ी।"—कार को चढ़ाई पर चढ़ाते हुए उन्होंने बता दिया।

"इसकी ऊँचाई कितनी है?"

"एक हजार फीट।"—यों बोलते हुए उन्होंने बाजू में स्थित एक फलक की ओर उसका ध्यान आकृष्ट किया—"वहाँ देखिए। इस पहाड़ी को हाल ही में 'तख्त इ-सुलेमान' नाम दिया गया है। इसको ही नहीं, अन्य सारे हिंदू केंद्रों को मुसलमान पीरों का नाम देने के द्वारा, वे लोग यह षड्यंत्र रचकर, उसके द्वारा इनके ऊपर अपना पूरा हक स्थापित करने की कोशिश कर रहे हैं। इतना ही नहीं, 2016 में हम लोगों ने आचार्य अभिनव गुप्त जी के सहस्त्रमनोत्सव मनाने का निश्चय कर लिया था। अभिनव गुप्तजी

का नाम आपने सुना है न?"—उनके इस प्रश्न के उत्तर के रूप में उसने सिर हिलाकर हामी भर दी। कश्मीरी शैवदर्शन के प्रतिपादक अभिनव गुप्तजी की संस्कृत साहित्य संबंधी विस्मयकारी लगनेवाली विद्वत्ता के बरे में उसको भी जानकारी थी। उनकी 'तंत्रालोक' नाम की महान् कृति के बारे में भी उसने सुना था।

"उन्होंने अपने 1200 छात्रों के साथ बीर्वा में स्थित भैरव गुफा में प्रवेश किया था और वहीं उन्होंने निर्वाण भी प्राप्त कर लिया था। यह तो एक ऐसा विचार है, जिसकी जानकारी सबको मिली हुई है। उनके सहस्त्रमनोत्सव के सिलसिले में हम हिंदुओं ने सोचा था कि उस गुफा में जाकर पूजा-पाठ करके आएँ। हमारे इस कार्यक्रम की सूचना मिलते ही वहाँ के मजहबी मुखियाओं ने हमारे खिलाफ एक परिपत्र निकाला और हमें धमकी भी दी।"

"तो आप लोग वहाँ गए ही नहीं क्या?"

"नहीं। हमारे जुलूस को रोकने के लिए खुद पुलिस के लोग आ जमे थे। जानते हैं कि मुसलमानों का तर्क क्या था? उस छोटी सी गुफा में 1200 लोग जा ही नहीं सकते थे। उनका कहना था कि उसी गुफा में उनके एक पीर ने इबादत की थी। इसलिए यह एक ऐसी जगह है, जिस पर उनका हक बना हुआ है। हमारे धर्म और संस्कृति की निशानियों को इस तरह व्यवस्थित रूप में मिट रहे हैं।" इतना कह देने में पुलिस की चौकी आ गई। इसकी तहकीकात कर लेने के बाद कि हम कौन हैं और हमारा मकसद क्या है, हमें आगे बढ़ने की इजाजत दी गई।

उन्होंने बताया—"आगे एक और चौकी है। हमें 'मोबाइलों' को गाड़ी में ही छोड़कर जाना पड़ता है।"

सोपानों पर चढ़ते समय किसी ने कोई बात नहीं की। नरेंद्र आसानी से चढ़ रहा था। उन्होंने सोचा कि उम्र में मुझसे छोटा होने के कारण यह तो स्वाभाविक है, मगर वह इतनी आसानी से चढ़ रहा था मानो कोई चुंबकीय शक्ति उसको अपनी ओर खींच रही हो। बीच में कहीं थकावट की वजह से हाँफे बिना और आराम किए बिना वह चढ़ रहा था। पहाड़ की चोटी पर पहुँचने में एक सोपान और चढ़ना बाकी था। वहाँ उनके आ पहुँचने तक वह उनकी प्रतीक्षा करता रहा। ऊपर तक चढ़ पाने में उनके माथे पर पसीने को छोटी-छोटी बूँदें छलकने लगी थीं। चढ़ पाते ही पहले मिला, वृत्त के आकार का समतल प्रदेश। चार कदम आगे बढ़ने पर, दाईं ओर शंकराचार्यजी की प्रतिमा देखने को मिली। उसके सामने खड़े होने के बड़ी देर के बाद ही उसकी तन्मयता मिटी। वहीं बैठकर संजीवजी आराम करने लगे थे। सभी यात्री और ऊपर चढ़ रहे थे। उसने सिर उठाकर देखा। आठ कोनों के आकार का मंदिर था वह। गोपुर जैसा प्रवेश का द्वार था। "हाथ-पाँव धोकर ऊपर चढ़ें क्या?"—उन्होंने पूछा।

पाँव धो लेने के लिए पहाड़ के छोर तक जा पहुँचने पर अलग ही रूप में श्रीनगर दिखाई दे रहा था। डल तालाब ऐसा दिखाई दे रहा था, मानो उसको एक बगल में सरकाकर रख दिया गया हो। जल, थल और पर्वत के प्रदेश यों दिखाई दे रहे थे मानो उनको सजाकर रख दिया हो। वह अपनी आँखें वहाँ से हटा नहीं पा रहा था।

पास आकर, खड़े होकर उन्होंने पूछा—"ऊपर चढ़ आने पर नीचे की गतिविधियों का एक समग्र चित्रण ही उपलब्ध हो जाता है न?"

"जी हाँ, मगर इस सन्निवेश में समग्रता की अपेक्षा सूक्ष्मता प्रमुख बनती है, ऐसा मुझे लगता है। वहाँ की वे सारी खलबलियाँ इस ऊँचाई पर नजर नहीं आती हैं।" जब उसने सिर झुकाकर ही यह उत्तर दिया, तो उन्होंने उसकी ओर देखा। अब तो वह पूरी तरह से एक नए शख्स के रूप में दिखाई दे रहा था। कल मैंने जिसको देख लिया था, क्या यह वही है? माँग से छूटकर आई जुल्फें उसके माथे पर मानो खुशी से नाच रही थीं। बड़ी-बड़ी निर्मल आँखें ऐसी लग रही थीं, मानो अभी-अभी किसी पवित्र तीरथ में डुबकियाँ लगाकर आई हों। गोल-गोल मुख पर एक ही प्रकार से फैली हुई शांतता की भावना अधिक प्रबलतर बनी हुई थी या उसकी गंभीर भावना ही, यह उसकी समझ में नहीं आ रहा था। हाथ बाँधकर खड़े होकर, तन्मयता के साथ नीचे की ओर वह देख रहा है, इतना ही नजर आ रहा था। दो मिनट बीत गए थे; फिर भी वह उसी ओर देख रहा था। पाँच मिनट बीत चले; फिर भी वह उसी तरह निश्चल बना रहा। छूकर उसकी तन्मयता को भंग करने में एक प्रकार का भय लग रहा था। बिना आहट किए वे धीरे-धीरे दो कदम पीछे हट गए। नहीं, इसका ध्यान यहाँ कहीं केंद्रित नहीं है, ऐसा लग रहा था। 'क्या करूँ' करके वे खलबली में फँस गए। ऊपर जाकर पंडितजी को बुला ले आने की बात सोचकर वे पीछे की ओर मुड़े। इनको देखकर खुद पंडितजी नीचे उतर रहे थे। "ओह, आप लोग आ गए हैं?"—यों जोर से बोलते हुए आनेवाले पंडितजी को, होंठों पर उँगली रखने के द्वारा, चुप रहने का इशारा करते हुए, वे ही उनके पास चले आए।

"इनमें कोई विशेषता है, ऐसा अभी-अभी मुझे प्रतीत होने लगा है।"—यों उनकी ओर देखते हुए संजीवजी बोल उठे।

"माया का जो परदा मुझे घेरे हुए था, वह कल की भेंट में ही हट गया।"—यों बोलनेवाले पंडितजी भी उसी की ओर देख रहे थे। संजीवजी ने पंडितजी की ओर ध्यान दिया। उनकी आँखों में इससे पहले जो प्रक्षुब्धता और अन्वेषण की चाह दिखाई देती थी, अब गायब हो चली थी। एक प्रकार की नई सांत्वना उनके मन की गहराई तक पहुँच गई थी और उसके प्रतिफलन के रूप में उनके चेहरे पर संतृप्ति का भाव विराज रहा था। उसके फिरकर देखने की प्रतीक्षा करते हुए वे दोनों खड़े रहे। उसमें संचलन के आ जाने में दस मिनट से अधिक समय लग गया। वह तेजी से सोपानों पर चढ़ने लगा, तो इन्होंने

भी उसका अनुसरण किया। गोपुर में बाँधी गई घंटी को एक बच्चा लगातार बजा रहा था।

उसने गर्भगृह के अंदर प्रवेश किया। वृत्ताकार के उस गर्भगृह के बीच में स्थित था गहरे लाल रंग की शिला में कुरेदा गया शिवलिंग, जिसकी ऊँचाई दो फीट से अधिक थी। वहीं एक बाजू में पद्मासन लगाकर बैठकर उसने आँखें मूँद लीं। पंडितजी भी उसके सामने, शिवलिंग के बगल में ही बैठ गए। भक्त लोग वहीं बीच में जगह बनाकर प्रदक्षिणा करने लगे थे। चूँकि वहीं खड़े रहने के लिए जगह नहीं थी, संजीवजी प्रदक्षिणा करके बाहर लौट आए। वृत्त के आकार में बनाई गई छाती के कद की पत्थर की छोटी दीवार का आसरा लेकर खड़े रह गए। उस ऊँचाई से श्रीनगर बहुत छोटा दिखाई दे रहा था। नरेंद्र की भाषा में कहना हो, तो उनके अंदर की खलबली कुछ भी दिखाई नहीं दे रही थी। उसके प्रति उनके मन में एक अव्यक्त गौरव की भावना जाग जाने का बोध उनको अवश्य हुआ; मगर उसके लिए एक शब्द को चुन लेना उनके लिए अहम नहीं लगा।

थोड़ी देर बाद उसने आँखें खोलीं। पंडितजी उसी की ओर देख रहे थे। तीर्थ और प्रसाद खुद लेकर जब उसने पूछा कि "चलेंगे क्या?" उन्होंने बगैर कुछ बोले उसका पीछा किया।

"परमवीर और धनी अशोक ने जिसका निर्माण करवाया था, वही समृद्ध और छियानबे लाख दिव्य भवनों से विराजमान और बहुत ही विख्यात श्रीनगर यही है क्या?"—हँसी के साथ नाटकीय तरीके से उसने उनसे पूछा।

"जी हाँ। ऐसा लगता है कि आपने कल्हण की 'राजतरंगिणी' का अध्ययन किया है।" उन्होंने भी मुसकराते हुए उत्तर दिया। अब बातें करने की मनोदशा में आ गया है, ऐसा उनको लग रहा था। ततखन वे बोल उठे—"'राजतरंगिणी' के बारे में एक बहुत ही स्वारस्यपूर्ण घटना का उल्लेख कर देना चाहता हूँ। सुन लीजिए। हंगरी के भारतीय पुरातत्त्वशास्त्र के नामी अनुसंधानकर्ता प्रो. आरल स्टाइन को 'राजतरंगिणी' के बारे में एक सूचना मिली, जिससे शारदा लिपि में रचित मूल ग्रंथ का अनुसंधान करने में उन्होंने अपने आप को जुटा लिया। तब उनको पता चला कि पैतृक संपत्ति के विभाजन के अवसर पर भाइयों के बीच 'राजतरंगिणी' का भी विभाजन कर लिया गया था। किसी तरह उन भाइयों को मनवाकर उन्होंने उसको प्राप्त कर लिया। पहले उन्होंने उसका देवनागरी लिपि में लिप्यंतरण करवा लिया। खुद संस्कृत भाषा में वे बड़े विद्वान् बने हुए थे न। उन्होंने उसका अंग्रेजी भाषा में अनुवाद कर दिया। 'राजतरंगिणी' का देवनागरी संस्करण और उसका अंग्रेजी अनुवाद, इस तरह हमको उपलब्ध हुए हैं। हमारे दार्शनिक मूल्यों के प्रति और भारत संबंधी विचारों के लिए गंभीर आस्था हममें क्यों नहीं है? यह तो जानी-मानी कहावत है कि पिछवाड़े में मिलनेवाली लता तो संजीवनी लता कभी नहीं बनती। फिर भी संजीवनी लता को भी कोई आम लता मानने की इस विमूढ़ता या अंधत्व के बारे में

क्या कहें?" उनके इस सवाल के प्रति अपनी सहमति व्यक्त करते हुए, उसने सिर्फ सिर हिला दिया; कुछ कहा नहीं।

"शाहजहाँ के बेटे दाराशिकोह ने उपनिषदों से प्रभावित होकर, उनका फारसी भाषा में अनुवाद कर दिया था। वहाँ से उनका लैटिन भाषा में अनुवाद किया गया। उनका अध्ययन करनेवाले जर्मनी के तत्त्ववेत्ता शॉपेन हॉवर ने उनकी सूक्ष्मता और विचारों की उन्नति से विस्मित होकर, मारे संतोष के यों कह दिया था कि 'ये उपनिषद् मुझे अपने जीवन में और मौत में भी संतोष प्रदान करते हैं।' यह ऐसा एक और उदाहरण है।"

संजीवजी का यह वक्तव्य सुनकर, उनकी ओर फिरकर, नरेंद्र ने कहा—"आप बहुत कुछ जानते हैं। कश्मीरी पंडितों की बुद्धिमत्ता के बारे में मैंने सुन लिया था; आज देखने का अवसर भी मुझे मिल पाया है।"—यों जब उसने हँसकर कहा, उनका चेहरा लाल-लाल हो चला।

पंडितजी भी हँसते हुए बोले—"शंकराचार्यजी ने जिस गुफा में तपस्या की थी, उसे भी देखकर आइए। हम लोग यहीं नीचे रहेंगे। वहाँ बैठने के लिए काफी विशाल जगह है।"—यों बोलकर उसको वहाँ भेज दिया।

नरेंद्र के लौट आने तक, वे दोनों वहाँ के एक बड़े देवदारु वृक्ष के तले बैठे हुए थे। चारों ओर चिनार और देवदारु के वृक्ष निबिड़ रूप में पले हुए थे। वृत्ताकार की उस जमीन के छोर को पूरी तरह से घेर लिया था उन वृक्षों ने। उनके आगे एक अगाध प्रपात था। उसके साथ बातचीत कर लेने की उत्सुकता तो पंडितजी में दिखाई दे रही थी, मगर कोई झिझक उनको रोक रही थी। उसी ने बातचीत छेड़ी—"कितने सालों से आप इस मंदिर में काम कर रहे हैं?"

"करीब पैंतालीस सालों से।"

"कभी बेंगलुरु आए हुए हैं?"

"हाँ। दोस्तों के साथ श्रृंगेरि जाते समय। पाँच-छह साल पहले।"

"उस मठ से कोई यहाँ आता-जाता रहता है क्या?"

"नहीं।" एक-दो क्षणों के बाद फिर उन्होंने कहा—"दक्षिण की शारदाजी के दर्शन से कृतार्थ हो चला हूँ, मगर उत्तर की शारदाजी के अभी दर्शन हो नहीं पाए हैं।" उस दिशा में गरदन फिराकर उन्होंने अपनी बात आगे बढ़ाई—"आपको इस बात की जानकारी है क्या? कहा जाता है कि काशी में अपनी पढ़ाई पूरी कर लेने के बाद वहाँ के छात्र हमारे विद्यापीठ की दिशा में चार कदमों की दूरी का क्रमण किया करते हैं। सांकेतिक रूप में यह इस बात को सूचित करता है कि अगली पढ़ाई की दीक्षा यहाँ से लेनी चाहिए।" उसने हामी भरते हुए सिर हिला दिया।

"वहाँ जो विद्यापीठ था, उसमें वेद, तर्कशास्त्र, षड्दर्शन, शैवधर्म, शारदा लिपि

आदि से संबंधित विशेष ज्ञान को प्राप्त कर लेने की दृष्टि से आया करते थे। उनमें उत्तीर्ण होनेवाले छात्रों को 'विशारद' की उपाधि दी जाती थी। कल्हण ने उस विद्यापीठ के बारे में जो कुछ लिखा है, वह सही है। मोहम्मद गजनी के साथ आनेवाले अलबरूनी ने अपनी पुस्तक 'तहकीक-ए-हिंद' (भारत का इतिहास) में इस विचार का उल्लेख किया है। इससे आप अनुमान लगा सकते हैं कि वह कितना मशहूर बना हुआ था।"—संजीवजी ने भी उस दिशा में मुड़कर यह बात कहीं।

नरेंद्र ने पंडितजी से पूछा—"शारदा लिपि का प्रचलन आजकल किस मात्रा में पाया जाता है?"

"नहीं के बराबर, ऐसा ही कहा जा सकता है। उसमें लिखी गई करीब साढ़े चार हजार पांडुलिपियाँ ग्रंथालय में उपलब्ध हैं, यही तसल्ली दिलानेवाली बात है।"

"तो आजकल पढ़ने-लिखनेवाले लोग किस लिपि का उपयोग कर रहे हैं?"—उसने यह सवाल पूछा।

"आजकल मात्र लोगों की जीभ पर जो भाषा बची हुई है, उसे 'कशुर' भाषा कहते हैं। उसकी पढ़ाई-लिखाई के लिए कोई अवसर नहीं दिया गया है।"—पंडितजी हँस पड़े।

"क्या?"—उसने थोड़े से अविश्वास से ही यह उद्गार निकाला।

जैसे देश के अन्य प्रांतों में देखने में आता है, यहाँ भी देवनागरी ही अधिकृत लिपि बनी हुई थी, लेकिन व्याकरण की दृष्टि से परिशुद्ध मानी जानेवाली उस देवनागरी लिपि में हमारी भाषा का यथावत् उच्चारण और लिखावट संभव हो नहीं पा रहे थे। इसलिए उसमें कई बदलाव लाकर शारदा लिपि को रूपित किया गया। पंद्रहवीं शती में म्लेच्छ राजाओं ने फारसी भाषा को लादने की प्रक्रिया जब शुरू कर दी, तब से शारदा लिपि का अवसान शुरू हो गया। उन्नीसवीं सदी में फारसी लिपि की उर्दू भाषा को अधिकृत भाषा का स्थान-मान प्रदान कर दिया जम्मू-कश्मीर की सरकार ने। इस सदी के सत्तरवें दशक में उर्दू लिपि में ही कशुर भाषा को अंकित करने का जो प्रयास सरकार ने किया, वह सफल नहीं हुआ। आजकल तो हमारी भाषा में पुस्तकों की छपाई दूर की बात हो चली है। किसी भी पत्रिका में कशुर भाषा की एक पंक्ति भी देखने के लिए नहीं मिलती है।"—पंडितजी ने अपना कथन यों समाप्त किया।

"आज की हमारी पीढ़ी की तो बहुत बुरी हालत हो चली है। कभी यदि अपने घरवालों को या अपने गाँव के किसी दोस्त या सहेली को पत्र लिखना पड़ता है, तो किस भाषा का उपयोग कर सकते हैं? उर्दू जानते नहीं हैं। हिंदी या अंग्रेजी में लिखेंगे तो मातृभाषा में लिखने की खुशी मिलती है क्या? इस बात पर आप विश्वास कर सकते हैं क्या? हमारे बच्चे आजकल इतने दुर्भाग्यशाली बन बैठे हैं कि भावों की अभिव्यक्ति के लिए समुचित अपनी भाषा की सुविधा से वंचित हो चले हैं।" संजीवजी के इस कथन

को वह ध्यान देकर सुन रहा था।

"शारदा लिपि की बात छोड़िए। कशुर भाषा का भी शुद्ध रूप में प्रयोग करना वे जानते नहीं हैं। जहाँ-जहाँ उन्होंने स्थानांतरण कर लिया है, हू-ब-हू वहाँ के लोग ही बन बैठे हैं।" अपने चेहरे में मन की वेदना को छलकाते हुए पंडितजी यों बोल रहे थे, तो वह चुपचाप सुनता रहा।

बड़ी देर तक वह शारदाजी के मंदिर की ओर ही देखता रहा। उसके बाद उसने पूछा—"शारदाजी के मंदिर के फिलहाल के चित्रों को मैंने अंतर्जाल में देखा है। भग्नावशेष के चित्र ही उसमें देखने को मिलते हैं। देश-विभाजन के अवसर पर ही इसका यह हाल हो चुका था क्या?"

"नहीं। बहुत ही अमूल्य पुस्तकों से भरा एक ग्रंथालय भी था। संगोष्ठियों के लिए ही एक अलग विशाल कमरा भी था। विभाजन के बाद ही उन सबको ध्वस्त कर दिया गया है।"—यों बोलते हुए, पंडितजी मंदिर की ओर देखने लगे तो उसने भी उसी दिशा में तब अपनी नजर फेरी। जहाँ तक नजर जा सकती थी, वहाँ तक हरियाली से भरा जंगल ही दिखाई दे रहा था। उसके उस पार क्या था, उसको जिन्होंने देखा हो या उसके बारे में जानकारी रखता हो, ऐसा कोई व्यक्ति आज बचा नहीं है।

"वहाँ का स्थल-पुराण कितना अद्भुत बना है, देखिए। समुद्र-मंथन के पश्चात् देवताओं के द्वारा अमृत का पान कर लेने के बाद, जो अमृत शेष बचा था, उसको माता शारदाजी षड्भुजधारिणी बनकर, उस कलश के साथ, शारदा नाम के इस स्थल में ले आई थीं। उस कलश को जमीन में गाड़कर, समतल की शिला का रूप धरकर, उस कलश का बट्टा बन गईं। इसीलिए सब लोग उस शिला को शारदाजी मानकर उसकी पूजा करने लगे। कालानुक्रम में उसके चारों ओर मंदिर का निर्माण किया गया।"—यों पंडितजी ने उसका ब्योरा दिया।

"एक और बात यदि सुनेंगे तो आप चौंक जाएँगे। मूलतः कश्यपजी तथा सारस्वत मुनिजी के वंशज बने हुए कश्मीर के सारस्वत ब्राह्मण समुदाय के लोग सरस्वती नदी के तट पर रहा करते थे। हमारे इस शारदा तीर्थस्थल में शांडिल्य मुनिजी के आ बसने के बारे में भी एक पौराणिक कथा प्रचलित है। उस कथा के तथा आपके कर्नाटक राज्य के मंगलूर में सारस्वत मुनिजी के सरस्वती नदी के तट पर आकर तपोनिमग्न हो जाने की जो कथा है, इन दोनों के बीच कोई संबंध अवश्य रहा होगा, यह अनुसंधानकर्ताओं की राय है।"—संजीवजी ने कहा।

"इसका मतलब क्या यह है कि दक्षिण भारत के कर्नाटक, गोवा तथा महाराष्ट्र के प्रांतों में बिखरे हुए सारस्वत ब्राह्मण समुदाय के लोग और आप लोग एक ही मूल के हैं?"—अतीव श्रद्धा से उसने पूछा।

"हमारे अनुसंधानकर्ता इस संभवनीयता का निराकरण नहीं करते। यों देश के विभिन्न प्रदेशों में बैठे रहने पर भी, हम सबके बीच आपसी संपर्क बना रहा, इसके समर्थन में वे पर्याप्त सबूत भी प्रस्तुत करते हैं।"—यों संजीवजी ने प्रत्युत्तर दिया।

उनका कथन अपनी समझ में आया है, इसकी सूचना के रूप में सिर हिलाते हुए नरेंद्र उधर पंडितजी की ओर मुड़ा। बिना पलकें बंद किए, वे गंभीरता के साथ इसी की ओर देख रहे थे। "पंडितजी, यों मेरी ओर घूरकर मत देखिए। सचमुच ही मैं सारस्वत ब्राह्मण समुदाय का नहीं हूँ।"—वह हँसते हुए बोला। पंडितजी भी तत्क्षण हँस पड़े। संजीवजी को भी बड़ी हँसी आ गई।

"महरा, कोई आप को ढूँढ़ते हुए आया है।"—तीर्थ और प्रसाद बाँटने के लिए जिस लड़के को बिठाया था, उसने आकर उनको बुलाया।

"लो, आ रहा हूँ।"—इनको बताकर, वे निकल पड़े।

"ऐसा लगता है न कि पंडितजी का अपना कोई परिवार नहीं है?"—नरेंद्र के यों पूछने पर संजीवजी ने कहा—"जी हाँ। कभी-कभी इने-गिने बंधु लोग आकर मिलते रहते हैं।"

*****

पंद्रह मिनट से अधिक समय के बाद पंडितजी लौट आए। वे दोनों किसी विचार की गहरी चर्चा में डूबे हुए थे, ऐसा लगता था, दूर ही से देखने पर भी। नजदीक जा पहुँचने पर, स्पष्ट रूप से सुनाई दे रहा है। "वैसे तो कश्मीरी हिंदू अब तक पाँच बार स्थानांतरण कर चुके हैं। पहली बार यह स्थानांतरण हुआ चौदहवीं शताब्दी में, सुलतान सिकंदर की हुकूमत के समय। दूसरी बार ऐसा हुआ औरंगजेब के जमाने में; उसके असीमित हिंसाचार को रौंद डालने के प्रयास में, सिख समुदाय के गुरु तेगबहादुरजी ने अपने प्राणों की बलि चढ़ा दी थी। तीसरी बार ऐसा हुआ अफगानों की हुकूमत में। इसमें तो क्रौर्य की परमावधि या पराकाष्ठा ही देखने में आई। चौथी बार ऐसा हुआ भारत के विभाजन के समय में। इसके बारे में तो आप को अच्छी जानकारी है ही। पाँचवीं बार ऐसा हुआ 1990 में।" इतना बोलकर जब वे रुके, तब तक पंडितजी वहाँ आ पहुँचे।

"इतना ही नहीं, 1965 में तथा 1986 में भी अल्प मात्रा में दो स्थानांतरण की घटनाएँ हुई थीं।"—इन दोनों से आकर मिलते हुए पंडितजी ने कहा। "90 में तो कैसा अनर्थ हो गया, आप जानते हैं क्या? लाखों की तादाद में हिंदुओं को अपना घर-बार तजकर यहाँ से भागना पड़ा। अपने प्राणों से हाथ धो बैठनेवालों की संख्या बीस हजार से अधिक हो चली थी। कम-से-कम 300 मंदिरों को तथा 34 हजार घरों को विनष्ट कर दिया गया। हम लोगों से उन्होंने खेत-खलिहान, दुकान-मकान ही छीने नहीं, हमारी जिंदगी ही छीन

ली।"—यों बोलते हुए पंडितजी बहुत ही भावुक हो चले।

"तब आप कहाँ थे?"—उनकी ओर फिरकर नरेंद्र ने पूछा। उनको मानो पहले ही इस बात का आभास मिला था, उसी की ओर देखते हुए उन्होंने उत्तर दिया—"मैं यहीं था।" "तब आपने क्या किया?" वह क्यों यह सवाल पूछ रहा है, यह बात उनकी समझ में आ रही थी। आज तक किसी ने उनसे यह सवाल पूछा नहीं था। बीस सालों से अपने आपसे यह सवाल पूछ रहे थे; और हर क्षण खुद धँसते-मिटते जा रहे थे; जीते-जी मर रहे थे, मरते-मरते जी रहे थे। कालचक्र के चक्कर काटते-काटते, शेष सारे विचार भले ही धूमिल होते गए; मगर यह सवाल तो रोज सवेरे नित नूतन रूप में आविर्भूत होकर आने लगता है और शाम के करीब आते-आते राक्षस के आकार को प्राप्त कर लेता है; रात की करालता में और भीकर स्वरूप को पा लेता है और मुझे भय के भँवर में फँसाकर सताते हुए, एकदम जगा देता है।

"तीर्थ और प्रसाद पा लेने के लिए वहाँ भक्त लोग ही नहीं थे।"—धीरे से उन्होंने कहा। उन्हें ऐसा लग रहा था कि मैंने जो उत्तर दिया है, वह उनकी प्रतीक्षा के अनुकूल समर्पक तो है ही नहीं। फिर भी उन दिनों की आपबीती को छिपाकर अप्रामाणिक बना रहना अब आसान नहीं बन रहा था। उसके सामने तो संभवनीय भी नहीं था।

"आप सिर्फ इस मात्र के लिए जी रहे थे क्या? आपद्धर्म की बात याद ही नहीं आई क्या, पंडितजी?"

उसके यों सवाल पूछते ही उनकी नजर जमीन की ओर गई। उसी क्षण उनके आंतर्य में घनीभूत सारा अपमान पिघल चला। यों सवाल करने के औचित्य का बोध जिसमें हुआ करता है, उसे उसके उत्तर की जानकारी भी होती है, यह बात भी उनकी समझ में आ गई। इसके साथ यह आनंद भी जागा कि अपने उन सारे संकटों के लिए समाधान भी मिलनेवाला है; दूसरी ओर, बहुत दिनों की प्रतीक्षा का अंत हो जाने की संतृप्ति की भावना ने भी उनके मन को घेर लिया। इससे यह संकल्प भी जागा कि उसके सामने सबकुछ खोलकर रख देना चाहिए। इसके फलस्वरूप, धीरज के साथ सिर उठाकर वे बोलने लगे—"मुझे ऐसा लग रहा है कि आप उस पुण्यमित्र शुंग का उदाहरण प्रस्तुत करने जा रहे हैं, जो बृहद्रथ का सेनापति बना हुआ था, मगर उसके पास सेना थी, जिसके बल से उसने यूनान के उस राजा मेनांडर का (पालि भाषा के ग्रंथों में इसको 'मिलिंद' कहा गया है, जो ईसा से पूर्व 165/155-130 में भारत के उत्तरी-पश्चिम प्रांत में राज कर रहा था।) समर्थ रूप में सामना किया था और उसको हरा भी दिया था, मगर यहाँ तो हजारों वर्षों से चला आया म्लेच्छों का उत्पीड़न, स्वजनों की कुटिलता और जातीय भावना—इन सबने हमारे सामर्थ्य को विनष्ट कर दिया था।"

"मुझे तो ऐसा नहीं लगता। कृपया यह बताइए कि हमारे धर्म का सारभूत अंश क्या

है ?"—उनकी आँखों में आँखें डालकर उसने पूछा।

"सामर्थ्य।"—बिना किसी हिचकिचाहट के उन्होंने उत्तर दिया।

"म्लेच्छों का आक्रमण कश्मीर तक ही सीमित नहीं रहा; बल्कि सारे भारत पर सदियों तक अबाधित रूप में वह आक्रमण चला आया है, मगर उससे इस देश में धर्म का विनाश हो चला है क्या ?"

"नहीं।"

"तो सामर्थ्य का विनाश कैसे हो सकता था ?"—उन्होंने कोई उत्तर नहीं दिया।

"देश के अन्य प्रांतों की तुलना में यहाँ आक्रमण की संभवनीयता अधिक थी। इतना ही नहीं, म्लेच्छों की हुकूमत की अवधि काफी लंबी थी, यह भी सच है, मगर वे यकायक ही मजबूत हो नहीं पाए थे न? आगे चलकर आनेवाली विपदा को भाँप लेने की दूरदर्शिता और सामना करने की तंत्रयुक्ति की कमी का फल आज भी हम भुगत रहे हैं।"—यों विवरण देते रहनेवाले उसको वे टकटकी लगाकर देख रहे थे। उसने अपनी बात आगे बढ़ाई—"एक उदाहरण आपके सामने प्रस्तुत करूँगा। हिंदू धर्म से प्रभावित होनेवाले एक ईसाई ने हमारे एक संतजी से प्रार्थना की कि हिंदू धर्म में उसका धर्मांतरण कर दें। उस महाशय ने उसे यह समझाकर भेज दिया कि 'सभी भगवान् समान हैं। तुम अच्छा ईसाई बने रहोगे तो स्वाभाविक रूप से तुम अच्छे हिंदू बने रहोगे।' यदि हम अपनी तरफ से शांतिमंत्र को जपते रहेंगे तो हमारी सुरक्षा हो पाएगी क्या ?" उसके इस सवाल का उन्होंने कोई जवाब नहीं दिया।

"हमारे लिए शांति की भी आवश्यकता है और सामर्थ्य की भी। कई दशकों के म्लेच्छों के हमले से कई राष्ट्र अपनी मूलभूत सभ्यता, संस्कृति और भाषा से वंचित हो चले हैं, मगर हजारों सालों के उनके हमलों के बावजूद भी, हमने अपनी अस्मिता को बनाए रखा है न? यह कैसे संभव हो पाया है, आप ही बताइए।"

"यह संभव हो पाया है क्षत्रिय राजाओं के पराक्रम से। उदाहरण के लिए ललितादित्य को ही लीजिए। उसने अरब देश के मुसलमानों को कश्मीर में पाँव रखने से रोक रखा था। उसने तुरुष्कों को, अपनी शरणागति के प्रतीक के रूप में, अपने सिर को मुँड़ा लेने का आदेश दिया था। मैंने यह भी पढ़ा है कि अपनी सेना के साथ एक बार दक्षिण भारत तक वह जा पहुँचा था।"

"युद्ध में विजयी बनने के अवसर पर तो हमने ऐसा किया था, यह तो सच है, लेकिन युद्ध में जब हमारी हार हुई, तब उन्होंने हमारे हजारों मंदिरों को विध्वस्त करते रहने का क्रम जारी रखा था न! तब भी हमारे धर्म ने किस प्रकार अपनी अस्मिता को बचाए रखा ?"—उसके यों पूछने पर वे अपने मन में ही सोचने लगे।

"मंदिरों के विनाश के बाद भी, हम लोग अपने परिवार के बच्चों को राम, कृष्ण,

हनुमान आदि का वेष धराकर, उनमें ही अपने देव और देवताओं को देखते आ रहे हैं न? अपने गीत-गायनों के द्वारा, भजन और कीर्तनों के द्वारा, उनके स्वरूप को जीवित रखते हुए आ रहे हैं न?" उसमें भी खासकर अँधेरे से उजाले तक बढ़ने की अपनी यात्रा के दौरान, अनाचाररूपी नरक से अपने आप को छुड़ाकर सदाचार और सत्यान्वेषण के द्वारा स्वर्ग को प्राप्त कर लेने के मार्ग को अपनानेवाले हम लोग धर्मग्रंथों के खो जाने से, देवी-देवताओं की मूर्तियों के विध्वस्त हो जाने से चिंताग्रस्त हो जाते हैं क्या? अन्य धर्मों के अनुयायियों में जो असुरक्षा की भावना देखने में आती है, उनके जैसे अन्य धर्मियों के प्रति द्वेष बरतने की, उनकी हत्या कर डालने की प्रवृत्ति हममें उभर आती है क्या? नहीं न! बताइए कि ऐसा क्यों है?—वह ये सवाल पूछने लगा था।

पंडितजी ने धीरे से कहा—"यह इसलिए कि हमारी अंत:शक्ति ही हमारे लिए आधार बनी हुई है। किसी भी परिस्थिति में वह हमें अधीर होने नहीं देती है।"

"है न? उसी ने आज तक हमारे धर्म को एक-न-एक रूप में बनाए रखा है न?"

"जी हाँ।"

"तो किसका विनाश हो चला है?"—उन्हीं की ओर देखते हुए उसने पूछा।

"किसी का विनाश नहीं हुआ है। कमी जो हुई है, वह है इच्छाशक्ति की।" उसकी आँखों का सामना करते हुए उत्तर देते रहनेवाले पंडितजी के मन का उन्मुक्त भाव उनके चेहरे पर तथा उनकी बातों में दिखाई दे रहा था। अभी-अभी जो बहुमूल्य सत्य-दर्शन उनको मिल पाया था, उससे वे पुलकित हो उठे थे; यह बात स्पष्ट रूप से अवगत हो रही थी।

संजीवजी ने पूछा—"एक विचार मेरी समझ में नहीं आ रहा है, नरेंद्रजी! यह कहा जाता है कि मुहम्मद गजनी और घुरी ने कई बार भारत के ऊपर हमले किए। बार-बार यदि वे आते रहे, तो इसका मतलब यह है कि बार-बार वे सुक्षेमी बनकर अपने देश लौट जाते थे। है न? बिना कोई प्रतिरोध व्यक्त किए, उतनी आसानी से लौट जाने का अवसर हमारे राजाओं ने उन्हें क्यों दिया था?"

"यह भी सच है कि हमारे राजाओं ने प्रतिरोध व्यक्त किया था; यह भी सच है कि उनको आसानी से लौट जाने का अवसर भी देते आ रहे थे वे राजा लोग। अपने पराक्रम के ऊपर असीमित विश्वास रखनेवाले हमारे राजाओं की अच्छाई का गुण कभी-कभी इधर अतिरेक के स्तर तक पहुँच गया था। यह एक कारण बना था, तो दूसरा कारण बने थे हमारे युद्ध के नियम, जिनसे हमने अपने आप को बाँध रखा था। शरण में आनेवाला व्यक्ति, नपुंसक बना रहनेवाला व्यक्ति और युद्ध के क्षेत्र को छोड़कर भाग जानेवाला व्यक्ति—यों युद्धभूमि में वधार्ह बननेवालों की एक बड़ी फेहरिस्त ही मिलती है न? अलावा इसके, यह एक श्लोक भी स्मृतियों में पाया जाता है न—

पदानि क्रतुतुल्यानि भग्नेष्वविनिवर्तिनाम।
राजा सुकृतमादत्ते हतानां विपलायिनाम्॥
(या.स्मृति 3.25)

(अपने बल और संसाधनों के विनष्ट होने पर भी, जो युद्ध-क्षेत्र से पीछे नहीं हटता है, उसे अश्वमेध आदि यज्ञों का फल मिला करता है। जो युद्ध-क्षेत्र से भाग निकलता है, उसका पुण्य राजा को मिल जाता है; भाग जाते समय जो मर जाता है, उसका पुण्य भी राजा को ही मिल जाता है।)

"इन विचारों को सूचित करनेवाली बातें मुझे याद आ रही हैं। हमारे राजा लोग इसी वजह से बहुत ही धर्मपरायण और क्षमाशील बने हुए थे, ऐसा लगता है। एक बार प्राणभिक्षा पानेवाला वह मुसलमान राजा दूसरी बार हमला बोलते समय और बड़ी सेना के साथ आया करता था; इतना ही नहीं, नए-नए कुटिल तंत्रों को रचकर आ धमकता था। इक्कीस बार जिसने मुहम्मद गौरी को हराया था, वह पृथ्वीराज अंत में हारा भी कैसे? बताइए न! युद्ध-विराम की घोषणा करनेवाले गौरी की बातों पर भरोसा करके, जब अपनी सेना को स्नान आदि कार्यों के लिए भेज दिया था, तब न?"

इसके बाद, बड़ी देर तक किसी ने कुछ कहा नहीं। यहाँ जब इनकी बातचीत चल रही थी, उधर जोर से बह आनेवाली हवा के लिए मानो प्रत्युत्तर दे रहे हों, वहाँ के देवदारु तथा चिनार वृक्षों की शाखाएँ झूमने लगी थीं। इससे हवा को और उत्साह मिला था और उसने कुछ और ही संदेश मानो दिया था, जिससे उन शाखाओं के बीच कोई बड़ी चर्चा ही मानो संपन्न होने लगी थी, ऐसा लग रहा था। उन दोनों में मानो हार मानने के लिए कोई तैयार नहीं था। हवा के आटोप से होड़ करते हुए, वे शाखाएँ और जोर से झूमने लगी थीं। इसको दबा देने के लिए, हवा और जोर से बहने लगी थी। इस आवाज का आनंद उठाते हुए, समय की परवाह भूलकर बैठे हुए उसको जगाया पंडितजी ने ही। जब वे वहाँ से निकले, चार बज चुके थे।

नीचे उतरकर फोन उठा लिया तो उसमें बीस 'मिस्ड कॉल' थीं; जिनमें पंद्रह आशा की ही थीं।

"सॉरी डियर, फोन कार में ही छोड़ दिया था।"—तुरंत उसको फोन करके बताया उसने।

"एक बात बोलकर जा सकते थे न? पहली बात तो यह है कि वह एक ऐसी खतरनाक जगह है। डर लगता नहीं है क्या?—यों बोलते समय वह सचमुच रो पड़ी।

"ऐसी-वैसी जगह यह थोड़े ही है। छोड़ो, मेरी तरफ से गलती हुई है। विक्रम को भी तुमने फोन किया था क्या?" उसने भी 'कॉल' किया है।" धीरे-धीरे उसने उसका अनुनय किया।

“हाँ। और किससे पूछ सकती थी मैं? छोड़िए। वहाँ खान-पान और रहन-सहन के लिए काफी सुविधा है न? उनके यहाँ कोई तकलीफ तो नहीं है न?”—दु:ख का आवेग कम हो जाने के बाद उसका ध्यान अब खुशहाली की ओर जा रहा था।

“हाँ। भारी सुविधाएँ मिली हैं। कल से रोज तुम्हारे लिए एक ‘मैसेज’ अवश्य भेजा करूँगा। चिंता मत करो।”—फिर उसे तसल्ली दी।

वह और थोड़ी देर तक बोलती रही। उसके बाद मैत्रेयी ने भी पिताजी की खुशहाली के बारे में पूछ लिया।

‘मैं आराम से हूँ। सिर खपाओ मत। जब फुरसत मिलेगी, तुम्हें फोन कर दूँगा।’ विक्रम को भी मैसेज भेजने के बाद मन हलका हुआ। और भी कई मैसेज आए हुए थे।

‘सर, आठवीं सदी के आरंभ से लेकर मुगलों की हुकूमत के समय तक, इसलाम में मतांतरित हिंदुओं से संबंधित आँकड़े किस पुस्तक में मिल सकते हैं?’—अव्यवसायी लेखक चेतन ने मैसेज किया था।

तत्क्षण उसने मैसेज भेज दिया: Indian Muslims—Who are they, by K.S. Lal.

एक अपरिचित नंबर से भी मैसेज आया था—‘सर, नमस्कार। मैं हूँ मनोहर का दोस्त। उस दिन संवाद में आपने उन लोगों के बारे में बताया था, जिन्होंने ‘कुरान’ के ऊपर निषेध जारी करने के बारे में न्यायालय में मुकदमा दाखिल किया था। यह सूचना हमको किस पुस्तक में मिल सकती है?’

उसने उत्तर भेज दिया—The Calcutta Quran Petition—Compiled and Edited by Sita Ram Goel.

सूचनाओं की प्रार्थना करते हुए मैसेज भेजनेवाले उन सभी लोगों को आवश्यक ब्योरे देने के बाद और विज्ञापन संबंधी मैसेजों को हटा देने के बाद, जब तक उसने फोन बंद किया, तब तक संजीवजी ने कार को पहाड़ी से नीचे उतार दिया था। फिर तालाब के मार्ग से लौट आते समय, उसने उस ओर नजर फेरी। मानो उसके मन की इच्छा को भाँप लिया हो, उन्होंने कहा—“कल फिर यहाँ आएँगे। अभी उसे देखने निकले तो देर हो जाएगी। फिलहाल की हालत में, अँधेरा होने से पहले, घर पहुँचना बेहतर है।”

“आज फिर कहीं और हो-हल्ला मचने की कोई खबर आई है क्या?” उसने पूछा।

“हाँ। एक-दो जगह पत्थरबाजी की छिटपुट वारदातें हुई हैं, लेकिन जैसा कि हमने सोचा था, कोई ऐसी घटना घटी नहीं है, जो अपने काबू से बाहर हो चली हो। उधर मिरवाइजजी को घर-गिरफ्तारी में रख लिया है न, उसी वजह से हालात काबू में आए हैं।”—उन्होंने बताया।

“मिरवाइज से आपका मतलब इस घाटी के मजहबी मुखिया से है न? मैंने सुना है

कि यह ओहदा उनको खानदानी तौर पर ही मिला है।"

"जी हाँ। श्रीनगर की जामिया मसजिद उन्हीं के काबू में है। यहाँ के सभी मुसलमानों के लिए उनका कहा ही 'कुरान' की हिदायत बन जाती है।" इतना बोलने के बाद संजीवजी चुप हो गए, तो नरेंद्र को किसी और बात की याद हो आई। उसने पूछा—

"एक और बात आपसे पूछनी है। आप कश्मीरी लोगों को जब मजबूरन अन्य कई जगहों में स्थानांतरण करना पड़ा, तब बच्चों की पढ़ाई-लिखाई के लिए हरकतें पैदा नहीं हुईं क्या?"

"जरूर हुईं, मगर शिक्षा को ही बच्चों की संपत्ति समझकर, अपने राज्य के कॉलेजों में, न्यूनतम शुल्क के आधार पर हमारे बच्चों के लिए तांत्रिकी शिक्षा मुहैया करने की व्यवस्था करनेवालों में बाल ठाकरेजी ही सर्वप्रथम थे। उस समय उन महानुभाव ने हमारे प्रति जो उपकार किया है, उसे हम कभी भूल नहीं सकते।"

संजीवजी ने जब यह बात कही, नरेंद्र का मन उन संघर्षों की कल्पना करने लगा, जिन्हें उस समुदाय के लोगों को झेलना पड़ा था। जो लोग सरकार के ओहदों पर काम कर रहे थे, उनको थोड़ा सा आर्थिक संबल तो मिला था, ऐसा मान सकते हैं, मगर जो लोग खेतीबारी की आमदनी पर जी रहे थे और छोटे-मोटे पेशों के बल पर गुजारा कर रहे थे, उनको सबकुछ छोड़कर जब सचमुच की राह ताकनी पड़ी, तो उनकी जिंदगी कैसी कटी होगी, इसकी कल्पना कर लेना भी मुश्किल बनता है। आज कश्मीरी पंडित बड़ी संख्या में विदेशों में जा बसे हैं, तो यह बात विद्यार्जन के प्रति उनकी सुदृढ़ आस्था या हठ को ही दरशाती है। नहीं तो संत्रस्तों और दमनितों के नाम की छत्रच्छाया में आरक्षण की सुविधा के लिए संघर्ष करते रह जाने के लिए कारणों की कोई कमी नहीं थी। जब उसे ऐसा लगा, तो उसने संजीवजी की ओर फिरकर देखा। उनका ध्यान पूरी तरह से राह पर केंद्रित था।

रात को सोने से पहले, उस दिन की गतिविधियों के बारे में उसने अपनी टिप्पणी लिख ली।

ग्यारह

लक्ष्मण संधु ने खिड़की में झाँककर देखा। बीस कदमों की दूरी पर लोग खड़े हुए थे। अब उनकी संख्या दस थी। आधे घंटे के अंदर कितने लोग आकर उनमें शामिल हो जाएँगे, मालूम नहीं। बड़े गिरोह के इकट्ठे होते ही और नजदीक आकर पत्थरबाजी करना शुरू कर देते हैं। गणेशजी के इस मंदिर की चौकीदारी करनेवाले थे दो ही लोग। उनमें से एक चौकीदार था और दूसरा उसका कमांडर। मंदिर की चहारदीवारी के द्वार को खोलकर, अंदर पाँव रखते ही दाईं ओर इनका बंकर है। वहाँ से करीब पचास कदम

आगे बढ़ेंगे तो मंदिर मिलता है। चलकर मंदिर के पास तक जा पहुँचने का जो मार्ग है, उसके ऊपर कोई छत नहीं है। इसी वजह से, चहार-दीवारी को बड़ी ऊँचाई तक बढ़ाकर, उसके ऊपर काँटों की बाड़ बना दी गई है। उतनी ऊँचाई तक बड़े-बड़े जाल बिछाकर उनको प्लास्टिक की चादर से आच्छादित कर दिया गया है। फिर भी कभी-कभी कई पत्थर अंदर आकर गिरते हैं।

'इनकी छिटपुट पत्थरबाजी की घटनाओं से डरकर हम लोग चुपचाप बैठे हैं क्या?'—लक्ष्मण सोचने लगा है। इस राज्य के दलिद्दर कानून ने हमारे हाथों को बाँध रखा है। नहीं तो हमारा शौर्य किस प्रकार का है, इससे कश्मीर के ये लोग परिचित नहीं हैं क्या? जम्मू-कश्मीर की रक्षा कर पाने के अवसर पर हमारी सेना ने जो साहस प्रदर्शित किया था, कमांडर साहब बार-बार उसका उल्लेख करते ही रहते हैं न? सुना है कि 1947 में मुजफ्फराबाद की ओर से आकर श्रीनगर के ऊपर हमला करनेवाले पठानों को पीछे खदेड़ने के लिए रातोरात निकली हुई थी हमारी सेना। हमारे उन जवानों को हवाई जहाजों में भरकर, वायुदल के पायलटों ने 704 बार उड़ान भरकर, ठीक समय पर उनको यहाँ पहुँचा दिया था। तब हमारी सेना एक-एक करके पुंछ, द्रास और कारगिल के प्रदेशों को अपने कब्जे में लेती गई। इससे भयभीत होकर, पाकिस्तान ने शांति-संधि का प्रस्ताव पेश किया था और हमारी सरकार ने उस प्रस्ताव को स्वीकार कर लिया था। छि:, उस प्रस्ताव को स्वीकार नहीं करना चाहिए था। कितने उत्साह के साथ हमारे जवान आगे बढ़ रहे थे। दुश्मनों की चोटी हमारे हाथ में लग ही गई थी। ऐसे समय, यकायक युद्ध-विराम की घोषणा कर दी हमारी सरकार ने। तब तो हमारे जवानों के बदन जल उठे थे न? अब हमारे ऊपर पत्थरबाजी करने निकले हैं न ये पापकर्मी। उस समय जब इनके ऊपर हमला हुआ था, इनके ये पुलिसकर्मी ही द्रोही बनकर यहाँ से भाग निकले थे न! पाकिस्तान के साथ शामिल होनेवाले एक-दो थोड़े ही थे; उनकी बड़ी तादाद ही थी न! यहाँ मात्र नहीं, दिल्ली में भी ऐसा ही हुआ था। सुना है कि हुकूमत की बुनियाद ही मानो धँस गई थी। मुसलिम अफसरों की संख्या वहाँ पचास फीसदी से अधिक थी न! वे सब पाकिस्तान जाने के लिए तैयार हो चले थे न! दिल्ली के पुलिस दल में भी मुसलिमों की संख्या ही ज्यादा थी; उनमें भी एक बड़ी तादाद के लोग अपने शस्त्रास्त्रों के साथ वहाँ जाने के लिए तैयार हो चले थे न! तब तो हमारे हिस्से के गोला-बारूद पाकिस्तान के कब्जे में ही थे। ऐसा कहा गया है। इतिहास में ऐसे उदाहरण भरे पड़े हैं। इन मुसलिमों की मनोदशा ही समझ में आती नहीं है। तुर्किस्तान के एकीकरण के लिए मर-मिटनेवाले ये लोग, अपने वतन को फोड़ने-फाड़ने के लिए उतना खून क्यों बहाने निकलें? द्रोह की उनकी परिकल्पना और देशभक्ति की हमारी परिकल्पना में कितना बड़ा अंतर है? इनकी तुलना तक नहीं की जा सकती है। बार-बार हमने पाकिस्तान को धूल चाटने पर मजबूर करके

खदेड़ दिया है न? दूसरी बार तो पाकिस्तान के 90 हजार सिपाहियों को युद्ध-बंदी बना लिया था न? कैसी अद्‌भुत विजय भी वह। प्रत्येक विजय के सिलसिले में कितने-कितने लोगों की बलि चढ़ानी पड़ती है? मेरे पुत्र का मुँह देखे हुए एक साल से अधिक समय हो चला है न? फिर भी हम लोग देशसेवा के लिए प्राथमिकता देते हैं और प्राण न्योछावर करने से भी पीछे हटते नहीं हैं न? मगर, ये कायर लोग अपने मुँह को कपड़े से ढककर पत्थरबाजी जो किया करते हैं, उसके सामने निष्क्रिय होकर खड़े रहने लगे हैं न? छिः, यह कैसा बरताव है? युद्ध करते हुए जान देना बेहतर है; ऐसी बुरी हालत में फँसे रहने की दुर्दशा किसी जवान को आनी नहीं चाहिए! यों इधर सोचता रहा, तो उधर पत्थरबाजी करनेवालों का छोटा सा वह गिरोह बढ़ कर बड़ा बना है।

वह उधर ही देखता रहा, तो चार-पाँच साल की उम्र के दो लड़के चीखते-चिल्लाते उस तरफ ही दौड़े आ रहे थे। मंदिर से दस कदम की दूरी पर खड़े होकर, अपने हाथों में रहनेवाले पत्थरों को अपनी भरपूर ताकत के साथ उधर फेंककर, खुशी से लौट रहे हैं। इन्होंने जो पत्थर फेंक दिए थे, वे उस जाल के परदे से टकराकर नीचे ही गिर पड़े हैं। फिर भी, कुछ साधने की खुशी उनके चेहरे पर विराज रही है। लक्ष्मण को इसी आयु के अपने उस बेटे की याद हो आई, जो स्लेट और पाटी के सहारे वर्णमाला के अक्षरों को लिख पाने में मिली सफलता से संतोष मनाता रहता है।

"साहबजी, देखिए। कितने छोटे बच्चे हैं?"—खिड़की से अपनी नजर न हटाते हुए उसने अपने कमांडर को आवाज दी। भले ही यह नजारा उनके लिए नया नहीं था, फिर भी हर बार उसे संकट होता था।

"छोड़ो लक्ष्मण! जब वे लोग खुद ऐसा कर रहे हैं, तुम क्यों दुःखी होते हो? पहले 'शीट' के नीचे खड़े हो जाओ। परसों जो सिलवाई करवाई थी, वह घाव ही अब तक भरा नहीं है।"—उसकी ओर देखते हुए कमांडर ने बड़ी आस्था से यह बात कही।

उसने अपनी टोपी निकालकर धीरे से माथे पर अपना हाथ फेर लिया। 'ओह'—यों आह निकालने पर मजबूर करनेवाला दर्द था। कुल मिलाकर छह सिलाई हुई थी न! जीते-जी लौटा था, वही बड़ी बात थी। वह तो बहुत ही संवेदनशील प्रदेश था। कोई फसाद होनेवाला है, इस शुबहा से ही, चार लोगों की हमारी टोली को वहाँ भेज दिया गया था। मैं एक दुकान के सामने खड़ा था। हमको देख पाते ही, यहाँ के लोग अपना मुखड़ा टेढ़ा कर लेते हैं। "हमारे व्यापार के लिए धक्का पहुँचता है। उस तरफ हट जाइए।"—यों जोर-जबरदस्ती करने लगते हैं, लेकिन इस दुकानदार ने ऐसी कोई जबरदस्ती नहीं की थी और चुप रहा। इसलिए मैं भी वहीं खड़ा रहा। शेष तीन लोग वहीं रास्ते के बगल में खड़े थे। यकायक, न जाने कहाँ से एक बड़ा गिरोह वहाँ आ पहुँचा।

"लक्ष्मण, उधर देखो!"—दोस्त रोशन ने चीखते हुए उसकी ओर इशारा किया।

हाथों में पत्थरों को लिये हुए, एक सौ से अधिक लोगों का एक गिरोह उस तरफ ही आ रहा था। उनमें से ज्यादातर बच्चे और नौजवान ही थे। बेचारे, राहभूले लोगों का वह गिरोह था न! उनके प्रति हमको हमदर्दी दिखानी थी। उनके ऊपर गोली दागने का अधिकार हमको नहीं दिया गया था। हमारी तरफ से चलाई जानेवाली प्रत्येक गोली का हिसाब सरकार को सौंप देना चाहिए था। मौत की नौबत आने पर भी उनके बदन को छूने का अधिकार हमको दिया नहीं गया था। न्यायालय की तहकीकात शुरू हो जाती है। इसीलिए हमारे अफसर लोग हमें कड़ी सावधानी देकर, हजार बार उसको दुहराकर, भेज दिया करते हैं। लो, वे लोग अब हमारी तरफ ही बढ़े आ रहे हैं। जान बचा लेने के लिए कुछ-न-कुछ करना ही चाहिए। यों सोचकर, हमने उनकी ओर कई 'शेल' फेंक दिए। अगले ही क्षण उन्होंने उनको उठाकर हमारी ओर फेंकना शुरू कर दिया। इतने में मदद की माँग करते हुए, रोशन ने हमारी इकाई से संपर्क स्थापित कर लिया था। जल्द-से-जल्द सेना यहाँ आ जाएगी, यह तो ठीक है, मगर तब तक इन हैवानों को कैसे रोका जा सकता है? हम लोग इधर-उधर देख रहे थे। तभी संदीप ने 'इधर-इधर छिप जाएँगे' करके एक छोटी सी दुकान की ओर उँगली से इशारा किया। वह खाली थी। उसके अंदर घुसकर, हमने 'शटर' खींच लिया। वे लोग भी हमारे पीछे ही दौड़े आ रहे थे।

हम चारों ने 'शटर' को जोर से पकड़ लिया था। वे चालीस बदमाश, 'अल्लाहु अकबर' का नारा बोलते हुए बाहर से ही उसे उठा लेने की कोशिश करते रहे। एक-एक क्षण भी एक-एक युग के जैसे प्रतीत हो रहा था। धीरे-धीरे हमारी ताकत घटती जा रही थी। ऐसा लग रहा था कि पसीना नहीं, खून ही निकल रहा है।

"आप सभी अंतिम बार अपने-अपने घरवालों की याद कर लीजिए।"—'शटर' पर दबाव डालते हुए रोशन जब चीख उठा, असहायता की वजह से मेरा गला भर आया। इस घाटी के लिए नियोजित आरक्षक दल की, कुत्ते की हालत के बारे में तिरस्कार की भावना उभर आई, तो 'धत' करके एक बार थूक दिया। हाल ही में इन शैतानों के हाथों फँसकर, बुरी तरह लात खाने पर भी, शांतता की मूरत के जैसे, रास्ते पर सिकुड़कर गिरे हुए हमारे जवानों की जो तसवीरें 'विडियो-व्हाट्सएप' में 'वायरल' हुई थीं, उनकी याद हो आई तो एकदम रोष की भावना उमड़ आई।

"रोशन, इन हरामखोरों की जान लिये बिना मैं मरनेवाला नहीं हूँ"—यों मैं चीख उठा। बाहर लगातार शोर मच रहा था। उनके ठहाके सुनाई दे रहे थे, मानो जीत ही हासिल कर ली हो। सीटी और ताली बजाने की आवाज आ रही थी।

"उन शैतानों को बाहर खींच फेंको; मार-मारकर उनकी धज्जी उड़ा दो।"—यों एक साथ चीख रहे थे। हर क्षण उनका यह शोर बढ़ता जा रहा था। अब तो हमारे हाथों की ताकत मिटती जा रही है और 'शटर' ऊपर उठा रहे हैं, ऐसा लगा। पाँव के पास पड़ी

राइफल को उठा लिया। इतने में यकायक सेना की 'जीप' के आने की आवाज और यह उद्घोष सुनने में आया—"अभी जगह खाली कर दें। नहीं तो गोली मार देंगे।" उनकी यह कड़क चेतावनी और हवा में गोली दागने की आवाज सुनने में आई। 'हो' करके चीखने की आवाज।

"हम लोग आए हुए हैं। शटर खोल दीजिए।"—सेना के कमांडो की आवाज सुनकर हम लोगों ने हाथ की पकड़ ढीली कर दी। बाहर आकर देखा। तीन सौ से ज्यादा शैतान वहाँ जमे हुए है। यदि हम लोग फँस जाते, तो जान बचने की बात तो दूर, अस्थि-विसर्जन के लिए भी शरीर का कोई भाग बचा नहीं रहता। बाहर तो निकल आए थे। यहाँ से बचकर कैसे जा पाएँगे?—यों मैं सोचने लगा। यदि हम जीप में सवार होकर निकलेंगे, तो ये शैतान फिर से हमको घेर लेंगे। इतने में फुरती से छलाँग मारकर, उस भीड़ के अग्र भाग में रहनेवाले एक पत्थरबाज को कमांडो ने पकड़कर उसे अपने सामने कर लिया।

"वहाँ पीछे जो रस्सा रखा हुआ है, उसे जल्द मेरे हवाले कर दीजिए।"—यों अपने साथियों से उसने कहा। हमारे देखते-ही-देखते उस लड़के को जीप के सामने बाँध दिया।

"अब पत्थरबाजी करो, सूअर के बच्चो।"—यों उनको चुनौती देते हुए उन्होंने हम लोगों से कहा—"आप लोग जीप में चढ़ जाइए, जल्दी करें। बाकी सब लोग चढ़ गए। मैं चढ़ने ही वाला था। इतने में किसी कोने से फेंका गया पत्थर मेरे सिर पर आ टकरा गया। वह पत्थर नुकीला था। चढ़ने से पहले टोपी निकाल देने की भूल मैंने की थी। एकदम खून बह निकला। दर्द से मैंने आँखें बंद कर लीं। पीछे से किसी ने मुझे अंदर ढकेल दिया; अंदर रहनेवालों ने मुझे खींचकर अंदर बिठा लिया। इतना तो मेरी समझ में आ गया। उस पत्थरबाज को जीप के सामने बाँधकर ही हम सबको सुरक्षित रूप में ले आए। उन कमांडो से उस शैतान को जीप के सामने बाँध लेने की बात को लेकर, वहाँ के राजनीतिक नेताओं तथा मानवीय हकों के आंदोलनकर्ताओं ने बड़ा आक्रोश प्रकट किया, यह भी हमें पता चला। कैसे बेवारिस लोग हैं ये। सैनिकों की जान से खेलनेवाले हादसे तो इनकी नजर में किसी हक के मातहत आते ही क्यों नहीं करके शायद किसी ने उनसे पूछा नहीं। यदि हमको मौका दें, तो सही तरीके से उनको सिखा देते। इस विचार के बारे में ही नहीं, हर बात पर आजकल ये लोग आपत्ति उठा रहे हैं। राष्ट्रीय गीत को गाते समय बावन सेकेंड तक भी खड़े रहना इनके लिए मुश्किल लगता है। राष्ट्र-प्रेम के लिए अपने प्राणों से अधिक मूल्य देनेवाले हम जवान लोग एकदम बेवकूफ हैं क्या? सीमा में यदि हम लोग भी बंदूकें फेंककर बेकार की चर्चा में लगे रहेंगे, तो इनका क्या हाल होगा?

"लक्ष्मण, देखो, पटाखे फटने लगे हैं।"—कमांडर की आवाज से ही वह वास्तविकता की धरती पर उतर आया। अब 'आसबेस्ट्रास' की शीटों पर लगातार पत्थर गिर रहे हैं। फिर उसने खिड़की के झरोखे में से झाँककर देखा। पास ही एक लड़का

खड़ा है। उसके पास ही पत्थरों की एक ढेर लगी है। एक-एक पत्थर को फेंकते समय भी चेहरे को विकृत कर लेने का मृगीय भाव झलक रहा है। छिः, ऐसा मृगीय क्रौर्य किस खुदा को प्यारा लग सकता है ?—यों सोचते समय एक बात याद आई।

"साहबजी, 'मैच' खत्म हुआ क्या ?"—शोरगुल के बीच ही बुलंद आवाज में उसने पूछा।

"हाँ। भारत हार गया। इसीलिए पटाखे फट रहे हैं।" उतनी ही बुलंद आवाज में उसने उत्तर दिया। पंद्रह मिनट में पत्थरों की वर्षा भी पूरी तरह से रुक गई। आज के 'मैच' में पाकिस्तान हमारा प्रतियोगी नहीं बना था। यह तो भाग्य की बात थी। वरना, यहाँ का 'मैच' इतना जल्द पूरा नहीं होता था—यों उसने सोचा।

यहाँ के नियोजन के बाद तीन साल बीतने को आए हैं। फिर भी इनकी मनोदशा मेरी समझ में नहीं आई है। आरक्षक बल के ओहदों के लिए जब नियुक्ति होने लगती है, तब नियोजन की प्रक्रिया में हजारों लोग भाग लेते हैं। पत्थरबाजी करने के लिए और विरोध-प्रदर्शन करने के लिए भी करीब-करीब इतनी ही तादाद में लोग इकट्ठे हो जाते हैं। आखिर, सचमुच इनकी माँग क्या है ? इन्हें रोजगार चाहिए या आजादी ? सेना में रहनेवाले मेरे अन्य साथी यह बात बताते हैं कि यहाँ के लड़के खान-पान और खेल-कूद में हमारे साथ ही रहा करते हैं; मगर, अगले ही दिन, कपड़े से मुँह को ढककर, पत्थरबाजी के काम में भी भाग लेते हैं। कहीं जवानों ने उनको पहचान लिया, तो वे बोल उठते हैं—"सॉरी सर, फिर कभी ऐसा नहीं करेंगे" और रफूचक्कर हो जाते हैं। यह तो बहाना मात्र बना रहता है। अगले ही दिन उसी तरह इस काम में जुटे रहकर निशाना साधते रहते हैं। किस वजह से इनका बरताव यों हुआ करता है, यह अब तक मेरी समझ में नहीं आया है।

यह बात रहे। संकट के समय इनको सहायता पहुँचानेवाले होते हैं कौन ? छह महीने पहले जब झेलम में बाढ़ आई थी, तब इनकी रक्षा करने के लिए हमारी ही जरूरत पड़ी थी। बाढ़ की पूर्व-सूचना के रूप में जोर की बरसात होती है और पानी का स्तर आधा फीट बढ़ जाता है, तो घबराकर तुरंत हमारे कमांडरों को फोन करने लगते हैं। तब अपनी बंदूकों को दूर रखकर, इनके प्राणों की रक्षा करने के लिए हम लोग ही दौड़ जाते हैं। पकड़ लेने के लिए कम-से-कम हमारा हाथ मिले, यों गिड़गिड़ाते रहते हैं। घरों की छत पर, खेतों के बीच में और रास्तों के बाजू में, जहाँ कहीं भी फँसे हों, वहाँ घुसकर हमारे प्राणों की रक्षा इन्होंने की है न, यह कृतज्ञता भी इनमें होती नहीं है। ऐसे अवसरों पर, मानवीयता के विचार को छोड़कर और कोई भावना हमारे मन में नहीं होती है। कम-से-कम हमारी छोटी उँगली को जोर से पकड़े रहनेवाले उनके चेहरों को देख लेने की ओर भी ध्यान नहीं देते हैं हम लोग। यह आतंकवादी है क्या, पत्थरबाज है क्या ?—ऐसा कोई विचार तब हमारे दिमाग में उठता नहीं है। उस क्षण में यही खयाल मन में भरा रहता है

कि सबके प्राण समान होते हैं। इस सूत्र के अलावा और कोई विचार किसी तरह याद आता नहीं है। सुरक्षित रूप में तट पर पहुँचने के बाद, फिर से हमारे ऊपर जान-बूझकर हमला करने के लिए तैयार हो आनेवाले इन लोगों के बारे में क्या कह सकते हैं? यह विचार तो प्रायः अनबूझी पहेली ही बनकर रह जाएगा; यों सोचते हुए लक्ष्मण ने अँधेरे की नीरवता में अपनी नजर गड़ा दी।

बारह

"फिरोज, परसों के पैसे अब भी मुझे मिले नहीं हैं। पिछली बार भी तुमने ऐसा ही किया था। तुम ऐसा ही करते रहोगे, तो मैं उन लड़कों को क्या जवाब दूँ, जिनको अपने साथ ले आया था?"—मुश्ताक के इतना पूछ लेने में ही फोन कट गया। 'छिः' करके फुसफुसा लेने के बाद, 'बिस्मिल्लाह' बोलते हुए चुपचाप बैठ गया।"

लड़कों का नाम लेना एक बहाना मात्र था। मेरे लिए ही रकम की जरूरत थी। अपना ही घर था। गाँव से भी मदद मिला करती थी। हर महीने सस्ते दाम पर 'राशन' मिला करता था। यह तो ठीक है, लेकिन ऊपर के खर्चे के लिए रुपए-पैसे का इंतजाम कर लेना है न! मार खाकर, बिस्तर पकड़ लेने पर तो पैसे-पैसे के लिए भी मोहताज होना पड़ता है। हट्टा-कट्टा रहने पर तो 'शिकारा' चलाया करता था; किराये की कार भी चलाता था। पढ़ा-लिखा नहीं है तो भी क्या सोच है? काफी रुपए-पैसे कमा लेता हूँ न! अल्लाह की मेहरबानी से काम की कमी नहीं हो रही है; यात्रियों की तादाद में भी कोई कमी नहीं हो रही है। हर महीने वे आते ही रहते हैं। गोलाबारी के हादसे और दंगे-फसाद के होते रहने पर भी, लोग मानो होड़ करते हुए यहाँ आ धमकते हैं। इस बात के लिए और किसी सबूत की जरूरत नहीं है कि इस जगह पर अल्लाह की बड़ी मेहरबानी है। भारत से भी बड़ी मात्रा में यात्री यहाँ आया करते हैं। हममें से कोई भी हँसते-मुसकराते हुए बातचीत नहीं करता। जितनी जरूरी होती है, उतनी ही बोला करते हैं। दो-चार दिन यहाँ रहकर, लौट जानेवाले उनके ऊपर नाराज तो हम लोग होते नहीं हैं। उनके मन में भी हमारे बारे में कोई प्यार होता नहीं है न? लेकिन, इसी वजह से हमारे व्यापार को तकलीफ नहीं पहुँचा लेते। इसलिए बिना किसी मेल-मिलाप के खयाल से उनका साथ दिया करते हैं। फिर भी, उनको देखते ही थोड़ी सी जलन हुआ करती है। अच्छे-अच्छे कपड़े पहनकर आया करते हैं। हजारों रुपए खर्च करके यहाँ मजा लूटकर लौट जाते हैं। छोटे-छोटे बच्चे भी आसानी से अंग्रेजी में बोला करते हैं। पढ़े-लिखे लोगों को ही हाथ भर कमा लेने के अलग-अलग मुल्कों को देख लेने के मौके मिला करते हैं न! उस लम्हे में ऐसा खयाल आ जाता है और मन मुरझा जाता है। फिर भी हमारी जंग ही अलग तरीके की है और

उनकी जिंदगी अलग तरीके की है—यों सोचकर, मन को तसल्ली पहुँचा लेता हूँ। मन लगाकर यदि पढ़ाई कर लेता, तो मैं भी उनकी तरह पढ़ा-लिखा बन सकता था। यह बात झूठी नहीं है कि ऐसा खयाल मन में हरदम चमककर अगले ही लम्हे ओझल हो जाता है।

"माशा अल्लाह, मुश्ताक! जानते हो कि परसों निकाह कितना अच्छा चला था। अल्लाह करे, यह जोड़ी आबाद रहे। दूल्हे ने चार-पाँच कार किराये पर दे रखी थी। बपौती के रूप में जमीन-जायदाद भी मिली थी। काफी रकम कमाके भी रखी थी। सुना है कि पिछले महीने ही उसने नया घर खरीद लिया है। हमारी अमीना का बहुत अच्छा नसीब है।"—यों उसकी अम्मी जान बयान करती हैं।

न जाने क्यों, ऐसी बातें सुनने पर खुशी नहीं होती है। मन में एक किस्म की पीड़ा होने लगती है। मुँह को दबाते हुए, मुश्ताक धीरे से उठकर आईने के सामने खड़ा हो गया। पहले जो गोरे रंग का था, वह चेहरा आजकल की चहल-पहल की वजह से थोड़ा सा भूरा बन चला है, ऐसा उसे लगा। सिर के बाल भी मनमाने ढंग में बढ़कर माथे के ऊपर बिखरे हुए हैं। दाएँ हाथ की उँगलियों से उनको सीधा करने की उसने कोशिश की। मगर कामयाबी नहीं मिली। दाढ़ी की लंबाई भी कुछ ज्यादा लग रही थी। उसके ऊपर भी हाथ फेर लिया। ऐसा भी लग रहा था कि चेहरे के फुर्तीलेपन में भी कमी आई है। शायद पीड़ा के तीखेपन की वजह से ऐसा हुआ होगा। फिर भी अपने छोटे से चेहरे की शानोशौकत बढ़ा रहे थे उसकी आँखें, नाक और मुँह। उसकी नजर गई अब कुरते की ओर। रंग फीका पड़ गया है। एक ही कुरते को हमेशा पहनता रहूँ तो और क्या होता है? फिर भी उसे लगा कि मैं हसीन ही लग रहा हूँ। काफी लंबा भी हूँ। बदन का गठन हलका होने पर भी कोई उसे ओछा तो मान नहीं सकते हैं। चार-पाँच दिन अच्छी तरह खा-पी लूँ तो और हसीन लगता हूँ। अभी मेरी उम्र इक्कीस पार नहीं हुई है। मेरा भी अब निकाह तय कर देंगे। यों सोचते रहने पर मन में हो रही खलबली कुछ मिट गई और चेहरे पर हलकी सी मुसकान खिल गई, जो आईने में साफ दिखाई देने लगी थी। अमीना दीदी बहुत चालाक है; बातें करती कम है; मगर काम निभाने में वह बड़ी तेज है। मैं इसी सोच में डूबा हुआ था कि मुझे कैसी लड़की मिलेगी! मेरे मन के परदे पर अपनी होनेवाली हसीन उस बीवी की, उसके साथ निकाह तय कर लेने की तसवीर उभरने लगी; उसी का पीछा करते चला, तो बदन में होते रहनेवाले बदलावों की सुध-बुध खो बैठता था। अचानक मुझे इस बात का होश हो आया कि मेरे पीछे अम्मीजान खड़ी हैं। जोर देकर सिर हिला लिया। इतने में फिरोज का फोन आया। पास ही आकर खड़ी होनेवाली अम्मी जान मुझी को देखने लगीं।

"हाँ, बताओ। पहले पत्थरबाजी करनेवाले चार-पाँच लड़कों को ही पैसे देंगे क्या? फिरोज, यह कहाँ का इनसाफ है? ऐसी हालत में भी मुझे पैसे देने होंगे, क्योंकि पहले पत्थरबाजी करनेवाले लड़के वे ही थे जिनको मैं बुला लाया था।"

"..."

"कल भी जाना है क्या? कहाँ जाना होगा? कितने लड़कों को ले जाना है?"

"..."

"कल शाम तक रकम पहुँचा दोगे न? कल का भी मिलाकर देना होगा।"—यों फिरोज के ऊपर दबाव डालकर मैंने फोन रख दिया। कल तो रकम देने का भरोसा दिया था न!

कल के लिए कई लड़कों का बंदोबस्त करने के लिए मुझे जाना होगा। कौन-कौन मिल पाएँगे, इसको देखने के लिए मुझे अभी निकलना होगा। थोड़ी सी होशियारी के साथ काम करना होगा। ये हरामखोर जवान अब तो बड़ी तादाद में आकर इकट्ठे हो चले हैं। सुना है कि भारत सरकार उन पंडितों के लिए यहीं घर बनवा देगी। उनके आकर यहाँ बस जाने के विचार के बारे में अपनी तरफ से मेरी कोई आपत्ति नहीं है, लेकिन आजादी की लड़ाई में भाग लेनेवाले सारे नेता इसके खिलाफ हैं। उनका दावा है कि उन लोगों के लिए अलग ही प्रदेश का बंदोबस्त नहीं करना चाहिए। यहाँ से स्थानांतरण करने से पहले जहाँ वे लोग बसे हुए थे, वहीं अपने-अपने गाँवों और गलियों में फिर लौट आकर बस जाएँ। ऐसी शर्त क्यों न लगाएँ, यह मेरी समझ में आती नहीं है। जहाँ चाहे और जैसे चाहे वे लोग रहा करें। पहले से वे यहीं रहा करते थे। अब भी हमारे घर के पास के उस प्रदेश की बस्ती में किसी को कोई तकलीफ पहुँचाए बिना रहने लगे हैं न? पैदल ही जाएँ तो भी दस मिनट से ज्यादा वक्त लगता नहीं है, वहाँ जा पहुँचने में। हम लोगों से डरकर जब तक चुपचाप रहेंगे, जहाँ चाहे वहाँ वे लोग रहा करें, लेकिन सवाल तो यह है कि यह दलिद्दर भारत सरकार उनको कुमक दिए बिना चुप रहेगी क्या? आनेवाले दिनों में नए-नए कानून बनाकर भारत के अन्य प्रदेशों के लोगों को यहाँ भर देगी, तो हमारी आजादी का क्या हाल होगा? इसी वजह से, ऐसा करने से उनको रोक देने के लिए ही हम लोग इतनी चेष्टा कर रहे हैं न? कुछ भी हो, हमें किसी किस्म की ढिलाई नहीं बरतनी चाहिए। फिर भी, आजकल जो विरोध और पत्थरबाजी के हादसे हो रहे हैं, उनकी तुलना में बहुत कम ही लगते हैं। पिछली बार जब सरकार ने ऐसा ही ऐलान कर दिया था, हम लोग रास्ते पर कैसे और कितनी बार उतर आए थे? उसके साथ तौलकर यदि देखेंगे, तो यह कुछ भी नहीं है।—यों सोचते हुए वह उठ खड़ा हुआ। उसी सोच में आगे बढ़ने लगा तो अम्मी जान ने यह बोलते हुए रोड़ा अटकाया—"मुश्ताक, मेरे खर्चे के लिए कुछ पैसे चाहिए।"

"अम्मी जान, मेरे पास भी पैसे नहीं हैं। चार दिनों से बाहर कदम तक नहीं रखा है मैंने। आप को भी यह बात मालूम है न, मेरे हाथ को घाव पहुँचा है।"—यों कहते हुए वह बाहर निकल पड़ा।

"यदि तुम्हारे अब्बा होते, तो तुमसे पैसे माँगती थी क्या? जिस बेटे को मेहनत करके

पैसे कमाने हैं, वह बेकार होकर घर में बैठा रहेगा, तो काम कैसे चलेगा, तुम ही बताओ।" उनकी ऐसी रूखी बात सुनकर उसने मुड़कर देखा। अम्मी जान आँखें फाड़कर देखते हुए, हाथ तिरछा लेकर, आपत्ति उठाने की आवाज में पूछ रही थीं। मुझे कोई पक्का काम न होने के बारे में, आजकल वे बड़ी आपत्ति उठा रही थीं। किसी के निकाह में जाकर जब लौटती थीं या किसी को अच्छी नौकरी मिलने की या अच्छी-खासी रकम मिलने की बात सुन लेती थीं, उनका बरताव ऐसा ही हुआ करता था। पहले तो तालियाँ बजाकर मुझको उकसाते रहनेवाली यही माँ, आजकल क्योंकर उँगली उठाकर मुझे शर्मिंदा करने लगी हैं? इसे समझ न पाने की वजह से, वह हर बार तड़प उठता था। अम्मी जान और कुछ कहनेवाली थीं; मगर, उसे सुन लेने का मन न होने से वह बाहर निकल पड़ा। चार घरों की दूरी पार करके आगे बढ़ते समय, मुफ्ती लतीफजी का सामना हुआ। बगल की सड़क में ही उनका मकान था। उससे सटकर ही बड़ी मसजिद थी। घर से ज्यादा मसजिद में ही वे रहा करते थे। वे खुद एक दर्सगाह भी चला रहे थे, जो उसके पास ही थी। मुफ्ती लतीफजी धीरे-धीरे कदम रखते हुए चले आ रहे थे। उनकी धीमी चाल के लिए सत्तर के करीब की उम्र ही या उनका भारी बदन ही वजह नहीं बनी थी। उन्होंने मान लिया था कि मुसलिम समुदाय की सारी कमियों को सुधारने का हक उनको मिला हुआ है। इसलिए रास्ते से होकर गुजरते समय, परख लेने की नजर से चारों ओर देखते हुए, कछुवे की गति में ही चला करते थे। काफी पढ़े-लिखे भी थे। जल्द नाराज हो उठने के स्वभाव के साथ, धमकाने के योग्य चेहरा भी था। इसलिए सचमुच ही लोग उनसे डरा करते थे। अब आगे वे चल रहे थे; और उनके पीछे चार अंगरक्षक चले आ रहे थे। मुश्ताक को देखते ही वे रुक गए। दो कदम आगे बढ़कर, उनके सामने खड़े होकर, कमर झुकाकर सलाम अर्ज किया।

"अस्सलामु-अलैकुम, कैसे हो मुश्ताक?"

"व-अलैकुम-सलाम। खैरियत से हूँ।"—

जबरदस्ती की आवाज में, मगर मामूली अपनेपन के साथ, उन्होंने पूछा। उसने दबी जबान में जवाब दिया।

"कुरान-इ-मजीद की पढ़ाई कर रहे हो न? अल्लाह सुभानहु व ताले के बताए रास्ते पर चल रहे हो न?"—आँखों को मींच लेते हुए उन्होंने पूछा।

"हाँ जनाब" बोलकर, वह चुपचाप खड़ा ही रहा। एक बार उसको लंबे अरसे तक देखकर, वे इस तरह मुसकराए, मानो उसे जाने की इजाजत दे रहे हों। उन्होंने सिर हिला दिया। मानो उसी का इंतजार कर रहा था, वह जल्द आगे बढ़ चला। खैर, इसलाम से संबंधित कोई और सवाल उन्होंने पूछा नहीं। सुना था कि कभी-कभी रास्ते में अपने पुराने शागिर्द से मुलाकात होने पर तरह-तरह के सवाल पूछा करते हैं। उनके सही जवाब न दें

तो नाराज होकर उन्हें मसजिद में या दर्सगाह में आने का हुक्म दिया करते हैं। इसलिए उनका सामना होते ही सब लोग डरकर काँप उठते थे। आसपास कई और मसजिदें भले ही थीं और अलग-अलग इमाम भी थे, ये उस प्रदेश के मुखिया बने हुए थे। चूँकि ये सौदी जाकर, कुछ अरसे तक वहीं रहकर लौट आए थे, बाकी सभी इमाम सलाह-मशविरे के लिए इन्हीं के पास दौड़ आया करते थे। मैंने खुद देख भी लिया था कि मजहब के मुखिया ही नहीं, राजनीति के नेता लोग भी इनके पास आते रहते हैं। सुना है कि जामिया मसजिद के ऊपर भी इनका बड़ा असर है। मिरवाइज भी इनके करीबी शख्स हैं। खास फैसले लेने से पहले इनकी सलाह ले लिया करते हैं। यों फिरोज मुझसे कहता था। सब लोग आसानी से इनके साथ बातचीत भी नहीं कर पाते थे, मगर मेरे बारे में वे ज्यादा प्यार दिखाते थे। यही शायद इसकी वजह थी कि वे मुझे बचपन से जानते थे या मैं ऐसा लड़का था, जिसके सिर पर से बाप का साया उठ गया था। अम्मी जान चाहती थीं कि इनकी ओर से चलाए जानेवाले दर्सगाह में ही मेरी पढ़ाई-लिखाई हो जाए, लेकिन उस अरसे में ये बार-बार सौदी जाया करते थे। इसलिए, मुझे घर के नजदीक रहनेवाले एक और दर्सगाह में दाखिल करा देने की सलाह इन्होंने ही दी थी। रोज वहाँ की पढ़ाई पूरी होने के बाद इनके यहाँ जाया करता था।

उस दर्सगाह में कुल कितने सालों तक मेरी पढ़ाई हुई, यह बात मुझे अच्छी तरह याद नहीं है। आज तक 'कुरान' मेरी समझ में नहीं आया है। कुछ भी जबानी याद नहीं हुआ है। वहाँ के इमामजी जो बातें बता रहे थे, उनमें से चंद बातें कभी-कभी याद आती रहती हैं। जिहाद-फि-सबीलिल्लाह, मुजाहिदीन, काफिर, मूमिन, मुशिकीन, घाजी आदि लफ्ज ही मुझे याद हैं, क्योंकि बार-बार ये कानों में पड़ते रहते हैं। उन्होंने यह भी बता दिया था कि 'कुरान-इ-मजीद' की किन-किन आयातों में ये आया करते हैं। जबानी याद करना तो मेरे वश की बात कभी नहीं बनी थी। शुरू-शुरू में थोड़ी सी कोशिश तो करता रहा, लेकिन जब मेरी छिटपुट गलतियों पर भी मेरे हाथ और पैरों पर इतना मारने लगते थे कि साट हो आती थीं; मैंने भी जिद कर ली। हाथ पसारकर उनके सामने खड़े हो जाता था, मन में यह कहते हुए कि 'जितना चाहे मार लीजिए।' यह सजा सिर्फ मेरे लिए नहीं थी, जबानी याद कर न पानेवाले सभी लड़कों को दी जाती थी। इसी काम के लिए एक मोटा सा डंडा भी उन्होंने बनवा लिया था। मैंने यह कड़ा फैसला कर लिया था कि जितना चाहे मारें, हाथ-पाँव के घावों में चीब भरकर खून क्यों न बह आए, मैं कभी उनको जबानी याद नहीं करूँगा। इस तरह की जिद्दी आदत का असर 'कुरान' की पढ़ाई-लिखाई पर भी हुआ। इसी घृणा की वजह से मैं उनसे दूर ही रह गया।

उस इमामजी के बारे में मेरे मन में कड़वाई के खयाल इतने भर गए थे कि आजकल

भी मैं उस रास्ते पर कदम तक नहीं रखता हूँ। सुना है कि अब भी वे उस्ताद वही सिखा रहे हैं। अम्मी जान जब भी उस तरफ जाती हैं, मेरे बारे में पूछताछ किया करते हैं। दर्सगाह की यह कहानी रही, तो मसजिदों की बात कुछ और ही है; मैंने कभी उनमें कदम तक नहीं रखा है। इसी वजह से, जब कभी 'कुरान' और 'हदीसों' को नस-नस में भरे रखनेवाले मुफ्ती लतीफजी से मुलाकात होती है, मेरे मन में खट्टेपन का खयाल ही उभर आता है। इसका मकसद तो यही है कि कहीं वे कोई सवाल कर बैठें और मैं उनका सही जवाब नहीं दे पाऊँ, तो मेरे बारे में उनकी उस भलमानसाहत को धक्का न पहुँचे। आजादी की लड़ाई ही मेरे लिए 'कुरान' और 'हदीस' बने हैं, यों मैं कह सकता हूँ, मगर यह दलील उनको पसंद नहीं आती है। 'कई हिदायतों को पूरी तरह से निबाह करने पर ही तुम कट्टर मुसलिम बन सकते हो'—यों दूसरों को हुक्म देते हुए मैंने सुना है। यही बात यदि वे मुझसे भी कह दें, तो मेरे पास कोई जवाब होता नहीं है। —यों सोचते हुए, मुश्ताक ने, अपनी ताकत के मुताबिक अपने चलने की रफ्तार बढ़ा दी।

तेरह

"आज लाल चौक को और कई मंदिरों को देखकर लौट आएँगे। कल और कई विशिष्ट स्थलों को देखने जा सकते हैं।"—कार जब प्रमुख मार्ग पर पहुँची, तब संजीवजी ने कहा।

"ठीक है।"—नरेंद्र ने सिर हिला दिया।

"आपको हमारी 'कहवा' चाय अच्छी लगती है क्या?"—उन्होंने कौतूहल से पूछा।

"पसंद की बात पूछ रहे हैं क्या? मैंने भाभीजी से विनती की है कि जब तक मैं यहाँ रहूँगा, मुझे रोज वही पिलाइए।" उसे पीते समय, बीच में जो केसर और बादाम के टुकड़े मिला करते थे, उनके विशिष्ट स्वाद से युक्त कश्मीरी चाय उसे बहुत पसंद आई थी।

"कार यहीं रोक देंगे। पैदल ही चलकर जा सकते हैं।"—लोगों की भीड़ से भरे प्रदेश में पहुँचने पर संजीवजी ने कहा। दोनों जब रास्ते पर उतरकर चलने लगे, नरेंद्र ने इधर-उधर नजर फैलाई। लोगों तथा वाहनों के चलन-वलन का शोरगुल अधिक हो चला था। हमारे बाजारों में जैसे होता है, यहाँ पर भी ऐसा ही हो सकता था। मार्ग के दोनों बगल में दुकानें भरी पड़ी थीं। 'फुटपाथ' पर भी बेची जानेवाली वस्तुओं को फेरीवालों ने बिखेर लिया था। इसका पता लगते ही कि ये यात्री हैं, अपने लिए 'कमीशन' देनेवालों की दुकान में ले जानेवाले 'एजेंट' यात्रियों को घेर लेने थे। जहाँ चार रास्ते आ मिल रहे थे, उस स्थल के बीच में एक ऊँचा गोपुर था। उसने सिर उठाकर उसे देखा। लाल-लाल ईंटों को जोड़कर उसको बना दिया गया था। इसी वजह से उसे 'लाल चौक' कहा गया

है। गोपर के माथे की जगह निश्चल काँटों की एक बड़ी घड़ी थी। थोड़ी देर तक उसी को घूरकर देखा। वह क्या दिखा रही थी? भूलकर भी याद नहीं करने योग्य भूतकाल को या मिटते जा रहे वर्तमान काल को? भविष्य को दिखाने का अधिकार कम-से-कम इस घड़ी को मिलना चाहिए था। वह इस तरह सोच रहा था। तभी संजीवजी आकर उसके बगल में खड़े हो गए।

"सभी मीटिंग, फाइटिंग और बॉम्बिंग के लिए साक्षी बनकर खड़ी है यह। शायद आप इस बात को जानते होंगे।"—उन्होंने कहा।

"हाँ। अपने को भाई-भाई घोषित करते हुए नेहरूजी और शेख अब्दुल्लाजी यहीं गले मिले थे करके मैंने सुना है।" उनकी तरफ से नजर हटाए बिना उसने प्रत्युत्तर दिया।

"हर एक छोटे-बड़े जुलूस निकालने के लिए या विरोध का प्रदर्शन करने के लिए मुसलिम लोग यहीं मिला करते हैं। देखिए कि यह जगह कितनी विशाल है!"—वे यों बोलते जा रहे थे तो इधर-उधर अपनी नजर दौड़ाते हुए, उसने दो-चार तसवीरें खींच लीं। आरक्षक दल की दो-तीन टुकड़ियाँ वहीं थीं। गन थामे हुए जवान बड़ी सावधानी से रास्तों के बीच गश्त लगा रहे थे। इनको यों घूरनेवाला अकेला शख्स बना था वह। शेष लोग इसे आम बात मानकर चला करते थे। उनके बरताव से ही इस बात का पता चलता था। उसने वहाँ के एकाध जवानों से बातचीत भी कर ली।

"अब यह जगह कितनी शांत दिखाई दे रही है। देखिए, सब लोग अपने-अपने कामों में व्यस्त होकर, आराम से चल-फिर रहे हैं। फसाद होने पर यहाँ के वातावरण को देख लेना चाहिए। ऐसा लगता है, मानो सब लोग सामूहिक मोहना में आ गए हैं। तब उनका बरताव ऐसा ही हुआ करता है। आश्चर्य भी होता है कि क्या वे लोग ये ही हैं?"—लोगों की ओर इशारा करते हुए संजीवजी ने कहा।

"हाँ!"—यों बोलते हुए आधे घंटे तक वह वहीं इधर-उधर फिरता रहा।

"अब कहाँ जा रहे हैं?"—वहाँ से निकल जाने पर उसने थोड़ी ही देर में उनसे पूछा।

"क्षीर-भवानीजी के मंदिर में। बड़ी महिमावाली जगह है करके उसको ख्याति प्राप्त हुई है। कहा गया है कि 90 के हादसे के अवसर पर, यहाँ का तीर्थ काला हो चला था।"

"मतलब?"

"लोगों का कहना है कि किसी खतरे की पूर्व-सूचना के रूप में यहाँ के तालाब के पानी का रंग बदल जाता है। इस विचार से संबंधित एक पौराणिक कहानी भी यहाँ प्रचलित हो चली है। लंका के ऊपर जब रावण का प्रभुत्व चल रहा था, भवानी देवीजी भी (राज्ञा देवीजी उनका अगला नाम है।) यहीं बसी हुई थीं। जब वह दुष्ट व्यक्ति बन चला, तब क्रोधित होकर उसने उसको अभिशाप दे दिया और हनुमान से विनती की कि

पर्वतों से आवृत इस 'सतीसर' को कश्मीर में स्थानांतरित कर दो। लोगों का विश्वास है कि तब से देवीजी यहीं आ बसी हैं।"

संजीवजी की बातें सुनते हुए और सिर हिलाते हुए खिड़की से बाहर उसने नजर फेरी। नगर के केंद्र-भाग से दूर चले आते-आते पेड़-पौधे घने होते चले थे। थोड़ी देर में वे मंदिर पहुँचे। उसके बड़े अहाते के बाहर उन्होंने कार खड़ी कर दी; और मंदिर के फाटक की ओर बढ़े। वहाँ पर खड़े रहनेवाले जवानों ने जाँच कर लेने के बाद ही उनको ऊपर जाने दिया। फाटक से काफी दूर चलने पर स्वच्छ जल का वह तालाब दीख पड़ा। अहाते के बीच में छोटा सा मंदिर था। तालाब और मंदिर के बीच पुल के रूप में कवाट का तख्ता रख दिया गया था। तालाब को पार करके मंदिर के अंदर प्रवेश करने का अधिकार उस पुजारी को मात्र मिला था। भक्तों को दूर से ही दर्शन कर लेने हैं। ईश्वरजी के लिंग तथा भवानीजी की मूर्तियाँ पास में ही हैं। तालाब से थोड़ी सी दूरी पर ही दो-चार चाय की दुकानें भी हैं। पंछियों की चहक को छोड़कर और कोई आवाज सुनाई नहीं दे रही थी। इतना प्रशांत पर्यावरण था वहाँ का। वहीं एक ओर वह बैठ गया। चार-पाँच पंछी थोड़ी सी दूरी पर बैठकर चहक रहे थे। यह जानकर कि उसकी ओर से कोई बाधा नहीं होगी, फुदकते हुए उसके पास आए और गला मरोड़कर उसी को देखते हुए, चींव-चींव करके चहकते हुए वहीं बैठे रहे और चार-पाँच मिनट के बाद उड़ चले। उसने आँखें मूँद लीं। फिर जब आँखें खोलीं, आधे घंटे से अधिक समय बीत चुका था। संजीवजी बगल के चबूतरे पर बैठे हुए थे।

"मैंने चाय पी ली। आपके लिए भी मँगाऊँ क्या ?"

"नहीं।"

जब वह उठकर निकलनेवाला ही था, पंडितजी आ गए। पूरी सफेदी की दाढ़ी और मूँछ उनकी बढ़ी हुई आयु को सूचित कर रही थीं। माथे पर लंबा तिलक विराज रहा था; गले में रुद्राक्ष की बड़ी-बड़ी मालाएँ शोभा दे रही थीं। हाथों में भी रुद्राक्ष की मालाओं को बाँध लिया था। हलकी सी हलदी के रंग की धोती पहने हुए थे। राम नाम छपा हुआ उत्तरीय उन्होंने धर लिया था।

"कहाँ से आए हुए हैं ये ?"—सामने आ पहुँचे उसको सिर से पाँव तक देखते हुए उन्होंने पूछा।

"बेंगलुरु से।"—संजीवजी ने उत्तर दिया।

"हाँ, हो आना ही चाहिए। समय-समय पर सत्पुरुषों का आगमन होते रहना चाहिए। वह वीर संन्यासी बंगाल से कन्याकुमारी गए हुए थे न ? महापुरुष शंकरजी कालडी से यहाँ तक आए हुए थे न ?"—इतना कह देने के बाद उन्होंने यों कहा—"एक मिनट रुकिए। मैं अभी आया।"—यों बोलकर वे देवीजी की प्रतिमा के पास जाकर वहाँ से प्रसाद ले आए।

नरेंद्र के माथे पर तिलक लगाते समय उसको लंबे समय तक देखते रहे और मुसकरा दिए; अलावा इसके उसके बाद उन्होंने कुछ नहीं कहा। वहाँ से लौट आते समय, उसके फोन की घंटी लगातार बजने लगी। देख लेने पर पता चला कि वह मनोहर की 'कॉल' थी।

"कहो, मनोहर!"

"कब से कोशिश कर रहा हूँ, भैया। आपके फोन से 'नॉट रीचेबल' की सूचना मिल रही है। 'मैसेज' भी भेजा था। मिला नहीं क्या?" ऐसा लगा कि कुछ उद्वेग में आकर वह बोल रहा था।

"मैंने देखा ही नहीं है। क्यों? क्या हुआ है?"

"जनवाणी" पत्रिका में आज से कश्मीर के बारे में एक लेख-माला प्रकाशित होने लगी है। लेखिका का नाम मीरादेवी करके छपा है, मगर हमारे संपादक महोदय का कहना है कि और किसी व्यक्ति ने ये लेख लिखे हैं। सप्ताह में दो लेखों के हिसाब से, कुल चार लेख प्रकाशित होनेवाले हैं। अंत में इस विषय पर व्याख्यान देने के लिए अन्य किसी राज्य के प्रगतिवादी नेता को निमंत्रित करनेवाले हैं, ऐसा कहा गया है। 'शीघ्र ही मीरादेवीजी की इस विचार से संबंधित पुस्तक को भी प्रकाशित किया जा रहा है; इच्छुक पाठक अपनी प्रतियों को अभी आरक्षित करा सकते हैं'; —यों विज्ञापन भी दिया गया है। लेख के परिचयात्मक भाग में ये सारे ब्योरे दिए गए हैं और व्यापक प्रचार भी किया गया है। उनके प्रत्येक लेख के प्रति अगले ही दिन आपका प्रतिक्रियारूपी प्रत्युत्तर दिया जा सकता है क्या? इसके बारे में आपसे पूछताछ करके बताने की सूचना भी मुझे दी है, उस संपादक महोदय ने। इसीलिए आपसे बातचीत कर लेने की कोशिश मैं करता रहा।"—इतना बताकर उसने अपने आप को रोक लिया।

"मैं आजकल बाहर चला आया हूँ। एक काम करो। उस लेख को अभी तुम 'इ-मेल' के द्वारा मुझे भेज दो। दस मिनट के बाद, मैं फिर तुम्हें फोन कर दूँगा।" उसे इतना बताकर, चारों ओर देखकर, संजीवजी की ओर वह मुड़ा।

"मुझे करीब आधा घंटे तक फोन में बातचीत कर लेनी है। उस पेड़ के नीचे जो पत्थर पड़ा है, उसके ऊपर बैठकर बोलूँ तो किसी की आपत्ति नहीं होगी न?"

"कोई बात नहीं है। आप आराम से बैठकर बोल लीजिए। मैं यही रहूँगा।"

"आप भी आइए। ऐसी कोई खास बात नहीं है। मैं बोलने जा रहा हूँ कशीर के बारे में ही। इसी बहाने हमारी कन्नड़ भाषा के शब्द आपके कानों में पड़े।" हँसते हुए वह उस तरफ बढ़ा। वे भी उसके पीछे चल पड़े। वह चट्टान काफी चौड़ी थी। पद्मासन की भंगिमा में उसके ऊपर बैठकर उसने उस लेख की ओर नजर दौड़ाई:

'कश्मीर की समस्या—परदे के पीछे की सच्चाई।'

"हाल ही में भारत सरकार 'घर वापसी' की अपनी महत्त्वाकांक्षी योजना को

अनुष्ठान में लाई है। नए इतिहास को सिरजाने के उत्साह में है यह सरकार। कश्मीरी पंडितों को अपने मूल स्थान में लौटाने के प्रति सरकार की आस्था सचमुच ही प्रशंसनीय और प्रमुख विचार भी है, लेकिन इसके द्वारा वहाँ के अल्पसंख्यक मुसलमानों की आजादी छीनी जा रही है या नहीं, यह विचार भी उतना ही प्रमुख बनता है। ऐसा लगता है कि सरकार ने इस बात को भुला दिया है। कर्नाटक की जनता को कश्मीर से भौगोलिक दृष्टि से—खासकर वहाँ की राजनीतिक तथा सामाजिक पृष्ठभूमि से—परिचित कराने के सदुद्देश्य को लेकर इस लेख-माला को प्रस्तुत किया जा रहा है, जिसमें उस समस्या की पृष्ठभूमि की विशद् चर्चा की जाएगी। इस विचार के गहरे और व्यापक अध्ययन में अपने को जुटा लेनेवाले किसी व्यक्ति के मन में उठनेवाला प्रथम प्रश्न यही होता है कि 'अपने सार्वभौमत्व की धारणा से भारत सरकार ने कश्मीर को अपनी बंदर की पकड़ में जकड़ रखा है क्या?'" इस संदेश के लिए मूल कारण बने हैं जम्मू-कश्मीर के कई राजनीतिक नेताओं के वक्तव्य, जिनमें उन्होंने इस तर्क को प्रस्तुत किया है कि 1947 में जो हुआ था वह विलीन मात्र था, अधिग्रहण नहीं था ('Merger' and not 'Accession'!)। राजा हरिसिंहजी ने सचमुच ही भारत से विलीन होने के उस करारनामे पर हस्ताक्षर किए थे क्या? इस मूलभूत प्रश्न का असंदिग्ध उत्तर आज तक मिल नहीं पाया है। दूसरा प्रश्न यह है—"क्या यह बात सच है कि राजा हरिसिंहजी की कुमक से ही जम्मू-कश्मीर राज्य की सेना ने पाकिस्तान के सीमावर्ती प्रदेश में रहनेवाले मुसलिमों के ऊपर हमला बोल दिया था? इस हिंसा के प्रतिकार के रूप में पाकिस्तान की तरफ से आनेवाले उत्तर-पश्चिमी (वायव्य) प्रांत के (North-West Frontier Province) पठानों ने हमारे ऊपर आक्रमण करके मुजफ्फराबाद, पुंछ और मीरपुर को अपने कब्जे में ले लिया था क्या? इसकी संभवनीयता को नकारा नहीं जा सकता है। ऐसी हालत में हम अल्पसंख्यक समुदाय के लोग…"

इससे आगे प्रस्तुत विचार को पढ़ लेने के लिए पाँच मिनट लगे। इस घटना के 1947 के साल के उल्लेख को छोड़कर उसमें कहीं भी कोई दिनांक ही नमूदित नहीं की गई थी; आँकड़े भी नहीं दिए गए थे; आधारभूत ग्रंथों का नामोल्लेख भी नहीं था। ऊपरी सतह पर ही यह विचार मालूम हो रहा था कि जम्मू-कश्मीर के बारे में संसद् में हुए वाद-विवादों के आधार पर यह लेख लिखा गया है। हो सकता है कि अंतर्जाल में उपलब्ध किसी लेख का कोई अंश ही है। मीरादेवीजी तो इतनी तकलीफ भी उठा नहीं पाती। यह पहला लेख ही अधपकी रसोई जैसा बन पाया है, तो शेष लेखों का पाक-सूत्र किस प्रकार सिद्ध हुआ होगा, इसकी कल्पना आसानी से की जा सकती है। दो मिनट तक आँखें मूँदकर सोचता रहा। थोड़ी सी दूरी पर बैठकर, संजीवजी इसी की ओर देखते रहे। पहले 'कॉल' में ही मनोहर मिल गया।

"कहिए भैयाजी।"—वह तो तैयार बैठा हुआ था।

"'घर वापसी' जैसी किसी बृहत् योजना को केवल इतिहास को सिरजाने की दृष्टि से या किसी समुदाय के प्रति आस्था प्रदर्शित करने की दृष्टि से, भावतीव्रता के वश में आकर, अनुष्ठान करने के बारे में कोई भी सरकार निर्णय नहीं ले सकती है, क्योंकि स्थानांतरण करनेवाले चार लाख से अधिक कश्मीरी पंडितों में···" बोलते रहनेवाले इसने क्षण भर के लिए अपने को रोक लिया और कहा—"चाहे तो कश्मीरी कहें या कश्मीरी पंडित कहें, उसमें कोई अंतर नहीं पड़ता। कोई भी प्रयोग गलत नहीं बनता।"

"ठीक है, भैया!"

"क्योंकि स्थानांतरण करनेवाले चार लाख से अधिक कश्मीरी पंडितों में जो अब भी जीवित हैं, उनको अपने मूलस्थान में लौटा लाने की प्रक्रिया बहुत ही सूक्ष्म हुआ करती है और गुरुतर उत्तरदायित्व की माँग करनेवाली भी होती है। इसके लिए लाखों मुसलमानों के खुले मन के सहयोग की आवश्यकता होती है। ऐसे समय पर कश्मीर में तथा देश के अन्य प्रदेशों में रहनेवाले मुसलमानों को इस कार्य में हाथ बँटा देने के लिए प्रेरित करने के बदले कई वर्ग अपनी ही खैरख्वाही को साध लेने की दृष्टि से, अभिव्यक्ति की आजादी के नाम पर अयथार्थ विचारों का दावा देने में लगे हैं। यह तो शरमसारी विचार है। खैर, अब हम लोग उन घटनाओं का परामर्शन कर लेंगे, जो भारत विभाजन के अवसर पर और आजादी के मिलने के उस साल में—यानी 1947 में—घटी थीं।" इतना बोलकर उसने अपने को रोक लिया और पूछा—"शब्दों की संख्या पर कोई पाबंदी है क्या?"

"ऐसी कोई पाबंदी नहीं है करके संपादक महोदय ने मुझे बताया है।"

"अच्छा। भारत के विभाजन और उसकी स्वतंत्रता के बारे में निर्णय लेते समय सभी रियासतों या राज-संस्थानों को यह सूचना दी गई थी कि भारत के साथ या पाकिस्तान के साथ विलीन होने के विचार में निर्णय लें। इस विलीन के विचार में यह अंश ही निर्णायक बननेवाला था कि उन राज-संस्थानों की सीमा किस देश से जुड़ी हुई है। अपने संस्थान का विलीन किस देश से कर लेना है, इस विचार में निर्णय लेने का अधिकार उन राजाओं को दिया गया था। साथ ही, चाहे तो लोगों की राय जान लेने की सलाह भी बरतानवी सरकार ने दी थी। चूँकि जम्मू-कश्मीर राज्य की सीमा भारत और पाकिस्तान, इन दोनों देशों से लगी हुई थी, विलीन के लिए वह किसी भी देश को चुन सकता था। कश्मीर में मुसलमानों की संख्या अधिक थी, तो जम्मू में हिंदुओं की संख्या अधिक थी; उधर लद्दाख में बौद्ध ही बहुसंख्यक बने थे; गिलगिट की कहानी कुछ और ही है। इस मौके पर उसका उल्लेख करना प्रासंगिक नहीं बनता है।"—इतना कहकर वह रुका।

"हाँ।"

"अंग्रेजों की इच्छा थी कि राजा हरिसिंहजी पाकिस्तान से हाथ मिला लें। पाँच-छह

दशकों से उन्होंने जो योजना बना ली थी, उसके अनुसार रूस को दक्षिण की दिशा में बढ़ने से रोकने का एक मार्ग यही था कि कश्मीर को पाकिस्तान की झोली में डाल दें। कम-से-कम मीरपुर, मुजफ्फराबाद, गिलगिट और बाल्टिस्तान को भारत से अलग कर दें तो रूस और भारत के बीच भू-संपर्क की संभावना को शाश्वत रूप से मिटाया जा सकता है, यह अंग्रेजों का खयाल था, लेकिन हरिसिंहजी भारत से विलीन हो जाने के पक्ष में थे। 'भारत के संविधान की छत्रच्छाया में राजकाज निभाने की संभावना की प्रतीक्षा कर रहा हूँ'—यों एक अधिकृत घोषणा के द्वारा, 1946 के जुलाई की 17वीं तारीख को ही उन्होंने अपनी इच्छा जाहिर कर दी थी। दुर्गादासजी द्वारा संपादित 'Sardar Patel's Correspondence —1945-50, Vol.1' में ये सारे ब्योरे मिला करते हैं। 1947 के अगस्त की 17वीं तारीख से पहले ही सभी संस्थानों के विलीन की प्रक्रिया पूरी कर देने का प्रयास कर रहे थे सरदार वल्लभ भाई पटेलजी।" फिर एक बार उसने अपने कथन को रोक लिया। उस तरफ से कोई प्रतिक्रिया नहीं थी।

"सुन रहे हो न?"

"हाँ।"

"तुम उत्तर दोगे नहीं, तो मुझे पता नहीं चलता। बीच-बीच में रोककर, 'नेट-वर्क' के अस्तित्व को सुनिश्चित कर लेते हुए आगे बढ़ता रहता हूँ।"

"सॉरी; सुनने में डूबा हुआ था। बताइए कि आगे क्या हुआ?"

"565 संस्थानों के विलीन की प्रक्रिया में डूबे हुए सरदारजी को कश्मीर की ओर ध्यान देने के लिए आवश्यक फुरसत नहीं मिली थी। इधर अंग्रेजों के गवर्नर-जनरल बने रहनेवाले लॉर्ड माउंटबेटनजी हरिसिंहजी को मनाने की कोशिश में सदैव डूबे रहे थे, लेकिन हरिसिंहजी ने कोई निर्णय नहीं लिया; 15वीं तारीख नजदीक आ रही थी। तब दोनों देशों के बीच मध्यकालीन करारनामा करवा देने (Stand Still Agreement) की इच्छा भी उन्होंने प्रकट की। उस रियासत के लिए पूर्ववत् अनाज, पेट्रोल और अन्य सामग्रियों की आपूर्ति विभाजन के बाद भी जारी रहनी चाहिए, यह उनकी इच्छा थी। पाकिस्तान ने तो करारनामे पर हस्ताक्षर कर दिए; मगर, सरदारजी ने तो कोई प्रतिक्रिया व्यक्त नहीं की और उन्होंने चुप्पी साध ली। इस विचार में दोनों देशों की धारणाएँ विभिन्न हैं, इस आशय को बिंबित करना उनका एक आशय था; दूसरा कारण यह था कि उस राज्य से संपर्क स्थापित करने के लिए सुयोग्य भू-मार्ग ही नहीं था।"

"हाँ।"

"इसी बीच में एक और घटना घटी। पाकिस्तान के गवर्नर-जनरल मोहम्मद अली जिन्ना ने 1947 के अगस्त महीने की 24वीं तारीख को अपने मंत्री कर्नल विलियम बर्नीजी के सामने अपनी यह माँग रखी—"अगले महीने दो हफ्तों तक कश्मीर जाकर मैं थोड़ा

आराम कर लेना चाहता हूँ। उसके लिए आवश्यक प्रबंध कर दीजिए।" उनका विश्वास था कि अंततः कश्मीर उन्हीं को मिल जाएगा। पाँच दिनों के बाद लौट आए बर्नीजी ने जब उनको यह बता दिया कि 'यात्री के रूप में भी आप को वहाँ पाँव रखने के लिए अनुज्ञा नहीं दूँगा करके हरिसिंहजी ने बता दिया है, तो उनको बड़ा आघात पहुँचा। तब तक उनके मन में यह भय नहीं था कि हरिसिंहजी भारत के साथ मिल नहीं जाएँगे, लेकिन अब उनको यह भय सताने लगा।"

"ओह!"

"इस उत्तर से रुष्ट हुए जिन्नाजी ने कश्मीर के लिए अनाज और पेट्रोल की जो आपूर्ति हो रही थी, उसको बंद करवा दिया। तब हरिसिंहजी ने भारत से निवेदन किया कि उनके लिए पाँच हजार गैलन पेट्रोल की आपूर्ति करें। हमारी सरकार ने पाँच सौ गैलन की आपूर्ति करके यह सूचना दी कि इससे तुरंत की माँग मात्र पूरी कर लीजिए। पाकिस्तान तो चोरी-छिपे एक और कुतंत्र भी रच रहा था। सितंबर महीने के बीच पाकिस्तान के वजीरे आजम लियाकत अली खानजी ने अपने सबसे करीबी अफसरों की एक गुप्त बैठक बुलाई और कश्मीर में सेना को घुसाकर, श्रीनगर को अपने कब्जे में ले लेने की योजना बना ली।"

"हाँ।"

"उस योजना के मुताबिक अक्तूबर महीने की 22 तारीख को पाँच हजार सैनिकों से युक्त पठानों की एक सेना दो-तीन सौ लॉरियों में मुजफ्फराबाद की ओर कूच कर गई जिसमें अफरीदी, मसूद, वजीर आदि मुखिए भी शामिल थे। यदि हमारे पास डाइनामाइट होते, तो मुजफ्फराबाद से संपर्क कल्पित करनेवाले किशन गंगा के पुल को उड़ाकर उसकी सुरक्षा की जा सकती थी, मगर यह हो नहीं पाया। वहाँ तैनात राज्य की सैनिक टुकड़ी के मुखिया थे लेफ्टिनेंट कर्नल नारायण सिंहजी। मुसलमान और डोगरा समुदाय के सैनिकों से युक्त अपनी उस टुकड़ी के ऊपर उनको पूरा भरोसा था, लेकिन रातों-रात उन मुसलमान सैनिकों ने नारायण सिंहजी की हत्या कर दी और वे सब उन आक्रमणकारियों के साथ जा मिले। नतीजा यह हुआ कि मुजफ्फराबाद उनके कब्जे में आ गया। उन हमलावरों के नेता सैराब खायत खान खुशी में झूम उठा।'" 'अब तो श्रीनगर 135 मील की दूरी पर है; जल्द से-जल्द वहाँ पहुँच जाएँगे; आगे बढ़िए'—यों अपनी सेना को प्रोत्साहित कर देने की बात वह सोच रहा था, मगर एक भी पठान लॉरी में नहीं था। उनकी टोली वहाँ के 'हिंदू बाजार' में घुसकर दुकानों को लूटकर, जो कुछ मिला उसको बटोर लेने में डूबी हुई थी। खायत खान के लाखों अर्ज करने पर भी, किसी ने एक कदम भी आगे नहीं बढ़ाया। मुजफ्फराबाद को लूट लेने के बाद उरी को और तत्पश्चात् बारामुला को लूट लेने में, मर्दों को मार डालने में, घर-बार को आग लगा देने में तथा हाथ लगी महिलाओं का मानभंग

करते जाने में जुटी हुई थी वह टोली। यों श्रीनगर की ओर वह टोली अग्रसर होने लगी।"

"छि:, कैसे पापी हैं।"

"हरिसिंहजी को हमले का पता चला। उन्होंने अक्तूबर 24 तारीख की शाम को भारत सरकार की मदद माँगी, मगर भारत के साथ अधिकृत रूप में विलीन न होने पर, हमारी सेना को वहाँ भेजना कानूनन नाजायज बनता था। जम्मू-कश्मीर को विलीन करा लेने के लिए भारत सरकार की स्वीकृति भी आवश्यक थी न? पूरी तरह की समालोचनाओं में एक दिन ही बीत चला। अक्तूबर 25वीं तारीख रात को सो जाने से पहले हरिसिंह जी ने अपने मंत्री को क्या सूचना दी थी, तुम्हें मालूम है क्या?" 'कल सवेरे पौ फटने से पहले भारत सरकार का कोई प्रतिनिधि मुझसे मिलने के लिए आ जाएगा, तो मुझे जगा देना। नहीं तो मुझे गोली मार देना। भारत मदद पहुँचाने नहीं आएगा, तो सारी कहानी खत्म हो जाएगी।" अगले दिन-यानी 26 तारीख के सवेरे—सरदारजी के प्रतिनिधि के रूप में वी.पी. मेननजी के आ पहुँचते ही हरिसिंहजी ने विलीन संबंधी करारनामे पर हस्ताक्षर कर दिए। इसी को 'Instrument of Accession' कहा गया है। शेष सभी रियासतों के लिए जो करारनामे लागू हुए थे, उसी को हू-ब-हू जम्मू-कश्मीर के लिए भी लागू कर दिया गया था। 'Merger' नाम की परिकल्पना को हाल ही में सिरजा दिया गया है। ऐसी कोई विशेष प्रक्रिया या कानूनी दस्तावेज अस्तित्व में हैं ही नहीं। जब पाकिस्तान को यह मालूम हो चला कि उसका षड्यंत्र सफल होनेवाला नहीं है, उसने अपना पैंतरा ही बदल दिया। अक्तूबर 30 तारीख को प्रकाशित अपने अधिकृत वक्तव्य में उसने कहा कि हरिसिंहजी की सेना ने पाकिस्तान के सीमावर्ती के प्रदेश में रहनेवाले मुसलमानों के ऊपर हमला किया था, जिससे क्रोधित होकर, पठानों ने जवाबी हमला कर दिया।"—इतना बोलकर वह फिर रुका।

"हाँ।"—मनोहर ने प्रतिक्रिया दी।

"मुझे लगता है कि इतना लिखना पर्याप्त होगा। इन दोनों पुस्तकों का उल्लेख भी कर दो : Freedom at Midnight : Dominique Lapierre और Larry Collins; The Story of the Integration of the Indian States : V.P. Menon."

"धन्यवाद भैया! लेख के लिए इतना ही काफी होगा, लेकिन मेरे मन में एक संदेह भी है। जम्मू और कश्मीर के भारत के साथ अधिकृत रूप से विलीन हो जाने के बाद, जनमत संग्रह का उल्लेख आया भी क्योंकर?"

"उसके बारे में और कभी बताऊँगा। यहाँ एक और सज्जन तब से मेरी प्रतीक्षा कर रहे हैं। फोन रख दूँ क्या?"

"अच्छा।"—यों बोलकर उसने फोन 'कट' कर दिया।

"माफ कीजिए। मेरी वजह से आप को काफी विलंब हो चला है।"—यों बोलते

हुए वह संजीवजी की ओर मुड़ा।

"नहीं। आपकी बातचीत से इस बात का पता चला कि आप जम्मू-कश्मीर के विलीन से संबंधित कहानी सुना रहे थे।"

"जी हाँ। एक लेख की तैयारी हो रही है। यह सुनकर आप को आश्चर्य भी होगा कि दक्षिण भारत में बहुत लोगों के मन में जम्मू-कश्मीर के भौगोलिक संयोजन के बारे में तथा विलीन की प्रक्रिया के संबंध में काफी उलझने हैं, गलत-फहमियाँ भी हैं।"

"दक्षिण भारत में ही नहीं, देश के अन्य प्रांतों के ज्यादातर लोगों में भी शुरू से ही कई उलझनें बनी हुई हैं। बार-बार झूठ-मूठ की सूचना दे-देकर उनको राहभूला बना देने का नतीजा है यह। आए दिन थोड़ी सी जागृति देखने में आ रही है।"—यों बोलते हुए वे ऊपर उठे। उसने भी उनका अनुसरण किया।

*****

"कैसे लगे हरिपर्वत का किला और शारिका देवीजी का मंदिर?"—कार को डल तालाब के शिकारा स्टैंड के पास रोकते हुए संजीवजी ने उससे पूछा।

"बहुत अच्छे लगे।"—उसने ईमानदारी के साथ उत्तर दिया। प्रत्येक स्थल की अपनी-अपनी विशेषता हुआ करती है, मगर हर कहीं एक निगूढ़ता छाई रहती है; अस्वाभाविक लगनेवाला मौन घिरा रहता है। अग्नि-पर्वत के विस्फोट हो जाने से पूर्व जो शांतता छाई रहती है, उसी प्रकार की हुआ करती है, यह निगूढ़ता और यह शांतता। उसका विस्फोट यदि हो जाएगा तो उसको पैरों तले रौंद डालने के लिए पैरों की उँगलियों के बल पर तैयार खड़ी रहती हैं सेना की टुकड़ियाँ। दोनों शिकारे में जब चढ़ रहे थे, संजीवजी के फोन की घंटी बजने लगी।

"हाँ। कहिए महरा!"

"..."

"रोज यदि आप ही के पास उनको ले आऊँ, तो कश्मीर के अन्य स्थलों को देख पाएँगे कैसे?"—संजीवजी हँसकर बोल रहे थे। "ठीक है। कल या परसों हम दोनों फिर आ जाएँगे।"

धीरे-धीरे संध्या उतर रही थी। मेरे लिए क्या जल्दी है करके ठंडी हवा भी धीरे-धीरे बह रही थी। प्रकृति की ध्यानस्थ स्थिति को मानो भंग नहीं पहुँचाना चाहिए, यों नाजुक तरीके से शिकारा चल रहा था। हाथ बाँधकर और पैर पसारकर, अपने आसन से सटकर बैठा हुआ था नरेंद्र। उसकी दृष्टि सामने रहनेवाले पहाड़ों की श्रेणी में विलीन हो चली थी। तालाब के तट को छोड़कर, अब शिकारा धीरे-धीरे पर्वतों के निकट चलने लगा था। बगल में और शिकारों में बेचने योग्य चीजें भरकर ले आकर खरीद लेने का अनुरोध

करनेवाले विक्रेताओं को संजीवजी वापस भेज रहे थे। नरेंद्र का ध्यान इसकी ओर गया तक नहीं था। शिकारा अब तट से और तालाब के अंदर दूर-दूर तक जा रहा था। नहीं, नहीं। ये पर्वत अपनी गुरुत्वाकर्षण शक्ति से निःशब्द रूप में उसको अपनी ओर खींचकर गले से लगा रहे हैं। माँ की गोद में पहुँच पाने की भावना उसमें आ रही है; अब तो और निकट आ जाने का अनुभव हो रहा है। उसकी गोद में सिर छिपा ले रहा है। वह माँ इसको सांत्वना देने लगी है कि और किसी कोलाहल के लिए मौका नहीं दूँगी; तुम आतंकित मत हो। फिर भी, हर कहीं इतना क्षोभ क्यों हो रहा है ? उसके मन में ऐसे सवाल उठ रहे हैं। वह ऐसी विनती कर रहा है कि तुम्हारे आंतर्य में जो शांति है, उसमें से, ज्यादा तो नहीं, अंजली भर शांति बिखेर दोगी तो उतना ही काफी होगा। उससे सबके मन का उबलन गायब हो जाता है। वह तो सांत्वना पहुँचाती आ रही है, मानो इस समस्या का समाधान शीघ्र ही मिलनेवाला है। वह किसी प्रकार का अभयदान है क्या ? उसे मालूम नहीं हो रहा है। समय बढ़ता जा रहा है। क्षण मिनटों में बदल रहे हैं; मिनट घंटों में बदल रहे हैं। उसके आंतर्य में जो उद्विग्नता थी, वह मिटती जा रही है और नई तरह की मानसिक शांति मिल रही है। यह एक ऐसी निराली मानसिक-शांति है, जो उसकी गोद में ही मिल पाती है। पर्वतों की श्रेणियाँ धीरे-धीरे दूर होती जा रही हैं और फिर से तालाब का किनारा दिखाई दे रहा है। शिकारे से उतरते समय, एक ऐसे अनाथत्व का भाव आने लगा मानो माँ के वात्सल्य के आँचल से अलग हो रहा हो।

"शिकारे में सफर करते समय आप किसी और संसार में खोए हुए थे। उसी भंगिमा में आपकी एकाध तसवीरें मैंने खींच ली हैं।" संजीवजी ने उन्हें दिखा दिया। तालाब की तथा पर्वतों की पृष्ठभूमि में आँखें मूँदकर बैठी हुई भंगिमा की तसवीरें थीं वे। डूबते हुए सूरज की सुनहली किरणों ने उनको एक विशेष कांति प्रदान कर दी थी।

रात को जब वह अपने 'लैपटॉप' में कोई अन्वेषण कर रहा था, संजीवजी आ गए। उन्होंने पूछा—"आज मंदिर से लौटते समय, रास्ते में आरक्षक दल का एक 'बंकर' हमने देखा था। आप को याद है न ?"

"हाँ! याद है।"

"उसके ऊपर पत्थरबाजी कर दी गई है।"

"कब ?"

"शाम को।"

"ओह, ठीक है"—दो मिनटों के बाद उसने पूछा—"संजीवजी, 'कश्मीरियत' का मतलब क्या है ?"

वे जोर से हँस पड़े। उसके चेहरे पर विराजती असमंजसता को देख लेने की वजह से, धीरे से, उसका खुलासा करते हुए उन्होंने कहा—"पाकिस्तान से बंदूकें और भारत से

रुपए-पैसे प्राप्त कर लेना ही 'कश्मीरियत' है। एक और अच्छी परिभाषा सुनाता हूँ, ध्यान दीजिए। दाएँ हाथ में पाकिस्तान का झंडा और बाएँ हाथ में आईएसआईएस (ISIS) का झंडा पकड़कर मुँह से आजादी के नारे लगाते रहना ही 'कश्मीरियत' है।"

आगे बढ़कर उन्होंने कहा—"जिनका जितना शोषण किया जा सकता है, उतना शोषण कर लेना ही आज की 'कश्मीरियत' बनी है। सत्रहवीं सदी में कश्मीर में आनेवाले विदेशी यात्रियों ने इस घाटी के हिंदू और मुसलिम समुदाय के लोगों की समरसता को, उनकी हँसी-खुशी को सूचित करने के लिए 'कश्मीरियत' शब्द का प्रयोग कर दिया था। कालांतर में वह इस राज्य की अस्मिता का प्रतीक ही बन गया। इसका मतलब यह नहीं है कि उन विदेशी यात्रियों ने सौहार्दपूर्ण सहजीवन और संतोष को देख लिया था; यथार्थ में वह किसी समय अस्तित्व में था ही नहीं, लेकिन जब उन्होंने उसके अस्तित्व की घोषणा कर दी, उसको नकारा भी कैसे किया जा सकता था? युगों-युगों से इन लोगों के बीच में ऐसी धारणा अस्तित्व में थी, उसका ऐसा निरूपण करने की हठवादिता शुरू हुई, जो कई दशकों से चली आई है। कश्मीर के बारे में लिखनेवाले प्रत्येक संत, कवि, कहानीकार या इतिहासकार के वक्तव्यों की जादू की पेटी की गहरी तलाश करके, उसमें से 'कश्मीरियत' नाम के उस अद्‌भुत एवं काल्पनिक भावनात्मकता की परिकल्पना को बाहर निकाल लेने पर ही, हम सबको चैन मिला करता है।"—यों बोलते हुए संजीवजी उसी की ओर देखते रहे। उनके कथन की यथार्थता से हामी भरने के रूप में 'सिर हिलाकर वह फिर 'लैपटॉप' में खो गया, तो वे वहाँ से उठकर बाहर चले गए।

वह अलग-अलग 'वेबसाइटों' में कश्मीर से संबंधित लेखों को ढूँढ़ रहा था। कश्मीर के बारे में लिखनेवाले सभी लेखकों ने अनिवार्य रूप में 'कश्मीरियत' का जिक्र कर ही दिया है। राष्ट्रीय टी.वी. चैनल की महिला संवाददाता ने तो यह अनुरोध किया था कि 'उनके कश्मीरियत नाम के उस शब्द को उन्हीं को लौटा दीजिए।' यों उन्होंने दीनता से विनती ही की थी। वह एक ऐसा लेख था, जो पिछले साल प्रकाशित हुआ था। उसी लेख के एक भाग को मीरादेवीजी के पक्षवालों ने इस्तेमाल कर लिया था। ये स्वयंघोषित सेक्युलरपंथी उठते-बैठते उसी का उल्लेख देते रहते हैं। इसको छोड़ दें तो 'कश्मीरियत' के बारे में संजीवजी ने जो खुलासा दिया था, वह उसके अध्ययन से प्राप्त परिज्ञान से भिन्न नहीं था। शब्दों से खिलवाड़ करनेवाले अवसरवादियों के दिमाग और मुँह के लिए वस्तु बने रहनेवाले कश्मीर के बारे में उन्होंने जो भी परिभाषाएँ प्रस्तुत की हैं, वे सब कृतक और असत्य स्वरूप की हैं। जब यह विचार स्पष्ट होता गया, उसकी वेदना बढ़ती गई। इससे बड़ा विपर्यास यह है कि इन बालिश मनों के लिए इस विचार का परिज्ञान भी नहीं है। इस सच्चाई के प्रबोधन की या प्रमुखता की आवश्यकता क्या है?—यों सोच-विचार करते हुए, उसने अपना लैपटॉप बंद कर दिया।

चौदह

धीरे-धीरे मुश्ताक का होश लौट आया, मानो उसके जाग जाने का इंतजार कर रही थीं, यादों की कतारें उसके मस्तिष्क को घेरने लगीं। बचपन में खेलने के लिए जिस चीज को इस्तेमाल कर रहा था, वह लाल 'साइकिल', मदरसा जाते वक्त जिसको ले जा रहा था वह लाल थैला, अमीना दीदी जिसको पहन रही थी, वह लाल फेरन, लाल रंग का शिकारा, खिले हुए कँवल के फूलों से लाल-लाल दिखाई देनेवाला डल तालाब का लाल पानी—ऐसी कई तसवीरें आँखों के सामने घूम-घूम कर आ रही थीं, लेकिन कोई भी तसवीर चंद लम्हों से ज्यादा समय तक टिक नहीं पा रही थी। एक तसवीर के जमकर खड़ी हो जाने से पहले ही उसको मार भगाते हुए दूसरी तसवीर हमला कर रही थी उसके ऊपर। छिः, यहाँ पर भी हमलों का यह कैसा दबाव!—यों सोचते हुए, हाथ-पैर हिलाने की जब उसने कोशिश की, तब उसको ऐसा लगा कि उसका सारा बदन काठ जैसा हो चला है। धीरे-धीरे उसने आँखें खोलीं।

सामने अम्मी जान बैठी हुई हैं; उनसे थोड़ी दूर पर सलीम बैठा हुआ है। अम्मी जान की आँखें लाल-लाल हो चली हैं। फिर हाथ-पैर हिलाकर उसने पक्का कर लिया कि यह कोई कोरा खयाल नहीं है, बल्कि कड़वी सच्चाई है। अम्मी जान की ओर उसने आँखें फेरीं। ऐसा लगा कि वे बहुत रोई हैं। गाल पर हाथ धरकर बैठी हुई थी और नीचे की जमीन की ओर देखते हुए, न जानें क्या सोच रही हैं। सलीम की नजर हाथ में रहनेवाला 'मोबाइल' पर लगी है। मैं कहाँ लेटा हुआ हूँ, इस उलझन में पड़ा हुआ था। धीरे-धीरे अब मुश्ताक ने बाईं ओर अपनी नजर फेरी। अपने बगल में कतारों में लेटे हुए थे और भी कई लोग। अब यह बात उसकी समझ में आई कि यह अस्पताल है। सिर उठाकर उसने देखा। खाट के 'स्टैंड' से लटकी हुई बोतल में से 'ग्लूकोज' की बूँदें एक-एक करके बदन में उतर रही हैं। उसी बोतल में चार-पाँच इंजेक्शन की सुइयाँ भी लगी हुई हैं। उसने जब फिर अम्मी जान की ओर नजर फेरीं, उन्होंने भी इसको देख लिया।

"क्या हुआ था मुश्ताक? कैसी हाथापाई थी वह? तुम क्यों रास्ते पर पड़े हुए थे?"—मारे घबराहट के आँखों में आँसू भर लेते हुए उन्होंने पूछा।

"खाला जान, घबराइए मत। उसको पूरी तरह से जाग जाने दीजिए।"—सलीम का सुझाव भी वे सुन नहीं रही हैं। या अल्लाह, मेरे बच्चे की क्या हालत कर दी है?—यों बिलख-बिलखकर रो रही हैं। कितनी कठिनाइयों में अपने चार बच्चों को पाला-पोसा था, वह सिर्फ उनको ही मालूम था। अब तो दोनों बड़े हुए हैं, हाथ लगे हैं—यों जब वे सोचने लगी थीं, किसी तरबियत के बहाने, सरहद पार करके पाकिस्तान गए हुए थे। यह भी मालूम नहीं हुआ था कि वे दोनों जिंदा हैं या नहीं। तीसरा लड़का नाराज होकर घर

छोड़कर चला गया था। पाँच साल बीत चले थे। अब बचा था अकेले यही एक लड़का। यह तो बचपन से 'अम्मी जान', 'अम्मी जान' करके मेरे आगे-पीछे चला करता था। अब किसी वजह से यह भी हाथ से छूट जाएगा, तो मैं क्या करूँ ?—उनके मन में यह जो घबराहट पैदा हुई थी, वह सलीम की समझ में कैसे आ सकती थी ? उनको तसल्ली पहुँचाने की वह जब इधर कोशिश करता रहा, उधर नजदीक की मसजिदों से 'अजान' की आवाज सुनाई देने लगी। 'मगरिब निमाज' का यह वक्त था।

"मैं निमाज करके लौट आऊँगा।"—यों बोलकर बाहर निकलनेवाला सलीम यह भी बोलते हुए जल्द वहाँ से निकल गया कि "आप उसे बुलवाने की कोशिश मत कीजिएगा। अल्लाह सुभानहु व ताला हमारा हाथ नहीं छोड़ेंगे। सबकुछ ठीक होगा।"

उसके उधर चले जाने के बाद, यहाँ वे फिर उसको बुलवाने की कोशिश करने लगीं। "क्या हुआ था मुश्ताक ? बताओ कि क्या-क्या हुआ था ? अपनी अम्मी जान से बोलने में भी यह हिचकिचाहट कैसी ?" तीन-चार बार पूछ लेने पर भी, कुछ भी बोले बिना, सिर्फ ताकते रहनेवाले उसको देखकर, हारकर वे चुप हो चलीं।

*****

अम्मी जान के सवाल और बेचैनी मुश्ताक की समझ में आ रहे थे, मगर मुँह खोलकर बोल नहीं पा रहा था वह। उसकी ताकत उतनी धँसी हुई थी। उस दिन जो भी हादसे हुए थे, वे सब उसकी आँखों के सामने गुजरते जा रहे थे। 'बड़ा झगड़ा हुआ है। जरा आ जाओ। बातचीत करनी है।'—यों 'मैसेज' करनेवाले फिरोज से मिलने के लिए वह बटमालू के मामूली अड्डे पर पहुँचा। वहाँ रशीद के साथ जोर की बातचीत हो रही थी। फिरोज के उस छोटे से 'गैरेज' में रशीद की तरफदारी करनेवाले पच्चीस से ज्यादा शख्स तब तक वहाँ जमे हुए थे। मुझे भी मिला कर गिनती करने पर उतरें, तो आठ-दस लोगों से अधिक फिरोज की तरफदारी करनेवाले नहीं थे।

फिरोज तो रशीद को आड़े हाथों ले रहा था—"हमारी लड़ाई आजादी की लड़ाई है। किसी खलीफत को बसाने के लिए हम लोग पत्थरबाजी नहीं कर रहे हैं। हमारे मिरवाइज का कहा तुमने सुना नहीं था क्या ?"

"हरामजादे, इसलाम से बढ़कर उम्दा है भी कहाँ ? तुम्हें क्या यह नहीं बताया गया है कि पहले अल्लाहु को, उसके बाद पैगंबरजी को, उसके बाद कुरान को और अंत में तुमको जगह मिलनी चाहिए। जिसमें 'खलीफत' के लिए कोई जगह न हो, उस आजादी को लेकर क्या करोगे ?' शरिया ही न हो, तो किस कानून पर अख्तियार कर पाओगे ? अब यह तो बताओ कि हमारे मुजाहिदीनों को सुरक्षा मुहैया करेंगे या नहीं ?" रशीद उसके ऊपर चिढ़ रहा है।

"इन सबके बारे में, तुम हमारे मिरवाइज जी से पूछ लो। मुझे जो काम सौंपा गया है, सिर्फ उसी को निभाऊँगा। जिस कानून पर हमको अख्तियार करना है, उसका फैसला भी करनेवाले वे ही हैं। अब यदि तुम अपने साथियों के साथ दफा नहीं होगे, तो मैं खुद अपने साथियों के साथ बाहर निकल जाऊँगा।"—यों बोलते हुए फिरोज निकल जाने के लिए तैयार हो रहा था।

"हे बदमाशो, यह बात है, तो मसजिद क्यों चले आए हैं? वह इमामजी जो कुछ बोलते हैं, उससे हामी भरते हुए, सिर क्यों हिला देते हैं? निजाम-ए-मुस्तफा यदि नकारते हैं तो आजादी का मतलब होता भी क्या है?" 'ला इलाहा इल्लल्लाह' करके नारे क्यों लगाते हैं? 'कुफ्र' के मार्ग पर चलनेवाले आप मुसलमान कहलाने लायक बनते हैं क्या?"—यों बोलते-बोलते, अपनी दोनों बाँहें फैलाकर, रशीद उनके खिलाफ खड़ा हो गया।

"तुम्हारे सामने इन सबके लिए सबूत पेश करते जाने की जरूरत नहीं है। पहले अपने उन मुजाहिदीनों से कहो कि अपना मुँह बंद रखें। चूँकि वे हर कहीं यह कहते जा रहे हैं कि हम अलग हैं और आजादी की लड़ाई अलग है; बहुत ही गड़बड़ी फैलती जा रही है। सत्तर सालों से कश्मीर में जो लड़ाई होती आई है, वह सचमुच ही भिन्न है; वह कल-परसों जनम लेनेवाली 'आइसीस' की लड़ाई नहीं है।" रूखे अलफाजों में यों बोलते हुए फिरोज ने उसको बगल में ढकेल देने की कोशिश की।

"इसलाम के नाम पर राजनीति करने निकले हैं क्या? 'तौहीद' के नाम पर ही बट्टा लगाना चाहते हैं क्या? किसी की ओर से फेंके जानेवाले जूठन के पैसों को पा लेने के लिए बहुत ही पाक इसलामी मजहब का इस्तेमाल करना चाहते हैं क्या? उन काफिरों को मिटा देने की बात अलग रहे। पहले तुम लोगों को मौत के घाट उतार देना चाहिए।"—यों रशीद ने अपने कुरते के अंदर से एक बड़ा चाकू निकाल लिया और फिरोज की छाती पर उससे जोर का हमला कर दिया। चीखते हुए फिरोज गिर पड़ा।

"दूसरे लोगों को भी अभी अल्लाहु के पास भेज दीजिए। जहन्नुम की आग में ये हरामी जलते रहें।"—फिरोज की छाती और पेट के ऊपर बार-बार चाकू भोंकते हुए रशीद इतनी जोर से चिल्लाता रहा कि गला फट जाए। उछल आते हुए खून से उसका चेहरा लाल होता जा रहा था। उसके चेहरे पर दिखाई देनेवाले हिंसक भाव को देखकर मुश्ताक अचंभे में आ गया। पत्थरबाजी करते समय मुश्ताक भी नाराज हो उठता था; दूसरे साथी भी नाराजगी में चीखते-चिल्लाते थे, मगर वह नाराजगी इतनी भयानक कभी हुआ नहीं करती थी। रशीद का बरताव ऐसा था मानो वह इस बात को भी भूल गया था कि वह जिसको काट फेंक रहा था, वह उन्हीं की लड़ाई में हिस्सा लेनेवाला अपना ही एक भाई है। मुश्ताक इसको सह नहीं पाया। उस आघात से बाहर निकल आकर, वह जिसको देख रहा था, वह सचमुच ही हुआ एक हादसा है, यों मान लेने के लिए कई लम्हे ही लग गए।

चारों ओर उसने मुड़कर देखा। उसके सभी साथी भाग निकले थे। रशीद की तरफदारी करनेवाला एक साथी हाथ में छुरा लेकर उसी की तरफ बढ़ रहा था। वह भी भागने लगा। भागते-भागते पीछे मुड़कर देखा। फिरोज के बदन को उलटा करके, उसकी कमर पर बैठकर, बाएँ हाथ से बालों को पकड़कर, दाएँ हाथ से उसके गले को चर-चर करके काट रहा था। साथ ही यों चीखते हुए बोल रहा था : "इस हरामी के सिर को झंडे के खंभे पर लटका दूँगा। तभी आजादी की सूखी लड़ाई लड़ते-लड़ते रहनेवाले उन डरपोकों की समझ में यह बात आ जाएगी।" फिरोज का खून एक नाले की तरह बह निकला था। उस हादसे की भयानकता से मुश्ताक के हाथ-पाँव काँप उठे; चलने में झिझक आ जाने से, वह ठोकर खाकर गिर पड़ा। पीछा करते हुए आनेवाले को और करीब आते देखकर वह जाग उठा और बदन की पूरी ताकत को पाँवों में समाकर भागने लगा। उस फुरती की वजह से बाएँ हाथ का दर्द, जो ठोकर खाने से पहुँचा था, वह और बढ़ गया, ऐसा लग रहा था; हाथ ढीला होकर गिर भी जाए तो कोई फिक्र नहीं, कम-से-कम जान बचा लेनी चाहिए। किसी तरह गलियों को पार करके बड़े रास्ते पर पहुँच पाऊँ तो आरक्षक दल का कोई-न-कोई जवान दिखाई देगा। पहली बार उसको उन जवानों की मदद हासिल करने की सोच आने लगी थी। इस आखिरी गली को अब पार कर ले रहा हूँ, यों सोच रहा था। इतने में पीछे से किसी ने उसका कुरता पकड़कर उसको खींच लिया और उसके बाएँ हाथ को मोड़ दिया। 'या अल्लाह' करके चीखते हुए वह नीचे गिर गया। पीछा करते आनेवाला अपने हाथ के छुरे से उसकी छाती पर वार करनेवाला था। बगल में पड़ा हुआ एक बड़ा पत्थर उसे दिखाई पड़ा। जल्द उस ओर फिरकर, उसे हाथ में उठा लेकर, उसके मुँह पर पछाड़ दिया। इतने में उसे ऐसा लगा कि उसका छुरा बाईं बाँह में उतर गया है। पूरे बदन में फैली यातना की वजह से, जोर से वह चीख उठा। तभी दूर से दौड़ आते हुए आरक्षक दल के जवान का 'यूनिफॉर्म' उसे दिखाई दिया।

"फिरोज के ऊपर कत्ल करने का मुकदमा दायर हुआ है। तुम्हें पुलिस थाने पहुँचने की जरूरत नहीं है। जान-पहचान के लोगों से बातचीत करके मैंने सारा बंदोबस्त कर दिया है। घर में ही चंद दिनों तक आराम कर लो। बाँह में घाव हुआ है। इसलिए फिक्र करने की जरूरत नहीं है करके डॉक्टर साहब ने कह दिया है। 'अल्लाह सुभानहु व ताला' की मेहरबानी से जल्द ही चंगा होनेवाला है।" अम्मी जान के बाहर चले जाने के बाद, उसकी ओर झुककर, फुसफुसाहट में सलीम ने कह दिया, ताकि और लोगों को वे बातें सुनाई न दें—"ऐन वक्त पर सेना के पहुँच जाने से तुम्हारी जान बच गई। मेरी बात समझ में आई है न?"—यों पूछकर, वह उसके जवाब का इंतजार करने लगा।

ठीक है करके सिर हिलाते हुए, आँखें मूँद ली मुश्ताक ने। लहू से लाल हुए रशीद

का चेहरा ही उसे याद आ रहा था। फिर से जब याद आई कि फिरोज ने रशीद का सिर काट दिया था, तब तक भूला हुआ दर्द यकायक फूट निकला। छाती की गहराई से उभर आई पीड़ा आँखों के छोर से आँसू के रूप में बह निकली और तकिए को गीला करने लगी।

"उसे बहुत दर्द होता होगा। नर्स को बुला दो, सलीम!"—यों अम्मी जान ने ममता भरी वेदना से कहा।

"नहीं, खाला जान! घाव के तरीके की जानकारी मिलनी हो, तो दर्द को सह लेना ही पड़ता है।"—मुश्ताक के चेहरे की ओर देखते हुए, जब सलीम ने ऐसा कहा, तो नाराज होकर उसकी ओर देखनेवाली अम्मी जान खुद 'नर्स' को ढूँढ़ने निकलीं।

पंद्रह

"चलेंगे क्या?" संजीवजी की पुकार की ही प्रतीक्षा कर रहा था नरेंद्र। दोनों जब बाहर निकले, तब साढ़े पाँच बजे थे। बेंगलुरु में भी तड़के ही उठकर हवा खाने निकलना उसकी आदत ही बन गई थी, कई सालों से। यहाँ तो मसजिदों के शोरगुल के दबाव के कारण बहुत शीघ्र ही वह जाग उठता था।

"कल शाम को अलगाववादियों तथा इसलामी मूलभूतवादियों के बीच मुठभेड़ हुई है। अब तक जो दुश्मनी जबानबाजी तक सीमित थी, उसका पर्यवसान हुआ है एक व्यक्ति की हत्या में। कौन जाने, आगे चलकर किस स्वरूप को धारण कर लेगा?"—उन्होंने यों कहा।

"इसलामी मूलभूतवादियों का ऐसा क्रौर्य घाटी के लिए नया है न? अलगाववादियों का संघर्ष आजादी तक ही सीमित था न?"—यह पूछ रहा था।

"जी हाँ। कल जिसकी हत्या हुई है, उसका सिर उन्होंने काट दिया है। 'आइसिस' का 'सलाफी सिद्धांत' अपने उग्र स्वरूप में कश्मीर में भी कदम रख चुका है, ऐसा लगता है।"—उन्होंने गंभीरता के साथ कहा।

"मुसलिम होने के विचार को ही अपनी पहचान मान लिया तो सोच-विचार वहीं खत्म हो जाता है। वहाँ से रूपांतरित होते हुए, एक-एक स्तर को पार करते हुए, सिर काट देने तक पहुँच जाता है और यह रूपांतरण खुद उस व्यक्ति की समझ में आता भी नहीं है।"—उसने यह विचार भी जोड़ दिया।

"सचमुच"—संजीवजी और कुछ बोलने जा रहे थे; मगर यकायक रुक गए। नरेंद्र भी रुककर उसी दिशा में देखने लगा, जिस दिशा में संजीवजी देख रहे थे। कोई व्यक्ति सिर झुकाकर इन्हीं की दिशा में शीघ्रता से साथ चले आ रहे थे।

"कैलाशजी…" उनके चार कदम की दूरी पर रहते ही संजीवजी ने आवाज दी।

उन्होंने सिर उठाकर देखा तक नहीं। शीघ्र गति में चले आए और इनको पार करके आगे बढ़ गए।

"पंडितजी ने उनसे जो बातचीत की होगी, उससे कोई लाभ नहीं पहुँचा है, ऐसा ही लगता है। ये अब भी वहीं जा रहे हैं।"—भले ही उन्होंने स्वागत के रूप में ये बातें कह ली थीं, फिर भी उनकी आवाज बुलंद ही थी।

"ये कौन है ?" कहाँ जा रहे हैं ?"—उनकी पीठ की ओर देखते हुए नरेंद्र ने पूछा।

"मैं आप को उनके यहाँ ले जानेवाला हूँ। खैर, छोड़िए।"—इतना कहकर संजीवजी चुप हो चले।

और थोड़ी देर तक इमारतों का चक्कर काटकर जब वे दोनों घर लौट आए, आरतीजी ने कहा—"भैया, तीन-चार बार आपके फोन की घंटी बजती रही।"

सुनते ही यह संदेश, वह जल्द-से-जल्द कमरे की ओर बढ़ा। विक्रम ने फोन किया था। तुरंत उसने वापस 'कॉल' किया—"खूब निकल आया है तुम्हारा लेख। एक 'पेज' भर छपा है। सभी जगह उसका 'शेयर' भी हुआ है। नवीन ने कह दिया है कि एक घंटे के अंदर उसका अंग्रेजी अनुवाद भी वह तैयार कर देगा।"

"कौन सा लेख ?"—इसकी समझ में नहीं आया।

"मीरादेवी के उस लेख का 'एनकाउंटर' करके जिसे तुमने लिखा था। अब अधिकृत रूप में आप दोनों के बीच संग्राम का सिंगा बज चुका है। अब तो अक्षरों के बल की अक्षोहिणी सेना के सामने उसकी शरणागति का उद्घोष मात्र बाकी है।"—जोर से हँसते हुए विक्रम बोल उठा। अब इसकी समझ में यह बात आई कि क्या हुआ होगा।

"अर्जुन ने उन राक्षसों का जो 'एनकाउंटर' किया था, उस जगह तुम गए हुए थे क्या ?"—यह सवाल पूछते समय विक्रम की आवाज नरम हो चली थी।

"नहीं, उन सभी जगहों में 'कर्फ्यू' लगा है। ऐसी हालत में वहाँ कदम भी रख नहीं पाते।"—नरेंद्र के यों कहने पर उस तरफ सन्नाटा छा गया।

थोड़ी देर बाद विक्रम अपनी स्वाभाविक स्थिति में लौट आया। उसने तब नरेंद्र की और पूछताछ की—"और सभी सुविधाएँ वहाँ मिली हैं न ? और कब तक वहाँ रहोगे ? सावधान रहा करो।"—यों उसने कहा भी। उसको तसल्ली पहुँच पाने योग्य तरीके से बोल देने के बाद उसने 'व्हाट्सएप' खोलकर देखा। संपादक महोदय ने 'मैसेज' भेज दिया था। "लेख का सारा श्रेय आप ही को मिलना चाहिए था। इसलिए आप ही के नाम पर हमने उसको प्रकाशित किया है। आजकल मैं विदेश में हूँ। लौट आने के बाद आपसे मिलूँगा।" लेख की 'इलेक्ट्रॉनिक' आवृत्ति भी उन्होंने भेज दी थी। पृष्ठ का विन्यास भी अच्छा बना हुआ था लाल चौक की तसवीर के साथ, 'Instrument of Accession' का चित्र भी छपा था। जल्द-से-जल्द उस लेख को पढ़ लिया। उसने जो कुछ बता दिया था, उसको

यथावत् प्रस्तुत करने के अलावा, उसने कई वक्तव्यों के सामने प्रश्नार्थक चिह्न लगा दिए थे; और कई जगहों में विडंबनात्मक बदलाव भी कर दिया था। उसने उस लेख को परिणामकारी स्वरूप भी दे दिया था। उपसंहार के भाग में तो आश्चर्यसूचक अभिव्यक्ति का समावेश करके, उसको बहुत ही अर्थपूर्ण बना दिया था। उसकी प्रतिभा के प्रति उसके मन में प्रशंसा जागी। "लेख बहुत ही सुंदर बन गया है।"—यों उसको 'मैसेज' भेज दिया, तो उसके उत्तर के रूप में 'थैंक यू भैया' के धन्यवाद के साथ मुसकराहट भी मिली।

"सलीम नाम के एक ड्राइवर की मैंने व्यवस्था की थी आज के लिए, मगर 'अनिवार्य कारणों से आज नहीं आ सकता हूँ; कल आ जाऊँगा' करके उसने बता दिया है। इसलिए आज शंकराचार्यजी की पहाड़ी देखने जाएँगे। पंडितजी आपके साथ बातचीत करना चाहते हैं।"—घर से निकलते समय, संजीवजी ने यों कहा। आगे बढ़कर उन्होंने यह भी बताया कि "यहाँ सबकुछ हमारी योजना के अनुसार चल नहीं पाता। अंतिम क्षणों में भी कई बदलाव करने पड़ते हैं।" उनके इस कथन के प्रति हामी भरते हुए, उसने सिर हिला दिया। यह सच्चाई अब इसकी समझ में आई थी।

फिर डल झील को पार करके पहाड़ी की चढ़ाई करते समय, उसका मन कहीं खो गया था। पंडितजी उनकी प्रतीक्षा कर रहे थे। उनकी आँखों से ही यह भाव अभिव्यक्त हो रहा था।

"कैसा है हमारा कश्मीर?"—नरेंद्र की ओर देखते हुए उन्होंने पूछा।

"लोगों से बढ़कर, यहाँ के प्राणी, पंछी और पेड़-पौधे ही जीवित दिखाई देते हैं; अच्छी तरह हमसे बोला भी करते हैं।" प्रामाणिकता के साथ उसने अपनी राय बता दी।

"सच है।"—कहा पंडितजी ने। तीनों उसी देवदारु वृक्ष के निकट जा पहुँचे, जहाँ बैठकर पिछली बार उन्होंने बातचीत की थी। जब सब लोग उसकी छाया में बैठ गए, नरेंद्र ने उस वृक्ष की ऊँचाई तक अपनी दृष्टि फैलाई। हवा के साथ उस वृक्ष का संवाद चल रहा था। हवा का बहाव आज कुछ कम हुआ-सा लग रहा था। ऐसा भी होगा कि उस वृक्ष का 'मूड' कुछ बदला हुआ होगा। वह उसी तरफ देखते हुए यह सोच रहा था कि उनकी भाषा को समझ पाने का कोई तरीका है क्या?

"नरेंद्रजी, परिस्थिति को सुधार लेने के लिए अब मैं क्या कर सकता हूँ।"—किसी भूमिका को रचे बिना ही, उनकी ओर फिरकर पंडितजी ने सीधे यह सवाल पूछ लिया। इसने उनकी ओर मुड़कर देखा। पंडितजी कहते जा रहे थे—"मुसलमानों के समुदाय में, उनकी गलती की जानकारी दिलाकर, उनको सही मार्ग पर ले आने का कोई उपाय है क्या?" निष्प्रभा की वजह से, इतने दिनों तक निष्क्रिय जो बने रहे, उनके मन और मस्तिष्क को संकल्प मात्र से नई प्रचोदना मिली थी। उससे उद्दीप्त हुई शक्ति उनके तन-मन में अब बहने लगी थी। यही अनुभव अब क्रिया में अनुष्ठित होने के लिए छटपटा

रहा था, जिसका अब पंडितजी प्रतीक बन चले थे।

उसने पूछा—"वह मार्ग, जिसको वे अपना चुके हैं, गलत है या सही है, इसके बारे में आगे चलकर सोच लेंगे। उसके गुण या अवगुण क्या हैं, इनके बारे में सोच-विचार किए बिना उसका अनुसरण करते रहनेवालों में किसी प्रकार की जानकारी किस तरह लाई जा सकती हैं, इसके बारे में आपने विचार किया है क्या?"

"सबके साथ सम्मिलित हो जाओ"—हमारे धर्म के इस दृष्टांत को प्रस्तुत किया नहीं जा सकता है क्या? अज्ञान के अँधेरे से आत्मसाक्षात्कार के रूप की ज्योति की तरफ बढ़ने के विचार को समझाया नहीं जा सकता है क्या? भगवान् की परिकल्पना किसी युग के लिए या किसी स्थल के लिए सीमित नहीं है; वह तो काल और देश से अतीत परिकल्पना है, जो हर कहीं पाई जाती है; वह एक ऐसी परिकल्पना है, जो अग्नि, वायु, पृथ्वी, अप (= जल) और आकाश में भी विद्यमान रहती है; मेरे आंतर्य में रहनेवाली आत्मा में भी विद्यमान होती है। इस विचार को समझाया नहीं जा सकता है क्या?"—उन्होंने फिर से पूछा।

"हमारी ही अपनी विशेषता है"—यों जिन्होंने समझा है, उनको यह कैसे समझाया जा सकता है कि सबके साथ सम्मिलित हो जाना ही बेहतर है? तर्क के लिए ही कोई मौका नहीं देने की मनःस्थिति में पाले-पोसे गए उनको आत्म-साक्षात्कार की बातें रुचती हैं क्या? जो लोग सातवीं शताब्दी के अरब देश के नियमों को ही तजने के लिए तैयार नहीं हैं, उनको काल और देश (से अतीत भगवान् की परिकल्पना) का सबक कैसे सिखा पाएँगे?"—उसके इस तरह सवाल करने पर वे चुप रह गए। थोड़ी देर के बाद उसने उनसे यह सवाल भी पूछा—"हमारे जीवन का अंतिम लक्ष्य क्या है?"

"आत्म-तत्त्व का साक्षात्करण ही हमारा लक्ष्य है। उसी को हम 'मोक्ष' मानते हैं। पुरुषार्थों में वही सबसे श्रेष्ठ है।"

"'मोक्ष' को प्राप्त कर लेने के लिए हमको क्या करना चाहिए?"

"निष्काम कर्म का अनुष्ठान करना है; उससे चित्तशुद्धि हो जाती है। चित्त-शुद्धि की अवस्था में ही आत्मस्वरूप के ज्ञान को प्राप्त किया जा सकता है। चूँकि हमारी तरफ से किए जानेवाले नित्यकर्म ही आत्मज्ञान की साधना के लिए सहायक बनते हैं, वे ही मोक्ष-साधक तत्त्व बन जाते हैं।"

"यदि मैं यह तर्क प्रस्तुत करूँ कि इस लोक में तो नहीं, परलोक में ही यह मोक्ष मिला करता है, आप उसको मान लेंगे क्या?"

"नहीं। 'ऋते ज्ञानावन्न मुक्तिः'—यानी ज्ञान ही मुक्ति का एकमात्र साधन बना रहता है। उसे प्राप्त कर लेने के लिए परलोक पहुँचने तक प्रतीक्षा क्यों करें?"—थोड़ी सी असहिष्णुता से ही पंडितजी ने यह प्रश्न पूछा।

"इसलाम में ऐसी व्यवस्था नहीं है। वे सब पुनरुत्थान के दिन की प्रतीक्षा करते रहते हैं। प्रलय-काल के उस दिन सबको अल्लाहु का सामना करना पड़ता है। जीवित रहनेवाले व्यक्तियों को ही नहीं, मरे हुए व्यक्तियों की अस्थियों का संचयन करके उनकी समाधियों से उनको जगाकर प्रस्तुत करना पड़ता है। सबको उनके कर्मों के अनुसार स्वर्ग (जन्नत) में या नरक (जहन्नुम) में भेजा जाता है। मुसलिम समुदाय के लोगों का यह विश्वास है। इसलिए उस दिन के महत्त्व को ध्यान में रख कर वे लोग अपने कार्यों को निभाते रहते हैं।" वह इस विषय पर (कुरान 22.7; कुरान 75.3 और कुरान 75.13 के आधार पर) इस तरह बोल रहा था, तो अपना सिर हिलाते हुए पंडितजी यह सूचित कर रहे थे कि यह सबकुछ उनकी समझ में आ रहा है।*

आगे बढ़कर उसने कहा—"ऐसी हालत में मुसलमानों को ऐसे कार्यों में जुटे रहना चाहिए, जिनसे अल्लाह की मेहरबानी मिल पाती हो। ऐसा कोई व्यक्ति नहीं होता है, जो नरक की हिंसा से भयभीत नहीं होता हो।"

"यह तो ठीक है, मगर उनके कार्य निष्काम स्वरूप के होने चाहिए न? उदाहरण के लिए, हमारे शैव दर्शन में कहा गया है कि स्थूल, सूक्ष्म और पररूपी तीन 'मलों' का 'अपाकरण' होना चाहिए। हम जो कार्य किया करते हैं, वे हमको यदि इस दिशा में प्रचोदित नहीं करते, तो स्वर्ग की प्राप्ति होगी भी कैसे?"

नरेंद्र मुसकरा दिया और बताया—"यह हमारा तत्त्व है कि निष्काम कर्म से संचित कर्मों का विनाश होता है और संचीयमान कर्मों का निवारण होता है। उनके अनुसार, पुनरुत्थान के दिन तक कर्मफलों का संचयन होता रहता है। उस दिन अल्लाहु लोगों के 'कर्म-फलों' को सुनिश्चित कर देते हैं।"

"यह बात है तो पैगंबर मोहम्मदजी का क्या पात्र हुआ करता है?"—वे पूछते हैं।

"उनका पात्र मध्यवर्ती का हुआ करता है, क्योंकि अल्लाहु इन सारे रहस्यों को बता देते हैं सिर्फ उन्हीं को। पुनरुत्थान के दिन वे भी उनके साथ खड़े रहते हैं।"

"ओह!"—पंडितजी ने उद्गार निकाला। "यानी अपने चहेतों को स्वर्ग या नरक प्रदान करवाने में उसका प्रभाव भी कार्यशील हुआ करता है।"

"जी हाँ, लेकिन अपनी जीवनावस्था में उन्होंने दस लोगों को ही स्वर्ग प्रदान करवाने का आश्वासन दिया था।" दो मिनट तक रुककर, उन्होंने अपना कथन आगे बढ़ाया। "ऐसी सारी कृपाओं को प्रदान करने के लिए अल्लाहु ने उनको चुन लिया था; वे अन्य मुसलमानों के लिए एक़ अत्युत्तम निदर्शन बन गए। यों 'कुरान' में कह दिया गया है

** इस कृति में आदि से अंत तक 'कुरान' और 'हदीस' के जो उल्लेख आते हैं, उनको सूचना मात्र मान लेना चाहिए। इनके अलावा इसी आशय के अन्य उल्लेख भी मिलते हैं।*

('कुरान' 33.21) अलावा इसके, अल्लाहु और उनके देवचर पैगंबरजी का स्वस्तिवाचन किया करते हैं।"—यों भी कह दिया गया है 'कुरान' में ही। ('कुरान' 33.56)

"यह बात है क्या ? तो इसका मतलब यह हुआ कि पैगंबरजी का महत्त्व अल्लाहुजी से भी बढ़कर है।"—पंडितजी आश्चर्य में आकर पूछा करते थे।

"जी हाँ।" 'बा खुदा दीवाना बशद बा मोहम्मद होशियार।' यह सूक्ति एक कहावत ही बन गई है फारसी भाषा में। अल्लाह के बारे में बोलते समय, जो भी चाहे कह सकते हैं, मगर पैगंबर मोहम्मदजी के बारे में बोलते समय होशियारी बरतनी है। यही उस कहावत के मायने हैं। आप को यह 'शहादा' भी मालूम है न: 'ला इलाहा इल्लल्लाह मोहम्मदुर रसूलुल्लाह।' (यानी अल्लाह को छोड़कर और कोई खुदा नहीं है; मोहम्मद ही उनके संदेश को सुनानेवाले हैं।) आस्था रखनेवाले सभी मुसलमानों को अल्लाह के साथ-साथ पैगंबरजी को भी मान्यता प्रदान करनी होगी।

नरेंद्र का बयान सुन लेने के बाद बड़ी देर तक पंडितजी चुपचाप बैठे हुए थे। उनकी टेढ़ी भौंहें इसका प्रतीक बनी थीं कि उसकी बातें पचा लेने का कष्ट उठा रहे थे।

"जब हम लोगों को यह मानने का अवसर मिला है कि मैं ही वह स्वयं चेतनायुक्त ब्रह्म बना हूँ, हम इस विचार को कैसे मान सकते हैं कि यह भगवान् किसी एक व्यक्ति मात्र को मिली हुई संपत्ति है ?"—यह प्रश्न पूछ लेने के बाद भी, उनका आंतर्य उसी विचार की जुगाली कर रहा था। किसी और को मिला हुआ सत्य का साक्षात्कार मेरा भी बन सकता है, कैसे ? मैं जब उस सत्य का अन्वेषण करने निकलूँगा, तब मुझे भी उसी सत्य का साक्षात्कार हो जाएगा, जो उनको वेद्य हुआ होगा, इसका भी ठोस भरोसा कहाँ है ? मेरे पक्ष के परम सत्य के लिए किसी और के प्रमाणन की आवश्यकता भी नहीं है। मेरा सत्य मात्र मेरा अपना है। यह ऐसा विचार है, जो सभी सनातन धर्म के अनुयायियों पर लागू हो सकता है। 'आत्मानं विद्धि' की घोषणा करते हुए, व्यावहारिक संसार से अपने को छुड़ाकर, परमार्थिक पथ की ओर प्रस्थान करने के लिए उपलब्ध किसी भी साधना-मार्ग को चुन लिया जा सकता है। प्रस्थान के उस मार्ग पर चलते समय पहले कदम पर ही ठोकर खा भी सकते हैं; राह-भूला भी बन सकते हैं। यहाँ कुछ और, वहाँ कुछ, भटकने पर, फिर उसी मार्ग पर आ सकते हैं या अपने मार्ग को बदल भी सकते हैं। किसी भी साक्षात्कार को साध लिये बिना, वैसे ही रह सकते हैं, लेकिन इस विफलता के आधार पर नरक में फेंके जाने का कोई भय यहाँ नहीं है। आत्मसाक्षात्कार के लक्ष्य को साध लेने का दृढ़ निश्चय कर लेने पर किसी गुरु को ढूँढ़ ले सकते हैं। इतना ही पर्याप्त नहीं होता कि उस गुरु को साक्षात्कार मिला हो; उसमें और लोगों को मार्गदर्शन कर पाने की क्षमता भी होनी चाहिए। हमारे ये वेद और वेदांत तथा धर्मगुरु सारे मार्गदर्शन मात्र करानेवाले मशाल हुआ करते हैं। उनके द्वारा बताए गए मार्ग में हमें कुछ भी साक्षात्कार न होने पर, एक

अन्य गुरु को चुन लेने की स्वतंत्रता भी मिली रहती है। संसार में रहनेवाले करोड़ों जीव अपने आपमें एक-दूसरे से विभिन्न भी होते हैं। उनमें से यह मानव तो कई विशेषताओं की खान है। उसके सोच-विचार एवं क्रियाकलापों को बाँधकर रख देने के अलावा, किसी एक व्यक्ति का कोई कथन या किसी एक पुस्तक में उपलब्ध कई कथन ही सारे मनोनुकूल के लिए एक ही रूप में और एक ही तरीके से लागू होते हैं और सर्वसम्मत बन पाते हैं, ऐसी अपेक्षा रख लेना विमूढ़ता बनती है न? ऐसा करना सृष्टिकर्ता के प्रति किया गया अपमान जैसा लगता नहीं है क्या?"

पंडित जब ऐसा कुछ सोचते रहे, नरेंद्र ने यह उत्तर दे दिया था। उसे सुनकर वे उसकी तरफ मुड़े।

"वह हमारा तत्त्व है। इसीलिए हमारा यह 'तत्त्व धर्म' कहलाता है। यहूदी, ईसाई और इसलाम में उपलब्ध पैगाम-वाहकों की कल्पना के कारण उनको 'सेमेटिक रिलीजन' या 'सेमेटिक धर्म' कहा करते हैं। इब्राहिम से लेकर मोहम्मद तक सभी यही कहा करते हैं कि अपने दूतों के द्वारा भगवान् हमसे संपर्क साध लेते हैं और वे तो भगवान् और आम लोगों के बीच सिर्फ संदेशवाहक बने रहते हैं।"

पंडितजी ने तुरंत पूछा—"प्रत्येक धर्म के लिए अलग-अलग पैगंबर थे क्या?"

"नहीं, नहीं। कई पैगंबर हुआ करते हैं। उदाहरण के रूप में मैं यह कहता हूँ कि भगवान् मेरे पास अपने दूतों को भेजा करते हैं। यदि आप बुद्धिमान हैं तो मेरी यह बात सुनकर आप चुप रह जाते हैं क्या? आप कह देंगे कि मेरे पास भी भेजा करते हैं।"

"ओह, यह बात है!" —वे हँस पड़े। अब यह विचार थोड़ा-थोड़ा उनकी समझ में आने लगा था।

"अपने आप को पैगंबर करके घोषित करनेवालों की संख्या जब बढ़ गई, तो यहूदी, ईसाई और मुसलिम —इन तीनों के धार्मिक ग्रंथों में बार-बार उनको यह चेतावनी देनी पड़ी कि फर्जी वेषधारियों से दूर रहिए।" उसने जब यह बात बता दी, थोड़ी देर तक सन्नाटा छाया रहा। (Deuteronomy 18.20); (Matthews 24.11); 'कुरान' 6.93)।

धीरे-धीरे संजीवजी ने कहा—"ठीक तरह से देखें तो यह एक ऐसा मनोवैज्ञानिक विचार ही बनता है, जिसमें गंभीर विश्लेषण की आवश्यकता प्रतीत होती है।"

"जी हाँ! पैगंबरों के बरताव से और मानसिकता के बारे में कई अनुसंधानात्मक ग्रंथ और लेख प्रकाशित हुए है। कई मनोवैज्ञानिकों ने इस विषय की गहराई तक पहुँचकर प्रत्येक अंश की विशद चर्चा की है।" संजीवजी की ओर फिरकर उसने यह बात कही। थोड़ी देर बाद पंडितजी ने पूछा—"पैगंबरों में बदलाव आ जाने के साथ-साथ उनके पवित्र ग्रंथों में भी बदलाव होते गए, ऐसा लगता नहीं है क्या?"

"जी हाँ। उस प्रक्रिया का अंतिम स्तर ही इसलाम बना है।"—उसने कहा।

"पहले यह बता दीजिए कि यह इब्राहिम कौन है ? इसके बाद ही हम लोग इसलाम के बारे में जान लेंगे।" ऐसा लग रहा था कि पंडितजी सबकुछ जान लेने की ठान लेकर बैठे हुए थे। संजीवजी भी बड़ी श्रद्धा के साथ सुन रहे थे।

"यह कहानी इतनी आसान नहीं है कि संक्षेप में बताई जा सके। फिर भी मैं कोशिश करूँगा।"—उसके इस कथन के प्रति दोनों ने हामी भर दी, अपना सिर हिलाकर।

"इब्राहिम यहूदी था। अपनी पत्नी से उसे आइसाक नाम का बेटा हुआ था। एक गुलाम औरत से इस्माइल नाम का एक और बेटा भी हुआ था।

आइसाक से जो पीढ़ी बढ़ी, उसी को 'यहूदी' कहा जाता है। उनमें से कई पैगंबर बने। मूसा नामक एक पैगंबर ने यहूदियों को संगठित किया। उसका कहना था कि मुझ जैसे एक और पैगंबर का जन्म होगा। शायद उसके इस कथन को सच बनाने के लिए ही ईसा मसीह का जन्म हुआ था, यह ईसाइयों का कहना है। तब से ईसाइयों का धर्म अस्तित्व में आ गया है। यह तो यहूदियों और ईसाइयों के बीच के संबंध की शुरुआत होती है। इतना तो समझ में आया है न ?" उसके प्रश्न के उत्तर के रूप में दोनों ने सिर हिला दिया। उसने अपनी बात आगे बढ़ाई।

"जब ऐसा विश्वास उनमें प्रचलित हो चला था, अरब देश के मक्का नगर के कुरैश नाम के समुदाय में मोहम्मदजी ने जन्म लिया। तब तक कई यहूदी समुदाय वहाँ रहने लगे थे। पड़ोसी राष्ट्रों में भी ईसाइयों का प्रभुत्व बना हुआ था। अपने चालीसवें वर्ष में उनको पैगंबर का खिताब मिला था। उन्होंने इसलाम खानदान की स्थापना की। इस्माइल से जो पीढ़ी दर बढ़ी, उसका संबंध अरब देश से था। वह और उसके पिता इब्राहिमजी—इन दोनों ने मिलकर, मक्का में काबा का निर्माण किया था। इसलिए इब्राहिमजी ही हमारे पूर्वज बने हुए हैं।" इसका मतलब यह हुआ कि इब्राहिमजी ही मुसलमानों के भी पुरखे बने हैं। है न ?"

"जी हाँ। ये तीनों एक ही नाव के यात्री बने हैं।"—पंडितजी को ऐसा लग रहा था कि वे किसी और लोक में विहार कर रहे हैं। संजीवजी गले को हाथ का सहारा देकर बैठे हुए थे और चुपचाप उनका संवाद सुन रहे थे।

"यही वह उलझी हुई गाँठ है। तीनों में तीव्र स्वरूप का मतभेद है। यहूदी यों मानते हैं कि संसार में वे ही सबसे श्रेष्ठ हैं, चूँकि भगवान् ने हमारे इब्राहिम को ही अपना पैगंबर चुन लिया था। यह उनके लिए गर्व की बात भी बनी है। वे गुलाम औरत की संतान बनी इस्माइल की पीढ़ी को या ईशू क्रिस्त के अनुयायियों को अपने समान कक्ष के मानते नहीं।" इतना कह देने के बाद, थोड़ी देर तक रुककर उसने अपनी बात आगे बढ़ाई।

"और ईसाइयों के लिए यहूदियों के पैगंबर को माने बिना और कोई चारा नहीं है।

ईशू के जन्म से पूर्व सारे ब्योरे के लिए उनको यहूदियों के ग्रंथों का ही आसरा लेना पड़ता है। ईसाई यह मानते हैं कि सूली पर चढ़ा देने के तीन दिनों के बाद इशूजी का सशरीर स्वर्गारोहण हुआ था। उनकी दृष्टि में वह भगवान् के संदेशवाहक मात्र नहीं हैं, भगवान् के पुत्र भी हैं। इस विचार में उनको कोई संदेह भी नहीं है। इसी कारण, उनके लिए किसी और पैगंबर का जन्म लेना महत्त्व का विचार ही नहीं बनता।" यहाँ थोड़ी देर रुक जाने के बाद, उनकी आँखों में विराजती आस्था को देखकर नरेंद्र ने फिर अपनी बात आगे बढ़ाई।

"इन दोनों के बाद आनेवाले मोहम्मद के लिए भी, जैसा मैंने इससे पहले ही कह दिया है, यहूदियों के इब्राहिम ही मूल आधार बने हुए हैं, लेकिन उनका कहना है कि अल्लाह ने ही मूसा और ईशू को सिरजाया था। इसका मतलब यही बनता है कि वे ही सबसे श्रेष्ठ हैं। है न? ईशू को भगवान् का पुत्र मानने से इनकार करनेवाले वे लोग उसको पैगंबर या संदेशवाहक मात्र मानते हैं।" फिर थोड़ी देर तक वह चुप रहा। सुन लेने के पश्चात् समझ में आने की भावना आने पर भी, आंतर्य की गहराइयों में स्पष्ट रूप में पैठ जाने के लिए थोड़ा समय लगता है ही। पहले बोलनेवाले तो पंडितजी ही थे।

"कुरान में भी इब्राहिम का उल्लेख मिलता है क्या?"

"जी हाँ। उससे संबंधित सभी आयात उसी समय रचे गए थे, जब मोहम्मदजी मक्का में बसे हुए थे।"

"इसलाम में मोहम्मदजी के बाद किसी और पैगंबर ने जन्म ही नहीं लिया क्या?"

"इसके लिए कोई मौका ही नहीं था। अल्लाहु ने खुद कह दिया था न कि मोहम्मदजी ही संसार के अंतिम पैगंबर हैं ('कुरान' 33:40)।"

"यहूदियों ने उनको स्वीकार जो नहीं किया था, यह विचार मान्य बना क्या?"

"नहीं। इसी वजह से, पहले यहूदियों को श्रेष्ठ जो माना था, उसी 'कुरान' ने बाद में उनका तीव्र रूप में खंडन कर दिया है। जेरुसलम की दिशा में मुड़कर प्रार्थना करनेवाले अब मक्का की तरफ मुड़ गए। अपनी निगरानी में ही यहूदियों के कई समुदायों के ऊपर हमला करवा दिया और उनको मरवा भी दिया। इसलाम और यहूदियों के बीच जो कड़ी थी, उसको हमेशा के लिए काट फेंका, लेकिन यहूदियों का अनुकरण करते हुए दिन में कई बार प्रार्थना करने और सप्ताह में एक दिन को शुभप्रद मानने तथा चुने हुए दिनों में अनशन करने के रिवाज को रोका नहीं। अन्य कई आचरणों को भी बंद नहीं किया।"

"उसके बाद उनसे संबंधित उल्लेखों को 'कुरान' से भी हटा दिया क्या?"—संजीवजी ने पूछा।

"नहीं। भगवान् के वचनों को हटा देने का अधिकार किसी को मिला नहीं है न?"

"इस विरोधाभास से पाठकों में खलबली पैदा होती है न?"

"हाँ। ऐसा अवश्य होता है। मात्र 'कुरान' को पढ़ लेने से कोई बात समझ में नहीं

आती। पहले मोहम्मदजी की जीवनी का अध्ययन कर लेना चाहिए। कौन-सा सूरह उनके जीवन के किस स्तर में, कब और क्यों शामिल हुआ था, इस बात की जानकारी मिलने पर ही हमको यह बात समझ में आ जाएगी कि पहले यहूदियों का अनुनय क्यों किया गया और उसके बाद उनके पूरे समुदाय का विनाश क्यों कर दिया गया? यहूदियों का यह मामला एक उदाहरण मात्र है। इसलामी मजहब की शुरुआत कैसे हुई, मूर्तिपूजक अरबों का मतांतरण कैसे किया गया, पैगंबरजी को अपने जन्मस्थान मक्का से मदीना में क्यों स्थानांतरण करना पड़ा, इसलाम में गोद लेने की प्रथा को मान्यता क्यों नहीं मिली है, मद्यपान को क्यों निषिद्ध कर दिया गया है?—ये सारी बातें समझ लेनी हैं तो उनकी जीवनी को समझ लेना आवश्यक बनता है।"

"इसके लिए कौन-कौन-सी पुस्तकों का अध्ययन करना आवश्यक बनता है, नरेंद्रजी?"—पूछते समय ही संजीवजी ने अपनी छोटी-सी डायरी निकाल ली। नरेंद्र ने उसमें लिख दिया—

1. The Life of Mahomet; Sir William Muir
2. Mohammed and the Rise of Islam : D.S. Margaliouth.
3. Muhammad : Martin Lings.

"इन सभी ब्योरों से भरी पैगंबरजी की जीवनी के प्रति मुसलमानों ने कोई आपत्ति उठाई नहीं है क्या?" संजीवजी ने पूछा।

"नहीं। पैगंबरजी की जीवनी पहले लिखनेवाले थे नामी अरबी इतिहासकार। उनमें प्रमुखों की कतार में आनेवाले हैं इब्न इसक, इब्न हिशाम, अल-वाकिदी, इब्न साद और अल-ताबरी। और इससे पहले मैंने जिन पश्चिमी राष्ट्रों के इतिहासकारों का उल्लेख किया है, वे सभी ऐसे व्यक्ति हैं, जिन्होंने अरबी भाषा में निपुणता प्राप्त की थी और मूल आकर-ग्रंथों के आधार पर ही उन जीवनियों की रचना की है। इसलिए उनके प्रति कोई आपत्ति उठाई नहीं गई है। उन तीन पुस्तकों में अंतिम पुस्तक को पाकिस्तान की सरकार की ओर से पुरस्कार भी मिला है; अलावा इसके, मिस्र देश (Egypt) के अध्यक्ष ने उसके लेखक को सम्मानित भी कर दिया है।

"यह तो ठीक है, मगर ये सारी पुस्तकें अंग्रेजी भाषा में ही उपलब्ध हैं न?" हारी हुई आवाज में बोलनेवाले पंडितजी को संजीवजी ने यों समझाया—"शायद, हिंदी में भी मिलती होंगी। चिंता मत कीजिए महरा! पूछताछ करके मैं आप को बता दूँगा। नहीं तो मैं उनका अध्ययन करके आपके साथ उन ब्योरों को 'शेयर' कर दूँगा।"—यह आश्वासन मिलने पर पंडितजी का चेहरा खिल उठा। नरेंद्र की ओर मुड़कर उन्होंने पूछा—

"एक और बात मेरी समझ में नहीं आ रही है। लोग उतनी आसानी से इन विचारों पर कैसे भरोसा कर लेते थे?"

"भरोसा कहाँ करते थे? इसी कारण से उतनी घटनाएँ, खून-खराबा किया था न? यहूदियों की एक विशेषता यह है कि वे अपने आप को सबसे श्रेष्ठ मान लेते थे; मगर और लोगों को मतांतरित कर देने की होड़ उनमें नहीं थी। उसके बाद भी, अपने ग्रंथों की आलोचना करवा लेने की परिपाटी भी उनमें आ गई और सहजीवन के महत्त्व को भी उन्होंने समझ लिया था, लेकिन आजकल अपने अस्तित्व को बनाए रखने के लिए उनको संघर्ष करना पड़ा है। उधर ईसाई मिशनरियों ने प्रलोभन दिखाकर मतांतरण करवा लेने के शांतिपूर्ण मार्ग को अपना लिया है। सातवीं शताब्दी में जिस तलवार को उठा लिया था, उसे नीचे उतारे बिना, 'जन्नत बसा है तलवारों की छत्रच्छाया में' नामक अपने पैगंबर की हिदायत का हू-ब-हू अनुसरण करते आनेवाले हैं सिर्फ मुसलमान ही।" (Sahih al-Bukhari 2818)

नरेंद्र की यह बात सुनते ही पंडितजी बहुत गंभीर हो चले।

"तो इतनी सदियों के बीत जाने के बाद भी, तलवार को दूर रखकर, अपनी बुद्धि और विवेकपरकता को परख लेने का एक भी अवसर उनको मिला नहीं क्या?"

"कैसे मिल पाता था? एक ने कहीं तलवार बगल में रख दी, तो अगले क्षण ही दूसरा उसके सिर को काट फेंकने के लिए तैयार रहता था न?"

इस उत्तर को सुन लेते ही उनके प्रति पंडितजी के मन में सहानुभूति की भावना उभर आई।

"आजकल मुसलमानों के बीच कई पढ़े-लिखे लोग पाए जाते हैं न? उनमें किसी को इसकी जानकारी नहीं मिली है क्या?"

"मिली है। अरब देश में ही पैदा होकर, अरबी भाषा में ही निरर्गल या स्वच्छंद रूप में संवाद कर पानेवाले कई कट्टर मुसलमान भी आजकल अपने ग्रंथों की निष्पक्ष आलोचना करवाने के पक्ष में हैं। इस विचार के बारे में जानकारी प्राप्त करने के लिए मैंने ऐसे ही लेखकों के द्वारा लिखे गए चंद ग्रंथों का अध्ययन किया है।"

"इस जानकारी का उन पर असर हो रहा है क्या?"—पंडितजी के चेहरे पर कौतूहल की रेखा दिखाई दे रही थी।

"जी हाँ। असर हो रहा है।" उसका यह उत्तर सुनकर उन्होंने एक बार लंबी साँस ली। उसमें भले ही थोड़ी सी तसल्ली की छाया थी, फिर भी यह भाव भी मिला हुआ था कि लक्ष्य अभी दूर है।

"महरा, क्या आप जानते हैं कि नब्बे के दशक में कहीं से कश्मीर में आ धमके मुल्लाओं ने क्या किया था? 'कुरान' की जिन आयातों में यह जोर दिया गया था कि 'काटो, मारो, जान निकाल दो', उन्हीं को आगे करके क्रौर्य का बीज बो दिया। जिस मजहब में यह कह दिया गया है कि तुम्हारे ही पिता और भाई-बंधु यदि इसलाम के सिद्धांतों में विश्वास

नहीं रखते, तो उनसे दूर ही रहा करो। ऐसे मजहब के अनुयायियों में जानकारी पैदा कराना उतना आसान काम है क्या?"—यों संजीवजी ने पूछा। ('कुरान' 9:23)

पंडितजी ने जवाब में कोई उत्तर नहीं दिया। उनकी आँखों से ही इस बात का पता चलता था कि वे कहीं खोए हुए हैं।

"सामान्य स्तर के अज्ञान में उतना दोष होता नहीं है, लेकिन बड़े अज्ञान के साथ अहंकार के मिल जाने के बाद, यदि रजोगुण तथा तमोगुणों का समावेश हो जाएगा और 'रजो' तथा 'तमो' गुण 'सत्व' गुण को रौंदने लगते हैं, तो यह स्तर बड़ा खतरनाक बनता है। इसका कारण यह है कि 'रजस' और 'तमस' के गुणों के मिल जाने पर, उनसे प्रचोदित होनेवाले राग और द्वेष की भावनाओं से हमारे कार्य भी भरे रह जाते हैं। ऐसे कर्मों से उलझे रहनेवाले व्यक्ति पहले वंचित हो जाते हैं अपनी बुद्धि और विवेक से। उसके बाद ही दूसरों की जान लेने के कार्य में उलझ जाते हैं।"—यों उन्होंने मानो अपने आपसे कह लिया।

"अब हम आपकी आज्ञा चाहते हैं पंडितजी?"—यों बोलते हुए नरेंद्र उठ खड़ा हुआ। तब भी वे अपनी सोच में खोए हुए थे।

कार को घर की ओर चलाते समय भी, संजीवजी इसी विचार की जुगाली कर रहे हैं, ऐसा नरेंद्र को लग रहा था। उनके मन में खलबली पैदा हो गई है, यह बात उन भावनाओं से जाहिर हो रही थी, जो उनके चेहरे पर मँडरा रही थी।

रास्ते की ओर निगाह रखते हुए ही उन्होंने पूछा—"सबके लिए कारणीभूत मूल पुरुष एक ही है, यों घोषित कर लेने पर भी एक-दूसरे के सिर काट फेंकने में उलझे रहनेवाले, इनके विद्वेष की तुलना हिंदू धर्म के जाति और उपजातियों के बीच के संघर्ष से किसी तरह की नहीं जा सकती है न?"

"यह तो सच्चाई है, मगर छिटपुट झगड़ों को ही महान् करारते रहनेवाले हमारे धर्म के नेताओं को इस बात का भी होश नहीं है कि हम लोग किनके ताल के मुताबिक नाच रहे हैं और क्या खो रहे हैं। आज की हालत में इस अज्ञान से भी भयानक और कोई विचार नहीं है।"—उसके यों बोलने के बाद उन्होंने अपनी बात आगे बढ़ाई नहीं। घर पहुँचने के बाद भी उनकी अन्यमनस्कता उसी तरह बनी रही। थोड़ी देर में उनके लिए एक फोन आया। न जानें किसका था; उन्होंने उसी अशांतता की मानसिकता से उनसे बातचीत पूरी कर ली। इसके बाद नरेंद्र के निकट पहुँचकर उन्होंने बताया—"सलीम ने बताया है कि कल सवेरे 10 बजे वह यहाँ आएगा। आप सैर करके आ जाइए।"

"क्यों? कल आप मेरे साथ नहीं आएँगे क्या?"—स्वाभाविक रूप से नरेंद्र ने उनसे पूछा।

"मुझे कुछ और काम है। उसे मैं पूरा कर लूँगा। वहाँ जाने के लिए अकेले वही काफी है।"—यों वे बोले। उसके बाद भी नरेंद्र के सामने उसी कमरे में वे चुपचाप बैठे

रहे। कुछ भी बोले नहीं। उसे यह बात अवगत होने लगी थी कि उनके आंतर्य में कोई संघर्ष चल रहा है। वे खुद उसके बारे में बता दें, यों सोचकर वह भी चुप रहा।

भोजने करने जब बैठे, अपने को रोक न पाने के कारण उन्होंने पूछ ही लिया—"पैगंबर जी के स्वर्गवास के बाद एक सौ वर्ष की अवधि में उनके खलीफों ने अरब देश को ही नहीं, मिस्त्र, अफ्रीका, सिरिया, पर्शिया आदि देशों का इसलामीकरण कर दिया न! इसके उपलक्ष्य में, क्या आप को यह नहीं लगता कि उनका रवैया साम्राज्यशाही स्वरूप का था?"

"इसमें कोई संदेह नहीं है। पैगंबरजी के बाद जो दो खलीफजी आए, वे थे उनके मामाजी, जिन्होंने अपनी बेटी शादी में दी थी। तीसरे और चौथे खलीफ जी पैगंबरजी के दामाद थे। यह मानने के लिए भी काफी आधार मिलते हैं कि पैगंबरजी सौ फीसदी राष्ट्रीयवादी थे। उन्होंने यों कहा भी था—"मैं अरब देश का हूँ। पवित्र 'कुरान' भी अरबी भाषा में ही है। जन्नत के निवासियों की भाषा भी अरबी है। इसलिए, इन तीनों कारणों से अरबों से प्यार कर लीजिए।" इतना ही नहीं, अपने कुरैश समुदाय के प्रति उनको ज्यादा गर्व था। इसीलिए, उन्होंने यहाँ तक कह दिया था कि कुरैशी ही खलीफ बनने योग्य हैं। यह भी कहा है कि अरेबिया और मक्का ही उनको बहुत प्रिय लगते हैं। ये सब विचार आखिर क्या सूचित करते है? जेरुसलम को छोड़कर मक्का को ही किबला जो बना दिया, यह भी इस बात के लिए साक्षी बनता है न? 'कुरान' के विचार में भी यही बात सच निकलती है। अरबों को उन्होंने साफ बता दिया था कि 'ताकि आप लोग इसे अच्छी तरह समझ पाएँ, हमने इसे अरबी भाषा का 'कुरान' बना दिया है। मुसलमानों के 'उम्मा' में अरबों को जो प्राथमिकता मिलती है, वह किसी और को मिलती नहीं है। अपने को परम पवित्र माननेवाले ये लोग किसी और को अपना स्थान देना नहीं चाहते। मैं आप को एक उदाहरण देना चाहता हूँ। रोम का कैथोलिक पंथी पोप बन सकता है, लेकिन अरबों को छोड़कर और कोई मक्का की जिम्मेदारी सँभाल नहीं सकता। उनका राष्ट्रप्रेम सुस्पष्ट है, मगर अन्य राष्ट्रों के—उसमें भी भारत, पाकिस्तान और बाँग्लादेश के—मुसलमान, कई सदियों की उनकी हुकूमत की वजह से, अपनी निजी मानसिकता की दृष्टि से उनकी शरण में इतना दब गए हैं कि अपने निजी राष्ट्रों को सम्मानित न करने के विचार को अपने लिए गर्व की बात मानते हैं। आप ही सोच लीजिए—निमाज करने के अवसर पर, संसार के सभी मुसलिम, पृथ्वी के किसी भाग में क्यों न हों, अरेबिया के 'किबला' के प्रति नमस्कार समर्पित कर देते हैं। प्रत्येक राष्ट्र चूँकि विभिन्न समय के वलय में बसा हुआ है और रोज पाँच बार निमाज करने की प्रथा प्रचलित है, हर मिनट संसार का कोई-न-कोई व्यक्ति अरेबिया के पाँवों में पड़ता ही रहता है। यह कोई अल्प साधना है क्या? और, अगर तीर्थ-यात्रा करनी है, तो अरेबिया के मक्का में ही जाना पड़ता है। हम लोग अपने

गृहदेव का मंदिर यदि कहीं दूर पर हो, तो निकट ही रहनेवाले किसी मंदिर में जाकर, नमस्कार करके लौट आते हैं न? इसलाम में यह तो नहीं चलता। कुल मिलाकर, आज तक के इतिहास की ओर ध्यान दें। सभ्यता कोई भी क्यों न हो, एक बार इसलाम में प्रवेश कर लिया तो बस, उसी अनुशासन को पालना पड़ता है। इसलाम में मतांतरित होनेवाले नए व्यक्ति ही अपनी मूल संस्कृति का गला घोंटने के लिए तैयार खड़े रहते हैं। धर्म के अलावा किसी और विचार को यदि आधार बना लेते, तो इस प्रकार इसलामी साम्राज्य का विस्तार इस पैमाने में करना संभव होता था क्या? (Mishkat 5751); (Sahih Muslim (1820); ('कुरान' 27:91); ('कुरान' 13:37); ('कुरान' 43:3)।"

"हाँ, हाँ" करके बोलते हुए, उसके बताए विचारों को पचा लेने की कोशिश कर रहे हैं। केवल हमारे देश के मुसलमान ही नहीं, अन्य देशों के मुसलमान भी अनजाने में ही अरेबिया की तहजीब के गुलाम बन चले हैं। यह नई रोशनी अब उनमें जाग रही है। इसे मुसलमानों को समझाएँ भी कैसे? यकायक यह दबाव मन में पैदा हो गया। इससे उन्हें लगा कि सवेरे पंडितजी के मन की जो हालत हो चली थी, उसी हालत में अब मैं भी फँसा हूँ, ऐसी जानकारी के साथ छटपटाते रहने के कारण, भोजन कर लेने के बाद भी उनका मन स्वस्थ हो नहीं पाया।

"आपने यही कहा न कि अरेबिया में भी मूर्तिपूजा की प्रथा प्रचलित थी?"—यों पूछते हुए, उसका पीछा करते हुए कमरे में आ पहुँचे।

"काबा में रहनेवाली काली शिला (हजर-ए-अस्वद) को आज भी वे चूम लेते हैं। काबा की सात बार प्रदक्षिणा कर लेते हैं। ये प्रथाएँ और हज की यात्रा, अरबों के मुसलिम बन जाने से पहले से ही प्रचलित थीं। पैगंबरजी ने काबा में स्थित मूर्तियों को तुड़वा दिया, लेकिन किसी और प्रथा को बदला नहीं। अगर ऐसा करते, तो अरब लोगों के द्वारा धार्मिक रूप में इसलाम की स्वीकृति संभव हो नहीं पाती थी।" इतना बोल देने के बाद उसने बताया—"यदि इसलाम के साम्राज्यवाद के बारे में व्यापक जानकारी पा लेना चाहते हैं तो इस पुस्तक को पढ़ लीजिए : ISLAM- The Arab Imperialism : Anwar Shaikh।" यों उसने उस पुस्तक का नाम भी बता दिया। उसको लिख लेते हुए, प्रशंसा और अभिमान की दृष्टि से उन्होंने उसकी ओर देखा।

"पैगंबरजी के जीवन की अवधि क्या है?"

"ईसा के 570-632 तक। उसमें पैगंबरजी की हैसियत से जीने की अवधि थी अंतिम तेईस वर्ष मात्र। पहले तेरह साल तक मक्का में थे; बाद के दस साल मदीना में थे।"

उसके बताए विचारों के बारे में सोचते हुए संजीवजी अपने कमरे की तरफ बढ़े। तेरह सदियों से पहले, अरब देश के रेगिस्तान में जन्मे पैगंबरजी कैसे रहे होंगे? इसकी कल्पना में डूबे रहनेवाले उनको, बिस्तर पर लेटने के बाद भी, शीघ्र ही नींद नहीं आई।

उस रेगिस्तान से फूट निकल आई एक चिनगारी ने कितनी निर्दयता के साथ अपने देश को, अपने घर को और अंत में अपने वंश को जला डाला न! यों वेदना के साथ करवट बदलते रहनेवाले उन्होंने, शक के कारण अपनी पत्नी के मुख के ऊपर हाथ फेरा। उसके दोनों गाल गीले हो चले थे। "आरती, रो मत।" यों बोलते हुए, प्यार से उसे गले से लगाकर, सांत्वना पहुँचाने लगे।

सोलह

सुंदरकृष्णजी अपने लैपटॉप की ओर देख रहे थे। अपनी पत्रिका में कल जब लेख प्रकाशित हुआ, उन्होंने सोचा भी नहीं था कि उसके प्रति ऐसी प्रतिक्रिया आएगी। उनकी कल्पना में भी यह बात नहीं आई थी कि कर्नाटक में रहनेवाले किसी व्यक्ति को कश्मीर के बारे में इतने ब्योरे मालूम होंगे। नरेंद्र के बारे में तो सोच आई थी; मगर प्रत्युत्तर के रूप में इस प्रकार पूर्ण पैमाने का लेख ही लिख देगा, इसकी कल्पना तक उन्होंने की थी नहीं। उसके लेख ने भारी संचलन ही पैदा कर दिया था। फेसबुक और ट्विटरों में पूरे लेख को और उसके प्रमुख अंशों को 'शेयर' किया जा रहा था। कश्मीर के विलीन का इतिहास अब सबकी जबान पर था। इन सारे ब्योरों के प्रकाशन के लिए मैंने ही मौका दे दिया न। यह व्यथा भी उन्हें बाधित करने लगी थी। आगे चलकर जो कुछ भी लिखवा देंगे, उसका प्रत्युत्तर वह अवश्य लिख ही देगा, यह बात तो स्पष्ट हो चली थी। ऐसी हालत में, चार लेखों के प्रकाशित होने तक, लोगों को जो कुछ बताना चाहते थे, उसको छोड़कर, अन्य सारे विचार विदित हो जाएँगे न! यही उनकी चिंता थी।

वैसे तो उनकी कोशिश बेकार नहीं हुई थी। अल्पसंख्यकों को संगठित करने का उनका लक्ष्य सफल हो चला था। आज शाम को वे सब मिलकर 'टाउनहॉल' के सामने विरोध का प्रदर्शन और गो-मांस का भक्षण करने जा रहे थे। कश्मीर के अपने भाइयों की मदद करने के लिए आगे बढ़ आने के विचार में सार्वजनिक प्रदर्शन करने के द्वारा वे अपनी एकता को तथा अपने बल को जाहिर करने जा रहे थे। किसी भी अभियान को चलाने में पत्रिका एक छोटा सा साधन मात्र बन सकती है। लोगों की मानसिकता को रूपित करने के उस कार्य को परिणामकारक रूप में वह निभा पाता है, यह भी तो सच था। मगर उसकी पृष्ठभूमि में शेष कार्य तो ठीक तरीके से और ठीक समय पर संपन्न होने चाहिए थे। तभी अपने विचार को पूरे समाज के विचार के रूप में सफलता के साथ बिंबित किया जा सकता था। एक झूठ को, वह कितना बड़ा ही क्यों न हो, बार-बार रटते जाएँगे तो लोग उसी को सच मानने लगते हैं। इन सबका अच्छा अनुभव सुंदरकृष्णजी को मिला था। वैसे तो, अगले सप्ताह के अंत तक मुरारी आ जाएगा; तब तो सभी

अल्पसंख्यक और दलित संगठन मिलकर रास्ते पर उतर आनेवाले हैं। हम लोग जो बृहत् जत्था निकालनेवाले हैं, उसकी तुलना में नरेंद्र के लेख कुछ कर नहीं पाते। वे प्रकाशित होते ही रहें उस तरफ। इस दिशा में अन्य घटनाओं को हम ही नियंत्रित करते रहते हैं न! यों सोच लेने पर, उनके मन को तसल्ली मिली।

कर्नाटक को भी मिलाकर कई अन्य राज्यों में इतना शोरगुल मचते रहने पर भी कश्मीर क्यों ठंडा पड़ा है? यह शक तो उनके मन में उभर आया। उस विचार में सोच लेने से पहले ही उनका एक कामरेड वहाँ आ पहुँचा।

*****

कल के लेख के प्रकाशन के उपरांत मीरादेवी के ऊपर अभिनंदन की वर्षा ही होने लगी थी। आनेवाले हर एक 'फोन कॉल' को स्वीकार करके 'थैंक यू' कहने की आदत ही हो गई थी। कल शाम को जब एक अल्पसंख्यक समुदाय के पक्षधर संगठन ने भी फोन किया, तब स्वाभाविक रूप में उन्होंने 'थैंक यू' कहा।

"मैडम, विरोध-प्रदर्शन के अंग के रूप में कल शाम को 'टाउन हॉल' के सामने हमने गोमांस भक्षण के एक कार्यक्रम का आयोजन किया है। आप को शाम के ठीक पाँच बजे वहाँ आ जाना चाहिए। दो और नेता भी वहाँ आनेवाले हैं।" उनकी यह सूचना ज्यादातर आदेश का रूप ही धर चुकी थी। "मेरे आने की क्या जरूरत है?"—यों कहने के लिए वे मुँह खोलनेवाली थीं, तभी अपने फेसबुक के लेख की याद हो आई, तो चुप रह गई थीं। इसीलिए अब इस कार्यक्रम में भाग लेने के लिए तैयार होकर खड़ी थीं। आधे घंटे के अंदर कार आनेवाली थी। सवेरे से मन को एक प्रकार की वेदना हो रही थी। जलपान और भोजन न कर पाने से, सिर्फ एक नारियल मँगवाकर उसका पानी पी लिया था। तबीयत ठीक न रहने के बहाने यदि अब पीछे हट जाऊँगी, तो उससे बड़ा अपमान ही हो जाएगा, चूँकि इस कार्यक्रम के लिए विशेष प्रचार दिया गया था और पत्रिकाओं में यह खबर भी छपी थी। टी.वी. चैनलों के प्रतिनिधि भी बड़ी संख्या में आनेवाले हैं। अगले हफ्ते मुरारी के यहाँ आ जाने तक सबके मन में यह तसवीर छपी रहनी चाहिए कि इस अभियान की नायिका मैं ही हूँ। अब इनका सदुपयोग करवा लेना मीरादेवी के हाथों में ही है न?

"यह भी मटन खाने जैसा ही अनुभव हुआ करता है। बयान देने की गलती जो की है, उसकी वजह से एक-दो 'पीस', 'चबा लो'—यों सवेरे-सवेरे ही फोन करके मंत्रीजी ने धीरज बँधवाया है।

"आपने भी खाया है क्या?"—इस सवाल के जवाब में उन्होंने कहा—"नहीं, नहीं। कितनी बार चाहे निमाज करने के लिए मैं तैयार हूँ, लेकिन में ऐसा कर नहीं पाऊँगा।

मेरी वह पत्नी तो दिन-ब-दिन कोई-न-कोई व्रत का आचरण करती रहती है।"—उन्होंने अपनी ईमानदारी की राय छिपाई नहीं।

छिः ! जाने क्यों मैंने उस 'स्टेटस' को आवेश में आकर डाल दिया ? उसके बाद मैंने उसको हटा भी दिया, मगर कोई-न-कोई दुष्ट व्यक्ति उसका फोटो खींच कर रख लेता ही है। 'स्टेटस' को निकाल देने के तुरंत बाद, उसको अपने घर की दीवार पर लटकाकर, मेरा भी 'टैग' करते हुए, यह घोषणा निकाल देता है कि "देखिए, इसी मीरादेवीजी ने उस दिन यों कहा था। आज अचानक उन्होंने उस 'स्टेटस' को 'डिलीट' कर दिया है।" दुनिया भर में उसका प्रचार करके हो-हल्ला मचा देते हैं। जाने किस बदमाश ने इस 'फेसबुक' का ईजाद कर दिया ?—यों बार-बार उसको अभिशाप देती रहनेवाली मीरादेवीजी को खुद अपने ऊपर क्रोध आ रहा था; उसी को शेष सभी लोगों के ऊपर उतार रही थी। साड़ी पहनने निकली; मगर मन नहीं आया। इसलिए चूड़ीदार पहन लिया। उस हार को भी निकाल दिया जिसमें गणपति और लक्ष्मीजी के लॉकेट थे; किसी और हार को पहन लिया। मारे हिंसा के छटपटाते हुए, समय जान लेने के लिए घड़ी की ओर देखने लगी थी। तभी कार आ गई।

"आइए मैडम, आइए।"—नए 'सेक्युलर' भारत के निर्माताओं की टोली ने चारों ओर से उनको घेर लिया और कार में बिठा लिया।

"कल का आपका लेख बहुत अच्छा था, मैडम!"—यों एक आयोजक उनकी प्रशंसा करने लगा था।

हँसी को लबों से आगे भी बिखेरते हुए, कभी रास्ते की ओर और कभी अपने बगल में बैठे हुए व्यक्तियों की ओर देखते हुए, मीरादेवी अपने मन में यों सोचने लगी थीं : 'टाउन हाल' तो घर से पंद्रह मिनट की दूरी पर बसा है, लेकिन न जाने क्यों, आज ज्यादा देर लग नहीं रही है; 'ट्रैफिक जाम' भी नहीं है; कहीं लाल बत्ती का 'सिग्नल' भी अटका नहीं है। तेजी से दस मिनट के अंदर ही पहुँच गए हैं। इन विचारों की ओर भी उनका ध्यान जा रहा था।

गेट के पास कार आ खड़ी हुई। जब वे कार से उतर रही थीं, उनकी अगुआई करने के लिए एक बड़ा गिरोह ही आ गया था। भवन के अंदर लोगों की भीड़ जमी हुई थी। उनके बीच जगह बनाते हुए जब वे मंच पर चढ़ीं, इनसे पहले आकर मंच पर विराजमान अन्य दो नेता दीख पड़े। उनसे विश्वास का विनिमय कर लेने के बाद, उन्होंने चारों ओर नजर दौड़ाई। बगल में रखी हुई एक मेज के ऊपर एक बड़ा डिब्बा रखा गया था। वही वह डिब्बा होगा जिसमें गोमांस रखा गया था। दोनों नेताओं के पाँच-पाँच मिनट तक बोल लेने पर, 'माइक' को उनके सामने कर दिया गया। तब उन्होंने सिर हिलाते हुए, गले के पास हाथ ले आकर इशारा किया कि उनसे बोला नहीं जाता। वहाँ रहनेवाले कार्यकर्ताओं

ने तुरंत उस डिब्बे में रखे गए गोमांस के टुकड़ों को तीन-चार प्लेटों में डालकर, एक प्लेट इनके सामने भी कर दी, तो बिना कुछ बोले उन्होंने वह ले लिया।

"सब लोग एक साथ खाइए, एक साथ!"—किसी प्रतियोगिता में बच्चों को प्रोत्साहित करने के तरीके से, आयोजक चीख रहा था। प्लेट में रखे हुए गोमांस के टुकड़ों को छू लेते ही, उन्हें अपनी उस माँ की याद आई जो गोशाला में बँधी हुई गंगा नाम की गाय की पूजा किए बिना एक बूँद पानी तक नहीं पीती थी। अब तो समाज में प्रचलित असमानता को दूर करने की दृष्टि से और यह साबित करने की दृष्टि से मात्र ही कि हम कितने प्रगतिमुखी बने हुए हैं, गोमांस को खा रही हूँ। यों सोच लेने पर भी, उनकी आँखों के सामने अपनी माँ का वही चित्र आ रहा था, जिसमें रोज गंगा के माथे पर बड़ा तिलक लगाकर, उसके मुखड़े पर प्यार से हाथ फेरा करती थी और अपने उस हाथ को आँखों से लगा लेती थी।

"मैडम, शुरू कीजिए।"—यह बात सुनते ही उन्होंने आँख उठाकर देखा। सामने खड़े रहनेवाले सभी मेरी तरफ आग उगलती आँखों से देख रहे हैं और गोश्त खाने का आदेश दे रहे हैं; यदि मैं उनके आदेश को नकार दूँ, तो मुझे वहीं काट फेंकने से भी हिचाकिचानेवाले नहीं हैं, ऐसा उन्हें लगा। भय की लहर क्षण मात्र में उनके तन में दौड़ गई; जल्दबाजी में एक टुकड़े को लेकर उन्होंने मुँह में रख लिया।

"मैडम, इस ओर फिरकर खा लीजिए। इस ओर देखिए, मैडम!"—यों उसने मुझसे कहा और सबको मेरे गोमांस खाने की तसवीर खींच लेने का अवसर दे दिया। चार-पाँच बार उस गोश्त को मुँह में रख लेने के बाद उसने संकेत दिया कि अब काफी है। जल्दबाजी में ही मंच से उतरकर, मुश्किल से गेट तक जा कर, कार में चढ़ते समय, हमेशा मुझे देखते ही हँसी बिखेरते रहनेवाले मूँगफली बेचनेवाले उस बुड्ढे ने मुझे देखते ही अपना मुँह फेर लिया। यह मुझे अचानक घटी घटना तो न लगी।

घर पहुँचकर 'बाथरूम' में घुसकर, शॉवर चलाते ही, गले में फँसा सारा गोश्त बाहर निकल आया। पेट में और कुछ न रहने पर भी, बार-बार वमन कर लेने की भावना आ रही थी। छाती में और गले में जलन का अनुभव होने लगा था। आँसू के बहाव की ओर ध्यान नहीं देते हुए, दाँत और जीभ को बार-बार साफ कर लेती रही; गले की गहराई तक उँगली डालकर कै कर लेने पर भी, नहलाकर बदन को साफ कर लेने पर भी, ऐसा लग रहा था कि कहीं कुछ और बचा हुआ है।

किसी चैनल को चालू करने पर भी, इन्हीं की साधना का प्रसारण हो रहा था—"यह महिला ही परिवर्तन की सचमुच अध्वर्यु है। सारा समाज जब इस तरह मिल-जुलकर गोमांस का सामूहिक रूप में भक्षण करने लगेगा, तभी हम लोगों में यह भावना आ सकती है कि हम सब समान हैं।" चर्चा में जोर से मेज पर हाथ मारकर बोलते रहनेवालों को

इससे पहले कहीं, किसी कार्यक्रम में देखने की याद मीरादेवी को नहीं आ रही थी।

थकी-माँदी होकर बैठी हुई थी, तो मंत्रीजी का फोन आया। "आज मेरे लिए फुरसत थी। तुम्हारे यहाँ आने की सोच रहा था। मगर तुम क्या-कुछ खाकर आई हो, मालूम नहीं। खैर, फिर कभी मिलेंगे।"—यों कहकर फोन रख दिया उन्होंने। तब उन्हें ऐसा लगा कि छाती में कुछ दबकर आ रहा है। वे बिलखने लगीं।

सत्रह

मुफ्ती लतीफजी असर निमाज पूरी करके धीरे से उठे। उनकी दाढ़ी लंबी और पीली बनी थी; मूँछ मुँड़ी हुई थी; आँखों में काला रंग गहराई से पोता गया था; छोटा पायजामा था; घुटने से भी नीचे तक आनेवाला लंबा कुरता था। अगले मोहर्रम के आ जाने पर उनकी उम्र अड़सठ साल की हो जाएगी। अब तक की जिंदगी के बारे में उनके मन में सार्थकता की भावना आई है। श्रद्धावान मुसलिम होने के नाते जिन पाँच नियमों का पालन करना चाहिए था—यानी शहाद, सलात, जकात, साव्म और हज का—हू-ब-हू अनुसरण करते आए हैं। चार बार हज की यात्रा करके आए हैं। अब तो एक ही काम बचा हुआ है। जो अभी तक पूरा नहीं हुआ है—यानी भारत के इसलामीकरण को पूरा करने की पूरी कोशिश कर रहे हैं।

अब मुझे जन्नत का स्थान पक्का हो चला है। वहीं दीवार से सटकर बैठकर कयामत के उस दिन के बारे में सोचने लगे। उस दिन अल्लाहु सबको एक जगह इकट्ठा कर देंगे। उस दिन मोहम्मदजी को छोड़कर किसी और पैगंबर की या रखवाले की मदद नहीं मिलती (Sahih Muslim 193 e)। जहन्नुम के ऊपर से होकर जानेवाले पुल को पार करके जन्नत में जा पहुँचना है। उस पुल के ऊपर से होकर जानेवालों में सबसे पहले होंगे मोहम्मदजी और उनकी उम्मा (Sahih Muslim 182 a)। पैगंबरजी के साथ चलने की इज्जत मुझे मिलनेवाली है। यह तो सही इनसाफ है। मैंने सिर्फ मसजिद में निमाज करते हुए अपना वक्त बिताया नहीं है। जैसे पैगंबरजी ने कहा है, अल्लाहु की राह में लड़ते रहने के लिए कई लोगों को उकसाया है (कुरान 2:244)। कश्मीर आकर तीस साल ही बीत चले हैं। मेरे आने से पहले हमारे लोगों ने सभी काफिरों को अपना भाई समझने का कसूर कर रहे थे। इस जगह की तारीख ही ऐसी है। शिया और सुन्नी नान के अहम फिरके के अलावा सय्यद, शेख, मोघल, पठान, गुजर, बकर्वाल, दोम और वताली नाम के कई फिरके थे कश्मीर के मुसलमानों में। मानो इतना ही काफी नहीं था, वहाबी और हनफी फिरकों के बीच पहले से टकराव चले आ रहे थे। इमाम अबु हनीफजी के हनफी फिरके से तुलना करेंगे तो मेरी राय में वहाबी फिरके के सिद्धांत ही सही लगते हैं, जिन्होंने

इमाम अहमद इब्न हनबलजी को आदर्श माननेवाले पीर और उनके दर्गों की इबादत को निषेधित कर दिया था। कुरान और हदीस के द्वारा सूचित प्रक्रियाओं के मुताबिक चलाई जानेवाली इबादत को छोड़ दें, तो और इबादत के तरीके 'बिद्दत' हैं या नई इजादें हैं, ऐसा घोषित कर देनेवाले वहाबी तर्क से मेरी सहमति है। इस विचार में शुरू से ही भिन्न मत रहा है कि इसलाम में दर्गों की आराधना का क्रम प्रचलित था या नहीं, लेकिन इस विचार को नकारा नहीं जा सकता है कि सूफी संतों के समर्थन से ही कश्मीर का इसलामीकरण संभव बना। कुछ भी हो, हमारे भिन्न मत को काफिर राजाओं के सामने पेश करके उनसे यह फैसला करवा लिया कि किन मसजिदों में किनकी तरफ से धर्म का बोधन होना चाहिए। यह शरम की बात नहीं है क्या? यदि जामिया मसजिद के वहाबी मिरवाइज और शाह-इ-हमदान दर्गा के हनफी मिरवाइज आपस में होड़ करने लगे, तो आम मुसलिम क्या कर सकते थे? काफिर राजा के हुक्म के मुताबिक इन्होंने मसजिदों को आपस में बाँट लिया। सरकार के सुपुर्द में जो मसजिदें थीं, उनको भी इनके हवाले कर देने के बाद भी, इनके झगड़े खत्म नहीं हुए और उनसे चेतावनी मिलती रही; एकता की मनोदशा इन्होंने दिखाई ही नहीं। तब इनको क्या ऐसा लगा ही नहीं कि हम सब कश्मीर के भौगोलिक प्रदेश के एक ही कौम के हैं और कश्मीर के सारे मुसलमान एक ही उम्मा से संबंधित हैं? उसके बाद, 'अह्ल-इ-हदित' की रचना होने के बाद ही आगे चलने का तरीका कुछ साफ हुआ। वहाबी और 'अह्ल-इ-हदित' में इस विचार में एकता देखने में आती है कि दोनों ने कुरान और हदीस के कथनों को परमोच्च या सबसे ऊँचा स्थान दे दिया। इसको छोड़ दें, तो अह्ल-इ-हदित किसी इमाम के नमूने का अनुसरण करता ही नहीं है। इसके बीच, पंजाब के कादियान में शुरू हुआ अहमदियों का अभियान कश्मीर में भी फैल गया और यहाँ के पढ़े-लिखे और मध्यम वर्ग के लोग उसकी ओर आकृष्ट हो चले। ये अहमदी तो मुसलमान कहलाने की कोई योग्यता रखनेवाले ही नहीं थे। इनको दबा कर रखने के लिए, पंजाब के अहरार पंथ के लोगों का सहारा लेना पड़ा। कश्मीर में सही इसलामियत की स्थापना कर लेने के लिए कड़ी मेहनत करनी पड़ी। काबा की कसम, काफिरों से लड़ने से बढ़कर, हमारी कौम के लोगों से लड़ना ही ज्यादा सिर के दर्द का मामला बना है।

यहाँ मेरे आने के बाद, दसों दिशाओं में बिखरे हुए हमारे लोगों को इकट्ठा करके, उनको यह बात समझाने की लाखों कोशिश की कि "ये काफिर जब जीने के लिए भी योग्य या काबिल नहीं हैं, वे कैसे हमारे भाई-बंधु बन सकते हैं? छोटी-बड़ी मसजिदों के इमामों तथा मौलवियों को इसलाम की सही जानकारी भी मैंने दी। उसके बाद ही, हमारे कौम के लोगों में सही जानकारी जागी और उन्होंने कई काफिरों को जान से मार डाला और बचे-खुचे लोगों को यहाँ से भगा भी दिया न? हर्फ-न-हर्फ या पूरी तरह

से यहाँ जिहादी भी मैंने ही चलाई है। तलवार के सहारे ही जिहाद चलाया नहीं जाता; काफिरों को कोसना, उनके खिलाफ लेख लिखवाना और उनकी निंदा तथा अवहेलना करवाना—इनसे भी जिहाद चलाया जा सकता है।"

उसी राह पर चलते रहने से, मुझे सिर्फ आम जन्नत ही नहीं, उससे भी ऊँचे स्तर की जन्नत ही मिला करती है। सुना है कि जन्नत के सौ स्तर बने हैं। यदि उनको मंजिल मान लें, तो एक-एक मंजिल के बीच धरती और आसमान का अंतर बना रहता है करके 'हदीस' में ही कहा गया है। तो मैं बहुत ऊँचे स्तर में ही रहूँगा। यों सोच लेनेवाले मुफ्तीजी के चेहरे पर हलकी सी मुसकान खिल गई। जन्नत में हीरे-जवाहिरों से जड़े तख्त पर, तकियों से आराम फरमाते हुए बैठकर, मदिरा से भरे कटोरे, सुराही और प्यालों को उठाकर आनेवाले तथा भाँति-भाँति के फलों को सामने प्रस्तुत करनेवाले सदैव लड़कपन के बालक तथा छिपा रखे गए मोतियों जैसी लगनेवाली जन्नत की लड़कियों के संग में समय बिताने की उस कल्पना ने उनके मन को घेर लिया (Jami'at-Tirmidhi, Vol.4, Book 12; Hadith 2531; कुरान 56:15-24)।

"चाय पिएँगे क्या?"—नई बेगम रुकसाना ने पूछा। चौथी बेगम की मौत के बाद जिससे शादी कर ली थी, कमसिन होने पर भी, मेरी ख्वाहिश के मुताबिक चला करती है। धरती पर चंद दिनों को बिता देने के लिए इतना ही काफी है। यों सोचते रहनेवाले मुफ्तीजी ने 'हाँ' कहा।

बचपन से कुरन सीख लेने में मेरी बड़ी आस्था थी। मदरसे में मैं ही अव्वल रहा करता था। इसलिए खास सिखाई के लिए मुझे अलग-अलग रियासतों में रहनेवाले बड़े-बड़े मौलानाओं के पास भेज दिया गया। वहीं मुझे अरबों की 'सलाफी' आवाजाही का परिचय हुआ। सौदी मुल्क में जाकर, वहीं कई साल रहकर लौट आया। कितनी अच्छी कल्पनाएँ और विश्वास! इसी कारण उस देश में उतनी तरक्की और संपत्ति देखने में आती है। "मुझे तो हुक्म मिला है कि इस नगर के मालिक की खासियत की तारीफ करूँ"—यों पैगंबरजी ने खुद खुलकर कहा हैं न! "सचमुच अल्लाहु ने अरब के कुरैशों में बनू हाशिम कौम को और उसमें मुझको ऊँची जगह दी है।"—यों ही कहा करते हैं न? (कुरान 27:91; Sahih Muslim 2276)। कितना भी क्यों न समझाऊँ, यहाँ के लोग समझ ही नहीं पाते; सुनने का सब्र भी उनमें नहीं है। निमाज किए बिना ही दिन काटते रहते हैं। ऐसों को देख लेने पर, उनसे 'कजा निमाज' करवा देता हूँ। पैसे के भूखे रहा करते हैं। मैं उनसे यदि यह कहूँ कि इसलाम सबसे उम्दा है, तो यही सवाल करते हैं कि शरिया के कानून को जारी करने के लिए हमारी हुकूमत जरूरी बनती है न? ये सभी मुसलिम ही नहीं हैं। पहले-पहल इतनी नाराजगी आ जाती थी कि इनको काफिर क्यों न करार दूँ। आजकल तो सह लेने की आदत पड़ गई है। मैं भी इसी इंतजारी में हूँ कि आजादी

मिल जाए। उसके बाद इस मुल्क को पाक बनाने का काम शुरू कर दूँगा। आजकल भी काफी काम-काजों में उलझा रहता हूँ। जिहाद के मकसद को पूरा करने के लिए कमर कसकर खड़े रहनेवाले मुजाहिदों को तैयार कर रहा हूँ। औरों को कुरान और हदीस की पढ़ाई करके, उन्हें 'शान-ए-नजूल' के बारे में भी बता देता हूँ। मुझे यह मालूम नहीं है कि उनकी समझ में वह सबकुछ आता है या नहीं, लेकिन इतना तो सच है कि मेरे बारे में उनको काफी डर है और मुझे अदब से देखा करते हैं। यह मेरा सपना है कि कश्मीर को भी सौदी जैसा बना देना चाहिए। वे भी खुले हाथ से और कई तरीकों से पैसे भेज रहे हैं। इसी वजह से हर कहीं जिहाद के काम कामयाबी के साथ चल रहे हैं। उसको अमल में लाना तो बहुत मुश्किल है, यह बात भी सच्ची है, मगर उसके बाद मिलनेवाली जन्नत क्या कम है? जब पैगंबरजी ने हमें यह सबकुछ बता दिया है, करके दिखाया है, तो और लोगों का, सरकारों का कहा सुनने का झंझट ही क्योंकर?

किसी चीज को सीख लेना आसान है। यदि हममें सीखने की जिद है तो बस वही काफी बनता है, लेकिन सिखाना तो बहुत मुश्किल है। और मुल्कों में मैंने देखा है: छोटे-छोटे बच्चों को, जवान लड़कों को बिठाकर जिहाद के रास्ते पर आगे बढ़ने के लिए कितने ढंग से और कितनी सतहों में उनके मन को तैयार कर देते हैं। पहले विरोधी के बारे में दुश्मनी का बीज बोना चाहिए। ऐसा नहीं करेंगे तो कत्ल करने की और खून बहाने की इच्छा मन में पैदा होगी भी कैसे? इसलिए इससे ताल्लुक रखनेवाले सभी सूरहें सुनाकर, उनका मायना समझना चाहिए। जो भी मुसलमान नहीं है, उसके खिलाफ दुश्मनी बरतनी चाहिए, खासकर यहूदियों के खिलाफ। जिसने जहर खिलाकर पैगंबरजी को मौत के घाट उतार दिया था, वह मादा सुर जैनाब यहूदी ही थी न? छिः, उनकी सारी पीढ़ी को जब तक इस धरती पर से मिटा नहीं देंगे, तब तक हमें चैन नहीं मिलेगा। इंशा अल्लाह, यह कोशिश तो और भी तरीकों से चालू हो चली है।

दुश्मनी पैदा करने के बाद क्या सही है, क्या गलत है, यो मन की गहराई में सोच-विचार करने की किसी कोशिश को दबा देना चाहिए। कितने भी मजबूत दिल के क्यों न हों, पहले एकाध कत्ल कर लेने के बाद, कसूरवार होने के खयाल से दब जाते हैं। इसलिए सही-गलत की उनकी सोच को ही बदल डालना बहुत ही अहम बनता है। अपने 53वें साल में पैगंबरजी ने दस साल की लड़की आइषा से जो शादी कर ली, उसकी तारीफ करने से, काफिरों को मरवाने के विचार का समर्थन करने से और कैद में आनेवाली औरतों को गुलाम बना लेने के और उन पर बलात्कार करने के विचारों को उत्तेजित करने से सही और गलत कामों को पहचान लेने के मन के झुकाव को धीरे-धीरे मार डाल सकते हैं। ऐसा कर देने के बाद भी, यदि थोड़ी सी शंका या हिचकिचाहट बची रहती है, तो उसको हटा देने के लिए बचे रहते हैं न पैगंबरजी के जीवन की एकाध

घटनाओं के उदाहरण। उनमें से एक या दो का बयान कर देंगे तो काफी होगा। किसी स्वभाव के क्यों न हों, काफिरों के सिरों को काट फेंकने के लिए एक-दूसरे से होड़ करते हुए वे आगे बढ़ आते हैं।

पहली घटना यह है—"जब पैगंबरजी ने खैबर में रहनेवाले अमीर यहूदियों के ऊपर हमला किया था, तब पैगंबरजी के अनुचरों ने उस समुदाय के नेता किनाना को कैद कर लिया था। जब उससे पूछा गया कि तुम्हारे लोगों ने अपनी धन-दौलत कहाँ छिपा रखी है, वह बताता है कि मुझे कुछ भी मालूम नहीं है। तब पैगंबरजी ने अपने एक अनुचर को यह हुक्म दिया कि "जब तक वह सबकुछ बता नहीं देगा, तब तक उसे भाँति-भाँति की यंत्रणा देते रहो।" तब उस अनुचर ने उसकी छाती पर आग लगा दी; तथा हवा फूँकने की नली से आग को भड़काता रहा और चुभाता रहा। जब वह मरने ही वाला था, तब पैगंबरजी अपने एक और अनुचर को हुक्म देते हैं कि उसको मार दो। तब वह उसका सिर काट देता है और पैगंबरजी को खुश कर देता है।"

दूसरी घटना फातिमा नाम की औरत से संबंधित है। अरब के लोग उसको 'क़र्फा' भी बोला करते थे। उसके सभी बच्चे अरब समुदाय के नेता बने हुए थे। जब कभी दोनों कौमों के बीच लड़ाई छिड़ती थी, वह अपने सिर के दुपट्टे को एक छड़ी में बाँधकर भेज देती थी, तो तुरंत लड़ाई बंद कर देते थे। उसके प्रति लोगों को उतना सम्मान था। वह खुद एक शायरा थी और पैगंबरजी के खिलाफ शायरी रचकर, पढ़ा-सुना करती थी। मक्का छोड़कर मदीना में स्थानांतरण करके जब गए थे, छठे साल में, जैद नाम के एक अनुचर को उस पर हमला करने के लिए भेज दिया था। जैद उसके दोनों पैरों में रस्सी बाँधकर, एक-एक पैर को अलग-अलग ऊँट से बाँध कर, तब तक उनको विरुद्ध दिशाओं में भगाता रहा, जब तक उसका बदन चिर नहीं गया। उसके बाद उसके सिर को काट दिया गया। कटे हुए सिर को और चीरे गए बदन को एक खंभे में लटकाकर पैगंबरजी को खुश कर दिया।

"चाय!" करके बोलते हुए, बेगमजी ने मुफ्तीजी को हाल की दुनिया में खींच लिया। मुफ्तीजी ने तीन ही घूँटों में उसे पी लिया। वे खाते भी तीन उँगलियों के सहारे ही। खा लेने के बाद उँगलियों को चाट लेना चाहिए था। यह तो पैगंबरजी का तरीका था। अल्लाह के पैगंबरों से बेहतर नमूना हमें कहाँ मिल सकता है? और तो और, "हर एक मुल्क के लिए अलग-अलग पैगंबरजी काम पर लगाए जाते हैं। मैं तो एक खास पैगंबर हूँ, जिसे सभी मुल्कों के लिए लायक ठहरा दिया गया है।"—यों उन्होंने ही कहा है न? (Mishkat 5500, Vol.3; Sahih al-Bukhari 335)। इसलिए, जो भी कदम मैं उठा लेता हूँ, ऊपर से ऊपर की सतह पर मुझे पहुँचाना है।

फिर उनका मन सिखाने के तरीके की ओर मुड़ा। जब यह सबकुछ सिखाता रहता

हूँ, तब से सभी शागिर्द काबू में नहीं रहते हैं। जो बेकाबू हुआ करते हैं, उनके बारे में कुरान में ही यह सुझाया गया है—"वे (अल्लाह) अपनी करतूतों के लिए किसी के सामने सवालों के जवाब देने पर मजबूर बने नहीं रहेंगे; बाकी सभी लोगों को जवाबदेही करनी पड़ेगी।" इसको सुना देंगे तो सब लोग अपना मुँह बंद कर लेंगे; मुँह बंद कर लेना ही पड़ता है (कुरान 21:23)। यों सोच लेते हुए मुफ्तीजी के मुँह पर हलकी सी मुसकान इधर खिल रही थी, तो उधर दरवाजे पर किसी के आ पहुँचने की छाया दिखाई दी। उन्हीं के हुक्म के मुताबिक फरूक को ले आए थे। यह बोलते हुए कि 'अस्सलामु-आलैकुम', अंदर आ पहुँचनेवाले उसकी बात को बीच में ही काट देते हुए, बैठो करके सामने आ बैठने को कहा, रूखी जबान में ही। साथ में जो आए हुए थे, उनके चले जाने के बाद, उसी को घूरते हुए और अपनी भौंहें सिकुड़ते हुए उन्होंने पूछा—"सुना है कि आजकल बहुत बदल गए हो। क्यों? बहुत फिक्र हो रही है क्या? यह तो वह शेर था, जिसे बचपन से पाल-पोसकर, हमला करने की तैयारी दी गई थी। अब तक शिकार खेलने में बड़ा जोश दिखा रहा था, लेकिन हाल ही में खून देखते ही मुँह फेरलेने लगा है।"

फरूक ने सिर उठाकर देखा—"अब तक पच्चीस कत्ल कर चुका हूँ। अब उसके बारे में सोच लेने से क्या फायदा मिलेगा?"

"फिर तुम्हें कुफ्र हो रहा है, ऐसा मुझे लगता है।"—उनकी आँखें उसको यों घूर रही थीं, मानो उसको निगल लेना चाह रही हों।

"मैं तो पक्का मुसलिम हूँ। इसलाम के बारे में मेरे मन में कोई शक नहीं है।"—उसने भी रूखे सुर में जवाब दिया।

"यह बात है तो उम्मीद क्यों खोते जा रहे हो?" ऊँची आवाज में उनके यों पूछने पर भी उसने कोई जवाब नहीं दिया।

"ऐसा करोगे तो जरूर जहन्नुम में जाओगे। जानते हो, वहाँ जानेवालों की क्या हालत होती है? उनके वास्ते ही आग का कुरता तैयार रहता है। उबलते हुए पानी को सिर पर उँडेल देते हैं। उससे चमड़ा ही नहीं, पेट के अंदर के हिस्से भी गल जाते हैं। बचकर भाग जाने की कोशिश करेंगे तो, लोहे के गदे से फिर अंदर ढकेल देते हैं। ये सब सह लेना चाहते हो क्या?" (कुरान 22:19-22)—मुफ्तीजी यों उसको धमका रहे थे।

"यह सब मरने के बाद होता है न? उससे भी दर्दनाक मुश्किलें अभी मैं सह रहा हूँ।"—यों चिल्ला-चिल्लाकर कहने को मन कर रहा था। "बिना किसी मकसद के, जंगल-जंगल में भटकते हुए, बिना किसी लक्ष्य के (कि किसके लिए) लड़ रहे हैं। किसी के हाथ की कठपुतली बनकर जीना अब बंद करके और शादीशुदा होकर बीवी-बच्चों के साथ सुख-चैन की जिंदगी बसर करने की इच्छा हो रही है।"—यों बुलंद आवाज में चीखते-चिल्लाते हुए कह देने की इच्छा हो रही थी, लेकिन यों इनके सामने बक देने का

नतीजा क्या होगा, इसकी जानकारी रहने की वजह से उसके मुँह से ऐसा एक अलफाज तक निकल नहीं रहा था।

मानो उसकी आँखों के द्वारा ही उसके मन को पूरी तरह से पढ़ रहे हों, मुफ्तीजी उसकी ओर देख रहे थे।

"यहाँ की दुनियादारी की जिंदगी के ठाठ-बाट की चाह तुममें होगी, तो यहाँ तुम सुख-चैन से रह सकते हो, मगर कल जहन्नुम में तुम्हें जहन्नुम की आग के सिवा और कुछ नहीं मिलेगा।" (कुरान 11:15-16)—यों बोलनेवाले मुफ्तीजी ने उसके मन में हो रही हलचल का सही अंदाजा कर लिया था।

"तो आपके लिए चार-चार बीवियों की जरूरत क्या थी?"—यह सवाल उसकी जीभ की नोक तक आ गया था; मगर उसने अपने को रोक लिया। जब वह तरबियत के लिए शामिल हुआ था, उन दिनों में जन्नत के बारे में जो बातें वे बता रहे थे, वे याद आ गईं। "जन्नत के बगीचों के डेरे में तुम्हारे लिए ही रखी गई, किसी और से अछूती नागकन्याएँ होंगी; बहुत ही मजेदार मदिरा होगी; तीस साल में रुकी रहनेवाली जवानी, सौ मर्दों की ताकत अकेले तुममें ही बनी रहेगी; पहनने के लिए रेशम के कपड़े; सोने के कंगन और मोतियों के जेवर से सजे रहनेवाले तुम; बिखरे हुए मोतियों के जैसे लगनेवाले और तुम्हारी खिदमत के लिए हमेशा तैयार खड़े रहनेवाले और हमेशा लड़कपन में ही रहनेवाले लड़के (कुरान 55:72-74; कुरान 37.46; Mishkat Vol. 3, p. 83-97; Tirmzi Vol. 2, p. 138); कुरान 22:23; कुरान 35:33; कुरान 76:19)। पहली हूर के साथ मजा उठा लेने के लिए जब तुम निकलोगे, वह बिस्तर पर तुम्हारा ही इंतजार करती रहेगी; जितनी भी आपसी खुशी तुम लूट लो, तुम्हें बेजार नहीं होगा और थकावट भी महसूस नहीं होगी; हर बार वह अछूती ही बनी रहेगी। अल्लाहजी की कसम खाकर, पैगंबरजी ने ये बातें कही हैं।" मौत के बाद मिलनेवाली खुशी की उस जिंदगी के बारे में अब उसमें कोई भरोसा नहीं बचा है।

"जब अल्लाहु की यही चाह है कि अल्लाहु के बताए मार्ग में लड़-भिड़ कर मरो; फिर से पैदा होकर उसी तरह लड़ते हुए मरो करके जब खुद पैगंबरजी ने बताया है, तुम्हारा बड़प्पन क्या दिखाना चाहते हो? देखो, तुम हो बड़े होनहार। समझ लो इन बातों को। कल तुम ही को सारे सवालों के जवाब देने होंगे। जन्नत की राह में आगे बढ़ रहे हो; उसी को जारी रखो।" मानो बोलने के लिए और कुछ बचा न हो, मुफ्तीजी चुप हो गए (Sahih Muslim 1876 f)।

उसने कोई प्रतिक्रिया नहीं दिखाई। 'खुदा हाफिज' बोलते हुए, बाहर निकल गया।

"पैगंबरजी एक ही रात में सभी बीवियों से मिला करते थे और उनकी नौ बीवियाँ थीं।" (Sahih al-Bukhari 5068) हाल ही में जिहाद के बंधन से छुटकारा पानेवाले

एक दोस्त ने यह हवाला दिखाया था। 'सहीह अल-बुखारी' नाम के हदीस में मिलनेवाली पंगतें मुझे याद आईं। मुझे इससे छुटकारा कब मिलेगा और कैसे मिलेगा ?—यों सोचते हुए वह गाड़ी में चढ़कर बैठ गया।

चाय का प्याला ले जाने के लिए बेगमजी अंदर आईं। प्याले को उठाकर उठते वक्त उनका बुरका जरा ऊपर उठ गया और उनके गोरे पाँव की उँगलियाँ दिखाई पड़ीं। साथ ही उँगली के नाखूनों पर लगाया गया रंग भी दीख पड़ा। तुरंत मुफ्तीजी का चेहरा सिकुड़ गया।

"यह क्या है ?" करके जोर से चिल्ला उठे।

"अंत में थोड़ा सा रंग बचा हुआ था। उसको खाली करने के लिए पोत लिया।"

'चटाक'—उसकी बात पूरी होने से पहले ही गाल पर जोर से चोट पड़ी। यह कोई पहली बार नहीं था। मारने का हक जो अल्लाहु ने दे दिया था, उसका हर मौके पर मुफ्तीजी अच्छी तरह इस्तेमाल कर लेते थे। (कुरान 4:34) मार की तीव्रता की वजह से संतुलन खो बैठीं और उनका सिर बगल की दीवार से टकरा गया। "हाय!" करके चीखते हुए वे आँसू बहाने लगीं। इतने में मुफ्तीजी के मन में एक और शक पैदा हुआ; "कहाँ है तुम्हारा फोन ?—यों पूछते हुए निकले और उसको ढूँढ़ लिया; कमरे से बाहर उसको ले आकर देखा, तो उसमें तसवीरें भरी पड़ी थीं। उसकी, उसके माँ-बाप की, अन्यान्य जगहों की तसवीरें उसमें थीं; काफी गाने भी थे।

"मना करने पर भी हराम के काम करती रहती हो न ?"—यों चीखते हुए अपनी पूरी ताकत से उसे दीवार पर पटक दिया। चकनाचूर होकर उसने अपनी मौत जाहिर कर दी।

बेगमजी बिलखती रहीं। उन्हीं को इस बात का पता नहीं चला रहा था कि उनके बिलखने की वजह अपना दर्द था या फोन का टूटना था।

"घर में पाक काबा की तसवीर को छोड़कर मैंने और कोई तसवीर टाँगी नहीं है। अपने पास टी.वी. भी नहीं रखा है; रेडियो भी नहीं है। और तुमने चोरी-छिपे ऐसी कई तसवीरें रख रखी हैं; गाने सुनती हो; रंग पोत लेती हो! जहन्नुम में जाने का तुमने इरादा बना लिया है क्या ?"—यों वे चीखते-चिल्लाते रहे। फिर भी उनकी नाराजगी काबू में नहीं आ रही थी।

"सारा मोहल्ला मुझे देखते ही डर से काँप उठता है। मेरे सुनाए कायदे की लकीर तक पार करने की बात सपने में भी कोई सोचता नहीं है। अगर उन लोगों को यह बात मालूम हो जाएगी कि तुम खुद ऐसा कर रही हो, तो मेरी हैसियत को कैसा धक्का पहुँचेगा··· ?"—यों और कुछ बोलने की सोच रहे थे, मगर उसे पूरा नहीं कर पाए। उभर आई नाराजगी के मारे दाँत पीसने लगे; बेगम के सिर पर दो मार मारी।

बेगमजी और धँसकर पनाह माँगने की हालत में पहुँच गईं। अपने शौहर की नाराजगी अभी खत्म होने का इशारा नहीं मिला था। जब तक वह इशारा नहीं मिलता, तब तक

वे अंदर नहीं जा सकती थीं। सिर में दर्द होने लगा था। फिर भी उनके हुक्म का इंतजार कर रही थीं।

"यह आखिरी चेतावनी है। फिर ऐसा करोगी तो उसका नतीजा क्या होगा, मैं बताऊँगा नहीं। तुम खुद देख लोगी। अब अंदर चलो।"—यों मुफ्तीजी गरज उठे।

नाराज होकर, तीन बार तलाक का ऐलान करके ये मुझे घर से बाहर निकाल देंगे, तो मैं क्या कर पाऊँगी? बोरिया-बिस्तर बाँधकर मुझे ही बाहर जाना पड़ता है न? कोई भी कायदा मुझे मदद पहुँचा नहीं पाएगा। यों सोचते हुए रसोईघर के अंदर कदम रखा, तो मारे खौफ के काँप गईं। घर की चारदीवारी के अंदर सहम कर जीना और उनके हुक्म की तामील करना, उनके लिए कोई नई बात नहीं थी। मायके में भी रोक-रुकावट क्या कम थी? पढ़ाई करने की लाख आरजू करने पर भी, धमकाकर मुझे कोने में बिठा दिया था न मेरे घरवालों ने? पढ़ाई-लिखाई करके किसी नौकरी का सहारा लेकर अपनी ही आजादी की जिंदगी बसर कर लेने की मेरी ख्वाहिश को पनपने भी नहीं दिया। दीदी का निकाह पूरा होते ही जल्द-बाजी में मेरा भी निकाह कर दिया गया। डरते-डरते यह पूछने पर कि किसके साथ मेरी शादी कर रही हैं, मेरी माँ ने लाल-लाल आँखों से घूरकर देखा था मेरी तरफ। "अपनी बेटी से कहो कि अपने शौहर के साथ हँसी-खुशी का बरताव करती रहे। कहीं तलाक लेकर लौट आई, तो गड्ढा खोदकर जिंदा दफन कर दूँगा।" अब्बा की जोर की यह धमकी सुनकर मेरा दिल काँप उठा था। वे तो अपनी कथनी को करनी में बदल डालनेवाले ही थे। शौहर को हमेशा खुश रखने के मकसद को ही अपने सामने रखकर, बरताव करते रहने पर भी, मिल-जुलकर ही रहने पर भी, कभी-कभी कोई-न-कोई गलती अनजाने में हो ही जाती थी। मजहब के रस्मों-रिवाजों को निबाहने का इनका तरीका ही मुझे पसोपेश में डाल देता था। अब्बा जान के घर में भी, अल्लाहु के बारे में, भय और भरोसा बने हुए थे, मगर कदम-कदम पर खयाल रखकर चलने की जरूरत नहीं थी। उनका वैसा रहना गलत था क्या? कुछ समझ में नहीं आता। दीदी की भी शादी एक और मुफ्तीजी से ही हुई थी, लेकिन उनका बरताव ऐसा नहीं था। दीदी बोलती रहती हैं कि वे तो कुरान, उसकी पढ़ाई और नसीहत देने तक ही अपने को सीमित रखते हैं। परिवार और घर-बार की बातों के बारे में उनका बरताव स्वाभाविक ही हुआ करता है। ये तो सब विचारों में अजीब लगते हैं—परिवार के विचार में भी। मैं तो किसी से कुछ बोल भी नहीं पाती। दीदी से कहने में भी संकोच होता है। शायद अरब मुल्क से आए हुए सभी ऐसे ही बरताव के हुआ करते हैं। आखिर मेरा नसीब ही अच्छा नहीं है। यों सोचकर, उसने लंबी साँस ली। खराब नसीब के ऊपर यह सबकुछ डाल देने से उनके मन को थोड़ी सी तसल्ली मिली। शौहर के ऊपर कसूर लाद देने की वजह से, जहन्नुम में जाना पड़ेगा तो क्या किया जा सकता है? नाम से मुफ्ती की बेगम बनी

हूँ, मगर यह समझ में नहीं आ रहा था कि क्या करने से जन्नत मिलेगी और क्या करने से जहन्नुम में जाना पड़ेगा? हर एक विचार के लिए उन्हीं का आसरा लेना पड़ता है, लेकिन आज के हादसे से एक विचार तो साफ हो चला है। एक बार और नाराज होने का मौका उन्हें दे दूँ तो यहीं वे मुझे जहन्नुम दिखा देते हैं। यों सोचते हुए उन्होंने सूजे हुए सिर के भाग के ऊपर नरमी से हाथ फेरा। मारे दर्द के एक बार और आँखों से आँसुओं का नया सोता फूट निकला।

अठारह

"सर, आप को कश्मीर कैसा लगा?"—कार में निकलने के बाद सलीम ने पूछा। वह करीब पच्चीस साल का हसीन जवान लड़का था। कद के अनुकूल बदन का गठन भी बना हुआ था। वह हँसमुख व्यक्तित्व का था। आँखों में तेज दिमाग के आसार नजर आ रहे थे। उसको सिर्फ देख लेने से, कोई यह कह नहीं सकता था कि वह ड्राइवर है। जिस लम्हे से संजीवजी ने मुझे उसकी जानकारी दी थी, उस क्षण से मारे उमंग के उछल रहा है। उसका स्वभाव ही ऐसा है, यह बात अब नरेंद्र को भी मालूम हो चली है। ऐसा लगता है कि वह सीधी बातचीत करनेवाला नौजवान है। फिर भी ज्यादा आजादी लेकर बात करता नहीं है। मैं कुछ बोल दूँ और उसके गलत मायने निकल जाएँ, तो नाजुक रिश्तों की इस जगह पर खतरा क्यों मोल लूँ, करके वह सोच रहा था।

"किसके कश्मीर की बात कर रहे हो?"—नरेंद्र ने पूछा।

"हमारे कश्मीर के बारे में, भारतीयों के कश्मीर के बारे में।"—पीछे मुड़कर हँसते हुए सलीम ने कहा। "पाकिस्तान के पास क्या है करके उनकी बात हमको सुन लेनी है? हमारे लड़कों को लाख समझाने पर भी समझ नहीं पाते वे इस बात को।"

"तुम श्रीनगर के हो क्या?"

"नहीं, मैं अनंतनाग का हूँ, लेकिन जब मैं छोटा था, तभी मेरे पिताजी ने हमारे परिवार का यहाँ स्थानांतरण कर दिया था।" इतना बोलने के बाद एक-दो मिनट रुककर, उसने फिर कहा—"पहले मैं आप को गणेशजी के मंदिर ले चलूँगा। उसके बाद सभी 'कदलों' को तफसील से दिखा दूँगा।"

"कदल का क्या मतलब है?"

"'कदल' का मतलब होता है पुल। श्रीनगर के अंदर बहनेवाली नदी के आठ पुल हैं। हर एक पुल के लिए अलग-अलग नाम दिए गए हैं। वहाँ जाने के बाद मैं आप को बताता जाऊँगा, छोड़िए।" उमंग के साथ सलीम बोलता गया।

अब वह बड़े प्रमुख मार्ग को पार करके एक छोटे से रास्ते पर जा रहा था। सभी

प्रदेशों में लोगों की निबिड़ता देखने में आ रही थी। दोनों ओर पहली कतार में दुकानें थीं। पिछली कतार से लेकर और उसके आगे दो-तीन मंजिलों के मकान थे। उनके बीच इधर-उधर छोटी-बड़ी मसजिदें थीं। सभी चोटियों पर पंख के गुच्छों के जैसे ध्वनि-वर्धक बाँधे गए थे। वह निमाज का वक्त नहीं था। फिर भी जोर से बातचीत सुनाई दे रही थी। थोड़ी दूर तक जाने के बाद रास्ते के बगल में उसने कार रोक दी।

"देखिए, यह है 'हब्बा कदल।' वहाँ पीछे मकानों की जो कतारें दिखाई दे रही हैं, उन सबमें एक जमाने में पंडित लोग ही रहा करते थे। थोड़ा अंदर आप को ले जाऊँगा, ठहरिए।" इतना बोलने के बाद मुख्य मार्ग से एक छोटी सी गली की ओर उसने मोड़ लिया।

"इस गली को देखिए। यहाँ से आगे बढ़ेंगे तो दोनों बाजुओं में मकान हैं। इस मार्ग में ऐसी कई गलियाँ मिलती हैं।"

वह यों कहता जा रहा था, तो नरेंद्र उनकी ओर ध्यान देता जा रहा था। बहुत तंग गली थी। उसके अंत तक कार में जाना मुमकिन नहीं था। दोनों ओर मानो गूँथे गए हों, एक-दूसरे के निकट बनाए गए बड़ी-बड़ी मंजिलोंवाले मकान थे। देखने से ही पता चलता था कि ईंट, पत्थर और काठ का इस्तेमाल करके कलात्मक रूप में उनको बना दिया गया था। एक जमाने में दुनिया भर में मशहूर कश्मीरी कारीगरी के नमूने के रूप में ये खड़े हैं; लेकिन उनमें से ज्यादातर मकान अब शिथिल अवस्था को प्राप्त हो चले हैं। कई मकानों की छत टूटी हुई थी; चंद मकान अधजले थे; ऐसे अनगिनत मकान थे जिनके दरवाजे और खिड़कियाँ गायब हो चली थीं। कई मकान कई पार्श्वों में टेढ़े-मेढ़े आकार में धँसकर अपने स्वरूप को ही खो बैठे थे। हर एक घर की बरबादी की हालत अलग-अलग स्वरूप की थी। इनको देखने पर नरेंद्र को बर्लिन शहर के यातना-कक्षों की याद आ रही थी। वहाँ जो निर्वात की हालत देखने में आती थी, वही हालत इन घरों की भी थी। बरबाद करनेवालों में ऐसी बर्बरता क्यों होती है? घरों को यों बरबाद कर देने से क्या साधा जा सकता था? यों चुपचाप देखते रहना उसके लिए मुश्किल हो रहा था। सांत्वना की आवश्यकता सिर्फ लोगों के लिए ही नहीं होती, इनके लिए भी आवश्यक होती है। तीव्र स्वरूप में घातित इन घरों से बातचीत कर लेनी है; खिड़की की उखाड़ी हुई सलाखों के ऊपर और टूटे-फूटे दरवाजों के चौखट के ऊपर हाथ फेरकर, जलकर काली हो चली छतों के कंधों पर हाथ डालकर उनको भी सांत्वना…।

"सलीम, मैं एक बार अंदर हो आऊँ क्या?"—नरेंद्र की इस माँग में विनती की छाया थी।

"आप मजाक तो नहीं उड़ा रहे हैं?" उसका चेहरा गंभीर हो चला था। "चूँकि मैं यहीं का रहनेवाला हूँ, इतनी देर तक मेरी गाड़ी को यहाँ रुकने दिया गया है। कोई यात्री

यहाँ आता भी नहीं है और यों खड़े होकर देखता भी नहीं है।" इतना बोलकर अपनी गाड़ी को मुख्य मार्ग पर ले आकर, आगे बढ़ता चला।

"घरों को क्यों इस तरह बरबाद किया गया है?"—अपने को रोक लेने में असमर्थ होकर नरेंद्र ने पूछा।

"जो लोग यहाँ से चले गए हैं, वे फिर लौटकर न आएँ, यही उनका मकसद है। घर ही रहने लायक न हों, तो लौट आनेवाले कहाँ रह पाएँगे?"—बिना किसी दुराव-छिपाव के सलीम बोल रहा था। बिना किसी प्रकार की प्रतिक्रिया व्यक्त किए नरेंद्र खिड़की से बाहर की ओर देख रहा था। टूटा-फूटा प्रत्येक घर उसके आंतर्य में खलबली मचा रहा था।

"सर, वहाँ देखिए। उस कोने में जो बड़ा मकान दिखाई दे रहा है, वही संजीवजी का घर था।" चंद ही मिनटों में, एक घर की ओर इशारा करते हुए उसने कहा। तीन मंजिलों का मकान था वह। गली की शुरुआत में ही वह बसा था। ऊपर की मंजिल पूरी तरह ध्वस्त हो चली थी। उसकी निशानी के रूप में सिर्फ खंभे ही बचे थे। दूसरी मंजिल की खिड़की और दरवाजे टूटे-फूटे थे और कई भाग धँस चुके थे। निचली मंजिल में कुछ मजबूती दिखाई दे रही थी। "आप जाकर आइए; मेरे लिए कुछ और काम है।"—यों कहकर संजीवजी ने क्यों टाल दिया था, यह बात अब नरेंद्र की समझ में आने लगी थी। कभी-कभी दिल को मसोस डालनेवाली सच्चाइयों से दूर रहना ही उचित लगता है।

"ऐसे अच्छे-अच्छे घरों में जो रहा करते थे, वे आजकल कैसे जी रहे हैं, उसे भी आपने देख लिया है न?"

"हाँ"—मुश्किल से उसके मुँह से यह आवाज निकल आई।

यात्री डल सरोवर के शिकारों में बैठकर श्रीनगर को देखकर लौट जाते हैं। इतने से वे संतुष्ट हो जाते हैं कि उन्होंने कश्मीर को देख लिया है। सच्चा कश्मीर तो बसा है यहाँ के हिंदू और मुसलमानों के हृदय में। सर, उसको परख लेने की ताकत सबकी आँखों में होती नहीं है।" सलीम के इस कथन के प्रति उसने कोई प्रतिक्रिया नहीं दिखाई।

"सुना है कि आप बड़े अनुसंधानकर्त्ता हैं और कश्मीर के बारे में आप बहुत कुछ जानते हैं। यह बात सुनकर मुझे बहुत खुशी हुई है। हाल ही में अपने एक दोस्त से आपकी भेंट करवा दूँगा। उसके साथ एक बार बातचीत करना पसंद कर पाएँगे क्या?" सलीम यों पूछता जा रहा था।

"जरूर!"—इतना ही बोलकर, नरेंद्र खिड़की से बाहर देखने लगा। सलीम मंद गति में कार चला रहा था। रास्ते भर मुसलमान ही चल-फिर रहे थे। इस हठ से चल-फिर रहे थे कि और किसी को जगह नहीं देंगे या इस दर्प से कि यह सबकुछ हमारा है।—इस बात का पता नहीं चल रहा था। हर कहीं वे ही दिखाई दे रहे थे। दुकानों में बेचनेवाले,

खरीदनेवाले, खड़े रहनेवाले और बैठे रहनेवाले, सभी मुसलमान ही थे। उनके बीच वे घर ऐसे लगते थे मानो वे अनाथ बने हुए हैं और हाथ-पैर तुड़वाकर और कमर झुकाकर खड़े हुए हैं। उनके रोने का कोई मूल्य ही मानो नहीं है; उनकी पृष्ठभूमि में निकल आ रहा था इबादत का ठहाका मसजिदों की ओर से। उनकी कर्कश, रूखी और बहुत सी बुलंद आवाजें—इन ध्वस्त घरों के माथे पर आ धमककर मानो उनको और धँस रही थीं; कानों पर आकर पछाड़ती रही ये आवाजें आपस में मिलकर भाग जाने पर यों विवश कर रही थीं कि उस दबाव को मुश्किल से रोकते हुए नरेंद्र ने जोर से सलीम को यह सूचना दी—"सलीम, जितनी जल्दी हो सके, यहाँ से निकल चलो।" यह विचार उसको सता रहा था कि जिन लोगों को आवाज उठाने का मौका तक न मिल रहा हो, उनके गले को घोंट देनेवाले मजहब को सचमुच ही मजहब कहा जा सकता है क्या?

"देखिए, गणेशजी का मंदिर आ गया।" चंद मिनटों के बाद सलीम बोल उठा।"

"कहाँ? दिखाई नहीं दे रहा है न!"—ऊँचे गोपुर की प्रतीक्षा में उसने चारों ओर नजर दौड़ाई।

"ऊपर नहीं, नीचे देखिए न। 'बोर्ड' लगा है न! मैं यहीं रास्ते के बगल में गाड़ी खड़ी करके आपका इंतजार करता रहूँगा।"—यों बोलते हुए, उसने एक गली की ओर इशारा किया।

'गणेशजी का मंदिर' नाम का बोर्ड जिस दरवाजे पर लगा था, उसको पीछे घसीटते हुए उसने अंदर कदम रखा। उसे ऐसा लगा, मानो वह किसी 'टेंट' में घुस कर जा रहा है। अपने गाँव में भक्त लोग जिस पूरे वैभव के साथ भगवानजी के दर्शन करने के लिए निकलते थे, वह दृश्य उसकी आँखों के सामने आ गया। यहाँ तो लोगों के प्राण ही आभूषण और वस्त्र बने हुए थे।

लक्ष्मण संधु ने झरोखे से ही उसको आते हुए देख लिया था। मुसकराहट दोनों के चेहरे पर खिल गई।

"नमस्कार। आप कहाँ के रहनेवाले हैं?"—उसको हस्तलाघव देते हुए नरेंद्र ने ही पूछा। उसको देखते ही पता चलता था कि वह अभी छोटी उम्र का है।

"मैं पंजाब का हूँ। इस जहन्नुम में आकर तीन साल गुजर गए हैं। आप कहाँ से आए हुए हैं?"—चेहरे पर मुसकान बिखेरते हुए, उसने पूछा।

"बेंगलुरु का रहनेवाला हूँ।"—उसने मुसकराहट लौटाई।

"जाकर भगवानजी के दर्शन करके आइए।" उसके इशारे की दिशा में पचास कदम आगे बढ़ने पर, एक बड़ा मंदिर दिखाई पड़ा। अंदर गणेशजी की मूर्ति थी, जिसकी सूँड़ दाईं ओर मुड़ी हुई थी। बाहर कितनी भी खलबली मचती क्यों न हो, मैं हू न रखवाली करने के लिए। ऐसा भाव उसके मुख पर झलक रहा था। थोड़ी देर तक उस मूर्ति के

सामने आँखें मूँदकर नरेंद्र बैठा रहा। जब तक उसने आँखें खोलीं, तब तक और भी कई भक्त लोग वहाँ आकर जमा हो गए थे।

"बड़ी संख्या में भक्त लोग यहाँ आया करते हैं क्या?"—कोई यह सवाल पूछ रहा था।

"हाँ, आया करते हैं, मगर उनसे भी अधिक संख्या में आया करते हैं, पत्थरबाजी करनेवाले।"—लक्ष्मण उत्तर दे रहा था, मुसकान के साथ। नरेंद्र उसकी ओर बढ़ा।

"भैया, आपकी बदौलत ये मंदिर अब भी बचे हुए हैं। आपके ऊपर ही हम ने भरोसा रख लिया है। इतना अच्छा काम आप कर रहे हैं। भगवान् जरूर आपका भला करेंगे।"—नरेंद्र के पीछे से आनेवाली अधेड़ उम्र की एक महिला, आँखों में आँसू भरकर बोल रही थी। आगे बढ़ आनेवाले उसके पति ने लक्ष्मण को हस्तलाघव दिया। उनके चेहरे से भी धन्यता का भाव झलक रहा था।

"हमारा इसमें क्या है, मैडम! रखवाला भी वही है; मारनेवाला भी वही है। उसने जो सामर्थ्य दिया है, उतना ही काम हमसे हो रहा है।"—मंदिर की दिशा में देखते हुए उसने कहा।

उन दंपतियों के चले जाने के बाद, उसके पास पहुँचकर नरेंद्र ने कहा—"मेरा छोटा भाई मेजर अर्जुन भी यहीं काम कर रहा था।"

"पिछले हफ्ते जो 'शूट-आउट' हुआ था, उसमें जिनकी मौत हुई थी, उस मेजर साहब के आप दाऊ हैं क्या?"

"जी हाँ। आप ऐसा क्यों पूछ रहे हैं? उससे आपका परिचय था क्या?"

"नहीं, लेकिन अंदर की सारी बातें हमें मालूम होती रहती हैं। हमारे अफसर बोल रहे थे कि वे बड़े काबिल थे। स्थानीय मुसलिम लड़कों के साथ उन्होंने अच्छा रिश्ता बना लिया था। उन लड़कों से ही उनको काफी विचार मालूम हुआ करते थे। उस 'एनकाउंटर' में भी, अंतिम क्षणों में उनको सूचना मिली और अपनी टोली के साथ उन पर हमला कर दिया। अपने प्राण त्यागने से पहले उन्होंने सारे मुजाहिदों को मौत के घाट उतार दिया था।"—यह कहते समय लक्ष्मण की आँखों में गर्व भरा हुआ था।

अर्जुन की आँखों में भी यही गर्व दिखाई दे रहा था। 'यूनीफॉर्म' पहन लेने पर एक जैसे हो जाते हैं ये सभी। देखने में ही नहीं, उन सबके हृदय एक जैसे हो जाते हैं, मानो एक ही ढाँचे से निकले हों। यों सोचनेवाले नरेंद्र को इन यादों ने थोड़ी देर तक बाँध लिया था। उससे जब तक छुटकारा नहीं मिला, तब तक वह उन्हीं यादों में डूबा रहा। बाद में उसने कहा—"आप जो काम कर रहे हैं, उसे जारी रखिए। हम लोग आपका साथ देते रहेंगे।"—यों बोलते हुए उसने आत्मविश्वास की हँसी बिखेरी; और फिर एक बार उसको सुदीर्घ हस्तलाघव दिया।

"थैंक यू सर!"—उसने कहा। वहाँ से निकल पड़े नरेंद्र को 'सर' करके फिर से संबोधित किया। "क्या है ?" करके जब उसने मुड़कर देखा, तो उसने कहा—"बाहर के दुश्मनों से अंदर के दुश्मन ही ज्यादा खतरनाक हुआ करते हैं। बाहरवालों को तुरंत पहचान सकते हैं। ये तो अन्यान्य भेषों में रहकर धोखा दिया करते हैं, लेकिन हम लोग इन सबका सामना करने के लिए तैयार हैं।"—इतना बोलने के बाद वह आत्मविश्वास के साथ हँस पड़ा। यह भी हँसकर निकल पड़ा। लक्ष्मण के माथे का घाव अब भी प्रमुख रूप से दिखाई दे रहा था।

"सर, इसे देखिए। यह है फतेह कदल। यहाँ भी पंडितों के परिवार ही ज्यादा थे। ये सारी दुकानें उन्हीं की थीं।"—इतना बोलकर सलीम ने कार रोक दी।

फिर वही नजारा देखने में आ रहा था। मुसलमानों की संख्या वहाँ से भी ज्यादा थी। मसजिदों की आवाज और बुलंद थी। रास्ते भी बहुत तंग बने हुए थे। मुख्य मार्ग को छोड़कर तंग गलियों से होकर वह ले जा रहा था। शक्ल बिगड़े हुए मकान इशारे से बुला रहे थे।

"कई मकानों में लोग बसे हुए हैं न ?"—उसने पूछा।

"सर, उसको बसना कैसे कह सकते हैं ? उन्होंने उन पर कब्जा कर दिया है; कई मकानों को गोदाम बना दिया है।"

गलियों में चार लोग खड़े होकर रोड़ा अटका देंगे तो घरों में रहनेवाले सभी लोग फँस जाते थे; बचा लेने के लिए और कोई रास्ता नहीं मिलता था। इसलिए अब मैं कल्पना कर पाता था कि यों फँसे लोगों की हालत का सही नजारा कैसा रहा होगा।

"सलीम, कश्मीरी पंडित अपने घरों को देखने के लिए कभी-कभी आया करते हैं क्या ?"

"नहीं। कभी कोई आ भी जाए तो यहाँ के स्थानीय आदमी उसको घेर लेते हैं और सवाल करने लगते हैं कि यहाँ क्यों आए हैं ? क्या काम करने आए हैं ? यात्रियों को जितनी आजादी मिलती है, उतनी भी आजादी उन पंडितों को यहाँ मिलती नहीं है।"—यों बोलते समय मार्मिक हँसी उसने बिखेरी।

"सलीम" नरेंद्र ने धीरे से पूछा, "मैं तुमसे एक सवाल पूछ सकता हूँ क्या ?"

"पूछिए सर!"—हँसते हुए उत्तर देने के लिए वह तैयार हो चला था।

"सभी मुसलमान इसी तरह के हुआ करते हैं क्या ?"

किसी प्रकार के उतार-चढ़ाव के या लानत-मलामत की भावना के बिना पूछे गए नरेंद्र के इस सवाल से उसको आघात-सा हुआ। यह सवाल उसके मन के चुभ गया। बड़ी देर तक वह बोला नहीं। चंद मिनटों तक उसका चेहरा गंभीर हो उठा था। उसके बाद हलकी सी मुसकान फिर से खिल उठी। कार के आईने में नरेंद्र को यह सबकुछ

दिखाई दे रहा था। अगले ही क्षण, बड़ी उमंग के साथ उसने पूछा—"क्यों सर? मिसाल के तौर पर, मैं नहीं हूँ क्या? गर्व के साथ मैं कहना चाहता हूँ। मैं भी एक मुसलमान हूँ। सुना है कि मेरे दादा के जमाने में हम लोगों का मतांतरण हो गया था, लेकिन हिंदुओं के प्रति जो नाइनसाफी हुई है, उसको सुधारकर, सभी हिंदुओं को अपने-अपने यहाँ लौटा लाना कश्मीरी मुसलिम होने के नाते मेरा फर्ज बनता है।"

"तुमने कुरान पढ़ लिया है क्या?"

"नहीं, सर!" सलीम की बातों और बरतावों में जो प्रामाणिकता दिखाई दे रही थी, उसने नरेंद्र के मन में सलीम के प्रति खास कद्र की भावना जगा दी थी।

"यह है 'जैना कदल।' यहाँ भी पंडितों की तादाद ही ज्यादा थी। इसके अलावा, 'अमीरा कदल' नाम का एक और पुल है। लौटते वक्त उसको भी दिखा देता हूँ।" हर एक जगह वह कार को रोककर बताता जा रहा था। उसमें भी ध्यान देने काबिल विचारों पर खास जोर दिया करता था। "इसको सभी हिंदू 'राजधान कदल' कहा करते थे। अब तो यह 'राजे कदल' बन गया है।"—यों ब्योरा बताते हुए कार जब भी रोक देता था, रास्ते पर खड़े रहनेवाले लोग उनकी ओर घूरकर देखते थे। कई-कई तो कार की खिड़की तक आकर झाँक लेते थे। उतनी करीबी से जब वे झाँकते थे, नरेंद्र के मन को ठेस लगते थे। फिर भी वह अपने चेहरे को हटाता नहीं था। दुकानदार वहीं से झाँककर कार में बैठे हुए अनजान शख्स का चेहरा देख लेने की कोशिश कर रहे थे। सलीम तो रोज की तरह बड़ी उमंग के साथ, जोर से बोलते हुए सभी के साथ कश्मीरी में बोल रहा था। वे लोग उसके जवाब में कुछ नहीं बोल रहे थे। उनकी जमी हुई नजर नरेंद्र के ऊपर ही टिकी रहती थी।

"सर! आपने पहचान लिया है न! यहाँ कोई हँसता नहीं है।"

"किसके ऊपर की नाराजगी की वजह से?"

"यह बात किसको बोलनी चाहिए थी, उन्हीं से सुन लीजिएगा। थोड़ी देर रुकिए।"—यों कह देने के बाद और कई जगहों में नरेंद्र को घुमा देने के बाद, जब उसे फिर लौटा लाया, शाम के चार बज चुके थे।

आते ही आरतीजी ने पूछताछ कर ली—"भैया, आपने खाना खाया है या नहीं?"

"खा लिया है भाभी जी!" उसने सिर हिलाकर हामी भर दी।

"कल उनसे इनकी मुलाकात करा पाओगे क्या?"—सलीम को बाजू में ले जाकर संजीवजी पूछ रहे थे।

"जी हाँ। अपनी गाड़ी में उन्हें ले जाऊँगा।"—सलीम बोल रहा था।

"मुझे दफ्तर जाना है। तुम सीधे उनको फोन कर दो। नंबर भेज दूँगा।" संजीवजी की सूचना को मानकर, सलीम के निकल जाने के बाद, नरेंद्र की ओर मुसकान के साथ देखते हुए संजीवजी ने इधर-उधर की बातें बोलते हुए नरेंद्र से पूछा—"आप जिन जगहों

की सैर करने गए थे, वे आप को कैसी लगी ?"

लौट आने के बाद नरेंद्र उस घर के चप्पे-चप्पे की खाक छानने लगा था। अपने दोस्तों के साथ संजीवजी जिस किराए के कमरे में रहा करते थे, उसकी कल्पना वह कर रहा था। जम्मू के उनके घर की कल्पना की तसवीर भी उसकी आँखों के सामने आ रही थी। इन सबसे बढ़कर, 'हब्बा कदल' के उनके घर की तसवीर बार-बार उसको सताने लगी थी। नहीं, नहीं। किसी के साथ उसकी तुलना नहीं की जा सकती और तुलना करनी भी नहीं चाहिए। उसे अतीव कष्ट हो रहा था।

"लीजिए। यह है आप को प्रिय लगनेवाला 'कहवा।'" आरतीजी भी चेहरे पर मुसकान भर आईं थी।

अब भी जिंदा बचे रहने की बात को छोड़ दें तो उनकी ऐसी मुसकान के लिए और कोई मजबूत वजह नहीं थी। जो भी ऐसी वजह मिले, जीने के लिए आसरे के रूप में उसको पकड़ लेना भले ही अनिवार्य क्यों न हो, फिर भी अपनी इस बुरी हालत के लिए जो कारण बने हुए थे, उनके प्रति एक भी कड़वी बात नहीं बोलनेवाले उनके इस उदार मनोधर्म की तुलना में किसकी मिसाल दी जा सकती है ? यह अजीब सवाल उसी क्षण उसके मन में पैदा हुआ और उसका संकट बढ़ता ही गया। अंत में, उस संकट को सह न पाने के कारण वह अचानक उठ बैठा। 'अभी आया' कहकर, शीघ्र ही उठकर वहाँ से बाहर निकल पड़ा पति-पत्नी अचरज से उसके इस निर्गमन को देखते रहे।

उन्नीस

अस्पताल से 'डिसचार्ज' होते समय सलीम ने ही 'बिल' चुका दिया। पड़ोसी होने के नाते से बढ़कर मुझे ऐसा लगता है कि हम दोनों के चाल-चलन में जो भिन्नता थी, उसी ने हम दोनों को करीब ला दिया था, शुरू से लेकर। वह थोड़ा सोच-विचार करके, माप-तोल करके फैसले पर पहुँचनेवाला था। फिर भी इस बात में कोई शक नहीं था कि वह बड़ा अक्लमंद था। मैं तो बहुत देर तक सोच-विचार करनेवाला नहीं था। मेरा यह विचार था कि फौरन फैसला करके उसको अमल में लाना ही मर्दानगी कहलाती है। साथ ही, जल्द नाराज हो उठते रहने की वजह से, विरले ही मैं हार मान लेता था। मेरे घर की कठिनाई एक तरीके की थी, तो उसके यहाँ की कठिनाई दूसरे तरीके की थी। फिर भी, आजादी का नारा लगाते हुए, पत्थरबाजी में जुट नहीं गया था, मगर इसी बहाने उसने मेरा साथ नहीं छोड़ा था। मेरे सुख-दुःख में वह हमेशा साझेदार बना रहता है। आगे चलकर सुख-चैन की जिंदगी जी लेने की उम्मीद में मैंने जिस रास्ते को अपना लिया था, उसमें सिर्फ खलबली मची हुई है। यूँ तो उसी खुशकिस्मती की वह भी उधर बाट जोह रहा है,

मगर उसमें पत्थरबाजी, 'पेल्लेट गन' की गोलाबारी की नौबत नहीं है। आज सवेरे भी उसने साफ–साफ कह दिया था—

"देखो मुश्ताक, आनेवाले यात्रियों को मैं खुशी–खुशी से घुमाऊँगा। कहीं–कहीं से उतने रुपए–पैसे खर्च करके वे यहाँ आएँगे भी क्योंकर? तुम ही बताओ न! यहाँ की जगहों के बारे में उन्हें काफी ब्योरे भी दिया करता हूँ। चाहनेवालों को दो–चार कश्मीरी शब्द भी सिखा देता हूँ। यों उनके और मेरे बीच में एक प्रकार का नाता भी जुड़ जाता है। कई–कई ऐसे यात्री भी होते हैं, जो यहाँ से लौट जाने के बाद भी फोन करके दरयाफ्त करते रहते हैं। अपने दोस्तों और रिश्तेदारों को मेरा नंबर देकर, मुझसे मेला–जोल बढ़ा लेने की सूचना भी दिया करते हैं। वे लोग यहाँ आने से पहले ही मुझे फोन पर बता देते हैं कि अमुक–अमुक तारीख पर कहाँ–कहाँ उनको ले जाना है और यों अपना कार्यक्रम भी तय कर लेते हैं। नए लोग, उनसे मेल–जोल, उनके रहन–सहन, नए–नए अनुभवों की जान–पहचान, इन सबसे बढ़ कर उनका प्यार और भरोसा—इनको रुपये–पैसे देकर खरीदा जा सकता है क्या? मैं तो बहुत खुश रहने लगा हूँ।"

यह सबकुछ सुन लेने के बाद मेरे मन में खटास का खयाल पैदा नहीं हुआ क्या? मेरी जिंदगी तो दुश्मनी के खयालों से ही भरी हुई है। आजादी की लड़ाई का नाम सुनते ही होशो–हवास भूलकर रुपए–पैसे का भी खयाल न करते हुए, जैसी की तैसी हालत में निकल पड़ता हूँ। अबकी बार यदि आरक्षक दल के जवान ऐन वक्त पर नहीं पहुँचते तो मुझे अपनी जान से भी हाथ धोना पड़ता। मैं यह भी ठीक तरह से देख नहीं पाया कि वह कौन था जिसने मेरी जान बचाई थी? उस एक जवान की मेहरबानी की वजह से भारत के और जवानों के बारे में मेरा रवैया बदला तो नहीं! लेकिन, अब तो हमारे उन लोगों के प्रति मेरी नाराजगी बढ़ रही है। हमारे और भारत सरकार के बीच की लड़ाई में खिलाफत पैदा हुई भी कहाँ से? वह यहाँ तक पहुँची है कि हमारे ही एक शख्स का गला काट देने से भी हम लोग मुकरते नहीं हैं न? वह भी कैसी ओछी वजह से? इतने सालों से भाँति–भाँति की लड़ाइयों में शरीक रहनेवाला मैं सच्चा मुसलमान नहीं हूँ क्या? इस विचार के बारे में मैंने कभी गहराई से सोचा तक नहीं। मन में अलग–अलग तरीके के कितने सवाल उठ रहे हैं? लेकिन, पहले इस विचार के बारे में तय कर लेना चाहिए। जितनी जल्द हो सके, किसी से पूछ लेना चाहिए। नहीं तो मन को चैन नहीं मिलता। यों सोच लेते समय, मुफ्ती लतीफजी की याद हो आई। आज तक कभी उनको ढूँढ़ते हुए मैं तो गया ही नहीं था, लेकिन अब जाने को मन कर रहा है।

'बिसमिल्लाह' बोलते हुए उठ खड़ा होनेवाला मुश्ताक धीरे–धीरे कदम बढ़ाने लगा। बाएँ हाथ और गले को मिलाकर मरहम–पट्टी बाँध दी गई थी। घुटनों तथा कोहनी में

खरोंच के घाव जो हुए थे, उनको छोड़कर और कोई बड़ा घाव तो भले ही नहीं हुआ था, फिर भी सारे बदन में दर्द हो रहा था।

"या अल्लाह! इस लड़के को कब अक्ल दोगे?"—यों बोलते हुए अम्मी जान अंदर से दौड़ी आ रही थीं। 'ऐसी हालत में कहाँ निकल पड़े हो?"—यों अपने बेटे के ऊपर ज्यादातर नाराजगी ही दिखाते हुए वे उसे आड़े हाथों ले रही थीं।

"मुफ्तीजी के पास जाकर आऊँगा। उनके साथ बातचीत करने को जी चाह रहा है।" अपने बच्चे का यह कहना सुनकर वे चुप हो चलीं। आजकल उनको जोरदार तरीके से ऐसा लग रहा है कि इस तरह हाथ-पैर में घाव बना लेने के बदले, यह भी सलीम की तरह ऐसा कोई पेशा क्यों नहीं ढूँढ़ लेता जिससे सही तरीके से दो-चार रुपए-पैसे की आमदनी मिल पाती। जब तक बेटे का बदन आँखों से ओझल नहीं हुआ, तब तक वे उसी तरफ देखती रहीं और उसके बाद वे घर के अंदर चली गईं।

आमतौर पर, अपने घर से मसजिद तक जाने के लिए पाँच मिनट लगते थे : लेकिन, आज उसने दस मिनट से भी ज्यादा समय लिया था। मुफ्तीजी रहेंगे या नहीं, इस शक के साथ ही अंदर कदम रखते हुए उसने दूर से ही उनको पहचान लिया; उसको पहचानकर उन्होंने भी जोर से यों कहा—"ओह! तुम हो? अंदर आ जाओ।" धीरे-धीरे कदम रखते हुए वह अंदर जाकर उस जगह बैठ गया जिसकी ओर उन्होंने इशारा किया था। चूँकि अभी-अभी 'जोहर निमाज' पूरी हो चली थी, सब लोग अपने घर लौट गए थे। इन दोनों को छोड़कर मसजिद में और कोई नहीं था।"

"जब फिरोज के ऊपर हमला हुआ था, मैं भी वहाँ था।"—धीरे से सिर उठाते हुए और उनकी ओर देखते हुए उसने कहा।

"मुझे सबकुछ मालूम है।"—बिना किसी उधेड़बुन के उन्होंने कहा—"जानते हो कि इसके पीछे क्या चल रहा है?" उनके इस सवाल के जवाब में, नकारने की अपनी राय सूचित करते हुए, उसने सिर हिलाया। तब उन्होंने कहा—"पता चला है कि भारत सरकार उन सभी काफिरों को फिर यहाँ ले आकर बसाने जा रही है। तुम यह भलीभाँति जानते हो न? आजकल कश्मीर में हर कहीं फौज के जवान ही भरे हुए हैं। फिर भी आजादी की लड़ाई में शरीक कोई शख्स उसके खिलाफ आवाज नहीं उठा रहा है। मैंने तो उन्हें समझाया है कि बड़े पैमाने पर इसके खिलाफ जुलूस निकालना है, मगर कोई मेरी बात सुन नहीं रहा है। ऐसी हालत में इसलाम बचेगा भी कैसे?"—उसके चेहरे की ओर देखते हुए उन्होंने पूछा।

"क्यों नहीं बचा रहेगा? हम सब हैं न? हिंदू लोग यदि लौट आएँगे तो वे एक ओर रह जाएँगे, हम लोगों को कोई तकलीफ पहुँचाए बिना।"—नादानी से भरे उसके उत्तर ने उनको चिढ़ा दिया। उसने सिर नीचे झुका लिया था। मुफ्तीजी को लगा कि अब नाराजगी

दिखानी नहीं चाहिए। आवाज को थमाते हुए उन्होंने पूछा—"हदीस में पैगंबरजी ने जो बात कही है, वह तुम्हें याद है न?" उनके यों सवाल पूछने पर उसका दिल धड़कने लगा, मगर उस खलबली को मुँह पर जाहिर न करते हुए सवालिया निशान से उनकी ओर देखने लगा।

"पैगंबर जी ने यों कहा है न? जब तक सभी लोग यह नहीं मान लेंगे कि अल्लाह को छोड़कर और कोई खुदा नहीं है, तब तक लड़ते रहने का मुझे हुक्म दिया गया है।" उसे तुरंत कुछ याद नहीं आ रहा था; याद आने की सूरत भी नहीं थी। फिर भी, हामी भरते हुए उसने सिर हिला दिया। (Jami` at-Tirmidhi 2606)।

"अलहम् दुलिल्लाह, यहाँ आजादी की लड़ाई पहले से जारी है। मगर 1990 में, तब तो तुम पैदा भी नहीं हुए थे। क्या तुम यह जानते हो कि हमने सब काफिरों को यहाँ से क्यों भगा दिया था?" इतना बोलकर उसी को ताकते हुए दो मिनट के बाद धीरे-धीरे बोले—"पैगंबर जी की बोली के मुताबिक यहाँ निजाम-ए-मुस्तफा को कायम करने के वास्ते।"

वह चुपचाप सुनता रहा। आगे बढ़कर उन्होंने बताया—"तीस साल बीत चले हैं न; फिर भी आजादी मिली है क्या?" इस सवाल के जवाब के रूप में, 'नहीं' की निशानी के रूप में उसने सिर हिला दिया।

"सिर्फ पत्थरबाजी करते रहेंगे, तो अगले सौ सालों के बाद भी हमें आजादी नहीं मिलेगी। आप लोगों की पत्थरबाजी से डरकर वे यहाँ से भाग नहीं निकले है; मगर, इसलिए कि हमने हजारों काफिरों की जान ले ली है और उनकी औरतों पर जुल्म कर दिया है। समझ में यह बात आई क्या?"

"जी हाँ।"

"इसके लिए बहुत पहले से ही हमने तैयारी कर ली थी। जमात-ई-इसलामी, उमत-ई-इसलाम, इसलामिक स्टूडेंट्स लीग और अह्ल-ई-हदित—ये सभी बहुत ही जिंदादिली से इस काम में जुटे हुए थे। नाम के तौर पर ये सभी एक ही मजहब से ताल्लुक रखते थे; फिर भी उनके मकसद अलग-अलग थे। इन सबको एकजुट करके आगे बढ़ाने में जान के लाले पड़ गए थे।"—अपनी याददाश्त हरी कर लेते हुए वे बताते जा रहे थे।

"1988 के अगस्त महीने से ही हमने अपनी कारवाइयों को तेजी से बढ़ाना शुरू कर दिया। श्रीनगर में जितने बम फटे, उनकी गिनती ही न रही। अगस्त की 14वीं तारीख को पाकिस्तान की आजादी को मनाने के लिए हमने हरे झंडे फहरा दिए। अगले दिन भारत की आजादी मनाई जा रही थी न, उस दिन हमने काले झंडे दिखा दिए। हर कहीं पुलिस के साथ मुठभेड़ हुईं। अगस्त 17वीं तारीख को जब जिया-उल-हक की मौत की खबर आई, तब तो···" उन्होंने यकायक अपनी बात रोक दी और पूछा—"ऑपरेशन टोपाक के बारे में तुमने सुना है क्या?" उसने नकारते हुए सिर हिला दिया।

"छोड़ो और कभी उसके बारे में बता दूँगा। अल्-हम्दुलिल्लाह, हमारी लड़ाई को एक दिशा दिखानेवाले वे ही थे। उनकी मौत की खबर मिलने पर लोगों को काबू में रखना बहुत ही मुश्किल हो चला था; हर कहीं विरोधी जुलूस और पत्थरबाजी; श्रीनगर, बारामुला और पुलवामा में हर कोई भारत-विरोधी नारे लगाते हुए, कर्फ्यू का भी खयाल न करते हुए, रास्ते पर उतर आए। ये हरामखोर पुलिसवाले चुप रहते कैसे? गोलाबारी करके हमारे लोगों को उन्होंने मार डाला। माशा अल्लाह, हमारी तैयारी भी कम नहीं थी। तब तक 'जम्मू-कश्मीर लिब्रेशन फ्रंट' के 50 लड़कों को पाकिस्तान भेजकर, उनको तरबियत दिला दी थी; लौटते वक्त चीन में तैयार राइफलों को वे अपने साथ ले आए थे। काफिरों को ही नहीं, उनका साथ देनेवाली मुसलमान पुलिस को भी हमारे लोगों ने मार डाला। जैसा कि हमने सोचा था, सबके मन में भय की भावना जगाने में हम लोग कामयाब हो गए थे। भारत की सरहद पार करके पाकिस्तान जा पहुँचते वक्त या वहाँ से लौट आते वक्त, जानते हो, हमारा एक भी लड़का पकड़ा नहीं गया।" उसी की ओर देखते हुए वे गर्व के साथ बताते जा रहे थे और दीवार के साथ सटे बैठकर मुश्ताक ध्यान देकर सुन रहा था।

"हर कहीं दीवारों पर 'पोस्टर' चिपकाए गए; कर-पत्र बाँटे गए; दस 'हिट-स्कॉड' रचे गए और उनको अलग-अलग नाम देकर उनके लिए अलग-अलग नेता नियुक्त कर दिए गए। कई नाम अब भी मुझे याद हैं; अल जिहाद के लिए जावेद अहमद मीर, हम्मा के लिए अब्दुल गफर, विक्टरी कमांडोस के लिए मुजफ्फर शाह! वे पंडित लोग हमको देखते ही गौरैयों के जैसे थर-थर काँप उठते थे।"—यों बताते जा रहे मुफ्ती लतीफजी बीच में ही रुककर जोर से हँस पड़े।

"हमारे लिए एक और सहूलियत यह थी कि हमारे ही लोग—उम्मा दल के लोग—सरकार के ओहदों पर काम कर रहे थे; भले ही ये सब लोग खास जगहों पर तैनात नहीं हुए थे, फिर भी अपनी जानकारी में आई बातों का हू-ब-हू ब्योरा हमें पहुँचा देते थे। पुलिस चौकियों में तो हमारी तरफ से किए गए कत्लों के विचार दाखिल ही नहीं होते थे। उनकी आँखों के सामने ही गोली दाग दी जाती थी, तो भी दूसरी ओर आँखें फेर लेते थे। नहीं तो खुफिया दल के अफसरों का कत्ल कर देना मुमकिन हो भी कैसे सकता था? कर्फ्यू लगाने पर भी हमारे चलन-वलन के लिए मदद पहुँचाने के लिए कितने ही 'पासों' का प्रबंध कर दिया करते थे। कभी हमारे लोगों के पकड़े जाने की सूरत में खुद पुलिसवाले अपनी ही 'जीपों' में आकर, उन्हें बचा देते थे। सेना की राह बदल देने की, भुला देने की वारदातों की कोई कमी नहीं थी। स्कूल-कॉलेजों में, अस्पतालों में, जेलों में रहनेवाले हमारे लोगों की मदद की वजह से ही हमारी योजनाएँ सफल हुआ करती थीं।" इतना बताकर मुफ्तीजी चुप हो गए।

"यह बात है, तो 1990 के जनवरी महीने की 26वीं तारीख को पूरे कश्मीर को

अपने कब्जे में लेकर पाकिस्तान के झंडे को फहराने की वह योजना क्यों कामयाब नहीं हुई ? तब तक तो पंडितों ने कश्मीर की घाटी को छोड़कर चले जाने का फैसला ले लिया था न ?"—मुश्ताक यह सवाल पूछ रहा था। इस विचार के बारे में फिरोज को कई बार बोलते हुए उसने सुन लिया था।

"हाँ। जनवरी की 26 तारीख को ईदगाह मैदान को अपने कब्जे में लेने की हम ने योजना जरूर बनाई थी। वह दिन हमारे लिए जुम्मा का दिन था—'शुभ शुक्रवार' का दिन था। हमने सोचा था कि उस दिन मसजिदों से ध्वनिवर्धकों के द्वारा निरंतर स्वरूप में ऐलान कराते हुए आम लोगों को प्रचोदित करके, घर से उन्हें निकाल कर, छोटे-छोटे गिरोहों के रूप में कुल मिलाकर दस लाख लोगों को इकट्ठा कर देने का इरादा था। श्रीनगर के निवासियों के लिए वहाँ आ पहुँचना आसान बना था। आसपास के गाँवों तथा शहरों के रहनेवालों को बसों तथा निजी गाड़ियों में बुला लाने की योजना हमने बना ली थी। सब लोग वहाँ मिलकर आजादी का ऐलान करेंगे; हमारे मुजाहिदों की ओर से हवा में गोली चला देने के बाद, भारत के झंडे को जलाकर, इसलामिक रिपब्लिक के झंडे को फहराकर, निजाम-ए-मुस्तफा की स्थापना का ऐलान कर लेने का फैसला हमने लिया था। हमने सोचा था कि देश-विदेश के अखबारों तथा टी.वी. चैनलों में इस खबर का प्रसारण यदि हो जाएगा, तो हमारी लड़ाई को तीन-चौथाई जीत हासिल हो जाएगी। उस दिन तो जम्मू में गणराज्योत्सव की गौरव-वंदना के स्वीकार के समारोह में सब राजनीतिक नेता डूबे रहेंगे। यहाँ हमें मदद पहुँचाने के लिए हमारे ही कई पुलिस अफसर तैयार रहेंगे। 1989 के अगस्त की 14वीं तारीख को इसलामिया कॉलेज में हमारे आंदोलनकर्त्ताओं ने जुलूस निकाल लिया था न ? अब भी ऐसा ही होगा। यों हमने जो सोचा था, वही हमारी भूल सिद्ध हुई।" उन दिनों की याद करते ही मुफ्तीजी का चेहरा सिकुड़ गया।

"जैसे हमने योजना बनाई थी, हमने यह झूठी खवर फैला दी कि पुलिस के चार आदमी मारे गए हैं, मगर इससे हालात बिगड़ नहीं पाए। 25वीं तारीख को सवेरे जब हमने स्कवाड्रन लीडर आर.के. खन्ना को मिलाकर भारतीय वायुसेना के चार अफसरों का कत्ल कर दिया, नजदीक की चौकी में रहनेवाले किसी भी पुलिसकर्मी ने हमें कोई रुकावट नहीं पहुँचाई, लेकिन चंद ही दिन पहले जिसने सत्ता सँभाल ली थी, उस राज्यपाल ने हर कहीं कर्फ्यू लगा दिया। कोई बाहर आ नहीं सकता था। हर एक गली में 'गन' थामे हुए आरक्षक दल के कुत्ते खड़े हुए थे। लोगों को इक्ट्ठा कैसे कर पाते ? लोगों का साथ ही नहीं मिल पाया तो संघर्ष को जारी रखते भी कैसे ? कम-से-कम पूरी घाटी को अँधेरे में डुबोए रखने की हमारी इच्छा भी कामयाब नहीं हुई; हमें मजबूरन हाथ मलते रहना पड़ा।" उनके चेहरे पर अब भी नाराजगी के आसार नजर आ रहे थे; नाराजगी के साथ ही वे बोल रहे थे।

"फिर कभी ऐसा अवसर मिल नहीं पाया। अलगाववादी नेताओं ने बातचीत शुरू कर ली। उसका नतीजा यहाँ तक सीमित रहा। मुझे यह नहीं मालूम है कि किसने इससे कितना कमा लिया। यहाँ के लोगों को अब तक आजादी भी नहीं मिली है और 'नजाम-ए-मुस्तफा' भी साधा नहीं गया।"—उन्होंने मायूसी के साथ ही यह सबकुछ बताया।

"कम-से-कम अब हमें यदि आजादी मिल पाएगी, तो उससे क्या फायदा हमको मिलेगा?" अपने लिए जो अहम विचार बना हुआ था, उसी को मद्देनजर रखकर वह यह सवाल पूछ रहा था।

"यह क्या सवाल पूछ रहे हो? 'नजाम-ए-मुस्तफा को लागू कर देंगे। सौदी अरेबिया के जैसे। सभी काफिरों को भगाकर, अपनी हुकूमत जारी करने के लिए, हमारे लिए इसलाम की जरूरत होती है। जो अल्लाह के बताए रुख पर चला नहीं करते, वे पैदाइशी मुसलिम होने पर भी, सच्चे मुसलिम नहीं बनते हैं। इस बात की तुम्हें जानकारी नहीं है क्या? इसके खिलाफ चलनेवाले हर एक शख्स का सिर काटकर फेंक देते हैं।" दाएँ हाथ की निशाने की उँगली को ऊपर उठाकर, जोश के साथ बोलते रहनेवाले मुफ्तीजी का चेहरा कुछ काँपने लगा था। छाती के अंदर से उभरकर आनेवाली साँस को काबू में रख लेने में विफल हो जाने की वजह से बार-बार जोर से साँस छोड़ रहे थे। धधकती आ रही नाराजगी के कारण, उनकी आँखें लाल-लाल हो चली थीं और ऐसा लग रहा था कि वे अपने निवास की उस जगह को भी भूल बैठे हैं।

इससे पहले कभी उनके इस रुद्र रूप को न देख पानेवाला मुश्ताक एकदम डर गया। साथ ही, जब उन्होंने यह कहा कि 'सिर काटकर फेंक देते हैं' फिरोज के कटे हुए उस मुंड की तसवीर उसकी आँखों के सामने घूम गई, जिसको अब तक भूल गया था। उसका मन फिर से परेशान हो चला।

"मुश्ताक, तुम ऐसे लड़के हो, जो मेरी आँखों के सामने पलकर बड़े हुए। इस बात को याद रखो कि तुम्हें एक श्रद्धालु मुसलिम बने रहना चाहिए। घर में चुपचाप बैठकर निमाज करने के बदले, मजहब का सिपाही बनकर, अल्लाह के रास्ते में बढ़ते रहोगे, तो उससे मिलनेवाला मुनाफा बेहतर हुआ करता है। भले ही तुम्हें यह अच्छा न लगे, फिर भी तुम्हें लड़ते रहना चाहिए। बीमारी को दूर करनेवाली दवा कभी मीठी रह सकती है क्या?" अपनी नाराजगी को काबू में रखने की कोशिश करते हुए, उसको सावधान कर देने की आवाज में जब मुफ्तीजी बोल रहे थे, जवाब में वह कुछ भी बोल नहीं पा रहा था। वह सिर्फ सिर हिलाता रहा था। (कुरान 4:95; 2:216)

"अब मैं चलूँगा। खुदा हाफिज!"—यों बोलते हुए, धीरे से उठकर वह चल पड़ा तो पीछे से यह सवाल तीर के जैसे आ लगा—

"यहाँ जी रहे काफिरों की बस्ती तुमने देखी है न?"

"हाँ, देख चुका हूँ। बहुत नजदीक ही है न? आप क्यों पूछ रहे हैं?"

"यों ही पूछा था। उनकी बस्ती के रास्ते में भी मैं पाँव रखनेवाला नहीं हूँ। इसीलिए पूछा था। अब तुम जा सकते हो।"—यों उन्होंने इजाजत दे दी।

सिर झुकाकर मुश्ताक धीरे-धीरे चलने लगा। मुफ्तीजी ने जो कुछ बताया, उसमें एक बात तो अच्छी तरह समझ में आई थी। यह लड़ाई कभी खत्म होनेवाली लड़ाई नहीं है। आज सभी हिंदू काफिर लगते हैं। मुफ्तीजी की बातें न माननेवाला हर एक मुसलिम भी काफिर बन जाता है। कुल मिलाकर इतना ही कहा जा सकता है कि खून किसी का क्यों न हो, इसलाम की उस तलवार को खून से भिगोते रहना चाहिए। रशीद के लाल-लाल चेहरे की याद हो आते ही मुश्ताक को ऐसा लग रहा था कि अपने बाएँ हाथ का दर्द भी बढ़ रहा है।

बीस

"अब हम लोग कैलाशजी के यहाँ जा रहे हैं।"—घर से निकलते समय संजीवजी ने कहा। इनके घर से वह घर केवल दो मिनट तक पैदल चलने की दूरी पर था। यह भी पहली मंजिल का मकान था। किसी बुजुर्ग ने दरवाजा खोला। देखते ही विश्वासपूर्ण आत्मीयता से उनका स्वागत किया—"नमस्कार। पधारिएगा।"

"आपका नाम है किशन पंडितजी! आप हैं कैलाशजी के छोटे भाई।"—नरेंद्र से उनका परिचय कराते हुए संजीवजी ने कहा।

"आप हैं नरेंद्रजी। बेंगलुरु से आए हुए हैं।"

आपस में हाथ-मिलाकर विश्वास की दो-चार बातें बोल लेने के बाद, किशनजी ने कहा—"चलिए। हम लोग उधर के कमरे में ही चलेंगे। दाऊजी वहीं हैं।"

उन दोनों के पीछे चला नरेंद्र। वहाँ फर्श पर बिछाए गए बिछौने के एक कोने में, दाहिने हाथ को ही तकिया बनाकर, शरीर को मोड़कर लेटे हुए थे कैलाशजी। देखने से ही पता चलता था कि वे गहरी नींद में डूबे हुए हैं। पतला बदन था; सफेदी में बदलते रहने पर भी, बीच-बीच में काली छटा को बनाए रखा था सिर के बालों ने। कश्मीरियों की पहचान के रूप में रहनेवाली लंबी नाक थी; चेहरे पर कहीं-कहीं पड़ी हुई झुर्रियाँ उनकी अतीव थकान को सूचित कर रही थीं; कभी-कभी चमक कर ओझल होती हुई अशांति की भावना, बार-बार संकुचित होते रहनेवाला माथा और भौंहें सूचित कर रही थीं कि वे कोई बुरा सपना देख रहे थे; थोड़ा सा खुल कर, फिर बंद होते रहनेवाला मुँह; खोलने पर धीमी-सी आवाज में कराह सुनाई दे रही थी; धीमी गति में उठती-गिरती रहनेवाली छाती। टकटकी लगाकर नरेंद्र उन्हीं को देख रहा था।

"आप हैं अनुसंधानकर्त्ता। कश्मीर के बारे में विशेष जानकारी पा लेने की इच्छा से यहाँ आए हुए हैं। कैलाशजी की 'डायरी' यदि इन्हें दे सकेंगे तो यहाँ क्या-क्या घटा हुआ है, उनका सही चित्रण इनको मिल जाएगा।" बादाम को मुँह में डालते हुए संजीवजी ने कहा।

तुरंत किशनजी ने पास ही रखी छोटी सी अलमारी में से वह डायरी निकालकर दे दी। उनको धन्यवाद देकर दोनों वहाँ से निकल पड़े। निकलने से पहले नरेंद्र ने फिर एक बार कैलाशजी की ओर देखा। ऐसा लगा कि उनका वह सपना अभी पूरा नहीं हुआ है।

उनके घर से लौट आते समय नरेंद्र ने संजीवजी से पूछा—"मुझे ऐसा लग रहा है कि आपने इस डायरी को पढ़ लिया है। है न?"

"जी हाँ। कितनी बार पढ़ी है, इसकी गिनती मैंने रखी नहीं है।"—संजीवजी ने कहा।

जब उसको पढ़ लेने के लिए बैठा, उसने घड़ी की ओर देखा। अभी साढ़े पाँच भी नहीं बजे थे। उसे लगा कि रात के भोजन के समय तक उसको पढ़ लूँगा। पहला पृष्ठ उसने खोला। उर्दू में लिखा गया था। अगले सारे पृष्ठ भी। शायद पूरी लिखावट उर्दू में ही रही होगी। पृष्ठों को फिरा लेने पर उसका शक ठीक निकला। मन में निराशा छा गई। तुरंत उसने संजीवजी को बुलाया।

"आपसे कहना ही भूल गया था। मैंने उसका हिंदी में अनुवाद कर दिया है। इस पृष्ठ से वह अनुवाद शुरू हो रहा है। आप देख लीजिए।"—यों बोलते हुए उन्होंने वह पृष्ठ दिखा दिया। उसके चेहरे पर तसल्ली की भावना खिली। संजीवजी कुछ कहने को थे, लेकिन अंतिम क्षण में अपने को रोककर, उसकी ओर बड़ी देर तक ताकते रहे और कमरे से बाहर निकल गए।

> "पानी में रहते समय, किसी प्रकार की हानि नहीं पहुँचेगी—यों तो जलोद्भव को खुद ब्रह्मदेवजी से वरदान मिला हुआ था न! उसने सबको सताकर, पीड़ा पहुँचाकर, भागकर पानी के अंदर अपने को छिपा लिया था। तालाब के सारे पानी को खाली किए बिना उसको कैसे पकड़ा जा सकता था? तब कश्यपजी की विनती सुनकर ब्रह्माजी ने विष्णुजी को भेज दिया। विष्णुजी अन्य देवताओं के साथ वहाँ जा पहुँचे और उन्होंने आस-पास के सभी ऊँचे पर्वतों को काट डाला। तब वह सारा पानी शीघ्रता के साथ बह गया। अब वह जलोद्भव कहाँ छिप सकता था? विष्णुजी के हाथों उसका वध हुआ। तत्पश्चात् कश्यपजी ने उसी जगह एक मंडल की रचना कर दी। 'बताओ, वह मंडल कौन-सा था?'
>
> "पिताजी जब मुसकराहट के साथ यह प्रश्न पूछते थे, तो क्षणभर में, मारे संतोष के, मैं चीखकर कहा करता था : 'हमारा कश्मीर'! "प्रश्न पूछते समय पिताजी को और उसका उत्तर देते समय मुझको जो प्रसन्नता मिलती थी, उसमें लेशमात्र भी अंतर मुझे दिखाई नहीं देता था।
>
> "जब कभी पिताजी मुझे यह पौराणिक कथा सुनाते थे, अपने हाथों को

जोड़े रखते थे। मैं भी हाथ जोड़कर ही उसे सुन लेता था। रोज उनको यह कथा दुहरानी पड़ती थी। नहीं तो मुझे तसल्ली नहीं मिलती थी। पिताजी को कश्मीर के ऊपर प्रशासन करनेवाले कई राजाओं की कहानियाँ मालूम थीं। जब कभी उनको फुरसत मिलती थी, रोचक ढंग से उन धनवान और पराक्रमी राजाओं के वैभवपूर्ण प्रशासन की कहानियाँ सुनाया करते थे। उन्हें सुनकर मुझे भी ऐसा ही लगता था कि मैं भी राजा हूँ। माँ शारदाजी के आवास स्थान में पैदा होने के नाते विद्या की संपत्ति की दृष्टि से अपने आप को मैं राजा समझ लेता था। जब कभी सिर उठाकर हिमालय की चोटियों को देख लेता था, मुझे ऐसा लगता था कि वे मेरे लिए छाता पकड़ रही हैं और मैं अपने छोटे-छोटे कदमों को राजा-योग्य कदमों में परिवर्तित कर लेता था। चोटियों की कतारों को बेधकर बह आती हुई हवा के धीमे झोंकों को चामरसेवा मानकर फूला नहीं समाता था। अभी उगी नहीं मूँछ को तिरछाते हुए, मैं जब ठाट-बाट से चला आ रहा था, तो मुझे ऐसा लगता था कि भूमाता की गोद में लंबी दूरी तक फैली हुई हरीतिमा ही मेरे लिए बहुमूल्य कालीन बनी है; पेड़-पौधे और लताएँ ही मेरी प्रजा बनी हैं; बगल में ही बहती रहनेवाली वितस्ता नदी ही मेरे लिए पार्श्वगायन प्रस्तुत कर रही है; और पंछियों का कलरव ही मंत्रघोष बना है। जब तक माँ का जोर से यह कहना सुनाई नहीं देता कि 'कैलाश, तुम कहाँ हो?', मैं ही अपने इस कश्मीर का राजा हूँ और इस राजा का नाम है कैलाश पंडित—यों अपनी कल्पना में खोया रहता था।

"किसी को दंडित करनेवाला मैं नहीं हूँ; सबके प्रति प्यार का बरताव मात्र कर सकता हूँ। छोटी सी एड़ी से लेकर आदमी तक—इतना ही क्यों, राक्षसों तक—सब को निर्व्याज रूप में—यानी बिना छल-कपट के—प्यार कर सकता हूँ। मेरे पिताजी भी ऐसे ही थे। उनका कहना था कि उनके पिताजी (यानी मेरे दादाजी) भी ऐसे ही थे। यह बात मुझे अच्छी तरह याद है। दक्षिणी कश्मीर के पुलवामा जिले में बसा था हमारा गाँव। चारों ओर बीस कनाल तक की जमीन बड़ी उपजाऊ बनी थी। बीच में हमारा बड़ा मकान था। खेत के बगल में वितस्ता की भरपूर नदी थी (सिखों ने अपने प्रशासन की अवधि में 'झेलम' करके इसका नामांतरण कर दिया था।)। चूँकि हमारा परिवार संयुक्त स्वरूप का था, घर में भीड़ ही रहा करती थी। घर के तथा खेत के कामकाजों के लिए अलग-अलग नौकर थे। इसी बहाने वे आलसी नहीं बने थे; क्षणभर भी चुपचाप नहीं बैठते थे। तड़के चार बजे ही उठकर, नदी में डुबकी लगाकर, सूर्यदेव का आह्वान करके, जनेऊ को हाथ में पकड़कर, गायत्री मंत्र का जाप कर लेते थे और खेत के चारों ओर एक चक्कर काटकर ही घर लौटा करते थे। घर लौटने के बाद भगवती श्लोकों का पठन हुआ करता था। उसके बाद जलपान करके खेत की तरफ जाते थे तो फिर लौट आते थे भोजन के लिए। तब तक दोपहर हो जाते थे। खाना खा लेने के बाद थोड़ी देर सो लेते थे।

फिर खेत की ओर निकल पड़ते थे। शाम को अँधेरा छा जाने से पहले ही घर पहुँच जाते थे। फिर भी और लोगों के लड़ाई-झगडों का समाधान ढूँढ़कर, उनको भेज देने में, रात के भोजन का समय निकट आ जाता था।

"रोज सवेरे मेरी आँख खुलने तक, माँजी गरम-गरम चाय मुझे पिलाकर जलपान की तैयारी में लग जाती थीं। जाग उठते ही, मेरे कमरे के पास ही, कतार में लगे हुए अखरोट और सेब के वृक्षों की ओर मैं आँखें फेर लेता था। यदि जमीन हरी-भरी रहेगी, तो जीवन भी हरा-भरा ही रहेगा करके पिताजी बोला करते थे। उस बात की याद हो आते ही, नीचे उतरकर चला और उनको आगोश में लेकर यों बैठा रहता कि समय का खयाल ही नहीं रह जाता। 'कहाँ हो, कैलाश' करके, माँ की आवाज सुनते ही तुरंत दौड़ा आ जाता था। उसकी कोमल ध्वनि की डाँट की परवाह नहीं करते हुए, घर के बाहर के नल के नीचे खड़े होकर, स्वच्छ और ठंडे पानी से सिर को गीला कर लेते ही, जोर से चीखकर, वहीं दो-चार कदम की दूरी तक रहनेवाले स्नानघर की ओर दौड़ जाता था। बड़े हंडे में रहनेवाले गरम पानी से नहाकर, जल्दबाजी में खाना खाकर, बड़े तथा छोटे चाचा के बच्चों के साथ स्कूल जाकर, लौट आते समय रास्ते में मिलनेवाले फल आदि खाकर आधा पेट भरकर आने पर भी, घर में फिर कुछ-न-कुछ खाने के लिए माँगते थे। हमारी इस आदत की जानकारी रखनेवाली माँ या बड़ी माँ कुछ-न-कुछ नमकीन तैयार करके हमारी प्रतीक्षा करती रहती थीं। शाम को घर में दीये जलाने तक हम सारे बच्चे बाहर खेलते ही रहते थे। उसके बाद अंदर आकर, शारदा स्तोत्र का पठन करने के बाद और अपना सबक पढ़ लेने के बाद, कहानियाँ सुनने के लिए तैयार रहते थे। पहली कहानी कश्मीर की ही हुआ करती थी। कई बार खाना खा लेने के बाद भी कहानी को आगे बढ़ा दिया जाता था।

"गाँव में हम लोग चैन की जिंदगी बसर कर रहे थे। इसी बीच में भारत का विभाजन हो गया। पाकिस्तान से आए हुए मुसलिम पठानों का एक दल यहाँ आ पहुँचा; और उनके द्वारा बारामुला में कत्लेआम होते रहने की खबर भी मिली। जितनी जल्द हो सके, श्रीनगर पहुँचकर उसको अपने कब्जे में लेने का षड्यंत्र उन्होंने रच दिया था। बीच में मिलनेवाले गाँवों-गलियों को लूटने की खबरें भी आने लगीं। खबर लानेवालों के साथ ऐसे गाँवों के निवासी भी हमारे घर में आ मिले।

"क्षीरभवानी मंदिर के तीर्थ का रंग अब काला हो चला है, ऐसा कहा गया है। मुझे अब भी याद है कि इस खबर को सुनते ही बड़े चाचा का चेहरा किस प्रकार आतंकित हो गया था। चूँकि हम लोग कश्मीर के इस भाग में बसे हुए थे, पाकिस्तान की सीमा के निकट बसे बारामुला में जिस प्रकार के अनाचार हो रहे थे, उनकी गरमी सीधे हम लोगों तक अभी नहीं पहुँची थी, मगर स्थानांतरण करके यहाँ आ पहुँचनेवाले लोग जो कहानियाँ सुना रहे थे, उनसे हम गाँववाले सचमुच

ही भयभीत हो चले थे।

"वे पठान बहुत ही भयानक लगते थे और वन्य-मृगों के जैसे दिखाई दे रहे थे। बढ़ आते समय गाँवों-गलियों में जो कुछ भी मिलता था, उसे लूट लेते थे। सोने-चाँदी के जेवर ही नहीं, काँच और पीतल के बरतनों को, दरवाजों की मूँठों को, बाँस की आड़ों को भी अपने साथ लूट के ले जा रहे थे। हमारी औरतों को भी…" आगे की वारदातें बता नहीं पाने के कारण उन्होंने सिर नीचे कर लिया।

"बारामुला के कॉन्वेंटों में रहनेवाले पादरी और संन्यासिन भी इनके शिकार बने हुए थे। इतना ही नहीं, हिंदुओं तथा मुसलिमों की एकता के प्रतीक के रूप में जाने-माने बने हुए हमारे मकबूल शेरवानीजी की भी उन्होंने हत्या कर दी। जब उनको हमले की जानकारी मिली, लोगों को संगठित करके, उनमें धीरज बँधाने की बड़ी कोशिश भी की थी। जब उन हमलावरों को रोक पाना मुमकिन नहीं लगा, तब अपने स्थानीय समर्थकों की मदद से श्रीनगर की ओर बढ़ते रहनेवालों को राहभूला बना दिया। एक-दो बार नहीं, कई बार उन्होंने ऐसा ही करवाया था। सही रास्ता ढूँढ़ पाने में अपना सारा समय व्यतीत करने से ऊब गए उनको जब यह मालूम हुआ कि यह उसका कुतंत्र था, इसका भी खयाल न करते हुए कि वह भी एक मुसलिम है, उसे खींच ले गए और उसके हाथों में कील मार दी। तब भी वह चीख रहा था कि 'हिंदू-मुसलिम एकता की जय हो!' उसके ऊपर उन्होंने गोलियाँ बरसा दीं। उसके माथे के ऊपर टीन का टुकड़ा लगाकर यह लिख दिया था कि 'पाखंडी को मौत की सजा ही मिलती है।' खबर पहुँचाने के लिए जो लोग आए हुए थे, वे इतना कहकर चुप हो गए।

"हमारे ऊपर हमले तो लगातार होते ही आए हैं। हम लोग स्थानांतरण करते आए हैं; फिर लौट आते भी रहे हैं। कभी-कभी स्थानांतरण के स्थलों में ही जीविका ढूँढ़ लेना तो आम बात ही है। यह सिलसिला जारी रहा तो हमारे अस्तित्व को ही भंग पहुँचता है न?—यों कई लोग अपनी चिंता व्यक्त करते थे।

"ऐसी निर्मम क्रूरता हमारी इस धरती को शोभा देनेवाली बात नहीं है। मुसलिम कब कश्मीर आ पहुँचे? कब से हिंदुओं के धर्मांतरण की प्रक्रिया उन्होंने शुरू कर दी?—किसी और ने पिताजी से पूछा।

चौदहवीं शताब्दी में कश्मीर की गद्दी पर बैठनेवाले बौद्ध धर्म के अनुयायी रिंचन ने मुसलिमों के मजहब को अपना लिया और सुलतान सद्रुद्दीन करके अपने नाम को भी बदल लिया। तब से इस भू-भाग के ऊपर मुसलिमों की हुकूमत शुरू हुई है। इस विचार के अलावा, हमारे लिए कोई और सबूत मिल नहीं पाता कि आम जनता का इसलामीकरण कैसे शुरू हुआ? लेकिन, ऐसी शुरुआत के बाद, किन स्तरों तक पहुँच गया, इसको साबित करने के लिए आवश्यक कई दस्तावेज जरूर मिलते हैं। उदाहरण के लिए, हमें पता चलता है कि सुलतान सिकंदर की हुकूमत

में कश्मीर आए हुए बैहाकी सय्यदों ने हमारी कौम के लोगों का धर्मांतरीकरण ही नहीं किया, बल्कि यह भी आश्वासन दिया कि 'आज से आप लोग हिंदू-ब्राह्मण नहीं, मुसलिम-ब्राह्मण बने रहेंगे और आपके स्थान-मान के लिए कोई धक्का नहीं पहुँचेगा।' उन धर्मांतरित व्यक्तियों के मन में ऐसी भावना पैदा करने की कोशिश भी की थी, यों मैंने सुना है।'—पिताजी, इस प्रकार, प्रत्येक प्रसंग की याद करके बताते जा रहे थे।

"यों कहा गया है कि 'बुत शिकन' के नाम से मशहूर सुलतान सिकंदर के हाथों बरबाद नहीं होनेवाला कोई गाँव ही नहीं था, कोई मंदिर भी नहीं था। इसका वजीर जो पहले हिंदू था, बाद में इसलाम में धर्मांतरित हो गया था। ऐसा भी सुना है कि हिंदुओं का मजबूरन धर्मांतरण कर देने का जिम्मा भी उसने अपने ऊपर ले लिया था। हिंदुओं के धार्मिक ग्रंथों को डल झील में फेंक देने का तथा पंडितों के जनेऊ को काटकर फेंक देने का कार्य—इन दोनों को ये दोनों अविच्छिन्न रूप में अनुष्ठान में ला रहे थे। सुना है कि एक बार तीन 'खर्वार'—यानी 240 किग्रा. वजन के जनेऊ को जला डाला था। जब पिताजी यह विचार सुना रहे थे, मैं आँखें मींचे बिना उन्हीं को देख रहा था।

"आगे चलकर, अफ़गानों के समय में इस क्रौर्य ने एक विभिन्न रूप ही धर लिया। घास के गठरों में पंडितों को बाँधकर डल झील में डुबो देना, मल से भरी मटकियों को उनके सिर पर रखकर, तब तक उस पर पत्थरबाजी करना, जब तक वह फूट न जाए—ये सभी उन मुसलिमों के लिए मौज के खेल बने हुए थे—उनका यह कथन सुनकर, उन घटनाओं की कल्पना कर लेने से ही मन में काँटे चुभने का अनुभव हो रहा था।

"वे जितनी भी पैशाचिकता क्यों न दिखाएँ, कितनी भी हिंसा देकर धर्मांतरण क्यों न करें, 'कायेन वाचा मनसा' उनके मजहब को हमने दूर ही रखा था। उनके 'कुरान' को हमारे पृष्ठ के नीचे रखकर, हम लोग भगवान् की पूजा संपन्न कर लेते थे। उनकी समझ में यह बात आ गई कि खून बहाने के द्वारा, ऋषि-परंपरा के हम लोगों पर जीत हासिल नहीं कर पाएँगे; इसलिए यह समझाने के वास्ते कि हमारे मजहब में भी ऋषियों की परंपरा है, पारस से और मध्य एशिया से उन्होंने सूफी-संतों को बुलवा लिया। सुलतान सिकंदर के समय में ही, करीब तीन हजार अपने अनुचरों के साथ यहाँ आनेवाले सय्यद मोहम्मद हमदानीजी इसका एक उदाहरण बने हुए हैं। ये और अन्य सारे सूफी-संत इस विचार का ढिंढोरा पीटने लगे कि हिंदू तथा मुसलिमों के तात्त्विक विचारों में और कला के प्रकारों में बड़ी समानता देखने में आती है और दोनों समुदाय सौहार्दपूर्ण तरीके से एक साथ रह सकते हैं। इसके फलस्वरूप 'कश्मीरियत' नाम की एक नई परिभाषा भी आविर्भूत हुई। तलवार की बर्बरता से विमुक्त उनकी नई विचारधारा ने खून बहाते रहनेवाले उनके रवैए को

भुला देने में सफलता प्राप्त कर ली। देखते-देखते सैकड़ों नई मसजिदें अस्तित्व में आ गईं। कश्मीर के हिंदू अनजाने में ही मुसलिम बन गए।—जब पिताजी ने अपना यह निरूपण समाप्त कर दिया, आस-पास बैठे हुए किसी ने एक बात तक नहीं कही।

"तब मुझे इस नए प्रकार के राक्षस का परिचय प्राप्त हुआ। उसके बारे में बार-बार पिताजी से मैं सवाल कर देता था। पिताजी, जो जलोद्भव के बारे में निश्चित रूप में और दृढ़ स्वर में बोला करते थे, धर्मांधतारूपी इस राक्षस के बारे में बोलने से डरा करते थे। हर बार मेरे इस सवाल की उपेक्षा कर देते थे कि उसका अंत किस प्रकार हो सकता है ? उसका संहार करने के लिए कश्यपजी फिर से विष्णु जी को कब बुलवा लेंगे ?—यों दिन-रात उसी की प्रतीक्षा कर रहे हैं। पिताजी के इस कथन के प्रत्येक शब्द के प्रति मैंने यह विश्वास बनाए रखा था कि 'शस्त्र के बल से कश्मीर को जीत नहीं सकते; पुण्य के बल से ही यह संभव हैं।'

"इस घटना के उपरांत, एक और सच्चाई भी मेरी समझ में आई थी। मैं तब तक ही कश्मीर का राजा बन रहूँगा, जब तक कोई अन्य राजा मेरे कश्मीर के ऊपर हमला न कर दे। उसके बाद ? बहुत कुछ सोच-विचार करने की जरूरत नहीं है। अपने आप यह निर्धार भी निकल आया—**"मैं कश्मीर का राजा हूँ। किसी राक्षस के अट्टहास से भयभीत होनेवाला नहीं हूँ। अपने राज्य को छोड़कर कहीं नहीं जाऊँगा। मुझे वितस्ता नदी में डुबो देने पर भी"।**

"कहानी सुनने में जो श्रद्धा थी, सुनाने में भी वैसी ही श्रद्धा उभर आने लगी, तो अध्यापन के पेशे को अपना लेने की आशा जागी। तब पिताजी की अनुज्ञा भी मैंने पा ली। वैसे तो कश्मीरी पंडितों में ज्यादातर लोग ऐसे थे, जिन्होंने सरकार में मुनीम की नौकरी कर ली थी। ज्योतिषियों तथा पुरोहितों की संख्या कम ही थी। कोई भाषा क्यों नहीं, उसे तुरंत अच्छी तरह सीखकर, रोजगार पा लेने की कुशलता रखनेवाले हमारे समुदाय के लोग अफगानों के जमाने में फारसी भाषा के ऊपर प्रभुत्व साध कर, प्रशासन की व्यवस्था में ऊँचे ओहदों के लिए चुन लिये जाने लगे। तब से यह भावना प्रबल होती चली कि महत्त्वपूर्ण सरकारी ओहदों के लिए कश्मीरी पंडित ही सुयोग्य व्यक्ति हैं। यह हुई डोगरा राजाओं के पदग्रहण के पूर्व की बात। सिखों के प्रभुत्व के समय से कश्मीर के ऊपर पंजाब का असर अधिक हो चला था। डोगरा राजाओं की हुकूमत की अवधि में भी यही क्रम जारी रहा। ऊँचे स्तर के ओहदों के लिए सिख समुदाय के लोग ही चुने जाते थे, लेकिन चूँकि अध्यापन के प्रति हमारी विशेष श्रद्धा थी, जीना हमारे लिए दुस्तर नहीं बन पाया था। मुसलमानों में यह प्रवृत्ति नहीं थी। उनके समुदाय के मुखिया विशेष अनुरोध नहीं करते, तो कोई भी पढ़ाई-लिखाई के लिए आगे बढ़ नहीं आता था। उनका विश्वास यह था कि पढ़ाई-लिखाई से सबकुछ बरबाद हो जाता है; और खेती-बारी से ही

अच्छी जिंदगी मुमकिन बन सकती है। धीरे-धीरे उनके मन में शिक्षा के महत्त्व की जानकारी जागी और पंजाब के विश्वविद्यालयों में जाकर, शिक्षा पाकर कश्मीर लौट आने लगे।—इन्हीं लोगों से राजनीति के अभियान शुरू होने लगे। यों पिताजी बोल रहे थे। मुसलिमों ने प्रशासन के ओहदों को पाना चाहा था; मगर वे मिले नहीं। इधर अंग्रेजों को तथा हिंदू एवं मुसलिमों को सँभाल लेने की भरपूर कोशिश की डोगरा सरकार ने; मगर उस कार्य में सरकार को सफलता नहीं मिली। इसी समय अहमदीय और अहरार पंथों के बीच का संघर्ष तीव्र स्वरूप के क्रोध में पर्यवसान हो चला था और उन्होंने कश्मीरी पंडितों की हत्या करने के कार्य शुरू कर दिए। तब पंडितों के कई परिवारों ने कश्मीर छोड़कर अन्यत्र स्थानांतरण कर दिया। यह घटना घटी थी 1931 के अक्तूबर में। मेरे इस ओहदे में शामिल होने से पहले ही मेरे पिताजी ने मुझे खुलकर ये सारी बातें बता दी थीं।

"कश्मीर में यदि जीना है, तो इन सारी बातों की जानकारी रखनी पड़ती है। उससे कुछ फायदा होगा या नहीं, यह अलग बात है।"—यों पिताजी बोल रहे थे। उनके अनुभव की इस बात के लिए यहाँ के विकराल इतिहास की घटनाओं का समर्थन भी मिला था। यह बात मुझे भी पहले से मालूम थी। श्रीनगर की एक शाला में अध्यापक की हैसियत से मेरी नियुक्ति होने तक, परिवार की जायदाद का विभाजन हो चला था और हिस्से की हमारी जिम्मेदारी भी मेरे भाई किशन ने सँभाल ली थी। दीदी की शादी हुई थी और वह सुख-चैन से, अपने परिवार के साथ जी रही थी। गिरिजा के साथ मेरी शादी के बाद ही मैंने श्रीनगर में घर बसा दिया। इसका कारण, शाला की नजदीकी से बढ़कर, हिंदुओं के अनेक परिवारों का वहाँ रहना था। 'हब्बा कदल' में घर खरीदने के संबंध में पेशगी देकर आने के बाद, गिरिजा ने पूछा था—'सुना है कि सामने के घरवाले मुसलमान हैं और कहीं हम क्यों न अपना घर बना लें?'—यों पूछते समय, उसके चेहरे पर भय की भावना झलक रही थी। धर्मांधता के जिस भयानक राक्षस की जो बात मैंने भुला दी थी, वह एकदम मेरी याद में उभर आई और रातभर आँखें मूँदने भी न देकर, उस राक्षस ने मुझे सताया था।

"ये बातें जान लेने के लिए कि उस घर के लोगों की रीत-नीत कैसी है, जब मैंने उस रास्ते पर कदम रखा, तब जिस व्यक्ति से मेरी भेंट हुई, उन्होंने कहा—'सुना है कि हमारे घर के सामनेवाले उस घर को आप खरीद रहे हैं। मास्टरजी, यह तो बहुत अच्छा हुआ। यहाँ हमें आए हुए भी सिर्फ छह महीने हुए हैं।' स्नेहपूर्ण बरताव के साथ हँसते हुए वे बोले। मेरी परेशानी समझते हुए उन्होंने कहा—'मेरा नाम है बशीर अहमद। आपके सामने जो घर है, वह मेरा ही घर है। यहीं प्रमुख मार्ग पर मेरी एक कपड़े की दुकान है।'—यों उन्होंने अपना परिचय दे दिया। मेरे मन में यह भावना आई कि कोई राक्षस इतना स्नेहमयी होकर, यों बड़े विश्वास के साथ बोल पाता ही नहीं है।

"जैसी आपकी मर्जी।"—गिरिजा ने कहा था। तब तक मेरा यह निश्चय स्पष्ट हो चला था—'**मैं कश्मीर का राजा हूँ। किसी राक्षस के अट्टहास से भयभीत होनेवाला नहीं हूँ। अपने राज्य को छोड़कर कहीं नहीं जाऊँगा। मुझे वितस्ता नदी में डुबो देने पर भी**'''।' शुभ दिन और शुभ मुहूर्त में, जब हमने घर में प्रवेश किया, कोई ऐसी घटना नहीं घटी, जिसके प्रति हमें शिकायत करने का मौका मिलता था। जब कभी आमने-सामने भेंट होती थी, तो वे पूछा करते थे कि 'मास्टरजी, भोजन हुआ है क्या?"; 'शाला का काम पूरा हुआ क्या?' उनकी बीवी रफत जान घर के बाहर निकलती ही कम थीं। फिर भी गिरिजा से भेंट होने पर हँसी-खुशी से बोला करती थीं। उनके बारे में हमारे मन में जो भय और आतंक की भावनाएँ छाई हुई थीं, धीरे-धीरे कम होती गईं। तब तक उनके यहाँ अनवर पैदा हुआ था और वह दो साल का हो चला था। हमारे वहाँ जाने के बाद आसिफ पैदा हुआ था। उसके छह महीने के बाद हमारे यहाँ सतीश का जन्म हुआ था। परिवार के बढ़ जाने के बाद, बच्चों के लालन-पालन में सब लोग डूबे हुए थे। हमारे त्योहार और संस्कारों के लिए अर्थ एवं महत्त्व मिल गए। नाते-रिश्तेदारों से मेल-मिलाप भी बढ़ गए। कई ऐसे अवसर भी होते थे कि मैं यह बात भी भूल जाता था कि मेरे घर के सामने उनका निवास है। शिवरात्रि के अवसर पर तो वे बिना भूल-चूक के 'नद्रू' नाम की—जिसे हम लोग कमल कहा करते थे—सब्जी के डंठलों को ले आते थे। आपसी विश्वास के प्रतीक के रूप में वे हम लोगों को आदर दिया करते थे, तो गिरिजा स्वादिष्ट खाद्य-वस्तुएँ बनाकर, उन्हें उनके यहाँ भेज दिया करती थी।

"कभी-कभी शाला में पढ़ाई जानेवाली सबक की मानसिक तैयारी में डूबकर चुपचाप चलता रहता, तो वे ही खुद यों बोला करते थे कि 'मास्टरजी, क्या बात है? आज इतने धीरे-धीरे कदम बढ़ा रहे हैं। देर नहीं हो रही है क्या?'—ऐसे भी अवसर हुआ करते थे।

"'अभी निकला हूँ। आज आप दुकान नहीं जा रहे हैं क्या?'—यों प्रामाणिकता के साथ मैं भी उनसे पूछ बैठता था।

"'मैं भी निकल रहा हूँ। बेगम साहिबा नाश्ता नहीं खिलाते हुए मुझे सता रही हैं।'—यों बोलते, हँसा करते थे। विश्वास के ऐसे नातों में कोई उतार-चढ़ाव नहीं हो रहे थे। हमारी बेटी सविता के तथा उनकी बेटी नैला के पैदा होने के बाद भी यह नाता उसी प्रकार बना हुआ था। गाँव में किशन ने दो एकड़ की कनाल-जमीन खरीद ली थी। चावल, बादाम, केसर और सेब की अच्छी फसल निकल आती थी। कभी-कभी मैं बशीरजी को बादाम दिया करता था, तो बशीरजी अपने गाँव में उगा चावल मुझे भी दिया करते थे।

"'मास्टरजी, किसी तरह इसके दिमाग में चार अलफाज भर दीजिए न।'—यों बोलते हुए, अनवर को मेरे दरवाजे तक खींच लाए थे बशीरजी। बच्चों को

सिखाने के प्रति मेरे स्वाभाविक चाव के साथ, बशीरजी का बेटा होने का विचार भी शामिल हो चला था। इसलिए शाला में सिखाए गए सबकों को, फिर से उसे धीरे-धीरे समझा दिया। तो वह अब बोलने लगा था कि आसानी से वे सब उसकी समझ में आ रहे हैं। उसके बाद, वह हर रोज भले ही नहीं आ रहा था, फिर भी कठिनाई महसूस होने पर, बिना किसी हिचकिचाहट के, मेरे पास आ-आकर पूछ लेता था। वह बेवकूफ तो नहीं था; लेकिन पढ़ाई में ज्यादा लगन नहीं थी। बोलता भी बहुत कम था। दो-चार बार पूछने के बाद, एक बार सिर हिला देता था। मैं जब उसका मजाक उड़ाता था कि 'अनवर, यदि तुम मुँह नहीं खोलोगे, हमें तुम्हारी आवाज ही याद नहीं रहेगी', तो हँसते हुए दौड़ जाता था। उसके सुडौल चेहरे पर यह मासूम हँसी भी बहुत खूब लगती थी।

"नतीजे जब निकल आए थे, उस दिन उसको भी अपने साथ लेकर और मिठाइयों का डिब्बा मेरे हाथों में थमाकर बशीरजी ने कहा था कि 'आपके आशीष से ही यह 'हाईस्कूल' के इम्तिहान में 'पास' हो पाया है। जब उन्होंने यह बात कही थी कि 'तुम यह बात याद रखो कि तुम उनकी चप्पल की धूल के बराबर हो।'—थोड़ी देर तक मेरी चप्पल ही वह देखता रहा।

"उसके सिर पर हाथ फेरते हुए मैंने कहा था—'छि: छि:, छोड़िए न ऐसी बात! मेरे लिए सतीश जैसा है, वैसा ही है यह भी। मैंने जिसको सिखाया-पढ़ाया है, उससे वह तरक्की कर ले तो मेरे लिए यह गर्व की बात है न?' मेरे इस कथन में रत्ती भर भी औपचारिकता नहीं थी। तहेदिल से निकल आई बात ही थी वह।

"आसिफ अच्छा बातूनी था। सतीश के साथ उसकी दोस्ती हमारी गली तक ही सीमित नहीं थी; खेल के मैदान तक वह बढ़ी हुई थी। पढ़ाई के सिलसिले में कोई शक होता, तो उसे दूर करने के लिए वह बिना किसी संकोच के हमारे यहाँ आया करता था। अपने दाऊ से ज्यादा तेज दिमाग का था वह, मगर बड़े लगन के साथ एक जगह बैठकर काम करने का स्वभाव उसका नहीं था। यह बात बहुत शीघ्र ही मेरी समझ में आ गई। उधर, सविता और नैला ऊपर की मंजिल के अपने-अपने कमरों से ही बातचीत कर लेती थीं। लड़कियों की मानसिकता और मित्रता अजीब किस्म की हुआ करती हैं। एक बार बशीरजी अपनी दुकान से सतीश और सविता, दोनों के लिए कपड़े ले आए थे। मेरे लाख मना करने पर भी माने नहीं। पैसे देने लगा, तो भी लेने से इनकार कर दिया।

" 'मेरे बच्चों की पढ़ाई के लिए आप रुपए-पैसे लेंगे क्या? आप यदि लेंगे, तो मैं भी लूँगा।' उनके इस प्रतिवाद के सामने क्या बोला करूँ, यह मेरी समझ में आ नहीं रहा था। फिर भी मैंने कहा, 'जब दो छात्रों को पढ़ा लेता हूँ, दो और लड़के बैठकर उसे सुन लेते हैं, तो वह मेरे लिए खास बोझ नहीं बनता। वे अपने आप मिल-जुलकर पढ़ लेते हैं। कपड़ों की बात ऐसी नहीं होती। आपकी उसमें

पूँजी लगी रहती है न?' मेरा यह तर्क सही लगता था।

"गंभीर स्वरूप में उन्होंने कह दिया : 'मास्टरजी, अगर आप यों हिसाब लगाएँगे, तो कल से मैं अपने बच्चों को आपके पास पढ़ाई के लिए भेजना बंद कर दूँगा। उन्हें फेल होने दीजिए।' अब चुप रहने के सिवा मेरे पास और कोई चारा नहीं था। उनका ऋण चुकाने के मार्ग के रूप में, गिरिजा मिठाइयाँ भेजा करती थी। वहाँ से वापसी में आनेवाली मिठाइयों को बच्चे मात्र खा लेते थे। धर्मांधता रूपी राक्षस मेरी यादों के आँगन से पूरी तरह से ओझल होने लगा था।

"'मास्टरजी, आप उनसे थोड़ा दूर ही रहा कीजिए। कुछ भी क्यों न हो, उनसे हमारे रिश्ते बन ही नहीं पाते।'—यों पड़ोसियों ने सीधे-सीधे हमसे कह दिया था। हमारे यह कहने पर भी कि 'हमने उनसे कोई करीब का रिश्ता नहीं रखा है, कोई हमारी बातों पर भरोसा नहीं कर रहा था। कई रिश्ते ऐसे होते हैं, जो दशकों में वास्तविकता से भी अधिक घनिष्ठता का भाव पैदा कर देते हैं। हमारी गली के दोनों ओर एक-दूसरे से मिले हुए दो-तीन मंजिलों के बड़े-बड़े मकान थे। बरसते हुए हिमपात की निष्करुणा के साथ, नीचे उतार देनेवाले ढलुआँ की छत थी उनकी। गली इतनी तंग थी कि आमने-सामने रहनेवाले और बगल में रहनेवाले मकानों के बीच के अंतर में कोई फर्क ही दिखाई नहीं दे रहा था। इतने निकट होने पर भी, वहाँ पर रहनेवाले हिंदू और मुसलिम परिवारों के बीच हमारी जैसी आत्मीयता बन नहीं पाई थी। बशीरजी को किसी अन्य परिवार के साथ बातचीत करते हुए मैंने देखा भी नहीं था। कालचक्र कितनी तेजी से फिरता रहा और बच्चे पलकर कैसे बड़े हो गए, इसका पता ही नहीं चला। दसवीं कक्षा की पढ़ाई पूरी कर लेने के बाद, अनवर ने अपने पिता की दुकान का कारोबार सँभाल लिया था और इसमें उसके दो साल गुजर चुके थे।

"'आपका ध्यान इस ओर गया है क्या? आजकल हर कहीं काफी संख्या में अनजाने नौजवान चेहरे ही दिखाई दे रहे हैं। सुना है कि 'जमात-इ-इसलामी' से नाता रखनेवाले मौलवी बड़ी संख्या में उत्तर प्रदेश से कश्मीर में आ धमके हैं। कश्मीरी मुसलिमों को इसलाम के मूलभूत तत्त्वों के सबक सिखाए जा रहे हैं। इससे पहले यहाँ की राज्य सरकार ने जिन आतंकवादियों को जेल से रिहा कर दिया था, वे भी इनसे हाथ मिला रहे हैं, ऐसा भी कहा जा रहा है।'—यों शाला के मेरे सहकर्मियों ने आगामी दुर्भाग्य की पूर्वसूचना दी थी। मेरा भी ध्यान इस ओर गया था।

"'आज के बाद मैं आसिफ के साथ खेल-कूद में हिस्सा नहीं लूँगा।'—एक दिन हाईस्कूल से लौट आने के बाद सतीश ने शिकायत की।

"'क्यों? क्या हुआ?'—मैंने गहरी चिंता से पूछताछ की।

"'उसके सभी दोस्त भारत के बारे में बुरी तरह से बोला करते हैं। वह भी वैसा ही करता है। मैं जब उसके पास रहता हूँ, मुश्किल से वह चुप्पी साध लेता

है। आज मैंने इतिहास की उसकी पुस्तक देखी। भारत के नक्शे के ऊपर उसने स्याही पोत दी थी।' यह बात बताते समय, सतीश की आवाज में ही नहीं, चेहरे पर भी खिन्नता भरी हुई थी। 'हाथ चूककर गिर गई होगी। जानबूझकर उसने पोत नहीं दिया होगा।'—मैंने उसे तसल्ली देने की कोशिश की।

" 'नहीं। मैंने साफ-साफ उससे पूछा, तो उसने कहा, तुम्हारा यह दलिद्दर भारत किसी काम के लायक नहीं है। इसीलिए मैंने ऐसा कर दिया है।'—यह बात बताते समय उसकी आवाज और दब गई थी।

" 'उसके बदले में तुमने क्या कहा?'

" 'गलती तुम्हारे पाकिस्तान की है। मेरे भारत की अवहेलना मत करो।'—इतने से ही वह अपने दोस्तों की टोली बनाकर मुझे मारने आया। मैं उसके साथ झगड़ा कैसे मोल लेता? मैं भागकर आ गया। 'छिः, डरपोक।' करके वे सब जोर से मेरी उलाहना कर रहे थे।' उसने बेजार से ही यह बात कही। सतीश अपने कमरे की ओर चला। उस तरफ भी मनमुटाव हो चला था। सतीश के साथ पढ़ने के लिए आ बैठना तो दूर, उस दिन से उसने फिरकर भी नहीं देखा हमारे मकान की ओर। कहीं मिल जाते समय, चूँकि बशीरजी मुझसे रोज की तरह बातचीत किया करते थे, मुझे आतंकित होने की आवश्यकता नहीं थी।

" 'पिताजी, अब तो हिंदू और मुसलिम लड़के एक साथ मिलकर खेला नहीं करते। हमारा एक अलग गुट है और उनका एक अलग गुट बना है। झगड़ा हो जाने पर ही दोनों आमने-सामने हुआ करते हैं।' चंद दिनों के बाद सतीश की बातें उस बदलाव का प्रतीक बनीं, जो कश्मीर में होने लगा था।

" 'मसजिदों में इबादत और नसीहत जोरों से चल रही हैं, ऐसा सुनने में आया है। इसलिए हम सबको सावधानी बरतनी है।'—यों मेरे सहकर्मी आपस में बोल रहे थे।

" 'दाऊजी, यहाँ की परिस्थिति अच्छी नहीं है। यदि हालात और बिगड़ जाएँगे, तो हम लोग जम्मू चले जाएँगे। आप तैयार रहिए।'—यों किशन ने गाँव से ही चिट्ठी लिख दी थी। मैं बशीरजी के बरताव की ओर ही ध्यान दे रहा था। उनमें जब तक राक्षस की छवि दिखाई नहीं देती, तब तक मुझे भयभीत होने की जरूरत नहीं है, ऐसा मैंने मान लिया था। यकायक उनकी दुकान में व्यापार बढ़ गया था। दुकान जाने का वक्त चूँकि उन्होंने बदल लिया था, मुझसे आमने-सामने हो जाने की संभावना ज्यादातर खत्म हो गई थी। चूँकि अनवर अपने बाप के साथ ही दुकान जाया करता था, उसको भी देख नहीं पा रहा था। आसिफ सवेरे जल्द ही मकान से निकल जाता था, तो रात को बड़ी देर के बाद ही घर लौटता था।

"एक दिन रात को जब खाना खा रहे थे, दरवाजे पर जोर की आहट सुनाई दी। 'पप्पा, कोई पत्थरबाजी कर रहा है।'—यों बोलते हुए सतीश उठने लगा। 'उठो

म्त, रुको।' मैंने कहा। इतने में, गला फट जाए, उतने जोर से चिल्लाने की आवाज कानों में आ पड़ी। 'नारा-ए-तकबीर, अल्लाहु-अकबर।' सब लोग स्तब्ध हो गए। उस शोरगुल के थम जाने के थोड़ी देर बाद धीरे से उठकर, बाहर जाकर देखा तो कोई नजर नहीं आया। मुझे इस बात का पता चला था कि हिंदुओं के घरों पर पत्थरबाजी होने लगी है। प्रमुख मार्ग के निकट रहनेवाले घरों पर पत्थरबाजी होने की बात तो मेरी समझ में आ रही थी, मगर मेरा घर तो बिल्कुल गली के अंदर था। वहाँ तक आनेवाले ये लोग कौन हैं?—यों सोचते हुए हम सब घर के पीछे के कमरे में जाकर लेट गए। मेरे मन में भय छा गया था। पूरी रात करवटें बदलते हुए बिता दी मैंने।

"अगली रात, पहली मंजिल के एक कमरे में दीये को जलाए बिना, खड़े होकर देखता रहा। सतीश भी मेरे साथ था। इस बात की कोई 'गारंटी' नहीं थी कि कल रात को जिन्होंने पत्थरबाजी की थी, वे आज रात को भी उसे दुहराएँगे, लेकिन यदि हमको ही उन्होंने अपना लक्ष्य बना लिया है, तो वे आज रात को भी जरूर आएँगे, यों मेरा मन बोल रहा था। कौतूहल से प्रतीक्षा करती रहनेवाली मेरी आँखों को पहले दूर से जो अस्पष्ट रूप से दिखाई दे रहा था, वह धीरे-धीरे स्पष्ट होता गया। इसका पता चलने पर कि वह आकृति और किसी की न होकर आसिफ ही की थी, अविश्वास से मैं धँस गया। जो लड़का हमारे घर में ही खेलते हुए बड़ा हुआ था, आज बिना किसी हिचकिचाहट के चला आया और हमारे घर की ओर फिरा; वहीं पर पड़े हुए पत्थर को उठाकर अपनी पूरी ताकत से हमारे घर के दरवाजे पर फेंका। उसके बाद हवा में मुक्केबाजी करते हुए, हाथ की उँगली से इशारा करते हुए, 'नारा-ए-तकबीर' का नारा बोलते हुए हमारे घर की तरफ देखते हुए खड़ा रहा। यदि हम लोग उसे पहचान लेंगे तो क्या-कुछ समझेंगे, इसकी थोड़ी सी भी चिंता न कर पा रहा था वह। उसका मन इतना रूखा कैसे बन गया और कब से ऐसा बना है?—यों मेरा मन सोचने लगा और विह्वल भी हो उठा। कल ही बशीरजी को यह बात बता देनी चाहिए, यों सोचकर लौटने लगा था। इतने में सतीश ने मेरा हाथ खींच लिया। देखता क्या हूँ, वहाँ खुले दरवाजे पर सटकर खड़े होकर खुद बशीरजी अपने बेटे की इस काररवाई को देखते हुए चुपचाप खड़े हैं। मुझे ऐसा लगा कि यह बशीर अहमद नहीं है; मुझे डराने-धमकाने के लिए ही पैदा हुआ राक्षस है, जो इतने सालों के बाद अपने सही रूप को दिखला रहा है! ऐसा ब्रह्मराक्षस है यह!

"'पप्पा, हम यहाँ नहीं रहेंगे। कहीं और चले जाएँगे।'—मारे डर के, यों फुसफुसाहट में बोलते रहनेवाले सतीश के कंधे पर हाथ डालकर उसे अंदर ले गया। न जाने क्यों, राक्षस को देख लेने से पहले जो भय छाया था, वह उसको देख लेने के बाद दूर हो गया। शाला में भी सहधर्मियों की बातचीत का स्वरूप बदलता जा रहा था। '1947 में जब पठानों का हमला हुआ था, हम लोग यहाँ से निकल

गए थे न! 1965 में भी चले गए थे न! अब भी यहाँ से चल देंगे और इस शोरगुल के थम जाने के बाद, फिर हम लोग लौट आएँगे।'—यों कई लोग बोल रहे थे, तो और कई लोगों की राय यह थी : 'चंद और दिनों तक प्रतीक्षा करेंगे और उसके बाद निश्चय कर लेंगे।' मैं क्या करूँ?—यह विचार क्षण भर के लिए भी मुझे सता नहीं गया। मेरा यह अटल निश्चय मुझे धीरज दिला रहा था : **'मैं कश्मीर का राजा हूँ। किसी राक्षस के अट्टहास से भयभीत होनेवाला नहीं हूँ। अपने राज्य को छोड़कर कहीं नहीं जाऊँगा। मुझे वितस्ता नदीं में डुबो देने पर भी"।'**

"वह प्राय: 1986 का फरवरी महीना होगा। गाँव की क्या हालत हुई होगी, यह देख आने के लिए मैं और गिरिजा निकल पड़े थे, बच्चों को पड़ोसी रैनाजी के यहाँ छोड़कर। अभी हम अपने गाँव पहुँच भी नहीं पाए थे कि इतने में यह खबर मिली : 'श्रीनगर में बड़े दंगे-फसाद शुरू हुए हैं; अतंत्र सरकार के पतन के साथ-साथ हर कहीं लूटमार और हाहाकार मचा हुआ है। किनके घरों को लूट रहे हैं? हिंदुओं के घरों को ही। जो कुछ भी हाथ लगा, उसे तोड़-मरोड़ रहे हैं; आग लगा रहे हैं; सैकड़ों घरों एवं दुकानों के नामो-निशान तक मिटा रहे हैं। नगर के हृदयभाग में बसे हब्बा कदल के प्रदेश में भयानक बरबादी हुई है; जान बचा लेने के इरादे से कई हिंदू परिवार तो स्थानांतरण करते जा रहे हैं।' यों खबरें फैल रही थीं। गाँव में चैन से रह भी नहीं पाए; शोरगुल के कम न होने के कारण लौट आने का उपाय भी नहीं सूझ रहा था। किसी तरह दो-चार दिन काटकर पहली बस ही श्रीनगर लौट आए तो देखते क्या हैं? सारा शहर अस्त-व्यस्त हो चला है। हमारी गली में, हमारे घर को भी मिलाकर, कई घरों के ऊपर पत्थरबाजी हुई है और कई लोग घायल भी हो गए हैं। भाग्य की बात थी कि किसी के प्राणों को खतरा नहीं पहुँचा था। बच्चे भले ही सुरक्षित थे, फिर भी बहुत घबराए हुए थे।

"'सबकी मिलीभगत हो चली है, कैलाशजी! अंदरवालों का समर्थन नहीं मिलता, तो बाहरवाले ही इतना हो-हल्ला मचा पाते भी कैसे? शोरगुल ही मचा होता, तो सब लोगों की जमीन-जायदाद को हानि पहुँचनी चाहिए थी न? हमारे हब्बा कदल को ही देख लीजिए। उनकी एक दुकान का 'बोर्ड' तक नीचे नहीं गिरा है। आपके दोस्त बशीरजी ने तो फिर से अपना कारोबार शुरू कर दिया है।'—पड़ोसियों के कथन में सच्चाई भरी हुई थी, इसमें कोई शक नहीं था।

"अब तो ऐसा लग रहा था कि कोई अलिखित नियम ही मानो जारी कर दिया है, जिससे हिंदू और मुसलिम अलग-अलग हो चले हैं। दोनों समुदाय के लोग लाल-पीले होकर भी चल-फिर रहे हैं। अचानक श्रीनगर ही नहीं, सारा कश्मीर बदल गया है। आगे चलकर क्या होगा?—इसी चिंता में, बड़े भय के साथ, दिन कटते जा रहे हैं। उनके चेहरे पर निर्लिप्ति नाच रही है। रैना जी के परिवार ने जब घर खाली कर दिया और जम्मू में स्थानांतरण कर लिया, गिरिजा बहुत ही घबरा गई थी।

" 'हम भी चले जाएँगे। यहाँ कुछ भी ठीक नहीं है। मुझे तो घबराहट हो रही है।'

" 'कहाँ चले पाएँगे, गिरिजा? तुम्हीं बताओ न। अपनी जमीन-जायदाद छोड़कर हमें क्यों जाना है? यहाँ रहने का जितना हक उनको मिला है, उतना हक हमें भी मिला है न? सुना है कि प्रधानमंत्रीजी यहाँ पधारनेवाले हैं। सबकुछ ठीक हो सकेगा। देखेंगे कई और दिनों तक।'—यों मैंने उसे चुप करा दिया।

"आजकल जब तक मैं शाला से लौट नहीं आता, तब तक मेरे परिवार के लोग आतंक में तड़पते रहते हैं। इस बात का पता तक नहीं चलता कि कब उनका विरोधी जुलूस निकलेगा या पत्थरबाजी शुरू हो जाएगी? बच्चों के कॉलेज से लौट आने तक यही आतंक छाया रहता है। शाम को उन सबके लौट आने के बाद ही, उस दिन के लिए, मन को चैन मिलता है। बशीरजी के घर की ओर ध्यान देने की आदत भी मैंने छोड़ दी। रोज रात को हमारे घर पर पत्थरबाजी होती ही रही। कोई काजी आम सभा में भड़कानेवाला व्याख्यान देता, तो उस रात को पत्थरबाजी की मात्रा अधिक होती थी।

"यदि हम हिंदू लोग विरोध प्रदर्शन या अनशन का सत्याग्रह कर देते थे, तो उस रात को पत्थरबाजी अधिक हुआ करती थी। यह राक्षस तो दिनों-दिन अपने घात को बढ़ा रहा था और मजबूत बनता जा रहा था। उसके संहार का तरीका मुझे ही ढूँढ़ लेना चाहिए था। आज तक एक चींटी को भी मारनेवाला जो मैं नहीं था, इस बड़े राक्षस का सामना कैसे कर पाता? उसको किसने वरदान दे दिया था? यह भी मुझे मालूम नहीं था। मुख्य रूप में, जैसे जलोद्भव को पानी में रहते हुए भी जीते रहने की छूट दी गई थी, इस राक्षस को कहाँ (मौत से बचे रहने की) छूट मिली है, यह जान लेना तो जरूरी है न? या इसकी मौत होती ही नहीं है क्या? बड़ी गहराई से सोचते रहने के बाद, यह विचार मात्र स्पष्ट हुआ कि इस समस्या का समाधान मेरे हाथों में नहीं है।

"सविता को, कॉलेज जाते समय, आसिफ के दो-तीन बार ध्यान देकर देखते रहने की बात मेरी भी जानकारी में आई थी। 'पप्पा, सविता का अकेले कॉलेज जाना ठीक नहीं लगता है'—सतीश की इस आकुलता के प्रति मैंने भी सहमति व्यक्त की थी। वह खुद उसे कॉलेज ले जाया करता था और वापस भी ले आया करता था। इतने में एक और नया शोरगुल मच गया। पाकिस्तान में किसी 'जनरल' की मौत हुई थी। इसी वजह को लेकर यहाँ पत्थरबाजी कर दी गई और भारत के खिलाफ नारे भी गूँज उठे। कर्फ्यू लगाए जाने पर भी, लगातार चार दिनों तक श्रीनगर, बारामुला और पुलवामा जलते रहे। हमारे घर की पहली मंजिल की चार खिड़कियों के काँच टूट गए। हम सब बच गए थे। तुलना में हमारे घर की हालत बेहतर थी। मुख्य मार्ग से सटकर जो घर बनाए गए थे, उनमें रहनेवालों की हालत कहते नहीं बनती थी। मैंने

ही उन्हें एक उपाय सुझाया था। 'रैना और अन्य दो-एक परिवारवालों ने घर खाली करके जाते समय अपने घरों की चाभी मेरे हाथ में दे दी है। चाहे तो दिन के समय आप लोग अपने घर में रहिए और रात को यहाँ आकर रहा करें।' मेरी सलाह उन सबको अच्छी लगी। मुख्य मार्ग के समीप का पहला मकान श्रीराम कौलजी का था। उनका बेटा ही था संजीव। यह लड़का बहुत बुद्धिमान था और बिजली विभाग में इंजीनियर था। उसकी शादी भी तय हो गई थी।'

"फसाद के रुक जाने के चंद ही दिनों के बाद फिर से पत्थरबाजी शुरू हो गई। अबकी बार लक्ष्य बना हुआ था, मुहर्रम का वह जुलूस, जिसको रचाया था, यिा मुसलिमों की शाखा ने। उनको जख्मी बना दिया; और इसकी वजह से उस जुलूस को रद्द कर दिया गया और श्रीनगर में फिर 'कर्फ्यू' लगा दिया गया। दिन इधर गुजरते जा रहे थे, तो उधर नई-नई खबरें आने लगीं।

"अमरीका में किसी एक पुस्तक का विमोचन हुआ था। लेखक था एक मुसलमान ही। फिर भी इसलाम के बारे में उसने अवहेलनाकारी बातें लिखी थीं। इसलिए उसके खिलाफ कश्मीर में विरोध प्रदर्शन होने लगे थे। इसमें ज्यादातर जो लोग शामिल हुए थे, वे तो थे लिखाई-पढ़ाई से कोसों दूर रहनेवाले ही। पुलिस ने गोलाबारी की और एक व्यक्ति की मौत हो गई। यह सबकुछ हो रहा था; और हमारे माननीय मुख्यमंत्री न जाने कहाँ लापता हो गए थे।

"इतने में एक और खबर आई—'कहा जा रहा है कि सत्तर से अधिक आतंकवादी गिरफ्तार हो गए हैं। उन्होंने क्षमादान की जो गुजारिश की थी, उसको मान्यता देकर, राज्य सरकार ने उन सबको रिहा कर दिया है। वे जिन बंदूकों का इस्तेमाल कर रहे थे, उनको अब हमारे राजनीतिक पक्ष के कार्यकर्त्ता अपनी आत्मरक्षा के लिए इस्तेमाल कर रहे हैं, ऐसा भी कहा जा रहा है।' राक्षस की ताकत अब और मजबूत होती जा रही है।

" 'पप्पा, वे हर कहीं कर-पत्र भी बाँट रहे हैं। कह रहे हैं कि मुसलिम औरतों को इसलामी रिवाज के मुताबिक ही कपड़े पहनने हैं—यानी 'नकाब हिजाब' मानना चाहिए। छोटे बच्चों को भी सिर के ऊपर दुपट्टा पहनकर चलना है।'—एक दिन मारे घबराहट के ही सतीश ने कहा।

" 'ठीक है। इससे क्या खतरा बनता है?'

" 'पूरी बात सुन लीजिए। हिंदू औरतों से कहा गया है कि वे माथे पर तिलक लगाएँ। हिंदू करके उनको पहचान लेने में सहूलियत हो, इस मकसद से ऐसा किया जा रहा है।' हालत और बिगड़ती जा रही है, इसकी जानकारी सबको मिल रही थी। एक के बाद एक, ऐसी ही खबरें सुनने में आ रही थीं—

"'पुलिस और आतंकवादियों के बीच घमासान गोलीबारी।'; 'आतंकवादियों की हत्या का खंडन करते हुए तीव्र विरोध का प्रदर्शन और कश्मीर बंद';

'आतंकवादियों का बदला, दो नागरिकों की हत्या'; 'शाह' सिनेमाघर में बम का विस्फोट'; 'तीन सौ सालों से भी ज्यादा पुराने मंदिर को रातोंरात जलाकर राख कर दिया गया।'

"'हिज्बुल मुजाहिदीन गिरोह के आतंकवादी पाकिस्तान में तरबियत पाकर यहाँ लौट आए हैं।'—एक और खबर!

"आपको यह बात मालूम है क्या? सवेरे-सवेरे हमारे मंदिरों के सोपानों को जल्द-से-जल्द चढ़ने की कसरत करते रहनेवाले वे सारे लोग ऐसे आतंकवादी हैं, जो तरबियत पाकर पाकिस्तान से लौट आए हैं; ऐसा कहा जा रहा है वे सब किसी तैयारी में लगे हुए हैं, ऐसा आप को लगता नहीं है क्या? उनके बदन के गठन को देखते ही न जाने क्यों मुझे डर लगने लगा है।'—एक सहकर्मी ने मुझसे कहा। किन-किन से हम डरा करें? सचमुच ही आजकल कश्मीर में किराना दुकानों की संख्या से भी बढ़कर आतंकवादी संगठनों की संख्या ही अधिक है; जो कुछ भी होना है, उसे होने दीजिए।—यों सोचते हुए शंकराचार्यजी की पहाड़ी पर चढ़ जाने पर पंडितजी ने कहा—'सुना है कि क्षीरभवानी का तीरथ फिर काला हो चला है।'

"'अब क्या करेंगे, महरा?' आतंक से भरे सुर में पूछे गए मेरे प्रश्न के लिए चुप्पी साधने के द्वारा ही उन्होंने उत्तर दे दिया।

"इसके बाद, एक सप्ताह के अंदर ही बिजली की तेजी से एक और खबर आ गई। 'न्यायवादी, सामाजिक कार्यकर्त्ता, कश्मीरी पंडितों के समुदाय के नेता के रूप में जाने-माने हुए टीकालाल टप्लूजी की बर्बर हत्या हुई है। दिन-दहाड़े उनके मकान में घुसकर आतंकवादियों ने उनकी हत्या कर दी है।' राक्षस ने अपनी पहली बलि पा ली थी। इससे घबराए हुए और भी कई परिवारों ने स्थानांतरण कर दिया। इसके पीछे ही जस्टिस एल.के. गंजूजी की जो हत्या हुई और डी.आई.जी. अली मोहम्मद वताली पर जो जानलेवा हमला हुआ—इन वारदातों ने श्रीनगर को और भड़का दिया। कश्मीर में तो कदम-कदम पर जमात-इ-तुल्बा, अल जंग, पीपल्स लीग, मुसलिम स्टूडेंट फेडरेशन जैसे कई अलगाववादी संगठन कदम-कदम पर सिर उठा चुके हैं। रास्तें में गोली दागकर, तत्क्षण अपने आप को छिपा लेनेवाले इन संगठनों के लोग, मदोन्मत्त जंगली हाथियों के जैसे, हर कहीं उथल-पुथल मचा रहे हैं। शेख अब्दुल्लाजी के बेटे फारूख अब्दुल्लाजी ने, जो फिलहाल मुख्यमंत्री बने हुए हैं और जिनके ऊपर कानून और सुव्यवस्था की जिम्मेदारी थी, उन्होंने ही कश्मीरी हिंदुओं को यह धमकी दी थी कि 'हमारे मजहब में शामिल हो जाइए या मरने के लिए तैयार हो जाइए।' उनकी अगुआई का प्रशासन पूरी तरह से निष्क्रिय हो चला है, यों अखबारें ही बोलने लगे हैं।

"इन सभी घटनाओं के बीच, जिस एक विचार ने सतीश को थोड़ी तसल्ली पहुँचाई थी, वह यह था कि आसिफ घर छोड़कर भाग गया है। सुना है, उसी की

तरह कई और युवा भी घर छोड़कर भाग निकले हैं और पाकिस्तान में तरबियत पा रहे हैं। कब ये लोग लौट आएँगे, इस बात का पता नहीं चल रहा था। फिलहाल पत्थरबाजी तो रुकी हुई थी। अनवर का रहना या न रहना, इससे कोई फर्क नहीं पड़ता था। खुलकर बातें न करने पर भी, वह कोई नुकसान पहुँचानेवाला नहीं है, ऐसा लग रहा था। कभी-कभी बशीरजी से आमना-सामना हो भी जाता, तो बिना कोई मुलाहिजा के, वे अपना मुँह फेरकर चले जाते थे। कभी-कभी पड़ोसी यह बात कह देते थे कि 'हम लोग तो आपसे यही बात कहा करते थे कि उनसे गहरा नाता नहीं रखा कीजिए।' मेरे लिए सिर झुकाकर चलने के सिवा और कोई चारा बचा नहीं था।

उस दिन 'ईद-इ-मिलाद-उन-नबी' के अवसर पर एक बड़ा जुलूस निकला हुआ था। हब्बा कदल से भी उसमें मुसलमानों का एक गुट जाकर शामिल हो गया था।

'यहाँ क्या चलेगा? निजाम-ए-मुस्तफा!'

(यहाँ क्या चलेगा? इसलाम की हुकूमत!)

'ला शर्किया ला गर्बिया, इसलामिया, इसलामिया।' (यहाँ न पूरब की हुकूमत चलेगी, न पश्चिम की। जो कुछ चलती है, वह है इसलाम की और सिर्फ इसलाम की।)।

"वे सभी एक ही आवाज में ये नारे लगाते जा रहे थे। पहली बार हमने ऐसा नजारा देखा था। तुरंत हमारी गली में एक बैठक चली।

'देखिए न! कितने धीरज के साथ रास्ते में नारे बोलते जा रहे हैं।'

'अब क्या करेंगे?'

'जो कुछ हो सकता था, हम लोग करते आए हैं न? विरोध प्रदर्शन कर चुके हैं। सब हुकूमतदारों की सेवा में विनती भी कर चुके हैं। कुछ ठोस काम करना बाकी है, तो उसे राज्य और केंद्र सरकार की ओर से ही होना है।' हालत घबराए हुए गौरैयों से हमारी कुछ भी भिन्न नहीं थी। गाँव में रहनेवाले मेरे छोटे भाई की हालत भी इससे भिन्न नहीं थी।

"पड़ोसी मुसलिम लोग भी यही सलाह दे रहे थे कि 'भाई जान, आप लोग यहाँ से निकल जाइए और अपनी जान बचा लीजिए। इधर यह खबर भी शहर भर में फैल चुकी थी कि आसपास के जंगलों में ये आतंकवादी आ टिके हैं। इसलिए आप यहाँ से निकलकर जम्मू में बस जाइए। आगे चलकर यह तय करेंगे कि क्या करना चाहिए।'—उनकी ओर से सलाह देते समय, इधर अपने मन में तब तक सतीश ने निर्णय कर लिया था।

"'दो चार दिनों तक देखेंगे। जल्दबाजी में निर्णय नहीं लेना चाहिए।'—यों बोलते समय मेरे दिमाग में यही विचार चक्कर काट रहा था : **'मैं कश्मीर का राजा**

हूँ। किसी राक्षस के अट्टहास से भयभीत होनेवाला नहीं हूँ। अपने राज्य को छोड़कर कहीं नहीं जाऊँगा। मुझे वितस्ता नदी में डुबो देने पर भी…।'

" 'पप्पा, आज बहुत जल्द अँधेरा हो चला है न? अपनी डायरी लिखने के लिए बैठनेवाली सविता ने मुझसे यों पूछा। उसके अनुशासन, सुव्यवस्था, संयम—ये सभी मेरी माँ के जैसे ही हैं। मैंने उससे पूछा—'तुम डायरी क्यों लिखती हो?' उसने उत्तर दिया—'मन में जो कुछ भी आए, लिख सकते हैं। उसके प्रति पूर्वग्रह, प्रतिक्रिया या अभिमत का कोई झंझट ही नहीं होता। लिख देने के बाद, जानते हैं कि कैसी तसल्ली मिलती है? आप भी लिखकर देख लीजिए।' दिन-रात जो राक्षस मुझे तड़पा रहा था, उसके बारे में, मैं भी लिख सकता था, लेकिन मेरे मन में ऐसा कोई पक्का फैसला उभरा ही नहीं, न जानें क्यों? सौंदर्य और बुद्धिमानी के प्रतिरूप के जैसे रहनेवाली मेरी इस पुत्री से विवाह करलेनेवाला सचमुच ही भाग्यवान होता है, यों सोचते रहने पर, डायरी लिखने का विचार मन से ही गायब हो गया।

" '19 जनवरी, 1990' करके उस तारीख को मुँह से बुलंद आवाज में बोलते हुए, उसने दर्ज कर दिया। बाहर कड़ाके की सर्दी थी। कल दिन भर जो ओस की वर्षा हो रही थी, उसने आज थोड़ी फुरसत दी थी। जल्द खाने का कार्य पूरा कर लेंगे करके गिरिजा ने अनुरोध किया था। इसलिए तभी खाना खाकर, हम लोग थाली साफ करने चले थे। यकायक दरवाजे पर धमाके की आवाज़ सुनाई दी। 'कौन होंगे, यह देखकर ही दरवाजा खोलिए।'—गिरिजा डर गई थी। मैंने खिड़की से झाँककर देखा। गली के सभी परिवार आ चुके हैं। सबके चेहरे पर आतंक की गहरी छाया है। दो-चार औरतें आँसू भी बहा चुकी हैं, जिसके धब्बे दिखाई दे रहे हैं। बच्चे अपने माँ-बाप से चिपके हुए हैं या माँ-बाप ने अपने बच्चों को चिपका लिया है।

" 'मास्टरजी, बड़ा जुलूस आ रहा है; बहुत बड़ा है वह! यहाँ का हर एक मुसलिम उसमें शामिल हुआ है। वे क्या नारे लगा रहे हैं, उसे खुद सुन लीजिए। पहले धीमी आवाज में और अस्पष्ट रूप में जो सुनाई दे रहा था, अब बुलंद तरीके में सुनाई देने लगा है। एक-दो की नहीं, दस-बीस की नहीं, हजारों की तादाद में एक साथ वह आवाज सुनाई दे रही है—

'आजादी का मतलब क्या है? ला इलाहा इल्लल्लाह।

(आजादी का मतलब क्या है? अल्लाह को छोड़कर और कोई खुदा नहीं है।)

'पाकिस्तान से रिश्ता क्या है? ला इलाहा इल्लल्लाह।'

(पाकिस्तान से हमारा रिश्ता क्या है? अल्लाह को छोड़कर और कोई खुदा नहीं है।)

मैं दरवाजा खोलने निकला। 'नहीं, नहीं। उनके चेहरे पर जो क्रोध दिखाई दे रहा है, उसको देखने से ही भय होने लगता है। खिड़की के पास झुककर खड़े होकर

सुन लेना काफी होगा।'—यों बोलते हुए श्रीराम कौलजी ने मेरी बाँह पकड़कर पीछे खींच लिया। खिड़की के छोर में से ही दिखाई दे रहा है। सफेद टोपी पहनकर, गली में घुस आते रहनेवाली सागर जैसी भीड़ हाथ ऊपर उठाकर बुलंद आवाज में नारे लगा रही है। रास्ते में कहीं-कहीं मिलनेवाले पत्थरों को हाथ में लेकर, अपनी जान-पहचान के हिंदू लोगों के उन घरों के ऊपर पत्थरबाजी करते हुए यह नारा लगा रहे हैं, गला फट जाने के भय की परवाह न करते हुए—

'आजादी का मतलब क्या है? ला इलाहा इल्लल्लाह।' (आजादी का मतलब क्या है? अल्लाह को छोड़कर और कोई खुदा नहीं है।)

'पाकिस्तान से रिश्ता क्या है? ला इलाहा इल्लल्लाह।'

(पाकिस्तान से हमारा रिश्ता क्या है? अल्लाह को छोड़कर और कोई खुदा नहीं है।)

"ये लोग हमारी गली में आकर इस तरह क्यों चिंघाड़ने लगे हैं। मैं झुककर देखता ही रहा। अब और साफ दिखाई दे रहा है। बाल-बच्चे, बड़े-बूढ़े, मध्यम आयु के लोग भी उस जुलूस में शामिल हुए हैं। सबके चेहरे पर एक ही भाव झलक रहा है, मानो किसी ने उनके ऊपर सामूहिक सम्मोहन का जादू चलाकर, हमारे खिलाफ उनके भड़का दिया हो। उनके नारों के आघात से अभी हम लोग चेत भी नहीं पाए थे कि मसजिदों के सभी ध्वनिवर्धकों में एक साथ जान आ गई—

'कश्मीर में अगर रहना है, तो अल्लाहु अकबर कहना होगा।'

'हे जालिमो, हे काफिरो। कश्मीर हमारा है, छोड़ दो?'

"कदम-कदम पर बनी कई मसजिदें एक साथ बुलंद आवाज में चीख उठी हैं। शायद इन सभी नारों को कैसेटों में ध्वनि-मुद्रित करके दे दिया गया है। उसी को बार-बार सुना रहे हैं। हम लोग चौंककर चार कदम पीछे हट गए; बच्चों ने कानों को बंद कर लिया। 'अब क्या करना चाहिए?'

"'पहले सभी बत्ती बुझा दीजिए।' सतीश जाग गया। अँधेरे में नारों की आवाजें और कर्कश रूप में सुनाई दे रही हैं। ये लोग कमान से छोड़े गए तीरों के जैसे, इस गली में घुस आ रहे हैं। हाथों में पकड़ी हुई मशालों से रास्ते के ऊपर रोशनी पड़ रही है। इतने में एक और नारा कानों को पछाड़ने लगा—

"'असि गच्छि पाकिस्तान, बटव रुसथुय बटनेव सान।' (हमें ऐसा पाकिस्तान यहाँ चाहिए, जिसमें हिंदू मर्द नहीं होंगे और हिंदू औरतें मात्र होंगी।)

"अब तो बड़े-बुजुर्गों ने भी कान बंद कर लिये; दो-एक औरतों के बिलखने की आवाज भी सुनने में आई। वे सभी तत्खन अंदर चली गईं।

"किसी ने चीख मारते हुए कहा—'अभी राज्यपालजी के दफ्तर में फोन करके मदद माँगेंगे। वे इससे पहले भी जम्मू और कश्मीर के राज्यपाल थे। तब भ्रष्टाचार को काबू में कर, बहुत से विकासोन्मुखी कार्यों को लागू कर दिया था।

इससे सब लोगों के गौरव और विश्वास को उन्होंने प्राप्त कर लिया था। अब हालात के बिगड़ जाने के कारण, फिर से उनको राज्यपाल नियुक्त करके भेज दिया गया है। आज ही वे जम्मू पहुँचे हैं।'

'फोन बिजी आ रहा है।' 'रिडायल कीजिए।' 'रिडायल कीजिए।'—एक और व्यक्ति जोर दे रहा था।

'ठहरिए। कर दूँगा।'

"हर एक और लम्हे जुलूस निकट आ रहा था। नारे आसमान को छू रहे थे। दूसरी ओर ध्वनिवर्धकों का अट्टहास जारी था। इन सभी आवाजों को दबा देते हुए, हमारे हृदयों का स्पंदन हमें सुनाई दे रहा था। आखिर लाइन मिल गई।

'सर, आदरणीय राज्यपालजी से हम बोल रहे हैं न?'

'जी हाँ। बोलिए।'

'सर, कृपया लाइन मत काटिएगा। कृपया इन नारों को सुन लीजिएगा जिन्हें ये लोग मसजिदों से घोषित करवा रहे हैं।' फोन करनेवाले ने तब तक फोन पकड़ रखा था, जब तक एक-दो बार उन घोषणाओं को वे सुन न पाएँ। इतने में एक और व्यक्ति ने फोन खींच लिया।

'सर, अभी कोई-न-कोई व्यवस्था करें। सेना भेजिए। हवाई जहाज भेजिए। नहीं तो सवेरे तक हम लोगों के मुर्दे ही…।' उनकी बात पूरी होने से पहले ही एक और व्यक्ति ने फोन खींच लिया।

'सर, आप ही के ऊपर हमने भरोसा रखा है। कुछ-न-कुछ कीजिए। जल्द से जल्द, कृपया कोई व्यवस्था कीजिए।'

"असहाय स्थिति में वे लोग विनती कर रहे हैं। कई लोगों की आँखों से आँसू बह रहे हैं। 'हमने कभी किसी की बुराई नहीं चाही है; फिर भी हमको ऐसा दंड क्यों भुगतना पड़ रहा है, हे भगवान्?'—यों सवाल पूछनेवाले और विनती करनेवाले उत्तर की प्रतीक्षा में सिर उठाकर खड़े हैं। कई बुजुर्ग लोग पूजा के कक्ष में जा छिपे हैं। वे बोल रहे थे कि 'मुझे ऐसा लग रहा है कि किसी की मदद माँगने की जरूरत नहीं है। कश्यपजी की कृपा के बिना इन राक्षस लोगों का संहार भी संभव नहीं है।' यकायक इस विचार की ओर मेरा ध्यान गया—

'औरतें कहाँ हैं?'—मैंने चीखकर पूछा।

'बटव रुसस्थुय बटनेव सान!'—

'ध्वनिवर्धक इन नारों को लगातार सुनाते हुए हिंदुओं को डरा रहे हैं।'

'यहाँ आकर देखिए।'—श्रीराम कौलजी ने बुलाया। —'वे रसोईघर के चौपाल में और अटारी में जा छिपी हैं। कई ऊपरी मंजिल में जाकर छिपने की कोशिश कर रही हैं। कइयों के हाथों में चाकू हैं और कई के हाथों में पेट्रोल के डिब्बे और दियासलाई के बॉक्स हैं।'

'कोई अगर दरवाजा तोड़कर अंदर आ जाएगा तो पहले अपनी बेटी को आग लगा दूँगी और उसके बाद अपने आप को भी जला लूँगी। किसी के हाथ फँसूँगी नहीं।'—गिरिजा ने निश्चय के रूप में यह बात कही। 'हाँ, ऐसा ही करना चाहिए'—इसमें सहमति व्यक्त करते हुए और लोगों ने सिर हिलाया। उनमें से कोई भी रो नहीं रहा था। वे सभी इस हमले का सामना करने के लिए तैयार खड़े हुए थे। 'कभी नहीं रोना चाहिए'—ऐसे निश्चय के साथ पले हुए उन मर्दों की आँखों में भी आँसू छलक रहे थे।

'हम भी कंगन पहनकर बैठे नहीं हैं। पहले हम लोगों को पार करके ही उन लोगों को आपके पास आना पड़ेगा'—सतीश यों बोलते हुए, हाथ में हँसिया लेकर दरवाजे के पास खड़ा हो गया। हाथ लगे औजारों को लेकर और लोग भी खड़े हो गए।

"मैं ऊपरी मंजिल की खिड़की की ओर दौड़ा। जुलूस हमारे घर को पार करके उस गली के अंत तक जाकर, अब लौट रहा है। अब यह बात मेरी समझ में आ गई कि यह उनकी ओर से हम लोगों को दी गई एक चेतावनी है। मैंने अपने छोटे भाई को फोन किया। लाइन मिली नहीं। अपने कई सहकर्मियों को फोन किया। हर कहीं इसी अट्टहास का बोलबाला सुनाई दे रहा था। चार दशकों से पहले, हम लोगों को यहाँ से खदेड़ने के लिए बाहर के लोग आए हुए थे। अब अंदर के लोग भी लैस हो गए हैं। अब हमको निकल जाना चाहिए—एक-दो गाँवों से और शहरी भागों से ही नहीं, पूरे कश्मीर से।

"जुलूस हमारी गली से मुख्य मार्ग की ओर बढ़ा। नारेबाजी का गरजना धीरे-धीरे कम होता गया, मगर ध्वनिवर्धक चुप नहीं हुए। इसके बाद भी कोई अपने-अपने घर नहीं लौटा; न चैन से सोया ही। दीवारों का, एक-दूसरे का आपसी सहारा लेकर पौ फटने की प्रतीक्षा करते रहे।

'घड़ी का काँटा आगे बढ़ ही नहीं रहा है।'—यों एक व्यक्ति ने बिलखते हुए कहा—

'उसी को देखते रहेंगे तो आप को इसका पता कैसे लगेगा कि वह आगे बढ़ रहा है या नहीं? थोड़ी देर के बाद देखिए न!'—एक और व्यक्ति ने यह सलाह दी। 'किसी तरह रात कट जाए तो काफी है।' हर पाँच मिनट के बाद, किसी-न-किसी के मुँह से यह बात निकल आ रही थी।

"सवेरा होते ही सब लोग हमारे यहाँ से बिखरकर चले गए अपने घरों की ओर! एकाध घंटे के अंदर चार-पाँच परिवार कश्मीर से निकलने लगे। वे लोग कह रहे थे कि 'इस खलबली के शांत हो जाते ही, हम लोग तत्खन लौट आएँगे। आवश्यक कपड़े मात्र अपने साथ ले जा रहे हैं।' असहाय और दुःखभरी उन महिलाओं को विदा करते समय गिरिजा रो उठी।

'हम लोग ?'—उन सबके चले जाने के बाद वह मेरी तरफ मुड़ी।

'मैं कश्मीर का राजा हूँ। राक्षस के अट्टहास से भयभीत होनेवाला नहीं हूँ। अपने राज्य को छोड़कर कहीं जाऊँगा नहीं। मुझे वितस्ता नदी में डुबो देने पर भी...' मगर, ये पापी मुझे डुबाएँगे नहीं न ? बल्कि मेरी पत्नी और बेटी पर... छि: ! इन राक्षसों की यह मनोविकृति मेरी कल्पना से भी अतीत हो चली है।

'हम भी दो-चार दिनों में निकल जाएँगे।'—यों बोलते समय, कश्मीर के साथ मेरा संबंध छूट ही गया था।

"इतने में छोटे भाई का फोन आया। उसने कहा कि 'यहाँ के सभी मुसलमान इकट्ठे होकर, रातोरात यहाँ के हिंदुओं को ट्रैक्टरों में चढ़ाकर भेज रहे हैं। यह भी चेतावनी दे रहे हैं कि जल्द-से-जल्द यहाँ से नहीं निकलेंगे तो प्राणों से हाथ धो बैठेंगे। दीदी की खुशहाली के बारे में अभी हमें कोई सुराग नहीं मिल रहा है। जितना जल्द हो सके, मैं भी यहाँ से निकलनेवाला हूँ।'—यों बोलते समय उसके स्वर में जो कंपन दिखाई दे रहा था, उसमें मेरे गाँव के, मेरे बाल्य के, जमीन और खेतों के, छत्र और चामर के ही चित्र मेरी आँखों के सामने आ रहे थे। वितस्ता मेरे आँसुओं के रूप में बहती जा रही थी।

"बैंक के मेरे खाते में जितनी राशि बची थी, उसे पूरी तरह से निकाल लेने की बात मैंने सोची थी। उस दिन चूँकि कर्फ्यू लगा हुआ था, मैं बैंक नहीं जा सका। अगले दिन सवेरे श्रीराम कौलजी ने फोन किया—'इन आतंकवादियों ने हमारे घर के दरवाजे पर चिट लगा दी है, जिसमें यों लिखा गया है—'अल्लाहु, अकबर। जाग उठो, हे मुसलमानो! भाग निकलो हे काफिरो! जल्द-से-जल्द जिहाद आनेवाला है।' 'हम लोग जितना जल्द हो सके, यहाँ से निकल जानेवाले हैं।' 'कुछ भी हो, यहाँ से हम लोग हटेंगे नहीं;'—यों जिद करते रहनेवाले डॉ. गंजूजी के नाम एक बेनामी खत आया हुआ है। उसे ले आकर, वे हम सबको दिखा रहे हैं। उसमें यों लिखा गया है—'हम यह जानते हैं कि आप कई सालों से कश्मीर में रहते आए हैं। हमें यह भी मालूम है कि आपका घर कहाँ है ? हमारे पास यह सूचना भी मौजूद है कि आपकी दो लड़कियाँ किस शाला में पढ़ रही हैं। यही बेहतर होगा कि जल्द-से-जल्द आप लोग यहाँ से निकल जाएँ।'

"'और क्या मार्ग बचा है, मास्टरजी ?'—हताश होकर डॉक्टर गंजू हमसे पूछ रहे हैं। 'श्रीनगर से बाहर हमको ले जानेवाले उस महामार्ग को छोड़ दें तो हमारे लिए और कोई मार्ग है ही नहीं। यही वह यथार्थ है। हमारे दो-चार परिवारों को छोड़ दें तो ज्यादातर सभी हिंदू परिवार यहाँ से स्थानांतरण कर चुके हैं; अपने सारे असबाब के साथ जो परिवार यहाँ से निकल चुके थे, उनके ऊपर हमला कर दिया गया है; उन ट्रकों के ऊपर, जिन में वे सफर कर रहे थे, आग लगाकर जला दिया गया है उनको। इस बात की जानकारी मिल जाने के बाद, सब लोग खाली हाथ जाकर ट्रक

में बैठ रहे हैं, समूह के बाद समूह के रूप में। ये ट्रक भी मुसलमानों के हैं; ड्राइवर भी मुसलमान ही हैं; ट्रक में बैठते समय ही जाँच कर रहे हैं।'

"'पंडितजी, जवाहर सुरंग को पार करने तक यह टोपी पहने रखिए तो पार करना आसान होगा। उनका कहा मान लेना पड़ता है। उसी तरह माथे के तिलक को भी मिटा लीजिए। हाथ में बाँधे हुए लाल धागे 'नैर्वन' को भी निकाल देना बेहतर होगा।' आजकल हमारे मन में हिंदू होने की भावना अटल रहे और कश्मीरी पंडित होने का संकल्प बचा रहे तो उतना ही काफी है। औरतें अपने सुहाग को सूचित करनेवाली माथे की बिंदी को, कानों के बीच में पहनने वाले, माला के जैसे कंधों तक झूमते रहनेवाले 'अंठ' नाम के जेवर को और उसके अंत में झुमकी के जैसे लगनेवाले 'डेजहूर' को भी निकालकर रख रही हैं। प्राणों से बढ़कर और किस चीज को प्राथमिकता मिल पाती है ?

"यह निर्णय कर लेने पर कि हम लोग भी यहाँ से निकल चलेंगे, मन को गहरी ठेस लग रही है। अपने गाँव को, अपने घर को छोड़कर जाना पड़ रहा है न ? यहाँ तब तक फिर से कदम नहीं रख पाएँगे, जब तक यह सरकार इन समस्याओं का समाधान ढूँढ़ नहीं पाएगी। इसमें कितने हफ्ते लग जाएँगे, या महीने लग जाएँगे, यह किसको मालूम है ? बिस्तर पर लेटने पर भी आँखें मूँद नहीं सका, तो उठकर बाहर आ गया। गहरे अँधेरे से भी भयानक लग रही थी सूनी-सूनी हमारी गली। मुसलमानों के मकानों में ही दीये जल रहे थे। बहुत दिनों के बाद बशीरजी के मकान की ओर मैंने नजर दौड़ाई। बाहर से उस मकान में कोई फर्क या बदलाव दिखाई नहीं दे रहा था, मगर मकान के अंदर रहनेवालों के मन में क्या-क्या खयाल भरे रहते हैं, भगवान् ही जानें। मुझे याद आ रहा था कि पहली बार उन्होंने जिस विश्वास के साथ हमसे बातचीत की थी! उसके बाद के बरताव में भी कोई नाटकबाजी नहीं दिखाई दी थी हमको! तो, यकायक मुझसे नजरें बचाकर फिरते रहने की क्या जरूरत आ पड़ी थी ? अपने ही बच्चे को पत्थरबाजी करते हुए देखने पर भी, उसको रोक न पाने की निरपेक्षता कहाँ से और क्यों आ गई है ? बड़ी देर तक सोचते रहने पर भी, उसका समाधान सूझ नहीं पाया। ऐसी परिस्थिति में और कुछ भले ही कर नहीं पाते, तो चिंता की कोई बात नहीं होती, यदि वे मेरे पास आकर इतना कह देते कि 'मास्टर जी, डरिए मत; मैं हूँ न आपके साथ ?' दिल से भले ही नहीं, जबान से कह देते, तो भी वह काफी हो सकता था। यों सोचते हुए, फिर घर के अंदर कदम रखनेवाले मुझको नींद, उस रात को, मृगजल बन चली।

"हमारे चंद कपड़ों और गिरिजा के बदन के ऊपर के जेवरों को एक गठरी में बाँधकर हाथ की थैली में रख लेने के बाद, यह कहते हुए सतीश बाहर निकला— 'मैं किसी गाड़ी का बंदोबस्त करके आऊँगा।' गिरिजा घर के प्रत्येक कमरे में घुसकर आई। कोई गिनती कर रही थी!

"मैंने पूछा—'क्या कर रही हो?'

"'याद रख रही हूँ कि हमारे घर में 20 कमरे हैं और 47 खिड़कियाँ हैं?' सविता जब अपनी माँ के कंधे पर हाथ रखकर, उसे सांत्वना पहुँचाने की कोशिश करने लगी, तो मेरे मन में भी रोना उभर आया। उसे छिपाते हुए मैं दरवाजे के पास जाकर खड़ा हुआ। सतीश को गए आधे घंटे से अधिक समय बीत चुका था। सोचा कि गाड़ी के मिलने में दिक्कत हुई होगी। इतने में विदाई बोलने के लिए श्रीराम कौलजी का परिवार आ पहुँचा। कौल दंपती, संजीव और उसकी पत्नी आरती तथा संजीव की छोटी बहन निकिता—ये सब आए हुए थे।

"'सफा कदल के पास सेना ने आतंकवादियों के खिलाफ गोलाबारी जारी रखी है। यों कहा जा रहा है कि अधखुली दुकानों में ये आतंकवादी छिपे हुए हैं। कहीं सतीश वहाँ तो नहीं गया है?'—संजीव आकुलता से पूछने लगा था।

"'नहीं मालूम' करके बोलने पर भी, मन-ही-मन प्रार्थना कर रहा था कि वह वहाँ न गया हो।

"'जम्मू में मिलेंगे मास्टरजी।"—कौलजी ने दुःखी मन से ही कहा। 'हम लोगों को स्थानांतरित व्यक्ति माना जा रहा है। कहा जा रहा है कि हमारे लिए तिरपाल के टेंटों की व्यवस्था मात्र कर दी गई है। हमारे पास रुपए-पैसे हों तो अलग कमरा ले सकते हैं, किराए पर। न जाने कब तक ऐसा वनवास करते रहना पड़ेगा!'—उन्होंने जब यह बात कही, हम दोनों ने एक-दूसरे का मुख देख लिया; मगर आगे कुछ बोलना दोनों के लिए संभव नहीं बना।

"'सतीश के आते ही, हम भी निकल जाएँगे।'—गिरिजा ने कहा। रास्ते तक जाकर हमने उनको विदा किया। एक और घंटा बीत चला। फिर भी सतीश नहीं लौटा था। गाड़ी का बंदोबस्त करने के लिए इतने समय की जरूरत नहीं पड़ती—यों मेरे मन को भी लग रहा था, बड़ी गहराई के साथ। जैसा कि संजीव ने कहा था, कहीं वह सफा कदल के पास ही गया है क्या? मन अशांत होने लगा। जब दोपहर भी बीतती चली, गिरिजा भी छटपटाने लगी।

"'मुझे तो डर लग रहा है। आप ही जाकर देख आइए न।'

"'कहाँ जाऊँ? यदि वहाँ कर्फ्यू लगा हो और उसमें वह फँस गया हो तो? अलावा इसके, तुम दोनों को यहाँ अकेले छोड़कर कैसे जा सकता हूँ?' दिशाहारे की हालत हो चुकी थी मेरी।

"'दरवाजा बंद करके, हम दोनों अंदर ही रहेंगी। पहले आप उसको ढूँढ़ लीजिए।'—जब उसने ऐसा कहा, अनमना होकर ही मैंने बाहर कदम रखा। जान नहीं पा रहा था कि कहाँ जाऊँ? एक बार चारों ओर मैंने नजर दौड़ाई। हब्बा कदल की हमारी गली सूनी हो चली थी। यहाँ पर मुझको परिवार की स्थापना करते और दो बच्चों का बाप बनते और उनको छाती के कद तक पाल-पोसकर बढ़ाते देख

चुकी है, यही गली। आज मुझको अपने परिवार के साथ यहाँ से निकल जाते हुए भी वह देख रही है। मैं ऐसा अकेला आदमी नहीं था। मेरे साथ ऐसे हजारों व्यक्ति हैं, जो यहाँ घटी घटनाओं के साक्षी बने हैं। यहाँ घटी प्रत्येक घटना को उन्होंने अपनी आँखों से देखा है। यों भावुक होते चला तो तुरंत सतीश की याद आई और आकुलता से मुख्य मार्ग की ओर मैंने कदम बढ़ाया। मेरे सामने ही आ रहे थे बशीर अहमदजी, दिनोदिन के जैसे सिर झुकाकर। सोचा कि उनसे कुछ पूछना नहीं चाहिए। फिर भी स्वाभिमान के ऊपर हावी हो जानेवाली आकुलता ने मेरी जीभ से ये बातें बुलवा दीं।

"'बशीरजी, आपने हमारे सतीश को देखा है क्या?' जवाब देना तो दूर, उन्होंने सिर उठाकर भी मेरी ओर नहीं देखा। मुझे पार कर लेते हुए, सीधे अपने घर में घुसकर दरवाजा बंद कर लिया और मैं पीछे मुड़कर देखता रह गया।

"'मेरी आकुलता बढ़ रही थी। कुरते के ऊपर एक महीन 'स्वेटर' मात्र पहना हुआ था। बड़ी सर्दी होने लगी। पहले त्वरित गति से ही कदम बढ़ा रहा था, अब दौड़ने लगा और मुख्य मार्ग पर जाकर खड़ा रह गया। मानो राहुग्रस्त ही हुआ हो, हर कहीं बरबादी ही दिखाई दे रही थी। इधर-उधर चलती हुई एक-दो गाड़ियों को छोड़ दें तो कहीं लोगों का आना-जाना दिखाई नहीं दे रहा था। यहाँ से और कहाँ जाऊँ? कैसे पता लगाऊँ कि वह किस 'स्टैंड' पर गया है? मन में जो आकुलता छा गई थी, कुछ ही क्षणों में वह अपनी पराकाष्ठा तक पहुँच गई और उसने मुझे दुःख की खाई में ढकेल दिया। और मुझे असहाय-सा बना दिया। बाद में, उसी गति में वह आकुलता उतर भी गई। उसके बाद, मन ठंडा पड़ गया, निर्जीव-सा हो चला, बाहर जमे हुए हिमखंड के जैसे। यकायक ऐसा लगा कि सतीश को ढूँढ़ना बेकार है और शून्यता का भाव मन को घेरने लगा। उसी को आने देंगे; न जाने कब तक आ जाएगा?—यों सोचते हुए, घर की ओर कदम बढ़ाने लगा। पीछे की ओर से किसी 'वैन' के आने की आवाज सुनकर, मुड़कर देखा। काले रंग की 'वैन' थी। आखिर किसी गाड़ी का बंदोबस्त करके आया है। यों सोचने पर, मन को थोड़ा चैन मिला। अब मन में भी प्राणों का संचलन होने लगा। घर की ओर शीघ्र गति से कदम बढ़ाने लगा। सर्दी की वजह से पैर काँपने लगे थे। वैन भी धीरे-धीरे मेरा पीछा करने लगी थी। लो, अब घर आ ही गया। मेरे दरवाजे तक पहुँचते-पहुँचते वैन के दरवाजे को धड़ से खोल देने की आवाज आई। सतीश इतने रूखे स्वभाव का तो नहीं। और कौन होगा?—यों सोचते उस ओर फिरा तो इतने में वैन में बैठे लोगों ने किसी चीज को उँडेल दिया। बंद करते हुए वैन के दरवाजे के छेद में से देखा तो अंदर बैठनेवाले को देख पाया। लंबी दाढ़ीवाला और हाथ में बंदूक लिये हुए तथा आँखों में पाशवी क्रौर्य को बिखेरता हुआ, बहुत ही परिचित आसिफ का चेहरा था वह। वैन जल्द पीछे मुड़ गई। लुढ़ककर मेरे पाँवों पर गिरी उस गठरी को देखते ही, उसी क्षण मुझे पूरी घटना का पता चल गया। परखकर अब उसको कायम कर

लेना बाकी था। मन ऐसा कर लेना चाहता नहीं था। अनिष्ट की पूर्वसूचना से घबरा जाने की वजह से मेरे हृदय की धड़कन में हेर-फेर होने लगी। ऐसा लगा कि हृदय ही मुँह में आ गया है। फिर भी बाएँ हाथ से छाती को थामते हुए झुका। भगवान् से यह प्रार्थना करते हुए कि मेरा अनुमान सच न हो जाए, उस अधनंगे शरीर की ओर देखा। हाथों को पीठ के पीछे बाँध दिया गया था। जमीन की ओर मुख करके पड़े हुए उस बदन को दाएँ हाथ से मेरी ओर फिरा लेते ही मुझे दिखाई दिया वह चेहरा, जो मेरे प्रतिबिंब के जैसा था और जिसे मैंने ही पाल-पोसकर बड़ा किया था।

" 'बेटे!'—निश्चेष्टित होकर पड़े हुए सतीश के चेहरे को देखते ही, अनजाने में ही, मेरे मुँह से जोर से चीख निकल पड़ी। उसके चेहरे को सिगरेट से जला देने के धब्बे दिखाई दे रहे थे। इधर-उधर चाकू से भी चीर दिया गया था, जिससे बहा लहू जम गया था। एक आँख को खोदकर निकाल दिया गया था। मेरे होश उड़ गए और मैं धँस गया, मगर एक क्षण मात्र के लिए। अगले ही क्षण सोचा कि उसको जगा देना चाहिए और प्राण थोड़े से भी बचे हों तो उसे बचा सकता हूँ, ऐसी आशा के साथ जिद भी मिल गई। 'बेटे, बेटे सतीश' करके गला फाड़कर चीखने की कोशिश करने लगा, मगर आवाज गले में ही धँस गई थी। गाल पर पहुँचने से पहले ही आँसू सूखते जा रहे थे। उसको हिला देने से भी कुछ फायदा नहीं हो रहा था। लाश के जैसे वह पड़ा रहा।

"'सतीश, जागो बेटे! शैतानों से भरी इस जगह को छोड़कर जाने का विचार ही हम लोगों की बातचीत में प्रमुख बना हुआ था न? उठो बेटे,···उठो लाल! देखो न, और सब लोग कभी के निकल चुके हैं। कौलजी का परिवार भी अभी-अभी निकल चुका है। हमारी तरफ से देर हो रही है। उठो सतीश!' जोर से चीखने की पूरी कोशिश करने पर भी आवाज निकल नहीं पा रही है; उसके कानों तक तो पहुँच ही नहीं रही है। उसको अस्पताल ले जाने के लिए कोई-न-कोई गाड़ी चाहिए। और कोई भी नहीं है। बशीरजी से ही मदद माँगनी है। इस खयाल के आते ही, मैं उनके घर के द्वार की तरफ दौड़ा। बची-खुची सारी ताकत इकट्ठा करके दौड़ा और उनके घर के दरवाजे को जोर से खटखटाने लगा। वे दरवाजा खोल नहीं रहे थे। 'दरवाजा खोलिए।'—यों मैं चीखता रहा, चिल्लाता रहा। वहाँ रास्ते के बीच सतीश अकेला पड़ा था। फिरकर देखा। गिरिजा दरवाजे के पास ही बैठी हुई थी; यह भी संभव है कि वह धँस चुकी होगी? चूँकि मेरी आँखें धुँधला गई हैं, मुझे साफ दिखाई नहीं दे रहा है। सविता कंबल से अपने दाऊ के शरीर को ढक रही थी।'

"'उठो दाऊ, उठो भैया···'—यों उसकी बाँह खींचते रहनेवाली उसके आँसुओं में भी उसमें संचलन लाने की शक्ति नहीं थी।

"मुझे क्रोध आ रहा था। 'हे बशीर, आकर देखो कि तुम्हारे बेटे ने क्या कर दिया है?··· बशीर, दरवाजा खोलो। दरवाजा खोलकर देखो कि मेरे लाल की क्या

हालत कर दी है।''हे बशीर, निकलो बाहर।' और जोर से दरवाजा खटखटाने लगा। और जोर से खटखटाना चाहिए, यों अपनी सारी ताकत जुटाता रहा इधर। इतने में, मानो कुछ भूल गई थी। वह काली वैन फिर से उधर जल्दबाजी में आई और सतीश के बदन से दस कदम की दूरी पर रुकी। क्या हो रहा है करके मैं देखता ही रहा। वैन से उतरे दो लोग सतीश के बदन के पास पहुँचे और वहाँ बैठी सविता की बाँहें पकड़कर, उसे अमानुष रूप में खींच ले गए। अब मुझे धीरे-धीरे कुछ-कुछ समझ में आने लगा।

" 'छोड़ दो मुझे, छोड़ दो आसिफ भैया!'—यों वह हाथ खींच रही थी, अटका रही थी। फिर भी छुड़वा नहीं पा रही थी। एक बार उसने जोर से उसका हाथ काट दिया। जो उसे घसीटते हुए चल रहा था, वह रुक गया। आगे चलकर वह क्या करेगा, यह बात उसे भी मालूम नहीं थी। अपने जबड़े के दाँतों को चबाते हुए, बाएँ हाथ से उसके बालों को पकड़कर, उसके गाल पर, रप-रप करके दो-चार, तमाचे मारे। 'आसिफ भैया''' करके चीखते-चीखते ही वह अपना होश खो बैठी। उसे अपने कंधे पर डालकर वह तेजी से जाकर वैन में चढ़ गया। उसके बैठते ही उसका साथी भी चढ़ गया और उसने दरवाजा भी खींच लिया। यह सारी घटना चंद ही क्षणों में घटी। अपने मन पर हुए आघात से मेरे पैरों की ताकत पूरी तरह से घट गई और वे काँपने लगे। फिर सचेत होकर मेरे दौड़ जाने तक, वह वैन धीरे-धीरे आँखों से ओझल हो गई। 'आसिफ, उसे छोड़ दो, मेरी बेटी को छोड़ दो; वह तुम्हारे लिए बहन के समान है आसिफ!''आसिफ, मैं हूँ तुम्हारा वह मास्टर जिसने तुम्हें पढ़ना-लिखना सिखाया था, आसिफ''!' पैर जहाँ तक ले जा सकते थे, वहाँ तक मैं दौड़ता जा रहा था। थककर गिर जाने के बाद भी, फिर उठने की मैंने कोशिश की। हाथों को जमीन का आसरा देकर, उठने की कोशिश करने पर भी, उठ नहीं पाया। दु:ख उमड़ आया; असहायता की वजह से बिलख-बिलखकर रोया। साँस भी रुकती जा रही थी।

"'मैं हूँ, कैलाश पंडित'' अब मैं कश्मीर का राजा नहीं।''राक्षस के अट्टहास के सामने मैंने सिर झुका लिया है।''अपने राज्य को छोड़कर जाने के लिए तैयार भी हुआ था।''वितस्ता नदी में डूबकर मर जाने के लिए भी मैं तैयार था।''मेरे बच्चों ने क्या पाप किया था? मेरी क्या गलती थी?'"

" 'मेगच्छ इनसाफ!' जमीन पर हाथ पटकने की ताकत भी अब बची नहीं है।

"'मेगच्छ इनसाफ!' शरीर के साथ मन भी थका हुआ है और आँखों में अँधेरा छाया हुआ है।

*****

पढ़ना पूरा करके, नरेंद्र ने सिर उठाया। संजीवजी सामने बैठे हुए थे।

"इसके बाद ये कहाँ मिले थे?"—संजीवजी से यह सवाल पूछते समय वह खुद

अपनी आवाज पहचान नहीं पा रहा था। ऐसा लग रहा था मानों हजारों काँटे चुभ गए हों।

"किसी ने अस्पताल में दाखिल कर दिया था। यह बात हृदयनाथ पंडितजी को जब मालूम हुई तो उन्होंने ही इन्हें जम्मू के शिविर में किशनजी के पास पहुँचा दिया।" यह छटपटा रहा था कि अगला सवाल कैसे पूछूँ? तभी उन्होंने कह दिया—"शायद, उनकी पत्नी के प्राण उड़ चले थे। उनकी बेटी के ऊपर न जाने कितने लोगों ने अत्याचार किया। उसके बाद उसके बदन को आरे से काटकर, उन टुकड़ों को झेलम नदी में फेंक दिया, ऐसा कहा गया है।"

यह सुनकर उसने लंबी साँस ली। कमरे की हवा काफी नहीं है ऐसा लगा, संकट से मन मसोस जाने के कारण।

"दो मिनट बाहर टहल कर आएँगे क्या?"—उसने पूछा।

"चलिए।"—यों कहते हुए, वे भी उठे।

"यह डायरी उन्होंने कब लिखी?"—धीरे-धीरे कदम रखते हुए उसने पूछा।

"क्या-क्या होता रहा?"

"क्या होता रहा, इसके बारे में किशनजी, मेरे पिताजी और अन्य लोग बार-बार पूछा करते थे। वे कुछ नहीं बोलते थे। बाद में, एक दिन उन्होने अचानक कह दिया : 'मुझे एक डायरी लाकर दीजिए। उसमें सबकुछ लिख दूँगा।'

'अब भी बोलेंगे नहीं क्या?'

"बहुत कम बोला करते हैं। वह भी जब वे अकेले होते हैं।"

" 'मेगच्छ इनसाफ' का मतलब क्या यह है कि 'मुझे इनसाफ दीजिए?' " जो चल रहा था, उसने रुककर, उनकी ओर फिरकर पूछा।

"जी हाँ। रोज सवेरे बशीरजी के यहाँ इनसाफ माँगने के लिए जाया करते हैं। कई महीनों से यह क्रम जारी है। हमें भी यह बात मालूम नहीं है कि उनके घर का पता इनको कैसे चला। पूछने पर भी वे बताते नहीं।"—संजीवजी ने प्रत्युत्तर दिया।

"आपने खुद उनसे पूछा नहीं क्या?"—उसने यकायक पूछ लिया।

"उनसे बातचीत करने के लिए कुछ नहीं बचा है, ऐसा आप को लगता है क्या?"—उन्होंने निर्विकार भाव से पूछा। उसको चुप्पी साधते देखकर, उन्होंने ही बातचीत आगे बढ़ाई—"जल्द उठकर निकल जाते थे न! एक दिन हमने भी उनका पीछा करते हुए जाकर देखा। इनकी उस कारस्वाई को देखकर, घबराकर उनको वहाँ से वापस ले आए। उस दिन पूरी तरह से वे व्यग्र बने रहे। दो कौर भात तक उनके पेट में नहीं गया; सोए भी नहीं। वहाँ जाकर इनसाफ की घंटी बजाकर आने से ही उनको तसल्ली मिलती है। यह पूछने पर कि वे ऐसा क्यों करते हैं, एक ही वाक्य में इतना बोलकर, वे चुप हो गए कि 'चोल वंश के राजा मनु के समय में भी घंटी बजाकर न्याय माँगने की प्रथा प्रचलित

थी।' उस मुसलिम के घरवालों ने आज तक इनको कोई तकलीफ नहीं पहुँचाई है। फिर भी हम लोग उनका ध्यान रखते आए हैं। भरपूर जानकारी उनको देते आए हैं कि वहाँ मत जाया करें।"

"आमतौर पर, सवेरे कितने बजे यहाँ से निकलते हैं?"—उसने यों पूछा, मानो किसी निश्चय पर पहुँचा हो।

"अजान के शुरू होते ही उठकर चले जाते हैं। आमतौर पर, साढ़े पाँच बजे उनकी निमाज शुरू हुआ करती है न! यहाँ से उनके यहाँ तक पहुँचने में पंद्रह मिनट लगते हैं।"

"मेरी एक मदद कर पाएँगे क्या? उनके जाग उठते ही मुझे खबर दे दीजिए! उनके घरवालों से विनती कर सकते हैं क्या?" उसके यों पूछने पर, एक-दो मिनट तक संजीवजी उसी की ओर देखते रहे। बाद में उनके घरवालों को उन्होंने फोन किया।

"कल वे मुझे फोन कर देंगे। मैं आप को जगा दूँगा।"

"मैंने सोचा था कि आप को तकलीफ नहीं देनी चाहिए।" वह मुसकरा उठा।

"आप जो पुण्य का कार्य कर रहे हैं, उसमें मेरी भी एक छोटी सी देन रहे।"—यों बोलनेवाले उनके मनोभाव को पहचान पाने में ही एक और फोन कॉल आ गई।

"हाँ महरा। 'वॉकिंग' कर रहे थे।"—वे ये बोलने लगे थे।

"..."

"यहीं हैं। उनको फोन दे दूँगा।"—यों बोलने के बाद, उन्होंने मेरे हाथ में फोन थमा दिया।

"नमस्ते पंडितजी! कहिए।"

"..."

"जी हाँ। ऐसा भी मान सकते हैं। ठीक है। नमस्कार।"—मुसकराते हुए उसने फोन रख दिया।

"क्या कहा उन्होंने?"—संजीवजी ने पूछा।

"क्रियासिद्धिः सत्त्वे भवति महताम नोपकरणे।—उनका प्रश्न यह था कि इस सूक्ति में 'सत्त्व' का जो उल्लेख आया हुआ है, उसे 'इच्छाशक्ति' मान सकते हैं न?" इतना बोलकर जब वह रुक गया, यह बात समझ में आ गई कि वे उसे समझ नहीं पाए हैं। उनकी चुप्पी से ही यह बात उसकी समझ में आ गई।

उसका तात्पर्य यह है कि 'इच्छाशक्ति यदि किसी में हो, तो कार्य को साध पाने के लिए और किसी उपकरण की आवश्यकता होती नहीं है।' यों साफ-साफ बताने पर, उनके अधर के छोर में मुसकान खिल उठी, जो अँधेरे में मिट चली।

घर पहुँचते ही उसने कहा—"भाभीजी, मुझे खाना नहीं चाहिए। मुझे एक 'कप चाय पिला दीजिए, बस। मामूली चाय!"

"क्यों? अचानक इनको क्या हुआ है?"—सोते समय उन्होंने अपने पति से पूछा।

"कैलाशजी की कहानी पढ़ ली है न? मन को ठेस पहुँची होगी। यह आदमी जितना दिलेर है, उतने ही सूक्ष्म स्वभाव का भी है।"

पति के कथन के प्रति कोई प्रतिक्रिया व्यक्त किए बिना, आरती ने करवट बदल ली।

*****

काली वैन तेजी से गुजर रही है। रास्तों में चूँकि लोगों का आना-जाना नहीं के बराबर है, उसकी तेजी के लिए सहूलियत मिली है। अंदर बैठे हुए सभी शैतान हैं। उनके चंगुल में फँसी है एक लड़की। 'सुन लो, पहले बारी मेरी है, क्योंकि उसे खींच ले आनेवाला मैं हूँ।'—यों बोलते हुए, पहला लड़का उसके ऊपर हमला कर देता है। वह लड़की बेसहारा बनी हुई है। फिर भी, अपनी पूरी ताकत से उसके खिलाफ लड़ती है। 'ऐसा मत करो, आसिफ भैया!' मेहरबानी करके मुझे छोड़ दो।'—यों चीखते-चिल्लाते पाँव पटक रही है। 'पकड़ लो उसको। बहुत जिद कर रही है।' नाराज होकर वह गरज उठता है। दो लड़के उसके हाथों को और दो लड़के उसके पाँवों को दबा लेते हैं। इसको 'वैन' के आईने में देखते रहनेवाला ड्राइवर ठहाका मारते हुए गाड़ी चला रहा है। छोटी दाढ़ीवाला, वह शायद आसिफ ही होगा। वह उसके बदन के ऊपर के सारे कपड़े खींच फेंकता है। लड़की शरम के मारे आँखें मूँद लेती है। 'आँखें खोलो, मेरी नूर!'—यों बातों से भी वह उसे नोच रहा है। 'यह डरपोक, आँखें मूँदकर रो रही है। अब, देखो कि मैं कैसा मर्द हूँ। देख लो न!'—चेहरे के सामने अपने लिंग को दिखाते हुए जोर की हँसी हँसता है। 'भैया, मुझे छोड़ दो। '—यों दीनता के साथ अर्ज करती रहनेवाली उसकी आवाज ही सुनाई देती है। जानी-मानी दूसरी आवाज आसिफ की ही है, जो यह हुक्म दे रहा है—'हरामी है यह, उसके पैरों को ठीक तरह से फैला दो। मैं उसके अंदर घुसूँगा, नहीं तो तुम्हारी बारी कैसे आएगी?' दोस्त के ऊपर नाराजगी दिखाते हुए, जल्द अपनी पतलून उतारकर उसके बदन पर गिरता है और उसके नंगे बदन पर हाथ फेरता है: 'यह मेरी शिकार है'—यों बोलते हुए इस मदहोशी में उसके बदन को नाखूनों से चीरता है, यहाँ-वहाँ दाँतों से काट लेता है; अपनी शैतानी भूख को मिटा लेने के लिए उसके अंदर घुसने लगता है तो वह दर्द से चीख उठती है। 'दबाकर बंद कर दो उसके मुँह को, मजा उठा लेने के बदले, रोने लगी है।' उसकी मस्ती के बढ़ने के साथ-साथ, उस लड़की का प्रलाप और सिसकियाँ बढ़ती गईं और धीरे-धीरे कम भी होती गईं। 'हाँ। अब तुम आ जाओ। आप सबके मजे लूट लेने के बाद, फिर मैं तैयार होकर आऊँगा।' अपनी जानवर की-सी प्यास बुझा लेने के बाद, उसके उतरते ही, उसी के लिए इंतजार करता रहनेवाला दूसरा लड़का बड़े शेर के जैसे उस पर कूदकर अपनी शैतानियत दिखाने लगा, तो तब तक वह पूरी तरह

से निश्चल हो चली है, ऐसा लगा। उसके मुँह से एक शब्द तक निकल नहीं रहा था। थककर बेहोश हो चली थी या नाक और मुँह दबा रखने की वजह से उसका साँस लेना ही बंद हो गया था, यह मालूम नहीं हो रहा था, लेकिन इस बात का खयाल न करते हुए, दूसरे लड़के ने अपनी भूख मिटाकर पतलून पहन ली तो तीसरा लड़का भी उसके ऊपर टूट पड़ा। उसकी पारी पूरी होने के बाद, चौथे लड़के ने जब तक अपनी प्यास बुझा ली, वह ड्राइवर भी शोर मचाने लगा था कि 'मेरे लिए भी कुछ बचा रखेंगे या आप लोग ही बाँटकर खा लेंगे?' पहले लड़के को कुछ शक हुआ। उसने अपना मुख उसके मुख के पास ले जाकर देखा, तो पता चला कि उसकी साँस बंद हो चली है।...अरे, अरे, यह... यह तो कहीं मेरा देखा हुआ चेहरा ही है; अच्छी तरह जाना-पहचाना चेहरा है। हाँ, यह है मैत्रेयी! दिग्भ्रमित होकर उठ खड़ा हुआ नरेंद्र। उसकी छाती की धड़कन बे-ताल हो चली थी। माथे के ऊपर पसीने की रेखा रच गई थी। पास ही रखी गई सुराही से एक गिलास पानी उँडेलकर उसने पी लिया और खिड़की से बाहर की ओर झाँककर देखा। सपना तो टूटा था; मगर, उसमें देखने को मिली वह पाशविकता, जो अब भी उसको सता रही थी। कल्पना ही इतनी भयानक हो, तो सचमुच ही उस सामूहिक अत्याचार का शिकार बनी हुई उस लड़की की क्या हालत हुई होगी?—यों सोचते ही उसका मन मसोस गया।

यह तो भले ही हीनोपमा लगती होगी। एक कुत्ता भी अपनी साथिन से मिलते समय, उसे और कुत्तों से बाँट नहीं लेता। तो ये शैतान इस तरह लड़कियों को...छिः!—यों सोचने पर, लंबी और भारी साँस निकली। साथ ही, एक और सच्चाई भी सामने आई। हमारे देश के किसी और राज्य को कश्मीर जैसा बनने देंगे, तो सविता की जो बुरी हालत हुई, वैसी ही हालत कल उस राज्य की लड़कियों की या मेरी मैत्रेयी की भी हो जाएगी, इसमें कोई शक नहीं है। इसलाम में तो पहले से ही यह दस्तूर बना हुआ है कि काफिरों की लड़कियों को पटा लेने पर ही उनकी जीत को पूरा माना जाएगा। जहाँ भी अपना पाँव रखें, उसे सौ फीसदी श्मशान बना देनेवाले अरबों के इस इसलाम नाम के मजहब को हमारे देश में आने नहीं देना चाहिए, यों कसम खाकर लड़नेवाले राजाओं की संख्या कम थी क्या? इतिहास के पन्नों को खोलकर देखें तो ऐसे लोगों के पराक्रम के वृत्तांत हमें पुलकित कर देते हैं। यह यथार्थ ही कि हम कितने असहाय बन बैठे हैं, हमें भयभीत बना देता है। नरेंद्र को इतिहास के वे अंश याद आने लगे जिनका उसने अध्ययन किया था।

पैगंबरजी के अवसान के साथ संसार के इसलामीकरण का जो दौर शुरू हुआ था, वह चंद ही सालों में सीरिया, फारस, तुर्कीस्तान और विदेशीय (बर्बर) प्रांतों के लोगों का धर्मांतरण करके आगे बढ़ रहा था, मगर भारत के सिंध प्रांत को अपने कब्जे में लेने के लिए उनको 69 साल ही लगे। उसमें भी 'रशीदुन'—यानी सही तरीके से राह दिखाए गए—खलीफा माने गए चार खलीफा भारत को जीत लेने का सपना देखते हुए मौत को

प्राप्त हो चले थे। चालुक्यों का अवनी जनाश्रय, गुर्जर प्रतिहारों का नागभट्ट जैसे भूपाल एक-दो नहीं, कई थे, जिन्होंने मुसलिमों की सेना को मार भगाया था। तीन सदियों के निरंतर हमलों के बाद भी, मुलतान और मनसुरा नाम के दो छोटे प्रांत ही उनके कब्जे में आए। हर बार जब हमला हुआ, गजनी मोहम्मद की सेना को रोककर, मारकर गिरा दिया गया; कई बार हारकर, जान बचाने के लिए पीछे हटकर, खाली हाथ लौटने पर उसको त्रिवश कर दिया गया। इस साहस के कार्य में स्वयं हताहत हुए शाहिया साम्राज्य के जयपाल, आनंदपाल, सुखपाल, त्रिलोचनपाल और भीमपाल जैसे राजाओं के पराक्रम की प्रशंसा करते हुए, गजनी के इतिहासकार अलबरूनी ने यों लिखा है न : 'हिंद शाहिया साम्राज्य के किसी राजा का नाम बचा नहीं है; मगर, अपने देश के लिए जो कुछ भला लगता था, उसका कार्यान्वित करने में ये राजा लोग कभी पीछे हटे नहीं।' पढ़ लेने मात्र से रोंगटे खड़े हो जाते हैं न? उतबी, फिरिश्ता आदि मुसलिम लेखकों ने राजपूतों के तथा चौहानों के अप्रतिम शौर्य की प्रशंसा करते हुए जो कुछ लिखा है, वह कम है क्या? 570 सालों के निरंतर संघर्ष के बाद भारत के ऊपर—खासकर ज्यादातर उत्तर भारत के ऊपर—कब्जा कर लेने में मुसलिमों ने सफलता पाई थी कुल 500 सालों तक मात्र ही।

नरेंद्र ने एक बार अपना सिर खपा लिया। कई कारणों से धीरे-धीरे क्षीण होती रही क्षात्र-शक्ति कब पूरी तरह से सूख गई और आगे चलकर कभी उभर न आनेवाली मन:स्थिति की हालत में पहुँच गई? यह सवाल उठाने पर उसके मन में खलबली पैदा हो जाती है। गांधीजी तो पूरी तरह से न तत्त्वज्ञानी थे, न राजनीतिज्ञ ही थे; सत्य और अहिंसा की परिकल्पना का गलत अर्थ लगा लिया; उनकी बदली हुई परिभाषा को अपने आप तक मात्र सीमित न करते हुए, सारे देश के हिंदुओं पर अन्वयन करने जब निकले तभी हमारा आधुनिक समाज निर्वीर्य हो चला न? 'मेरे सपनों के स्वराज्य में शस्त्रास्त्रों की आवश्यकता ही नहीं रहेगी'—यों बोलनेवाले गांधीजी ने आगे बढ़कर यहाँ तक कह दिया था कि 'जब दुष्ट लोग आपके ऊपर हमला करते हैं, तब उसका प्रतिरोध न करते हुए आप शरणागत हो जाइए और अपने प्राणों का अर्पण करने के लिए भी तैयार हो जाइए। तब वह पश्चात्ताप करने लगता है और अपना हाथ उठाता ही नहीं है।' उनका यह तत्त्व अनुष्ठान योग्य बना है क्या? उन्होंने यह भी कहा था : 'यदि अहिंसावादी बनना है, सभी पुरुषों को स्त्रियों के स्वभाव को अपना लेना चाहिए। अहिंसा के पथ पर जब से मैं चलने लगा हूँ, मैं ज्यादातर औरत ही बन गया हूँ। उनकी ऐसी बातें सुन लेने पर, सीमा-सुरक्षा में तैनात हमारे जवानों को क्या लगता होगा? 'अपने ऊपर अत्याचार की कोशिश होने पर औरतों को क्या करना चाहिए?' इस सवाल का उत्तर देते हुए उन्होंने कहा था : 'अपनी पवित्रता ही अपने लिए रक्षा का कवच बनी रहती है, यो माननेवाली धीरजवाली औरतों पर अत्याचार होता ही नहीं है। वह मर्द जितना भी राक्षस क्यों न बना हो, जलती

हुई पवित्रतारूपी आग के सामने शरम से अपना सिर झुका लेता है।' इस तत्त्व में यदि कोई सच्चाई होती, तो सविता की पवित्रता के सामने आसिफ ने क्यों अपना सिर झुका न लिया? अपने दोस्तों के साथ मिलकर सामूहिक अत्याचार करते समय उसमें शर्मिंदगी क्यों नहीं जागी? अपने छोटे बेटे मूल राजा को अपनी गोद में बिठाकर, उन तुरुष्कों के साथ लड़कर, उसे शर्मिंदगी की हार चखाकर, पीछे खदेड़ दिया था न चालुक्यों की रानी नायकी देवी ने! यदि अपनी पवित्रता को ही रक्षा का साधन मानकर, वह हाथ बाँधकर बैठी रहती तो होना क्या था? रावण के गाल पर तमाचा न मारनेवाली सीता और दुर्योधन को लात न मारनेवाली द्रौपदी जैसी औरतें ही गांधीजी प्रिय लगती हैं। इसी कारण, औरतों को सैनिक तरबियत देने के विचार के प्रति उन्होंने अपना विरोध व्यक्त किया था। आज के बाँग्लादेश के नोआखली में जब हजारों औरतों का मानभंग होने लगा था, यह बात उनकी समझ में आ गई कि अपना वह हितोपदेश किसी काम का नहीं है; तब गांधीजी ने यों कहा था कि 'मानभंग के लिए मौका देने की अपेक्षा जहर पीकर मर जाना ही अच्छा है।' इसलाम की बर्बर क्रूरता जब अनगिनत हिंदुओं की हत्या में जुटी हुई थी, गांधीजी ने तब भी मुसलिमों की तरफदारी बंद नहीं की। कान ऐंठकर उनको हितवाद सुनाने के लिए भी आगे नहीं आए। हिंसा से पीड़ित लोगों की अपेक्षा, हिंसक लोग ही उनको प्यारे क्यों लगे? 'अहिंसा परमो धर्मः'—इस एक पंक्ति को पढ़ लेनेवाले उन्होंने हिंदू-मुसलमानों की एकता को बनाए रखने के लिए हिंदुओं की ही बलि चढ़ाने की अनिष्ट प्रथा शुरू कर दी। मुसलमानों की सारी माँगें पूरी कर देने से ही एकता साधी जा सकती है, इस झूठे विश्वास ने ही आगे चलकर 'सेक्युलरिज्म' का रूप धारण कर लिया, जिसमें हिंदू विरोधी नीति रूपित हो गई। छोटे-छोटे विचारों के बारे में भी उन्होंने जो असहयोग आंदोलन और सत्याग्रह शुरू कर दिए, उन्हीं से आज के विरोध प्रदर्शन, हड़ताल और टाउनहॉल प्रतिरोध अवतरित हुए हैं न? गीता और उपनिषदों के कथनों के सहारे, हिंदुओं के हाथों को ही नहीं, मनों को भी बेड़ी लगानेवाले गांधीजी का व्यक्तित्व ही आज भी हमारे राजनीतिक नेताओं के लिए आदर्श बन चला है न? अनुसरण करने के लिए इससे भी आसान नमूना कहीं मिल सकता है क्या?

हमारी सुरक्षा के लिए आवश्यक क्षात्रगुण ही जब चैतन्यहीन हो चला है, सांघिक शक्ति का उगम हो भी कैसे सकता है? उसके अभाव में बदलाव लाना भी कैसे संभव बन सकता है? जाति, उपजाति और अलग-अलग धर्मों के नाम पर झगड़ते रहनेवाले हमारे लोगों के लिए परिस्थिति की भीषणता की जानकारी ही मिली नहीं है, ऐसा लगा। इसके नतीजे के रूप में, छिटपुट आशंकाओं से धीरज नहीं खो बैठनेवाले नरेंद्र के मन में भी असहायता की भावना जागी और उसका दिमाग धूमिल हो चला तथा चेहरे पर चिंता की रेखाएँ उभर आईं।

इक्कीस

आरती ने फिर एक बार करवट बदल ली। शेष लोगों की कहानियाँ कम-से-कम बताई जा सकती हैं। मगर हमारी ?

संजीवजी से शादी किए अभी चंद दिन ही बीते थे। प्राणों को मुट्ठी में पकड़कर, रातोरात एकदम दूसरे कपड़े भी लिये बिना घर से निकल पड़ने पर, मन में यह कल्पना कहाँ थी कि फिर से यहाँ लौट पाएँगे ही नहीं। जम्मू जानेवाली गाड़ियों के लिए माँग बढ़ी थी। इसलिए ट्रक में लादे जानेवाले सामनों के जैसे हम लोग भी—मेरे ससुर और सास, मेरी ननद और हम दोनों—एक-दूसरे से सटकर बैठे हुए थे। बारह घंटों के सफर के बाद, जब जम्मू के पूर्व शिविर में उतरे, वहाँ की हालत देखकर दिल धँस गया था न ? 'स्थानांतरित लोग' की हैसियत से अपने नामों को दर्ज करा लेने के बाद, कतारों में बाँधे गए तिरपाल के टेंटों की ओर इशारा करते हुए किसी ने जब यह बता दिया कि 'यही है आपका निवास', तुरंत सासू माँ की आँखें भर आईं और ससुरजी ने लंबी साँस ली। बाँस के दो डंडों को जमीन में गाड़कर, उनके ऊपर तिरपाल को बिछा दिया था और उसको जमीन में गाड़ी हुई खूँटी से बाँध दिया गया था। जोर से यदि हवा चल आती तो इसका भरोसा भी नहीं था कि वह उड़ नहीं जाएगा। उस रात को ऐसा ही हुआ। रात में किसी वक्त जब वह उड़ गया, तो कुछ ज्यादा ही डरकर सासू माँ ने 'हो!' करके चीख निकाली थी। जब उसका पीछा करते हुए मेरे पति गए हुए थे, दो लोग तभी झगड़ा करने लगे थे; वह तिरपाल अपना ही है करके उठा ले आए थे। उसको फिर खूँटी से बाँधा, मगर यह भरोसा नहीं था कि वह फिर उड़ न जाएगा। इसलिए उसको पकड़कर ही बैठे हुए थे। लेटी हुई जगह से ही मैं इनको देखती रही। ये भी मेरी ओर देखते हुए और हँसते हुए आँखों के इशारे से ही सूचित कर रहे थे कि तुम सो जाओ। मुझे ठीक तरह से याद नहीं है कि वह छोटी मुसकराहट थी या बड़ी हँसी थी, मगर यह तो सच था कि वह हृदय के अंतराल से निकली हुई थी। यह तो स्पष्ट रूप से मुझे याद है कि वह हँसी आखिरी थी। टेंट में चार रातें बिताने में नाजुक तबीयत की सासू माँ थकी-माँदी हो चली थीं।

अगले ही दिन, इन्होंने एक सराय को ढूँढ़ निकाला और उसमें जगह पा ली, लेकिन दो-चार हफ्तों तक ही वहाँ रहने की तत्काल की व्यवस्था थी वह। रोज सवेरे निरंतर स्वरूप में कश्मीर से सागर की लहरों के जैसे लोगों की भीड़ उमड़-उमड़कर आ रही थी। नए परिवारों के लिए जगह बना देने के लिए हमें, अपने बोरिया-बिस्तर के साथ, अपने वास्तव्य की जगह को बदल लेने की समस्या भी सता रही थी। जहाँ भी देखें, कमरों के लिए मानो प्रतियोगिता लगी रहती थी। इसलिए यह भावना मन में आ गई थी कि पहले अपनी देखरेख कर लेनी चाहिए और उसके बाद ही अपने रिश्ते-नातेदारों की खैरियत

के बारे में सोचना चाहिए। ऐसी अनिवार्यता सिरजी हुई थी। जब एक कमरे को किराए पर लेने के लिए मेरे पति भाग-दौड़ कर रहे थे, इस बात का पता चला था कि कमरे कितने महँगे हो चले थे। अंत में किसी एक भले-मानस की मदद से, सातवीं मंजिल में रहनेवाला एक छोटा सा कमरा मिल पाया था। तब उनके प्रति कई बार कृतज्ञता व्यक्त की थी। अधिक किराया देने पर भी,,यह तसल्ली मिली थी कि रहने के लिए सिर के ऊपर एक छत तो मिला है न! उसी कमरे के एक कोने में स्टोव रखकर उसको रसोईघर मान लिया। दूसरे एक कोने में रहनेवाले गुसलखाने के बीच में रहनेवाली जगह को ही बरामदा मान लेना होगा, ऐसा बोलने पर सबने हामी भर दी। अखबारों को ही बिछाकर उसी को बिस्तर मानकर लेट जाने पर, कभी-कभी उनींदी आ जाती थी; फिर भी, एक की लंबी साँस दूसरे को जगा देती थी। तसल्ली से भरी अबाधित नींद तो गगन का सुमन ही बनी हुई थी। नहाते समय दोनों हाथों को पसार लेने के लिए भी जगह न मिलनेवाले उस तंग गुसलखाने में सिकुड़कर खड़े होकर, चार ही लोटे पानी में नहाना पूरा करते समय हमारे बदन पानी से ज्यादा आँसुओं से ही भीगे रहते थे।

सातवीं मंजिल में रहनेवाले उस कमरे में एक भी नल न होने की वजह से, बकेटों में नीचे से पानी ढोकर ले आना ही दिन के समय के ज्यादातर हिस्से को निगल लेता था। भले ही मेरे पतिदेव इसमें कुछ हाथ बँटा देते थे, फिर भी अन्य रोजगार ढूँढ़ते रहनेवाले उनको घर के कामकाजों में उलझाना संभव नहीं हो पा रहा था। शादी के बाद ससुराल में जानेवाली लड़की से कितना काम कराया जा सकता था। बकेट को मुश्किल से ऊपर उठा ले जाते समय, हर एक मंजिल को पार करते जाने पर, हर एक सोपान पर पुरानी यादें आ धमकती थीं और बकेट का बोझ और अधिक हुआ-सा महसूस हो रहा था।

तब तक उनके पुराने रोजगार की तनख्वाह भी नहीं मिल रही थी। अपनी पुरानी कमाई से जो पैसे उन्होंने बचा के रखे थे और नए सिरे से पाए रोजगार से चंद पैसे जो कमाए हुए थे, उनसे परिवार के खर्चे सँभाल लेने की जहाँ वे कोशिश करते रहे, वहीं इन सभी के लिए दिन में तीन बार खाना पकाने में, बरतन माँजने में और कपड़े धो डालने में मैं थकी-माँदी हो जाती थी। कितनी भी थकी-माँदी होने पर भी, रात के समय मेरी प्रतीक्षा बहुत बढ़ जाती थी और उनकी निकटता की आस भी बढ़ आती थी। बीच-बीच में खाँसकर गले को ठीक कर लेने के बहाने मैं अपने जागे रहने की सूचना दिया करती थी। पाँच लोगों के लिए पूरी तरह से पाँव पसारकर सोने के लिए भी जहाँ जगह काफी नहीं होती थी, वहाँ हमारे लिए मौका क्या मिल पाता था? छटपटाते हुए ये करवट बदल लेते थे और बीच-बीच में उठ बैठते थे, जो मेरी भी समझ में आता था। बार-बार बीच में जाग उठनेवाले सास और ससुरजी की वजह से, अपनी कामना को दबाए रख लेने की हालत अनिवार्य ही बनी थी। उनके साथ मिल न पाने के संकट की वजह से, सवेरे

उठकर इनके चेहरे को देख पाते ही, मेरी नाराजगी भड़क उठती थी।

अपने को रोक पाने में असमर्थ मेरे पति किसी वक्त मुझ पर चढ़ आते तो मैं भी आतुरता में अपने को सौंप देती थी; मगर यह सबकुछ आरंभ में ही अंत को प्राप्त हो चलता था। प्रेम की ऊँचाई तक पहुँच जाने की प्रतीक्षा में रहनेवाली मुझको भले ही बड़ी निराशा क्यों न होती, फिर भी मिलन की अनुभूति प्राप्त होने का मौका जो मिला था, उसी से अपने को तसल्ली पहुँचा लेती थी मैं। मिलन के दो मिनटों के बीत जाने पर जब मैं आँखें खोलती तो ससुरजी को करवट बदलते हुए देख लेती थी। इसकी जानकारी कहीं उनको मिली हो, यों सोचकर लज्जित हो जाने की वजह से अगले पूरे दिन उनसे आँख मिला नहीं पाई। मेरे पतिदेव भी उनकी आँखें बचाकर फिरने लगे, तो मेरे मन में यह भावना जाग गई कि फिर से ऐसी घटना के लिए मौका नहीं देना चाहिए। अपने शहर के शयन–कक्ष में, नरम बिस्तर के ऊपर, उनके गरम आलिंगन में पूरी रात बिताते रहने की याद हो आई, तो ऐसा भी सुखमय समय था क्या करके अविश्वास के साथ सवाल उठाने लगता था मेरा मन! ऐसे अवसर पर जब वास्तविकता और कठोर रूप को धर लेती थी, तब आँसू छलक आते थे। सवेरे की यह शरमाई रात की गरमी में जब मिट चलती थी, तो किसी ऐसे समय के मिलन की संभवनीयता की कल्पना में जुट जाता था मेरा मन, लाख अनिच्छा के बावजूद भी। इसी प्रतीक्षा में रातभर नींद से वंचित होकर, प्रतीक्षा में समय बीत जाया करता था। अगले दिन सवेरे उनींदी की हालत बनी रहती थी और देर से उठा करती थी। इसकी वजह से रोजाना कामकाजों में निरुत्साह से ही जुट जाने की नई आदत शुरू हो चली थी। जिस इमारत में हम लोग रहा करते थे, उसमें किसी नए परिवार का जब प्रवेश हुआ करता था, तो नए परिवारों का परिचय बढ़ाते समय, जब मेरे पतिदेव ऐसे बोला करते थे कि 'यह मेरी पत्नी है', मुझे कुछ अचरज हुआ करता था और उनकी ओर ही मैं ताकती रहती थी।

इस घटना के पश्चात् शायद एक महीना बीत गया होगा। मुझे ऐसा लगा कि इस बार मासिक धर्म का प्रवर्तन हुआ नहीं है। इसके माना जब समझ में आए, मुझे खुशी हुई; मगर दो मिनटों तक ही वह खुशी बनी रही। माँ के जमाने में, पाँव भारी होने की सूचना खुलकर अपने मुँह से बताने में शर्मीली बननेवाली बेटी कान के 'डेजहूर' में लाल धागा 'नैर्वन' बाँध लेने के द्वारा यह शुभ समाचार दिया करती थी, ऐसा कहा गया है। अपनी इस 'शर्मिंदगी' के विचार को सबके साथ कह लेने से अपमान से बढ़कर और कुछ नहीं होता, यों सोचकर, मुँह बंद करके, सीढ़ियों से उतरते हुए पतिदेव के पीछे जाकर उन्हें यह बात बता दी। उनके चेहरे पर संतोष की बिजली कौंधकर गायब हो चली। 'चंद दिनों तक प्रतीक्षा करें' इतना ही बोल कर वे चले गए।

मेरा यह गर्भ मेरे लिए ही हर्ष का विचार नहीं बना; उनकी सूचना की प्रतीक्षा करते

हुए, कभी-कभी कोख पर हाथ फेर लेते हुए दिन बिता रही थी।

कै की और उलटी की संवेदना अभी आई नहीं थी। शायद, पाँचवें दिन में ही होगा। पानी उठाकर आते समय, पेट के निचले भाग में दर्द होने लगा। पूरी जाँघ ठंडी पड़ गई और तुरंत अंदर भाग चली। अंकुर जिसका लगा था, वह दृढ़ रूप में टिक नहीं पाया था और छूट जा रहा था। ऐसा जो हुआ था, वह मेरी भलाई के लिए था या बुराई के लिए, यह भी समझ में नहीं आ रहा था। खुलकर रोकर, मन को हलका कर लेने के लिए भी मौका नहीं था। व्यग्रता में मिर्च का चूरन बदन के ऊपर उँडेल लिया। जब मैंने इनको इस बात की जानकारी दी, इन्होंने लंबी साँस निकाली। यह पूछ लेने का अवसर भी नहीं मिला कि यह लंबी साँस बच्चे को खो देने के दर्द को सूचित कर रही थी या पेचीदी परिस्थिति से मुक्त होने के चैन का प्रतीक थी। मैं चाहती थी कि वे मेरे निकट न आएँ; लेकिन इस दूरी को सह लेना भी मुश्किल हो रहा था। ऐसी दुविधा में तड़पते रहने की परिकल्पना भी मुझमें नहीं थी, लेकिन जब वास्तव में इसको सह लेना पड़ा, मैं किसके साथ इसको बाँट सकती थी?

माँ को देख लेने के लिए उनके टेंट को ढूँढ़ने चली। उनकी हालत देखकर मेरी अंतड़ी खींच आई। लाखों मूल्य की जमीन से वंचित होकर, यहाँ कंगाली की हालत में उन्हें जीना पड़ा था। रोज किसी-न-किसी रोजगार की तलाश में निकलते हुए मेरे बड़े भाई का दुखड़ा अधिक था या मेरी उस भाभी का दुःख, जो अपने कीमती 'डेजहूर' और 'अठ' जैसे जेवरों को बेच देने पर, खाने का वक्त हो जाने पर, अपनी तरफ देखते रहनेवाले उस परिवार के सदस्यों को निराश न करने की कोशिश करती रही!

माँजी इस दर्द में धँस गई थीं कि यह भी पूछ नहीं पा रही थीं कि बेटी, तुम कैसी हो? "मुझसे खाया नहीं जा रहा है, मामीजी! इसमें रेत-ही-रेत मिली हुई है।"—यों भानजे की लड़की मुँह सिकोड़कर बोल रही थी।

भाभीजी तो मुँह सिलकर सबकुछ निभा रही थी। यदि मैं भी बोलने लगूँगी तो परिवार में फूट पड़ जाएगी, यह भय उनकी आँखों में झलक रहा था।

"उसकी पढ़ाई-लिखाई बंद हो गई है क्या?"—मेरे इस सवाल के जवाब में उन्होंने कहा—"नहीं। बगलवाले टेंट में सब बच्चों की पढ़ाई हो रही है। यह भी वहीं जा रही है। पढ़ाई करते समय उसे तकलीफ नहीं होनी चाहिए, इस दृष्टि से हम लोग बाहर बैठे रहते हैं।"—यों बोलते, वे हँस देती हैं। वे इस भाव को बल देती हैं कि शिक्षा ही हमारे लिए वज्रायुध बनी रहती है।

"ढेर सारे साँप और बिच्छू भी हैं यहाँ। बच्चे को कहीं काट न खाएँ, इस भय से रात भर जागा रहता हूँ।" दिन में सोते रहने की बेबसी का कारण समझाते हैं पिताजी।

"भाभीजी, टट्टी करने कहाँ जाया जा सकती है?"—मेरा सवाल पूरा होने से पहले

ही, सामने दूर पर दिखाईं देनेवाली झाड़ियों की ओर इशारा करती हैं।

"लोटा लेकर जाने में पहले कुछ शर्मिंदगी होती थी। अब तो आदत-सी हो गई है।"—जब वे यों बोलती हैं, मारे शरम के, मैं सिर झुका लेती हूँ।

टेंट के एक कोने में चूल्हा रखकर, खाना बनाकर, सबको सँभालती हुई भाभी उस बड़े घर की मालकिन बनी हुई थीं, जिसमें दो दर्जन कमरे थे। आज की उनकी इस दु:स्थिति को देखकर मैं और क्या कर सकती थी ? जो पैसे और सामान मेरे पास थे, उनके लाख मना करने पर भी, कसम देकर, उनके हाथ में देकर आई। दिन में ऐसा लगता था कि उनकी कठिनाइयों के सामने मेरी कठिनाइयाँ कुछ भी नहीं हैं। रात की कठिनाइयों की तुलना किसी से थोड़े ही की जा सकती थी।

इस बीच, जब गरमी का मौसम शुरू हुआ, तभी यह बात मेरी समझ में आई कि श्रीनगर की ठंडी हवा और 45 डिग्री की जम्मू की हवा, इन दोनों के बीच कितना अगाध अंतर है। इधर रुपए का इंतजाम करके एयर कूलर लाकर उन्होंने हम लोगों को बचा लिया, तो उधर सन-स्ट्रोक की वजह से पिताजी मर ही गए। जो जमीन थी, उसे मुसलिमों के हाथों कौड़ी के दाम पर बेचकर, कुछ पैसे इकट्ठा कर पाने में सफल हुए बड़े भाई ने एक कमरा किराए पर लेकर, शेष लोगों के प्राणों को बचा लिया। हमारे कमरे में कभी आई भाभीजी ने बताया कि डोगरा समुदाय के छात्र पंडितों के समुदाय के छात्रों को इसलिए मारा करते थे कि वे अधिक बुद्धिमान हैं और परीक्षाओं में ज्यादा अंक पा लेते हैं। यह बात सुनकर हमें सुखद आश्चर्य हुआ। जम्मू के लोगों ने समझा था कि हम लोग चार दिन के अतिथि मात्र हैं, लेकिन जब उनको यह मालूम हुआ कि हमारी व्यथा का कोई अंत ही नहीं है, उनके सब्र की सीमा भी टूटने लगी थी। यह विचार मेरी समझ में भी आया था। "हमारे कमरे के मालिक हमको बहुत सता रहे हैं। रोज रात को यह गिन लेते हैं कि कितनी जोड़ी चप्पल हैं। बाहरवाला कोई आ जाएगा और एक रात के लिए ठहर जाएगा, तो कमरे का दरवाजा खटखटाता है और अवाच्य शब्दों में निंदा करने लगता है। इसलिए तुम्हारे बड़े भाई दूसरा कमरा ढूँढ़ रहे हैं।"—यह बात बताकर भाभी ने लंबी साँस ली।

घर और मन के भीतर और बाहर विषण्णता छाई हुई थी। अत्यधिक कार्य के दबाव के कारण, खान-पान में विशेष रुचि न होने के कारण, दुर्बलता मुझे सताने लगी, तो इनको मेरी चिंता शुरू हुई।

"इनका वजन कम होता जा रहा है। अच्छी तरह इनकी देख-रेख कीजिए।"—जब डॉक्टर ने यह बात कही, ये धँस गए। पेट भर लेना ही जब सवाल बन चला हो, बदन की अच्छी देख-रेख कैसे की जा सकती है ? तब तक सासू माँ की तबीयत भी बिगड़ती चली गई; इसलिए हम सबका ध्यान उनके औषध और उपचार पर केंद्रित हो चला था। तब तक मैं सूख चली थी। उसके बाद भी ताकत भर आई नहीं। दो साल बाद, जब हमें

दो कमरों का मकान मिला, तब संतोष मनाने की मन:स्थिति हम दोनों की नहीं थी। फिर भी माँ बनने की अदमनीय इच्छा उभर आई थी। रात हो जाने पर, उनके, किसी-न-किसी बहाने, थकावट की बात आगे कर लेने पर भी, मुझे छू लेने से भी दूर रहा करते थे, तो खुद इस विचार में आगे बढ़ती थी। जब हारकर धँस जाने लगे, पहले दो-एक दिन मैंने उन्हें क्षमा कर दिया। उसके बाद, उन पर क्रोध आने लगा। ससुरजी से बातें करने में भी झिझकते रहनेवाले इनको देखकर, मुझे यह नहीं सूझ रहा था कि मैं क्या करूँ? बगल के कमरे में ठहरी हुई मेरे बचपन की सहेली से मैंने जब इस विचार का जिक्र किया, तो उसने मुझे यों समझाया—"नाजुक मन के पुरुषों में आमतौर पर ऐसा ही हो जाता है। माता-पिता के सामने पति-पत्नी को आपसी बातचीत करने की आदत भी जहाँ नहीं होती, ऐसे संस्कार के परिवार में और खासकर ऐसी परिस्थिति में, उनके मन में यह भावना बैठी रहती है कि मेरा ऐसा बरताव ठीक नहीं है; उसे पिताजी ने भी देख लिया होगा। ऐसी शर्मिंदगी और दोष-प्रज्ञा उन्हें घेरे रहती है। उनको दूर कर दो, सबकुछ ठीक हो जाएगा।" जब मैंने पूछा कि "तुम्हारे परिवार की क्या कहानी है?" उसने कहा—"चाहत को नियंत्रित कर लेने की कला को अपना लेना ही हमारे दांपत्य का नया सवाल बना रहता है; और उसको स्वीकार कर लेना ही पड़ता है—यों मेरे पति ने फैसला सुना दिया है। इसलिए वे मेरे पास अब तक आए नहीं, आगे चलकर भी आएँगे नहीं; यह बात मुझे अच्छी तरह मालूम है।" उसने निर्विकार भावना से यह बात कह दी थी।

मैंने इनको काफी समझाया। पहले की झिझक दूर करके मुक्त रूप में मिलने की कोशिश करने पर भी, इनमें उत्साह उभर नहीं रहा था। हमारी कोख से जन्म लेनेवाले बच्चे के रूप, बुद्धिमानी, बालचेष्टा आदि से संबंधित कहानियाँ गढ़कर सुनाते रहने पर भी, लाख कोशिश करते रहने पर भी, इनमें मृदुल भावनाओं को जगाने में सफल नहीं हो पाई। इनमें शक्ति का जब संचयन हो नहीं पाया और खुद संतान प्रदान कर नहीं पाए, तो मेरे लिए और क्या चारा बचा था? भाँति-भाँति से यह समझाने पर भी कि डॉक्टर की सलाह ले लेंगे, ये माने नहीं। मैं हारकर घर के कामकाजों में व्यस्त होने लगी और हमारे समुदाय की समस्याओं को सुलझाने के कार्यों में ये अपने आप को जुटाने लगे। ननद का विवाह संपन्न करने तक, हम दोनों के मन में यह भावना गहराई से जम गई थी कि हमारी युवावस्था बीत चली है। 'मीठी खबर कब सुनाओगी?'—यों पूछ लेने का औरों की दृष्टि में सबसे सरल, मगर हमारी दृष्टि में बहुत ही जटिल सवाल पूछ लेने का साहस न कर पाने के कारण, सासू माँ भी चुप हो चली थीं। अगले दो-चार महीनों में ही जब ये कश्मीर के लिए निकल पड़े, नकारने का कोई बहाना न मिलने के कारण, मैं चुप रह गई। वहाँ अपने मित्रों के साथ एक कमरा किराये पर लेकर, अपनी जन्मभूमि से चिपककर रहने के इनके प्रयासों को देखकर मेरा मन मसोस उठता था; जनम न ले पानेवाले उस भ्रूण की

याद में कंगाल-सी मैं हो उठती थी।

इतने में खबर आई कि विस्थापित न होकर अपने ही गाँव में ठहरी हुई मेरी बहन के घर के तेईस लोगों को आतंकवादियों ने मार डाला है। अटारी में छिपकर बैठे उसके दस साल के बेटे सूरज को जब मैंने अपनी गोद में ले लिया, इन्होंने उसका विरोध नहीं किया। उसको पालने-पोसने में मैंने मातृत्व का थोड़ा-बहुत आनंद उठा लिया। अब उसके बच्चे मुझे जब प्यार से दादी माँ करके पुकारते हैं, मेरे मन में सार्थकता की भावना उभर आती है। सास और ससुर के मर जाने के बाद, वह बहुत अनुरोध कर रहा है कि 'हमारे साथ ही आकर रहें।' ये मेरी ओर देखकर चुप हो जाते हैं, मगर जम्मू को छोड़कर जाने के लिए मन नहीं करता। कितनी ही अप्रिय घटनाएँ क्यों न घटी हों, यहाँ के लोगों ने हमको डराया नहीं, धमकाया नहीं और भगाया भी नहीं। चार दिन के बाद ही सही, सह-जीवन की आदत उन्होंने डाल ली। समायोजन यही होता है न? जम्मू के उस घर को हमेशा के लिए छोड़ देने के विचार से ही मन में खलबली पैदा हो जाती है। किसी जगह से मेरा कोई वास्ता नहीं है, ऐसी भावना गहरी होने लगती है। मैं तो रही कश्मीर की; मगर कश्मीर मेरा नहीं बना। मेरे लिए जल-थल प्रदान करनेवाले जम्मू को मैं कैसे दूर कर पाऊँगी?

सूरज के आने के बाद, जीवन में थोड़ा-बहुत चैन तो मुझे मिला था। फिर भी मेरे आंतर्य की असंतृप्ति आज तक बनी हुई है। किसी-न-किसी रूप में उभर आने की कोशिश करनेवाली उस भावना को दबाए रखने में मुझे ज्यादातर सफलता मिली है। घने बादल जब आसमान में घिर आते हैं, उनको देख लेने मात्र से मन मुरझा जाता है; उसको स्वीकार करने के लिए मुँह खोलकर खड़ी रहनेवाली धरती को देख लेने पर, मन में असीमित ईर्ष्या की भावना जाग उठती है। धूमिल-सी होकर एक कोने में बैठ जाती हूँ। ऐसे समय पर, कोई क्यों न पुकारे, मैं जवाब नहीं देती हूँ। वर्षा की धारा में भीगती रहनेवाली और अपने हर्ष को मोर के नाच के द्वारा तथा अनूठी सुगंध के द्वारा अभिव्यक्त करनेवाली धरती को ही ताकती रहती हूँ। तब यकायक मरुस्थल की भी याद हो आती है। तब वह यथार्थता समझ में आती है कि हर धरती के लिए वर्षा करनेवाले बादल का नाता आवश्यक हो जाता है; और रोज के काम-काजों में अपने आप को जुटा लेती हूँ। इस अतंत्र जीवन की शुरुआत होकर अब तक अट्ठाईस साल बीत चले हैं। जितना शीघ्र हो सकेगा, हम लौट आएँगे, इस विश्वास के साथ निकले हुए हमको अपने घर अभी लौट जाना संभव हो नहीं पाया है। एक बार अल्प समय तक ही गाभिन हुई थी; इससे बढ़कर कुछ और पा नहीं पाई। जब कभी इस प्रकार सोचने लगती हूँ, मुझे लगता है कि जितना भाग्य कम-से-कम मुझे मिला है, उतना भी इनको मिला नहीं न! ऐसे अवसर पर मन भारी हो जाता है और आँखें भर आती हैं।

जब कभी यह सोचती हूँ कि इतने समर्थ और रसिक बने हुए मेरे पतिदेव कैसे हिजड़े

बन गए, मेरे मन को बहुत ठेस लगती है। वे खुद हिजड़े नहीं थे; उनको हिजड़ा बना दिया इन राज्य और केंद्र सरकारों ने! सच्चाई का सामना करने के बदले, पीठ दिखानेवाले इन कायरों को, पचा लेने में जो आसान लगता है, उसी को सच मान लेने की मानसिकता रखनेवालों को हिजड़ा करार नहीं देंगे तो और कैसे संबोधित किया जा सकता है? इस समस्या का समाधान ढूँढ़ना तो दूर, उसमें हाथ लगाने से भी डरनेवाले उस प्रशासनिक व्यवस्था के प्रत्येक व्यक्ति को, हरामी पातकों में उलझे रहने पर भी खुदा के नाम पर और मजहब के नाम पर आँख मूँदकर सहते रहनेवाले धर्मांधों को, अपने ही राज्य में होते रहनेवाले इन अत्याचार और अनाचारों को हाथ बाँधकर चुपचाप देखते रहनेवाले इन सारे देशवासियों को मैं हिजड़ा मानती हूँ। जो लोग यह तर्क प्रस्तुत करते हैं कि हम कश्मीरियों ने जो कुछ खोया है, वह रुपए-पैसे और जमीन-जायदाद मात्र है, ऐसा बोलनेवालों को; अल्पसंख्यकों के हकों के लिए लड़नेवाले उन पक्षपाती मानवतावादियों को, जीभ की ताकत मात्र दिखानेवाले माध्यम के व्यक्तियों को भी मैं हिजड़ा मानती हूँ। मेरे पति हिजड़े नहीं हैं; कदापि नहीं! धीरज है तो अपने को मर्द माननेवाला कोई मेरे पति को हिजड़ा बोले तो उनकी जीभ चीर डालूँगी। यों सोचते-सोचते, उसकी साँस लेने की गति बढ़ गई; क्रोध से होंठ काँपने लगे; आँसू बहने लगे। मेरे प्रति जो अन्याय हुआ है उसे भर देनेवाली शक्ति संसार के किस न्यायालय में है? अगर ऐसा कोई न्यायालय है, तो अभी मैं अपना आवेदन पत्र दर्ज कर दूँगी। यों सोचते रहने के कारण, दुःख का आवेग कुछ और बढ़ गया। सीमा को तोड़कर, गले से बाहर निकलने के लिए आकुल रोदन को रोके रखने के लिए साड़ी के आँचल से अपने मुँह को बंद कर लिया। शोर न मचाते हुए, बहुत ही धीमी आवाज में बिलखते हुए, दर्द को कम कर लेने की कोशिश में, चेहरा और गला गरम हो चले। दूसरा हाथ धीरे-धीरे पेट के निचले हिस्से पर फेरने लगी।

बाईस

संजीवजी के फोन की घंटी बजी तो नरेंद्र भी उठ बैठा। रात भर नींद न आई थी; तड़के ही कुछ उनींदी की हालत हुई थी। फिर भी, मन की पृष्ठभूमि में चूँकि यह विषय भरा हुआ था, वह तुरंत जाग गया था।

"नरेंद्रजी···"! चूँकि वह इस बुलावे की प्रतीक्षा में था, शीघ्र ही वह बाहर आ गया।

"कैलाशजी जाग गए हैं। अभी निकलनेवाले हैं। आप होशियार रहिए। किसी चीज की जरूरत पड़े, तो तुरंत फोन कीजिए। मैं फिर सोऊँगा नहीं।"—उन्होंने अधीरता से ही यह बात कही। उनके हाथ को नरमी से दबाकर, वह बाहर निकल गया।

वह कैलाश के घर के पास पहुँच ही रहा था, इतने में उसने देखा कि कैलाशजी

तब तक घर से निकलनेवाले ही थे। घर से करीब बीस कदम की दूरी पर वे चल रहे थे। मानो शरीर की पूरी ताकत अपने पाँवों में आवाहित करके, जोर से वे कदम बढ़ा रहे हैं, ऐसा लग रहा था। जब वे लेटे रहे, उनका बदन बहुत ही दुबला-पतला दिखाई दे रहा था। अब तो ऐसा लग रहा था कि किसी विशेष शक्ति का संचार उनमें हो गया है। आज अभी अजान शुरू नहीं हुई थी। ऐसा लगा कि आज बहुत जल्द जाग जाने के कारण, घर से भी बहुत जल्द निकल चुके हैं। चारों ओर अभी घना अँधेरा छाया हुआ था। यदि वे आँखों से ओझल हो जाएँगे, तो उनको ढूँढ़ लेना मुश्किल हो जाएगा, यों सोचकर दस कदम तक वह भागता हुआ चला। इस आहट से, एक सोया हुआ कुत्ता चौंककर जाग गया, मगर भौंके बिना वह फिर मुड़कर सो गया। वे सीधे रास्ते से ही जा रहे थे। लो, दाईं ओर मुड़कर, वे ओझल हो ही गए। इसलिए, फिर से जब तक वे दीख पड़े, तब तक वह दौड़ता ही गया।

सभी मोड़ों को याद में रख लेना चाहिए, लेकिन अब तो सिर्फ दो मोड़ ही आए थे। वे तो किसी मोड़ में भी सिर उठाकर चल नहीं रहे थे। अगले दस मिनट तक सीधा चल पड़ा; अब तो रास्ते भर में बल्ब जल रहे थे। रास्ते में अब और तब उनकी छाया दिखाई देकर मिटती जा रही थी। उसी को देखकर वे चल रहे थे या देख ही न रहे थे, यह भी मालूम नहीं हो रहा था। वहाँ, कहीं दूर पर, उसको एक घर दिखाई दिया। वह एक अकेला घर था। उस पूरे प्रदेश में वही एक घर था। ऐसी जगह बसे रहने के अंतरार्थ के बारे में सोचते हुए, वह भी जल्द-जल्द बढ़ने लगा। कैलाशजी उस घर की ओर ही बढ़ रहे थे। घर के निकट पहुँचते-पहुँचते उनके चलने की गति भी बढ़ती जा रही थी। लो, उस घर के सामने वे खड़े रह गए। वह उनसे दस कदम पीछे खड़ा रहा। घर का दरवाजा खटखटाएँगे, इसी प्रतीक्षा में वह खड़ा था। नहीं, वे चुपचाप प्रतीक्षा करते रहे। पाँच मिनट बीत चले; फिर भी कोई संचलन उनमें देखने में नहीं आया। यकायक मसजिदों से अजान की आवाज गूँजने लगी। जिस दिशा से आवाज आ रही थी, उस दिशा की ओर फिरकर उसने आवाज सुन ली। थोड़ी देर में वह आवाज रुक गई। आगे चलकर क्या होगा ?—यों जब वह सोच रहा था, बाजू में से ही 'ठण' की जोर की आवाज सुनाई दी। चौंककर वह उस तरफ मुड़ा। घर के सामने बल्ब का जो खंभा था, उससे बँधी हुई घंटे की रस्सी को पकड़कर वे खींचने लगे थे।

उसके बाद, जोर से पुकारने लगे : 'मेगच्छ इनसाफ। '

घर में रहनेवालों से कोई प्रतिक्रिया नहीं आ रही थी। घर के अंदर लोगों के रहने की सूचना के रूप में खिड़कियाँ खुली हुई थीं। फिर भी घर में पूरी तरह से सन्नाटा छाया हुआ है, ऐसा लग रहा था। फिर भी, कैलाशजी घंटी बजाते ही रहे। हर बार घंटी बजाने के बाद, ऊँची आवाज में इनसाफ माँग रहे थे। नरेंद्र वहीं पड़ी हुई छोटी सी चट्टान के

ऊपर बैठ गया। घर के अंदर से कोई आवाज नहीं आ रही थी। सात-आठ बार घंटी बजाने के बाद, उन्होंने वह काम बंद कर दिया। थक जाने से उसी खंभे से सटकर बैठ गए। जिस जगह पर वह बैठा हुआ था, वहीं से झुककर उसने देखा। वे आँखें मूँदकर बैठे हुए थे। वह धीरे से उठा और उनको पार करके, उस घर के सामने खड़े होकर, उसने दरवाजा खटखटाया। कोई दरवाजा खोल नहीं रहा था। दो-तीन बार खटखटाने पर भी कोई प्रतिक्रिया नहीं आई। 'दरवाजा खोलिए'—यों बार-बार चिल्लाने पर भी कोई बाहर नहीं आ रहा था। उसे इसकी संभावना समझ में आ गई कि जब तक ये यहाँ बैठे रहेंगे, वे शायद दरवाजा खोलेंगे नहीं। दरवाजे पर दस्तक देना छोड़कर, धीरे से कैलाशजी के पास पहुँचकर, उनके चेहरे को करीब से देखने पर भी इस बात का पता नहीं चल रहा था कि उन्होंने थकावट के मारे आँखें मूँद ली थीं या सो गए थे। वे उसी तरह पंद्रह मिनट से भी अधिक समय तक बैठे रहे। जागकर वे उठे और चलते बने। आँखों से उनके ओझल हो जाने तक वहीं इंतजार करते रहने के बाद, फिर उस घर के पास पहुँचकर, उसने जोर से दरवाजा खटखटाया।

अब ऐसा लगा कि कोई दरवाजे के पास आ रहा है। धीरे से दरवाजे की कुंडी को कोई हिला रहा था। दरवाजा खोलने का मन करनेवाले ने, न जाने क्यों आधे में ही अपने को रोक लिया। इसके बोल उठने से पहले, अंदर से उद्विग्नता भरी आवाज में पूछा—"कौन हैं आप? क्या चाहिए था आपको? इतने तड़के यहाँ क्यों आए हैं?"

मानो इसकी प्रतीक्षा ही कर रहा था, उसने उत्तर दिया—"बशीरजी, मेरा नाम है नरेंद्र और मैं बेंगलुरु से आया हूँ। अब तक जो दरवाजा खटखटाता रहा, वह मैं ही हूँ। मेरी तरफ से आपके लिए कोई खतरा नहीं है। मेहरबानी करके दरवाजा खोलिए।"

पहले दरवाजा थोड़ा सा खुला। उसमें से आँख, आधी नाक, आधा मुँह और आधी दाढ़ी झाँक गए। एक मिनट तक वैसे ही देख लेने के बाद उन्होंने दरवाजा पूरी तरह खोला, उसको अंदर ले लिया और फिर जल्द ही कुंडी लगा दी। वह अंदर खड़ा रहा और धीमे प्रकाश के साथ उसकी आँखों के समायोजित हो जाने के बाद, उसने चारों ओर देखा। मध्यम साइज का बरामदा था; उससे सटे हुए तीन कमरे थे। दाईं ओर के कमरे के अंदर कदम रखते हुए उन्होंने कहा—"आइए!" उसने उनका पीछा किया।

अपने सामने की जगह की ओर इशारा करते हुए उन्होंने कहा—"बैठिए।"

"आप ही बशीर अहमदजी हैं न?"—बैठते हुए उसने उनसे पूछा।

"जी हाँ।"—यों बोलनेवाले उनकी ओर उसने ध्यान दिया। सफेदी में आपस में प्रतियोगिता करनेवाले मुख, टोपी और दाढ़ी के बीच माथे पर एक काला चिह्न था, जो यह सूचित करता था कि वे उस वर्ग के शख्स हैं, जो रोज नियमित रूप से पाँच बार निमाज करते हैं। इन काले और सफेद रंगों के बीच दबी हुई भावनाओं के असली रंग को

पहचानूँ कैसे? दिखाई न दे, इसी मकसद से अपनी सही भावनाओं को छिपाए रखते हैं क्या?—यों सोचते हुए ही नरेंद्र ने उनसे पूछा—"कैसे हैं आप?"

उसके इस सवाल को स्वाभाविक मानकर, उन्होंने तुरंत उत्तर नहीं दिया। थोड़ी देर बाद उन्होंने कहा—"ठीक हूँ। मैं जान नहीं पा रहा हूँ कि किस काम को लेकर आप यहाँ आए हुए हैं?" उन्होंने सीधे यह भी सूचित कर दिया कि औपचारिकता की बातचीत के लिए कोई मौका नहीं है।

"मूलत: मैं एक अनुसंधानकर्त्ता हूँ। दक्षिण भारत का हूँ। अपने अध्ययन के सिलसिले में यहाँ आया हुआ हूँ। यों कई हिंदू और मुसलिम परिवारों से बातचीत कर रहा हूँ। कल जब मैंने कई लोगों से बातचीत की, उन्होंने कैलाशजी का नाम लिया था। आज उनका पीछा करते हुए आया।"—इतना हो बोलकर उनकी ओर देखते हुए बैठ गया।

कैलाशजी का नाम सुनते ही उनके चेहरे के स्नायु सिकुड़ गए और भौंहें टेढ़ी हो गईं। छोटे से पैमाने पर जागी असहनीयता की भावना उनके चेहरे पर छा गई और सारे बदन को उन्होंने ऐंठ लिया। "इस बात के बारे में कुछ भी मैं बोलना नहीं चाहता।"—मानो बातचीत खत्म हो गई, उन्होंने कठिन शब्दों में यों कह दिया।

"कोई बात नहीं। जब आप बोलना चाहेंगे, तब मुझे फोन कर दीजिएगा। मैं दो-चार दिन यहीं रहूँगा।"—नरम शब्दों में उनको प्रत्युत्तर देकर उसने अपना कार्ड उनके सामने रख दिया और उठ खड़ा हुआ।

"बातचीत कर लेने की ख्वाहिश भी होती नहीं है।"—उनकी आवाज और भारी हो चली थी। जों बैठे हुए थे, वे उठ खड़े होकर, सिर उठाकर, जाने के लिए तैयार खड़े रहनेवाले उसकी ओर लाल-लाल आँखों से देखते हुए, वे बोल रहे थे।

"लोगों के शोरगुल से दूर रहने के लिए ही दूर के इस अकेले मकान में रहने लगे हैं न? फिर भी, मुझे ऐसा लगता है कि किसी से बातचीत करने में आपका मन हमेशा अटका रहता है।"—मुसकराते हुए ही उसने कहा।

"आप जो कुछ मुझसे कहलवाना चाहते हैं, वह तो मैं बिल्कुल कहनेवाला नहीं हूँ।"—मानो कोई चुनौती दे रहे हों, ऐसे उन्होंने कहा।

"ठीक है। आप जो कुछ कहना चाहते हैं, वही बताइए। आपका कहा सुनने के लिए ही मैं आया हुआ हूँ।"—जिद्दी बच्चे को मना लेने के तरीके में वह बोलने लगा था। चेहरे की मुसकान मिटी नहीं थी। अब उनके मन की कठिनता पिघलती जा रही थी और छटपटाहट दिखाई देने लगी थी।

"बशीरजी"—कहते हुए, झुककर घुटनों के बल पर उनके सामने बैठकर, धीरे-धीरे उसने कहा—"इनसाफ और सबूत खुद आपके खिलाफ हों या आपके माँ-बाप के ही खिलाफ हों या आपके नातेदारों के खिलाफ ही क्यों न हों, इनसाफ की तरफदारी करने

से नहीं चूकना चाहिए।—यों कुरान में ही कहा गया है न?"—उनकी आँखों में आँख डालते हुए उसने पूछा।

अब उसका सामना करना उनके लिए मुश्किल हो रहा था। उनके उत्तर की प्रतीक्षा किए बिना, उठकर, जल्द-जल्द निकल चला। उसके निकल जाने की दिशा की ओर देखते बैठे हुए बशीरजी दुनिया की परवाह तक खो बैठे थे। "यह क्या है? दरवाजा भी बंद किए बिना, यों बैठे हुए हैं।"—करीब पंद्रह मिनट के बाद वहाँ आ पहुँचनेवाली रिफत जानजी ने ही खुद बंदोबस्त कर दिया।

तेईस

"कैलाशजी की आँख खुल गई है न?"—उनके घर के सामने खड़े होकर नरेंद्र ने आवाज दी। वह अभी-अभी बशीर अहमदजी के घर से लौट आ रहा था।

"अभी जागे नहीं है। अंदर तशरीफ ले आइए। चाय ले लेंगे?"—किशनजी ने उसे अंदर बुलाया।

"नहीं। अभी मैं नहाया नहीं हूँ। उनके जाग उठने के बाद, मुझे बता दीजिएगा। उनके साथ बातचीत करनी है।" उसके यों कहने के प्रति, उन्होंने सिर हिलाकर कहा—"ठीक है, मैं बता दूँगा।"

"क्या हुआ?" घर में उसके कदम रखते ही संजीवजी ने पूछा। उनकी आँखों का रंग भी लाल-लाल हो चला है। वे भी ठीक तरह से रात-भर सो नहीं पाए हैं। यह बात अब उसके ध्यान में आई थी।

"कुछ नहीं, बशीरजी से बातचीत कर लेने की कोशिश की, मगर उसमें सफल नहीं हुआ।"—उसने कहा।

"खैर, छोड़िए। मुझे तो यह डर लगा हुआ था कि कहीं आप को खतरा न पहुँचा दें। ये लोग कुछ भी करने से हिचकिचाते नहीं हैं। अब आप नाश्ता करके, थोड़ा आराम कर लीजिए। थोड़ी देर बाद सलीम आ जाएगा। अपने साथ मुश्ताक को भी ले आएगा, जो उसका दोस्त है। उससे आप बातचीत कर लीजिए। मैं भी दफ्तर से जल्द आने की कोशिश करूँगा।" उसने सिर हिला दिया।

ऊँची चोटियों की गोद में लेटा हुआ हूँ। कहीं दूर पर घंटे की आवाज सुनाई दे रही है। मुझे याद नहीं आ रही है, किसी मंदिर को वहाँ देखने की। तो यह आवाज कहाँ से आ रही है? देखने की कोशिश करने पर भी ठीक तरह से दिखाई नहीं दे रहा है। और अधिक ध्यान देकर देखना चाहिए। अब थोड़ा-थोड़ा दिखाई देने लगा है; सुनाई भी देने लगा है, लेकिन यह घंटे की आवाज नहीं है। यह किसी ओर वस्तु की है। नींद छूटी है;

अब थोड़ी सी जागृति भी आने लगी है। अरे, यह तो मेरे फोन की आवाज है, जो कब से बज रही है। यकायक उठ बैठा। ऐसा लग रहा है कि लेटे हुए कई दिन ही बीत चले हैं। सलीम फोन कर रहा है।

"हाँ, बोलो।"—आवाज में अब भी उनींदी का लेप है।

"सर, गेट के अंदर मैंने कार खड़ी कर ली है। आइए न?"

"अभी पाँच मिनट में आ जाऊँगा।"

रात को सो न सकने की वजह से जो असुविधा हुई थी, वह अब मिटी थी और अब नरेंद्र के तन-मन हलके हो चले थे। फोन की उसने जाँच कर ली। कई 'मैसेज' आए हुए थे। मनोहर ने भी भेजा था। "भैया, उनका दूसरा लेख छप चुका है। यह अनुच्छेद 370 से संबंधित है। मैंने 'इ-मेल' कर दिया है, देख लो।" इस विचार के बारे में बातचीत के द्वारा विवरण देने से लेख लिखकर भेजना ही बेहतर लगता था। इसलिए पूछा—"कब तक अपना लेख तुम्हें भेज देना चाहिए?" 'मैसेज' करने के अगले मिनट ही उसका जवाब भी आ गया—"आज शाम के सात बजे के अंदर भेज देंगे तो अच्छा होगा।"

"चाय दूँ क्या?"—यों पूछनेवाली भाभीजी को, "जरूरत नहीं है" बोलकर वह वहाँ से निकल पड़ा।

दूर पर खड़ी कार दिखाई दे रही थी। सलीम उसके बगल में ही खड़ा था। खिड़की में सिर ठूँसकर और बीच-बीच में सिर बाहर निकालकर, चारों ओर देखकर बोल रहा है। उसको देखते ही वह दौड़कर आया और बोला—"सर, परसों जो झगड़ा हुआ था, उसमें जिसकी मौत हो चुकी थी, वह फिरोज इसका जिगरी दोस्त था। इसके मातहत ही पत्थरबाजी करनेवाले लड़कों का एक गिरोह है। अब तो यह पूरी तरह से मुश्किल में फँसा हुआ है। उससे किस तरह बातचीत करेंगे, आप ही सोच लीजिए।"—यों बोलते-बोलते, कार की तरफ दौड़कर उसने कार का दरवाजा खोल दिया। नरेंद्र के बैठ जाने के बाद, वह भी ड्राइवर की सीट पर बैठ गया और आईने को यों फिरा लिया ताकि उसके दोस्त का चेहरा ठीक तरह से दिखाई दे।

"सर, यह मुश्ताक है। मुश्ताक, मैंने तुम्हें बता दिया था न कि भारत से आए हुए हैं करके, ये वही हैं।"

मुश्ताक ने थोड़े से शक के साथ ही मेरी और देखा। थोड़ी सी हिचकिचाहट के साथ उसने अपना दायाँ हाथ आगे बढ़ाया। उसका हाथ हिलाते-हिलाते ही नरेंद्र ने देखा कि उसके दाएँ हाथ और कंधे को मिलाकर पट्टी बाँध दी गई थी। सलीम जैसा आकर्षक व्यक्तित्व उसका नहीं था। फिर भी उसकी आँखों से इस बात का पता चलता था कि वह बड़ा चुस्त है। बहुत थका-माँदा हो जाने से, अब वह निस्तेज-सा हो चला था।

"सर, कल ही अस्पताल से 'डिसचार्ज' होकर आया है। इसलिए उसमें चुस्ती

दिखाई नहीं दे रही है।" आईने में उसको देखते हुए सलीम हँस पड़ा।

"क्यों? ऐसा क्या हुआ था?"—नरेंद्र के यों पूछने पर भी मुश्ताक चुप ही रहा।

"बिना हिचकिचाहट के बोला करो, मुश्ताक! ये भी अपने ही हैं। जो कुछ भी तुम्हारे मन में है, उसे इनके सामने खोलकर रख दो। कोई फिक्र नहीं है।"—सलीम ने आश्वासन दिया।

"परसों दो गिरोहों के बीच झगड़ा हुआ न, उसमें छुरे से मारा गया था मुझको।" नरेंद्र की ओर देखते हुए धीरे-धीरे बोला मुश्ताक।

"ओह! तुम भी ऐसी मार-पीटों में शरीक होते हो क्या?"—यह पूछने लगा था।

"नहीं, नहीं। यों होगा करके मुझे भी मालूम नहीं था। मैं तो सिर्फ पत्थरबाजी करने के लिए गया हुआ था।" जल्दबाजी में यों कह देने के बाद उसे ऐसा लगा कि मुझे यह बात कहनी नहीं चाहिए थी। आईने में दिखाई देनेवाले सलीम के चेहरे की ओर उसने देखा। आँख मारकर उसके सिर हिला देने पर थोड़ा सा आश्वस्त हुआ और धीरे-धीरे धीरज भी बँध आया।

"अब तक कहाँ-कहाँ गए हुए हो?"—नरेंद्र ने नरमी के साथ ही पूछा।

"इसकी कोई गिनती ही नहीं है। बचपन से लेकर आज तक यही मैं करते आया हूँ।"

"बचपन में तो सही, बड़ा होने के बाद भी क्यों इसमें शरीक होते गए?"

"नाराजगी हो रही थी।"

"किसके ऊपर?"

"सेना के ऊपर और सरकार के ऊपर!"

"किस सरकार के ऊपर?"

"यहाँ की और भारत सरकार की, दोनों के ऊपर।"

"क्योंकर?"

"हमें आजादी नहीं दे रहे हैं न? इसलिए।"

"पत्थरबाजी करने से नाराजगी कम होती थी क्या?"

"जी हाँ।"

"समस्या भी सुलझ जाती थी क्या? इतने सालों से पत्थरबाजी करते आए हो न? इससे कोई सुधार देखने में आया है क्या?"

"नहीं।"—यों बोलकर चुप हो गया।

"क्या उम्र है अब तुम्हारी?"

"इक्कीस बरस।"

"जब तक तुम्हारी बाँहों में ताकत होगी, पत्थरबाजी करते रहोगे। उसके बाद क्या करोगे? कल अपने बच्चों को भी ऐसा करते रहने पर मजबूर करोगे क्या?"

फिर से वह चुप हो गया। 'नहीं' करके खुलकर बोलने की ताकत उसमें बची नहीं थी।

"मेरे बच्चे पढ़-लिखकर, देश-विदेश में खुशी से घूमेंगे। तुम्हारे बच्चे यों ही पत्थरबाजी करते रहेंगे, तो तुम चैन से रह सकोगे क्या?"—नरेंद्र के यों पूछने पर, मुश्ताक ने सिर उठाकर एक बार नरेंद्र की ओर देखा और फिर अपने दोस्त की ओर उसने आँख फेरी।

"तुम्हें ऐसा नहीं लगता है क्या? तुम भी अच्छे-अच्छे कपड़े पहनकर, मुट्ठी भर कमाई करके, घरवालों को हँसी-खुशी में रखना नहीं चाहते हो क्या? कम-से-कम कश्मीर के बाहर चले जाने की सोच आती नहीं है क्या?"

"ऐसी सोच तो आती है।"

नरेंद्र चुप रह गया। यह सकारात्मक उत्तर उसके मन में नाचते रहना चाहिए और इसी मन की हालत में कम-से-कम थोड़ी देर तक उसे रहना चाहिए—यों उसने सोचा। दो मिनट के बाद, उसने फिर पूछा—"मगर, तुम यह क्या करते जा रहे हो?"

"मालूम नहीं।"—मुझे मदद की जरूरत है, ऐसी भावना उसके उत्तर में ही प्रतिफलित हो रही थी।

"अंत में यह तुम्हें कहाँ ले जाएगा? कम-से-कम इतना तो जानते हो न?"

"नहीं।"

"तो जिसका अंजाम तक नहीं जानते हो, उसे कर क्यों रहे हो?"—इसका भी उसके पास कोई उत्तर नहीं था।

"कुरान में क्या कहा गया है, यह तो मालूम है न?"

"नहीं।"

"तो तुम्हें मालूम है भी क्या?"

"यही कि भारत सरकार कश्मीर को जबरन अपने कब्जे में लेकर बैठी है।"

"किसने तुमसे ऐसा कहा है?"

"मेरे दादा, बाप, माँ सभी यही बात कहते आए हैं।"

"भारत सरकार ने क्यों कब्जा कर लिया है?"

"मालूम नहीं है।"

"मगर, लड़ते क्यों हो?"

"अपनी जमीन को पा लेने के लिए।"

"तुम्हारी जमीन में ऐसी क्या खूबी है, जो भारत में नहीं है?"

"कुछ भी खूबी न हो, तो कब्जा करके क्यों बैठी है?"

"यह बात तुम ही को बतानी होगी। कब्जा कर लिया है करके तुम ही ने बताया है न?"

"मुझे मालूम नहीं है।"

"रहने दो। अपनी अगली जिंदगी का रुख क्या है?"

"मालूम नहीं है।"

"देखो, मुश्ताक!"—यह बात पक्की करके कि वह गौर से उसकी बातें पूरी तरह से सुन रहा है, नरेंद्र ने अपनी बात आगे बढ़ाई—"कश्मीर के बारे में, भारत और पाकिस्तान के रिश्तों के बारे में सिर खपाने के लिए काफी लोग मौजूद हैं। सत्तर सालों से उसी को अपना पेशा बनाकर, उसी के सहारे जीते-जागते, उन्होंने इतनी जायदाद कमा ली है, जो उनकी आनेवाली पीढ़ियों के लिए भी काफी होगी। औरों की बात छोड़ो। अपने ही उन नेताओं को ले लो, जिन्होंने इस आजादी की लड़ाई को अपना पेशा बना लिया है। जानते हो, उनमें हर एक नेता ने कितना कमा के रख लिया है?"—नरेंद्र यों सवाल करता रहा, तो उसे यह समझ में नहीं आ रहा था कि क्या जवाब दूँ? नरेंद्र ने आगे बढ़कर बताया—"तुमसे बातचीत करने के लिए मैं इसलिए राजी हुआ ताकि यह जान लूँ कि तुम्हारी अगली जिंदगी के बारे में तुम्हारे सोच-विचार क्या हैं? जब तुम्हें यही मालूम नहीं है, तो मैं क्या बोलूँ? मैं यहाँ दो दिन और रहनेवाला हूँ। इतने में कुछ सोच लोगे, तो मेरे पास आ जाना। ..."—यों निश्चित रूप से कह देने के बाद सलीम की ओर फिरकर कहा—"सलीम, अपना काम पूरा कर लेने के बाद, मुझे बता देना। बाहर जाकर आएँगे।"

"सर, अभी इसको छोड़कर आ जाऊँगा। अभी निकल पड़ेंगे।"—तुरंत उसने जवाब दिया।

"अगली बार लड़ाई में उतरते वक्त होशियारी बरतो। अभी तुम्हें काफी मार खानी पड़ी है। यह समझे बिना, इसे जाने बिना किसी काम पर मत उतरो कि तुम किसके लिए वह काम करने जा रहे हो, क्यों करने निकले हो और उसका नतीजा क्या होगा?"—मुश्ताक को ही गौर से देखते हुए नरेंद्र ने ये बातें कही; और जल्द कार से उतरकर चल पड़ा। मानो परित्यक्त के रूप में छोड़ दिया गया हो, मुश्ताक उसी राह की ओर देखता रहा, जिस पर नरेंद्र चल पड़ा था।

*****

"नरेंद्रजी, भैया उठे हुए हैं। आ जाइए न।"—उसको रास्ते में जाते हुए देखकर किशनजी ने आवाज दी। जब वह अंदर पहुँचा, पंडितजी तकिए का सहारा लेकर बैठे हुए थे।

"समय-समय पर खानपान कर लेते हैं न?"—किशनजी से उसने पूछताछ कर ली।

"मन में आया, तो···"—उन्होंने अपने भाई की ओर देखते हुए कहा।

"कैलाशजी, नमस्ते।"—उनके पास पहुँचकर, उनके सामने ही बैठकर, अपने मुख को उनके मुख के पास ले जाकर धीरे से कहा। उनकी निस्तेज आँखों ने उसकी ओर देखा; मगर उनमें से कोई भाव झलक नहीं रहा था।

"मेरी बात आप सुन पा रहे हैं न?"—उसके इस सवाल के प्रति उन्होंने कोई प्रतिक्रिया व्यक्त नहीं की।

उनके दाएँ हाथ को धीरे से अपने दोनों हाथों में लेकर, थोड़ा सा दबाकर, उनके और निकट पहुँचकर, एक-एक शब्द को अलग-अलग करते हुए उसने कहा—"कैलाशजी, आप उन लोगों के पास क्यों जाते हैं, जो न्याय और अन्याय के अंतर को समझ भी नहीं पाते। जिस दिन उस अंतर को समझ पाएँगे, वे ही आप को ढूँढ़ते हुए आ जाएँगे।" अब भी वे चुपके से उसको देखते रहे।

"मैं जो कुछ बोल रहा हूँ, वह आपकी समझ में आ रहा है न?" उनकी ओर से कोई उत्तर नहीं मिला।

"अपने सारे प्रारब्ध कर्मों को भोग लिया है करके मान लीजिए। तभी आपके मन को तसल्ली मिल पाएगी। यह मानकर चुप रह जाइए कि अपने अज्ञान का फल वे अवश्य भुगतेंगे।"

अब भी उनकी ओर से कोई प्रतिक्रिया नहीं आई। अब तो वह अपने मुख को पीछे हटाकर जाने ही वाला था कि उनकी आँखों में चमक आई। यह विचार करने लगा था कि ऐसा क्यों हुआ है? तभी उनकी आँखों से आँसू झरने लगे। पहले एक बूँद, फिर दो बूँदें···फिर आँसुओं की वर्षा। गिर पड़नेवाली बूँदें दोनों के हाथों को गीला करने लगी थीं। उसने दोनों हाथों में उनके आँसू पोंछ लिये।

"आपकी प्रतीक्षा करते हुए बैठे रहनेवाले मुझको आज आपने देख लिया है, यह बात मैं जानता हूँ।"—इतना कह देने के बाद, दो-एक मिनट छोड़कर, उसने फिर कहा—"ये आपके वे हाथ हैं, जिन्होंने विद्या सिखाई है। यहाँ भी ऐसे कई और बच्चे हैं, जिन्होंने आपके हाथों विद्या सीखी है। आगे चलकर क्या किया जा सकता है, उसके बारे में कल 'वॉकिंग' जाते समय आराम से खुलासा करके बातचीत कर लेंगे। मेरे आने तक आप अकेले ही कहीं मत जाइए। सुन लिया है न?" उन्होंने कुछ नहीं कहा।

"अब मुझे आज्ञा दीजिए।" इतना बोलकर वह उठा और पीछे की ओर मुड़ गया। घर के सभी लोग मूकविस्मित होकर इस दृश्य को देखते रहे। दूर से ही उसे दिखाई दे रहा था कि उन सबकी आँखें भर आई हैं।

घर की ओर कदम बढ़ा रहा था, तो सलीम का फोन आया—"सर, कार ले आया हूँ।"

"दस मिनट इंतजार करो। खाना खाकर आ जाऊँगा। भाभी जी मेरा इंतजार कर रही हैं। संजीवजी ने अभी-अभी फोन किया था।"

"ठीक है, सर!"

*****

आरतीजी ने जो कुछ परोसा था, उतना खा लेने के बाद, अनुरोध करते रहने पर भी और कुछ परोसने न देकर, खाना समाप्त करके वह निकल पड़ा। उनको देखते ही सलीम का चेहरा खिल उठा। थोड़ी देर तक कुछ बोले बिना वह गाड़ी चलाता रहा। यकायक गाड़ी रोककर वह इनकी ओर फिरा—

"सर, आपसे एक बात पूछूँ क्या?"—उसने सवालिया निशान से उसकी ओर देखा।

"आप हमसे अलग हैं, ऐसा मुझे लगता ही नहीं है।"—यों बोलते समय सलीम की आँखों में चमक के साथ-साथ गीलापन भी नजर आ रहा था।

"मैंने कब कहा था कि तुम पराए हो?"—नरेंद्र ने स्नेह की भावना से उसकी ओर देखते हुए, हँसते हुए पूछा।

"नहीं, सर! यह बात नहीं। शायद ठीक तरीके से मैं बता नहीं पाया। खैर, छोड़िए।" फिर उसने कार चालू कर दी।

"सलीम, कई विचार ऐसे होते हैं, जो बताए बगैर भी समझ में आ जाते हैं।" इसने उसके कंधे पर हाथ रखकर, नरमी के साथ दबाते हुए कहा। वह खिड़की की ओर फिरकर दो-एक मिनट तक बाहर देखता रहा। फिर उसने गाड़ी आगे चलाई।

"आज शाम को अपने दो-चार दोस्तों को ले आऊँगा, यदि आप को फुरसत हो, तो।"

"खुशी से। कौन हैं वे?"

"मेरे कॉलेज के दोस्त हैं।"

"कालेज के? कहाँ तक पढ़े हो तुम?"

"एम.ए. राज्यशास्त्र।" उसके इस उत्तर के प्रति उसने कोई प्रतिक्रिया व्यक्त नहीं की।

"कहीं रोजगार नहीं मिला। पत्थरबाजी करने के लिए मन नहीं हुआ, तो इस पेशे को मैंने अपना लिया, बस।" उसके इस बयान के उत्तर के रूप में वह सिर्फ 'हाँ' बोलकर खिड़की से बाहर की ओर देखने लगा। 'यहाँ भ्रष्टाचार और वशिलेबाजी का ही बोलबाला चल रहा है, जिसकी वजह से शिक्षा और योग्यता का महत्त्व घट गया है—इनके अभाव में समाज का बौद्धिक विकास असंभव हो गया है'—यों जब वह सोच रहा था, सलीम ने

कहा—"मेरे चार दोस्त आनेवाले हैं। कार में बैठकर उनसे बातचीत करना मुनासिब नहीं लगता है। मैंने संजीवजी से बात की है। उनके 'अपार्टमेंट' के एक 'फ्लैट' का इस्तेमाल कर सकते हैं।"

नरेंद्र का ध्यान भी इस विचार की ओर गया था कि परदे के पीछे रहकर ही, संजीवजी अपने हाथों हो पानेवाले सभी कार्य कर रहे हैं। भले ही उन्होंने मुँह खोल कर बताया नहीं है, सलीम को ही ड्राइवर के नाते बुला लेने के पीछे ऐसा ही एक तंत्र छिपा है; वह कोई आकस्मिक या इत्तफाक की घटना नहीं है, ऐसा भी उसे लगा। वह यह भी सोचने लगा था कि इन दोनों के मिलाप से धर्मातीत सेतु का निर्माण कहीं हो तो नहीं रहा है। इतने में सलीम ने कहा—

"देखिए, यही है नौहट्टा। यहीं अलगाववादियों की सभी काररवाइयों के सारे 'ब्ल्यू प्रिंट' तैयार होते हैं। पत्थरबाजी के जो 'वीडियो' टी.वी. चैनलवाले दिखाते हैं, वे इन्हीं से मिला करते हैं, आमतौर पर।" नरेंद्र ने चारों ओर नजरें फैलाईं—हर कहीं गंदगी फैली हुई सड़कें, बंद हो चुकी दुकानें, मसजिदों से सदा आती रहनेवाली पुकारें, रास्ते के दोनों पार्श्वों में चलते-फिरते लोग, अव्यवस्थित रूप में चलते हुए वाहन! नियमों का उल्लंघन करना ही मानो यहाँ का नियम बन गया है, ऐसी भावना जगानेवाली अव्यवस्था और अनिर्दिष्टता का मायका बनी हुई जगह! उसे ऐसा लगा कि ये ही अंश लोगों को उद्रिक्त करने में अहम भूमिका निभाते हैं।

"यह है जामिया मसजिद। यहाँ एक लम्हे के लिए भी मैं अपनी गाड़ी रोक नहीं सकता। भूल हो से भी यहाँ फोटो खींचने की कोशिश मत कीजिए।"—यों बोलते हुए उसने तेजी से कार चलाई। इतना ही दिखाई दिया कि वहाँ एक बड़ी मसजिद थी। देखी कहाँ! जितनी तेजी से उसने कार चलाई, वह मेरी कल्पना से भी ज्यादा तेजी की थी। इतनी कम मियाद में उसने कार चलाई थी कि सागर के माफिक चलते रहनेवाले लोगों की उस भीड़ में, उस मसजिद की इमारत का विन्यास तक मेरे मन में अंकित हो नहीं पाया।

"जुम्मे के दिन जुमा निमाज के बाद यहाँ से बाहर निकल आनेवाली भीड़ सुनामी जैसी होती है, सर! वे लोग रास्ते पर मिलनेवाली हर एक चीज का नामो-निशान मिटा देते हैं। नरेंद्र को इस बात का पता चला था कि सलीम की बातों में कोई उत्प्रेक्षा नहीं है।

"यहाँ आप आए हुए थे। याद है क्या ? इस जगह का नाम है मैसुमा। यह भी बहुत ही संवेदनशील प्रदेश है।" सलीम जब यों कहता जा रहा था, नरेंद्र ने भी उस प्रदेश को ध्यान से देखा। यह उसी जगह के जैसा है, जिसे उसने पहले देखा था। कार और आगे बढ़ी तो लाल चौक दीख पड़ा।

"हाँ। संजीवजी मुझे यहाँ लाए थे।"

"सर, देखिए। यह है निशात बाग। आगे जाएँगे तो सोन मार्ग मिलता है, जो एक

मशहूर स्थल है और यात्रियों को बहुत प्यारा लगता है।" उस मार्ग के दोनों पार्श्वों में जो कुछ दिखाई दे रहा था, उसे दिखाकर बोला—"कहा जाता है कि यहाँ गुप्त गंगा का मंदिर है।" इसी तरह उस मार्ग में सीधे बताता जा रहा था सलीम।

"यह है 'मुगल गार्डन।' उतरकर देखेंगे क्या?"

"नहीं।"

"कश्मीर विश्वविद्यालय तक जाकर आएँगे। वहीं 'हजरतबल' भी है।"

"क्या है वहाँ?"

"वहाँ पर पैगंबरजी की दाढ़ी के बालों को रखा गया है। इससे पहले कभी जब वह गायब हो गए थे, बड़ा ही हो-हल्ला मच गया था।"

"अब भी वहीं रखे हैं क्या?"

"नहीं। सिर्फ खास दिनों में ही।"

"तुम्हारे दोस्त कितने बजे आएँगे?"—जब घर पहुँचने ही वाले थे, नरेंद्र ने उससे पूछा। अब चार बज गए हैं। उनके साथ बातचीत के लिए बैठने से पहले ही लेख को लिख देना चाहिए या बातचीत खत्म होने के बाद, इस विचार में उसने अभी कोई निश्चय नहीं किया था। आज जो लेख प्रकाशित हुआ था, उसे ही उसने अभी तक नहीं पढ़ा था।

"दस मिनट के अंदर ही आ जाएँगे। वे सब तैयार हैं। आप को घर पहुँचाकर उनको ले आऊँगा।"—गेट के पास कार को रोककर, सलीम ने यों कहा। इतने में फोन की घंटी बजने लगी। कॉल को रिसीव करते ही, मुसकराते हुए, उसने कहा—"मुश्ताक ने मैसेज किया है। वह फिर एक बार आपके साथ बातचीत करना चाहता है। लगता है कि वह बहुत ही भावुक हो चला है, सर। नहीं तो, वह यों फोन करने की आदतवाला है ही नहीं।"

"ऐसी बात है, तो एक काम करो। उसे भी अभी बुला लो। वह चुपचाप बैठा रहे। कोई तकलीफ होगी क्या?"

"कोई अनजाना हो, तो दूसरा शख्स दिल खोलकर बातें नहीं करता। वैसे बातचीत कर लेना भी यहाँ ठीक नहीं लगता। कौन, कब, किसको क्या-क्या खबर सुना देता है, इसका पता ही नहीं चलता। सर, इन सबके चले जाने के बाद, उसको बुला लेंगे।"—यों कहा सलीम ने। मुश्ताक को मैसेज भेजकर अपने दोस्तों को बुला लाने के लिए सलीम उधर गया, जैसा कि उसने कहा था, दस मिनट के अंदर उन सबको ले आया। आपस में परिचय करने के बाद वे सब कालीन के ऊपर वृत्ताकार में बैठ गए। पढ़े-लिखे होने के लक्षण उन सबके चेहरे पर दिखाई दे रहे थे। दाढ़ी और मूँछ उन्होंने पूरी तरह से मुँड़वा लिये थे। अच्छे कुरते और पैंट पहने हुए थे। उनके बीच जब बैठा हुआ था, पहली बार नरेंद्र एकदम भूल गया था कि मैं कश्मीर में मौजूद हूँ। उसकी याद दिलानेवाली मसजिदों का हो-हल्ला भी कानों को बेध नहीं रहा था।

"वशिलेबाजी करके या रिश्वत देकर, सरकारी ओहदे पा लेने की ताकत कितने लोगों में होती है, सर? हमें उनके पेशे नहीं चाहिए। हमें अपने बल पर कुछ साध लेने का मौका मिल जाए, तो उतना ही काफी है, लेकिन यहाँ ऐसा करना भी नामुमकिन हो चला है।"—नरेंद्र के बाईं ओर जो बैठा हुआ था, उस नौजवान ने कहा।

"क्यों?"

"रिश्वत! पूरी व्यवस्था सौ फीसदी भ्रष्ट हो चली है। सबको पहले रिश्वत खिलानी पड़ती है। उतने रुपए-पैसे खर्च करके अपना ही कोई उद्यम स्थापित कर लेंगे, तो भी उसे ठीक तरह से चला नहीं पाते। जहाँ कानून और सुव्यवस्था का नाम तक न हो और दो-दो दिनों में पत्थरबाजी और कर्फ्यू लागू होते रहते हों, वहाँ कोई उद्यम टिका रहे भी तो कैसे? खेतीबारी और पर्यटन—इन दोनों के बल पर इस राज्य में थोड़ी सी जान बची है।"—उसी ने यह ब्योरा दिया।

"केंद्र सरकार से मिलनेवाले करोड़ों के अनुदान कहाँ जा रहे हैं?"—उसने पूछा।

"इस बात को आप ही अच्छी तरह समझ सकते हैं।"—दो मिनट तक वह चुप रहा। 'गॉल्फ क्लब' आपने देख लिया है न? जब बुनियादी सहूलियतें ही नहीं हैं, हमारे लिए 'गॉल्फ क्लब' की क्या जरूरत थी? वहाँ खेलने के लिए हम लोग जा नहीं पाते हैं न? तो किनके लिए उसको बना दिया गया है? विकास के विचार को छोड़कर और सबकुछ हो रहा है यहाँ।"

"शिक्षा के साथ विवेचन, कुछ भी साध लेने की अतीव श्रद्धा की अगाध शक्ति का फव्वारा ही यहाँ उपलब्ध है। इसको पहचानकर, बाहर के संसार को उससे परिचित कराने का कार्य किसी चैनल के पत्रकारों से नहीं हो रहा है।"

"आपकी राय में, विकास को साधने के लिए क्या करना चाहिए?"—यों उसने पूछा।

"अनुच्छेद 370 को पहले रद्द कर देना चाहिए, सर!"—दूसरे ने बताया। "पूरे देश के लिए एक कानून लागू होता है, तो हमारे लिए अलग ही कानून है। भ्रष्टाचार-विरोधी अधिनियम सारे देश में 1988 में ही लागू हुआ, मगर कश्मीर की विधानसभा ने उसके लिए स्वीकृति नहीं दी। आज तक हमको पारदर्शी प्रशासन ही नहीं मिला है। राज्य के कारोबारों का नियंत्रण यदि एक सर्वाधिकारी से हो तो आर्थिक और सामाजिक समतोलन अवश्य ही गड्ढे में गिर जाता है न? करोड़ों की मात्रा में कर की वसूली नहीं की गई है; बैंकों से लिये गए उधार भी लौटाए नहीं गए हैं; गलत निर्वहण की वजह से शिक्षा, स्वास्थ्य और सभी प्रशासनिक क्षेत्रों में हेरफेर होता आया है। अन्याय और अक्रम का ही बोलबाला हो जाएगा, तो हर एक व्यक्ति लूटमार में अपने को जुटा लेता है न?"—थोड़ी देर रुककर उसने अपनी बात आगे बढ़ाई—

"इस राज्य के स्थायी निवासियों के हकों और स्थिर जायदादों के विचार में भी ऐसा ही होता आया है। अनुच्छेद 35-ए का भी सृजन इन्होंने ही कर लिया है। प्रमुख स्थानों में बैठकर, जमीन को लूटते रहनेवाले भी ये ही लोग हैं। केंद्र सरकार का हस्तक्षेप नहीं होना चाहिए, इस बहाने के आधार पर, आम जनता के मन में इन्होंने यह भ्रम पैदा कर दिया है कि अनुच्छेद 370 कश्मीर के लिए रक्षा कवच जैसा है और उसको हटा देने से कश्मीर के लोगों के प्रति भारी नाइनसाफी हो जाएगी, लेकिन यथार्थ की बात बताना चाहता हूँ, सुनिए। हमें भी अन्य राज्यों के जैसे आगे बढ़ना है, तो इस अलग संविधान को रद्द कर देना चाहिए। अपने ही वास्ते इन्होंने जो कानून रूपित कर लिये हैं, उनको हटा देंगे तो भारत के किसी अन्य प्रांत के लोग भी यहाँ आकर जमीन खरीद सकते हैं और नए उद्यमों की स्थापना कर सकते हैं। बड़ी-बड़ी अंतरराष्ट्रीय कंपनियाँ यहाँ अपनी शाखाएँ खोल सकती हैं। देश के अन्य प्रांतों के लोग भी यहाँ आ-जाकर सकते हैं। हमारे सुशिक्षित युवाओं के लिए रोजगार के अवसर खुल जाते हैं। धन कमा लेने के साथ-साथ, बाहर की दुनिया के संपर्क से विशेष जानकारी भी मिलने लगती है। अब हुआ क्या है? इस अनुच्छेद ने कश्मीर के लिए सुदृढ़ किला-सा बनकर, उसको घेर लिया है। अंदर से बंदी बने हुए मन के राजनीतिक नेता और मजहबी नेता लोगों को कठपुतलियाँ बनाकर, आम लोगों से खिलवाड़ कर रहे हैं; उनके हाथों पत्थरबाजी करवा रहे हैं; विरोध प्रदर्शन करवा रहे हैं; एक पीढ़ी की बौद्धिक शक्ति को ही धूमिल कर दिया है। यदि इस जड़ता से मुक्ति पानी है और बदलाव की नई हवा के झोंके बह आने चाहिए, तो पहले इस अनुच्छेद को हटाना होगा और नई नीतियों का निरूपण करना होगा, सर! ये सारी बातें उसने एक ही दम में जब कह दी, उसके माथे पर जुगुप्सा, क्रोध और हताशा की भावनाएँ मोड़ों के रूप में अंकित हो चली थीं।"

"अनुच्छेद 35-ए ने जो जटिलता सिरजाई है, उसके बारे में आप को बता देता हूँ, सुनिए। मेरी बहन ने हैदराबाद के एक मुसलिम नौजवान से प्यार किया है। यदि वह उससे शादी कर लेगी तो उसको और उससे जन्म लेनेवाले बच्चों को इस राज्य के निवासी होने का स्थायी स्थान नहीं मिल पाएगा। उन बच्चों को माँ की तरफ की जायदाद का हिस्सा भी नहीं मिलेगा। आगे चलकर भी, उनको यहाँ की सरकार में ओहदे पाने का या जायदाद खरीद लेने का हक भीं नहीं होगा। लोकसभा से संबंधित चुनावों में मतदान करने का अधिकार रहेगा; मगर राज्य से संबंधित किसी भी चुनाव में मतदान करने का अधिकार उनको नहीं मिलेगा। जम्मू-कश्मीर की लड़कियों को अपनी इच्छा के साथी को चुन लेने की आजादी भी नहीं रहेगी।"—तीसरे व्यक्ति ने यह बात बता दी।

"पर्यटन की काफी तरक्की तो कर सकते हैं। डल सरोवर कितना बड़ा है, आपने देखा तो है न? पहले उसकी चौड़ाई, जो 24 किलोमीटर थी, अब पील घास की वजह

से 10 किलोमीटर तक कम हो गई है। उसकी सफाई का जिम्मा किसका है? उसकी देख-रेख अच्छी होती, तो भाँति-भाँति की जलक्रीड़ाओं के लिए उसका उपयोग किया जा सकता था। अंतरराष्ट्रीय खेल-कूदों का आयोजन भी किया जा सकता था न?"—चौथे व्यक्ति ने सवाल किया।

उसी ने आगे बढ़कर कहा—"सर, इस विपर्यास को भी देखिए। लोगों की समझ में अब भी यह बात आई नहीं है कि उनकी नासमझी का दुरुपयोग हो रहा है। अब भी अपने घर के छोटे बच्चों को रास्ते पर उतार देते हैं। आम लोगों के इन बच्चों से पत्थरबाजी करवानेवाले ये अलगाववादी नेता अपने बच्चों को कश्मीर में ही क्यों नहीं रख लेते? उनको विदेशों में भेजकर पढ़ाई-लिखाई करवाते हैं। उनके बच्चे वहीं सुख-चैन से बसे रहते हैं तो ये नादान बच्चे बुलेट खाकर आजादी का नारा उठाते हुए, जान खो बैठते हैं। नुकसान किसको भरना पड़ता है?"

"आपको समस्या भी मालूम है और उसका समाधान भी मालूम है। फिर भी किसी भी बदलाव के लिए आप लोग आगे क्यों नहीं आ रहे हैं?"—नरेंद्र ने पूछा। वह इस विचार से अनजान नहीं है कि जो लोग इतने विश्लेषणात्मक रूप में सोच सकते हैं, वे बदलाव लाने में भी समर्थ बने रहते हैं।

"आपके सामने तो इन विचारों को खोलकर रख सकते हैं। यदि बाहर इस तरह बोलने लगते हैं, तो अगले क्षण ही हमारी जान निकाल देते हैं। हमारे इन विचारों को किसी के साथ शेयर करना चाहें, तो भी उसके बारे में हमें पूरा-पूरा भरोसा होना चाहिए। बाहर तो हम लोगों को औरों के जैसे ही रहना पड़ता है। उदाहरण के लिए, यदि एक विरोधी जुलूस निकला हो तो उसमें हम लोग शरीक हो जाते हैं; शरीक होना ही पड़ता है। जुलूस जब हमारे घर के सामने आ जाता है तब हमें घर से बाहर निकलकर उसमें शामिल होना पड़ता है। नहीं तो हमारी गाड़ी के ऊपर, हमारे घर के दरवाजे और खिड़कियों के ऊपर पत्थरबाजी होने लगती है। आज आपके सामने जो इतना बोल रहा हूँ, कल कहीं नारे लगाता रहूँगा, तो मुझे देखकर आप को हैरान नहीं होना चाहिए।"—पहले जिसने अपने विचार रखे थे, उसी ने हँसते हुए ये बातें कही।

"ये अलगाववादी हमारे घर के दामाद तो नहीं कि उनको बुला-बुलाकर ऐसी बातें कहें? राज्य सरकार को सहयोग देने के लिए भारतीय सेना है न? आरक्षक दल के जवान अपनी जान की बाजी लगाकर किसी को पकड़ भी लें, तो भी उनको जम्मू-कश्मीर के पुलिस लोगों के हाथों सौंपना पड़ता है। किसी रिश्ते-नाते का बहाना करके, कोई-न-कोई आकर उनको आसानी से छुड़ा ले जाता है। रोजमर्रे की जिंदगी में गुनाह जितना हिल मिल गया है, उसको समझाने के लिए आपके सामने एक मिसाल पेश करता हूँ। बीस से ज्यादा लोगों की हत्या क़रनेवाले एक आतंकवादी को रिहा करते समय, जज साहब ने अपनी

असहायता को जाहिर करते हुए यों कहा था—'इसके खिलाफ जो आरोप लगाए गए हैं, वे बहुत ही गंभीर स्वरूप के हैं। इसके लिए मौत की सजा या आजीवन कारावास की सजा ही उचित लगती है। यह बात न्यायालय को मालूम है, मगर इस मुकदमे की पैरवी करनेवाला प्रॉसिक्यूशन का वकील थोड़ी सी भी श्रद्धा नहीं दिखा रहा है।' इसके बारे में आपकी राय क्या है ? परिणामकारी पुलिस और कानून की व्यंवस्था के अभाव में उग्रवाद या आतंकवाद का निर्मूलन कैसे संभव हो सकता है ? आज तक किसी एक आतंकवादी को भी सजा दिए जाने का एक भी निदर्शन नहीं मिलता है।" इतना बोल देने के अगले क्षण ही उसने यह सवाल किया—

"सर, एक बात मेरी समझ में नहीं आ रही है। अनुच्छेद 370 को कानूनन रद्द करने की प्रक्रिया बहुत ही कठिनाइयों से भरी है क्या ?"

"नहीं तो…।"

"जरा खुलकर बताएँगे क्या ?"—जान लेने की बड़ी उत्सुकता से वह पूछने लगा था।

सबको यह एक जटिल मामला लगता है, यह बात नरेंद्र को भी मालूम थी। इसीलिए, धीरे से उसने समझाया—"जब इस अनुच्छेद को तैयार किया जा रहा था, जम्मू-कश्मीर में संविधान सभा अस्तित्व में आनेवाली थी। इसलिए, उसकी सम्मति के अभाव में इस अनुच्छेद को रद्द नहीं करना चाहिए, यों उस मसौदे में कहा गया है, लेकिन उस संविधान सभा को रद्द कर दिया गया और विधायक सभा अस्तित्व में आई। इसलिए संविधान सभा की अनुमति का सवाल ही नहीं उठता। यह एक अंश है। दूसरा अंश यह है कि वह एक तत्काल का निबंधन था। अनुच्छेद 370 के अनुसार, संविधान में एक संशोधन कर लेने के द्वारा, संविधान संबंधी जो उल्लेख है, उसको मिटाया जा सकता है। यदि हमारा संसद् इतना कर देता है, तो राष्ट्रपतिजी एक सार्वजनिक अधिसूचना के द्वारा उसके रद्द हो जाने की घोषणा कर सकते हैं या उसमें अपनी इच्छा के अनुसार आवश्यक बदलाव भी कर सकते हैं। ऐसा न करने के बजाय, एक और मार्ग भी है, जिसके द्वारा उस अनुच्छेद को रद्द कर सकते हैं। बहुत ही प्रमुख विचार यह है कि अनुच्छेद 370 भारतीय संविधान का एक अंश है, न कि जम्मू और कश्मीर के संविधान का। अलावा इसके, उसको रद्द करने से कोई प्रमाद होगा भी नहीं। अब तक जो प्रतिबंध था, वह दूर हो जाएगा। उसके बाद, परिस्थितियों को लक्ष्य में रखकर, अन्य कानूनों को वहाँ लागू किया जा सकता है।"

"तो अब तक भारत सरकार इस प्रावधान का उपयोग किए बिना क्योंकर चुप बैठी है ?"

उसने कुछ कहा नहीं।

"सर, आप कुछ भी कहिए। अधिक गलती भारत सरकार की ही है। इस समस्या

को इतना जटिल बनने के लिए क्यों मौका दिया गया? 1947 की घटनाओं की अच्छी जानकारी मुझमें नहीं है, मगर 1990 में क्या-क्या हुआ, उसके बारे में मेरे पिताजी ने मुझे बता दिया है। एक ओर पाकिस्तान के आतंकवादी संगठन और दूसरी ओर कश्मीरी मुसलिमों का अलगाववाद—इन दोनों ने अपने बलों का प्रदर्शन किया, हिंदू समुदाय के खिलाफ ही। उनको इस घाटी से निष्कासित करने के प्रयत्नों की शुरुआत हुई 1990 के जनवरी महीने में। गांधी परिवार के पूर्व प्रधानमंत्रीजी परिस्थिति का अवलोकन करने के लिए आ पहुँचे मार्च के महीने में—वह भी परिस्थिति को सुधारने के लक्ष्य को लेकर नहीं या लोगों को सांत्वना देने के लिए नहीं। इन सबको काबू में लाने के लिए भरसक कोशिश करते रहनेवाले राज्यपालजी की कारवाइयों में भूल ढूँढ़ने के लिए। 'उप-प्रधानमंत्रीजी की अगुआई करने के लिए आप हवाई अड्डे क्यों नहीं आए? उनको अपनी बाईं तरफ जो बिठा लिया था, उसके द्वारा आपने उनका अपमान ही नहीं किया क्या?'—यों पत्रकारों के सामने ही राज्यपालजी की अवमानना करनी शुरू कर दी थी उन्होंने। राज्यपालजी की ओर से कोई भूल नहीं हुई है, इसको समझ लेने का सब्र भी उन्होंने नहीं दिखाया था। अगले दिन सभी पत्रिकाओं ने उस पूर्व प्रधानमंत्रीजी को अच्छी तरह से आड़े हाथों लिया था, ऐसा मैंने सुना है।"—दूसरे लड़के ने ये बातें बताईं। आगे चलकर उसने यह भी कहा—

"तब तो जम्मू-कश्मीर में हुकूमत चल रही थी नेशनल कॉन्फ्रेंस और कांग्रेस पक्ष के सम्मिश्र सरकार की। भ्रष्टाचार की क्या हद हो चुकी थी, इसको समझाने के लिए मेरे पिताजी यह उदाहरण दिया करते थे। कर्मचारियों को नियमित रूप से तनख्वाह देने के लिए रुपए-पैसे नहीं थे; आतंकवादियों के हमलों से हताहत परिवारों के लिए मुआवजा देने के प्रयास भी नहीं हो पा रहे थे। इधर, फारूक अब्दुल्लाजी ने अपने को भी मिलाकर, सरकार के सभी मंत्रियों को 74 साइट बाँट दिए थे।"—इतना बताकर, वह थोड़ी देर के लिए रुका। सब लोग ध्यान देकर उसकी बातें सुन रहे थे।

"बेरोजगारी और अधिकार का दुरुपयोग—इनसे लोग सरासर ऊब गए थे, मगर दुर्भाग्य की बात यह है कि सरकार के प्रति जनता के क्रोध को हिंदुओं की तरफ मोड़ देने में इसलाम के मूलभूतवादी कामयाब हो गए। पत्रकारों की ओर से पूर्व प्रधानमंत्री की अवमानना एक बात रही, तो एक दूसरी घटना भी हुई। मुसलमानों के एक गिरोह ने, जिसमें मेरे पिताजी भी शामिल थे, उनसे भेंट की और यों उनको आड़े हाथों लिया—'मिस्टर राजीव गांधीजी, जब दिल्ली में सत्ता सँभाले हुए थे, आपने एक बार भी इस ओर फिरकर भी नहीं देखा था। आपके वे लाड़ले शहजादे फारूकजी आपके नाम पर यहाँ हुकूमत चला रहे हैं, ऐसा आपने समझ लिया है। वे तो गॉल्फ खेलते रहनेवाले मौजी बन बैठे हैं। हमको उन्होंने धोखा दे दिया है। मनमाने ढंग से हम लोगों का कत्ल करवाते आए हैं। अब वे और उनके रहनुमा पथप्रदर्शक बने हुए आप—ये दोनों यहाँ आए हुए हैं मगरमच्छ

के आँसू बहाने के लिए। यहाँ से चले जाइए। मेहरबानी करके चले जाइए। लेकिन इससे कोई फायदा नहीं हुआ। सभी अंदरूनी षड्यंत्रों से भलीभाँति परिचित राज्यपालजी को हटाकर, किसी और को लाकर यहाँ बिठा दिया, जो गहरी गाँठ बन गई।' यों मेरे पिताजी बोला करते थे।" यह बात बतानेवाले उस लड़के का जोश कम होने में कुछ वक्त लगा। बाद में नरेंद्र ने उससे पूछा—

"इसलाम के बारे में आप लोगों की क्या राय है?"

"सर, रोज निमाज करनेवाला मजहबपरस्त मुसलमान हूँ मैं, मगर किसी मौलवी की हिदायत सुननेवाला अंधा मजहबी नहीं हूँ। मेरा संवाद तो चलता है सीधे अल्लाहु से ही।"

मजहब का जिक्र करते ही मानो जाग उठे हों, मसजिदों से अजान की आवाज जोर से सुनाई देने लगी। अब तक बातचीत में जो खोए हुए थे, वे सब मानो जाग उठे और फिलहाल की हालत में लौट आए। सलीम ने सिर हिलाकर सूचना दी, तो सब उठ खड़े हुए।

"सर, अब हमें इजाजत दीजिए। हमारी बातें सुन पानेवाले आप जैसे लोगों को यहाँ आते रहना चाहिए, ताकि हमारे अंदर का आक्रोश कुछ हद तक थम जाए।"—यों बोलते, पहले बोलनेवाला वह लड़का हँस दिया।

"नरेंद्रजी, इसी मनसाने के कई लोग मौजूद हैं। ऐसे लोगों को यदि सुरक्षा, सहयोग और प्रोत्साहन सही ढंग से मिल जाएँगे तो नए कश्मीर के निर्माण में वे सब हाथ जुटा देंगे।"—सलीम ने गर्व के साथ ये बातें कही। और लोगों ने भी, मानो इस आशय में शामिल होते हुए, मुसकराहट के साथ सिर हिला दिए।

"वह रोज जल्द आ जाए। इस तरह आप जैसे विचार रखनेवाले लोगों से मिलने का और आपकी बातें सुन लेने का जो अवसर मुझे मिला, उससे मैं बहुत ही खुश हुआ हूँ।" नरेंद्र ने मुसकराहट के साथ, हस्तलाघव देते हुए, उन सबको विदा किया।

"इनको छोड़कर आते वक्त मुश्ताक को भी अपने साथ ले आऊँ क्या?"—सलीम ने पूछा।

"मेरे लिए अब एक अहम काम है। जिसके लिए मुझे एक-दो घंटे का वक्त चाहिए। उसके बाद तुम्हें फोन कर दूँ क्या?"—वह भी मुसकराहट के साथ सिर हिलाते हुए वहाँ से चलता बना।

चौबीस

जल्द वहाँ से निकलकर नरेंद्र घर पहुँचा और मोबाइल खोलकर उस लेख को देखने लगा।

अनुच्छेद 370 के द्वारा मिली स्वायत्तता में ही छिपा है

कश्मीर की समस्या का समाधान!

केंद्र सरकार ने 'घर वापसी' की अपनी योजना प्रकट की है, मगर अनुच्छेद 370 के बारे में वह क्या फैसला लेगी, इस विचार को अब तक उसने प्रकट नहीं किया है। यदि इस अनुच्छेद को असिंधु या अमान्य करने का विचार उसके मन में है, तो उससे कश्मीर की जनता के प्रति बड़ा विश्वासघात ही हो जाएगा, ऐसा कहना गलत नहीं होगा। इसका कारण यह है—देश के पहले प्रधानमंत्री जवाहरलाल नेहरूजी उस अनुच्छेद के अनुष्ठान के पक्ष में थे, जिसके द्वारा कश्मीर कीं जनता के प्रति अपना समर्थन व्यक्त किया था। इतना ही नहीं, भारत की समग्रता को बनाए रखने की दृष्टि से भी उन्होंने यह कदम उठाया था। इतिहास की जानकारी रखनेवाला कोई व्यक्ति इस विचार को नकार नहीं सकता। इसलिए, उनके इस आदर्शपूर्ण कदम को ध्यान में रखकर ही कश्मीर की समस्या का समाधान ढूँढ़ लेना चाहिए। उस राज्य की जनता के प्रति हमारे प्यार और विश्वास को प्रदर्शित करने का एक ही मार्ग है कि इस अनुच्छेद के द्वारा उनको गरिष्ठ मात्रा की स्वायत्तता प्रदान कर दी जाए। यदि ऐसा नहीं करेंगे तो भारत से कश्मीर हमेशा के लिए अलग हो जाने के खतरे को भी नकारा नहीं जा सकता। इस अवसर पर हमें उन लोगों से कई प्रश्न पूछने हैं, जो अनुच्छेद 370 को अमान्य करने के विचार का जोरदार प्रतिपादन किया करते हैं। जो इस अनुच्छेद को हटा देने की बात करते हैं, वे 371-ए तथा 371-जी अनुच्छेदों के बारे में आवाज क्यों नहीं उठाते, जिनके मातहत कई राज्यों को विशेष सुविधाएँ दी गई हैं। भारत की समग्रता को बनाए रखने की दिशा में तथा कश्मीर के अल्पसंख्यक… ।

आगे चलकर उस लेख में निरर्थक वाद मात्र को प्रस्तुत किया गया था। कहीं भी उस अनुच्छेद का समग्र परिचय नहीं मिल रहा था। इतिहास के गिने-चुने भागों को अपने वाद के समर्थन में तिरछा कर प्रस्तुत कर दिया गया था। उसी को सच्चाई के रूप में समाज के सामने प्रस्तुत करने का, युवा जनता की विचारधारा की दिशा को गलत तरीके में मोड़ देने का, अवसर के अनुकूल परोक्ष रूप में डराने-धमकाने का प्रयास किया गया था। यह तंत्रकारिता कोई नई चीज नहीं है—यों सोचकर नरेंद्र ने अपना लेख लिखना शुरू कर दिया।

कश्मीर को समस्या बना देनेवाला 370 नाम का तत्कालीन निबंधन!

केंद्र में अधिकार की पतवार सँभालते ही, प्रत्येक सरकार ने कश्मीर के लोगों को यह भरोसा देना कि 'अनुच्छेद 370 को बनाए रखेंगे' अपने राजकार्य की प्रथम आद्यता का विषय बना लिया है। इस सरकार ने अब तक कोई ऐसा आश्वासन नहीं दिया है। यह तो प्रशंसनीय विचार ही बना है। अनुच्छेद 370 से संबंधित किसी संवाद को या लेख को शुरू करने से पहले, इसका परिज्ञान रख लेना आवश्यक बनता है कि स्वतंत्र विचार के

रूप में उसकी परिगणना की नहीं जा सकती है। क्योंकि, उसको अनुष्ठित करने के लिए कारण बनी भूमिका की तथा परिस्थिति की समग्र आलोचना यदि नहीं करेंगे तो आज की परिस्थिति में उसकी अप्रस्तुतता का विचार समझ में नहीं आता। देश के अन्य प्रांतों के निवासियों की बात रहे, कश्मीर के निवासियों को ही इस अनुच्छेद के साधक-बाधक अंशों की सुस्पष्ट जानकारी जो नहीं है, यह बड़े दुर्भाग्य की बात है। पारदर्शकता को बनाए रखने की दिशा में आज तक अधिकार में आरूढ़ हुई सभी सरकारों की विफलता भी प्रमुख बनी है। यह बात रहे। अब अनुच्छेद 370 के अनुष्ठान के अवसर का थोड़ा विश्लेषण करेंगे।

1947 के अक्तूबर की 26 तारीख को राजा हरिसिंहजी ने भारत के साथ विलीन होने के करारनामे पर हस्ताक्षर किए। इससे भारतीय सेना को कश्मीर में प्रवेश करने की परवानगी अधिकृत रूप से मिल गई। उधर पाकिस्तान पठानों के दल के द्वारा जो उपद्रव पहुँचा रहा था, वह दिनोंदिन बढ़ता जा रहा था। सबसे ज्यादा सिर का दर्द बना था, मुसलिम लीग के प्रभाव में आनेवाले कई मुसलिमों का सेना के अपने ओहदों को तजकर हमलावरों के साथ हाथ मिला लेना। इनके उपद्रव को ही बहाना बनाकर, माउंट बेटन ने, जो उस समय गवर्नर जनरल बने हुए थे, नेहरूजी को इस विचार में मनवा लिया कि परिस्थिति के काबू में आ जाने के बाद, जनमत-गणना के आधार पर, कश्मीर के विलीन के विचार में अंतिम निर्णय ले लेंगे। 28 अक्तूबर की रात को प्रसारित रेडियो संदेश के द्वारा नेहरूजी के मुँह से यह उद्घोष भी करवा दिया कि विश्व राष्ट्र संगठन के मातहत यह जनमत-गणना कर दी जाएगी। अन्य राज्यों के विलीन के विचार में जिस कानूनी प्रक्रिया को अपनाया गया था, उसी प्रकार यहाँ पर भी वही प्रक्रिया अपनाई गई थी। फिर भी, अंग्रेजों की हितासक्तियों के लिए अनुकूल प्रतीत हो रही जनमत-गणना की माउंट बेटन की सलाह को जो स्वीकार किया, वह नेहरूजी की पहली भूल थी।

विलीन को अधिकृत बना देने के विचार को जम्मू-कश्मीर की संविधान-सभा की विवेचना के लिए छोड़ देने का निर्णय भी भारत सरकार ने कर लिया, मगर ध्यान देने की बात यह है कि वह संविधान सभा अभी अस्तित्व में ही नहीं आई थी। इसलिए संविधान सभा की स्वीकृति मिलने तक, उस मध्यंतर अवधि तक मात्र ही कार्यशील बने रहने के उद्देश्य से 1949 में रचा गया अस्थायी अनुच्छेद ही 370 का अनुच्छेद है। उसके अनुसार, देश की सुरक्षा, विदेश-व्यवहार और संवहन से संबंधित विचारों को छोड़कर, भारतीय संविधान के किसी भी अनुच्छेद को, जम्मू-कश्मीर की संविधान सभा की अनुमति के अभाव में, उस राज्य के संविधान में शामिल नहीं किया जाना चाहिए था। अन्य राज्यों में किसी भी कानून को लागू कर देने का परमाधिकार जिस केंद्र सरकार को मिला था, उसी ने केंद्र सरकार को इस राज्य के संबंध में, उसकी अनुमति की प्रतीक्षा में,

हाथ बाँधकर बैठने पर विवश कर देना ही इस अनुच्छेद का मूल उद्देश्य बना हुआ था।

एक ओर, विलीन को वैध मानने के अधिकार को जम्मू-कश्मीर की संविधान सभा को प्रदान कर देनेवाले नेहरूजी, दूसरी ओर उस राज्य की जनता को बार-बार यह आश्वासन देते आए कि इस विचार में जनमत-गणना कर दी जाएगी। इतने में उन्होंने एक और भूल कर दी। माउंट बेटनजी की सलाह के मुताबिक इस विचार को विश्व राष्ट्र संगठन में ले गए। किसी तीसरे व्यक्ति की, बिचौली की इच्छा यदि व्यक्त करेंगे, तो इसका मतलब क्या यह नहीं होता कि यह एक समस्या है? नेहरूजी ने इस विचार को विश्व राष्ट्र संगठन के सामने रखा था 1948 की जनवरी 1 को। उसी वर्ष इस संगठन ने चार बार इस विचार को चर्चा के लिए उठा लिया था। उसने सूचित किया था कि तीन स्तरों या चरणों में इस समस्या का समाधान ढूँढ़ा जा सकता है। प्रथम चरण में भारत और पाकिस्तान, इन दोनों देशों को युद्ध-विराम की घोषणा कर देनी चाहिए थी। दूसरे चरण में पाकिस्तान को अपनी अधिकृत एवं अनधिकृत सेना को भारत से हटा लेना चाहिए था; भारत को अपने सेना-बल को न्यूनतम मात्रा तक घटा देना चाहिए था। तीसरे चरण में जनमत-गणना के लिए मौका देकर, उसके फलीतांश के अनुसार कदम उठा लेना चाहिए था।

इस सलाह के लिए पाकिस्तान ने कौड़ी की कीमत भी नहीं दी और अपने हमलावरों को कश्मीर में घुसाता ही रहा। फिर भी, 1949 की जनवरी 1 तारीख को नेहरूजी ने युद्ध-विराम की घोषणा कर दी। यह नेहरूजी की तीसरी और भारी भूल थी। तब तक कश्मीर में अनधिकृत रूप में घुस आए पाकिस्तानी सैनिकों को हर एक प्रदेश से खदेड़ती आ रही भारतीय सेना को एकदम निर्वीर्य बना दिया अपने अविवेक के निश्चय से, जिससे विजय के स्तर तक पहुँची हुई हमारी सेना को अपनी काररवाई स्थगित करनी पड़ी। इसके परिणाम के रूप में मुजफ्फराबाद, मीरपुर और पुंछ विभाग जैसे सीमावर्ती प्रदेश, अंग्रेजों की योजना के अनुसार, हमारे हाथ में से छूट गए और पाकिस्तान के हाथ में आ गए; उनको 'पाक अधिकृत कश्मीर' का नया नाम दिया गया। जम्मू-कश्मीर के उत्तर की दिशा में स्थित गिलगिट और बाल्टिस्तान को ब्रिटेन ने इससे पहले ही हस्तांतरित कर दिया था पाकिस्तान को। रूस के साथ भारत का संबंध स्थापित न होने देने की अपनी राजनीतिक महादशा को नेहरूजी के द्वारा पूर्ण करा लेने में ब्रिटेन सफल हो चला था (ध्यान देने की बात यह है कि अफगानिस्तान उन दिनों रूस के कब्जे में था और अफगानिस्तान के वाखान कॉरिडोर से होकर कश्मीर की सीमा में प्रवेश किया जा सकता था। इसी प्रदेश के थोड़े से हिस्से को बाद में पाकिस्तान ने चीन के हवाले कर दिया, जहाँ चीन ने अब कराकोरम राजमार्ग का निर्माण करके पाकिस्तान के साथ संपर्क स्थापित कर लिया है। इतना ही नहीं, चीन की बहुत बड़ी महत्त्वाकांक्षा के रेलमार्ग का निर्माण भी हो रहा है अब।)

इधर 1951 में संविधान सभा भले ही अस्तित्व में आई थी, फिर भी जम्मू-कश्मीर के मुसलमानों को भारत के पक्ष में संगठित करा देने में सफल होनेवाले शेख अब्दुल्ला सैकड़ों तकरार उठाते रहे। 1952 में नई दिल्ली में शेख अब्दुल्ला और नेहरूजी के बीच में जो समझौता हुआ, उसमें शेखजी की इच्छा के सामने नेहरूजी ने सिर झुकाकर हामी भर दी थी और राज्य के प्रशासन के लिए तिलांजलि दे दी गई तथा अनुच्छेद 370 को यथावत् रख लिया गया। तब तो देश भर में इसके खिलाफ विरोध कियो गया और तीव्र स्वरूप में ही एक ही देश में दो संविधानों का होना अनुचित और अवांछनीय लगता है करके विरोध व्यक्त करने के लिए श्यामा प्रसाद मुखर्जी खुद कश्मीर गए हुए थे। वहाँ उनको हिरासत में लिया गया और पुलिस के सुपर्द की अवधि में ही शंकास्पद स्वरूप में उनकी मौत हो गई। आगे चलकर, जब 1956 में जम्मू-कश्मीर की संविधान सभा ने एकमत से भारत में कश्मीर के विलीन के विचार को स्वीकृति दे दी, तभी मध्यंतर अवधि समाप्त हो गई। उसी वक्त 370 नंबर के अस्थायी अनुच्छेद को भी परदे के पीछे ढकेल देना चाहिए था।...लेकिन, नेहरू नाम के दूरदृष्टि से वंचित प्रधानमंत्रीजी शेख अब्दुल्ला नाम के अवकाशवादी राजकीय नेता के निजी उद्देश्यों को समझने में असमर्थ हो चले थे। दिल्ली के समझौते में जो अंश अपने लिए फायदेमंद थे, उनका अनुष्ठान करते हुए, अन्य अंशों को शेख अब्दुल्लाजी नजरअंदाज करने लगे, तो 1953 जून 28 को लिखे गए पत्र में नेहरूजी ने यों लिखा था—'हमारे बीच के समझौते को जो धक्का पहुँचा है, उसने मुझे अचंभे में डाल दिया है। उसने मेरे विश्वास की जड़ को ही हिला दिया है।' यह इस बात के लिए साक्षी हैं कि नेहरूजी ने इस विचार में दूरदृष्टि न रखने की बड़ी भूल की थी।

उस दिन से लेकर आज तक समय-समय पर अनुच्छेद 370 में कई बदलाव कर दिए गए हैं। भारतीय संविधान के कई कानूनों को जम्मू-कश्मीर के संविधान में शामिल कर लिया गया है। वहाँ जो चुनाव होते आए हैं, वे सभी भारतीय चुनाव आयोग के तत्त्वावधान में ही हुए हैं। पहले 'प्रधानमंत्री' और 'सदर-ए-रियासत' के जो पदनाम चालू थे, उनके बदले 'मुख्यमंत्री' और 'राज्यपाल' के पदनाम प्रयुक्त कर दिए गए हैं। अन्य राज्य के लोगों को ही नहीं, भारत के राष्ट्रपतिजी को भी उस राज्य में बिना पूर्वानुमति के प्रवेश न करने का जो निर्बंध लगा हुआ था, उसको हटा दिया गया है। फिर भी, उस अनुच्छेद के मूलभूत स्वरूप को बदला नहीं जा सका है। जम्मू और कश्मीर भारत का एकमात्र ऐसा राज्य बना है, जिसका अपना ही एक अलग संविधान है। उसके अनुसार, उस राज्य की विधानसभा की अनुमति के बगैर किसी भी कानून को अमल में लाया नहीं जा सकता है। इसी कारण से, 1988 में देशभर में लागू किया गया भ्रष्टाचार निग्रह अधिनियम आज तक वहाँ लागू नहीं हो पाया है। उसी वर्ष में जारी किया गया धार्मिक केंद्रों के दुरुपयोग से संबंधित अधिनियम भी यहाँ लागू नहीं हुआ है। एक और प्रमुख

विचार यह है कि भारतीय दंड संहिता के बदले यहाँ रणबीर दंड संहिता जारी है, जो उतनी परिणामकारी है ही नहीं। सूचना प्राप्त कर लेने के हक से संबंधित जो अधिनियम देश भर में जितने परिणामकारक स्वरूप में जारी हुआ है, उतने परिणामकारक रूप में यहाँ लागू नहीं हुआ है। जम्मू-कश्मीर के नागरिकों को शिक्षा के मूलभूत हक भी नहीं मिले है।

अनुच्छेद 370 के दुष्परिणाम यहीं खत्म नहीं होते हैं। उसका ही उपयोग कर लेते हुए, सांविधानिक प्रक्रियाओं को नजरअंदाज करके, राष्ट्रपतिजी के निर्देश द्वारा गुप्त रूप में अनुच्छेद 35-ए को भी संयुक्त रूप में लागू कर दिया गया है, जिसमें भारत के तथा जम्मू-कश्मीर के राजनीतिक नेताओं की मिलीभगत देखने में आती है। यह घटना घटी है 1954 में। यह अनुच्छेद और उसके परिणामस्वरूप जारी किए गए सेक्शन 6 के नियम जम्मू-कश्मीर के स्थायी निवासियों के लिए ही कई विशेष हक प्रदान करते हैं। सरल रूप में बताना हो, जो यहाँ के स्थायी निवासी नहीं हैं, उनके लिए उस राज्य की शैक्षिक संस्थाओं में—यानी स्कूल और कॉलेजों में—शिक्षा पाने का, सरकारी ओहदे प्राप्त करने का, स्थायी जायदाद पा लेने का या चुनावों में मतदान करने का कोई हक मिलता ही नहीं है। अन्य भारतीय की बात रहे, छह दशकों से पुरसभा के निम्नवर्ग के नौकरों के रूप में काम करते रहनेवाले 'दलित वाल्मीकि' नाम के अनुसूचित वर्ग के लोगों को भी स्थायी नागरिकत्व का स्थान-मान अभी तक दिया नहीं गया है, वहाँ की सरकार की ओर से। भारत के विभाजन के समय यहाँ आ बसे हुए पश्चिम बंगाल के निराश्रितों के लिए और सदियों से वहीं रहनेवाले गुरखाओं के लिए स्थायी नागरिकों का स्थान-मान आज तक मिला नहीं है। इधर शिनजियांग तथा तिब्बत से आए हुए मुसलिम वर्ग के स्थानांतरित व्यक्तियों को स्थायी नागरिक माना गया है और उनको सभी हक और सुविधाएँ मिली हुई हैं। जो स्थायी नागरिक नहीं हैं, वे लोकसभा के चुनावों में भले ही मतदान कर सकते हैं, मगर विधानसभा के या पंचायत के चुनावों में भाग नहीं ले सकते। उनके बच्चे और पोते भी सरकार से दी जानेवाली सभी सुविधाओं से वंचित रहते हैं। जम्मू और कश्मीर की लड़कियाँ यदि अन्य राज्यों के लड़कों से शादी कर लेंगी तो उनके पति और बाल-बच्चे कश्मीर के स्थायी नागरिक नहीं माने जाएँगे। अलावा इसके, अपनी माँ की तरफ से मिलनेवाली जमीन-जायदाद से वंचित हो जाते हैं।

इस राज्य की जनता अनिवार्य रूप से आयकर की अदायगी भी नहीं करती है। उनकी पंचवर्षीय योजना की पूरी आर्थिक जिम्मेदारी केंद्र सरकार की ही होती है। उनके आय-व्यय और बजट के लिए धन मुहैया करने में भी केंद्र सरकार का हिस्सा ही बहुत अधिक हुआ करता है। अन्य राज्यों के हर एक नागरिक को जो अनुदान मिला करता है, उससे कहीं अधिक अनुदान इस राज्य के नागरिकों को मिल रहा है। अब तक भारत सरकार ने जम्मू-कश्मीर को लाखों करोड़ रुपए देखा है, लेकिन उस राज्य की संसद्

को निलंबित करने का या वहाँ आर्थिक आपातकालीन परिस्थिति को लागू करने का कोई अधिकार राष्ट्रपते को भी नहीं है। सबकुछ निगल लेने पर भी अपनी प्यास बुझा न पानेवाले इस तिमिंगल की तुलना अनुच्छेद 371-ए और 371-जी के साथ की नहीं जा सकती है और ऐसा करना उचित भी नहीं लगता है। ये दोनों अनुच्छेद रचे गए थे नागालैंड और मिजोरम के पिछड़े आदिवासी वर्गों की रक्षा के लिए। उन राज्यों का अपना कोई संविधान भी नहीं है या केंद्र सरकार के हाथों को बाँ रखनेवाले कानून भी वहाँ नहीं हैं।

किसी भी दृष्टि से क्यों न देखें, यह अनुच्छेद भारत को विच्छिन्न करके, देश की एकता और समग्रता को धक्का पहुँचानेवाला है, यह बात तो बहुत ही स्पष्ट है। इसकी रचना की कहानी भी रोचक है।

नेहरूजी के आदेश के अनुसार, शेख अब्दुल्लाजी के साथ बैठकर इस अनुच्छेद के प्रारूप को अंतिन स्वरूप देनेवाले गोपालस्वामी आयंगरजी ने इस विचार के बारे में सरदार पटेलजी ने कोई बातचीत या विचार-विमर्श नहीं किया था। इससे पहले भी कश्मीर के लिए आवश्यक मोटर वाहनों की खरीद के विचार के संबंध में जब सरदारजी ने गोपालस्वामी आयंगरजी से स्पष्टीकरण माँगा था, नेहरूजी ने सरदारजी के नाम लिखे उस पत्र में यों कहा था—"आपके मंत्रालय को, राज्यों के निर्वहन से संबंधित विचारों तक अपनी काररवाई सीमित रखनी चाहिए। ऐसी हालत में, कश्मीर से संबंधित ये विचार किस प्रकार आपके मंत्रालय के दायरे में आ सकते हैं, यह मेरी समझ में नहीं आ रहा है। हम जो निर्णय लिया करते हैं, उनके बारे में आप को सूचना मात्र दी जाती है। गोपालस्वामी आयंगरजी के साथ आपने जो बरताव दिखाया है, उसमें एक सहकर्मी के विचार में दिखाई देने योग्य सज्जनता नहीं थी, ऐसा मैं कह सकता हूँ न?" इस पत्र को पढ़ लेते ही, सरदारजी ने त्यागपत्र दे देने का निश्चय भले ही कर लिया था, फिर भी किसी के अनुरोध की वजह से वे चुप रह गए थे, ऐसा लगता है। इसलिए, इस अनुच्छेद के लिए आनुमोदन प्राप्त करवाने की सूचना पटेलजी को देने की स्थिति में नेहरूजी तब नहीं थे।

कांग्रेस पक्ष की कार्यकारिणी सभा में जब गोपालस्वामी आयंगरजी ने यह पारूप प्रस्तुत कर दिया, भारी कोलाहल मच गया और सब सदस्यों ने इसका कड़ा विरोध किया। तब अपने को असहाय प्रतीत करनेवाले गोपालस्वामीजी ने सरदारजी को फोन करके उनकी मदद माँगी। तब सरदारजी ने सबको मनवा लिया। तब उनके मंत्री वी. शंकरजी ने सरदारजी से पूछा था कि "आपने इसके लिए सब की सहमति क्यों दिला दी?" सरदारजी ने उनको यों समझा-बुझा दिया था—"शेख अब्दुल्ला और गोपालस्वामीजी, इन दोनों में कोई भी अमर नही है। भारत का भविष्य निर्भर रहता है सरकार की शक्ति और सामर्थ्य के ऊपर। यदि उनके प्रति ही हमें विश्वास न हो, तो एक देश के रूप में बने रहने के लिए हम लायक नहीं रहेंगे।" आगे बढ़कर उन्होंने यह भी बताया था—"पंडितजी यहाँ

होते, तो बात दूसरी होती। उनकी अनुपस्थिति में उनके आदेशों का पालन करते रहनेवाले गोपालस्वामीजी के ऊपर मैं कैसे दबाव डाल सकता था? यदि मैं ऐसा करता, तो लोग यही कह देते थे कि पंडितजी की अनुपस्थिति में उनके (यानी गोपालस्वामीजी के) खिलाफ मैंने बदला ले लिया। गोपालस्वामीजी मेरी मदद माँगने आए थे। उनको निराश मैं कैसे कर सकता था? उन्होंने यह भी कह दिया था कि "जवाहरलाल रोएगा!" उनकी (यानी सरदारजी की) मौत के बाद, 1952 में जब संसद् में कश्मीर के विलीन के विचार में होते रहनेवाले विलंब के कारण का स्पष्टीकरण देते हुए, नेहरूजी ने यों कह दिया था कि "सरदारजी ने मेरी अनुपस्थिति में अनुच्छेद 370 के बारे में निर्णय ले लिया था। इसलिए उसके लिए मैं उत्तरदायी नहीं हूँ।" इससे संक्रुद्ध हुए गोपालस्वामीजी ने शंकरजी से यों कहा था कि "भले ही न चाहते हुए भी, सरदारजी ने उदारता से जो काम किया, उसके लिए मिला हुआ बुरा प्रतिफल है यह!" उन्होंने यह भी कहा था कि "मैंने पंडितजी से भी यह बात कह दी है।"

सरदारजी ने जिस शक्ति और सामर्थ्य का जिक्र किया था, उसको इतने दशकों के बाद भी हम लोग आत्मसात् नहीं कर पाए हैं, जो विपर्यास की बात है। 565 संस्थानों को एकीकृत कर पानेवाले उस 'लौह पुरुष' की इच्छाशक्ति में घुँघची भर भी यदि नेहरूजी में होती, 'कश्मीर की समस्या' जैसे महत्त्वपूर्ण विचार में निर्णय लेते समय, यों ठोकर नहीं खाते। हाथ मिलाकर जिस शेख अब्दुल्लाजी को समर्थन देते आए थे, वही व्यक्ति मेरी सामने कश्मीर के विलीन के समर्थन की बात करते हुए, मेरे पीठ के पीछे आजाद कश्मीर के सपने को विदेशियों के साथ शेयर कर रहे थे। यह बात समझ में आने पर, विह्वल होकर, यह कहने लगे थे कि "कश्मीर के मामले में, मुझे ऐसा लग रहा है कि मैं असहाय हो चला हूँ। अब मैं क्या करूँ, यह मुझे मालूम नहीं हो रहा है।"—यों वास्तव में चिंतित होकर, नेहरूजी ने कई पत्र लिखे थे। 1953 के अगस्त महीने में विद्रोह के आरोप में दूसरी बार शेख अब्दुल्लाजी को भले ही हिरासत में लिया गया, फिर भी इस अनुच्छेद को अमान्य करने का सामर्थ्य तब भी नेहरूजी दिखा नहीं पाए।

उस दिन से लेकर आज तक अनुच्छेद 370 नाम के इस मंत्रदंड को लेकर कश्मीर के राजनीतिक नेता, अपनी इच्छा के अनुसार, भारत को नचा रहे हैं। केंद्र सरकार से हर साल करोड़ों रुपयों का अनुदान आते रहने पर भी, हमारे यहाँ इतनी बेरोजगारी और भ्रष्टाचार क्यों देखने में आ रहा है? यह बात यहाँ की आम जनता की समझ में नहीं आ रही है। इस विचार में नेताओं से सवाल पूछने की जानकारी भी उनमें नहीं है। उनको जो आर्थिक राशि दी जा रही है, सबका ज्यादातर हिस्सा हमारे ही कर से आया हुआ है या वह उस हिस्से का भाग है, जो हमको मिलना चाहिए था—यह जानकारी भी शेष भारतीयों को नहीं है। हम ही से रुपए-पैसे वसूल करके, हमारी सरकार के खिलाफ ही लोगों के

मन में द्वेष की भावना बो देने का कार्य पिछले सात दशकों से व्यवस्थित रूप में चला आ रहा है। उस तत्कालीन निबंधन की आयु अब सत्तर साल के बुढ़ापे की है।

अनुच्छेद 370 नाम के इस षड्यंत्र को अच्छी तरह समझकर प्रथमत: उसका परदाफाश करनेवाले थे श्यामाप्रसाद मुखर्जी। 1952 के मई महीने की 21 तारीख को उन्होंने नेहरूजी से यह सवाल पूछा था—"ये कश्मीरी पहले भारतीय हैं और बाद में कश्मीरी हैं या पहले कश्मीरी हैं और बाद में भारतीय हैं या पहले और बाद में भी केवल कश्मीरी ही हैं और भारतीय है ही नहीं?" जब नेहरूजी ने इस सवाल का जवाब ही नहीं दिया, तब मुखर्जीजी ने यह बात कही थी—"नेहरूजी का कहना है कि उन्होंने भारत का अन्वेषण किया है; लेकिन अपने मन का ही अन्वेषण उन्होंने अभी नहीं किया है।" ("Nehru claims to have discovered India. But he has yet to discover his mind".)

अंत में एक और बात बतानी है। अनुच्छेद 370 के अस्तित्व में आने से पहले भी कश्मीर भारत का अंग बना हुआ था; उसके बाद भी बना हुआ है। कल उसको असिंधु या अमान्य ठहराने पर भी वह भारत का ही अंग बना रहेगा। इसमें कोई संदेह नहीं रखें। इतिहास की गलतियों से जो सबक नहीं सीखते, वे उन्हीं गलतियों का पुनरावर्तन कर बैठते हैं। कश्मीर के विषय में एक और गलती ही क्यों न घटे, उसका परिणाम सारे देश पर अवश्य हो जाता है।

लिखाई पूरी कर लेने के बाद, अब इसका अनुभव होने लगा था कि गला और पीठ दुखने लगे हैं। लेख प्राय: बहुत बड़ा हो गया है। फिर भी कोई चिंता नहीं। प्रत्येक अंश का इसमें समावेश होना प्रमुख बनता है। यों सोच लेने के बाद, फिर से एक बार शुरू से धीरे-धीरे उसको पढ़ने लगा।

पच्चीस

"यह क्या है पंडितजी, इस समय आप पधार रहे हैं?"

अभी चार-पाँच सोपानों पर चढ़ना बाकी था। तभी ऊपर के बंकर से एक आवाज जोर से आ पहुँची। जल्द-से-जल्द सोपानों पर चढ़ने की वजह से हाँफते हुए ही बंकर की ओर दौड़ पड़े हृदयनाथ पंडितजी। अंदर जो तीन सैनिक थे, उनमें से एक इनकी ओर देखकर मुसकराया और दरवाजे के पास ही आ पहुँचा।

"पढ़ाई के बारे में पूछताछ करने के लिए गया हुआ था।" साँस लेने में तकलीफ होने पर भी, मुस्कराते हुए उन्होंने जो बात कही, वह उसकी समझ में नहीं आई।

"आज ही उसे मैंने शुरू भी कर दिया।"—इतना कहकर, मानो उतनी देर तक

वहाँ खड़े रहना ही कोई भारी भूल थी, तेजी से अपने कमरे की ओर फुरती से कदम बढ़ाते हुए निकल पड़े। हाथ-पाँवों को धोकर, मंदिर के अंदर प्रवेश करते समय, सदैव जो अनन्य भक्ति का भाव मन में बसा रहता था, उसके साथ अब सार्थकता का भाव भी आ मिला था। इसका बोध हो जाने से, एक पुनीत भाव ने उनके तन-मन को घेर लिया। जोर से घंटानाद करते हुए, ईश्वर का अभिषेक संपन्न कराते समय, शिवजी की शक्ति का अनुग्रह होने का अनुभव होने लगा, जो पहले मंद गति से शुरू हुआ, बाद में मध्यम में प्रवेश कर गया और अंत में तीव्र गति को प्राप्त हुआ। आत्यंतिक स्तर में उन्हें ऐसा लगा कि अपना वैयक्तिक प्रश्न उधर देवी प्रज्ञा में विलीन हो रहा है। भय और क्लेश के जिस रज्जु ने उनको पहले ढीला सा बाँध रखा था, अब पूरी तरह से उतर गया, जिससे शुद्ध शिवस्वरूपी आत्मा का साक्षात्करण होने का अनुभव होने लगा। इसके द्वारा अपने स्वरूप को आप पहचान लेने की सच्ची योग्यता मैंने प्राप्त कर ली है, ऐसा बोध होने लगा। इसके फलस्वरूप, अपने हाथों में अधिक बल का समावेश होने की अनुभूति भी होने लगी, जिससे अपनी धारणशक्ति के प्रति उन्हें विस्मय भी हो चला। बहुत देर तक अभिषेक की निमग्नता के पश्चात् प्रज्ञा लौट आई; प्रसन्न चित्तवाले होकर, उन्होंने तीर्थ और प्रसाद को स्वीकार कर लिया और सैनिकों में भी प्रसाद बाँटने के लिए नीचे जब वे उतर आए, उनके चेहरे में विराजते प्रश्नार्थक भाव को पहचान लेने पर भी, कुछ भी कहने को मन नहीं कर रहा था।

फिर मंदिर में प्रवेश करके ईश्वर के लिंग के सामने जा बैठा। इतना ही मुझे याद है। आज भी सपने में दर्शन देनेवाले शंकर भगवत्पादजी को मैंने अपने प्रश्न सुना दिए। उन्होंने मुड़कर तो नहीं देखा, मगर ऊँचे स्वर में 'अभी, अभी,' करके जो आवाज दी, उससे मेरे तन-मन पुलकित हो चले। वहीं उनको साष्टांग प्रणाम समर्पित करने की इच्छा हुई, मगर इतने में जाग गया। कई वर्षों में यही पहली बार उनकी ओर से उत्तर मिला है करके मैं आनंदित होने लगा, तो मेरे आंतर्य में स्थित यह उत्तर भी मुझे याद आ गया—"सा शक्तिः ब्रह्मैव अहम्"; शक्तिः शक्तिमतो अनन्यन्वात्" (शक्ति शक्तिवान से चूँकि अलग नहीं हैं, वह शक्ति ही ब्रह्म कहलाती है। वह ब्रह्म मैं ही हूँ।) अब तक जो मिथ्या प्रतीति छाई हुई थी, उससे मुक्त हो पाया और मेरे तन के प्रत्येक कण में नई शक्ति का समावेश होते रहने का अनुभव हुआ। 'छिः ! अपने ऋजुत्व को ही अपनी दुर्बलता मानकर, इतने सालों तक मैं यह क्या करता रहा ?'—यों सोच लेने पर अपने आप पर मुझे जुगुप्सा हो चली।

दुःख के व्यावहारिक सत्य के विवरण के साथ-साथ, उसको दूर करने के लिए आवश्यक साधना के उस मार्ग को भी सूचित कर देने की विवेचनापूर्ण प्रज्ञा को प्रदान करने की महान् शक्ति में निहित है न हमारे इस तत्त्व में! हमारे हाथ की पहुँच से अतीत उस परलोक के प्रति वह किंचित् भी भय पैदा नहीं करता है। चूँकि सभी विचारों के बारे

में स्वतंत्र रूप से परमार्शन कर लेने के मनोधर्म को वह जगा देता है; भगवान् को किसी संदेशवाहक (पैगंबर) के कथनों के ऊपर किसी प्रकार निर्भर रहने की आवश्यकता उसमें होती नहीं है। हमारे दर्शन के अन्यान्य प्रकारों में यदि मतभेद आ जाता है तो तर्क के द्वारा उसका समाधान ढूँढ़ लेते हैं; कभी एक-दूसरे के देव-देवताओं के ऊपर हमला करके खून बहाते नहीं हैं। दूर-दूर रहनेवाले प्रदेशों एवं देशों में जा पहुँचे हुए हमारे सनातन धर्म के प्रवर्तकों ने कभी अपने साथ सेना लेकर न प्रस्थान किया, न उनके सिरों को काट फेंकने के या उनके श्रद्धा-केंद्रों को विध्वस्त कर देने का कोई निदर्शन किया। हमारे राजाओं के बीच जो संघर्ष हुआ करते थे, वे कभी धर्म के लिए कंटकप्राय नहीं बनते थे। कृमि-कीट, प्राणी-पक्षी, पेड़-पौधे, नदी-सागर, यह सारा भूमंडल—इन सभी को माता मानकर पूजा करनेवाले हमको उन अन्य धर्म के प्रतिपादकों से, जिन्होंने विकृति को ही आवाहित कर लिया है, कोई सबक सीखना नहीं है। वास्तव में प्रकृति के साथ तथा समस्त जीव-संकुल के साथ सामरस्य साध लेने के उस सबक को उन्हें सीख लेना है हम लोगों से। यह भाव जब जाग उठा, मेरे आंतर्य में अभिमान का भँवर फूट निकला। मुझे कभी-कभार नगर में ले जाते रहनेवाले उमर को फोन करके पूछा—"अभी मुझे नीचे, शहर में ले चलोगे क्या?" उसने कहा कि "आधे घंटे के अंदर आ जाऊँगा."। अपनी बात से बिना चूके आ जानेवाले उसने मेरे चेहरे पर विराजते तेज को देखकर अपने मन में हैरानगी के भाव को अपना लिया था। यह बात मुझे मालूम भी हो चली थी। इससे पहले जब कभी उसके साथ निकलता था, गाड़ी में चुपचाप बैठकर, बाहर गांभीर्य की नाटकबाजी करते रहने पर भी, आंतर्य में झिझक के मारे व्यथित रहा करता था, मगर आज आंतर्य में से उभर आते हुए आत्मविश्वास को नियंत्रित करने का तरीका समझ में नहीं आ रहा था।

"आप लोगों को 'रमजान' के अवसर पर जो रोजा रखना है, उसका सभी लोग पूरी निष्ठा के साथ पालन करते क्यों नहीं हैं?"—मेरी तरफ से यह सवाल आया है करके वह उत्तर देने नें झिझक गया या मेरे सवाल से या मेरे रवैए से? यह बात मेरी समझ में नहीं आई। वह जरा हड़बड़ा गया।

"पंडितजी, कोई धार्मिक कायदा या आचरण क्यों न हो, उसका पालन सब लोगों की ओर से कहीं हो सकता है क्या? जिनसे हो सकता है, वे पालन करेंगे; जिनसे नहीं हो सकता, वे नहीं करेंगे।"—उसने नम्रता के साथ ही उत्तर दिया।

"तो, इसका मतलब क्या यह है कि तुम्हारे मजहब में भी ऐसे कई कायदे या आचरण हैं जिनका पालन नहीं किया जा सकता?"—मैंने फिर उससे सवाल किया।

"हाँ, हाँ! ऐसे कई लोग हैं, जो निमाज ही नहीं करते। ऐसे लोगों का क्या किया जा सकता है?" जब उसने यह जवाब दिया, मुझे इस बात पर विश्वास हो चला कि मेरे आंतर्य में जिस धीरज का समावेश हो चला था, वह झूठा नहीं था। विषय की जब अच्छी

जानकारी हो, तभी किसी प्रकार की झिझक के बिना संवाद किया जा सकता है। यों जब सोचने लगा, मुझे उस युवा नरेंद्र की याद हो आई। उस दिन में भगवत्पादजी के दर्शन हो जाने के उस अनुभव के कारण, मेरा बदन क्यों कंपित हो चला था ?—यह बात अब मेरी समझ में आ गई। उसके अपने शहर में लौट जाने से पहले, फिर एक बार उसको बुलाकर म्लेच्छों के मजहब के बारे में जितनी जानकारी प्राप्त कर लेना संभव है, उतनी जानकारी पा लेनी चाहिए। यों जब वे सोचने लगे थे, तब तक पहाड़ी की तलहटी में पहुँच चुके थे।

"यहाँ से अब कहाँ चलना है, पंडितजी ?" उमर के इस सवाल के जवाब में, मेरे मुँह से किसी झिझक के बिना यह उत्तर निकल आया—"तुम्हारे घर!" यह उत्तर मुझे ही अनजाना लगा। उसने गाड़ी रोककर, पीछे फिरकर, मेरी ओर देखा।

"तुम्हारे घर के आसपास भी कई और घर हैं न ?"—मेरे इस सवाल के जवाब में उसने सिर हिलाकर हामी भर दी थी।

"तो चलो उधर।"—मेरी आवाज में जो दृढ़ता थी, उसने प्रत्युत्तर न देने से उसको रोका था या और कोई कारण ही था, यह मुझे मालूम नहीं हो रहा था। डल सरोवर के शिकारा स्टैंड के सामने के एक रास्ते में उसने गाड़ी मोड़ दी। एक तंग गली के सामने जब गाड़ी खड़ी हो गई, चार-पाँच बच्चे, न जाने कहाँ से कूदकर आए, हमारे सामने हाजिर हो गए। उनके माँ-बाप ही नहीं; और लोग भी आस-पास के घरों से बाहर निकल आए। आगे क्या करना चाहिए, इस खलबली में फँसे उससे मैंने कहा कि "मैं यहीं बैठूँगा" और वहाँ के एक चबूतरे पर बैठ गया। सब लोग धीरे-धीरे आकर मेरे चारों ओर घिर गए।

"आज से मैं इन बच्चों को लिखना-पढ़ना सिखा दूँगा।"—यों मेरे बोलने के बाद, उस समूह के आधे से ज्यादा लोग अपने-अपने कामों को सँभालने के लिए चले गए। बचे हुए उन लोगों से ही मानो मुझे स्फूर्ति मिली, मैंने आगे बढ़कर यों बताया—

"हफ्ते में दो या तीन दिन यहीं आकर लिखाई-पढ़ाई सिखा दूँगा। पहले कहानियों से शुरू कर देंगे। उसके बाद अगली पढ़ाई-लिखाई कर देंगे। ऐसा कर सकूँगा क्या ?" बुजुर्ग लोग चुपचाप खड़े ही रहे। आगे की कतार में खड़े चार-पाँच बच्चे मेरी ही ओर देख रहे थे। न जाने मुझे कहाँ से स्फूर्ति मिली, मैंने कहानी शुरू कर दी।

"बहुत समय पहले कश्मीर में एक बड़ा सुलतान था। उसका नाम था जैन-उल-अबिदिन।" धीरे-धीरे मैंने ये बातें कही। बच्चे चार कदम आगे बढ़कर आ गए।

"झूठ बोलना उस सुलतान को कभी पसंद नहीं था। हालत कैसी भी क्यों न हो, हमेशा सच ही बोलना चाहिए, यों उसने जबरदस्त फैसला ले लिया था और उसी पक्के इरादे के साथ अपना सारा काम निभा लेता था। इसीलिए सब लोग उसे सच्चे हरि···सच्चे जैन-उल-अबिदिन पुकारा करते थे।"

"हाँ" एक बच्चे ने तत्क्षण प्रतिक्रिया व्यक्त की। कथा में जो अयस-कांतीय शक्ति

होती है, उससे कोई भी अछूता कैसे रह सकता है?

"एक बार क्या हुआ, भगवान् ने उसकी जाँच कर लेनी चाही। उसके पास आकर, भगवान् ने पूछा—'तुम मुझे अपने इस राज्य को खैरात के रूप में दे दोगे क्या?' " एक-एक शब्द के ऊपर जोर देते हुए, भावभरे तरीके से मैं बोल रहा था।

"हाँ!" अब सब बच्चों की आँखों में कौतूहल गहरा हो चला था।

"वह अपने वचन से मुकरनेवाला थोड़े ही था।"

"दिल में किसी प्रकार की हिचकिचाहट को जगह नहीं देते हुए उसने उत्तर दिया—" 'ठीक है, दे दूँगा।' उसने राज्य को दान में दे दिया।" भगवान् के तथा राजा के किरदारों के लिए उचित रूप में आवाज भी बदलकर बोलते हुए, मुझको देखते हुए, तथा मेरी बातों को सुनते हुए, सारे बुजुर्ग लोग निश्चल होकर खड़े रहे।

"इतने से ही भगवान् संतुष्ट नहीं हुए। उन्होंने कहा—'इसके साथ तुमको धन राशि भी देनी चाहिए।' हाय! पूरे राज्य को दान में देकर जिसके हाथ खाली हो चले थे, वह रुपए-पैसे कहाँ से लाता था? है न?" इतना बोलकर रुका, तो अगले क्षण ही सवाल उठ आए—

"उसके बाद क्या हुआ?"

" 'अच्छा, रुपए-पैसे जुटाने के लिए, मुझे एक महीने का मौका दीजिए।'—यों उसने भगवान् से प्रार्थना की। सुना है कि सुलतान ने अपनी बीवी और बच्चों को अपने साथ लेकर कश्मीर को ही छोड़कर चला गया। इतना बताकर जब उसने इसकी सूचना दी कि 'आज के लिए इतना काफी है' और उठे, तो बच्चों के चेहरों में थोड़ी सी निराशा छा गई और चेहरे फीके पड़ गए।

"अगली बार जब आऊँगा, कहानी को आगे बढ़ाऊँगा। कहानी को पूरी तरह से सुन लेने के और समझ लेने के बाद, आप लोगों में से हर एक को उसी तरह उसे दुहराना होगा, जिस तरह मैंने सुनाया है। ठीक है न?" सब बच्चों ने खुशी से सिर हिला दिया। सबकुछ लुट जाने के बाद भी, लोगों के मन के बीच संपर्क साधने के पुल के रूप में कम-से-कम उनकी भाषा बची रहती है और उसका इस तरह इस्तेमाल किया जा सकता है। ये सभी विचार उसी क्षण मेरे मन में आविष्कृत हो आए।

"मैं ही खुद हफ्ते में दो दिन आप को यहाँ ले आऊँगा, पंडितजी!"—यों बोलते हुए मेरे पास पहुँचनेवाले उमर के चेहरे पर भी खुशी झलक रही थी। जब हमारी कार चल पड़ी, बच्चों के पीछे बुजुर्ग लोग भी आ खड़े हुए थे।

"विद्यायां हि सत्याम उदिते सवितरि
शार्वरमिव तमः प्रणाशमुपगच्छत्यविद्या"

(विद्या जहाँ उदित होती है, वहाँ ज्ञानरूपी सूर्य का भी उदय हुआ करता है; और

ज्ञानरूपी उस सूर्योदय के साथ, रात के अँधेरे के जैसे, अविद्या का पूरी तरह से विनाश भी हो जाता है।)—यों बोलते हुए उनकी ओर मैंने हाथ हिला दिया। उसके बदले में दस से अधिक हाथ हिलने लगे थे। सही मायने में, गुरु बनने के मेरे प्रयत्नों का प्रतिफल कम-से-कम अब मिलने लगा है, इस विचार से मेरा मन भी प्रफुल्लित होने लगा था। मुझे ऐसा लग रहा था कि कल्हण, जोनराज, श्रीवर आदि ने मेरे लिए ही कश्मीर के राजाओं से संबंधित कहानियाँ लिखी हैं। इस विचार के प्रति मेरी कोई आपत्ति नहीं थी कि जैन-उल-अबिदिन के रूप में ही सही, हमारे सत्य हरिश्चंद्र की कहानी उनके मनों में अधिष्ठित हो जाए। मैं जब यह सोच रहा था कि उसका वास्तविक नाम कुछ भी क्यों न हो, उसके द्वारा जिन नीतियों तथा आदर्शों का पालन हो रहा था, वे इन लोगों तक पहुँचें, यही प्रमुख विचार बनता है। वे सारी कहानियाँ, जिनको मैंने पढ़ लिया था, मेरे मन के तीर पर पछाड़ रही थीं। सत्कार्यों में उलझे रहने के बारे में नई पीढ़ी को प्रचोदित करना ही मेरे जीवन का महान् ध्येय है। यह विचार जिस क्षण में मेरे मन को विदित हुआ, उसी क्षण मेरे आंतर्य में रहनेवाला वामनत्व का भाव मिट चला है और विराट् स्वरूप का अनुभव हो रहा है, ऐसा लगा न! यों सोचते-सोचते, इतनी सारी कृपा करनेवाले ईश्वरजी के चरणों में बार-बार प्रणाम करके वे नीचे उतर आए और शारदापीठ की दिशा की ओर फिरे।

उन दिनों में जब कश्मीरी पंडितों ने स्थानांतरण करना शुरू कर दिया था, कितने दुःख-दर्द भरे हृदयों को लेकर मेरे पास दौड़ आया करते थे—

"महरा, अब क्या करें?"—जब वे ऐसा सवाल करते थे, कोई समुचित उत्तर नहीं सूझता था और उनके मन की अधीरता से मेरे हाथों का कंपन ही अधिक हो जाता था और उनको तीरथ देना ही बहुत मुश्किल हो जाता था। 'यह विद्या ही एक शक्ति है; उसे बचा के रखो।'—यों मुझे समझाकर, संस्कृत के अपने पूरे ज्ञान की मुझ पर वर्षा की थी मेरे पिताश्री ने। उनकी सूचना के अनुसार विद्या का अर्जन कर लिया था और इस विचार से कि परिवार के बंधनों में जकड़ जाने से साधना के पथ में रोड़े आ जाते हैं, मैंने संन्यास को स्वीकार कर लिया था। संस्कृत को ही नहीं, उसमें उपलब्ध कश्मीर के इतिहास का भी आमूलाग्र अध्ययन करनेवाले पिताश्री ने मुझसे जो बातें कही थीं, उन्होंने मुझको बहुत ही प्रभावित कर दिया था। मेरे दादा के जमाने में पंडित लोग हिंदुओं के बच्चों को पढ़ाया करते थे, तो मुसलमानों के बच्चों को दर्सगाहों में मौलवी लोग पढ़ाया करते थे, यों मैंने सुना था। हिंदुओं के बच्चे संस्कृत सीख लेते थे; मुसलमानों के बच्चे फारसी और अरबी भाषाएँ सीख लेते थे। कई पंडित ऐसे भी थे, जो अपने घरों में ही हिंदू और मुसलिम दोनों समुदाय के बच्चों को फारसी सिखाया करते थे। पढ़ाई की फीस थी महीने के दो आने। उन्नीसवीं सदी के अंत में डोगरा राजा रणबीर सिंहजी ने जम्मू के रघुनाथजी के मंदिर को संस्कृत की पढ़ाई का केंद्र बना दिया था। इतना ही नहीं, अन्य मंदिरों में संस्कृत की पढ़ाई

करनेवाले करीब छह सौ छात्रों की देखभाल का जिम्मा भी ले लिया था। सुना है कि उस जमाने में ऐसे महान् पंडित भी थे, जो अरबी, फारसी और अन्य भाषाओं की रचनाओं का संस्कृत में अनुवाद कर देते थे। साथ ही, कहा गया है कि हमारे धर्मशास्त्रों से संबंधित ग्रंथों के हिंदी और डोग्री अनुवाद भी किए जा रहे थे। पिताजी की राय में यह ऐसी हालत ही की अवधि थी, जब संस्कृत की शिक्षा बहुत ही विद्युक्त और व्यापक बनी हुई थी।

लेकिन, बीसवीं सदी के आरंभ में जब डोगरा राजा लोग अंग्रेजों के हाथों की कठपुतलियाँ बन चले, संस्कृत और फारसी भाषाओं को नजरअंदाज कर दिया गया और हिंदी तथा उर्दू भाषाओं को प्राथमिक स्तर की शिक्षा का माध्यम घोषित कर दिया गया; पूरी तरह से संस्कृत का निर्मूलन होने लगा। साथ ही, बोलचाल की भाषा कशुर को शिक्षा का माध्यम न बनाने की पृष्ठभूमि में, वह भी पिछड़ गई, जिसके फलस्वरूप शिक्षा के क्षेत्र में अपेक्षित स्तर में सफलता भी नहीं मिल पाई। संस्कृत के बारे में कहना ही क्या है? उसका प्राचुर्य ही जब रुक गया, संस्कृत के महान् विद्वानों को भी अपने पांडित्य को पौरोहित्य के कार्यों तक ही सीमित कर लेने की अनिवार्यता पैदा हो चली। पिताजी के समय में ही संस्कृत के विद्वानों की संख्या गणनीय प्रमाण में कम हो चली थी। मेरी पीढ़ी में तो संस्कृत के ज्ञाताओं को दीया लेकर ढूँढ़ने की परिस्थिति पैदा हो चली थी। फिर भी, पिताजी की अभिलाषा के कारण, निरंतर श्रवण और मनन के द्वारा मैंने अपनी साधना जारी रखी थी। पूरे कश्मीर राज्य में संस्कृत की अच्छी जानकारी रखनेवाला अकेला व्यक्ति मैं ही बना था, जो मेरे लिए गर्व की बात न बनकर, मेरी राय में भाग्य की क्रूर विडंबना ही बनी थी। भले ही मुझमें निश्चित लक्ष्य को अवश्य ही साध लेने की इच्छाशक्ति थी, फिर भी विपदा की उस परिस्थिति में कुछ भी साध नहीं पाया और अपनी ही दृष्टि में इसने मुझे कायर बना दिया था।

चूँकि कैलाश पंडितजी बार-बार हमारे यहाँ आया करते थे, कुछ ज्यादा ही परिचित हो चले थे। उनके यहाँ होनेवाले पूजा-पाठ संबंधी कार्यों के लिए जब से पौरोहित्य का जिम्मा मैं ही सँभालने लगा, हमारे बीच में आत्मीयता भी बढ़ चली थी। करीब-करीब उन्हीं के वयोमान के होने के कारण, उनकी सरलता और सज्जनता के प्रति औरों के जैसे मैं भी आकृष्ट हो चला था। एकवचन में ही उनको संबोधित कर लेने के विचार में मुझको उन्होंने मनवा भी लिया था। सब लोगों के स्थानांतरण के अवसर पर, स्वाभाविक रूप से, वे चिंतित हो चले थे।

"महरा, आप को कोई मार्ग सूझ रहा है क्या?"—यों जब उसने असहाय होकर पूछा, तो 'नहीं' करके निष्ठुर तरीके से मैंने सिर हिला दिया था। तभी से मेरे मन में यह शंका पैदा होने लगी कि मेरी शक्ति भी कुंठित होने लगी है। अगले पूरे सप्ताह जब वह नहीं आया, तो कुछ अनपेक्षित घटना की या अपशकुन की शंका करते हुए, मैं उसके

घर के पास गया। सामने के घर में रहनेवाले ने भले ही यह नहीं बताया कि क्या हुआ है, इतना तो बता देने का बड़ा उपकार किया कि वह अस्पताल में है। उसकी बुरी हालत देख लेने पर, मेरी आँतें ऐंठ गईं। उसे जम्मू पहुँचाकर लौट आने के बाद, इस भाव को और पुष्टि मिली कि मैं एकदम शक्तिहीन हो चला हूँ।

मुझे कश्मीर छोड़कर जाने की नौबत ही नहीं आई। इस पहाड़ी पर चढ़कर मुझे यहाँ से भगाने की कोशिश किसी ने नहीं की। मुझे यह नहीं मालूम हुआ कि मुझे भगा देने योग्य व्यक्तियों में शामिल कर लेना ही वे भूल गए थे या मेरी गरीबी ही उन्हें पसंद नहीं आई थी; इस पहाड़ी पर चढ़ नहीं सके थे, मगर शेष लोगों की करुणाजनक कहानियाँ मेरे कानों को पछाड़ती रहीं।

"महरा, कल गोली मारकर सतीश टिक्कू की हत्या कर दी गई है।"—एक भक्त ने दुःखभरी आवाज में बताया—"उसका घर था हमारे घर के बगल की गली में। अभी वह तरुण था। समाज-सेवा के कार्यों में सक्रिय रूप में जुड़ा रहता था। सब लोगों में धीरज बँधाने का काम किया करता था। इतना ही नहीं, हमारी असुविधा के अहवालों को ऊपर के अफ़सरों तक पहुँचा देता था और हमें यह बताते हुए सांत्वना देता था कि 'अंत में सबकुछ ठीक हो जाएगा।' मुसलमानों के समुदाय में भी उसके कई दोस्त थे। आज सवेरे कोई दो मुसलिम जवान उसके बारे में पूछताछ करते आए थे। उसके भाइयों को कुछ शक हुआ और उन्होंने यह कहकर उनको लौटा दिया कि वह घर में नहीं है। थोड़ी देर बाद जब वह अपने कमरे से बाहर आया, उसकी बहन ने उसे यह बात बता दी, तो उसने कहा कि 'घर आनेवाले सब लोगों को शक की नजर से नहीं देखना चाहिए।'—यों उसको डाँटकर वह बाहर निकल गया। अंदर उसके लौट आने की प्रतीक्षा करनेवाली उसको, एक-दो मिनट के अंदर ही, गोली दागने की आवाज सुनाई दी। बाहर आकर उसने देखा तो सतीश खून के ह्रद में मरा पड़ा था।" उसका बयान सुन लेने के बाद, मैंने लंबी साँस निकाली थी।

दस दिन भी बीत चले थे या नहीं। एक और भक्त ने दौड़ते हुए आकर मुझे बताया कि "दूरदर्शन के निदेशक लस्सा कौलजी की भी गोली मारकर हत्या कर दी गई है।" निठुरवादी लस्सा कौलजी ने दूरदर्शन के कार्यक्रमों में आतंकवादियों के सुझाव के मुताबिक बदलाव करने से इनकार कर दिया था। आतंकवादियों की इच्छा के अनुसार खबरें तथा तसवीरें प्रसारित करने के लिए तैयार अपने सहकर्मियों की भी उन्होंने पाबंदी कर दी थी। "भारतीय संस्कृति को हमारे ऊपर लादने का प्रयास कर रहे हैं, इस बहाने आतंकवादी उन पर बहुत ही नाराज हो चले हैं। परसों शाम, उनके दूरदर्शन के कार्यालय से निकलने की बात उनके सहकर्मियों में से किसी ने आतंकवादियों को बता दी थी। ये आतंकवादी उनके घर के पास ही पहुँचकर, दरवाजे के निकट ही उन पर गोली बरसा

चुके हैं।" यह खबर सुन लेने के बाद तो मेरे मन में हताशा की यह भावना भर गई कि मेरी शक्ति फिर कभी लौट नहीं पाएगी। हादसों की बातें बतानेवालों को मेरे आंतर्य का संकट मालूम होगा भी कैसे? प्रत्येक घटना का पूरा ब्योरा बताकर, मेरे चेहरे की ओर ताकते रहनेवालों को मैं क्या समाधान दे पाता था? या वे यह कोशिश तो नहीं कर रहे थे कि मुझमें तेग बहादुर को देख लें या उनके मिसाल को मेरे सामने रखना चाह रहे हों?

अपराधी होने की भावना से एक ओर मैं संत्रस्त था, तो दूसरी ओर समस्या के मूल को ही पहचान न पाने की बेखुदी में तड़पते रहने के उन्मेष की स्थिति बनी थी मेरी। यह न हमारी धर्म-जिज्ञासा का विषय बना था, न हिंदू समाज के आंतरिक संघर्ष का विषय! मतांध बने हुए इन दुष्ट लोगों की ओर से हमारे समुदाय के लोगों की रक्षा किस प्रकार की जा सकती है? यह सवाल दिन-रात कई रूपों में मुझे सताता रहता था। किसी अन्य क्षेत्र से समाधान मिल भी सकने की संभाव्यता एक क्षण में उमड़ आती, तो अगले ही क्षण में मिट भी जाती थी। जब यह भय मुझे सताने लगा था कि इस समस्या का कोई समाधान प्राय: मिल भी नहीं सकता, नरेंद्र से भेंट हुई। उसे फिर से बुलाकर, उससे संवाद कर लेने पर, समस्या के मूल की ही नहीं, उसके स्वरूप की भी मुझे जानकारी मिली। कम-से-कम इतना हो पाएगा, तो पुनर्जन्म ही मिल पाने का अनुभव प्राप्त होगा न? मनोबल यदि बढ़ जाएगा, तो समाधान के मार्ग भी खुल जाएँगे, यह जानकारी मिली न? यह वह सत्य दर्शन है, जिसका अनुभव खुद मुझको मिल पाता था; मगर उसके लिए वह निमित्त कैसे बना? इसके बारे में सोचने पर, मुझे विस्मय भी हुआ करता है। इस सत्य दर्शन को प्राप्त कर लेने में विलंब तो हुआ है, मगर, कार्यतत्पर होने से जो फलितांश अब आँखों के सामने ही दिखाई दे रहा है। इस सोच के साथ, मन पर यह दबाव आ गया कि उस व्यक्ति के साथ अभी संवाद कर लेना चाहिए, जिसने अपने ज्ञान की संपदा से मेरी धैर्य शक्ति को संवर्धित कर दिया है। इसलिए वे अपने कमरे में गए; और संजीवजी को फोन किया।

"हाँ महरा! वे कुछ लिखते हुए बैठे हैं। मैं भी अभी दफ्तर से लौटा हूँ। उनके लेखन-कार्य के समाप्त होते ही आप को फोन कर दूँगा।"—यों बोलनेवाले संजीवजी से उन्होंने कहा—"उनसे फोन से ही बात करवा दीजिए ताकि उनका फोन नंबर मेरे पास भी रह जाए।"

"जी हाँ। ऐसा करना ही बेहतर होगा।"

संजीवजी का यह उत्तर सुन लेने के बाद, उन्होंने लंबी साँस ली। फोन हाथ में लेकर ही बाहर आए। अब यह हृदयनाथ पंडितजी उत्तर की दिशा में बसे शारदाजी के पीठ का अन्वेषण करने लगे, उस घने अँधेरे के बीच!

छब्बीस

जब यह विश्वास हुआ कि किसी प्रमुख अंश को छोड़ नहीं दिया गया है, उस लेख को उसने मनोहर के नाम इ-मेल कर दिया और 'मैसेज' भी भेज दिया। एक-दो मिनट के अंदर दो शब्दों का यह उत्तर भी मिला कि 'मिला है।' बाहर निकल आया तो देखा कि संजीवजी मेरी ही प्रतीक्षा कर रहे हैं। अब तक बैठकर रचे गए उस लेख के उद्देश्य और उसके ब्योरों को जब मैंने बता दिया, वे चकित रह गए।

"मेरे मन में बहुत दिनों से यह खलबली मची हुई थी कि अपनी आँखों के सामने ही यह सबकुछ होते रहने पर भी, सरदार पटेलजी ने उन्हें रोका क्यों नहीं? अब उस खलबली का अंत हो गया है। सरदारजी की देन की ओर सरकार ने ही उदासीनता नहीं बरती है, हम देशवासियों ने भी उनकी साधनाओं को नजरअंदाज कर दिया है।" संजीवजी की इन बातों के प्रति वह मुसकरा दिया।

"भारत के विभाजन के अवसर पर, समझौते के मुताबिक पाकिस्तान को जो 55 करोड़ रुपए देने थे, उस पर रोक लगा दी थी सरदारजी ने ही। आर्थिकता की दृष्टि से धँसा हुआ पाकिस्तान उस राशि को भारत के साथ युद्ध करने के लिए ही इस्तेमाल करेगा करके उन्होंने जो अंदाजा लगाया था, वह ठीक ही था। इसीलिए, उस उद्देश्य को साध लेने के लिए पाकिस्तान को मौका नहीं देना चाहिए, यों उन्होंने सोचा था, लेकिन माउंट बेटनजी ने जब इस विषय को उठा लिया, तब नैतिक प्रज्ञा के साकार रूप में जिनको मान लिया गया था, उस व्यक्ति ने—यानी गांधीजी ने—आँसू बहाकर अनुरोध किया, तो सरदारजी को झुकना ही पड़ा, क्योंकि गांधीजी के प्रति उनमें सम्मान था। तब सरदारजी की आयु छिहत्तर साल की थी। अपने जीवन के अंतिम चरण में रहनेवाले सरदारजी ने अपने जीवन के ज्यादातर हिस्से को—खासकर, अंतिम तीन बसंतों को, एक क्षण की भी फुरसत लिये बिना—देश की सेवा के लिए ही अर्पित कर दिया था। एक ओर उन्होंने मुसलिम लीग के कबंध-बाहुओं से देश की रक्षा की, तो दूसरी ओर देश के अंदर ही स्थित द्रोहियों को पैरों तले कुचल डालने का प्रयास भी किया। सभी प्रांतों को और राजसंस्थानों को भारत नाम के एक झंडे के नीचे संगठित कर देनेवाले महान् व्यक्ति थे सरदारजी। अब जरा पीछे मुड़कर देखेंगे तो यदि हमारे मन में यह भावना उभर आएगी कि सरदारजी भारत को संगठित करने के लिए जन्मे हुए अपूर्व चेतन थे, तो उसमें कोई अतिशयोक्ति नहीं होगी।" यों बोलते हुए नरेंद्र उस घर के बरामदे की खिड़की के पास खड़े होकर, बाहर के अँधेरे को देखने लगा। मानो सरदारजी के व्यक्तित्व की कल्पना कर रहे हों, इस तरह संजीवजी ने आँखें मूँद ली थीं। थोड़ी देर बाद, जब नरेंद्र फिर बोलने लगा, संजीवजी ने आँखें खोलीं।

"सरदारजी ने लखनऊ नगर के मुसलमानों को संबोधित करते हुए जो बातें कही थीं,

वे आज भी कितनी प्रासंगिक लगती हैं, देखिए—'यद्यपि मुझको मुसलमानों के शत्रु के रूप में बिंबित किया जा रहा है, सच बात तो यह है कि मैं उनकी भलाई चाहनेवाला ही हूँ, लेकिन मैं सीधी बात करनेवाला व्यक्ति हूँ। ऐसी निर्णायक परिस्थिति में सिर्फ मुँह की बोली की निष्ठा से बढ़कर ठोस आधार प्रस्तुत कीजिए करके मुसलमान बंधुओं से सीधी बात कहना चाहता हूँ। आप लोगों से मेरा एक ही सवाल है। हाल ही में संपन्न 'ऑल इंडिया मुसलिम कॉन्फ्रेंस' में आपमें से किसी ने कश्मीर के बारे में एक भी शब्द क्यों नहीं कहा? इसी कारण, शेष लोगों के मन में शंका पैदा हो जाती है। आप लोगों को दो-दो घोड़ों पर सवारी नहीं करनी चाहिए। आप जिसको चाहते हैं, उसी को चुन लीजिए। जो विश्वासघाती बने हैं, वे पाकिस्तान चले जाएँ, यही बेहतर है।'—यों उन्होंने साफ-साफ कह दिया था।" यों बोलते-बोलते वह फिर किसी विचार में खो गया।

संजीवजी जिस जगह बैठे हुए थे, वहाँ से उठकर उसके पास ही आकर खड़े हो गए। काफी देर तक उनके मुँह से कोई बात निकली नहीं। मानो कोई भूली हुई बात याद आई, उन्होंने कहा—"पंडितजी आपसे बात करना चाहते हैं। अपने फोन से ही बोलिए। लीजिए उनका नंबर"—यों बोलते हुए, उन्होंने वह नंबर दिया।

उसने तुरंत फोन किया। उधर से आवाज आई, "हैलो!"

"हाँ, पंडितजी! नमस्ते! मैं नरेंद्र बोल रहा हूँ।"

उसकी आवाज सुनते ही संस्कृत में ही पूछने लगे—"भयादस्याग्निस्तपति भयात् तपति सूर्यः, भयादिंद्रश्च वायुश्च मृत्युर्धावति पंचमः।" (भय से ही सूर्य का सूर्यत्व बना है, भय से ही वायु का वायुत्व बना है, भय से ही यम का यमत्व बना है। उसी ने उनको अपने-अपने स्थान में रखा है। अपनी सीमा से बाहर किसी को जाने नहीं देते हैं। जब इंद्र, चंद्र और भय से मुक्त हो जाते हैं, तभी वे सब ब्रह्म में विलीन हो जाते हैं। सृष्टिरूपी भ्रांति भी मिट जाती है।) इसी कारण 'माँ भैषीः मा भैषीः' करके बताया गया है न, आर्य!" आत्मविश्वास उभर आता रहा उनकी आवाज में, उत्साह के साथ, किसी विचार के ऊपर विजय साध लेने की खुशी भी शामिल थी। उनकी बातों की पृष्ठभूमि ही मानो बनते हुए, हवा का झोंका आते रहने की आवाज भी सुनाई दे रही थी।

"आर्य! एवमस्तु।"—मुसकराते हुए उसने उत्तर दिया।

"अचिरेणैवास्तु पुनर्दर्शनमावयोः। अहं भवता सह संवदित्सुरस्मि।" (बहुत शीघ्र ही फिर मिलेंगे। मुझे आपसे बातचीत करनी है।)—यों पंडितजी दृढ़ ध्वनि में बोल रहे थे।

"निश्चयेन!" (अवश्य।)—यों बोलकर उसने फोन बंद कर दिया।

अब तक उसकी ओर ही देखते रहनेवाले संजीवजी ने, मानो थोड़ी सी अवचेतना के भाव से ही, कहा—"संस्कृत मेरी समझ में नहीं आती है।" मुसकराते हुए नरेंद्र ने उत्तर दिया—"सीखना बहुत आसान है। आपके यहाँ भी ऐसी पुस्तकें मिलती होंगी। दरयाफ्त

कर लीजिए। नहीं तो यहाँ से लौट जाने के बाद मैं तुरंत उन्हें भेज दूँगा। "सलीम ने कहा था कि अब मुझे मुश्ताक से मिलना चाहिए। मैं उससे पूछ लूँगा।"—यों जब बोलते हुए इसने फोन में मुँह को छिपा लिया, उधर आरती ने अपने पति को रसाईघर के अंदर बुला लिया।

"आजकल यात्रा के लिए आनेवाले लोग रहते हैं कहाँ?"—यों बोलने पर उसके चेहरे पर दिखाई देनेवाले विस्मय के भाव को पहचानते हुए संजीवजी धीरे-धीरे बोल उठे—"मुझे भी, अभी यह बात समझ में आ रही है। पंडितजी की प्रतीक्षा झूठी नहीं हुई न!"—यों बोलकर रुकनेवाले उन्होंने फिर कहा—"आज पता चला है कि कैलाशजी ने इनकी बातें सुनी। किशनजी ने तभी मुझे फोन किया था।"

"हाँ!" इसीलिए मैंने भी आपसे पूछा। उनकी बहू आई थीं। उन्होंने बताया कि आज सवेरे से ही कैलाशजी में नई चेतना आई हुई है।"

इन दोनों की बातचीत समाप्त होते ही, अपने को संबोधित करते हुए, नरेंद्र की कही यह बात उनके कानों में पड़ी—"सलीम और मुश्ताक नीचे आकर मेरी प्रतीक्षा कर रहे हैं। मैं वहाँ जाकर, उनसे बातचीत करके शीघ्र ही लौट आऊँगा।"

तब तक दरवाजे तक पहुँचे हुए उसको संबोधित करते हुए आरतीजी ने कहा—"चाय पीकर जाइए, भैया! ये भी आपकी प्रतीक्षा में ही बैठे हैं।"—यों बोलते हुए तश्तरी में रखे हुए चाय के प्याले को ले आते हुए, वे रसोईघर से बाहर आईं।

*****

दीवार का आसरा लेकर और बगल में रखी हुई कुरसी पर अपना बायाँ हाथ रखकर बैठा हुआ मुश्ताक छत की ओर ही देख रहा था। दाएँ हाथ की उँगलियाँ कालीन के छोर से खेल रही थीं। सब लोग मुझसे यही कहा करते थे कि 'कश्मीर का भविष्य तुम्हारे हाथ में है।'—अब तक किसी ने यह नहीं पूछा था कि 'अपने भविष्य के बारे में तुमने क्या सोचा है?' मुझे भी इसके बारे में सोचने की समझदारी या फुरसत ही कहाँ मिली थी? उनके साथ बातचीत कर लेने के बाद ही मेरे मन में इस लड़ाई के हमारे नेताओं के घरों को देख आने की इच्छा हुई और मैं सीधे वहाँ गया था न? वाह! कैसे बड़े-बड़े महल! अच्छे किले, किले जैसे ही लगते थे। मैं अभी उनके पास ही नहीं गया था। इतने में वहाँ के चौकीदार ने कुत्ते को भगाने से भी बदतर तरीके से मुझे वहाँ से भगा दिया था! मैंने जब कहा कि "उन्हीं के लिए मैं काम कर रहा हूँ", तो उसने कहा था—"तुम जैसे हजारों लोग यहाँ आते रहते हैं। निकलो यहाँ से। तुम्हें भी आजादी चाहिए; इसलिए लड़ रहे हो। मुट्ठी भर रुपए-पैसे देते हैं; इसलिए लड़ते हो। उन पर कोई मेहरबानी कर रहे हो क्या? भागो यहाँ से।" कितनी उदासीनता से उसने बात की थी? उसकी बातें सुन लेने पर, पहली बार मुझे अपने आप पर शरम आ गई। पहली बार मुझे, यही पहली बार, न

जाने क्यों ऐसा एहसास हुआ कि 'मुझे आजादी चाहिए; मगर, आजादी के लिए मेरी कोई परवाह नहीं है।' ऐसा लगा कि मेरे और उसके बीच के नाते को मैं सही तरह से समझ नहीं पाया हूँ। धीरे से सोचने लगा तो ऐसा ही एहसास होने लगा कि 'जब उसको मेरी कोई परवाह नहीं है, मैं क्यों उससे कोई नाता रखूँ?' फिर भी आसानी से पिंड नहीं छुड़ा सका। और ऐसा भी महसूस होने लगा कि मैंने जो एक-एक पत्थर फेंका है, वह इन नेताओं के महलों के लिए ईंट जैसा बना है। करोड़ों रुपयों की कीमत की उनकी दुकान और बाजारों की सैर करके लौटने के बाद, मुझे ऐसा लगा कि मैंने धोखा खाया है। यह भावना गहराई से मुझे सताने लगी।

यों बेजार करके बैठनेवाले उसने यह सोचना शुरू किया कि मजहब के लिए लड़ाई करते हैं और आजादी के लिए भी लड़ाई करते हैं, तो जीवन में क्या रखा है? उसी समय उसे याद आया कि भारत से आए हुए सैनिकों की मानवीय श्रद्धा और अधिकार-प्रयोग के विचार कितने ऊँचे हैं। यह जानते हुए भी कि हम लोग उनके ऊपर पत्थरबाजी करनेवाले पाजी हैं, वे हमारे प्रति क्रोध और तिरस्कार की भावना बरतते नहीं हैं। इधर हम लोगों को यह क्यों बताया जा रहा है कि उनके प्रति द्वेष या दुश्मनी की भावना ही बरतनी चाहिए? इस बात से बढ़कर कि वे मुझसे ज्यादा जानकारी रखनेवाले हैं, उनके प्रति आदर और विश्वास इसलिए बढ़ा है कि सलीम के द्वारा मुझे उनका परिचय मिला है। वे एक-दो दिन और मात्र ही यहाँ रहनेवाले हैं, ऐसा मुझे पता चला है। इसलिए एक-दो दिनों के अंदर यदि उनसे भेंट करके उनसे बातचीत नहीं करूँगा, तो यह मौका ही हाथ से छूट जानेवाला है, यों वह सोचने लगा। आखिर क्या हो जाएगा? उनका कहना मेरे लिए स्वीकार करने योग्य न लगा होगा। कोई बात नहीं। बातचीत कर लेने में क्या हर्ज है?—यों मान लेने पर, मन कुछ हलका हुआ। तुरंत उनको फोन करने के लिए मन करने पर भी, जब यह विचार आया कि वे भी उनके साथ होंगे, मैंने उसको 'मैसेज' भेज दिया : 'उनके साथ एक बार फिर बातचीत कर सकता हूँ क्या?' इतना पूछ लेने में जान अटक गई थी।

उसने जब यह मैसेज दे दिया कि 'आगे चलकर यदि तुम जीत हासिल करना चाहते हो, तो अब हार मान लेना ही बुद्धिमानी की बात बनती है।' और कोई मौका होता, तो नाराजगी चोटी तक पहुँच जाती थी, लेकिन अबकी बार नाराजगी आई ही नहीं। अपनी बेचैनी को उनके साथ बाँट सकता हूँ या नहीं, यह भी मालूम नहीं है न?—यों वह इधर सोच रहा था, तो उधर उन्होंने देखा कि सलीम के साथ घर के अंदर वे कदम रख रहे हैं।

"आपकी बातचीत खत्म होने के बाद मुझे फोन कर दीजिए।"—यों उनसे बोलकर, मेरी तरफ मुड़कर, हाथ हिलाते हुए सलीम चला गया।

मुश्ताक ने उठकर खड़े होने की कोशिश की। "उठो नहीं, उठो नही" बोलते हुए नरेंद्र उसके सामने ही बैठ गया। दोनों के बीच एक हाथ की दूरी भी नहीं थी।

"हाँ, अब बोलो।"—यों बोलते हुए नरेंद्र उसकी ओर ही देखने लगा। उसकी नजर का सामना न कर पाने की वजह से, उसने सिर को झुका लिया था; फिर भी, बार-बार अपना सिर उठा लेने की कोशिश वह कर रहा था। पाँच मिनट के बीत जाने पर भी, वह हिला नहीं; बाँध दिए गए हाथों को वह ढीला भी नहीं कर पाया। उसके मन में इनके बारे में गौरव की भावना जाग रही थी।

"मैं आपसे यही पूछने के लिए आया हूँ कि आगे मुझे क्या करना चाहिए? लेकिन, उससे पहले मेरा एक और सवाल है। यदि अब हमें आजादी मिल जाएगी, तो क्या होगा?" उसने बड़ी कठिनाई से जब यह बात कही। तब तक पाँच मिनट गुजर गए थे।

उसी की ओर देखते हुए नरेंद्र ने कहा—"दो घटनाएँ हो सकती हैं। एक : पाकिस्तान ने जैसे गिलगिट और बाल्टिस्तान के विषय में किया है, बिना कुछ सोचे-समझे, कश्मीर को भी चीन की गोद में डाल देगा। चीन के झंडे अभी कश्मीर की कई जगहों में फहरा रहे हैं। आपके ही कई दोस्तों ने बारामुला में कहीं-कहीं यह बोर्ड लगवा दिया है, जिनमें यों लिखा गया है—'चीन के लिए स्वागत है।' हम आपकी प्रतीक्षा कर रहे हैं। चीन से विनती कर रहे हैं कि यहाँ आकर हमको भारत की कैद से रिहा कर दे।" भारत यहाँ से यदि हट जाएगा, तो अगले क्षण ही चीन इस प्रदेश पर अपना कब्जा जमा लेगा। पाकिस्तान, जो आजकल तुम लोगों को समर्थन दे रहा है, ऐसी हालत में आपकी ओर आँख उठाकर भी नहीं देखेगा।" नरेंद्र के इस कथन के समाप्त होते ही मुश्ताक एकदम नाराज हो उठा।

"हम लोग पत्थरबाजी किए बिना चुप रहेंगे क्या?"—उसकी मनोदशा के लिए स्वाभाविक लगनेवाली बातें ही उसके मुँह से निकल आईं। बाद में अपने कथन के मायने समझ में आने पर उसने अपनी जबान चबा ली, लेकिन यह सवाल बहुत ही अहम बना था, इसको वह खुद नकार नहीं सकता था।

"आप लोग पत्थरबाजी करेंगे, तो वे भी आपके खिलाफ गोलाबारी करेंगे, पेल्लेटों से नहीं, सचमुच के बुलेटों से। अब भारत को जो कई मानवतावादी और पत्रकार आप को दाखिल किए गए अस्पतालों को ढूँढ़ते हुए आया करते हैं और आपके दुःख-दर्दों की कहानियों का सीधा प्रसारण किया करते हैं, उसके लिए मौका ही नहीं रहेगा। चीन के साम्यवादी सैनिक आधे घंटे के अंदर ही पत्थरबाजी करनेवालों आप लोगों की लाशों के ढेर लगा देते हैं। मानवीयता, दया-धरम आदि के लिए उनके प्रशासन में कोई जगह है ही नहीं। तो सीधे प्रसारण का सवाल उठता भी कैसे?" उसके कथन के विचारों की कल्पना कर लेते ही, मुश्ताक के मन की गड़बड़ी और बढ़ने लगी।

"एक विचार को साफ-साफ समझ लो। भारत के खिलाफ कोई भी और किसी भी कारण के आधार पर औजार उठा लें, तुरंत पाकिस्तान हमेशा उनका समर्थन करने के लिए तैयार खड़ा रहता है। आपके अलगाववाद को भले ही उसी ने प्रायोजित क्यों न

किया हो, आगे चलकर आप को आजाद रहने के लिए कदापि अवसर नहीं देगा। इसका मतलब यह नहीं है कि मुसलमानों के बारे में या भाईचारे के तत्त्व के प्रति उनकी कोई विशेष आस्था है। एक उदाहरण देना चाहता हूँ। जिन्ना जी ने यह घोषणा कि थी न कि भारत के मुसलमानों के हितों की रक्षा के लिए पाकिस्तान की रचना करनी चाहिए। तब लियाकत अली खान ने यह जाहिर कर दिया था न कि 'पाकिस्तान आने का हक पूर्वी पंजाब के मुसलमानों को ही मिलता है और संयुक्त प्रांत (आज के उत्तर प्रदेश) के तथा और किसी प्रांत के मुसलमानों को यहाँ जगह नहीं मिलती है।' ऐसा उन्होंने क्यों कहा था? ध्यान देने की बात तो यह है कि खुद मूलतः उत्तर प्रदेश के होते हुए भी, उन्होंने ऐसा ऐलान कर दिया था।" वह तो मुश्ताक के चेहरे को ही देखता रहा। उसमें प्रश्नार्थक भाव को छोड़कर और किसी भाव के लिए जगह नहीं मिली थी।

"एक बात जान लो। पाकिस्तान को जो चाहिए, वह आप नहीं हैं। आप लोग खाली हाथ वहाँ जाकर दरवाजा खटखटाएँगे, तो वह आपके लिए दरवाजा नहीं खोलेगा। वह चाहता है कश्मीर को; सिर्फ कश्मीर को ही नहीं, जम्मू और लद्दाख को भी वह चाहता है। यहाँ के आर्थिक संपन्मूलों को, प्रमुख रूप में नदियों के ऊपर के नियंत्रण को वह अपना लेना चाहता है। यहाँ से निकलनेवाली झेलम और चिनाब नदियों के जल के ऊपर के पूरे हक के लिए उसने भारत के साथ समझौता भी कर लिया है, क्योंकि इससे पहले एक बार, पंजाब के फिरोजपुर हैड-वर्क्स से पाकिस्तान की तरफ जो पानी बह जाता था, उसको भारत ने तात्कालिक रूप से रोक लिया था।" नरेंद्र के इस कथन को कान खड़े करके सुन रहा था।

"दूसरी बात यह है; पाकिस्तान में पाले जा रहे आतंकवादी यहाँ शांति को बनाए रखना नहीं चाहते। भारत से छेड़छाड़ करने के लिए ही जिन आतंकवादियों को पाकिस्तान पालता-पोसता आया था, आजकल वह-खुद उनका शिकार बनता जा रहा है। यह तो तुम देख रहे हो न? कश्मीरी पंडितों के खिलाफ यहाँ के जिन मुसलिमों को भड़काकर रखनेवाली बेनजीर भुट्टोजी ने जब शांति का मंत्र जपना शुरू किया तब उसकी क्या हालत हुई, तुम ही बताओ न?" नरेंद्र के यों सवाल पूछने पर मुश्ताक ने सिर झुका लिया।

"कश्मीर के आजाद होते ही, किसी-न-किसी तरह यहाँ खलीफत की हुकूमत स्थापित करने की कोशिश शुरू हो जाती है। इसके लिए रोड़ा बननेवाले पाकिस्तानियों को ही जब जिंदा नहीं छोड़ते, तो तुम लोगों की जान की परवाह क्या करेंगे? फिरोज का कत्ल तो एक छोटी सी मिसाल मात्र है। एक तरफ वे होते हैं; दूसरी तरफ ये होते हैं। बीच में फँसकर तड़प उठनेवाले तो आप ही हैं। अपनी धाक जमाने के लिए न जाने और कितने लोग आ जाएँगे? पाक-आक्रमित-कश्मीर के निवासी रोज-बरोज जो विरोध प्रदर्शित करते आए हैं, उस तरफ तुम्हारा ध्यान गया है या नहीं, यह मैं नहीं जानता।

मुजफ्फराबाद, मीरपुर और कोटला में जैसे कठ-पुतली सरकारें बनी हैं, उसी तरह यहाँ भी 'आजाद कश्मीर' नाम की कठपुतली सरकार पाकिस्तान स्थापित नहीं कर पाएगा। अब बताओ, कश्मीर को आजादी दिलाकर क्या साध पाओगे?"—यों सवाल पूछते हुए नरेंद्र थोड़ी देर के लिए रुका।

मुश्ताक को यह सूझ नहीं रहा था कि क्या कहूँ। एक तरफ मुफ्तीजी की बातें तथा फिरोज के कटे हुए सिर की यादें आ रही थीं, तो दूसरी तरफ लड़ाई की तसवीरें आँखों के सामने आ रही थीं। सिर में हो-हल्ला मच रहा था। सच क्या है? झूठ क्या है? इसके साफ होने के लिए वक्त की थोड़ी सी जरूरत थी। वह काफी देर तक चुपचाप रहा। उसके बाद उसने पूछा—"इसका मतलब क्या यह है कि भारतीय सेना के कश्मीर पर आक्रमण की बात एक झूठी कहानी है?"

"हाँ!" लेकिन बचपन से तुम वही कहानी सुनते आए हो। इसलिए मेरी बातों पर तुम कितना भरोसा कर सकते हो, यह भी मुझे मालूम नहीं है, लेकिन एक बात तो सच है कि ठीक समय पर यदि भारतीय सेना यहाँ नहीं आ जाती, तो और जगहों के साथ श्रीनगर में भी पठानों की वह सेना तबाही मचा देती।"

"उनको तो हम लोग 'कबाइली' मानते हैं।"

"कुछ भी कहो, मगर उन्हें इनसान मत मानो। उनसे बारामुला को छुड़वा लेने के लिए हमारी सेना को छह महीने ही लगे। उनके वहाँ आने से पहले बारामुला के निवासियों की संख्या जो 45 हजार थी; उसके बाद कहाँ तक आ गई थी, तुम्हें मालूम है क्या? 4200 तक गिरी थी।"—मुश्ताक गौर से सुन रहा था।

"आपातकालीन कारररवाई के द्वारा ही कश्मीर को छुड़वा लिया गया। कब्जा कर लेने का ही मकसद यदि होता, भारत अपनी पूरी फौज के साथ यहाँ हमला कर सकता था। छोटी-छोटी टुकड़ियाँ भेजकर अपने सैकड़ों वीर योद्धाओं को खो नहीं बैठता। अपनी जान की बाजी लगाकर कश्मीर को जिन्होंने बचा लिया, उन्हीं जवानों को आज तुम्हारी पत्थरबाजी का सामना करना पड़ा है।" नरेंद्र ने अपने कथन को जब रोका, उसने शरम से सिर झुका लिया था।

"देखो, बातचीत करते-करते, कहाँ-से-कहाँ आ पहुँचे हैं हम।"—नरेंद्र की हँसी के जवाब में वह भी हँस पड़ा।

"राजनीतिक एवं धार्मिक मतभेद कितने भी क्यों न हों, एक पूरे समुदाय को अपनी जन्मभूमि से हटा देने के विचार का समर्थन तुम कर पाओगे क्या मुश्ताक? तहेदिल से सोचकर बताओ।" नकारने को सूचित करते हुए सिर हिलानेवाले मुश्ताक को अब नए सिरे से याद आया कि हिंदुओं के लौट आने के प्रस्ताव का उसने कभी विरोध नहीं किया था। साथ ही उसको यह बात भी याद आईं कि यहाँ से स्थानांतरण करके जानेवालों ने

जहाँ काफी तरक्की कर ली है, यहाँ रहनेवाले हम लोगों की तरक्की नहीं के बराबर ही रह गई है। थोड़ी देर की चुप्पी के बाद नरेंद्र फिर बोलने लगा—

"आगे चलकर क्या करना चाहिए, इसके बारे में हम सब—यानी मैं, तुम और सलीम—एक साथ बैठकर, आराम से चर्चा करके, निश्चय कर लेंगे। फिर भी, फिलहाल हम एक काम कर सकते हैं।" नरेंद्र ने जब अपने को रोक लिया, वह कातरता से उनकी ओर देखने लगा।

"तुम्हें मैं अपने शहर ले जाऊँगा। मेरे साथ आ जाओ।" उसने इतनी आसानी से कह दिया तो उसके चेहरे का रंग ही बदल गया। अचरज, अविश्वास और घबराहट से वह उसकी ओर देखने लगा।

"अभी मेरे साथ निकलो। एक हफ्ते तक वहाँ रहकर, वहाँ की हालत और वहाँ के लोग—इन सबको देख लो। तुम्हारे मन को भी उससे एक अच्छा बदलाव मिल जाएगा। बाकी विचारों में फैसला लेने के लिए भी तुम्हें काफी वक्त मिल जाएगा? क्या इरादा है?"—नरेंद्र यों पूछ रहा था, तो भी मुश्ताक के चेहरे पर अब भी कोई बदलाव नहीं आया था।

"मैं··· मैं आपके साथ कैसे आ सकता हूँ?" धीरे-धीरे वह पूछ रहा था। यह संभावना किसी प्रकार अब तक उसको सूझी नहीं थी। तभी नरेंद्र का चेहरा भी गंभीर हो चला था।

"कैसे का क्या मतलब है? मैं अब यहाँ कैसे आया हूँ? यह समझकर कि यह मेरा मुल्क है। है न?"

"जी हाँ।"

"तो तुम्हारे मुल्क में जहाँ चाहे आ जाने के लिए तुम्हें क्या दिक्कत है?" मुश्ताक के मन में फिर खलबली मच गई। यह जैसे उनका मुल्क है, वैसे ही वह मेरा भी मुल्क है, लेकिन मैं उसको भारत मानता हूँ, जिसे आज तक मैं एक दुश्मन मानता रहा और जो हम पर हमला करता आया है कई सदियों से। वह भी मेरा ही देश है, यह भावना पहली बार मेरे मन में उभर आई है।···अब इस भावना को मानकर, पचा लेना मुश्किल हो रहा है। इनके कहने मात्र से, वह मेरा मुल्क कैसे बन सकता है? यदि मैं उसको अपना मान लूँ, तो उसके मायने यही होते हैं कि कश्मीर भी भारत का ही एक हिस्सा है। हम तो लड़ाई करते आए हैं भारत को बाहर रखने के लिए ही, लेकिन इस लड़ाई से परे भी एक जिंदगी है; नहीं, नहीं, लड़ाई से परे जो जिंदगी है, वही सच्ची जिंदगी है, ऐसा मुझे लग रहा है न? यों सोचते रहने पर, मुश्ताक के मन में एक और तरीके की खलबली मचने लगी।

"कल तक तुम अपना फैसला सुना दोगे, तो तुम्हारे लिए भी टिकट बुक करवा दूँगा। सुनाओगे न?"—नरेंद्र के यों पूछने पर भी, मुश्ताक अपना जवाब दे नहीं पा रहा

था। उसकी खलबली उसके चेहरे पर साफ-साफ दिखाई दे रही थी।

"क्यों मुश्ताक? क्या यह सोच रहे हो कि इस काफिर के साथ जाऊँ कैसे?" आगे झुककर, उसकी जाँघ पर हाथ रखकर, नरेंद्र ने मुसकराते हुए पूछा। 'नहीं' करके, सिर हिलाकर सूचित करते समय, उसको सारी बातें याद आने लगीं। एक और निकाह कर लेने के लिए अम्मी जान को और अभी छोटा बच्चा बने हुए मुझ को छोड़कर चले जानेवाले अब्बू, हमेशा रूखी जबान में बुरा-भला कहते हुए ही मुझे पालते-पोसते आई हुई अम्मी जान, बात बोलने से पहले ही मुझपर हाथ उठाते रहनेवाले मेरे बड़े भाई लोग, दर्सगाह में पड़ते रहनेवाले मार बदन भर में भरकर दुखाते रहनेवाले पेल्लेट के टुकड़े, सुख से रहने का तरीका ढूँढ़ पानेवाला जानी दोस्त सलीम, अमीना दीदी के रईस शौहर, नेताओं के बड़े-बड़े महल, मुझे भगा देनेवाला चौकीदार, बड़ा सवाल बन बैठी हुई मेरी आगे की जिंदगी, इतनी आत्मीयता से मुझे न्योता देते रहनेवाले ये अजनबी मित्र··· ! उसके काबू से भी बढ़कर, उमड़ आता हुआ दुखड़ा!

"तुम यदि मेरे साथ आ जाओगे, तो तुम्हारे मजहब को कोई धक्का नहीं पहुँचेगा। काफिरों से लड़ते रहो करके तुमको नसीहत देनेवाली कुरान तो यह भी बता देती है कि और मजहब का अनुसरण करनेवाले वे लोग बिल्कुल नासमझ हैं; उन्हें उनकी अपनी हालत पर ही छोड़ दो। इस लिहाज से देखें, तो तुमको ही मुझ पर मेहरबानी करनी है।"—मुसकराते हुए ही नरेंद्र ये बातें बोल रहा था। (कुरान 9:6) उसकी बातें सुन लेने पर, मुश्ताक के दिल में जमे सारे शक एकदम बह चले।

"नहीं, उस हिसाब से नहीं···" यों अपने दुखड़े की वजह बताने की कोशिश तो उसने की, लेकिन उसमें कामयाब न होकर, नरेंद्र के हाथ को मजबूती से पकड़कर, वह फूट-फूटकर रोने लगा। उसके और पास पहुँचकर, उसकी पीठ पर हाथ फेरने लगा नरेंद्र!

*****

घर जाते वक्त, रास्ते में ही, सलीम न जाने क्या-क्या बोल रहा था। मुश्ताक की नजर उस ओर जा ही नहीं रही थी। खलबली से बढ़कर, एक नई उमंग उसमें अब घर कर गई है। जिसके बारे में इससे पहले न सुना था, न जिसको देखा था, ऐसे एक शख्स को अपने साथ ले जाने के लिए भी तैयार है, भारत से आया हुआ यह आदमी।···उनका वह शहर कैसा है, घर कैसा है और लोग कैसे हैं? कार में मुश्ताक के और भी दोस्त थे। नहीं तो, अभी उसको सारी बातें बता देता। पूछ लेते ही वह भी जरूर बता देता कि 'तुम उनके साथ चलो', इसमें कोई शक नहीं है। आज देर रात में ही क्यों न हो, उसे सबकुछ बता दूँगा और 'वह जैसे कहेगा, वैसा ही कर दूँगा।'—यों फैसला कर लेते-लेते, मुश्ताक का घर आ गया।

"मुफ्तीजी ने तुम्हें बुलाया है। अब तक दो बार किसी को हमारे यहाँ भेज दिया था। सवेरे, जाग उठते ही उनसे मिलकर आ जाओ।" अम्मी जान के यों खबर देने पर, 'हाँ' बोलते हुए, उन्होंने जितना परोसा था, उतना ही खाना खाकर उठ गया। "और चाहिए तो बोलो"—यों वे बोल रही थीं, तो भी कोई उत्तर नहीं देते हुए, उसने हाथ धो लिये और अपने बिस्तर पर जाकर लेट गया। उसे इतना ही याद रहा। दवाई के असर से गहरी नींद आ गई। फिर भी सिर्फ सपने-ही-सपने आने लगे थे।...किसी बड़े शहर में, उनके साथ मैं भी पैदल चल रहा हूँ। कोई कह रहा है: 'वहाँ देखो। यह वही लड़का है, जो कश्मीर में हमारे जवानों पर पत्थरबाजी कर रहा था; अब वह यहीं आ गया है।' सब लोग देख रहे हैं, मगर किसी के हाथ में पत्थर नहीं हैं। जैसे हम लोग 'गो इंडिया, गो बैक' करके नारे लगाया करते थे, वैसे यहाँ मुझको देख लेने पर, 'गो बैक कश्मीरी' करके कोई चीख नहीं रहा है। उनका सामना करने में पहले डर लग रहा था; मगर बाद में आदत हो गई और धीरज के साथ कदम बढ़ाने लगा। नरेंद्रजी मुझे न जाने क्या-क्या दिखा रहे थे और बयान दे रहे थे। अचरज भरी आँखों से मैं देखता जा रहा था। चारों ओर बड़ी-बड़ी इमारतें थीं; न जवान थे, न बंकर थे। लोग-ही-लोग भरे पड़े थे। भाँति-भाँति के कपड़े पहने हुए लोग थे। हर कहीं रोशनी फैली हुई थी; आँखों को चौंधिया देनेवाली ऐसी रोशनी थी कि यह पता नहीं चल रहा था कि रात है या दिन है। चारों ओर मैं नजर फैलाते हुए चल रहा था। वे मुझे सावधान करते जा रहे थे कि 'आगे देखकर चला करो।...नहीं तो ठोकर खा जाओगे।' कहीं देखते हुए जोर से कदम रखा, तो ठोकर खा गया। 'मेरा हाथ पकड़ लो' करके आसरा देते रहने पर भी, पकड़ न सकने के कारण, मैं लुढ़क कर गिर ही गया। तो एकदम जाग गया। पाँच मिनट के बाद, फिर आँख लगी, तो बार-बार उनके साथ चलते रहने के सपने ही आ रहे थे।

*****

नरेंद्र जब घर लौटा, साढ़े दस बज गए थे।

"मेरी तरफ से, आप सबके खाने में देर हो चली है।"—यों बोलते हुए उनके साथ वह खाने बैठा।

"ऐसी कोई बात नहीं है।"—यों बोलते-बोलते, संजीवजी उस दिन की घटनाओं के बारे में बोलने लगे। कश्मीर की बात आने पर यों बोलने लगे—"केंद्र सरकार ने छिपे तौर पर कोई नया तंत्र रच दिया है। सुना है कि अभी योजना के अनुष्ठान से संबंधित प्रारूप तैयार हो चले हैं। अब तो कोई अलगाववादी आवाज नहीं उठा रहा है। देखिए न! यह विचार तो हम सबको अचरज में डाल रहा है। इसकी एक वजह यह भी हो सकती है कि पाकिस्तान और सउदी से हवाला के द्वारा आ रही राशि के ऊपर रोक लग गई है।"

"होगा।"—उसने कहा। यदि विक्रम के साथ संपर्क में रहता, तो थोड़ी सी सूचना अवश्य मिलती। कई काररवाइयों में वह जुटा रहता है। मेरे न पूछने पर भी, समय-समय पर वह प्रमुख खबरें सुनाता रहता है।

"यहाँ इतना अमन रहने पर भी, कई राज्यों में अनावश्यक कोलाहल मच रहा है न? आज हैदराबाद में किसी हिंदू लड़के को तैश में आकर बोलते हुए मैंने आज टी.वी. में देखा।" 'जरूरत हो तो भारत में रहनेवाले मुसलमान भाइयों से ही हम मदद माँग लेते हैं। सरकार ने अब जो रूपरेखा हमारे सामने प्रस्तुत की है, उससे हम रजामंद हैं। सबसे इलतिजा है कि अमन को बनाए रखें।'—यों मिरवाइजजी ने आज बयान दिया है।" संजीवजी की ये बातें सुनकर वह मुसकरा उठा। उसे ऐसा लगा कि मनोहर ने जिस प्रगतिवादी मुखिया का उल्लेख किया था, वह यही लड़का होगा। अगले क्षण में ही उसे अपने कार्यक्रम की याद हो आई। उसने कहा—

"संजीवजी, अगले एक-दो दिनों में अपने शहर लौट जाने की बात मैं सोच रहा हूँ।"

तब तक बड़े उमंग से बातचीत करते रहनेवाले संजीव के चेहरे का रंग उतर गया। "ठीक है, जैसी आपकी मर्जी, वैसा ही कीजिए।" भले ही मुसकराहट के साथ वे बोले, उसकी समझ में यह बात आ गई कि बड़ी कठिनाई से ये बातें उनके मुँह से निकल ही रही थीं।

"आपने ठीक तरह से खाना खाया ही नहीं न! उनको कितने दिनों तक पकड़ रख पाएँगे?"—सोते समय, जब उनकी पत्नी ने पूछा, उन्होंने इतना ही कहा—"यह बात तुम्हारी समझ में नहीं आती है, आरती!" किसी के साथ आसानी से मेलजोल न बढ़ानेवाले अपने पति ने, इनके साथ जो भावनात्मक आत्मीयता का रिश्ता बना लिया था, वह तो उनकी समझ में आया। उससे अधिक सूक्ष्म विचार अपनी समझ से बाहर है, यों सोचकर वे चुप हो गईं। करवटें बदलते ही संजीवजी ने वह रात बताई। यह बात भी उनकी समझ में नहीं आई कि नरेंद्र ने चैन की नींद नहीं ली।

सत्ताईस

निमाज शुरू करने के लिए तैयार हुए हैं बशीर अहमदजी। अजान की आवाज के मुखरित होकर दस मिनट से भी ज्यादा समय बीत चला है। आबोहवा में ऐसा सन्नाटा छाया हुआ है कि कोई आवाज सुनाई नहीं दे रही है। आज वह आया क्यों नहीं है? बशीरजी की पेचीदी हालत हो रही थी।

वह एक दिन। करीब सात-आठ महीने पहले! मैं प्रमुख मार्ग की ओर कदम बढ़ाता जा रहा था। अचानक वे भी सामने से आ रहे थे। मुझे पहचानकर वे वहीं खड़े

रह गए। तभी मैंने भी उनके उस चेहरे को ठीक तरह से पहचान लिया। जब उनको यह मालूम हुआ कि मैंने उनको पहचान लिया है, वे फुरती से दो कदम आगे बढ़ आए। इस घबराहट से कि वे क्या खतरा पहुँचानेवाले हैं, मैं तुरंत अपने घर की ओर मुड़कर तेजी से कदम बढ़ाने लगा। वे भी उतनी ही तेजी से मेरा पीछा करने लगे, तो इसे देखकर मैं भागने लगा। आज तक यह बात मेरी समझ में नहीं आई है कि मैं वैसे क्यों घबरा गया था। वे भी दौड़ते हुए आए, तो घर के अंदर घुसकर मैंने दरवाजा बंद कर लिया। अब तो वे दरवाजा खटखटाने लगेंगे, तो मैं क्या करूँ करके, पेचीदी हालत में फँसकर मैं तड़पने लगा था। काफी वक्त गुजर गया; फिर भी कोई आवाज नहीं आई। मैंने खिड़की से बाहर की तरफ देखा। कोई दिखाई नहीं दिया। उसके बाद, मैंने धीरे से दरवाजा खोलकर देखा। वे चले गए थे। तसल्ली मिली। अगले दिन सवेरे, जब निमाज अदा करने के लिए खड़ा था, इससे पहले जो सुना था वही आवाज कानों में पड़ी। मैं चौंक गया। आवाज सुनने पर, यह पता नहीं चला कि ये वे ही हैं। उन्होंने कभी इतने जोर से बुलाया नहीं था। खिड़की खोलकर देख लेने पर, इससे पहले जो दिखाई दे चुकी थी, घंटी बजाते रहने की वह भंगिमा ही दो दिनों तक लगातार मुझे सताती रही। उसकी वजह भी थी। श्रीनगर के उस खूबसूरत परी महल और मुगलाई बगीचों में पहली बार बाबाजी का हाथ पकड़कर चलते समय मन को कितनी खुशी मिली थी! तब तो मैं छोटा था। अचरज में आकर मैंने पूछा था—'बाबा, ये सारे बगीचे किसने बनवाए थे?' तब उन्होंने बताया था कि बादशाह जहाँगीर ने इन्हें बनवाया था, क्योंकि कश्मीर से उन्हें बहुत प्यार था। यह भी सुना था कि बादशाह जहाँगीर ने ही इसको 'धरती पर जन्नत' का नाम भी दिया था। यहाँ उन्होंने खूबसूरत बाग-बगीचे ही नहीं बनवाए थे, यहाँ के लोगों की खुशहाली का भी खास खयाल रखा था। कहा गया है, एक बार कश्मीर के लोगों की शिकायत करने पर, यहाँ की हुकूमत की निगरानी रखनेवाले उस अफसर को ही खिदमत से बरखास्त कर दिया था। ऐसे बादशाह जहाँगीर की खूबियों का बयान करते हुए, उनकी इनसाफपरस्ती की कहानियाँ भी बाबा ने सुनाई थीं। बचपन से बाबा की बताई ऐसी कहानियों की वजह से ही इनसाफपरस्ती के प्रति जानकारी और प्यार मेरे मन में उभर आए थे। इतने सालों के बाद कैलाश पंडितजी, जहाँगीर की इनसाफपरस्ती की याद दिलाते हुए, इनसाफ माँगने के लिए आ पहुँचे हैं, तो मेरी क्या हालत हो जाएगी? मन को सुलझाने में भी कई दिन लग गए। सुलझाने के सिवा और कोई चारा भी था कहाँ? धीरे-धीरे यही आदत पड़ गई। रोज आ जाने की आदत से एक दिन भी वे मुकरे नहीं थे।

लेकिन आज उनका पता तक नहीं है। निमाज करने को भी मन नहीं कर रहा है। किसी अनजाने हादसे की वजह से उनको कोई खतरा पहुँचा है क्या? या कल जो अनजाना शख्स आया हुआ था, उसने कोई नई तरकीब रचकर, मुझे तकलीफ पहुँचाने

की बात तो सोची नहीं है ? उसने कितनी होशियारी से पता लगा लिया था कि शोरगुल से दूर रहने के मकसद से ही मैंने इस अकेले घर को चुन लिया था। अलावा इसके 'कुरान' में बताई गई इनसाफपरस्ती के बारे में भी कैसी अच्छी तकरीर दे दी उसने ? ऐसा लगता है कि उसके और कैलाशजी के बीच कुछ साँठ-गाँठ चल रही है। वैसे तो, उसने अपना कार्ड दे दिया है। क्यों न फोन करके कैलाशजी के बारे में पूछ लूँ? ऐसा करने से शायद जल्दबाजी हो जाएगी, यों सोचकर चुप हो गए। थोड़ी देर तक वैसे ही खड़े रहे। उसके बाद अपने कमरे से बाहर आकर, बगल के कमरे में चले गए।

वहाँ रिफत जान बार-बार खिड़की में से झाँककर देख रही हैं और सोच रही हैं—्वह आज अब तक क्यों नहीं आया है ?'

बशीरजी की पीड़ा कम होने के बदले बढ़ती जा रही थी। फिर अपने कमरे में लौटकर जाय-निमाज के ऊपर खड़े हो गए। अब तो पीड़ा से मुक्त होने का खयाल आ जाना चाहिए था, मगर खलबली क्यों हो रही है ? पुरानी सारी यादों को मन के एक कोने में ढकेलकर, उनको ऊपर उठने न देने की चौकीदारी करने के लिए अपने व्यक्तित्व को बीच में खड़ा करके किसी तरह जी लेने का तरीका मैंने ढूँढ़ लिया था इतने सालों में। कैलाशजी से मिल जाने के बाद, मैं ही उन सबको फिर खोदने लगा। इन सबसे ज्यादा बाबाजी की बातें मुझे सताने लगीं। सोच रहा था कि अब तो उनका सामना करने की चतुराई मैंने साध ली है। इतने में कैलाश पंडितजी यकायक ओझल हो गए तो अपने मन को किस तरह काबू में रख पाऊँगा ? आज निमाज अदा कर लेना भी नामुमकिन लग रहा है। तो अपनी बीवी को आवाज देकर कहा—"मेरे लिए एक प्याला चाय ले आओ।" और उसका इंतजार करते वहीं बैठ गए। तब उनके मन की गहराई से यादों का सिलसिला अपने आप खुलने लगा।

बाबाजी बोल रहे थे कि अफगानों के जमाने में हमारा मजहबी बदलाव हो चला था। पहले तो हमारे पुरखे कई कनाल की जमीन में खेतीबारी करके अपनी रोजी-रोटी कमा लेते थे। धीरे-धीरे वे इस पेशे से दूर होते गए। उसकी एक वजह भी थी। बदलती आबोहवा की वजह से, साल में एक ही उपज निकाल सकते थे। अलावा इसके, जमीन भी उनकी अपनी नहीं थी। सरकार की ओर से 'चक जर्नियासी' के—यानी ठेके के—हिसाब से कई सालों तक खेती करने के लिए दी गई जमीन थी। खूब मेहनत करने पर भी, आमदनी का ज्यादा हिस्सा महसूल के लिए ही चला जाता था। सरकारी गोदाम से दिये जा रहे चावल का दाम भी कभी-कभी आसमान को छू लेता था। उसके साथ, यदि भुखमरी की हालत हो जाती, तो कहना क्या है ? हर कहीं कोहराम मच जाता था। सर्दी के मौसम में पंजाब में जा कर, कोई-न-कोई काम करके चंद रुपए-पैसे कमा ले आना आम बात हो गई थी। ऐसी हालत में ही हमारे पुरखों ने कश्मीरी शॉलों से संबंधित पेशे को अपना लिया।

लद्दाख से आ रहे पाश्म ऊन के कपड़ों की जगह, यहाँ बनाए गए अद्भुत कलाकारी के पश्मीना शॉल लद्दाख, फारस (ईरान), तुर्किस्तान, अमरीका, इटली, फ्रांस, जर्मनी और रूस जैसे देशों को निर्यात किए जाते थे। उसमें अस्सी फीसदी निर्यात किया जाता था फ्रांस देश को ही। यहाँ के विन्यास, बुनाई और कलाकारिता ने उस देश के लोगों के मन को इतना मोह लिया था कि उस देश के एजेंट खुद कश्मीर आकर अपनी पसंद की बुनाई करवा लेते थे। मुगलों के जमाने में शॉलों की माँग बहुत बढ़ गई थी। अफगानों की हुकूमत के दौरान अत्यधिक कर की वजह से भले ही यह माँग कुछ कम हो गई, फिर भी सिखों की हुकूमत के दौरान यह माँग चोटी पर पहुँच गई थी। यूरोप के, खासकर फ्रांस के लोगों की कलाकारी की पसंदगी की वजह से शॉलों के व्यापारी बड़े रईस बन गए। शॉलों के प्रति अपने आकर्षण की वजह से भारत आते रहनेवाले यूरोप के लोग हमारे पुरखों के यहाँ आकर, कश्मीर की संस्कृति का परिचय करा लेते थे। उन्नीसवीं सदी के अंत में जब फ्रांस और जर्मनी के बीच लड़ाई शुरू हो गई, शॉलों की माँग बहुत कुछ कम हो गई। फिर उसने कभी उस माँग की वह पुरानी ऊँचाई देखी ही नहीं। पंजाब में और यूरोप में शॉल बनानेवाले कारखाने जो खुल गए, वे भी इस मंदी के लिए कारण बने थे। यों बाबा बता रहे थे।

शॉलों की बिक्री से जब फायदा नहीं आने लगा. तो दादा ने रेशम के व्यापार में अपने को उलझा लिया था। पंजाब, गुजरात और चीन से जब व्यापारिक संबंध शुरू होने लगे, रेशम के उद्यम में तरक्की होने लगी। देश के अंदर ही नहीं, यूरोप में भी कश्मीरी रेशम के लिए माँग बढ़ी। तभी पंजाब, गुजरात और जम्मू के साथ रास्तों की संपर्क-व्यवस्था भी सुधरी और प्रवसोद्यम की भी शुरुआत हुई। तब से बाबाजी अपने पिताजी के उसी उद्यम को चलाते आए। यों तो बाबाजी का व्यक्तित्व बहुत अनूठा था। छह फीट की अपनी लंबाई के कारण से ही नहीं, अपनी व्यवहार संबंधी चतुराई और ईमानदारी की वजह से, उन्होंने सबका ध्यान आकृष्ट कर लिया था। हिंदू लोग भी उनके दोस्त बने थे। वे खुद ज्यादा पढ़े-लिखे नहीं थे, यही उनके आंतर्य की वेदना थी। वे कहा करते थे कि 'ज्यादा पढ़ा-लिखा बनना तो मेरे नसीब में नहीं लिखा था। अच्छी तरह पढ़-लिखकर, कम-से-कम तुम अच्छे पंडित बन जाओ।' मेरी समझ में आती थी या नहीं, इसका खयाल किए बिना, सभी विचारों का खुलासा करते थे। 1819 में पंजाब के राजा रणजीत सिंहजी ने कश्मीर को अपनी हुकूमत में शामिल कर लिया था; उनकी मौत के बाद, कश्मीर पर कब्जा कर लेने के लिए डोगरा, सिख तथा बरतानवी प्रशासकों ने आपस में होड़ कर ली थी; उसके बाद, 1846 में जम्मू के डोगरा राजा गुलाब सिंहजी ने 75 लाख रुपए देकर बरतानवी शासकों से जम्मू-कश्मीर, लद्दाख और गिलगिट प्रांतों को पूरी तरह अपने कब्जे में ले लिया था। ये सारे विचार मेरे हमउम्र लड़कों को मालूम ही नहीं थे।

चूँकि बाबा देश के अंदर और बाहर कई प्रांतों में अकसर आ-जाया करते थे, कश्मीर के बारे में ही नहीं, मुसलमानों के इतिहास की भी अच्छी जानकारी उन्होंने पा ली थी। अफगानों के बाद, हमारे ऊपर हुकूमत करनेवाले सिख प्रशासकों ने पंजाब के लाहौर को अपनी राजधानी बना लिया था। इसलिए उसका असर पड़ने लगा और सिखों का कश्मीर में और हम लोगों का पंजाब में आना-जाना शुरू हुआ था। बाबा कहा करते थे कि हिंदू पंडित जितने असरदार बने हुए थे, उतने ही असरदार बन चले थे सय्यद और पीर भी। पीरजादा कहे जानेवाले उस समुदाय के मौलवी, पीर और उलेमा ही जमीन-जायदाद के मालिक बने हुए थे। इतना ही नहीं, वे ही दर्गों के मुतावली बनकर, उनकी काररवाइयों की तथा महाजनी के कारोबार की देख-रेख भी किया करते थे। अपने समुदाय के लोगों के मुकदमों को निपटाने का और निकाह करवाने का जिम्मा भी उन्हीं का हुआ था न! शॉलों की बिक्री तथा निर्यात में हुई कमी की वजह से मुसलिम समुदाय में अंदरूनी झगड़े शुरू हुए। शॉलों की बिक्री में लगे हुए लोग ज्यादातर मुसलमान ही थे। इसलिए समाज में अपने स्थान-मान को बनाए रखने के लिए आपस में लड़ाई-झगड़े किया करते थे। उनकी सुदूर की सोच थी कि यदि दर्गाओं का मालिकाना हो जाएगा तो 'इबादत' करने के लिए आनेवाले लोगों के ऊपर असर डाल सकते हैं और उन दरगाहों की सरहद में रहनेवाले मोहल्ले के लोगों पर हुकूमत कर सकते हैं। कश्मीर के मुसलाम यहाँ के सामाजिक और राजनीतिक हालातों की भूमिका में अपने को रूपित करते गए, न कि इसलाम नाम की खास पहचान के आधार पर। यह बात बाबा बार-बार बोलते रहे।

सिखों की हुकूमत में जामिया मसजिद को बंद करके, वहाँ निमाज करने पर रोक लगा दी गई; कई दर्गों को दी गई जमीन को सरकार ने अपने कब्जे में ले लिया। इन घटनाओं ने मुसलिमों के मन को काफी दर्द भले ही पहुँचाया था, फिर भी बाद में इन सारे नियमों को रद्द कर दिया गया। इसलिए हिंदू और मुसलिमों के बीच दुश्मनी पैदा होने के लिए कोई खास वजह बची नहीं थी, लेकिन अलीगढ़ और लाहौर में पढ़ाई करने के लिए नई पीढ़ी के जो नौजवान गए हुए थे, उन्होंने वहाँ से लौट आने के बाद बड़े पैमाने पर एक नया अभियान जो चला दिया, वह बाबा को मंजूर नहीं था। 1931 के अक्तूबर महीने में पंजाब के कई मुसलिमों ने जम्मू और कश्मीर के हिंदुओं पर हमला कर दिया और कई लोगों को मौत के घाट उतार भी दिया। जब हमारे ही लोगों ने उसको रोक देने की कोशिश नहीं की, तो बाबा बहुत ही रंजीदा हो चले थे और यों भी कह दिया था कि 'हमारे लड़के जो कुछ सीख कर आए हैं, उसे सच्चा इल्म कह नहीं सकते; जिन्होंने सच्चा इल्म पा लिया है, वे ऐसा बरताव नहीं करते।' ऐसा कहने पर, बाबा के दोस्तों ने बाबा को ही नसीहत दी थी। इससे दुःखी हुए बाबा कुछ समय तक कश्मीर को ही छोड़कर बाहर चले गए थे। वे मुझसे हमेशा कहा करते थे कि 'कम-से-कम तुम सच्चा इल्म

पाकर, इनसाफपरस्त तरीके से जीते रहो। मैं इसी को देखना चाहता हूँ।' मेरी हाईस्कूल की पढ़ाई से पहले ही, जब उनकी बेवक्त मौत हो गई, तब मैं काँप उठा था न? बड़ा बेटा होने की वजह से, दुकान का जिम्मा सँभाल लेने के सिवा मेरे पास और कोई चारा तो बचा नहीं था। मेरी दो छोटी बहनें थीं और एक छोटा भाई भी था। फिर भी बाबा ने मुझे जो कश्मीर दरशाया था और जीने का तरीका सिखाया था, वे ही मेरे लिए उन दिनों में मिसाल बने हुए थे। बाद में व्यापार की बारीकियों को मुझे समझानेवाले मेरे काका ही मेरे लिए अनुकरणीय मिसाल बन गए। भले ही व्यापार की बारीकियों को उनसे मैंने पूरी तरह सीख लिया, जिंदगी के उसूलों के बारे में और समाज में अनुकरणीय आदर्शों के बारे में उनकी अपनी धारणाएँ नहीं थीं। अच्छी पढ़ाई-लिखाई से दूर ही रह जाने की वजह से धीरे-धीरे बाबा का असर मिटता गया। व्यापार ही मेरे लिए अहम बन गया; भाई-बहनों और अम्मी जान के लिए आसरा बनना ही मेरा लक्ष्य बन गया। रेशम के साथ-साथ, पंजाब से, भाँति-भाँति के कपड़े मँगवाकर बेचने लगा। बाबा ने जो अच्छा नाम कमा लिया था, उसके साथ वस्तुओं की गुणवत्ता की ओर ध्यान देने की बात और प्रमुख रूप से मेरी नीयत को बनाए रखने की निष्ठा—इनके कारण व्यापार बढ़ चला। अल्लाह की मेहरबानी से कभी रुपए-पैसे के लिए तड़पने की नौबत नहीं आई।

बाबा ने जो बड़ा मकान बनवाया था, उसे अपने छोटे भाई को ही सौंपकर, हब्बा कदल में मैंने एक अलग मकान खरीद लिया था। नए मकान में आ जाने के बाद बाबा के बारे में जो बची-खुची यादें थीं, वे भी मिट गईं। और 'अपनेपन' की भावना ने मेरे सारे व्यक्तित्व को घेर लिया। वहाँ आ जाने के चंद ही दिनों में अम्मी जान की मौत हो गई थी। घर में थे हम तीन ही लोग—मैं, रिफत और अनवर। मकान खरीदे हुए करीब छह महीने बीत चले थे। तब पता चला कि कोई हिंदू हमारे सामनेवाले मकान को खरीदने का विचार कर रहे हैं। उनके बारे में दरयाफ्त करने पर, यह मालूम हुआ कि वे एक मास्टर हैं। यह बात सुनते ही मुझे इतनी खुशी हुई कि उनके फिर आने का इंतजार करता रहा और उनको देखते ही उनके पास दौड़े जाकर उनसे बातचीत मैंने कर ली थी।

रिफत ने आपत्ति उठाई थी—"खुद जाकर पहचान बढ़ा लेने की क्या जरूरत थी? ऐसी क्या खासियत है उनमें?"

पढ़े-लिखे लोगों के प्रति मेरे मन में जो इज्जत की भावना थी, उसी की वजह से सब पढ़े-लिखे लोगों के प्रति इज्जत दिखाने की आदत मेरे व्यक्तित्व में समा गई थी। अपने पेशे की माँग के कारण किसी भी व्यक्ति के साथ दोस्ती बढ़ा लेने में संकोच नहीं करता था। ये दोनों बातें रिफत की समझ में नहीं आई थीं। तब तो मुझे यह बात भी मालूम नहीं थी कि रिफत को कुछ भी समझाना मुमकिन नहीं है। सामनेवाले घर के कैलाशजी कश्मीरी पंडित थे, यह बात ही मेरी खुशी की वजह थी। उनका समुदाय इल्मपरस्ती के

लिए जितना मशहूर बना था, उतना ही मशहूर बना था सिखाई करने के विचार में। ये पंडित लोग हिंदू बच्चों को सिखाने से भी बढ़कर आस्था से मुसलिम छात्रों को सिखाते थे। हमारे अनवर को घर के दरवाजे के पास ही अच्छे अध्यापक मिल गए, ऐसी खुशी के साथ, यह आशा भी खिल उठी कि जिस इल्म को मैंने अधूरा छोड़ दिया था, उसे कम-से-कम यह पूरा कर ले।

यह तो सच है कि कश्मीर में मुसलमानों की आबादी ही अधिक है, लेकिन अच्छी तरह पढ़े-लिखे लोगों की संख्या अधिक मात्रा में सदैव हिंदुओं की ही रही है। उनके साथ मैं हमेशा दोस्ती का रिश्ता निभाता रहता था और वह भी स्वाभाविक स्वरूप में। किसी ने यह पाबंदी नहीं लगाई थी कि ऐसा रिश्ता नहीं रखना चाहिए, रिफत के आने तक। वह शोपियान जिले से आई थी, जो श्रीनगर से थोड़ी दूर पर है। उसके बाबा वहाँ के मशहूर मुफ्तीजी थे। अमीरी और कार्यक्षमता की दृष्टि में वे बहुत बड़े व्यक्ति बने हुए थे। वे ही शादी का प्रस्ताव लेकर आए थे और अपनी बेटी को मेरी बीवी बना दिया था। मैंने फैसला अपनी अम्मी जान पर छोड़ दिया था। रिफत बाकी के सब विचारों में ठीक थी, लेकिन अपने मजहब और उसके उसूलों के विचार में बहुत कट्टर थी। निकाह के बाद के उन नए-नए दिनों में जब मैंने अपने एक दोस्त को बुला लिया था, उसके निकल जाने का इंतजार करती रहनेवाली उसने यों मुझे आड़े हाथों लिया था—"इसलाम की ठीक तरह से परिपाटी न करनेवाले भाई-बंधुओं को भी गैर लोग माना जाता है। ऐसी हालत में एक काफिर को घर ले आना ठीक लगता है क्या?" मैं तो चौंक गया था। उसके यकीन, बरताव और अपने ऊपर लागू कर लेनेवाले उसूलों को देख लेने के बाद, आधे-अधूरे इल्म के मुझको ऐसा लगता था कि कहीं मैं इसलाम के प्रति अपराध तो नहीं कर रहा हूँ? खासकर यह तो मजहब के रस्मो-रिवाजों को बनाए रखनेवाले मुफ्तीजी की बेटी है; मुझसे ज्यादा जानकारी रखनेवाली है; इसलिए उसकी समझ-बूझ ठीक ही हुआ करती है। यों सोच लेने पर, उसके बारे में थोड़ा सा ज्यादा गौरव और भय की भावनाएँ मेरे मन में घर कर गई थीं। इसी वजह से, अपने हिंदू दोस्तों से और खरीददारों से काफी फासला रखता आया, लेकिन कैलाशजी के साथ इस तरह का बरताव करना मुमकिन नहीं था। यहाँ तो मेरे बेटे की पढ़ाई-लिखाई का सवाल भी था। जब मैंने रिफत के सामने यह सवाल रखा, तो उसने जबरदस्ती के साथ ही कहा था—"बच्चे को पढ़ाने-लिखाने की जिद क्यों कर रहे हैं? पढ़-लिखकर उसे क्या करना है? दुकान जो है, उसकी देख-रेख कर लेना काफी नहीं होगा क्या? सरकारी नौकरी दिलाना चाहते हैं, तो अपनी वशिलेबाजी का इस्तेमाल नहीं कर सकते हैं क्या? यदि आपका असर चल नहीं पाता, तो मुझसे कहिए। अपने बाबा से कहकर वह नौकरी दिला दूँगी।" "बच्चे को तो काफी पढ़ा-लिखा बनाना चाहिए न?"—यों मैंने जिद की, तो उसने कहा—"अल्लाह सुभानहु व ताला की मेहरबानी से

मुसलमानों के रूप में हम पैदा हुए हैं। गलती करके तौबा (पश्चात्ताप) कर लेने का मौका खोकर, सजा भुगतने की हालत में फँसना नहीं चाहिए। अपने और उन काफिरों के बीच के फासले को बनाए रखिए। इस सरहद को पार करके, उनके लिए मददगार मत बनिए।"—यों उसने मुझे खबरदार भी कर दिया था। तब से हमेशा मैं यह सावधानी बरत रहा था कि मुझे यह सरहद पार नहीं करनी चाहिए। (कुरान, 28.86)

सवेरे बिना चूके निमाज करते रहनेवाला हूँ मैं। उन दिनों जुम्मे के दिनों नें मसजिद में जाकर निमाज अदा किया करता था। 1947 में पाकिस्तान से आए हुए कबाइलियों से कश्मीर में—खासकर बारामुला में—की गई जिहाद की काररवाई के बारे में मसजिद में कभी-कभी बोला करते थे, जिसे मैंने भी सुना था। उसके बाद मुझे ऐसा लगता था कि मजहबी काररवाइयाँ कुछ परदे के पीछे हट गई थीं। इस बीच हमारे परिवार में आसिफ और नैला पैदा हुए थे; कैलाशजी के परिवार में भी दो बच्चे पैदा हुए थे; दोनों परिवार बढ़े थे। जब कभी उनसे मिलता था, मेरे अंदर का विश्वास स्वाभाविक रूप में उभर आता था। रिफत मेरे सामने शिकायत करती थी—"चूँकि आप उनसे ज्यादा बोला करते हैं, मेरे लिए मुसीबत हो रही है। मन न करने पर भी उनकी बीवी से मुझे बोलना पड़ रहा है।" फिर भी, उनसे मुलाकात होने पर, रिफत मुँह फिरा नहीं लेती थी। मेरा ध्यान तो केंद्रित रहता था पलते हुए मेरे बच्चों पर। अनवर तो जनम से शांत स्वभाव का था। उसकी आँखों में एक निराली चमक थी। "उसके स्वभाव से मेल खानेवाला कोई नाम खुद सूचित कर दो"—यों जब मैंने रिफत से कहा था, उसने 'कुरान' में पाया जानेवाला 'अनवर' नाम पसंद किया था। 'आसिफ' जो बहुत ही तेज था और देखने में बहुत हसीना लग रही 'नैला'—इन दोनों के नामों को भी रिफत ने ही 'कुरान' से चुन लिया था। नैला और सविता देखने में ही सुंदर नहीं थी, बल्कि गुण और स्वभाव में भी बहनें जैसी थीं। अनवर पहले तो पढ़ाई में तेज था, लेकिन आगे चलकर थोड़ा सा पिछड़ गया। मुझे जब ऐसा लगा, तो मैं उसे तुरंत कैलाशजी के पास ले गया। उसे पढ़ाने से उन्होंने इनकार नहीं किया। उनसे पढ़ाई-लिखाई कर लेने के बाद, उसमें सुधार देखने में आया। दाऊ के जैसे, उसका छोटा भाई भी उनके यहाँ जाकर पढ़ाई-लिखाई करने लगा। किसी भी वजह से रिफत अपनी बेटी को घर के बाहर कदम रखने नहीं देती थी। बिना कोई 'फीस' लिये पढ़ाई करानेवाले कैलाशजी के ऋण को चुकाने के लिए मैं जो कुछ भी दिया करता था, उसे किसी-न-किसी रूप में लौटाकर मुझे दुविधा में डाल देते थे, लेकिन हर शिवरात्रि के त्योहार के अवसर पर, शिकारा चलानेवाले वासिम को सूचना देकर, डल झील भर में पैदा रहनेवाले कमल के नालों को तथा 'नदरू' के गट्ठों को मँगवा देता था। उन्हें कैलाशजी के हाथों में थमाने से ही मन को चैन मिलता था। न मैं कुछ बदला था, न कैलाशजी ही कुछ बदले थे, लेकिन हमारी समझ से अलग ही तरीके में कश्मीर बदलता जा रहा था।

1971 में भारत और पाकिस्तान के बीच हुई जंग के खत्म हो जाने के बाद, कश्मीर में जो दंगे-फसाद, लूट-मार और कत्ल हुआ करते थे, वे काबू में आ गए थे। तब हमने सोचा था कि आगे चलकर ऐसे हादसे नहीं होंगे, लेकिन जब 80 के दशक में राजनीतिक दल के उम्मीदवार 'वोट' माँगने निकले और पाक कुरान के ऊपर कस्मे-वादे करवाने लगे, तब यकायक हमको ऐसा लगा कि मजहब ही प्रमुख होने लगा है। इसमें किसका हाथ था, यह समझ में नहीं आ रहा था। उसी समय मसजिदों में नए मौलवी नजर आने लगे। उनका एक बड़ा झुंड कश्मीर भर में फैला हुआ था। यह बात बाद में हमारी समझ में आई। वे लोग मसजिदों में ऐसी परिभाषाएँ बोलने लगे, जिन्हें तब तक मैंने सुना तक नहीं था। उनमें से कई परिभाषाएँ ऐसी थीं, जिनसे रिफत भी तब तक अनजान थी।

इस अवसर पर एक ऐसी घटना घटी, जिसने हिंदू-मुसलमानों के बीच के सद्भाव को धक्का पहुँचा दिया और सार्वजनिक रूप से यह जाहिर कर दिया कि इन दोनों कौमों के बीच एकता संभव ही नहीं है। वह घटना थी 1983 में संपन्न भारत और वेस्टइंडीज दलों के बीच का क्रिकेट का खेल, जो कश्मीर में हो रहा था। इस प्रतियोगिता के खेल में शुरू से अंत तक भारतीय खिलाड़ियों की खिल्ली उड़ाता रहा कश्मीरी मुसलमानों का एक बड़ा गिरोह। इससे भारत के खिलाड़ी हक्के-बक्के हो चले थे। भोजन के विराम की अवधि में उस गिरोह ने खेल के मैदान में घुस कर, खेल के 'पिच' को खोद भी डाला था। क्षेत्र-रक्षण (फिल्डिंग) करने के लिए खड़े भारत के खिलाड़ियों के ऊपर पत्थर और बोतल फेंककर उन सब लोगों को असुविधा पहुँचाई थी। यह स्पष्ट संदेश भी भेज दिया था कि वे भारत के विरोधी हैं। उनकी यह नाराजगी इतने में ही खत्म नहीं हुई। जब इस 'मैच' में भारत की हार हुई, तो उस हार की खिल्ली उड़ानेवाले 'पोस्टरों' को शाला, कॉलेज तथा दफ्तरों में रहनेवाले हिंदुओं के सामने प्रदर्शित करते हुए, मजाक उड़ाते हुए खुशी मनाने की जरूरत प्रत्येक मुसलिम को महसूस हुई। तो इससे वहाँ के मुसलिमों को अपनी कड़ुवाहट अधिकृत रूप में जाहिर करने की परवानगी मानो मिल गई। उसके बाद के दिनों में न जानें कितनों के मन फूट चले। तब से आसिफ तो सतीश के खिलाफ दुश्मनी बरतने लगा। एक दिन, शाला से लौटने के बाद, उसने अपनी किताबें एक ओर फेंककर उद्घोषित कर दिया—

"अब्बू, यदि मैं पढ़ा-लिखा नहीं बनूँ, तो भी कोई बात नहीं है। मैं पढ़ने-लिखने के लिए उनके पास नहीं जाऊँगा। वह काफिर सतीश तो भारत से प्यार करता है।"—यों बोलते हुए उसने आग बरसाती हुई आँखों से मेरी ओर देखा। उसे यह साफ मालूम था कि वह क्या कर रहा है। वह अभी दसवीं कक्षा में पढ़ रहा था। अगले साल उसने घोषित कर दिया कि वह कॉलेज में दाखिल नहीं होनेवाला है। मेरे लाख समझाने पर भी जब वह नहीं माना और यह जाहिर कर दिया कि वह दुकान का कामकाज सँभाल लेगा, तो रिफत

ने खुशी की हँसी बिखेरी थी। न जाने क्यों, मुझे तो ऐसा लग रहा था कि बच्चे गलत रास्ता पकड़ते जा रहे हैं। यों लगने पर, मैं मसजिद की ओर भागा था।

मसजिद में नया सबक शुरू हुआ था, जिसमें यह सिखाया जा रहा था कि भारत की गणतंत्रात्मक व्यवस्था इसलाम के खिलाफ है; भारत की धर्मनिरपेक्ष (सेक्युलरिज्म की) नीति भी इसलाम के खिलाफ है; और कुल मिलाकर, पूरा भारत ही इसलाम के खिलाफ है। 'तो इसलाम के खिलाफ रहनेवाले भारत में मुसलमान हजारों सालों से कैसे जी रहे हैं?'—यों सवाल उठाने का मन तो हुआ; फिर भी चुप रहा। इससे बड़ा एक और सवाल मेरे सामने उठ खड़ा हुआ था।

"अल्लाहु की और पैगंबरजी की हिदायतें न माननेवालों को और उनके मुताबिक न चलनेवालों को दूसरी जमात में रखा जाता है। एक दिन उन सबको इकट्ठा किया जाता है और जलती हवा के झोंके में, उबलते पानी में और काले धुएँ की परछाईं में रखा जाता है। जहन्नुम के निचले हिस्से से निकले हुए झुक्कूम के पेड़ के गूदेदार बीजकोश को खाकर और उबले पानी को पीकर उन्हें जीते रहना पड़ता है, रेगिस्तान के ऊँटों के जैसे। कयामत के दिन उस जमात के उन लोगों को मिलनेवाली मेहमाननवाजी तो यही होती है।" (कुरान 37:64-67) (कुरान 56:41-57) मसजिद में नए-नए आए हुए मौलवीजी जब जहन्नुम का यह बखान दे रहे थे, मुझे फिक्र होने लगी थी कि मैं किस जमात में शामिल होनेवाला हूँ। सारे जहाँ के उस मालिक के सामने कयामत के दिन खड़े होने के उस बड़े रोज की जब याद हो आई, मेरे बदन से थोड़ा पसीना निकलने लगा, खासकर अपने उस कट्टर रिवाज के खिदमतगार न होने के हीनताबोधक मिजाज की वजह से। उस दिन से लेकर, बिना चूके पाँच बार निमाज करने लगा।

"आपको मजहबी उसूलों का कोई खयाल तक नहीं है क्या? कम-से-कम अब से तो उनसे थोड़ा फासला रखा कीजिए। उनसे हमारा मेल-मिलाप होता ही कहाँ?"—यों बोलती रहनेवाली रिफत की बातों को अब हलका मानना मुमकिन नहीं हो रहा था, लेकिन उनसे विश्वास का जो मेरा रिश्ता था, वह रिफत के लिए नहीं था। वह तो कभी भी कैलाशजी की बीवी की नजर में पड़ना ही नहीं चाहती थी। कभी साम्ना हो जाता था, तो भी उसकी मुसकान बनावटी ही बनी रहती थी। बीबी, बच्चे, मसजिद, जमात—ये सभी सही रास्ते पर ही चल रहे हैं। अकेले मैं ही कहीं भटककर राह-भूला बन चला हूँ। यह धमकी मुझे घेरने लगी, तो रिफत मेरी नजरों में उमदा बनती गई। जन्नत और जहन्नुम के बीच का फर्क ज्यादा साफ होता गया, तो जन्नत की मेरी जगह ही मेरे लिए सबकुछ बन गई और कैलाशजी के प्रति मेरे अलगाव का खयाल बढ़ता ही गया; नहीं, नहीं, मैं ही उसे बढ़ाता गया। मैंने फैसला कर लिया कि कुछ भी हो, उस दूसरी बाईं जमात में मुझे शामिल ही नहीं होना चाहिए। इस खयाल के साफ होते-होते, मुझे लगा कि मौलवीजी की

हिदायतें ही सुनते रहना चाहिए। सिर का बड़ा बोझ भी कम हो गया, ऐसा भी लगा; जीना भी आसान सा बना। कैलाशजी मेरी नजर में अब काफिर बन गए। दुकान जाने-आने का वक्त भी मैंने बदल लिया।

*****

"लीजिए।"—यकायक यह आवाज कानों में पड़ी।

अपनी सोच की लहरी को तोड़नेवाली आवाज की ओर बशीरजी ने नजर फेरी। रिफतजी ने चाय का एक प्याला अपने शौहर के सामने रखकर, एक और प्याला अपने हाथों में रख लिया था। उनकी आँखों में सवालों की बौछार ही भरी हुई थी। अपने शौहर के कुछ बोलने की इंतजार में उनके सामने ही बैठी हुई थी। एक बार अपनी बीवी की ओर देखकर, फिर चाय के प्याले की ओर उन्होंने यों नजर फेरी, मानो वे कुछ भी कहनेवाले नहीं हैं। प्याले में गोल-गोल लहरें उभारती हुई चाय में उनकी नजरें गड़ गईं, तो इधर उनका मन उस खयाल की ओर लौटा, जिसको वे छोड़कर आए थे।

*****

तब तक 'जमात-इ-इसलामी' के मौलवी हर कहीं भर गए थे और कश्मीर के मुसलमानों की मजहबी धारणा को कदम-कदम पर जगाने लगे थे और सभी को दाईं जमात में शामिल करा लेने की कोशिश करने लगे थे। कश्मीर को आजादी दिलाने का दावा कोई कर रहा था, तो कश्मीर को 'दारुल हरब' से 'दारुल इसलाम' में बदलकर, इसलाम की सही हुकूमत माने जानेवाले 'नजाम-इ-मुस्तफा' की स्थापना के द्वारा शरिया के कानून को लागू करने का दावा कर रहा था और कोई मौलवी। मतलब यही था कि वे सभी अपने-अपने सपनों के बीज के दानों को लोगों के मन में बो रहे थे। उस वक्त सबका लक्ष्य चूँकि मजहबी तत्त्वों पर केंद्रित था, राजनीतिक महत्त्वाकांक्षाओं के बारे में लोगों को समझाने की कोशिश किसी ने नहीं की। अपनी-अपनी भलाइयों को साध लेने की कोशिश या होड़ में उलझे हुए लोगों ने उसकी कोई माँग तक नहीं की।

अनवर ने दसवीं कक्षा की पढ़ाई पूरी करके, दुकान की सारी जिम्मेदारियाँ सँभाल ली थीं। आसिफ ने स्कूल जाना छोड़ा तो नहीं; मगर ठीक तरह से स्कूल नहीं जा रहा था। कहीं पहलवानी की तरबियत में अपने को शामिल कर लिया और अच्छी तरह तालीम कर लेते हुए, बदन को हट्टा-कट्टा बना लेने में जुटा रहा। 'जमात-इ-इसलामी' से नाता रखनेवाले किसी और संगठन ने उसके हमसिन लड़कों का गिरोह बनाकर, उसी को उसका मुखिया बना दिया था। तरबियत के पहले दिन ही यों घोषणा करते हुए, उसने घर में कदम रखा था कि "भारत के साथ जम्मू-कश्मीर को विलीन करने के समझौते को

रद्द करना मुमकिन नहीं है करके जो भी आवाज उठाएगा, उसे मौत के घाट उतार देंगे; जब तक यह रद्द नहीं होगा, तब तक हथियार लेकर लड़ते रहेंगे।"

"इसको पढ़ लेने के बाद सब लोगों में इसे बाँट देना चाहिए करके हमको हिदायत दी गई है।"—यों बोलते हुए उसने जो छोटी सी किताब ला दी थी, उसकी बातें कुछ-कुछ अब भी मुझे याद हैं—

"कश्मीर के हे मुसलमानो, कब तक आप यों गुलाम बनकर रहेंगे? ये सिनेमाघर, स्कूल और कॉलेज, मर्द और औरतों को हर कहीं एक साथ फिरते रहने की आजादी देनेवाला यह बेशरम समाज आपसे अपनी तहजीब और रीति-रिवाज को छीन लेगा। ये दुश्मन तुम्हारे भरोसे और पहचानों को मिट्टी में मिला रहे हैं। अब भी यदि आप इसे समझ नहीं पाएँगे, तो तारीख के पन्नों में तुम्हारे लिए कोई जगह मिलेगी नहीं।..." उसमें और भी कई ऐसी बातें लिखी गई थीं। ऐसे एक-एक सबक सीख लेने पर, आसिफ उसे हमारे सामने सुनाता रहता था। ऐसा हर एक सबक उसमें दुश्मनी भर देता था और उसे और भड़का देता था। वह ऐसा बयान शुरू कर देता था, तो अनवर उसी लम्हे वहाँ से उठकर चला जाता था। नैला तो बिन बुलाए अपने कमरे से बाहर आती ही नहीं थी। रिफत तो अपने बेटे की ऐसी प्रत्येक सिखाई को और उकसाया करती थी, तो कुछ कह न पाने की, न उठकर चले जाने की हालत में फँसकर, मैं छटपटाता रहता था।

"आज हमको यह हिदायत दी गई है—'हम मुसलमानों को इन काफिरों के साथ रहना नहीं चाहिए। यदि वे भी मुसलमान बन जाना चाहेंगे, तो ठीक है। नहीं तो, उनको यहाँ से भगा देना चाहिए। अपने पास रहनेवाले काफिरों के साथ लड़ाई जारी रखिए। उन्हें हमारी बर्बरता दिखाते रहना चाहिए।' कुश्ती की तरबियत से लौटने के बाद आसिफ बड़े जोश के साथ यों बोलने लगा था (कुरान 9:123)"—

"अब्बू, सतीश के घरवाले ही हमारे पास रहनेवाले काफिर हैं न?"—एक दिन आसिफ ने बड़ी खुशी से मुझसे पूछा था। उसके चेहरे पर अजीब सी खुशी नाच रही थी। ऊपरी मंजिल पर चढ़नेवाले अनवर ने मेरी ओर मुड़कर देखा। वह भी मेरे बाबा के जैसे ऊँचे कद का शख्स था। उन्हीं के जैसी बड़ी-बड़ी आँखें थीं उसकी। मैं यह समझ नहीं पाया कि वे आँखें क्या बोल रही थीं। दो-एक लम्हों तक मुझी को ताकता रहा; फिर जल्द-जल्द सोपानों पर चढ़ते हुए वह ऊपर चला गया।

"कहिए न अब्बू, वे भी काफिर ही हैं न?"—जवाब जानते रहने पर भी, आसिफ मेरी हामी का इंतजार कर रहा था।

"बशीरजी, लीजिए। मेरे भाई ने बादाम भेज दिए हैं।"—यों बोलते, मेरे घर के दरवाजे तक आकर, थैला भर बादाम पहुँचाते रहनेवाले कैलाशजी की तसवीर मुझे याद आई। मेरे मजहब ने यह लाजिमी पैदा कर दी थी कि उनको काफिर मान लूँ, चूँकि वे

मुसलमान नहीं थे। यदि अपने मजहब के उसूलों के खिलाफ जाएँ तो जलते हुए जहन्नुम में फँस जाने का डर सताने लगता था। कुछ भी हो, मैंने यह फैसला कर लिया कि मजहब के खिलाफ चला नहीं करूँगा और कह दिया "हाँ"! यों बोलते समय मेरा दिल धक-धक करने लगा था, जो खुद मुझे सुनाई दे रहा था। मानो मेरे जवाब का ही इंतजार कर रहा था, बाहर दौड़ चलनेवाले आसिफ ने उनके घर के ऊपर, पहली बार जोर से पत्थर फेंका। पंजा जोर से पकड़कर किसी उँगली को ऊपर उठाते हुए, कोई निशानी दिखाते हुए, जोर से चीख उठा—"नारा-ए-तकबीर, अल्लाहु अकबर।"

"अंदर छिपे गौरैये अब तक डर चुके होंगे।"—गर्व के साथ यों बोलते हुए वह अंदर आ गया।

बहुत देर तक वह आवाज मेरे कानों में गूँजती रही। अपनेपन की पहचान के रूप में बची भावनाओं का गला घोंटने का तरीका शायद उसी लम्हे से मैंने सीख लिया। अल्लाहु की तथा पैगंबरजी की अच्छी जानकारी रखनेवाले मौलवियों का कहना हू-ब-हू मान लेना चाहिए; मेरा बेटा जिस रास्ते पर जा रहा है, वह भी तो उन्हीं का बताया हुआ रास्ता है। यों सोच लेते हुए, उस घटना को भुला देने की मैंने कोशिश की। उस दिन रात को अनवर खाना खाने नहीं आया। उसको बुला लाने के लिए, मैं ही ऊपर चढ़कर, उसके कमरे में गया। मुझे देखते ही वह तुरंत उठ आया; और कमरे के दरवाजे को यकायक उसने बंद कर दिया। मुझ पर उसका कोई असर नहीं हुआ। आगे कदम तो रख दिया था। अब पीछे हटने का सवाल ही नहीं था। मेरे मन ने यह पक्का फैसला कर लिया कि आगे चलकर कैलाशजी के साथ सारे रिश्ते तोड़ लेने चाहिए। चार बार वे आवाज देते, तो एक बार मैं फिरकर देखता था। शेष अवसरों पर फिरकर देख न लेने की वजह यह बहाना था कि इस काफिर के साथ मेरा रिश्ता क्यों हो? धीरे-धीरे यह आदत ही बन गई और इसी को सच्चाई मान लेने के स्तर तक पहुँच गया, बहुत जल्द ही। इतने में उन्होंने भी इस बदलाव को पहचान लिया था, ऐसा मुझे लगा था। वे भी चुप्पी साधने लगे।

आसिफ रोज रात को देर से आने लगा था। हमारे यहाँ तब तक सब लोग सो चुके होते थे। इसलिए, उनके घर पर पत्थरबाजी करके उसके लौट आने तक मैं ही इंतजार करता रहता था और उसके लौटने के बाद ही दरवाजा बंद कर देता था। जोश में न जाने क्या-क्या बकते हुए, हक्का-बक्का सा होकर, वह चला जाता था। मैंने ही कई बार देखा था कि कभी-कभी दरवाजा बंद करना भी वह भूल जाता था। 1986 का फरवरी महीना होगा। एक हफ्ते तक वह घर नहीं आया था। उन दिनों में काफी बड़े फसाद हुए थे, काफिरों के कई घरों में आग लगाकर डरा-धमकाकर उनको भगा देने की कोशिशें की गई थीं।...कई लोग बहादुरगढ़, ऊधमपुर और जम्मू चले तो गए थे; फिर भी, ज्यादातर लोग यहीं रह गए थे।

"इसलाम की पाक जमीन में काफिरों को रहना नहीं चाहिए।—यों साफ-साफ बता देने पर भी, इन लोगों की कैसी जिद है यह। कई बार भगा देने पर भी, चंद दिनों के बाद, मक्खियों के जैसे, फिर लौट आ रहे हैं ये लोग!··· छि:।" कैलाशजी के मकान की ओर देखते हुए, रिफत का यों कहना सच लगता था।

"अल्लाहु अकबर,··· मैं भी सोपोर तक गया हुआ था। दो मंदिरों को तोड़ डाला; तीन घरों में आग लगा दी।" घर आते ही आसिफ चिल्लाकर बोल उठा। एकाध क्रिकेट के बल्ले, गेंद और कई अन्य चीजें भी ले आया था। "ये सब कहाँ से उठा लाए?" "ये सब मेरी कमाई है। वहाँ से लूटकर लाए गए सामानों में यह मेरा हिस्सा है। मजहबी उसूल के मुताबिक काम करने की वजह से, इन्हें मुझ ही को रख लेने दिया गया है।" (कुरान 8:69)

"फिर? वहाँ और क्या-क्या किया तुम लोगों ने?"—रिफत ने बड़े लगाव से पूछा।

"जिनके हाथों में बंदूक थी, उन सबने गोली दाग दी···और कई लोगों ने औरतों को पकड़ लिया और 'यह मेरी है' करके चिल्लाते हुए उन्हें कहीं-कहीं ले गए।···" पूरी जानकारी न होने के कारण और ज्यादा बोलना उनके लिए मुश्किल हो रहा था। फिर भी उन्होंने यह भाँप लिया कि यह भी उनकी तरबियत का हिस्सा है और उन सब विचारों की ओर वह काफी ध्यान दे रहा है। उसका बयान सुनने के लिए सिर्फ हम दोनों ही—यानी, मैं और रिफत ही—थे। "फिर?"—यों रिफत के पूछ लेने पर, उसने जो कुछ कहा, उसकी ओर मेरा ध्यान गया नहीं। उसके अंदर चले जाने के बाद, रसोईघर में वह कुछ बड़बड़ाने लगी थी—"सब लड़के मजहब की खातिर अपनी पढ़ाई-लिखाई छोड़कर रास्ते पर उतर आते हैं। यह अनवर ही इसके लिए अपवाद बन बैठा है। इसके प्रति उसे चाव ही नहीं है। क्या यह डरपोक है? उसके सारे दोस्त रोज आकर उसको आवाज देते हैं, मगर यह तो दुकान से बाहर ही नहीं निकलता है। सिर्फ निमाज करने के लिए अब्बू के साथ बाहर जाया करता है। न जाने किसकी खूबियों पर जना है यह अजीब सा लड़का।"

"यह क्या, इतनी सोच में पड़ गए हैं? आज दुकान नहीं जानेवाले हैं क्या?" बहुत देर बाद, जब रिफत ने धीमी आवाज में सवाल किया, तभी बशीरजी यथार्थ के लोक में उतर आए।

अट्ठाईस

मेटाडोर से उतरकर, बादशाह चौक की अपनी दुकान की ओर धीरे-धीरे कदम बढ़ाने लगे बशीर अहमदजी। प्रमुख मार्ग के नजदीक ही थी उनकी दुकान। पहले वह बहुत बड़ी थी। 90 के दंगे-फसादों में किसी ने जो आग लगा दी थी, वह सारी दुकान में

फैल गई थी और···आगे जो कुछ हुआ, उसको याद कर लेना भी मैं नहीं चाहता। सबकुछ ठीक तरीके से चलता, तो मुझे इस उम्र में दुकान में आकर बैठने की नौबत नहीं आती।

"अस्सलाम-आलैकुम, काका"—यों बोलते हुए बाजू की दुकान का लड़का इमरान दरवाजा खोलने में मदद देने के लिए आगे बढ़ आया। रोज ऐसा ही होता है। बशीरजी की दुकान खोलनेवाला और बंद करनेवाला वही है। "मैं यह काम कर सकता हूँ, छोड़ो।"—यों लाख समझाने पर भी, वह सुनता नहीं है। बड़े तेज दिमाग का, अच्छे हुस्न का लड़का है; और मेहनती भी है।

"व-आलैकुम-सलाम"—यों बोलते हुए, सिर उठाकर उसको देखा। उन्नीस-बीस साल की जवानी का, बड़े फैलाव की छाती का, हट्टा-कट्टा नौजवान था वह। उसने जल्द दरवाजा खोल दिया और बशीरजी के बैठने के लिए कुरसी लगा दी; खरीददारों के बैठने के लिए रखी गई बेंचों को ठीक तरह से जोड़ दिया; पानी की सुराही और प्यालों को उसके पास ही रख दिया। "किसी चीज की जरूरत हो तो आवाज दीजिए, काका!"—यों बोलते हुए वह अपनी दुकान की ओर चला गया। उसके चलते समय, पीठ की हड्डियों की ओर देखते ही उन्हें यह बात याद आ गई कि इसी उम्र में आसिफ अपनी छाती के ऊपर कलाषनिकोव राइफल को बाँधकर फिरता रहता था न! इससे बशीरजी का मन अतीत की ओर मुड़ चला।

"अलहम्-दुलिल्लाह! अब्बू जान, हमारे मजहब से बेहतर कोई और मजहब तो है ही नहीं। साथ-साथ मसजिद की ओर चलते वक्त, 'सज्द' फरमाते वक्त और 'दुआ' सुन लेते वक्त मुझे ऐसा लगता है कि मुसलमान होकर पैदा होना कितनी खुशनसीबी की बात है?" जब वह ऐसी बातें बोलता, मैं तो हैरान हो जाता था। देखते-देखते मेरा यह बेटा कट्टर मुसलमान बन चला था। कुछ भी हो, दिन में पाँच बार निमाज अदा करना तो भूलता नहीं था। 'वुजू' कर लेने के बाद तो उसके बदन को कोई छू तक नहीं सकता था। "यह मेलजोल ही हमारी ताकत है; फिर वह 'नजाम-ए-मुस्तफा' आ जाता है न! इशां अल्लाह, हम लोग खलीफत की हुकूमत जरूर अमल में लाएँगे। उसकी आँखों में फैसले की झलक देख लेने पर, मुझे यह यकीन ही नहीं होता था कि यह मेरा बेटा है।

घर से निकल जाते वक्त और घर लौटने के तुरंत बाद, वह कैलाशजी के घर पर पत्थरबाजी किया करता था। कभी-कभी थूक भी देता था। जब कभी कैलाशजी के बेटे से मुलाकात हो जाती थी, मुट्ठी बाँधकर कोई इशारा कर देता था। ताकि वह साफ सुन पाए, बुलंद आवाज में यह नारा निकालता था कि 'नारा-ए-तकबीर', 'अल्लाहु अकबर।' इसको देखते ही उनके घर के बच्चे, मारे घबराहट के घर के अंदर ही घुस जाते थे। सतीश तो सिर उठाकर भी उसकी ओर देखता नहीं था। कैलाशजी भी बोलते ही नहीं थे। इनके घर से पहले जो हँसी-मजाक की बुलंद आवाज सुनाई देती थी, वह अब गायब हो चली

थी। रिश्तेदार भले ही आ-जाया करते थे और पूजा-पाठ आदि की प्रथाएँ चला करती थीं, ये सब आजकल नहीं के बराबर हो चली थीं या उन पर सन्नाटा छाया रहता था। इनके प्रति किस तरह अपनी प्रतिक्रिया व्यक्त करनी चाहिए, इस पसोपेश में फँस जाने की वजह से, मैं घर से बाहर ही नहीं निकलता था। अपने मन में जो खलबली हो रही थी, उसको समझ-बूझ लेने की सुविधा भी नहीं थी।

"इन काफिरों का गला तोड़ देना चाहिए; गली-कूचे में भी घुसकर उनको मार देना चाहिए; अपने रुपए-पैसों से और जी-जान से, अल्लाह के सुझाए तरीकों से लड़ाई जारी रखिए—यों हमसे कहा गया है। हमारे हाथों से अल्लाह उनको सजा दिलवाएगा और उनको बेइज्जत करवाएगा है, यों भी कहा गया है। मैं तो उस रोज का इंतजार कर रहा हूँ।—यों बोलते हुए, इस तरबियत की एक-एक सीढ़ी पर चढ़ते-चढ़ते आसिफ यह भूलता जा रहा था कि वह एक इनसान है।" (कुरान 8:12, 9:41 और 9:14)

"इस मकबूजा (हमला किए हुए) कश्मीर को आजाद करवाने के लिए बड़े पैमाने पर तैयारियाँ की जा रही हैं। हाल ही में मुझे भी बाहर जाना होगा। यह अभी तय नहीं हुआ है कि मुझे पाकिस्तान जाना होगा या आजाद कश्मीर जाना होगा।" एक रात, जब खाना खाते वक्त उसने यह बात बता दी, तो मुझे ऐसा लगा कि उसकी तुलना में बहुत पीछे मैं रह गया हूँ। दुकान में मापने की छड़ी की या थान के पैमाने में गिनती करते रहनेवाले मुझसे मेरा यह बेटा ही आगे बढ़ चला है, ऐसा लगा। इस पर मुझे फख्र करना है या दुःखी होना है, यह भी मालूम नहीं हो रहा था।

"कहाँ बसे हैं तुम्हारी तरबियत के ये केंद्र?"—मैंने नादानी में उससे यह सवाल पूछ लिया था।

"कदम-कदम पर बसे हैं। फांग, बात्पोरा, कालामुला, कराची, रावलपिंडी, लाहौर, पेशावर—इनको मिलाकर 39 जगहों में ये बसे हैं।" उसने एक ही दम में उनका नाम ले लिया था।

उसकी माँ इस विचार से चिंतित थी कि शहजादे जैसे लगनेवाले अपने बेटे को किसी की नजर न लग जाए। यह किसी काम में उलझा क्यों न हो, फोन पर बुलावा आते ही, फौरन निकल जाता था; कब लौट आएगा, यह तो ठीक तरीके से उसी को पता नहीं चलता था। कई बार जब वह लौट आता था, माथे पर घाव लगे रहते थे और हाथ-पैरों पर मारपीट के निशान भी रहते थे। घबराहट में माँ जब यह पूछती थी कि 'यह सब क्या है?', तब वह उस हालत के मुताबिक ऐसा कुछ बहाना सुना देता था—"अम्मी जान, खुदा की राह में हम जो कुछ खर्च कर देते हैं, उसका पूरा-पूरा फायदा आगे चलकर मिल ही जाता है।" (कुरान 8:60)

तरबियत के सिलसिले में उसके पाकिस्तान चले जाने के बाद, यहाँ दंगे-फसाद बढ़

गए थे। इधर-उधर और हर कहीं बम फटते जा रहे थे। राजनीति तो हमारी समझ में आ नहीं रही थी। मीरवाइज इधर मुख्यमंत्रीजी को गलत ठहराते, तो मुख्य मंत्रीजी मीरवाइजों को गलत ठहराते थे। कौन किसके पक्ष में है, किसके विरोध में हैं, इसका पता तक नहीं चलता था। मौलवीजी जहाँ यह हिदायत दिया करते थे कि किसी को 'वोट' मत दीजिए, क्योंकि 'वोट' डालने पर हमारे मजहब में पाबंदी है, तो इधर राजनीति के नेता लोग यह जोर डालते थे कि हमारे पक्ष में वोट दिया करें। हमेशा किसी-न-किसी बहाने पर विरोध प्रदर्शन होते ही रहते थे। पहले ही मिली हिदायत के मुताबिक हमारी दुकानों पर हमने हरा रंग पोत दिया था। पाकिस्तान के झंडे फहरा दिए थे। 'हमें आजादी दीजिए; कश्मीर को आजादी दीजिए।'—ऐसे नारे लिखवा दिए थे। 'हड़ताल' करने की सूचना मिलते ही, बिना और कुछ सोचे, हमारी दुकानों को बंद कर देना पड़ता था। इस बात का पता तक नहीं चलता था कि कब यह खलबली मचेगी। भारत के झंडों को जला देना और काले झंडों का प्रदर्शन करना—ये तो आम बातें थीं।

"नैला को घर के बाहर कहीं भेजा न करें।"—यों आसिफ हमेशा बोला करता था। सुना था कि 'हिजाब' और 'नकाब' नहीं पहननेवाली मुसलिम लड़कियों के ऊपर 'एसिड' का हमला किया जा रहा था। हमारे मजहब की हिदायतों को अमल में न लानेवालों को सबक सिखाने के इरादे से ऐसा किया जा रहा था। रिफत के बारे में कहना क्या था ? नैला के ऊपर कड़ी पाबंदियाँ और ज्यादा बढ़ गईं।

जब कभी जाना मुमकिन था, मैं और अनवर दुकान जाया करते थे। मसजिदों में अब बड़ी संख्या में ताकतवर 'लाउडस्पीकरों' को सँजोया गया था। 'अजान' की आवाज पहुँचाने के लिए ही नहीं, नारों को लोगों तक पहुँचाने के लिए भी उनका इस्तेमाल किया जाता था। हम सबको अमुक जगह पर आ मिलने की सूचना देने के लिए ही नहीं, सेना और पुलिस के पहुँच जाने की चेतावनी देने के लिए भी उनका इस्तेमाल कर दिया जा रहा था। जुम्मे की निमाज के वक्त सब लोगों के मन में त्याग और समर्पण की भावना पराकाष्ठा तक पहुँची रहती थी। घर में अकेले रहते वक्त मन में न आनेवाली प्रेरणा और उमंग की भावनाएँ, सामूहिक मेलजोल के अवसर पर किस प्रकार उभर आती हैं ?—यह विचार अब तक मेरी समझ में नहीं आया है। जिस प्रकार पुंगी का नाद सुनकर साँप अपने फन को नचाता रहता है, उसी तरह हमारा सारा समुदाय मौलवीजी के इशारे पर नाचता रहता था। उनके चेहरे की पेशियाँ जब कसाव में आ जाती थीं, हमारे लोगों के मन में भी क्रोध की भावनाएँ उभर आती थीं। जब मेरी ही मन:स्थिति इस प्रकार की हुआ करती थी, दिन के चौबीसों घंटे अपने गिरोह में रहनेवाले आसिफ की मन:स्थिति किस प्रकार की हुई होगी, इसका अनुमान कर लेने के लिए ज्यादा बुद्धिमानी की जरूरत नहीं थी।

"यह धरती मूमिनों के लिए मनुहार बनी रहनी चाहिए। इसलिए आप लोग अल्लाह

के द्वारा सुझाई गई राह में लड़ाई जारी रखिए। दूसरे उन मूमिनों को भी यों उकसाते रहिए ताकि वे भी इस लड़ाई में शरीक हो जाएँ। वह वक्त अब दूर नहीं है, जब अल्लाह इन काफिरों की ताकत को तोड़ दिया करेंगे।"—आक्रोश से भरी आवाज में मौलवीजी यों बोल रहे थे, तो हम सब मन लगाकर उनकी बातें सुन लिया करते थे। (कुरान 4:84)

"इस बात को याद में रख लीजिए। आप लोगों में सभी तरह की तकलीफें सह पानेवाले कम-से-कम बीस लोग ही क्यों न हों, उन दो सौ काफिरों को हरा सकते हैं। ऐसे सौ लोग होंगे तो उन हजारों नासमझ काफिरों को मौत के घाट उतार सकते हैं (कुरान 8:65)।"

"यह बात साफ-साफ बताइए : 'इन काफिरों से अपने आप को छुड़ा लेना चाहते हैं या नहीं? इस धरती को पाक इसलामी हुकूमत के तहत लाना चाहिए या नहीं? हम सबको पैगंबरजी की हिदायतों के मुताबिक चलना चाहिए या नहीं'?"—वे इस तरह सवाल करते रहते थे, तो ऐसा लगता था, हमारी नसें ही शायद फूट जाएँगी।

"हर एक काफिर को मार कर भगा देने से हम लोग उनको यह दिखा देंगे कि अल्लाह के तथा पैगंबर के अनुगामी कितने क्रूर भी हो सकते हैं, इशां अल्लाह।" (कुरान 48.29) मौलवीजी की बातों के असर में आकर, लक्ष्य को निशाना बनाकर मारे गए तीर के जैसे बनकर, मसजिद से बाहर निकलनेवाले प्रत्येक मुसलिम का मन अभी-अभी रगड़कर तीखी बनाई गई तलवार की धार के जैसे तेज ही बना रहता था कोई बहाना मिले या न मिले, संघर्ष तो होना ही चाहिए। नहीं तो, उनके आक्रोश को शमन में लाया भी कैसे जा सकता है?

ज्यादातर ये पुलिस के कर्मचारी भी, घटना-स्थल पर रहने पर भी, चुप रहा करते हैं, मानो उन घटनाओं को उन्होंने देखा ही न हो। सुरक्षा दल के सिपाहियों को ले जानेवाली बसों के ऊपर तथा सैनिकों के ऊपर आक्रमण होने पर भी, ये लोग अपनी राइफलों को बाहर निकालते ही नहीं। हम ही को यह बात समझ लेनी चाहिए थी कि इसलाम के पाक मकसद के लिए अपनी देन दे रहे हैं ये पुलिसकर्मी। कभी, किसी के दबाव में आकर, मुकदमा दायर कर लेने पर भी, जाँच-पड़ताल की रपट में यह टिप्पणी लिख देते थे कि कोई सबूत नहीं मिला है और गुनहगार लापता हैं। आतंकवादियों ने पुलिस चौकी के ऊपर हमला करके, हमारे हाथों से राइफलों को छीन लिया करके पुलिसवाले जो बहाना बना लेते थे, उसमें कोई सच्चाई नहीं होती थी और यह बात हमें भी मालूम थी। पुलिस विभाग में 'वायरलेस ऑपरेटर' की हैसियत से काम करनेवाला एक पुलिसकर्मी ही पुलिसवालों की गतिविधियों के बारे में आतंकवादियों को सूचना दिया करता था। यह बात मुझे खुद मालूम थी। एक तरह से, पूरी हुकूमत हमारी तरफदारी में काम किया करती थी। इतने में, आसिफ अपनी तरबियत पूरी करके लौट आया था।

"तरबियत कैसी रही?"—रिफत के यों पूछने पर, उसने अपने पास रहनेवाली कलाषनिकोव राइफल और चार पिस्तौलों को दिखा दिया और बताया—"वहाँ, सरहद को पार कर लेने पर, तरबियत शुरू करने से पहले, अर्जी के नमूने में हमारे सारे ब्योरे लिख लेते हैं। दस्तखत करने की जगह, लहू से अँगूठे का निशाना लगा कर आया हूँ।"

गर्व से ये सारी बातें बोलनेवाले अपने छोटे भाई को, वहीं थोड़ी दूर पर बैठा हुआ उसका दाऊ देख रहा था, भावहीन-सा होकर। वह कई दिनों से किसी को विशेष ध्यान देकर देखा करता था। कितने दिनों से वह सविता के चलन-वलन की ओर ध्यान दे रहा है, इस विचार के बारे में जब भी मैं सोचा करता था, मुझे ऐसा लगता था कि वह उसको चाहने लगा है और इसी वजह से वह आजादी की लड़ाई में क्यों शरीक नहीं हो रहा है। आगे चलकर वह क्या करने जा रहा है, यह सूझ नहीं रहा था। फिर भी पैनी नजर से उसको देखता रहा। घर में जब तक रहता था तब तक सविता के उस कमरे के ऊपर उसकी नजर गड़ी रहती थी। पहले ही उसके जो नाज़ुक नाज-नक्शे थे, वे अब और नरम हो चले थे। घंटों तक उसके लिए खिड़की के पास इंतजार करते हुए बैठा रहता था। उसके बाहर निकलते ही, वह भी बाहर जाने का बहाना ढूँढ़ लेता था और तुरंत रास्ते पर आ जाता था। ऐसी बारीकी की बातें शायद बहुत जल्द लड़कियों की समझ में आ जाती हैं। उसको देखते ही, वह हड़बड़ी में दौड़ जाती थी। इसके यों दौड़ जाने से, उसके मन की खलबली और बढ़ जाती थी और हारा हुआ चेहरा लेकर घर के अंदर आ जाता था। इससे मुझे बहुत संकट हो रहा था। बचपन से लेकर, वह किसी चीज की न माँग करता था या उसे पाने के लिए न जिद ही करता था। यह पता ही नहीं चला कि वह किस तरह पल कर बड़ा हुआ। अब इसके यों करने के बारे में या इस विषय के बारे में उससे या रिफत से कुछ पूछ लेना चाहिए, ऐसा मुझे लगा भी नहीं। उससे पूछताछ करने का कोई कारण था ही नहीं; रिफत से पूछताछ करने में कोई फायदा भी नहीं था। इस बीच बेटी की उम्र बढ़ती जा रही है करके रिफत मुझ पर दबाव डाल रही थी; उसी के अनुरोध के मुताबिक, उसके एक नातेदार इमामजी से नैला का निकाह करा दिया।

इतने में कश्मीर के ही निवासी, केंद्र सरकार के गृहमंत्रीजी की बेटी का अपहरण किया गया। अपहरण करनेवालों ने उसकी रिहाई के बदले में अपने गिरोह के पाँच कैदियों को रिहा करने की शर्त रखी। सरकार ने, बिना किसी प्रतिरोध के, यह माँग मान ली। रिहा होनेवालों में एक अहम शख्स भी था जिसकी रिहाई के अवसर पर उसका दूल्हे जैसा स्वागत किया गया और पूरी घाटी में जुलूस जैसी उमंग छाई हुई थी। कहीं-कहीं हवा में गोली दाग दी गई। इतना ही नहीं, उसी उमंग के सिलसिले में कई काफिरों की मारपीट कर दी गई; कई काफिरों के साथ हिंसा की गई; उनके घर और जायदाद को लूट लिया गया। इन हादसों के चंद दिनों के बाद ही, रेडियो और टी.वी. में खबरें पढ़नेवालों को

हमारी तरफ से यह सूचना दी गई कि वे अपने ओहदों के लिए इस्तीफा दे दें। उनका यह मकसद था कि कश्नीर के लोगों के लिए अप्रिय लगनेवाली कोई खबर न मिले।

"अब्बूजी, काफिरों को भगा देनेवाली योजना अंतिम स्तर पर पहुँच गई है। पहले उनको थोड़ा डरा-धमकाकर चेतावनी दी जाएगी। यह देखने के लिए कि इसके अंजाम के रूप में कितने लोग यहाँ से भाग निकलेंगे। आनेवाली जनवरी की 26वीं तारीख को श्रीनगर के ईदगाह के मैदान में इसलामी झंडे को फहरा देंगे।" उस दिन, जब अपनी दाढ़ी पर हाथ फेरते हुए, आसिफ ने यह ऐलान कर दिया, तो मैं डर गया। "कश्मीर को पाक बना देने के बाद ही, मैं फिर से यहाँ कदम रखूँगा।"—यों बोलते हुए, जब वह घर से निकल पड़ा, आधी रात बीत चली थी। उसके बाद तो काफिरों की हत्या का सिलसिला शुरू हो गया। हमें यह भी साफ पता चला कि इन हथकंडों में उसका भी हाथ है। इधर, रिफत अपने बेटे की ऐसी करतूतों पर फख्र करने लगी थी। किसी तरह, मुझे जन्नत में जगह मिलनेवाली है, यों सोचते हुए, मैंने अपने मन को तसल्ली पहुँचा ली थी। भूलकर भी कैलाशजी के घर की ओर नजर नहीं डालता था।

हमें यह हिदायत दी गई कि 1990 के जनवरी की 19वीं तारीख की रात को औरत, मर्द और बच्चों सहित सबको मसजिद में जमा होना है। चूँकि वह जुम्मे का दिन था, दोपहर की निमाज के लिए मैं मसजिद हो आया था। कोई खास हिदायत हो, तभी मसजिद में शामिल होने की सूचना दी जाती थी और यह आम बात भी थी, लेकिन यों मर्द, औरत और बाल-बच्चों को इकट्ठा कर लेने की परिपाटी तो थी ही नहीं। आज यह क्या बात है ?—यों अचरज करते हुए ही वहाँ जा पहुँचा, तो वहाँ इकट्ठी हुई भीड़ देखकर मैं हैरान हो चला। वह तो श्रीनगर की सबसे बड़ी मसजिद थी। फिर भी, चूँकि सबको मसजिद के अंदर जगह न मिल पाई, लोग बाहर भी खड़े रहे। सभी मीनारों के चारों ओर लाउडस्पीकर तो पहले से लगाए गए थे। मानो ये काफी नहीं थे; और भी कई लाउडस्पीकरों को जोड़ दिया गया था। अलग-अलग मसजिदों के इमामों में कैसेट के बंडलों को बाँटा जा रहा था। मजहबी मुखिया लोग हड़बड़ी में इधर-उधर घूम रहे थे। मैं सोचने लगा था कि आज कोई बड़ा कार्यक्रम होनेवाला है। इतने में निमाज शुरू हुई। कितने रकातों को अदा किया गया था, यह तो याद नहीं है। जब यह काम पूरा हुआ, लोगों में एक नई उमंग—थोड़े पैमाने पर ही सही—भरने लगे थे।

"क्या आप लोगों को मालूम है कि आप कौन हैं ?"—हमारी तरफ उँगली दिखाते हुए, मौलवी साहब पूछ रहे थे। मन की गहराई से हम सब उनकी बातें सुन रहे थे।

"आप कोई ऐरे-गैरे इनसान नहीं हैं। आप हैं ऐसे कश्मीरी मुसलमान, जो मौत से भी नहीं डरते। आपकी नसों में बह रहा है मुजाहिदों और घाजियों का खून। आप लोग बने भी हैं किसके वारिस ?"—यों पूछते-पूछते, उनकी आवाज कठोर होती जा रही थी।

"हम बने हैं वारिस उस पैगंबरजी के, सल्लल्लाहु अलैहि वसल्लमजी के!"—यों सबने एक साथ गूँज उठाई।

"इतना ही नहीं, आप वारिस बने हैं हजरत अबूबकरजी के, हजरत उमरजी के, हजरत अलीजी के! आप वारिस बने हैं हजरत खदीजाजी के, हजरत आइशाजी के, फातिमाजी के! बताइए कि आप इन सबके वारिस हैं या नहीं?"—यों फिर पूछ लेते वक्त उनकी आवाज और ऊँची और कठोर होती जा रही थी।

"जी हाँ"—यों सिर हिलाकर हामी भरते समय, धीरे-धीरे हमारे मन में फख्र की भावना फूट रही थी।

"आप लोग जीना भी जानते हैं, लड़ाई छेड़ना भी जानते हैं। जीना है तो इज्जत के साथ जीना है। नहीं तो…?"—वे यों पूछने लगे थे। उनकी आँखें अब जलती हुई चिनगारियाँ बन चली थीं।

"लड़ाई छेड़नी चाहिए।" हमारी आवाज आसमान को छूने लगी थी। मेरे बदन के ऊपर रोंगटे खड़े होने की जानकारी खुद होने लगी थी।

"तो हमारी धरती के ऊपर कब्जा करके बैठे रहनेवाले इन काफिरों के साथ क्या बरताव करना चाहिए?"—यों पूछते हुए उनका आक्रोश गले को चीरकर बाहर निकल आ रहा था। मसजिद की हर एक दीवार से टकराकर लौट आनेवाली उनकी आवाज कानों में बार-बार टकरा रही थी। उन्होंने एक बार जो सवाल किया था, वह कई बार गूँज रहा था; और जोर से उसका जवाब देने की उमंग हमारे मन में उभर रही थी।

"लात मारकर उनको भगा देना चाहिए। ऐसा सबक सिखाना चाहिए ताकि फिर से यहाँ कदम रख न पाएँ।" जोर से यों बोलते समय हमारी आँखों में भी वह रोष प्रतिफलित हो रहा था।

"तो अब निकलिए! हर एक काफिर को अब यह बता आएँगे कि जिहाद का ऐलान हो चला है। उनको यह चेतावनी दे देंगे कि जितना जल्द हो सके, यहाँ से निकल जाइए। जब तक 'फिलाह' (पीड़ा) मिट न जाएगा, जब तक पूरी तरह से अल्लाह का 'दीन' (धर्म) बस न जाएगा, तब तक इन काफिरों से लड़ते रहेंगे।" (कुरान 8:39) 'नारा-ए-तकबीर' का उद्घोष करते हुए वे उठ खड़े हुए।

"अल्लाहु अकबर!"—यों बोलते हुए हम भी उठे।

"हमें क्या चाहिए?"

"आजादी!"

"किसकी हुकूमत होनी चाहिए?"

"'नजाम-ए-मुस्तफा' की!"

"आजादी का मतलब क्या है?"

"ला इलाहा इल्लल्लाह !"

"पाकिस्तान से रिश्ता क्या है ?"

"ला इलाहा इल्लल्लाह !"

उसके बाद क्या हुआ ?—यह मेरी समझ की सीमा से बाहर की बात थी। नैला की तबीयत कुछ बिगड़ जाने की वजह से, रिफत घर में ही रही थी। मसजिद में आ जाने तक अनवर मेरे साथ ही रहा; उसके बाद न जाने कहाँ चला गया। उसको ढूँढ़ लेने की चाह भी मन में आई नहीं। नारेबाजी करते हुए औरों के साथ जल्द आगे बढ़ जाना; किन्हीं राहों और गलियों में फिरते रहना; औरों के जैसे काफिरों के घर पर पत्थरबाजी करना—ऐसी उसकी करतूतें धुँधले रूप में याद आ रही थीं। फिर भी जब रिफत ने यह पूछा कि "जो जुलूस हमारी गली में आया था, उसमें आप भी शरीक थे क्या ?" मैंने जवाब दिया कि "उसमें शरीक था या नहीं, मुझे ठीक-ठीक मालूम नहीं है। काबा की कसम, कुछ भी याद नहीं है। मेरे सामने जो गिरोह चल रहा था, उसके पीछे-पीछे मैं भी चल रहा था। अलावा इसके, मुझे कुछ नहीं मालूम हो रहा था कि आजू-बाजू में क्या है या क्या हो रहा है ? जान लेने की ख्वाहिश भी नहीं थी। औरों की भी यही हालत थी। पीछा करना मात्र जानते थे। कोई नारा लगाता था, तो हम भी उसमें अपनी आवाज मिला लेते थे।" उस दिन का जुलूस कामयाब हो चला था। अपनी चाह के मुताबिक, काफिरों के मन में डर पैदा करने में हम लोग कामयाब हो गए थे। अगले दिन सवेरे ही, हमारी गली में रहनेवाले काफिरों के कई परिवार भाग निकले थे। कैलाशजी के घर में भी काफी हलचल देखने में आ रही थी।

कई दिनों के बाद बोलनेवाला अनवर, अपनी अम्मी से पूछ रहा था—"वे भी निकल जाएँगे क्या ?" मेरे ऊपर की नाराजगी अभी कम नहीं हुई थी; मुझे यह भी मालूम था कि वह नाराजगी मिटेगी नहीं।

"और नहीं तो, यहाँ रहने कौन देगा उनको ? निकल जाने दो उन्हें। जितनी जल्द निकल जाएँ, उतना ही अच्छा !" मेरे मन में जो विचार थे, वे ही उसके मुँह से निकल आए थे। 'तबीयत ठीक नहीं है' करके, उस दिन अनवर दुकान नहीं आया और घर में ही रह गया।

"कल सवेरे वे जा रहे हैं। राह में ही खड़े होकर वे किसी को बता रहे थे।"—रात को खाना परोसते हुए, रिफत ने बताया। अनवर नीचे उतरा ही नहीं। खाना खाकर लेट जाने पर भी, बहुत देर तक मुझे नींद नहीं आई। हादसे हाथ से निकल जा रहे थे। मन पत्थर-सा हो चला था और किसी भी हादसे के प्रति स्पंदित होना भूल चला था। नहीं, पत्थर-सा नहीं बना था। अगर ऐसा बनता तो ऐसी खलबली नहीं मचती। मेरा बर्ताव पत्थर जैसा हो चला था। और कोई चारा भी नहीं था। अच्छा मुसलिम कहलाने के लिए जो कुछ सही जँचता था, वही तो कर रहा हूँ। यों अपने मन को समझा लेने पर भी, कैलाशजी

और उनके परिवार से संबंधित विचार सदा मेरे मन को सता रहे थे। इतने सालों से जो हमारे साथ यहाँ जी रहे थे, वे आज बेबस होकर, सबकुछ छोड़ के जा रहे थे। 'मास्टर जी' करके तहेदिल से जो उनको पुकार लेता था, आज उनकी इस बुरी हालत की वजह जो बन चुका हूँ, उससे संबंधित अपनी बेबसी को उन्हें समझा देना चाहिए, यों सोचकर उठ आया। दरवाजे के बाजू की खिड़की में से झाँककर उनके घर की ओर नजर फेरी तो देखा कि कैलाशजी धीरे-धीरे अपने मकान की ओर बढ़ रहे हैं। शायद अब तक बाहर ही खड़े हों, हमारे मकान की ओर नजर डालते हुए। उनके घर के सब दीये जल रहे थे। शायद ही कोई सोया हो! कैसे सो पाएँगे। यों सोचते वक्त अनवर की याद आई। बिना शोर मचाए, सीढ़ियों पर चढ़ाते हुए, उसके कमरे के बाहर जाकर खड़ा हो गया। सिसकने की आवाज आ रही थी। रो रहा है क्या? शायद! जाकर उसकी पीठ पर हाथ फेर लेने को मन चाह रहा था। मुझे देखते ही वह आगबबूला हो उठता है। उसे सांत्वना पहुँचाने का हक मुझमें है भी नहीं! यों सोचते हुए वहीं खड़ा रहा। जब तक वहाँ खड़ा हुआ था, तब तक अनवर की गरम साँस की, करवटें बदलने की और सिसकियाँ भरने की आवाज सुनाई दे रही थी। नीचे उतरकर बैठक के कमरे में बैठ गया। बिस्तर पर जाकर लेट जाने की कोशिश मैंने नहीं की, क्योंकि मैं जानता था कि वह काँटों की चुभन-सा लगेगा। पौ फटने से पहले ही जल्द तैयार होकर, अनवर को भी जगाकर, दुकान जाने का अनुरोध करने लगा। बिना किसी तकरार के वह चल पड़ा। "जल्द नाश्ता तैयार कर दूँगी। खाकर जाइए। खाली पेट नहीं जाना चाहिए।"—यों रिफत ने आवाज उठाई। "चुप रहो, अम्मी जान" करके अनवर ने उसे आड़े हाथों लिया। इतनी बुलंद आवाज में बोलते उसको इससे पहले हमने कभी नहीं देखा था। यही वह पहला मौका था और यही आखिरी मौका भी था।

हम दोनों दुकान के एक-एक कोने में बैठे हुए थे। दोपहर का वक्त हो जाने पर भी, कुछ खाने को जी नहीं चाह रहा था। मुझे हलकी सी झपकी जब आई हुई थी, फोन की घंटी बजी—"अब्बू, अभी घर की तरफ निकल आइए। आप को कुछ दिखाना है। तुरंत निकल आइए। मकान के दरवाजे पर ही मेरा इंतजार करते रहिए।" यह बात मेरी समझ में आई कि जल्दबाजी की यह आवाज आसिफ की ही है। "क्या बात है?"—यों पूछने से पहले ही उसने फोन बंद कर दिया था। इस घबराहट से कि क्या हुआ होगा, अनवर को दुकान में ही ठहरने की इत्तिला देकर, मैं निकल पड़ा। जल्दी-जल्दी ही मकान की तरफ कदम बढ़ाता रहा। रास्ते में मिलनेवाले कैलाशजी ने मुझसे पूछा, सतीश के बारे में। मुझे कुछ भी मालूम नहीं था। "क्या हुआ है?"—यों दरयाफ्त करने का धीरज भी बँध नहीं रहा था। उनके चेहरे की ओर भी देखे बिना, अपने मकान की ओर बढ़कर घर पहुँच गया और दरवाजे के बाजू की खिड़की के पास खड़ा रह गया। "यह क्या? इतनी जल्दी आ गए?"—यों बोलते हुए रिफत वहीं आकर खड़ी हो गई। उसके हाथ में गोश्त

को काटने का चाकू था। मेरे खड़े होने के अगले ही मिनट, मैंने देखा कि कैलाशजी अपने घर लौट रहे थे। उनका पीछा करते हुए काले रंग की एक वैन धीरे-धीरे आकर, हम दोनों के मकानों के बीच रुक गई। उस तरफ का दरवाजा एकाएक खुला और उससे किसी बड़ी भारी चीज को बाहर लुढ़का दिया। अगले ही लम्हे उस तरफ की खिड़की का शीशा नीचे उतरा। आसिफ, जो उसके अंदर बैठा हुआ था, हाथ हिलाकर मुसकरा रहा था। क्या हो रहा था, यह बात समझ में आने से पहले और अपनी प्रतिक्रिया व्यक्त करने से पहले ही, वह वैन जल्द वहाँ से, बड़ी तेजी से निकल गई। कैलाशजी की समझ में आने से पहले ही, मेरी समझ में यह बात आ गई कि वह लहूलुहान बदन सतीश का है। मैं खड़ा रह न पाया और बीच के बैठकखाने में दौड़कर आ गया। दौड़ आते वक्त, फिरकर मैंने रिफत की ओर देखा। रिफत वहीं खड़ी रहकर बोल उठी—"यदि यह जिद करते रहें कि काफिर बनकर ही रहेंगे, तो और क्या होगा?" रोते हुए कैलाशजी की ओर वह नफरत से देखती रही।

अगले ही मिनट, दरवाजे पर जोर से दस्तक देने की आवाज सुनाई दी। दरवाजा खोलने के लिए मैं आगे बढ़ा। "चुप रहिए"—यों बोलते हुए, रिफत बीच में खड़ी हो गई। उसको पार करते हुए, मैं आगे बढ़ा, तो अपने बाएँ हाथ से मेरे मुख पर रोड़ा अटकाते हुए, मेरी तरफ जलती हुई आँखों से घूरकर देखने लगी। उसका सारा बदन काँप रहा था; दाँत पीस रही थी। उसके खयाल में यह बात भी नहीं आ रही थी कि उसके हाथ में एक चाकू है। मुझे ऐसा लगा कि एक कदम भी आगे बढ़ूँ तो चाकू मारने से भी वह शायद चूकेगी नहीं। उसी लम्हे, मुझे ऐसा लगा कि मौलवी की निशाने की उँगली और इसके हाथ में रहनेवाला चाकू, इन दोनों में कोई फर्क नहीं है। इस चाकू की धार मेरे तन-मन दोनों को हजारों टुकड़ों में काटकर फेंक देगी; इसलिए इसकी पनाह लिये बिना कोई चारा नहीं है, ऐसा भी मुझे लगा। लाचारी की इस सोच ने जब मेरे मन को घेर लिया, मैं धँसकर वहीं बैठ गया। इतने में एक और बार वैन के आ जाने की आवाज और सविता की चिल्लाहट मेरे कानों पर आ लपकी। रिफत आड़ बनकर मेरे सामने ही खड़ी रही।

"वास्तव में मूमिनों से, उनके तन-मन-धन को अल्लाह खरीद लेते हैं, जन्नत की जगह के बदले में। वे अल्लाह के बताए मार्ग में लड़ाई जारी रखते हैं; कत्ल कराते हैं, करते हैं और कत्ल के शिकार भी बन जाते हैं। जन्नत के बारे में उनको जो वचन दिया जाता है, वह अटल हुआ करता है, क्योंकि उसका पूरा जिम्मा अल्लाह का ही होता है। वचन को पूरी तरह निभाने में उससे होड़ करनेवाला कोई है ही नहीं! इसलिए आप को इस विचार में खुश रहना चाहिए। यही सबसे बड़ी जीत होती है।" मौलवीजी की ये बातें याद आईं। इन बातों के लिए रफत एक नमूना बन चली थी, जिसको देखकर मैं धँसकर बैठ गया था। न जाने क्या सूझा, गोश्त को काट देने के अपने काम को पूरा कर देने की

दृष्टि से, वह रसोईघर के अंदर चली गई। (कुरान 9:111)

पाँच मिनट के बाद, अपने आप को सँभालकर, मैंने दरवाजा खोला। तब वह बाहर नहीं आई। मैंने, थोड़ी सी झिझक के साथ ही, बाहर देखा। रास्ते के बीच सतीश की लाश पड़ी हुई थी। अपने घर के दरवाजे का आसरा लेकर बैठी हुई कैलाशजी की पत्नी आँखें मूँदे बिना उसी को देख रही थी। मुझे देख लेने के बाद भी वह हिली नहीं। कैलाशजी चूँकि दिखाई नहीं दे रहे थे, मैं रास्ते पर उतर आया। करीब दस कदम की दूरी पर कैलाशजी गिर पड़े थे; थोड़ा सा भी हिलना-डुलना दिखाई नहीं दे रहा था। चूँकि उनका चेहरा दूसरी तरफ था, यह पता नहीं चल रहा था कि उनकी आँखें खुली थीं या बंद थीं। भले ही यह सूझा कि क्या करना चाहिए, तुरंत कुछ न कर पाने की वजह से, थोड़ी देर तक यों खड़ा रहा, मानो किसी ग्रह ने मुझको घेर लिया हो। उसके बाद अंदर दौड़ चला और अस्पताल में फोन करके, अपनी जान-पहचान के डॉक्टर को इस हादसे की बात बताई।

"बशीरजी, आप को यह बात मालूम है न? हमें यह हिदायत दी गई है कि काफिरों का इलाज नहीं करना है। उनकी इस हिदायत को नकार देंगे तो हमें जीने देंगे क्या? अलावा इसके, ऐसा करेंगे तो हमारे पाक मकसद के खिलाफ वह हमारा मजहबी द्रोह ही नहीं होगा क्या?"

डॉक्टर से बातचीत कर लेने के बाद, मुझे ऐसा लगा कि उसकी मजहबी तीव्र निष्ठा के सामने मुझको ही खुद काफिर मानना चाहिए। फिर भी, तुरंत अपने आप को सँभालते हुए, मैंने कहा—"मेहरबानी करके कुछ-न-कुछ कीजिए न! लाश पड़ी है मेरे मकान के सामने। लहू जम गया है और बदबू फैलने लगी है। यहाँ चलना-फिरना मुश्किल हो रहा है।"

इस वजह ने कामयाबी हासिल कर ली। "ठीक है" करके उनके फोन रख देने के पंद्रह मिनट के बाद अस्पताल की वैन आ गई। तुरंत मैंने अंदर आकर दरवाजा बंद कर दिया; और अपने कमरे में जा बैठा। इतने सालों से जो बाबा याददाश्त के परदे के पीछे छिपे रह गए थे, अचानक मेरे सामने ऊँचे कद में बढ़कर खड़े हो गए। "हमारे लड़के जो कुछ सीखकर आए हैं, वह सही इल्म नहीं है। सही इल्म जिन्होंने पा लिया हो, वे ऐसा बरताव नहीं करते!"—उनकी ये बातें मुझे पकड़कर धक्का मारने लगीं। अपने जमाने में नादान लोगों के जो कत्ल हो रहे थे, उनका खंडन करनेवाले बाबाजी ने कभी अपने सामने घरवालों को ऐसी हालत में फँसते नहीं देखा था। इस सच्चाई से अवगत होने पर, मेरे पैर के नीचे की धरती ही धँस गई। बाबाजी की चाह थी कि इनसाफ के तरीके से मैं अपनी जिंदगी बिताऊँ। आज वे जिंदा होते, तो क्या कहते? आसरे के तौर पर आज भले ही वे नहीं थे, फिर भी यह अनवर था, जो हर एक विचार में बाबाजी जैसा बना हुआ था। इतना होते हुए भी, मैंने भले-बुरे की जानकारी कैसे खो दी? अपने बच्चों को मजबूरन इल्म

सिखा देना तो मेरे वश की बात नहीं थी, लेकिन बाप होने के नाते सही राह पर चलना तो सिखा सकता था न? अब सोचने से क्या होता है? सतीश की जान लौट आ सकती है क्या? "या अल्लाह, कम-से-कम शौहर और बीवी बचे रहें तो उतना ही काफी है। इस बच्ची सविता का क्या हाल हुआ होगा? उसकी भी हिफाजत कर दो।" यों सोच रहा था, तो आसिफ का यह कहना याद आया—"जंग में हमारी कैद में आनेवाली औरतों के साथ कुछ भी किया जा सकता है।" यह सच्चाई सामने आई कि उसकी हिफाजत करना किसी के वश की बात नहीं है, मेरे मन में दुखड़ा भर आया और जमीन पर लुढ़क पड़ा। (कुरान 4:24) मेरी आँखों से आँसुओं की धारा बह निकली। मैं रो रहा था किसके लिए? बाबाजी के वास्ते? उसकी जरूरत ही नहीं है। कैलाशजी के परिवार के लिए? कोई फायदा नहीं है। मैं किसी और के लिए रो नहीं रहा था। मैं रो रहा था अपने लिए। उधर मुसलिम भी न रहने की और इधर काफिर भी न रहने की मेरी हालत ही मुझे रुला रही है। इस सच्चाई की जानकारी मिलने पर, मुझे खुद अपने ऊपर गुस्सा आ गया। "छिः खुदगर्ज!"—यों अपने आप को कोसते हुए, अपने माथे पर मार लिया। दो, चार, छह, दस, बीस बार मार लेने पर भी, मन काबू में आ नहीं रहा था। फर्श पर ही बेतरतीब तरीके से लेट गया।

दुकान में मेरे न लौट आने पर, मुझे ढूँढ़ते हुए आनेवाले अनवर को उसकी माँ ने सारी बातें खुलकर बता दीं, ऐसा लगा। धड़-धड़ करके सीढ़ियों पर वह जो चढ़ा, उससे सारा मकान काँप उठा। वह नीचे उतर नहीं। कहीं वह अपनी जान को खतरा न पहुँचा ले, यों खौफ में आ जाने की वजह से, मैं यकायक उठकर ऊपर गया और उसके कमरे के बाहर ही बैठ गया। गोश्त का खाना तैयार करनेवाली रिफत जब खाने के लिए बुलाने आई, उसे हट जाने का इशारा करते हुए, मैंने हाथ हिला दिया। अनसुना करते हुए, बहस करने जब वह निकली, तो तुरंत उठ खड़े होकर, अपने बदन की बची-खुची सारी ताकत इकट्ठी करके उसके गाल पर मैंने हाथ उठा दिया। तब तक मैंने उस पर कभी हाथ उठाया नहीं था। यहीं मुझसे भूल हुई। उसने मेरी इस मार के सामने अपनी हार मान ली या मेरे आँसुओं के सामने? वह चुपचाप चली गई। देर रात को डॉक्टर ने फोन किया—

"वह लड़का और वह लड़की, दोनों मर गए हैं, तीसरा शख्स बेहोश है; जहाँ तक हो सकता है, उसे यहीं रखकर, इलाज करता रहूँगा। चूँकि यह सरकारी अस्पताल है, मेरी सलाह मात्र काम आती नहीं है। उसके कोई रिश्तेदार हों तो उन्हें खबर पहुँचा दीजिए और उन्हें जल्द भेज दीजिए।"

उन्हें शुक्रिया अदा करके मैंने फ़ोन रख दिया। मन ने हजार बार कैलाशजी से माफी माँगी; उससे ज्यादा अपने आप को धिक्कारा। अगले दिन सवेरे से लेकर, दरवाजा खोलने में ही झिझक होने लगी। ऐसा लग रहा था मानो सामनेवाला मकान मेरा नाम लेकर यों कह रहा है कि सबकुछ खोकर, देखो किस तरह खड़ा हूँ। उनके मकान की ओर नजर डाले

बिना ही, सीधे रास्ते पर उतर आने लगा। फिर भी वह मुझे आवाज देकर बोल रहा है, ऐसा मुझे लग रहा था। आते-जाते वक्त, मेरे जागते और सोते वक्त, हर लम्हे यह खयाल मुझे नोच-नोचकर खाने लगा था कि कैलाशजी के बगैर मैं आधा-अधूरा हूँ। दो दिन बीत चले थे; फिर भी अनवर अपने कमरे से बाहर निकला नहीं था। तभी मुझे सविता पर बीती की खबर मिली थी। मुझे झेलम के पानी में झुककर देखने की हिम्मत नहीं हो रही थी। नल में जो पानी आ रहा था, उसमें साथ-साथ सविता की पेशी और हड्डी के टुकड़े मिल जाने के डर से, उसके नीचे पंजा पसारने से भी डरने लगा था। हाथ के ऊपर पानी की एक बूँद गिरी, तो भी मैं थरथरा जाता था। जिस दिन सविता की दुर्दशा की खबर मिली, उस दिन अनवर को कमरे की दीवारों पर मुक्का मारते हुए हमने पाया। डरकर मैंने उसके कमरे के दरवाजे को खटखटाया। मुझे यह मालूम हो चला था कि वह दरवाजा नहीं खोलेगा। इसलिए दरवाजा तोड़कर अंदर गया। ठीक वक्त पर मैं अंदर गया था। अनवर का बिस्तर लहूलुहान हो चला था। अपने हाथ की नस काटकर, वह भी सविता के पीछे चलने का इरादा कर चुका था। उसके बाद, अस्पताल से उसके घर लौट आने तक, मैं उसके साथ ही रहा और उसके बाद भी, उसके इलाज में जुटा रहा। अपनी अम्मी की परछाईं से भी वह नफरत करने लगा था। मेरी गोद में मुँह छिपाकर, यह बोलते हुए लगातार रो रहा था कि "आपको खुदा कभी माफ नहीं करेंगे।" चूँकि उसने जिद कर ली कि अम्मी का पकाया खाना वह नहीं खाएगा, मैंने अलग रसोइए का इंतजाम भी कर दिया। नैला ने भी धीरे-धीरे घर आना कम कर दिया।

इस बीच जब कोई पंडितजी कैलाशजी के बारे में पूछताछ करते हुए हमारे यहाँ आए हुए थे, मैंने उनको अस्पताल का पता देकर अपने मन को हलका कर लिया था। शायद, अगले ही दिन पुलिसवालों की तरफ से यह खबर मिली कि "सेना की आमने-सामने की मुठभेड़ में—यानी एनकाउंटर में—आपके बेटे आसिफ की मौत हो गई है। आप आकर उसकी लाश को ले जाइए।" मुझे वहाँ पहुँचने से पहले ही, आसिफ के दोस्तों की बड़ी भीड़ वहाँ लगी थी। इस खबर के फैल जाने से, आजादी की लड़ाई में शहीद हुए उस लड़के के प्रति शाहदती दिखना अपना फर्ज मानकर, श्रीनगर के हजारों मुसलिम 'निमाज-इ-जनाजा' अदा करने के लिए आए हुए थे। "अल्लाह की खिदमत में जान देनेवाले मरते नहीं हैं। अल्लाह ने मेहरबानी करके जो कुछ दिया हो, उसी में वे खुशी मनाते रहेंगे। ऐसे बेटे को पानेवाले आप सचमुच ही किस्मतवाले हैं।" ('कुरान' 3:169-171)—यों सब लोगों ने मेरी तारीफ की। उसको दफन करते समय मुझे बाबा की याद हो आई और अपनी हार की शर्मिंदगी की वजह से खूब रो उठा। घर में जब तक रिश्तेदार टिके हुए थे, रिफत धीरज की नाटकबाजी करती रही; उनके लौट जाने के बाद, रोज रात को आँसू बहाती रही।

रोज की तरह मैं दुकान जा रहा था। अनवर बहुत कमजोर हो गया था। मगर उसके हाथों मैंने यह कसम चूँकि करवा ली थी कि 'आगे चलकर कभी जान लेने की कोशिश नहीं करूँगा', मेरा कुछ धीरज बँधा हुआ था। फिलहाल उसके लिए मैं आसरा बना हुआ था और मेरे लिए वह आसरा बना हुआ था। ठीक हो जाने के बाद, रोज वह मेरे साथ दुकान आने लगा था। एक दिन जुम्मे के दिन, घर आए हुए दोस्तों से बातचीत कर लेने के बाद, दुकान की तरफ निकला था। अभी दुकान थोड़ी दूर पर थी कि आग की लाल-लाल लपटें दिखाई देने लगीं। घबराहट में आकर मैं दुकान की तरफ दौड़ पड़ा। मेरी दुकान को ही नहीं, उस कतार में रहनेवाली सभी दुकानों को आग लगा दी गई थी। धक-धक करके जलनेवाली आग की लपटों के सामने सब लोग बेसहारा होकर खड़े हुए थे। बाजू की दुकान के मालिक और मेरे दोस्त जमीलजी ने मुझे देखते ही भाग आकर मुझे बताया—

"देखिए बशीरजी! इस कतार में रहनेवाली हिंदुओं की दुकानों में इन लोगों ने आग लगा दी है। इन बदनाशों को इस बात की भी समझदारी नहीं है कि साथ में रहनेवाली हमारी दुकानें भी जल उठेंगी। मेरा पोता अंदर फँसा हुआ है। उसकी चीख सुनाई दे रही है। दमकल विभाग के लोगों को मैंने फोन कर दिया है।"—यों रोते हुए वे बोलने लगे थे। तुरंत मुझे भी यह बात सूझी—"अनवर बाहर निकल आया है क्या? वह भी दुकान के अंदर ही था।" उनके जवाब का इंतजार किए बिना, मैं अपनी दुकान की ओर दौड़ पड़ा। "यह बेवकूफ तो चीखता भी नहीं है। पत्थर के गोले के जैसे बैठा रहता है।"—यों अपने आपसे जोर से बोलते हुए, दुकान के नजदीक पहुँचने की मैंने कोशिश की, मगर दस कदम की दूरी तक फैल आती हुई आग की लपटों की गरमी किसी को पास तक फटकने नहीं दे रही थी। चारों तरफ नजर दौड़ाकर, इस ख्वाहिश से देखता रहा कि वह कहीं दिखाई देगा। अपनी पूरी ताकत से 'अनवर' करके चिल्ला उठा। नहीं, कहीं भी उसका पता नहीं चला। आँसुओं की धारा बह निकली। वहाँ, दूर पर, हाथों में मशालें लेकर चलते हुए हमारे ही लोगों का जुलूस निकला जा रहा था। इन दुकानों में आग लगानेवाले वे ही लोग थे। उनके पास दौड़ चला। वे ऐसे चल रहे थे मानो कोई शैतान उनके ऊपर चढ़ा हो। कोई अपने होश में नहीं था। उस गिरोह के बाजू में ही चलते हुए, छाती पर हाथ मार लेते हुए, मैं चीख उठा—"मैं भी आपका ही हूँ। खालिस मुसलमान हूँ। मेरी ही दुकान में आप लोगों ने आग लगा दी है न?" कोई रुका नहीं। उमंग को छोड़कर और कोई खयाल उनके चेहरे पर दिखाई नहीं दे रहा था।

"मेरे बेटे ने क्या जुर्म किया था? वह काफिर नहीं था। मैं भी काफिर नहीं हूँ। दोनों दिन में पाँच बार निमाज अदा करते हैं। मसजिद भी आया करते हैं। सुना क्या तुमने?" कतार के अंत में जो जा रहा था, उसके फेरन को खींच लेते हुए उसे रोक लिया। उसने दो लम्हों तक मुझे घूरकर देखा। अपने मोटे हाथों से मुझे ढकेल दिया। "अरे बदमाश!"

करके खरी-खोटी सुनाते हुए मैंने भी उसकी पीठ पकड़कर ढकेल दिया। नीचे गिर जाने पर भी, तुरंत अपने आप को उसने सँभाल लिया और अपने साथी के हाथ में रहनेवाली मशाल को खींचकर मेरी ओर बढ़ आया। तभी उसके साथियों ने उसको पकड़ लिया और पीछे खींच लिया। उसको अपने साथ मिलाकर जुलूस में आगे बढ़ निकले। मैं या मेरा दुःख उनके लिए अहम नहीं था। तुरंत मुझे याद आया कि मसजिद से बाहर निकलते वक्त मेरी मनोदशा भी ऐसी ही बनी रहती थी। चुप रहने के सिवा, मेरे पास और कोई चारा नहीं था। जब तक दमकलवाले आ पहुँचे, मेरी दुकान का तीन-चौथाई भाग जल चुका था। पूरी तरह जलकर काजल जैसे बने हुए बदन को अनवर की लाश बताते हुए, मेरे सामने उसे रख दिया गया। कपड़े में लिपटी हुई उस लाश को खोलकर देखने की 'हिम्मत नहीं हुई। सिसकते हुए जमीन पर गिर पड़ा।

इस हादसे के बाद मैंने जो पहला काम किया, वह था मसजिद में जाना बंद करने का। यह तय कर लिया कि आगे चलकर किसी की बात सुनूँगा नहीं। दूसरों की बातों में आकर अपने मजहब की हिदायतों का पालन करने के बजाय, अल्लाहु को समझने की कोशिश करूँगा। तभी मेरे मन को चैन मिला। मैं जब मसजिद नहीं जाने लगा, मुझे ढूँढ़कर आनेवालों की संख्या बढ़ गई। जिस घर में रहने लगे थे, उसको बेचकर, इस नए घर में आ गया, जहाँ फिलहाल रहने लगा हूँ। दुकान तो उसी जगह रही। चूँकि यह घर शहर के बाहर के इलाके में बसा था, किसी की तरफ से कोई तकलीफ नहीं पहुँच रही थी। यहाँ आ जाने के बाद यह जानकारी मुझे मिली कि उस घर में रहते समय खुद फैसला लेने की ताकत ही खो बैठा था। चूँकि यहाँ पर किसी हम-निवासी का दबाव नहीं था, हर विचार के बारे में आजाद तरीके से सोचनेवाला होते हुए भी, अपनी जिंदगी से संबंधित विचारों में क्योंकर तर्क को अछूता मैंने रख दिया था? इस सवाल ने मेरी कई रातों की नींद हराम कर दी। फिर भी यहाँ आने के बाद यह तसल्ली मिली है कि मैं आजाद हो गया हूँ। आज से सात-आठ वर्ष पहले यहीं नजदीक की जगह पर पंडितों की बस्ती का निर्माण हुआ था। यहाँ आ जाने के बाद भी, हमेशा कैलाशजी की याद हो आती थी। उस दिन यदि रिफत के सामने हार न मान ली होती, तो कम-से-कम सविता को बचा लिया जा सकता था, ऐसा लगा है कई बार। इस हादसे के बाद, कहीं जाते समय मेरी बीवी रिफत के साथ, पहले जैसे बातचीत भी कर नहीं पा रहा हूँ। अनवर की मौत के बाद तो हमारा रिश्ता खत्म ही हो चला है। उसकी आवाज सुनते ही, मन को बड़ी किरकिरी होने लगती है। वह कितनी धीमी आवाज में क्यों न बोले, मैं नाराज हो उठता हूँ। जब कभी बातचीत कर लेने को मन चाहने लगता है, मन में ही बाबाजी के साथ घंटों तक बोलता रहता हूँ।

यह तो मालूम नहीं है कि सतीश को भी मिलाकर, आसिफ ने कितने लोगों की हत्या की थी। जब तक वह जिंदा रहा, बादशाह की तरह जी रहा था। अनवर तो अपने आप

को निर्लिप्त-सा रखा करता था; फिर भी उसकी बुरी तरह मौत हुई। मेरे मन में अब बचा हुआ कौतुक यही है कि किसको कितनी उम्दा जन्नत मिल पाएगी? यह देखना चाहिए कि मुझको रोकनेवाली रिफत को मुझसे बेहतर जन्नत मिलेगी या नहीं।

जब से कैलाशजी मेरे मकान का चक्कर काटने लगे थे, तब से मेरे मन की आग कुछ ठंडी पड़ती जा रही थी। आज उनके न आने पर, मन की खलबली बढ़ गई है। देखना चाहिए कि कल वे आएँगे या नहीं? इधर यों सोचता रहा, तो उधर खरीददारों की भीड़ ही दुकान की ओर आने लगी थी। उनको देखकर मैं धीरे-धीरे उठ खड़ा हुआ।

उनतीस

नरेंद्र जब कैलाशजी के घर पहुँचा, तब तड़के के सवा पाँच बजे चुके थे।

"वे तो कभी के तैयार होकर बैठे हुए हैं। न जाने कब से जागे हुए हैं।"—नरेंद्र को देखते ही किशनजी ने कहा। धीरे से कदम बढ़ाते हुए, नरेंद्र ने उनके कमरे में प्रवेश किया। कैलाशजी एक जगह पद्मासन लगाकर बैठे हुए थे। उनको देखते ही उसे मैत्रेयी की याद हो आई। 'तुम्हें बाहर ले जाऊँगा' करके जब बोल देता, बड़े उमंग के साथ इंतजार करते बैठी रहनेवाली उसके चेहरे पर कातरता, संतोष और मुग्धता की भावनाएँ जो मँडराती रहती थीं, उनमें और कैलाशजी के चेहरे पर की भावनाओं में कोई अंतर दिखाई नहीं देता था।

"नमस्ते कैलाशजी!"—मुसकराते हुए जब उसने यों कहा, उन्होंने उसकी तरफ देखा; मगर कुछ बोले नहीं।

"निकलेंगे क्या?"—उसके यों पूछते ही वे तुरंत उठ खड़े हुए—दोनों सोपानों से उतरकर, इमारतों के आस-पास के खाली मैदान में धीरे-धीरे चलने लगे। आदत की वजह से, कैलाशजी कभी-कभी भले ही तेज चलते, फिर भी अपने वेग को नियंत्रित करके, नरेंद्र के साथ-साथ वे धीरे-धीरे चलने लगे थे। उसने जानबूझकर अपनी रफ्तार को कम कर दिया था। वह इसी प्रतीक्षा में चुप रहा कि कैलाशजी ही पहले बातचीत शुरू कर दें। इन दोनों के बीच और चारों ओर अँधेरा घिरा हुआ था। बीच में और इधर-उधर बिजली के जो खंभे थे, उनसे थोड़ी सी रोशनी मिल रही थी। इन दोनों के अलावा, रास्ते में और किसी का आना-जाना हो नहीं रहा था। दो चक्कर काट लेने पर भी जब वे कुछ भी नहीं बोले, नरेंद्र ने ही उनसे पूछा—

"कैलाशजी, आपके इस कश्मीर के ऊपर कैसे-कैसे महान् राजाओं के प्रशासन हुए हैं न?"—उन्होंने हामी भरते हुए सिर हिला दिया।

"जहाँ तक मेरी जानकारी है, अवंतीवर्मन महान् पराक्रमी और न्यायनिष्ठ राजा थे।

अपने साम्राज्य के विस्तार के कार्य में···" नरेंद्र ने अपनी बात अभी पूरी ही नहीं की थी।

"नहीं, नहीं···"—यों कैलाशजी ने बीच में ही तुरंत उसकी बात काट दी। चूँकि वे विरले ही बातचीत किया करते थे, उनकी आवाज में हड़बड़ी थी। फिर भी यह साफ पता चल रहा था कि वे क्या बोल रहे हैं।

"उन सभी राजाओं में ललितादित्य ही अग्रसर बना हुआ था। उसकी सेना पूरब की दिशा में कलिंग देश तक और दक्षिण की दिशा में कर्नाटक देश तक बढ़ चुकी थी। एक बार जब उसने पूर्व-समुद्र के तट पर अपना पड़ाव डाल दिया था, कपित्थ फल को खा लेने की चाह उसके मन में पैदा हुई। अपने सेवकों को उसने आदेश दिया कि उन्हें ढूँढ़ लाएँ। वे जब उन्हें ला रहे थे, एक दिव्य पुरुष से उनकी भेंट हुई। यह पूछने पर कि वह कौन है, उसने उत्तर दिया कि 'मैं इंद्रजी के नंदन उद्यान का चौकीदार हूँ।'" इतना बोलने के बाद, वे दो मिनट तक चुप रह गए। नरेंद्र को मालूम हुआ कि थकावट की वजह से उन्होंने बोलना रोक दिया था। उसके बाद उन्होंने अपनी बात आगे बढ़ाई—

"यह तुम्हें मालूम है कि उस दिव्य पुरुष ने क्या कहा था? 'हे राजन! अपने पूर्व जन्म में तुमने एक सुयोग्य व्यक्ति को दान दिया था, जिसके फलस्वरूप तुम्हें एक सौ आदेश देने का अधिकार मिला है, जो अनुलंघनीय बने रहते हैं। इसीलिए, तुम जिस दिशा में आगे बढ़ोगे, उस दिशा का पालक तुम्हारे आदेश का पालन करने के लिए बाध्य बना रहेगा। विचारवान बने रहने पर भी, कश्मीर में वर्षा ऋतु में ही मिलनेवाले फलों को शिशिर की अवधि में और समुंदर के तीर पर खा लेने की इच्छा करना कहाँ तक उचित लगता है?"—यों बोलने के बाद, फिर उन्होंने अपनी बात रोक ली।

"यह तो सुनने में रोचक लगनेवाली एक आम पौराणिक कथा-सी लगती है, लेकिन यह तो अर्थपूर्ण रूप में यही सूचित करती है न कि आठवीं सदी जैसे पूर्वकाल में कश्मीर के कार्कोटक वंश के एक राजा ने भारत की सारी दिशाओं में अनायास ही संचार कर लिया था!"—नरेंद्र की ओर फिरकर उन्होंने पूछा।

"जी हाँ!"—उसने कहा।

"ललितादिय से संबंधित एक और कहानी भी है, जो यह सूचित करती है कि वह कितना बड़ा सज्जन था।" अब वे और उत्साह से बोलने लगे थे।

"एक बार मदिरा पी लेने की मस्ती में उसने अपने मंत्रियों को यह आदेश दे दिया कि भूतपूर्व राजा प्रवरसेन के द्वारा निर्मित प्रवरपुर नाम के उस नगर को जला दें। उनके वे मंत्री घास के ढेर को आग लगाकर, यह बता देते हैं कि 'हे महाराजजी, देखिए! प्रवरपुर जलकर राख हो रहा है।' वह संतुष्ट हो जाता है। नशा उतर जाने पर, अपनी गलती के बारे में पछताने लगता है। तब मंत्री लोग सच्ची बात बता देते हैं, जिससे खुश होकर वह बोल उठता है कि 'आगे चलकर मदिरापान की मस्ती में दिए जानेवाले मेरे किसी आदेश

को अमल में लाया नहीं जाना चाहिए।'"—यों गर्व के साथ जब उन्होंने यह कहानी बताई, नरेंद्र ने सिर हिला कर हामी भर दी।

धीरे-धीरे और दो चक्कर लगा लेने में अँधेरा और गहरा हो चला, मानो उजाले के आगमन के प्रति अपना अंतिम प्रतिरोध व्यक्त कर रहा हो। धीरे-धीरे मानो आकाश अपने काले कंबल को उतार फेंककर, उषा रानी की अगुआई कर रहा हो; इनके देखते-देखते, भूरे रंग के कालीन को बिछाकर, वह तैयार खड़ा हो, ऐसा लगा। कुछ ही क्षणों में महीन रोशनी आसमान में छा गई। ऐसा लगा कि धरती में नई जीती-जागती चमक-दमक आ गई है। चलते रहनेवाले कैलाशजी ने यकायक रुककर, अपना सिर नीचे कर लिया; नरेंद्र की ओर देखते हुए, धीरे-धीरे उन्होंने पूछा—"मुझे एक बात बताइए। कश्मीर को अपना मान लेना गलती है क्या?"

"नहीं।"

"छोड़कर जाने के लिए, वह जमीन का एक टुकड़ा मात्र है क्या?"

"नहीं।"

"तो ऐसा क्यों हो रहा…?"—वाक्य को पूरा करने से पहले ही, उनके दुःख की सीमा टूट गई। इस आवेग की वजह से उनका शरीर जब संतुलन खोनेवाला था, नरेंद्र ने जो हाथ का आसरा दिया, उसे उन्होंने मजबूती से पकड़ लिया। वैसे ही थोड़ी देर तक खड़े होकर, अपने आप को सँभाल लेने के बाद, उन्होंने कहा—"इससे पहले आपने जिस अवंतीवर्मन का उल्लेख किया, उसके समय में सुय्य नामका एक बड़ा मेधावी था। उसने कश्मीर के भू-भाग को वितस्ता नदी के प्रवाह से बचाने के लिए कैसी-कैसी योजनाएँ रूपित की थीं, उनके बारे में कल आप को बताऊँगा।"—यों कहते हुए, वे मुसकरा उठे।

"ठीक है।" कहते हुए वह भी मुसकरा उठा। और दो चक्कर काट लेने के बाद, जब उनके घर के दरवाजे के पास आ खड़े हुए, तब उन्होंने पूछा—

"कल आएँगे न?"

"अवश्य।"

"आप बुरा न मानें तो एक प्रश्न पूछ सकता हूँ क्या?"—उनके आंतर्य की खलबली अब भी दूर नहीं हो पाई थी। 'पूछ लीजिए'—इसकी सूचना देते हुए नरेंद्र ने सिर हिला दिया।

"साम्राज्य के विस्तार के बहाने ही सही, यदि ललितादित्य कश्मीर से भारत के अन्य प्रांतों में जा सकता था, तो दूसरों का यहाँ आना-जाना भी संभव हो सकता था न?"

"जी हाँ।"—नरेंद्र ने भले ही यह उत्तर दिया, वह यह समझ नहीं पा रहा था कि क्योंकर उन्होंने यह प्रश्न पूछा था। इधर वह समझ पाने की कोशिश कर रहा था, तभी उनका दूसरा प्रश्न निकल आया—

"तब यहाँ क्यों नहीं आए?"—उनकी आँखें उसको ही घूर रही थीं। ऐसा लग रहा था कि उसके उत्तर से ही, वे उसको पकड़ने की कोशिश कर रहे थे।

"कैलाशजी, सब प्रश्नों के उत्तर नहीं होते।"—उन्हीं की ओर देखते हुए, उसने धीरे से उत्तर दिया और घर के सोपानों से उतरने लगा। यद्यपि उसने मुड़कर नहीं देखा, फिर भी उसे मालूम हो रहा था कि उनकी आँखें उसका पीछा कर रही हैं।

तीस

"मेरे शहजादे, तुम खुद लौट आओगे या हम सबको वहाँ आकर तुम्हें घसीट ले आना चाहिए?"—हँसी-मजाक करते हुए विक्रम पूछने लगा था।

"जल्द लौट आनेवाला हूँ। एक-दो दिन में टिकट बुक करा देने के बाद, तुम्हें बता देने की बात सोच रहा था। वहाँ काम कैसा चल रहा है?"—नरेंद्र भी हँसते हुए बोल रहा था।

"'फस्ट्र क्लास।' आज तुम्हारा जो लेख छपा है, वह बहुत ही अच्छा है। वैसे ही, अगले सप्ताह मुरारी का स्वागत करने के लिए बेंगलुरु तैयार हो रहा है। उसका व्याख्यान तुमने सुना है क्या? तुम यदि चाहोगे तो 'यू ट्यूब' का उसका 'लिंक' भेज सकता हूँ।"

"अच्छा, भेज दो। जब फुरसत मिलेगी, उसे सुन लूँगा? कश्मीर का क्या हाल है? अलगाववादियों की हलचल तो सुनाई ही नहीं दे रही है।"

"सरकार यदि कानूनी काररवाइयों को सही तरीके से अमल में लाएगी, तो देशद्रोह के लिए, उसके लिए आवश्यक राशि मिलने का मौका कहाँ रहता है? उसके बारे में फोन पर बातचीत कर नहीं पाता। जब तुम यहाँ आ जाओगे, खुलकर बता दूँगा।" दो क्षणों तक बोलना बंद कर देने के बाद, फिर उसने अपनी बातचीत जारी रखी—

"एक और बात तुम्हें बतानी है। यह फिलहाल का नया पहलू है। ये 'दुर्बुद्धि जीवी' जो असंबद्ध प्रश्न पूछा करते हैं, उनके लिए हमारे लोग वेद के सूक्तों का तथा शास्त्रों का 'प्रमाण' देने निकल रहे हैं। जो भी आधार प्रस्तुत करना है, उसे ढूँढ़ कर निकालना उनका काम है, हमारा नहीं। हम तो यों ही रहनेवाले हैं; आप जैसे चाहें, वैसे समझ लीजिए।—यों जबरदस्ती के साथ बताने का मनोबल हम में बढ़ना चाहिए। सब समय, सबके साथ समायोजन कर लेते हुए जीते रहनेवाले हिंदू समुदाय के लोग ही वास्तव में 'सेक्युलर' बने हैं। देश भर में हर कहीं दिखाई देनेवाले मसजिद और गिरजाघर ही इसके लिए सबूत प्रस्तुत करते हैं। जब हम लोग यह कह देंगे कि 'हम हिंदू' हैं, उतना ही काफी होगा; उसमें 'सेक्युलर' होने की भावना निहित रहती है। जो अपने आप को 'सेक्युलर' घोषित कर लेते हैं, उन्हें यह सबूत पेश करने की जरूरत है कि वे हिंदू हैं।

नहीं तो, अपने को 'सेक्युलर' कह लेने की योग्यता उनमें होती नहीं है। मेरा कहना तुम्हारी समझ में आ रहा है न?"

"हाँ। हिंदू धर्म को छोड़ दें, तो सही मायने में कोई और धर्म सेक्युलर है ही नहीं। इस सच्चाई के बारे में एक 'नेरेटीव' को 'बिल्डअप' कर देना चाहिए। आपकी बातों का यही मतलब है न?"

"हाँ। यहाँ से लौटने के बाद, इस विचार के बारे में एक लेख लिख सकते हो न! उन्होंने जिस सेक्युलर की उपाधि को 'हाइजेक' कर लिया है, उसे अपने स्वस्थान में प्रतिष्ठित करना है। उस तत्त्व का पालन कर रहे हैं हम लोग और उसको रटते हुए, उसका फायदा उठा रहे हैं वे लोग! हमारे लोगों को यह समझाने की नितांत आवश्यकता है कि किसका निर्लक्ष्य करना चाहिए और किसके प्रति प्रतिक्रिया व्यक्त करनी चाहिए।"—यों बोलनेवाला विक्रम चंद क्षणों के बाद, यों बोलते हुए भावुक हो उठा कि "ठीक है। जितनी जल्द हो सके, आ जाओ। मैं तुम्हारी प्रतीक्षा करूँगा।"

"ठीक है, अपने 'फ्लाइट टाइम' के बारे में तुम्हें 'मैसेज' कर दूँगा। वैसे भी तुम्हें एक और बात बतानी है। छोड़ो, बाद में बताऊँगा।" कमरे में संजीवजी को आते देखकर नरेंद्र ने बोलना बंद कर दिया। "सलीम और मुश्ताक, दोनों आए हुए हैं।"—उन्होंने कहा—

"रात के साढ़े बारह बजे जब फोन करके मुझे जगा दिया, सर, तब से मेरा सिर खा रहा है।"—सलीम ने हँसते हुए बताया। मुश्ताक का चेहरा भी खिला हुआ था। शरम के और हिचकिचाहट के बीच में भी उसके चेहरे भाव यह बता रहा था कि नरेंद्र के साथ चलने के लिए वह तैयार है।

"नरेंद्रजी, इसका आपके साथ जाना और आपके शहर में रहना तो कोई बड़ी समस्या नहीं है, मगर हमें यह बात सोचनी है कि वहाँ से लौट आने के बाद, उसे क्या कहना चाहिए।"—संजीवजी ने कहा।

"कश्मीर छोड़कर जाने के लिए इसे किसी बहाने की जरूरत नहीं पड़ेगी। ज्यादा-से-ज्यादा जम्मू तक तो जा सकता है, लेकिन कोई यदि यह पूछे कि वहाँ से आगे कहाँ गया हुआ था, तो उसके लिए एक ऐसी मजबूत वजह की जरूरत पडती है, जिस पर वे लोग भरोसा कर सकें।"—यों बोलते हुए मुश्ताक की ओर फिर कर सलीम ने अपनी बात बढ़ाई—

"मुझे एक बहाना सूझा है। सबसे यह कह दो कि तुम्हारी अम्मी की तबीयत ठीक नहीं है और उसका इलाज करवाने के लिए उसे जम्मू ले जा रहे हैं। दोनों वहाँ जाइए। वहाँ तुम्हारे खाले जान का मकान है न! अम्मी को वहीं छोड़ दो। 'सर' वहीं आकर तुमसे मिल लेंगे। वहाँ से दोनों एक साथ बेंगलुरु चले जाइए। लौट आते वक्त, तुम जम्मू

आकर, अपनी अम्मी को लेकर आ जाओ। ऐसा कर देंगे तो किसी को शक नहीं होगा। यह बहाना कैसा लगता है तुम्हें?"

"अच्छा लगता है" करके मुश्ताक ने सिर हिलाया। इन तीनों में कोई भी कुछ कह दे, तो फौरन हामी भर देने तक का भरोसा उसके मन में पैदा हो जाता है, ऐसा उन सबको लग रहा था। इतने में उसके फोन की घंटी बजने लगी।

"जाऊँगा अम्मी! यहाँ से सीधे वहीं जाऊँगा।" वह नाराज हो रहा था। फोन बंद करते ही, एक और 'कॉल' आई। "अस्सलामु अलैकुम"—अभी मैं वहीं आनेवाला था।"—तुरंत उठकर खड़े होते हुए उसने कहा।

"एक बहुत जरूरी काम है। उसे पूरा करके आ जाऊँगा।"—यों तीनों से बोलते हुए वह जल्दबाजी में वहाँ से निकल पड़ा।

"लौट आने में कितनी देर लगेगी?"—सलीम पूछ रहा था।

"यों जाकर, फौरन ही आ जाऊँगा।"—यों बोलते-बोलते वह दौड़ चला और फाटक पार कर गया।

"फिर कोई नई चाल चल रहा है क्या?"—संजीवजी ने सलीम से पूछा।

"नहीं। अपनी तरफ से उसने नाता पूरी तरह से तोड़ लिया है। वे लोग इसको सताना छोड़ दें, इतना ही काफी है।"

"तो परसों के लिए हम दोनों के लिए टिकट बुक कर दूँ? या उससे एक बार फिर पूछ लेने के बाद ही तारीख तय करूँ?"—नरेंद्र शक से पूछने लगा था।

"पूछ लेंगे, सर! उसके बाद ही बुक कीजिए। वैसे तो जल्द ही आनेवाला है न?"—सलीम ने फौरन जवाब दिया।

"उसके लौट आने तक, हम लोग मार्तंड के सूर्यदेवजी का मंदिर देखकर लौट आएँगे, चलिए। आज तो मेरे दफ्तर की छुट्टी है। आरती, तुम भी चलो।"—यों संजीवजी ने सबको सूचना दे दी। वहाँ से निकलने के एक मिनट के अंदर ही हिंदी टी.वी. की ओर से फोन आया।

"सर, सुंदरकृष्णजी ने हमसे विनती की है कि आज शाम को एक परिचर्चा का आयोजन करें, जिसमें शब्बीर और मीरादेवी दोनों भाग लेंगे। उन्होंने खुलकर कहा है कि आप ही को निमंत्रित करें।"

"कश्मीर के बारे में ही है न?"

"वे चाहते हैं कि परिचर्चा का विषय यह रहे कि 'इसलाम शांति का प्रतिपादन करनेवाला धर्म है।" कश्मीर का मामला वे जरूर उठाएँगे। अपनी पत्रिका के द्वारा उन्होंने एक नया ही आंदोलन चला दिया है न!"

"ठीक है। मगर मैं अभी शहर लौटा नहीं हूँ। इसलिए फोन के द्वारा मैं उसमें भाग ले सकता हूँ।"—उसने कहा।

"ठीक है, सर! ठीक सात बजे मैं खुद फोन कर दूँगा।"

उसकी बातचीत पूरी होने के बाद संजीव की ओर फिरा नरेंद्र।

सात बजे के पहले हम लोग घर पहुँच जाएँगे न? मेरे लिए एक प्रमुख 'कॉल' आनेवाला है।

"अवश्य। तब तक हम आसानी से पहुँच जाएँगे।"—उन्होंने यों आश्वासन दे दिया।

*****

कभी मुझे खुद फोन नहीं करनेवाले मुफ्ती लतीफजी ने आज फोन किया है तो कोई अहम काम ही होगा, यों सोचते हुए मुफ्तीजी के मकान की ओर जल्द-जल्द कदम बढ़ाने लगा मुश्ताक। 'घर पर ही आ जाओ करके बुलाया है न! क्या वजह होगी'—यों सोचते-सोचते, वह उनके घर के करीब पहुँच गया। दरवाजे पर ही चार लोग खड़े थे। वे तो हमेशा मुफ्तीजी के साथ ही रहा करते हैं, बॉड़ीगार्डों के जैसे। उनको पार करके अंदर पहुँचने पर देखा कि मुफ्तीजी दीवानखाने में ही बैठे हुए हैं। न जाने क्यों, उनको देख लेने पर, पहले जैसे इज्जत का खयाल मन में उभर नहीं आ रहा है। 'बिस्मिल्लाह' सुनाते हुए, उन्होंने उसकी ओर नजर फेरी।

"बहुत बड़े आदमी बन गए हो न? कितनी बार तुम्हें बुलावा भेजना पड़ेगा?"—उनके यों पूछने पर वह सिर झुकाकर खड़ा रहा।

"अच्छा, बैठ जाओ। तुम्हें एक-दो अहम बातें बतानी हैं।"—उन्होंने यों आदेश दिया। भले ही वह बैठ चुका था, फिर भी उसके सिर में बेंगलुरु जाने का विचार ही चक्कर काट रहा था। 'यह तय होते ही कि किस दिन निकलना है, अम्मी को यह विचार बता देना चाहिए। इस विचार पर भी जोर देना चाहिए कि कानों-कान किसी को खबर तक नहीं होनी चाहिए। या यही ठीक होगा कि उसे भी यह बताना नहीं चाहिए कि मैं कहाँ जा रहा हूँ।' वह यों सोच रहा था तो मुफ्तीजी का यह कहा कानों में पड़ा।

"बद्र की लड़ाई के बारे में तुमने सुना है क्या?"

"नहीं"—उसने सिर हिलाकर सच-सच बता दिया। आजकल इन लड़ाइयों के प्रति उसके मन में कोई चाव नहीं बचा था, मगर यह बात खुलकर बता नहीं पा रहा था।

"90 के उन सालों में, काफिरों को यहाँ से भगाने के लिए हमें इसी लड़ाई से प्रेरणा मिली थी।"—वे बड़े फख्र के साथ बताते जा रहे थे। "यह जरूरी है कि तुम भी इसके बारे में जान लो।" उनके यों कहने पर, यह बात जीभ की नोक तक आ गई थी कि 'मैं यह सब जानना नहीं चाहता या यह सब जान लेने की अब मेरी ख्वाहिश भी नहीं है।'

लेकिन, उसने किसी तरह अपने को रोक लिया। अभी-अभी मैंने उनको नाराज कर दिया है। और मौका नहीं देना चाहिए। जो कुछ बोल देंगे, उसे सुनकर चले जाना ही बेहतर है, यों सोचकर सीधा बैठ गया।

"अल्लाह के दूत गेब्रियलजी द्वारा पैगंबरजी को पैगाम सुनाने का काम शुरू किए तेरह साल बीत चले थे। फिर भी मक्का में रहनेवाले अरबों में ज्यादातर लोगों का इसलाम में मतांतरण हो नहीं पाया था। बदले में अपने देवी और देवताओं के बारे में खंडनीय बातें करनेवाले मुसलिमों का उन्होंने बहिष्कार भी कर दिया था। यहीं रहे तो इसलाम का विकास मुमकिन नहीं होगा, इस बात की जानकारी मिलने पर, पैगंबरजी ने पहले अपने 150 मुसलिम अनुचरों को एक-एक करके मदीना भेज दिया। अंत में अपने जिगरी दोस्त अबूबकर के साथ रातोरात मक्का से निकलकर, पास ही रहनेवाली गुफा में छिपे रहे और उसके बाद मदीना पहुँच गए। अपने पैदाइशी गाँव को छोड़कर जाने की हालत में अपने को ढकेलनेवाले मक्का के लोगों के बारे में स्वाभाविक रूप से गुस्सा भर आया था।" मुफ्तीजी की बातें सुनते-सुनते मुश्ताक के मन में कौतूहल जाग उठा।

"पैगंबरजी का मक्का से मदीना में स्थानांतरण हुए करीब छह महीने बीत चले थे। चूँकि आमदनी का कोई साधन नहीं था, उनको और उनके अनुचरों को इसलाम में नए सिरे से मतांतरित मुसलमानों का सहारा लेना पड़ा। तभी पैगंबरजी ने पहली बार मुसलिमों में उम्मा का या भाईचारे का खयाल बो दिया। मक्का के हर एक मुसलमान के लिए मदिना के एक मुसलमान को 'भाई' बना दिया गया। यह आदत यहाँ तक पहुँच गई कि मदिना के एक मुसलिम ने मक्का के अपने भाई के लिए अपनी जायदाद का एक हिस्सा भी दे दिया; अपनी बीवियों में से एक के साथ उसकी शादी भी करवा दी। इस वजह से स्थानीय निवासियों तथा स्थानांतरित व्यक्तियों के बीच का अंतर एकदम मिट गया; इनमें एकता का खयाल पक्का हो गया; मक्का के लोगों में नीचताबोधक प्रवृत्ति को पनपने का मौका ही नहीं मिला।"

"ओह!"—अचरज को रोक न पानेवाले मुश्ताक के मुँह से यह उद्गार निकल आया।

"उन दिनों में अरब के सभी व्यापारी कारवान के द्वारा ही कारोबार चलाया करते थे। अरेबिया का नक्शा तुमने देख तो लिया है न ?"—यों मुफ्तीजी ने उससे पूछा।

उसने कहा—"जी नहीं।"

"बाद में उसे देख लो। मक्का नीचे है और मदीना ऊपर है। मक्का से निकलनेवाले कारवान दक्षिण में यमन की तरफ और उत्तर में सीरिया की तरफ जाया करते थे। मक्का के लोग अपने यहाँ उगाई गई उपजों को ऊँटों के ऊपर लादकर भेज दिया करते थे। वणिक लोग इनके अगुआ बने रहते थे। आमतौर पर बड़े कारवानों में गरीब-से-गरीब लोगों

की छोटी सी मात्रा का निवेश रहता था। लुटेरों से हिफाजत पहुँचाने की ताकत रखनेवाले योद्धाओं की टुकड़ियाँ भी रहती थीं। सीरिया जानेवाले कारवानों को मदीना के सामने से होकर ही गुजरना पड़ता था। बाईं तरफ रहनेवाले लाल समुंदर के किनारे के रास्ते से आगे बढ़ने पर भी, मदीना के लोगों की आँखों से बचकर आना-जाना मुमकिन ही नहीं था।"

"अच्छा!"—अब उसका कौतूहल बढ़ता जा रहा था।

"पैगंबरजी ऐसे कारवानों का इंतजार करते रहते थे। उनके ऊपर हमला करके लूट लेने से दोनों मकसद पूरे हो जाते थे—एक तो मक्का के लोगों से बदला लिया जा सकता था; दूसरा, उनके लिए जरूरी रुपए-पैसे और अनमोल वस्तुएँ मिल जाती थीं। इसी अंदाजे से तीन बार उन्होंने अपने अनुचरों को भेज दिया था। तीनों बार वे कारवान बच निकले थे। तीनों बार उनकी अगुआई में ही हमले किए गए थे, लेकिन फायदा नहीं हुआ था। एक और बार, एक छोटे से कारवान पर हमला करने के लिए उन्होंने अपने अनुचरों को भेज दिया था। वह तो अरबों के लिए पाक रजब के महीने का आखिरी दिन था। उस पाक महीने में अरब लोग सबसे खतरनाक दुश्मनों पर भी औजारों से हमला नहीं करते थे। पैगंबरजी के एक अनुचर ने सिर मुँड़वाकर, यात्री होने का स्वाँग रच दिया। कारवान के वे लोग उसे यात्री ही समझ कर, अपने ऊँटों को रोककर, खाना पकाने में जुट गए थे। तब उनके ऊपर हमला बोलनेवाले मुसलिमों ने उनमें से एक को मार डाला और बाकी लोगों को बंदी बना लिया; उनकी सारी चीजें लूट लीं।

"उस पाक महीने में, यों धोखा देकर, खून बहा देना गलत नहीं था क्या?"—उसने यह सवाल पूछा।

"हाँ। पहले पैगंबरजी को भी ऐसा ही लगा, लेकिन दो-चार लम्हों के बाद, अल्लाह के संदेशवाहकजी से यह संदेश मिला—'पाक महीने में लड़ाई करना बड़ा गुनाह तो होता है, मगर खुदा के रास्ते से हटा देना, अल्लाह की हस्ती की मनाही करना, खुदा के बंदों को काबा की जगह से बाहर भगा देना—उससे भी बड़ा गुनाह बनता है।' (कुरान 2:217) इससे बेफिक्र बननेवाले पैगंबरजी ने लूट के माल को पाँच हिस्सों में बाँटकर एक हिस्से को अपने पास रख लिया और बाकी के चार हिस्सों को दूसरों में बाँट दिया।"

"अच्छा!"

"पैगंबरजी को यह खबर मिली कि सीरिया जाते वक्त आँख बचाकर निकल जानेवाला एक बड़ा कारवान लौट रहा है। उसको पकड़ ले आने की जिद से मदीना में रहनेवाले अपने सारे अनुचरों को अपने साथ लेकर निकल पड़े। इनके आकर हमला करने की बात कारवानवालों को मालूम हुई और उन्होंने मक्का के अपने रिश्तेदारों से फौरन मदद पहुँचाने की माँग की। उनकी मदद के लिए एक बड़ी फौज आ पहुँची। अगली काररवाई की बात ध्यान से सुन लो।"

दो-एक लम्हों तक चुप रहने के बाद उन्होंने अपनी बात आगे बढ़ाई—"जहाँ मक्का और मदीना की फौजों की मुठभेड़ हुई, उस जगह का नाम है बद्र। बीच में समतल मैदान है; उत्तर और पूर्व की दिशाओं में ऊँचे-ऊँचे पहाड़ हैं। दक्षिण का मैदान पूरी तरह से चट्टानों से भरा हुआ है। पूरब की दिशा में कई झरने हैं; पश्चिम की दिशा में रेत के टीले हैं। पैगंबरजी की फौज उस जगह पर टिकी हुई थी, जहाँ पानी का स्रोत बहुत ही नजदीक बसा था। मक्का की कुरैशों की फौज दक्षिण की दिशा से बढ़ रही थी। लड़ाई की पिछली रात, जहाँ कुरैशों की फौज पड़ाव डाल चुकी थी, बड़ी बारिश हुई थी। इसलिए, जहाँ भी कदम रखें, रेत का समतल धँसता जा रहा था। जब दोनों फौजें आमने-सामने हुईं, पैगंबरजी की सेना में 305 संतरी थे। बता सकते हो कि कुरैशों की फौज में कितने संतरी रहे होंगे?"—वे पूछने लगे थे।

"चार सौ?" उसने अंदाजा लगाया।

"अरे बेवकूफ! समान ताकत की फौजें होतीं, तो यह लड़ाई हम लोगों के लिए मॉडल कैसे बन पाती थी?" उनके यों पूछने पर, उसे ऐसा लगा कि वह आँख का मैल बन चला है। विषय की जानकारी न हो, तो वह गुनाह नहीं बनता है। उसे तुरंत नरेंद्रजी की याद हो आई। कितने सब्र के साथ सब विचारों को कैसे समझा दिया करते हैं! यों वह सोचता रहा, तो मुफ्तीजी ने बात बढ़ा दी—

"मक्का की फौज में 950 संतरी थे।" आँखों को खुला रखकर वे बोलने लगे थे। "दोनों फौजें आपस में टूट पड़ीं। कई योद्धा सामने आए और विपक्ष के किसी योद्धा को चुनकर लड़ाई लड़ने की चुनौती उन्होंने दी। इस लड़ाई में कुरैशों की फौज के कई प्रमुख योद्धाओं की मौत हो गई, तो फौज का मनोबल टूट गया। इसके बाद, दोनों फौजें आपस में लड़ने लगीं। तब अपने खेमे में आ पहुँचनेवाले पैगंबरजी ने दोनों हाथ उठाकर खुदा से विनती की—'हे खुदा! आज की लड़ाई में हमारे इस छोटे गिरोह की यदि हार होगी, तो बुतों की आराधना जारी रह जाएगी। धरती के ऊपर आपकी पवित्र आराधना एकदम खत्म हो जाएगी।' उसके बाद, बाहर आकर अपनी फौज को जन्नत की राह में बढ़ने के लिए उकसाया। उनकी बातें इतनी प्रचोदनकारी थीं कि वहीं बैठकर खजूर खाते रहनेवाले सोलह साल के एक लड़के ने यों ऐलान कर दिया कि 'मेरे और जन्नत के बीच ये खजूर ही रोड़े बनकर अटके हुए हैं न? जब तक अपने खुदा से भेंट नहीं हो जाएगी, तब तक मैं खजूर नहीं खाऊँगा।'—यों घोषित कर देने के बाद, उन सारे खजूरों को, जो उसके हाथ में थे, उसने बाहर फेंक दिया और लड़ने के लिए उतर आया। देखते-देखते उसकी मौत हो गई।"—यों बताते-बताते मुफ्तीजी अपने आपमें खो गए थे।

"उसके बाद क्या हुआ?"—मुश्ताक के यों पूछने पर, उसकी ओर फिरकर, उन्होंने अपनी बात आगे बढ़ाई—

"उसके बाद जो कुछ हुआ, वह चमत्कार ही था। दोनों फौजें जब आपस में लड़ने लगी थीं, आँधी उठी। जब वह पहली बार उठी, पैगंबरजी ने कहा—'यह है अल्लाह का संदेशवाहक गेब्रियल। हजार फरिश्तों के साथ आकर, हमारे दुश्मनों के ऊपर वह टूट पड़ा है।' दूसरी बार जब वह बह आई, उन्होंने कहा—'यह है माइकेल।' तीसरी बार जब वह बह आई, उन्होंने कहा—'यह है सेराफिल।' जब उनको यह जानकारी मिली कि जन्नत के फरिश्ते ही मदद पहुँचाने आ रहे हैं, मुसलमान जोश और गुस्से के साथ आगे बढ़ चले। धँसते हुए रेत के ऊपर मजबूती के साथ पाँव धरने में विफल होनेवाले कुरैशों के संतरी एक ओर आँधी की वजह से और दूसरी ओर पूरब की दिशा से सीधे अपने चेहरे पर पड़ती रहनेवाली सूरज की रोशनी से बेकरार हो चले। धीरे-धीरे उनमें गड़बड़ी फैल गई; टूट पड़नेवाले मुस्लमानों का सामना न कर पाने की वजह से मौत के घाट उतर गए।

जब लड़ाई खत्म हुई, 49 कुरैशी मर चुके थे और कई बंदी बन गए थे। पैगंबरजी की फौज में 14 लोगों की मौत हो गई थी। अपने जानी दुश्मन अबु जह्ल का कटा हुआ सिर जब उनके अनुचरों ने पाँवों के पास लाकर रख दिया, पैगंबरजी मान गए और बहुत खुश भी हुए। और भी कई बंदियों के सिर काट दिए गए। कारवान में बहुत ही मूल्यवान् वस्तुएँ और रुपए-पैसे उनको मिले! उनको लेने के लिए मुसलमानों में भारी झगड़ा शुरू हुआ। यह झगड़ा जब हद से बाहर हो गया, अल्लाह के संदेशवाहक गेब्रियल को यह चेतावनी सुनाकर मुसलमानों को चुप करवाना पड़ा कि "लड़ाई में मिली यह दौलत अल्लाह और उसके संदेशवाहकों की है। इसलिए आप लोग अल्लाह से डरिए और आपसी रिश्तों को सँभाल लीजिए। यदि आप मूमिन बने हैं तो अल्लाह और उसके संदेशवाहकों का अनुसरण कीजिए।" (कुरान 8:1)

"ठीक है।"

"लूट के एक-पाँचवें हिस्से को अल्लाह की, पैगंबरजी की, उनके सगे-संबंधियों की तथा दीन-दलितों की सेवा के लिए सुरक्षित रखने का कानून इस घटना के बाद ही अमल में आया है।"

"आजकल जो 'जकात' दिया जा रहा है, उसका मूल यही है न?"—उसने जब यह सवाल किया, तो उन्होंने सिर हिलाकर हामी भर दी। "बंदियों के साथ क्या सलूक किया गया?'

"ज्यादातर बंदियों की हत्या कर दी गई। किसी को दिखाकर, यदि पैगंबरजी यह हुक्म देते कि 'इसके सिर को एक झटका दे दो', तो उसका मायना यही होता था कि 'उसके सिर को काटकर फेंक दो।' यह बात उनके अनुचरों को अच्छी तरह मालूम थी। लिखाई-पढ़ाई में होशियार बंदियों को, बंधकों के रूप में रखकर, मदीना के अनपढ़ लोगों को पढ़ाने का हुक्म उन्हें दिया जाता था। मक्का के हर एक बंधक संतरी को मदीना के

दस-दस अनपढ़ लोगों को पढ़ाई-लिखाई सिखानी पड़ती थी। और कई बंधकों के बारे में मक्का को सूचना भेज दी जाती थी कि रुपए देकर रिहा करवा लें।

"कुल मिलाकर बद्र की लड़ाई मुसलमानों के लिए बहुत ही महत्त्वपूर्ण लड़ाई हो गई थी। इस संघर्ष में शामिल होनेवाले हर एक मुसलमान के नाम को इस संबंध में तैयार की गई सूची में खासतौर पर दर्ज कर दिया गया था। यदि इस लड़ाई में हार जाते, तो इसलाम का नामो-निशान तक बचा नहीं रहता। इसी वजह से मुसलिम राष्ट्रों के हर एक सिपहसालार बद्र की लड़ाई का नाम लेता ही है। अपनी फौज में उमंग भरने के लिए, उन 950 कुरैशों को हरानेवाले 305 मुसलिमों के पराक्रम का उदाहरण देते हैं।"—इतना बता देने के बाद, थोड़ी देर रुककर, उन्होंने लंबी साँस ली। मुश्ताक ने भी—जो इसमें खोया हुआ था—धीमी आवाज में हामी भर दी।

"आज से पाँच-छह साल पहले भी, पंडितों को फिर से बसा देने की बात सरकार कर रही थी न, तुम्हें यह मालूम है क्या, उस वक्त हमने क्या किया?"

उसने कहा—"जी नहीं।" उसे कुछ याद नहीं आ रहा था।

"पुलवामा में नहर के बीच में बड़ी-बड़ी चट्टान रखकर पानी के बहाव को निवास की बस्तियों की दिशा में फिरा दिया था। अपने घरों में घुस आए पानी से भयभीत होकर सभी काफिर बाहर निकल आए थे।" वे हँस पड़े। न जाने क्यों, आज उनकी हँसी इससे पहले की उनकी हँसी से ज्यादा क्रूर लग रही थी।

"अलहम् दुलिल्लाह। अब भी एक ऐसी ही योजना मुझे सूझ रही है। बचे-खुचे ये हरामखोर, न जाने क्यों, मुँह बंद करके बैठे हुए हैं? लेकिन, जब तक मैं यहाँ रहूँगा, उनको चैन से जीने नहीं दूँगा। मैं बताने जा रहा हूँ कि तुम्हें क्या करना हैं? उसे कामयाबी के साथ पूरा करना तुम्हारा जिम्मा है।"

उनकी बातें सुनते ही वह घबरा गया। अब तक मैं पत्थरबाजी करता रहा, यह तो सच है; फौजियों के प्रति दुश्मनी बरतता था और उनमें से किसी की मौत हो जाने पर बहुत खुशी मनाता था, यह भी सच है। पंडितों के निवास की बस्ती पर भी पत्थरबाजी करता था और उनके निकल जाने पर जोर देते हुए नारा लगाता था, यह भी सच है, लेकिन यह सबकुछ तब करता रहा, जब आजादी के असर की जानकारी ठीक तरह से मिल नहीं पाई थी। अब यह सबकुछ छोड़कर, नया आदमी बनने की जब कोशिश करने लगा हूँ, फिर मुझे उस अँधेरे कुएँ में ढकेल देने की कोशिश कर रहे हैं न ये लोग?

"नहीं दादा, काबा की कसम! मेरे हाथों यह हो नहीं पाएगा।"—यह विचार तय करके वह बोल उठा।

"'नजाम-ए-मुस्तफा' पाना नहीं चाहते हो क्या?'" आँखें विस्फारित करते हुए, नाराजगी के साथ उन्होंने पूछा। उसका सिर फटा जा रहा था। वे ही बातें, बार-बार उन्हें

सुनाते जा रहे थे। हर एक मसजिद के छोटे-बड़े इमामों के मुँह में भी ये ही बातें आ रही थीं। अम्मी ने भी ये ही बातें बताई थीं। अब ये भी ये ही बातें बता रहे हैं। मुझ जैसे आम लोग अपनी जिंदगी घिसवा दें और प्राणों की बलि चढ़ा दें, तो भी अंत में कुछ नहीं मिलता। अपना बदला चुका लेने के लिए ये सभी हम लोगों को इस्तेमाल कर रहे हैं। पत्थरबाजी करवाने के लिए, पानी का रुख बदलने के लिए, काफिरों को भगाने के लिए, सब-के-सब शरिया की हुकूमत को बहाना बना लेते हैं, मजहब को वजह बना लेते हैं। सुन-सुनकर थक गया हूँ।

"नहीं। मुझे किसी 'नजाम-ए-मुस्तफा' की हुकूमत नहीं चाहिए। मुझे अपनी हालत पर छोड़ दीजिए।"—यों हाथ जोड़कर चीखते-चिल्लाते हुए बोलते समय, इसके मन में दुःख उभर आया।

"छिः हरामजादे! इसलाम के काम को न सँभालने से तुम्हें शरम नहीं आ रही है क्या? जहन्नुम की आग में जलकर मरो।" उसको लात मारकर, बदन की हड्डियों को चकनाचूर कर देने तक की नाराजगी आ रही थी। बड़ी कठिनाई से वे अपने आप को रोक रहे थे। ऐसे पाक काम को निभाने के अवसर के लिए जब कई लोग तड़पते रहते हैं, यह दलिद्दर इनकार कर रहा है!

दर्द से जो धँस जाता रहा, यह उनकी बातों से क्रोधित हो चला। 'कितने सालों से फटकार सुनाकर, मार खाकर तड़पता आया हूँ। इनकी यह एक कमी थी क्या?'—यों सोच लेने पर, वह यकायक उठ खड़ा हुआ।

"मुझे हरामजादा करार दे रहे हैं क्या? दुश्मनी पैदा करके औरों की जान ले लेनेवाले आप क्या हैं, इसके बारे में पहले सोच लीजिए। मैं जहन्नुम में पहुँच जाऊँगा न? कोई बात नहीं। जन्नत जैसी इस जगह को जहन्नुम बनानेवाले आप कहाँ पहुँचेंगे, इसे मैं भी देखूँगा।" क्या बोल रहा हूँ, इसकी परवाह ने किए बिना, जोर से मनमाना बकते हुए, वह निकल जाने के लिए दरवाजे की तरफ फिरा था। इतने में, पीछे खड़े हुए चार लोगों में से तीन लोगों ने उसे यों पकड़ लिया कि हिलमिला भी नहीं सका। चौथे शख्स ने उसके गले पर ऐसा मारा कि वह 'बिस्मिल्लाह' बोलते हुए बेहोश हो गया। उसको खींचते हुए बाहर ले गए।

उसके आँखों से ओझल हो जाने पर भी, मुफ्तीजी की नाराजगी कम न हुई। दाँत पीसते हुए, दीवानखाने में इधर से उधर और उधर से इधर चल-फिर रहे थे। कैसे-कैसे मुसलमान थे पैगंबरजी के जमाने में? भूल-चूक से भी कोई उनकी आलोचना कर बैठता और यह बात उनके कानों तक पहुँच जाती, तो वे अपने अनुचरों से यों पूछते थे—'उस शख्स की तरफ से मुझे जो तकलीफ पहुँची है, उससे कौन मुझे छुटकारा दिलाएँगे?' इतना कहना काफी होता था। मैं-मैं करके वे आगे बढ़ आते थे। और बहुत ही दयावान

और करुणा-निधान अल्लाह का नाम जपते-जपते जल्द-से-जल्द उन विरोधियों के सिर कटकर पैगंबरजी के पाँवों में आ गिरते थे। सच्चे मुसलिम कोई हैं तो वे हैं अरबी ही। ये सब तो नाम के वास्ते मुसलिम हैं। छिः ! यों सोचते हुए उन्होंने गरजकर हुक्म दिया—'एक प्याला चाय ले आओ।' एक-दो मिनट के बाद, धीरे-धीरे उनकी नाराजगी कम हुई और वे इस बात पर सोचने लगे कि जो काम मुश्ताक को सौंपनेवाले थे, उसको अब किसे सौंपा जा सकता है।

*****

'वाह!'—यह उद्गार उसके मुँह से एक-दो बार नहीं, आँख फेरते जाने पर, हर बार निकल रहा था। यूनान के पार्थेनान मंदिर की बृहदाकार रचना भी इससे होड़ नहीं कर पाती। इसकी भव्यता की तुलना किसी और बखान से और रचना से भी नहीं की जा सकती है। दो सौ फीट से भी अधिक लंबाई और एक सौ चालीस फीट से अधिक चौड़ाई के मंदिर के बाहर का आँगन! चौक के आकार के इस आँगन में पहले 84 छोटे-छोटे मंदिर थे, ऐसा कहा जाता है। बीच में गर्भगृह था। अब तो उनके पुराने अवशेष मात्र बचे हैं। आँगन के बीच में खड़े होकर, चारों ओर फिरकर देखेंगे, तो सभी दिशाओं में फैली हुई उसकी व्यापकता और अगाधता, हमारी अल्पता का ढिंढोरा पीटती हुई नजर आती है। पुराने स्वरूप में ही पार्थेनान मंदिर का पुनर्निर्माण करने का कार्य जोरों से चल रहा है। यहाँ के खंभे जितने दिनों तक धरती को पकड़ रखा करते हैं, उतने दिनों तक ही वे जीते रहते हैं। इनके निर्माण में जितनी मेहनत उठानी पड़ी थी, उससे कहीं ज्यादा मेहनत उठानी पड़ी थी, उन मुसलिम सुलतानों में से हर एक को, जिसने उनको गिराने की कोशिश की थी। एक स्थानिक व्यक्ति ने उसका यों विवरण दिया है—

"कश्मीर के और मंदिरों को आसानी से गिरा देनेवाला सुलतान बुत शिकन इसके खंभों को हिला भी नहीं पाया। तब उसने उनके चारों ओर गड्ढे खुदवाकर, उनमें काठ के हजारों बड़े-बड़े टुकड़े भरकर उनमें आग लगा दी थी, ऐसा कहा जाता है।"

कोई यात्री, मारे अचरज के, पूछने लगा था—"किसने बनाया था इसको?"

स्थानिक उस व्यक्ति ने बता दिया—"राजा ललितादित्य मुक्तापीड!"

कार में जा बैठने से पहले, फिर एक बार फिरकर नरेंद्र ने उसकी ओर देखा। उसे ऐसा लगा कि वह छाती तानकर उद्घोषित कर रहा है कि "मैं उतना ही मजबूत बना हुआ हूँ, जितना उसको बनानेवाले ने बना दिया था। इसके लिए सबूत है उसका आज तक बना रहना।"

"न जाने क्यों मुश्ताक का फोन मिल नहीं रहा है।"—वहाँ से निकलने के दस मिनट

के बाद, सलीम ने कहा। "अब तो पाँच बज गए हैं। अब तक कम-से-कम उसे एक 'मैसेज' तो भेजना चाहिए था।"—उसकी आवाज में घबराहट भरी हुई थी।

"उसके घरवालों से पूछ लिया क्या?"—संजीवजी ने कहा।

"जी हाँ! उसकी अम्मी भी घबरा गई हैं। घर के पास ही रहनेवाले मुफ्तीजी के यहाँ गया हुआ था। काफी वक्त गुजर गया है करके वे बता रहे हैं।" थोड़ी देर रुकने के बाद, उसने फिर कहा—"उसके कई दोस्तों से पूछताछ कर लूँगा।" सलीम के चेहरे को देखकर उन सबके मन में खलबली मच गई।

इकतीस

सुंदरकृष्णजी मुसकरा उठे। मुरारी का व्याख्यान बहुत अच्छा बना था। उससे ज्यादा अद्भुत बना था उसका सीधा प्रसारण और उसका पुनः प्रसारण। व्याख्यान के बाद भी, उसके मुँह के सामने माइक पकड़कर, खुले मन से बोलने का अवसर उसे प्रदान कर रहे थे। उसमें उसने जो बातें कही थीं, उनमें से चंद बातों को 'अभिव्यक्ति की आजादी' के नाम पर समर्थित करना पड़ा था; वे बातें उतनी तीखी बनी थीं। और कोई ऐसी बातें बोला करता था, तो साहित्यकार और अभिनेता अपने पुरस्कारों को लौटा देने के लिए आगे बढ़ आते थे, इसमें कोई शक नहीं है। माध्यमवाले ही इन सबका नियंत्रण किया करते हैं। उनकी सामर्थ्य का यह कोई नया निदर्शन नहीं था। फिर भी जिस जिम्मेदारी को उन्होंने अपने ऊपर ले लिया था, उसके प्रति अपनी विशेष आस्था के कारण, प्रत्येक गतिविधि का सूक्ष्म निरीक्षण वे करते रहे। राष्ट्रीय वाहिनियों में एक को छोड़कर, शेष सभी वाहिनियाँ अपने सिद्धांतों के प्रति प्रतिबद्ध रहनेवाले ही थीं। इसलिए उन्होंने अपने 'प्राइम टाइम' को इसकी चर्चा के लिए ही आरक्षित रखा था। सरकार इस समस्या का समाधान किस प्रकार ढूँढ़ पाएगी, इस बात का पता जब तक लग नहीं जाता, तब तक इस विचार को जीता रख लेना चाहिए, यों उन्होंने तय कर लिया था। आगे चलकर, इसी विचार को लेकर, असहिष्णुता का डंका पीटते ही रहते हैं। अपनी बारी आ जाने पर, अपना डंका जोर-जोर से बजा लेना ही उनका ध्येय बना रहता है और कोशिश भी बनी रहती है।

मुरारी हैदराबाद से पश्चिम बंगाल जा पहुँचता है और वहाँ से केरल चला आता है। सभी वाहिनियों ने यह आश्वासन दिया है कि बेंगलुरु के कार्यक्रम के लिए भी उतना ही महत्त्व दिया करेंगे। लोगों को संगठित करने का अभी से प्रयास जारी रखना चाहिए; कम-से-कम पाँच-छह हजार श्रोताओं को इकट्ठा कर लेना चाहिए। यह उनका लक्ष्य और आशय बना हुआ है। अभी यह नहीं कह सकते कि मुसलमानों में कितने लोग इसमें शरीक होंगे। कश्मीर के धार्मिक नेता ही पीछे हट रहे हैं या कुछ नहीं बोल रहे हैं; यह एक

प्रकार से उनके लिए विगति ही सिद्ध हो रही है। फिर भी यहाँ मुसलमान नेता उनके लिए पूरा समर्थन घोषित कर रहे हैं। इनमें सबसे प्रमुख बने हैं पिछड़े वर्गों के संगठन। 'एजेंडा' कुछ भी क्यों न हो, यदि यह घोषवाक्य कह दें कि ऊपरी वर्ग या जात के लोग सदियों से आपका शोषण करते आए हैं, अपना सारा काम छोड़कर वे दौड़ आते हैं। अंबेडकरजी की धारणा कुछ भी क्यों न रही हो, संदर्भ के लिए योग्य तरीके में उसको तिरछा कर कहते रहना चाहिए, इतना ही काफी होता है न! अंबेडकरजी की धारणा को यों बोलते हुए मुसकरा उठे सुंदरकृष्णजी। आजाद भारत के पहले मंत्रिपरिषद् में अंबेडकरजी को शामिल कर लेने के विचार में नेहरूजी को सलाह देनेवाले सरदार पटेलजी जितने राष्ट्रवादी बने हुए थे, संस्कृत को राष्ट्रभाषा के रूप में स्वीकार लेने का अनुरोध करनेवाले अंबेडकरजी भी उतने ही राष्ट्रवादी बने हुए थे। इस विचार से सुंदरकृष्णजी अवगत थे ही। हिंदुओं के धार्मिक ग्रंथों के बारे में ही नहीं, इसलाम के तत्त्वों के बारे में भी पूरी जानकारी रखनेवाले अंबेडकरजी, इसी पृष्ठभूमि में हिंदू-मुसलिमों के बीच के संबंध के बारे में भी निष्पक्ष रूप से विश्लेषण किया करते थे। इस बात की याद हो आने पर, उसी के बारे में जुगाली करने लगे सुंदरकृष्णजी।

भारत का विभाजन करके, पाकिस्तान की रचना कर देने का विचार भारत की दृष्टि से कैसे वरदान सिद्ध होगा, इसके बारे में गहरा विश्लेषण प्रस्तुत कर दिया था अंबेडकरजी ने। ऊपरी सतह पर दिखाई देनेवाले राजनीतिक कारणों के बारे में नहीं, ऐतिहासिक गतिविधियों में मुसलिम सुलतानों ने अव्याहत रूप में जो हमले किए थे, वहाँ से लेकर इसलाम के धार्मिक ग्रंथों के बारे में, उनके द्वारा प्रतिपादित प्रत्येक तत्त्व के बारे में उन्होंने अच्छी जानकारी पा ली थी। तुर्किस्तान के एकीकरण तथा खलीफाओं के प्रशासन की पुनर्स्थापना के लिए भारत के मुसलिमों ने खिलाफत का जो आंदोलन चलाया था, उसमें गांधीजी ने सक्रिय रूप में भाग लिया था; उसके बाद भारत के ऊपर हमला करने के लिए भारत के मुसलमानों ने अफगानिस्तान को जो न्योता दिया था, उसका भी गांधीजी ने समर्थन कर दिया था। इसका विरोध करनेवाले अंबेडकरजी ने हिंदू-मुसलिम एकता के संबंध में जो सपना बाँध लिया था, उसको झूठा साबित किया था और उसका समर्थन करते हुए बीसियों कारण भी दिए थे। मुसलिमों ने हिंदुओं की जो निर्मम हत्या की थी, उसकी भी आलोचना गांधीजी ने कभी नहीं की थी; और यह विश्वास भी जताया था कि उनके तुष्टीकरण से ही स्वराज्य के सपने को साकार किया जा सकता है। ऐसी धारणा रखनेवाले गांधीजी से बढ़कर मुसलमानों की मानसिकता को पूरी तरह से समझ पा लेनेवाले अंबेडकरजी ही सही यथार्थवादी लगते हैं। मुसलमानों की जातीय व्यवस्था और अपनी कौम तक ही सीमित रहनेवाली उनके भ्रातृत्व की परिकल्पना तथा बुरका पहननेवाली मुसलिम महिलाओं के ऊपर होते रहनेवाले शारीरिक दुष्परिणामों के

बारे में भी अंबेडकरजी ने खुलासा कर दिया था। गांधीजी के बताए मार्ग में मुसलिमों का तुष्टीकरण करने के बजाय, उनके साथ एक समझौता कर लेने की आवश्यकता का भी उन्होंने प्रतिपादन किया था; मुसलिमों के लिए जो रियायतें दी जा रही थीं, उनसे उनकी आक्रमणशीलता किस तरह बढ़ती जाती है और उस धारणा को वे जिस तरह हिंदुओं की हार मानने लगते हैं, इसका भी उन्होंने विवरण दे दिया था। हिंदुओं को निर्बल समझ लेनेवाली मानस्किता को समर्थन देनेवाले निर्धारों का भी वे विरोध करते आए थे। "मुसलिमों को यदि ऐसे मुल्क में रहना पड़ता, जहाँ उनकी हुकूमत न हो और अपनी मजहबी हिदायतों के तथा उस मुल्क के कानून के बीच कोई संघर्ष यदि पैदा हो जाता, तो उन्हें अपनी मजहबी हिदायतों का ही पालन करना है, न कि उस मुल्क के कानूनों का, जहाँ वे जी रहे होंगे।"—इसलाम के इस तत्त्व के ऊपर भी उन्होंने रोशनी डाली थी। इसलाम के भ्रातृत्व की परिकल्पना के दायरे से बाहर रहनेवाले अन्य धर्म के लोगों के प्रति तिरस्कार और दुश्मनी की भावनाओं को बो देने का जो लक्ष्य उन्होंने रख लिया है, वही इसलाम का पहला दोष है। मुसलमानों को कभी भारत को अपनी मातृभूमि और हिंदुओं को अपने भाई-बहन मान लेने की मानसिकता को पनपने के लिए मौका ही नहीं दिया, यह इसलाम का दूसरा दोष है। यों बातें अंबेडकरजी ने साफ-साफ बता दी थीं। "यदि कोई मुसलिम मुल्क भारत के ऊपर हमला कर देता है, तो हमारी फौज में रहनेवाले मुसलिम योद्धा हमारी तरफ से लड़ते हैं, ऐसा भरोसा रखा जा सकता है क्या?"—यह निर्णायक प्रश्न भी उन्होंने उठाया था। आज यदि वे जीवित रहते, तो मुसलिमों के तुष्टीकरण की तरफदारी करनेवाले अपने समुदाय के नेताओं के प्रति क्या प्रतिक्रिया व्यक्त किया करते थे?—यों सोचते हुए, सुंदरकृष्णजी वास्तविकता की या यथार्थवाद की धरती पर उतर आए। इन सारे विचारों की भलीभाँति जानकारी रख लेने पर भी, अनजाना जैसा रह जाना चाहिए; अपनी आँखों पर पट्टी बाँध लेने के लिए तैयार रहनेवाले लोग जब तक बने रहेंगे, तब तक ऐसी पट्टी बाँधे रहना चाहिए। यों सोच लेने पर, उनके चेहरे पर, हलकी-सी मुसकान खिल गई।

अनुच्छेद 370 के बारे में नरेंद्र ने बड़ी कहानी ही लिख डाली है। अब कौन चाहता है यह सब कुछ? सरकार इसमें कोई बदलाव न लाए, इसकी देख-रेख करना ही हमारा कर्तव्य बनता है। आज की परिचर्चा में शब्बीरजी भी शरीक हो रहे हैं, यह हमारे लिए चैन की बात है। कोई भी क्यों न हो, कितने भी यथार्थ सत्यों को हमारे सामने क्यों न रखें, वे अपने तर्क से रत्ती भर भी हटनेवाले नहीं हैं। अलग समय में ही उनसे बातचीत कर लेना मुश्किल बनता है, तो परिचर्या के संबंध में और क्या कहना है? अपनी घड़ी की ओर उन्होंने देख लिया। अब तो स्टूडियो जाने का समय निकट आ गया है। यों सोचते समय, उन्हें मीरादेवीजी की याद आ गई। उन्होंने तुरंत फोन किया—

"मैडम, कितनी भी नाराजगी क्यों न आए, बीच में उठकर जाया मत कीजिए। शब्बीरजी वहाँ तो रहेंगे न! प्रश्नों को अपनी ओर फिरा लेंगे। बात समझ में आई है न?"

"ठीक है। मैंने भी ऐसा ही निश्चय कर लिया है।"—यों उनको उत्तर देनेवाली वह सुंदरकृष्णजी के प्रति सचमुच ही कृतज्ञा बनी थीं। 'सचमुच ही यह मेरा भला चाहनेवाले हैं', यह भावना उनके मन में उभर आई। विशेष प्रशंसा की भावना भी जागी। उनकी हलकी सी गठन, बुद्धिमानी की झलक दिखानेवाले ऐनक और दाढ़ी तथा मूँछ—इन्होंने उसको आकृष्ट किया था। उनके फोन की प्रतीक्षा करना, अवसर मिलने पर हर बार मृदुतर ध्वनि में उनसे बातचीत करना, दो दिनों की बारी में एक बार भी उनकी आवाज न सुनाई पड़े तो छटपटाते रहना और किसी-न-किसी बहाने खुद फोन कर लेना—ये सभी मीरादेवी के लिए आम बातें बन गई हैं। गोमांस खा लेने के उस प्रकरण के दिन अतीव विश्वास के साथ मेरे बारे में उन्होंने पूछताछ कर ली थी और मेरे बारे में प्रशंसा व्यक्त की थी। उन्हें याद कर लेने पर, मन मार्दवता को प्राप्त हो जाता है; इतना ही नहीं, मंत्रीजी के बड़े पेट के बारे में आपत्ति भी वे उठाने लगी हैं।

"तुम यदि चाहो, तो 'जिम' जाया करो। मुझे यह बताने की कोशिश मत करो कि ऐसा करो या वैसा करो। जब तक जिंदा रहूँगा, अच्छी तरह खा-पीकर चैन से रहा करूँगा।"—यों यह मंत्री साहब तो आगे-पीछे न देखते हुए, आड़े हाथों ले लेते हैं। अच्छी शिक्षा हो, तभी विनय और नम्र स्वभाव देखने में आते हैं न! यों सोचते हुए, चप्पल पहनकर मीरादेवीजी बाहर निकलने के लिए तैयार हो गईं।

स्टूडियो में पाँव रखते ही, निरूपक ने हस्तलाघव देकर, सुंदरकृष्णजी का स्वागत किया। शब्बीरजी ने भी मित्रता की भावना से ही उनसे बातचीत की। मीरादेवीजी भी तुरंत उठकर अपने स्थान से बाहर आईं और उनकी खुशहाली के बारे में भी उन्होंने बातचीत की।

"अरे, नरेंद्रजी तो कहीं दिखाई नहीं दे रहे हैं न? क्या बात है?"—चारों ओर नजर दौड़ाते हुए, सुंदरकृष्णजी ने निरूपकजी से पूछा।

"वे तो शहर में नहीं हैं, सर! फोन के द्वारा ही इसमें भाग लेनेवाले हैं। आइए, हम परिचर्चा शुरू कर देंगे।"—यों बोलते हुए, निरूपकजी अपनी जगह आ बैठे।

"नमस्कार, हे वीक्षक बंधुओ! मैं हूँ आपका विश्वासी गणेश चिन्नप्पा! हिंदी टी.वी. के प्राइम टाइम की परिचर्चा के लिए आप सबका स्वागत करता हूँ। केंद्र सरकार की घर-वापसी की परियोजना के सफलतापूर्वक अनुष्ठान होने के सभी आसार दिखाई दे रहे हैं। ऊपरी सतह पर ही साफ दिखाई दे रहा है कि आमतौर पर अब तक पत्थरबाजी की, मौत और घायल हो जाने की जो घटनाएँ दिखाई दे रही थीं, वे सब आजकल दिखाई नहीं दे रही हैं, लेकिन अचरज की बात यह है कि अन्य कई राज्यों में कुछ संचलन हो

चले हैं। इस तर्क को आगे करते हुए कि मुसलमानों की भावनाओं के लिए और उनके हक के लिए धक्का नहीं पहुँचना चाहिए, एक गिरोह सरकार के खिलाफ इसी बहाने विरोध प्रदर्शन और वाक्-युद्ध चला रहा है। इसको पृष्ठभूमि में रखते हुए, इस विचार पर परिचर्चा शुरू करेंगे कि 'इसलाम शांति का प्रतिपादन करनेवाला धर्म है या नहीं?' मेरे साथ स्टूडियो में आज उपस्थित हैं सुविख्यात संपादक सुंदरकृष्णजी, साहित्यकार्ती और संघर्षकारिणी मीरादेवीजी तथा मुसलिम समुदाय के नेता शब्बीरजी।" निरूपकजी की ओर से जब परिचय किया जा रहा था, वे खड़े होकर नमस्कार कर रहे थे।

"इसी तरह फोन की लाइन पर मौजूद हैं अनुसंधानकर्त्ता नरेंद्रजी। नमस्कार नरेंद्रजी, मेरी आवाज सुन प रहे हैं क्या? उसने आगे झुककर प्रणाम किया। "नमस्कार। सुन पा रहा हूँ।" नरेंद्र का प्रत्युत्तर सुनाई दिया।

"अच्छा। अब हम यह परिचर्चा शुरू करेंगे। शब्बीरजी, प्रामाणिक रूप से उत्तर दीजिए। दुनिया के सभी मुल्कों में इसलाम के मूलभूतवादियों ने भय का जो माहौल पैदा कर दिया है, उसको देखते हुए, क्या आप को ऐसा लगता है कि आपके मजहब में अमन के लिए कोई जगह है?"—यों बोलते हुए निरूपकजी उनकी ओर फिरे।

"यह बताइए कि दुनिया में ऐसा कौन सा मजहब है, जिसमें मूलभूतवादी नहीं हैं? आपके हिंदू मजहब में गाय की रखवाली करनेवालों का दल नहीं है क्या? गाय का गोश्त खा लिया है, इसी बहाने, अमायिक या नादान मुसलमानों की हत्या उन्होंने की नहीं है क्या? अकेले इसलाम की ओर ही आप उँगली क्यों उठा रहे हैं? इसलाम अमन के ऊपर ही जोर देता है, इस विचार में कोई शक नहीं है।"—उनके यों बोल कर, रुक जाने पर, निरूपकजी ने सुंदरकृष्णजी तथा मीरादेवीजी की ओर नजर फेरी। प्रतिवाद हो तो ऐसा होना चाहिए, इस भावना को व्यक्त करते हुए सुंदरकृष्णजी मुसकरा दिए। मीरादेवीजी इसे समझ तो पाईं, मगर वे इस विचार को ढूँढ़ने की कोशिश कर रही थीं कि इस मुसकान में और कोई खास बात है क्या? निरूपकजी सुंदरकृष्णजी की ओर फिरे।

"शब्बीरजी ने जो बात उठाई है, उसके बारे में गहराई से सोच लेने की आवश्यकता है। मुसलमानों के मूलभूतवाद का उत्प्रेक्षा के साथ बखान करने के बदले हमारे धर्म की कठिन परीक्षा कर लेना आज की आपातकालीन आवश्यकता है। शब्बीरजी को देख लेने से मुझे तो डर लगता नहीं है। उनमें मुझे कोई मूलभूतवादी दिखाई नहीं देता है। आप को ऐसा लगता है क्या, मीरादेवीजी?"—मुसकराते हुए उन्होंने मीरादेवीजी की ओर देखा।

"नहीं तो।"—उन्होंने भी हँसते हुए, हामी में अपना सिर हिला दिया।

"नरेंद्रजी, अब प्रतिक्रिया देने की आपकी बारी है।"—निरूपकजी के यों सूचना देने के दो-एक लम्हों के बाद नरेंद्रजी की आवाज सुनने में आई—

"मेरी समझ में यह बात नहीं आ रही है कि अहम मुद्दे को छोड़कर—यानी इसलाम

अमन के बारे में जोर देता है या नहीं, इसको ही छोड़कर—हिंदू मूलभूतवाद की ओर क्यों मोड़ ले रहे हैं? यह बात रहे। मैं इस विचार को लेकर ही आगे बढ़ूँगा कि हिंदू धर्म के अनुयायियों में भी मूलभूतवाद के समर्थक हैं, लेकिन क्षमा करें, बिना आँकड़ों के बात करने की मेरी आदत नहीं है। सन् 632 में पैगंबरजी का इंतकाल होने के बाद, खलीफत की हुकूमत शुरू हुई न! तब से लेकर, सन् 1924 में तुर्किस्तान का बादशाह बननेवाले, खुद मुसलिम बने हुए मुस्तफा कमाल अतातुर्क के जमाने के पूरा हो जाने तक, दुनिया भर में मुसलमानों ने जिन लोगों का कत्ल कर दिया है, उनकी संख्या है करीब 270 लाख। वह भी किस तरीके से! एक-एक को चुभाकर या सिर काटकर मार दिया गया था, क्योंकि उन दिनों में अभी बम या सामूहिक विनाशकारी शस्त्रास्त्रों का ईजाद हो नहीं पाया था। 1924 के बाद किए गए कत्लों को भी हिसाब में ले लेंगे, तो इन कत्लों की कुल संख्या किस हद तक पहुँच जाएगी, इसका पता तक मालूम नहीं होगा। ध्यान देने की बात यह है कि इन आँकड़ों को प्रस्तुत करनेवाले भारत के कोई मूलभूतवादी या कौमवादी नहीं हैं, बल्कि अमरीका की सुरक्षा के बारे में दिन-रात सिर खपाते रहनेवाले वहाँ के विश्लेषक महोदय हैं। शब्बीरजी, अब बताइए कि हिंदू मूलभूतवादियों के हाथों हुई मुसलमानों की हत्या की कुल संख्या 270 लाख की कितनी फीसदी बनेगी?" उनके यों सवाल पूछने के बाद भी ऐसा लग रहा था कि उनकी ही आवाज प्रतिध्वनित हो रही है।

"जी, आप किसी पुराने जमाने के आँकड़ों को लेकर यों सवाल पूछते रहेंगे, तो उसके बारे में क्या कहा जा सकता है?"—अविचलित होकर शब्बीरजी ने प्रतिवाद किया।

"तो क्या मैं पूछ सकता हूँ कि जिन रस्मो-रिवाजों को मजबूती से पकड़कर आप जो दलील पेश कर रहे हैं, वे किस जमाने के हैं?" नरेंद्रजी के यों फिर से सवाल पूछते पर, शब्बीरजी को अपने वाद की गलती समझ में आ गई।

"मैं इस बात को झुठलाने की कोशिश नहीं करूँगा कि मुसलमानों में भी कई मूलभूतवादी हैं, लेकिन उनकी फीसदी बहुत कम है। उनको छोड़ देंगे तो बाकी सभी लोग अमन को ही चाहनेवाले हैं। अब मेरी ही मिसाल लीजिए। मैंने कभी बंदूक अपने हाथ में नहीं पकड़ी है। मुझे आप किस गिरोह में शामिल करा देंगे, बताइए?"—उन्होंने यों पूछा, मानो चुनौती दे रहे हों।

"मैं आप को उस गिरोह में शामिल करूँगा, जो उन मूलभूतवादियों के किसी भी कुकृत्य का या काले कारनामों का खंडन नहीं करते, जो कोई कड़ाई का एक फतवा तक निकलवा नहीं सकते और निष्क्रिय रहा करते हैं, मगर उतने ही खतरनाक बने रहते हैं। कल या आनेवाले दिनों में भारत में भी यदि शरिया के कानून को जारी कर पाने का मौका यदि मिल जाएगा, तो उसको मान लेंगे या नहीं, इतना ही बता दीजिए।"

"जी, यहाँ शरिया को लागू करने का सवाल आएगा भी कैसे?"—यह साफ नजर

आ रहा था कि वे अपने को ऐसे टेढ़े सवालों से बचा लेने की कोशिश कर रहे हैं।

"कभी ऐसा मौका मिल जाता है, यों मान लीजिए। तब आप क्या करेंगे, यह बता दीजिए। शरिया का निराकरण करेंगे क्या? 'हाँ' या 'नहीं' करके बता दीजिए।"—वे यों पूछ रहे थे।

"आपके द्वारा पूछे जानेवाले ऐसे बेतुके सवालों का जवाब नहीं दूँगा।"—सिर झाड़ते हुए वे चुप हो गए। नरेंद्रजी की हलकी सी मुसकराहट की आवाज पृष्ठभूमि में सुनाई दे रही थी।

"अब आप ही को यह बात साफ हो गई न कि आप किस गिरोह में शामिल होनेवाले हैं? पाकिस्तान, बाँग्लादेश, अफगानिस्तान और अन्य यूरोप के मुल्कों के अमनपसंद मुसलमान यही काम करते आए हैं। आप लोगों के इस समर्थन से ही 15 से 25 फीसदी संख्या में रहनेवाले उन मूलभूतवादियों का हौसला बढ़ता जा रहा है।"—नरेंद्रजी की इस बोलती के खिलाफ भले ही उन्होंने कुछ नहीं कहा, फिर भी उनका पारा चढ़ गया है, यह बात उनके चेहरे से साफ जाहिर हो रही थी।

"मैं उन लोगों को अमन चाहनेवाले मुसलमान मानता हूँ, जो इसलाम में पाए जानेवाले हिंसात्मक अंशों को दूर हटाकर, सौहार्दसूचक अंशों को ही स्वीकरणीय मानते हैं। उनमें से कोई इस झूठे तर्क को पेश नहीं करते हैं कि इसलाम अमन मात्र का प्रतिपादन करता है, क्योंकि पैगंबरजी के इंतकाल के पचास सालों के अंदर ही, उनके पोते हुसैन की बर्बर हत्या करके, शिया और सुन्नियों के बीच अविरत संघर्ष की भूमिका रचनेवाले इराक के कर्बला की जंग को अमन का प्रतीक मान नहीं सकता कोई सच्चा मुसलमान! है न शब्बीरजी?" नरेंद्रजी यों सवाल पूछ रहे थे, तो वे किसी और दिशा में मुँह फिराकर बैठे हुए थे।

"एक और भी उदाहरण के रूप में The Quranic Concept of War नाम की पुस्तक को प्रस्तुत करना चाहता हूँ, जिसके लेखक हैं S.K. Malik जी, जो पाकिस्तान के ब्रिगेडियर बने हुए थे। पवित्र 'कुरान' में जो तत्त्व प्रतिपादित हुआ है, वह इसलाम का युद्ध-तत्त्व मात्र नहीं बना है, वह 'कुरान' के सिद्धांत का अविभाज्य अंग भी बना हुआ है करके मल्लिकजी ने साफ-साफ लिख दिया है। इस तत्त्व को परिपूर्ण, समग्र, संतुलित, प्रायोगिक और परिणामकारी करके बखान करनेवाले, उनकी इस पुस्तक की भूमिका लिखनेवाले और कोई नहीं, पाकिस्तान के पूर्व सिपहसालार जनरल जिया उल हक ही हैं। उन्होंने लेखा है कि 'जिहाद-फि-सबीलिल्लाह' का सिद्धांत सिर्फ सिपाहियों के लिए नहीं, इसलामी हुकूमत को चाहनेवाले हर एक शख्स के लिए अनुसरणीय बनता है और इस विचार को अच्छी तरह समझ लेने में यह पुस्तक सहायक हो सकती है।" इतना बोल देने के बाद, एक क्षण के लिए रुककर, नरेंद्रजी ने पूछा—"गणेशजी, क्या यह बताना

असंगत लगता है कि उस पुस्तक में और क्या-क्या लिखा गया है ?"

"नहीं, नहीं। बताइए नरेंद्रजी !"—निरूपक ने तुरंत उत्तर दिया। उसके बाद हुक्म देने की बात से लेकर, जंग में शामिल न होने से कैसा बड़ा अपचार होता है, जंग में शरीक होनेवालों को ही मिलनेवाली ऊँचे स्तर की जन्नत की बात—इन सबका जिक्र मिलता है 'कुरान' में। 'कुरान' की वजह से जंग के लिए जो इनकलाबी आयाम मिला, उसके बारे में वे लेखक बड़े फख्र के साथ जिक्र करते हैं; इसकी वजह से, किसी भी हालत में बिना किसी तरह के भय से, डटकर सामना करने की मानसिकता को बढ़ावा मिलने के विचार का भी उन्होंने विवरण दिया है। मौत को खुद दावत देना और दुश्मनों को झुका देने की बर्बरता—ये भी 'कुरान' की ही देन हैं करके बताते हैं साफ-साफ तरीके से। इनमें से हर एक मुद्दे का बखान करते वक्त मलिकजी 'कुरान' के सूरहों का हवाला भी देते हैं। लड़ाई की रणनीति के बारे में बताते हुए उन्होंने यह सुझाया है कि दुश्मन के दिल में डर पैदा करके ही जीत हासिल की जा सकती है। जिहाद के लिए उन्होंने क्या परिभाषा दी है, यह आप को मालूम है क्या ? जिहाद वह लड़ाई है, जिसे अपने लक्ष्य तक पहुँचने के लिए हर क्षेत्र में—चाहे वह राजनीतिक हो, आर्थिक हो, सामाजिक हो, मानसिक हो, पारिवारिक हो, नैतिक हो या आध्यात्मिक ही क्यों न हो—बिना किसी रोकथाम के, निरंतर स्वरूप में जारी रखना पड़ता है। इसलामी हुकूमत को कायम करना ही उसका मकसद होता है और सैन्य काररवाई भी उस मकसद को हासिल करने का एक तरीका बना रहता है। उसको वैयक्तिक और सांधिक स्तरों पर ही नहीं, आंतरिक और बाह्य स्वरूपों में भी साधा जाता है।—यों कहा गया है। दुश्मनों की किस तरह मार-काट की जानी चाहिए, उसको भी सूरह के हवाले से यों बताया गया है—"आप उनके सिरों और उँगलियों को काट डालिए।" सन् 622 में, हाथों में हथियार लेकर निकलने से पहले तो इसलाम की हैसियत तक नहीं थी; लेकिन, अगले दस सालों में वह किस तरह फैला और किस तरह पैगंबरजी के इंतकाम के समय तक सारा अरबी मुल्क उनके कब्जे में जो आ गया था, इसका बड़े फख्र के साथ उन्होंने बयान किया है। भूख, प्यास, आशा, आकांक्षा, पीड़ा और मौत—इनसे ऊपर उठकर, जिहाद को जारी रखनेवालों को मिलनेवाली जन्नत के बारे में बता देने की बात वे भूलते नहीं हैं।" इतना बोलकर नरेंद्रजी रुके। वहाँ जो सन्नाटा छाया हुआ था, उसी से यह बात समझ में आ रही थी कि सब लोग ध्यान देकर उनकी बातें सुन रहे थे।

"बहुत ही अहम विचार यह है कि पैगंबरजी ने जो अहम जंग जारी रखी थी, उनकी हार-जीत के विचारों की गहराई से छानबीन करने के साथ-साथ, उनसे ताल्लुक रखनेवाले सूरहों का भी जिक्र कर दिया गया है। उनमें सबसे पहले आता है बद्र की जंग का जिक्र। दुनिया भर में रहनेवाले मुसलमानों को उकसा देने के लिए और उनमें

उमंग भरने के लिए यह एक मिसाल बन गया है। 1949 के जनवरी की 15वीं तारीख सउदी अरेबिया के एक वजीर ने कराची में बद्र के जंग से संबंधित एक गाना सुनाकर उसमें, कश्मीर के जिहाद की तुलना की थी बद्र की जंग से। जनवरी 17 को नेहरूजी के नाम लिखे अपने पत्र में सरदार पटेल जी ने इसका उल्लेख किया है। 90 में जो स्थानांतरण हुआ, उसमें भी पंडितों को भगा देने की उस पाक जंग के सिलसिले में इसी गाने का इस्तेमाल किया गया था। अंत में, अपनी किताब में मलिकजी ने पैगंबरजी की मियाद में जारी की गई सारी—यानी 81—जंगों की फेहरिस्त दी है; इनमें 26 जंगों में वे खुद शरीक हुए थे, जिन्हें 'घज्वे जंग' कहा गया है; सेना द्वारा चलाई गई 55 जंगों को 'सरिए जंग' करार दिया गया है। इसे मलिकजी का बेहतरीन काम मानना चाहिए। इस किताब के पन्ने-पन्ने में इसलाम की रणनीति का और उसके लिए मिलनेवाले मजहबी संबल का बड़े फख्र के साथ उन्होंने जिक्र किया है। इसलाम में हिंसा और क्रौर्य को उकसानेवाले काफी विचार जो पाए जाते हैं, उनको भी उन्होंने दर्ज कर दिया है। जब ये विचार ऊपरी सतह पर और पहली नजर में ही साफ दिखाई देते हैं, कम-से-कम उसको मान लेने की प्रामाणिकता होनी चाहिए न, शब्बीरजी?" फोन पर जब नरेंद्रजी का यह सवाल आया, स्टूडियो में इतना सन्नाटा छाया हुआ था कि सूई के गिर जाने की आहट भी साफ सुनाई देती थी।

"यदि मान लें तो सुधारों के लिए भी मन को खुला रखना पड़ता है न! आपकी यह पसोपेश मेरी समझ में आ जाती है। आत्महत्यारूपी हमलावर बनने के लिए भी जो मुसलिम नौजवान एक जमाने में तैयार रहते थे, वे ही आजकल 'कुरान' में रहनेवाले क्रौर्य-संबंधी अध्यायों के व्याख्यान को बदल डालने की कोशिश कर रहे हैं। ऐसों के प्रति ही हम भरोसा रख सकते हैं।"—इतना बोलकर नरेंद्रजी चुप हो चले।

"अब एक विराम लेंगे। उसके बाद परिचर्चा को जारी रखेंगे।"—सबसे पहले वास्तविकता की धरती पर उतर आनेवाले निरूपकजी के कथन को सुनने से सुंदरकृष्णजी का मन कुछ हलका हुआ। अपनी जगह से ही थोड़ा झुककर, शब्बीरजी से बोलने की कोशिश उन्होंने की, मगर उनकी ओर से सही प्रतिक्रिया मिली नहीं। बिस्कुट चबाते हुए उन्होंने चुप्पी साध ली।

"अब परिचर्चा को आगे बढ़ाएँगे। सुंदरकृष्णजी, कई लोगों के मन में यह सवाल उठा है कि कश्मीर के बारे में देशव्यापी आंदोलन करवाने की आवश्यकता थी क्या? इसके बारे में आपकी क्या राय है?"—निरूपकजी उनकी ओर मुड़े।

"अवश्य थी। इन अल्पसंख्यक मुसलमानों के मूलभूत हक और सुरक्षा के लिए जब धक्का पहुँच रहा हो, हम चुप कैसे रह पाएँगे? इस आंदोलन के दो प्रमुख लक्ष्यों को प्रस्तुत करना मैं चाहता हूँ। पहला लक्ष्य यह है—सत्तर सालों से जारी रहनेवाली नीति और

नियमों को बदल डालने की प्रक्रिया में किन्हीं असंविधानात्मक क्रमों को उठा लेना नहीं चाहिए; दूसरा लक्ष्य है यह चेतावनी देना कि कश्मीर के हमारे अल्पसंख्यक भाई-बहनों की भावनाओं को आघात पहुँचाएँगे तो उसके परिणामों को झेलना पड़ता है। कश्मीरियों को जो भी मदद चाहिए, उसे पहुँचाने के लिए भी हम लोग तैयार हैं।"—इतना बोलकर वे शब्बीरजी की ओर फिरे।

"हम लोगों को विश्वास में लिये बिना, सरकार को कश्मीर के बारे में कोई निर्णय लेना नहीं चाहिए।"—शब्बीरजी ने अपना अटल निर्णय सुना दिया।

"कश्मीर में जो भी बदलाव लाने की कोशिश जब भी करेंगे, तभी हमें अनुच्छेद 370 की लक्ष्मण रेखा को पार करना ही पड़ता है। इसके बारे में कल के अपने लेख में मैंने खुला विवरण दे दिया है। प्रजाप्रभुत्व की व्यवस्था में ऐसे किसी उल्लंघन के लिए मौका देना नहीं चाहिए।"—मीरादेवीजी ने अपना समर्थन भी जोड़ दिया। अब सब लोग नरेंद्रजी की ओर देखने लगे, मानो अब इनका उत्तर देने की बारी उनकी है।

"चूँकि लोगों से चुनी गई सरकार यह है, उनके अनुमोदन के अभाव में किसी भी निर्णय को लिया नहीं जाना चाहिए, यह बात तो सब लोगों को मालूम है। इसलिए असंविधानात्मक तरीके से कुछ भी किया जा सकता है या नहीं, यह तो आज की परिचर्चा का विषय ही नहीं है, ऐसा मुझे लगता है, लेकिन कश्मीर के हमारे भाई-बहनों को आवश्यक मदद पहुँचाने का जो मुद्दा सुंदरकृष्णजी ने उठाया है, उसके बारे में एक सवाल मैं पूछना चाहता हूँ? सुंदरकृष्णजी, अब आप यह बताइए कि आप किस प्रकार की मदद पहुँचा सकते हैं?"

"हम लोग हर तरह की मदद पहुँचाने के लिए तैयार हैं। फिलहाल तो, देशभर में आंदोलन चला रहे हैं न?"

"क्या आप यह नहीं जानते कि वहाँ के मजहबी मुखियाओं ने किसी तरह की मदद लेने के विचार को नकार दिया है।"

"यह किसको मालूम है कि किस तरह के दबाव में आकर उन्होंने ऐसा बयान दिया है? जबानी तौर पर भले ही उन्होंने इनकार क्यों न कर दिया हो, आप यह कैसे कह पाएँगे कि हमारे आंदोलन से उनकी नैतिक स्थिरता को बढ़ावा नहीं मिलेगा?"

"आपने यह कैसे मान लिया कि उनको आपके नैतिक समर्थन की आवश्यकता है?"—नरेंद्रजी के इस प्रश्न से सुंदरकृष्णजी लाल-पीले हो गए।

"अरे, यह कैसा सवाल पूछ रहे हैं आप? किसी भी राज्य में क्यों न रहें, सभी मुसलमान एक ही होते हैं। यह बात भी आप जानते नहीं हैं क्या?"

"आपकी जानकारी में एक भूल है। मुसलिमों के खुदा, पैगंबर और किबला एक ही क्यों न हों, उनकी आवश्यकताएँ अलग-अलग ही हुआ करती हैं। यह उस विचार पर

निर्भर रहता है कि उनकी भौगोलिक, राजनीतिक एवं सामाजिक परिस्थितियाँ किस प्रकार की हैं? क्या आप यह समझते हैं कि बेंगलुरु का एक मुसलमान कश्मीर में पत्थरबाजी करते हुए जी भी सकता है?"—जब उन्होंने यह सवाल पूछा, सुंदरकृष्णजी को कोई जवाब सूझा नहीं।

"कश्मीर के कई कट्टर मुसलमान जम्मू के मुसलमानों से अपने आप को अलग मानते हैं और इस फर्क को बनाए रखना भी चाहते हैं। तो क्या आप यह मानते हैं कि आपकी ओर से यहाँ से भेजा जानेवाला नैतिक समर्थन का 'पार्सल' वहाँ स्वीकृत हो जाएगा?"

वे अब फोन की ओर ताकते हुए चुपचाप बैठे रहे।

"सत्तर सालों से…"—उनके यों शुरू करते ही शब्बीरजी ने बीच में ही अटकाते हुए कहा—"आप अहम मुद्दे को छोड़कर, अंट-शंट बोलते हुए, बहस को भटका दे रहे हैं। ऐसी फिजूल बातों के लिए मेरे पास कोई वक्त नहीं है। आखिर हम लोग यहाँ इकट्ठे हुए हैं क्योंकर? अल्पसंख्यक समुदाय के प्रति समर्थन देने के लिए ही न? मगर यहाँ क्या हो रहा है? इस मुल्क के ऊपर औरों को जितना हक है, उतना ही हक हमको भी मिला है। उसी के वास्ते हम लोग लड़ रहे हैं। हमारे दादा-परदादाओं ने इस मुल्क के लिए जान दी नहीं है क्या? हम भलीभाँति जानते हैं कि इन कौमवादियों का सिद्धांत क्या है। उनके षड्यंत्र को सफल होने का मौका हम देंगे नहीं।…" आवाज ऊँची करके जब वे बोलने लगे, नरेंद्रजी ने कुछ नहीं कहा। आधे मिनट के बाद भी जब उन्होंने बोलना बंद नहीं किया, निरूपकजी ने बीच में प्रवेश किया—

"शब्बीरजी, पहले अपनी बात पूरी करने का अवसर उन्हें दीजिए और उसके बाद आप अपना वक्तव्य शुरू कीजिए। सब लोगों को एक साथ बोलते रहने की परिपाटी हमारे चैनल में नहीं है और यह विचार आप को भी मालूम है ही।" उनके यों चेतावनी देने के बाद भी, चार-पाँच मिनटों तक वे अपने आपमें गुनगुनाते रहे। उसके बाद ही वे चुप हुए। "आप आगे बढ़िए नरेंद्र जी!"—यों निरूपकजी की सूचना देने के बाद ही, नरेंद्रजी ने फिर शुरू किया—

"सत्तर सालों से कश्मीर के मुसलमानों को रुपए-पैसे, बंदूकें, तरबियत तथा मजहबी बोध मिलते आए हैं। वस्तुत: इन सभी के साथ भारत की शांति को विक्षिप्त करने के सभी तंत्र पाकिस्तान से ही मिलते रहे हैं। 90 के दशक में पाकिस्तान के पूर्व सिपहसालार जिया-उल-हकजी ने 'ऑपरेशन टोपाक' नामक कार्यतंत्र की रचना की थी। उसके द्वारा किस प्रकार जम्मू-कश्मीर के न्यायांग, शासकांग तथा कार्यांग के प्रमुख स्थानों में बैठकर सारी व्यवस्था को अपने कब्जे में लिया जा सकता है और सैनिक

कारवाई के द्वारा किस प्रकार आजादी हासिल की जा सकती है—इन सभी का विवरण देकर, उनको तीन स्तरों में दर्ज किया गया है।" थोड़ी देर रुककर उन्होंने अपनी बात आगे बढ़ा दी—

"मजहब की बुनियाद पर राजनीतिक व्यवस्था को कायम रखने के अरबी नमूने को सभी मुसलिम अपना चुके हैं; पाकिस्तान भी ऐसा ही कर रहा है। कश्मीर के मुसलमानों को अब यह जानकारी मिलनी चाहिए कि उनका गलत तरीके से इस्तेमाल किया जा रहा है। जब तक कानूनन भारत के साथ विलीन साधा नहीं जाता, नीति और नियमों का पालन करते हुए अन्य भारतीयों के साथ हिल-मिल नहीं जाते, उनमें यह जानकारी उभर आएगी नहीं। मैं ये सारी बातें बता रहा हूँ हमारे वीक्षकों की जानकारी के लिए। इन सभी बातों की सुस्पष्ट जानकारी मिली रहने पर भी, हलचल मचा देने की जिद से आगे बढ़ते रहनेवाले आप लोगों की यह कुचेष्टा इस देश के अन्य भागों में भले ही कारगर क्यों न हो, कश्मीर में कामयाब नहीं होगी सुंदरकृष्णजी!" नरेंद्रजी की आवाज में कड़वापन आ गया था। अब तक संयम के साथ बैठी रहनेवाली मीरादेवीजी, इन बातों को सुनते ही आपे से बाहर हो गईं—

"आप हमारी कोशिश को कुचेष्टा करार दे रहे हैं क्या?" उनके इस वाक्य के पूरा होने से पहले ही, बीच में बोलते हुए निरूपकजी ने यह घोषणा कर दी कि विराम के बाद, परिचर्चा आगे बढ़ेगी। विराम के बाद भी मीरादेवीजी ने उसी प्रश्न को दोहराते हुए अपना तर्क शुरू किया—

"आप हमारी कोशिश को कुचेष्टा करार दे रहे हैं क्या? एक समुदाय के प्रति जब बेइनसाफी बरती जा रही हो, उसके खिलाफ आवाज उठाने की हमारी कोशिश को आप कुचेष्टा कैसे करार दे सकते हैं?" उनकी आवाज ऊँची हो उठी थी। एक-दो पल तक सन्नाटा छाया रहा। उसके बाद, नरेंद्रजी की गरज सुनाई दी—"शरम आनी चाहिए!"

मीरादेवीजी हतप्रभ-सी हो गईं। वे किसको यों संबोधित कर रहे हैं? मुझे ही क्या? उन्होंने कभी ऐसी बातें कही नहीं थी न! यों वे सोच रही थीं, तो फिर उसकी आवाज सुनाई दे रही थी, नहीं, गरज उठी थी—

"1990 में जब एक-दो को नहीं, चार लाख से अधिक कश्मीरी हिंदुओं को अपने जन्म-स्थान के घरों को तजकर स्थानांतरण करना पड़ा, तब तो भारत में खलीफत की हुकूमत नहीं, संविधान के मुताबिक प्रत्येक भारतीय को सुरक्षा पहुँचाने का जिम्मा अपने ऊपर लेनेवाली 'सेक्युलर डेमाक्रेटिक रिपब्लिक' की हुकूमत चल रही थी। एक पूरे समुदाय को अपने ही वतन में आश्रयहीन बनने पर विवश करनेवाले, जबरन उनके माथे पर 'स्थानांतरित व्यक्ति' होने का 'लेबल' चिपका देनेवाले, एक पूरी पीढ़ी को वहाँ जनम लेने के भाग्य से वंचित करनेवाले, मानवीय हकों का प्रतिपादन करनेवाले हम लोगों को

शरम करनी चाहिए।" उसकी आवाज में जो कटुता थी, उससे ऐसा लग रहा था कि फोन ही फट जाएगा।

"जिन्हें बहुत ही दुर्भर परिस्थितियों का सामना करना पड़ा, शारीरिक एवं मानसिक रूप में संत्रस्त होकर जिन्हें कहीं-कहीं बिखर जाना पड़ा और नए स्थान को ढूँढ़ लेने के प्रयत्नों में जिन्हें करीब-करीब तीस साल बिताने पड़े, उनको अपने मूल स्थानों में लौटा ले आने की जो कोशिशें की जा रही हैं, उनसे उनके प्रति हम कोई उपकार थोड़े ही कर रहे हैं; यह तो सरकार का कर्तव्य ही है। इस कार्य को निभाने में सरकार को सहयोग देने के बदले, रोड़ा अटकानेवाले आप लोगों के लिए तो यह शरम की बात होनी चाहिए।"

पहले यों मान लेने से कि उन्होंने मुझको संबोधित नहीं किया है, मीरादेवीजी के मन को थोड़ी सी तसल्ली मिली थी। फिर भी, जब उन्होंने 'आप लोगों के लिए' करके अब संबोधित कर दिया, मीरादेवीजी का बदन जल उठा। "उनको वापस मत भेजा कीजिए करके कौन बोल रहा है?"—यों अपने पुराने हठीले रुख पर वे उतर आईं।

"यदि आप यह कहें कि 'लौट आइए', तुरंत लौट आने के लिए वे कोई भिखमंगे जैसी जिंदगी नहीं बिता रहे हैं। उनकी आज की पीढ़ी के हजारों परिवार विदेशों में जा बसे हैं। भारत में ही रहनेवाले परिवार कश्मीर तभी लौट आ सकते हैं, जब उनको यह भरोसा मिलेगा कि कश्मीर में उनके लिए समुचित सुरक्षा का और मुक्त परिस्थिति का माहौल बना हुआ है और अन्य सुविधाएँ भी उपलब्ध होनेवाली हैं। आप लोग पालना भी झूलते रहते हैं और बच्चे को कचोटने का काम भी करते रहते हैं। यह क्या तरीका है?"

"आज तक उनके लिए किसी भी सुविधा की कोई कमी नहीं हुई है। सरकारी रोजगार के साथ-साथ, रहने के लिए मुफ्त किराए के मकान भी मिल रहे हैं। और किस सुविधा की आवश्यकता है, बोलिए न?"—उनके इस उचक्के की बात सुनते ही, फिर नरेंद्रजी की आवाज फूट निकली :

"मीरादेवीजी, आपके घर के प्रत्येक कमरे में 'अटैच्ड बाथरूम' हैं न?"—उन्होंने यह सवाल क्यों पूछा, यह बात उनकी समझ में नहीं आ रही थी। यह न सूझने से कि क्या उत्तर देना चाहिए, वे सुंदरकृष्णजी की ओर देखने लगीं। इतने में नरेंद्र की आवाज फिर गूँज उठी—

"एक काम कीजिए। चार दिन, सिर्फ चार दिन, उनके लिए आवंटित घरों में उनके साथ रहा कीजिए। उतना ही काफी है। उसके बाद, अगली बातचीत कर लेंगे।"

उसके यों बोलकर रुकते ही, मीरादेवीजी इतनी आगबबूला हो गईं कि फोन को खींचकर फेंक देना चाहा उन्होंने—

"क्या आप वहाँ जाकर, उनके मकानों को देख आए हैं? कभी कश्मीर···" नरेंद्रजी

की आवाज ने उनकी बात को बीच में ही काट डाला—

"जी हाँ। गया हुआ हूँ। अब भी वहीं से बोल रहा हूँ।" नरेंद्रजी का यह उत्तर सुनते ही, उनके बदन का सारा लहू मानो चेहरे पर बह आया। मारे क्रोध के उनका बदन काँपने लगा था। लाख कोशिश करने पर भी, अपने आप को काबू में रख लेने में असमर्थ होकर, जोर-जोर से कदम रखते हुए, वहाँ से निकल गईं। सुंदरकृष्णजी ने धीमी आहें भरीं, तो शब्बीरजी निरूपकजी की ओर फिरे। उन्होंने अधिकृत रूप से कार्यक्रम को समाप्त कर दिया।

बत्तीस

नमस्ते शारदादेवी कश्मीरपुरवासिनी।
त्वामहं प्रार्थये नित्यं विद्यादानं च देहि मे।

यह उन श्लोकों में से एक है, जिसका वाचन कर लेती थी मैत्रेयी, शाम को दीया जला लेने के बाद। शुरू-शुरू में जब वह इसका वाचन कर लेती थी, मुझे उसमें कोई विशेषता दिखाई नहीं देती थी। यह प्रश्न भी मेरे मन में उठा नहीं था कि कश्मीर किस तरह माता शारदा देवीजी का आवास स्थान बन गया था। अब इनके वहाँ चले जाने के बाद, उस जगह से संबंधित कोई भी विचार क्यों न हो, मेरे ध्यान को खींच रहा है।

"माँ, मुझे यह नहीं मालूम था कि पिताजी इतने क्रोधित हो जाते हैं।"—परिचर्चा को देख लेने के बाद, मैत्रेयी ने जब यह बात बताई, मैंने भी प्रामाणिकता के साथ कह दिया कि 'मुझे भी यह बात मालूम नहीं थी।' इन्होंने मुझसे कहा था कि उनके वहाँ जाने की बात किसी को बतानी नहीं चाहिए। इनके चले जाने के दिन मैंने चुप्पी साध ली थी, लेकिन अगले दिन जब उनका फोन 'स्विच ऑफ' हो गया था, घबराहट में मैंने अपनी माँ को यह बात बता दी। अब तो माँजी दिन भर टी.वी. के सामने ही बैठी रहती हैं। आज की परिचर्चा में इनके भाग लेने की बात भी उन्होंने ही मुझे बताई थी। कश्मीर से संबंधित प्रत्येक विचार की ओर तुरंत मेरा ध्यान खींच लेती हैं। '

"देखो तो, पत्थरबाजी का दृश्य दिखा रहे हैं।"—यों फोन कर देती हैं।

"देखो, श्रीनगर में कर्फ्यू लगा दिया गया है। फोन करके पूछ लो कि वे सकुशल हैं न!" कभी-कभी ऊपर भी चढ़ आती हैं।

मैं तुरंत उनको 'मैसेज' भेज दिया करती हूँ। उत्तर देते ही नहीं हैं यह भलमानस, फोन कर देने पर भी उसको स्वीकार नहीं करते हैं। एक-दो घंटों के बाद 'मैसेज' भेज देते हैं कि 'मैं खुशहाल हूँ। चिंता मत करो।. उसमें एक शब्द भी ज्यादा नहीं होता। इससे पहले जो 'मैसेज' भेज दिया था, उसको बार-बार दोहराते रहते हैं। यह बात मेरी समझ में आती नहीं है क्या? गए हैं उन जगहों को देख आने के लिए! दिन-रात लगातार देखते

ही रहते हैं क्या? मेरी समझ में नहीं आती। कर्फ्यू और पत्थरबाजी के बीच में जीना उन लोगों का 'कर्म' ही बन गया है। उसे लेकर हम क्या करें? न जाने और कितने दिनों तक वहाँ रहने का इरादा है उनका? इन सबसे बढ़कर, वे उस औरत के प्रति इतने क्रोधित हो चले हैं, तो उसकी कोई खास वजह रही होगी। अभी फोन करके पूछ लेने को मन कर रहा है। अभी फोन कर दूँगी, यों सोचते हुए मैंने फोन उठा लिया।

"हैलो, जी मैं बोल रही हूँ।"—उद्वेग में ही बोली।

"हाँ, कहो आशा।"

"मन को आपने इतना क्यों बौखला लिया है? आपकी तबीयत अच्छी तो है न? वहाँ सब लोगों का कुशल-मंगल है न?" पूछते वक्त रोना आ रहा था। फिर भी अपने को सँभालते हुए अपनी आवाज में उसे जाहिर होने नहीं दिया मैंने। मेरे पूछ लेने के बाद भी, काफी देर तक मौन रहकर, उसके बाद धीरे-धीरे बोले—

"हाँ, सब लोग कुशल-मंगल हैं। वहाँ लौट आने के बाद, सारी बातें खुलासा करके बता दूँगा।"

"वहाँ से कब निकलनेवाले हैं?"—मुझे ऐसा लग रहा है कि उस नरक में से जितनी जल्दी छुटकारा पा लेंगे, उतना ही अच्छा होगा। अब मैं चुप नहीं रह सकती हूँ। उनके वहाँ से निकलने तक रोज अनुरोध करते रहना है।

"कल या परसों, फ्लाइट बुक कर लेने के बाद बता दूँगा। मैत्रेयी को भी बता दो।"

उनका कहना सुनकर मुझे खुशी हो रही थी। तुरंत मैंने कह दिया—"मैं और मैत्रेयी, दोनों एयरपोर्ट आ जाएँगे। न जाने क्यों, मन तड़प रहा है। जल्द-से-जल्द आप को देख लेने को मन चाह रहा है।" "ठीक है" करके, उनके बोलने के बाद, मैंने फोन रख दिया। तभी अस्मिता का फोन आया—

"भैयाजी आराम से हैं न? कब लौट आनेवाले हैं?"

"एक-दो दिनों में।"

पप्पा के लौट आने की बात सुनकर मैत्रेयी का चेहरा खिल उठा। उनकी अनुपस्थिति में वह फीका पड़ जाता है। वे जैसी कहानियाँ सुनाया करते हैं, वैसे मैं कर नहीं पाती हूँ। राजा और रानी की कहानियाँ उसे पसंद नहीं आती हैं। कितनी दूर के देश में भी जाएँ, कम-से-कम दो दिनों में एक बार ही सही, अपनी बेटी को फोन करके आराम से बातचीत करना भूलते नहीं हैं, लेकिन अबकी बार वे इतने व्यस्त हो गए हैं कि बेटी के बारे में पूछताछ तक उन्होंने नहीं की है। सवेरे विक्रमजी ने फोन किया था—"भाभीजी, किसी चीज की जरूरत हो, तो बताइए। ला दूँगा।" हमेशा वे ऐसी ही पूछताछ कर लेते हैं, जब मेरे शौहर बाहर जा चुके हों।

माँजी बुला रही थीं—"अर्जुन के बारे में टी.वी. पर एक कार्यक्रम आ रहा है। आकर देख लो न! बहुत अच्छा है। बचपन की आयु से लेकर, अब तक के उसके सारे साहसों को उसमें दिखा रहे हैं।"

माँजी का कहा मानकर, मैंने टी.वी. ऑन कर दिया। जब तक न बुलाऊँगी, तब तक वह यहाँ नहीं आएगी, लेकिन अपने बप्पा से संबंधित परिचर्चा के कार्यक्रमों को, बिना भूले, अवश्य देखा करती है।

"मैत्रेयी, टी.वी. में अर्जुन अंकल के बारे में एक कार्यक्रम दिखा रहे हैं। आकर देख लो।"—मैंने आवाज दी।

कमरे से आई उसको बुलाकर अपनी गोद में बिठाकर, कसकर आगोश में बाँध लिया। और बच्चियों की तरह, वह अपनी माँ से चिपकी नहीं रहती है। आजाद रहने की आदत है उसकी। कभी-कभी मैं उसके लिए आसरा बनी नहीं रहती हूँ; वही मेरे लिए आसरा बनी रहती है। एक अजीब तरीके का भय भी रहता है। भले ही मेरी आँखें टी.वी. के परदे पर गड़ी हुई थीं, मेरा मन उस कश्मीर की कल्पना में डूबा हुआ था, जिसको मैंने देखा नहीं था और उसमें अब रहनेवाले थे मेरे पतिदेव! बार-बार मेरा मन भगवान् से प्रार्थना कर रहा था कि बिना किसी खतरे का शिकार हुए, मेरे पतिदेव लौट आएँ।

मीरादेवीजी अपने कपड़ों को थैली में भर रही थीं। उन्हें पश्चात्ताप हो रहा था कि यह बात मुझे पहले ही क्यों नहीं सूझी। यहीं रहकर मैं अंतरराष्ट्रीय स्तर की तारिका बनने का सपना देख रही थी, तो वह 'रास्कल' वहीं जा पहुँचा है। चार दिन किसी के घर में रहकर खुद देख लीजिए करके, इधर टी.वी. में सबके सामने मुझे फटकार सुनाता है। कल सवेरे ही मैं निकल रही हूँ। यह देख लूँगी कि वहाँ रहकर उसने क्या कुछ कर दिया है। रामनाथ को भी मेरे साथ चलने की सूचना मैंने दे दी है। मुरारी के आ पहुँचने तक, यहाँ बैठकर क्या कर पाऊँगी? वहाँ रहकर, रामनाथ की ओर से रोज एक-एक रपट लिखवा सकती हूँ और उनके लिए आवश्यक तसवीरें निकालकर, उनका वीडियो बना लूँगी, तो अखबार के लिए उनको भेजा जा सकता है। यों सोचते समय, उनको खुद अपने ऊपर क्रोध आ रहा था। छि:, मेरे इस बेवकूफ दिमाग को यह बात पहले ही क्यों नहीं सूझी? यों सोचने लगी थी; तभी मंत्रीजी का फोन आया—

"कितने बजे की 'फ्लाइट' से जा रही हो?"—रोज-रोज की आत्मीयता से वे पूछ रहे थे।

"सवेरे साढ़े छह बजे की 'फ्लाइट' से। पहुँचने में दो घंटे लग जाएँगे।" थोड़ा सा कसाव ही उसके बरताव में बना हुआ था।

"ठीक है। हवाई अड्डे से तुम्हें ले जाने के लिए इंद्रजीत नाम का व्यक्ति वहाँ आ

जाएगा। होशियारी रखा करो। कितने दिनों तक वहाँ रहोगी?"

"पता नहीं। वहाँ जा पहुँचने के बाद तय करूँगी।"—यों बोल देने के चार-पाँच मिनट के बाद मंत्रीजी ने पूछा—

"रात को आ जाऊँ क्या?"

"नहीं, सवेरे जल्द ही निकलना है न?" उस दिन के अपमान का बदला चुकाने के लिए जो मौका मिला था, उससे खुश होते हुए, उन्होंने फोन रख दिया। तुरंत उन्हें सुंदरकृष्णजी की याद हो आई। उनकी सूचना का उल्लंघन करके, परिचर्चा के बीच में ही उठ आने का बरताव ठीक नहीं था करके अब उसे भी मालूम हो चला था, लेकिन यह निगोड़ी नाराजगी काबू में आती ही नहीं है। वहीं बैठी रहती थी, तो मेरे मुँह से कड़वे शब्द निकल आते थे; प्राय: हाथ में आनेवाली किसी चीज को उठाकर फेंक भी दिया करती थी। ऐसे बेरुखे बरताव के बदले, उठकर चले आना ही अच्छा है करके सोचकर आ जाती हूँ न! सुंदरकृष्णजी को यह बात कैसे मैं समझाऊँ? इसके बारे में आगे चलकर सोचा जा सकता है। फिलहाल कश्मीर जाने की बात बताने के बहाने, उनके मन के कड़वाहट को दूर किया जा सकता है, यों सोचकर उनको फोन कर दिया।

"कहिए मैडम, क्या बात है?"—उनकी आवाज में भर्त्सना के कोई आसार नहीं थे; स्वाभाविक रूप में ही वे बोल रहे थे।

"कल सवेरे मैं कश्मीर जा रही हूँ। रामनाथजी भी मेरे साथ चल रहे हैं।" एक ही साँस में उसने ये सारी बातें बता दीं।

"ओह! अचानक ही क्यों?"—यों बोलनेवाले उनको ही तुरंत वह उत्तर भी समझ में आ गया, तो वे चुप रह गए।

"क्षमा चाहती हूँ। आज भी अंत तक बैठ नहीं पाई।" उनकी क्षमायाचना पर, थोड़ी सी हँसी बिखेरते हुए उन्होंने कहा—"चिंता ना करें। कोई बात नहीं है।"

"जब तक वहाँ रहूँगी, संभवनीय सूचना भेजती रहूँगी। मुरारी के आने के दो दिन पहले मैं बेंगलुरु पहुँच जाऊँगी, तो ठीक रहेगा न?" शहर में नहीं रहने की सूचना देते हुए, वह इस तरह बोल उठी, तो उसके प्रति उत्तर देते हुए उन्होंने कहा—"ठीक है।"

"अच्छा! यहाँ लौट आने के बाद, आपसे मिलूँगी।"—यों उल्लास के साथ बोलकर, उसके फोन रख देने के बाद, अपने आपसे सुंदरकृष्णजी ने कहा—"मूर्ख औरत!" उसके बाद अपने नाम पर आए हुए 'इ-मेलों' को देखने लगे सुंदरकृष्णजी। यह बेखुदी उनके मन में घर कर गई थी कि आज की परिचर्चा अपनी परिकल्पना के अनुसार चल नहीं पाई। फिर भी उसके बारे में सोच-विचार करने के लिए आवश्यक फुरसत उन्हें मिल नहीं रही थी, क्योंकि अगले सप्ताह के कार्यक्रम की पूरी जिम्मेदारी उन्हीं की थी। इससे

बढ़कर, अपने इतने सालों के अनुभव से उनको इस सच्चाई की जानकारी मिली थी कि ऐसे छोटे-मोटे विचारों के बारे में प्रतिक्रिया व्यक्त करते हुए, मन के चैन को खो बैठने के बदले चुप रह जाना ही बेहतर है।

तैंतीस

आधी रात के दो बजे नरेंद्र की आँखें खुलीं। फोन उठाकर देखा। कोई 'मैसेज' नहीं था।

कल दोपहर को ही सलीम ने कहा था कि "जब भी सुराग मिले, तुरंत आप को खबर दे दूँगा। वह कभी फोन को इस तरह 'स्विच ऑफ' नहीं करता। सवेरे तक कुछ पता नहीं चलता, तो यही मान लेना चाहिए कि उसे खतरा पहुँचा है। मैं सीधे पुलिस चौकी पर जाकर। शिकायत दर्ज कर दूँगा। लौटने की अपनी तैयारी आप कर लीजिए।"—सलीम का कहना अब भी मेरे कानों में गूँज रहा था। कल शाम को घर लौटने के बाद, मुश्ताक के बारे में ही सोचते रहने से, परिचर्चा के शुरू होने तक उसके सिर में हलका सा दर्द होने लगा था। परिचर्चा की समाप्ति के समय तक दर्द मिट गया था, जिसका परिणाम बातों के विस्फोट के रूप में दिखाई पड़ा था। कभी मैं सब्र खोनेवाला नहीं था, मगर कल उस औरत पर टूटते समय, सलीम का यह कथन कि 'लौटने की अपनी तैयारी आप कर लीजिए', मेरे चिंतन की पृष्ठभूमि में गूँज रहा था। आशा की बातें सुन लेने पर ही मन की यह खलबली कुछ कम हुई थी। मेरे मन की इस बेचैनी को किस तरह भाँपकर उसने तुरंत फोन कर दिया था? पति के मन की गतिविधियों के सभी स्तरों को पहचान लेने की उसकी क्षमता लय-भंग को भी सूक्ष्म रूप में भाँप लेती थी। बृहद् ग्रंथों के अध्ययन मात्र से क्षमता की यह सूक्ष्मता प्राप्त नहीं होती है। किसी समाचार-पत्र को भी श्रद्धा से न पढ़नेवाली यह आशा मेरे लिए योग्य सहचारिणी बनी है, ऐसा मुझे कई बार लगा है। यों सोचते रहने पर, मैत्रेयी की याद भी हो आई। थोड़ी देर के लिए मन को चैन मिला था; बस, इतना ही।

रूखे बरताव के मुश्ताक की अमायिकता की याद आते ही, मुझे ऐसा लगा कि अभी और दो दिनों तक यहीं रहकर, उसके बारे में कुछ खबर मिलने के बाद ही यहाँ से जाने का नाम लेना चाहिए, लेकिन क्या और कैसे हुआ है, इसका कोई सुराख न मिलेगा, तो कितने दिनों तक उसकी प्रतीक्षा की जा सकती है? यह खलबली भी पैदा हुई, जिसका कोई समाधान नहीं मिल रहा था। उसको यदि यहीं छोड़कर चला जाऊँ तो कल अकेले ही उसका चले आना भी संभव नहीं है। इतने दिन तो मैंने बिता दिए हैं न! दो और दिन यहीं रुके रहना ही बेहतर हैं, ऐसा लगा। कल सेवेरे संजीवजी को भी बता

दूँगा, यों तय कर लेने के बाद ही मन को कुछ तसल्ली मिली। फिर भी, उसके बाद भी नींद नहीं आई। पाँच बजने की प्रतीक्षा करता रहा और उसके बाद ही कैलाशजी के मकान की ओर बढ़ चला।

*****

जाय-निमाज को बिछाकर, बशीर अहमदजी इंतजार कर रहे थे। अजान की आवाज गूँजकर बंद होने के बाद भी कैलाशजी का पता नहीं था। इतने सालों में यही पहली बार निमाज अदा करने से चूक गए थे। कल पूरे दिन अदा नहीं कर पाए थे; आज भी शायद मुमकिन होगा नहीं, ऐसा लग रहा था। कैलाशजी से मिलने से पहले मुझे तसल्ली मिलती थी निमाज में ही। जब से वे आने लगे, एक तरह से वे ही अमन-चैन के निर्माता बन चले थे। उनके आने से जो सवात उठ रहे थे, उनके लिए मेरा मन भाँति-भाँति के उत्तर जो ढूँढ़ लेता था, वे सभी मेरे रोजाना के काम ही बन चले थे। मेरी हर सुबह नए संघर्ष के साथ भले ही शुरू होती थी, फिर भी उसमें बेइनसाफी के लिए कोई जगह नहीं थी। वे सीधे मेरे मकान में घुस आएँगे तो क्या किया जा सकता है? बाहर कहीं मिल जाएँगे तो किस प्रकार उनका सामना कर पाऊँगा? उनके यहाँ आते-जाते वक्त रास्ते में कहीं कोई दुर्घटना हो जाएगी, तो उसकी जिम्मेदारी किसकी होगी?—इन विचारों के बारे में ही मेरा मन सोचा करता था। वे यदि एकदम आना बंद कर देंगे, तो उसका अंजाम क्या होगा, इसकी कल्पना तक मैंने नहीं की थी। जैसे-जैसे पल-पल ढलते गए, बशीरजी की बेसब्री भी बढ़ती जा रही थी। पिंजरे में मानो बंद किए गए हों, पाँच मिनट तक वे इधर से उधर और उधर से इधर चहलकदमी करते रहे। अंत में सह न पाने से, दरवाजा खोलकर, वे बाहर निकल आए। रास्ते में खड़े होकर देखनेवालों को, मकान के बाजू में खड़े हुए बिजली के खंभे से बँधी हुई घंटी और उससे बँधी हुई रस्सी दिखाई दे रही थी। मानो उसको बजानेवाला मालिक ही न रहा हो और वह उसकी प्रतीक्षा कर रही हो, वह घंटी निश्चल हो चली थी। थोड़ी देर तक उस घंटी को ही घूरते खड़े रहनेवाले बशीरजी को यकायक ऐसा लगा कि इनसाफ माँगने का हक तो नहीं, मगर माँगने की जरूरत तो मुझे भी है; जल्द-जल्द उसकी ओर बढ़ चले और लटकी हुई रस्सी को दाहिने हाथ में पकड़कर जोर से खींचने लगे; घंटी ने कोई तरफदारी नहीं की; उसकी आवाज के मिट जाने से पहले ही, बशीरजी जोर से चिल्ला उठे—

"मेगच्छ इनसाफ।"

अब उनके मन को थोड़ी सी तसल्ली मिलने लगी थी। और दो बार रस्सी खींचकर, फिर जोर-जोर से चिल्ला उठे—

"मेगच्छ इनसाफ! मेगच्छ इनसाफ।"

अब और तसल्ली मिली। इस तरह एक-एक बार घंटी बजाते जाने पर, धीरे-धीरे

उस विमूढ़ता के कम होते जाने का अनुभव उनको मिल रहा था, जो अब तक उनको घेरे हुए थी और वे शब्द कानों तथा मन के निकट होते जा रहे थे। मानो बाबाजी कह रहे हों कि 'और जोर से बजाओ, और जोर से बजाओ, और जोर से', बशीरजी लगातार घंटी बजा-बजाकर इनसाफ माँगने लगे थे। यों बजाते जाने पर, उनका हाथ दुखने लगा और पसीना छूटने लगा। फिर भी उनको ऐसा लग रहा था कि इतने दिनों तक डर के मारे अंदर ही बैठे रहने की जरूरत नहीं थी और कैलाशजी के साथ मिलकर मैं भी घंटी बजा सकता था; नहीं, नहीं, मुझे भी घंटी बजानी चाहिए थी। इस जानकारी के मिलने पर, यह बात भी समझ में आने लगी कि अपनी हैसियत इनसाफ देनेवाले बादशाह जहाँगीरजी का दरबार नहीं है, मगर इनसाफ माँगने की जगह है। इससे मन हलका होता जा रहा था। इनसाफ माँगने के प्रत्येक अर्ज के साथ, उन्हें ऐसा लग रहा था कि वे बेड़ियाँ खुलती जा रही हैं, जो मुझे बाँधकर रखे हुए थीं। अंत में ऐसा लगा कि मुझे बंधन से छुटकारा मिला है और ऊपर उड़ते-उड़ते जाकर, बहुत सी ऊँचाई पर रहनेवाले जन्नत और जहन्नुम के हजारों मंजिलों की ऊँचाई को भी पार करके, उसके भी ऊपर रहनेवाली दुनिया में पहुँच गया हूँ। वहाँ जाकर देखने पर मुझे ऐसा लगा कि मेरे पाप और पुण्य के कार्यों के बारे में फैसला करनेवाला खुद मैं ही हूँ। इससे मेरा मन और हलका होने लगा। और ऊँचाई पर, उससे भी ज्यादा ऊँचाई पर पहुँचकर, आसमानी दुनिया की चोटी तक जा पहुँचने की ख्वाहिश और तेज होती रही और घंटी को बजाते ही रहने का मन होने लगा; जब तक गला फट न जाए, तब तक चीखते-चीखते इनसाफ माँगते ही रहना चाहिए। बदन के थक जाने का एहसास जब मन को भी होने लगा, अपनी ही नई ईजाद की जुगाली करते रहने के लिए उनको प्रेरित करने लगा। धीरे-धीरे घंटी बजाना बंद करके, उसी खंभे का आसरा लेकर बैठ गए। बड़ी देर के बाद, जब वे घर पहुँचे, उन्हीं की प्रतीक्षा करती रहनेवाली रिफत जान ने आँसू पोंछ लिये और चाय तैयार करने चली।

नहाते वक्त ही, बशीरजी के मन में उस लड़के के साथ बातचीत कर लेने का विचार भले ही तय हो चला था। गुसलखाने से बाहर निकल आने पर, एक नई सोच उभरने लगी थी। उसके पास पहुँचने से पहले, उसके बताए 'कुरान' के 'आयह' को ढूँढ़कर, फिर एक बार उसके सही मायने को पूरी तरह से समझ लेने की इच्छा उत्कट होती गई। उसके बाद ही, उससे बातचीत करनी है। बाद में कैलाशजी से भी मिलकर बातचीत करनी है। यह तो साफ नहीं हुआ था कि उनसे क्या बातचीत करनी है; फिर भी कोई चिंता नहीं है; बातचीत तो जरूर करनी है। आमने-सामने होकर, उनकी आँखों में आँखें डालकर बातचीत कर लेनी चाहिए। कैलाशजी की कैसी प्रतिक्रिया होगी, इस विचार के बारे में सोचते हुए, कपाट में रखी हुई 'कुरान-इ-मजीद' की 'कॉपी' को निकालते समय, उनका हाथ थोड़ा काँपने लगा था। बड़ी श्रद्धा के साथ उसे आँखों से लगाकर, चूमकर छाती से

जब चिपका लिया, उनका मन किसी अनजाने खयाल में खो गया; बहुत देर के बाद ही वह अपनी स्वाभाविक स्थिति में लौट पाया। पाक 'कुरान' को कभी मैंने पूरी तरह पढ़ा भी नहीं है। निमाज करते वक्त बोल दिए जानेवाले चार-पाँच छोटे-छोटे सूरहों को छोड़ दें तो और कुछ मालूम नहीं है। अब उसके ऊपर नजर फेरने का मौका खुद अल्लाह ने सिरजा दिया है, यों सोचते हुए उसके पन्नों को पलटने लगे तो उन्हें मालूम हुआ कि उसमें कुल 114 सूरहे हैं। उनमें से पहला है 'अल-फातिह', जिससे वे परिचित थे। उसमें इनसाफ और सबूतों का जिक्र आता ही नहीं है। दूसरा है 'अल-बकरह।' एक के बाद एक उसके पन्नों को पलटने लगे। उसमें कुल 286 आयातें हैं। दूसरे सूरह में कितनी आयातें हैं, यह तो मालूम नहीं है। इन सबको पढ़कर, अपने लिए जरूरी विचारों को ढूँढ़ लेने में कई दिन ही लग जाएँगे। इस बात की जानकारी मिलते ही, बशीरजी के मन पर उदासी छा गई। उस लड़के से ही पूछ सकता हूँ, लेकिन अपने इस मजहब के बारे में उसकी जानकारी अच्छी साबित होने के बदले, मेरी जानकारी कम होने की शर्मिंदगी साबित हो जाएगी, इस विचार के सूझ जाने से वे चिंतित हो चले।

"या अल्लाह, आप ही कोई रास्ता दिखा दीजिए।"—यों सोचते हुए, दीवार पर टँगी हुई काबा की तसवीर को देखते हुए बैठ गए। यकायक उनको कुछ सूझा और चप्पल पहनकर निकल पड़े।

"नाश्ता खाए बिना ही दुकान की ओर⋯।" धीमी आवाज में बोला गया वह जुमला अभी पूरा नहीं हुआ था।

"हमेशा बीच में मत अटका करो।"—यों नाराजगी में बोलते हुए वे निकल पड़े। मोड़ में उनकी सूरत के गायब होने तक, उनकी ओर देखते रहनेवाली रिफत ने धीरे-धीरे बाहर आकर घंटी की ओर देखा। उसके बाद, घंटी की ओर कदम बढ़ा कर, रस्सी को हाथ में लेकर खींचते हुए, अपने शौहर के जैसे, 'मेगच्छ इनसाफ' करके खुलकर चीख लेने की उन्होंने कोशिश की। रस्सी को जोर से खींच लेने की वजह से घंटी बज उठी; मगर, मन में वह दबाव नहीं था, जिससे गले में से आवाज भी जोर से निकल सकती थी। इसकी जानकारी मिलते ही कि अब तक मैंने जो कुछ किया, वह दिखावा था, जल्दी से अंदर चली गईं।

*****

मसजिद के पास आते-आते, बशीर अहमदजी के चलने की रफ्तार ज्यादा हो गई थी। यह मसजिद प्रमुख मार्ग से सटी थी। दुकान के रास्ते में पड़ने की वजह से, उन्होंने उसे पहचान लिया था। मगर कभी उसके अंदर गए नहीं थे। इसी वजह से वहाँ के इमामजी का परिचय उन्हें मिल नहीं पाया था। फिर भी, कोई बात नहीं; अब परिचय बना लेंगे, यों सोचकर, अंदर जाकर उनसे बात की—

"अस्सलामु-अलैकुम।"

"व-अलैकुम-सलाम!"—उन्होंने भी प्रतिक्रिया व्यक्त की। अभी वे कम उम्र के थे।

"आपसे अभी मुझे एक मदद चाहिए थी। पाक 'कुरान' में इनसाफ और सबूत से संबंधित 'आयह' कौन-सी है, यह जान लेना चाहिए था।"—उन्होंने बताया।

"बहुत सी आयात हैं न! कौन सी आयह आप को चाहिए?"—'कुरान' के जिस पन्ने को देख रहे थे, उसी को उन्होंने दिखाया। बाद में वे बोलने लगे—"ताकि लोग इनसाफ के रास्ते पर कायम रहें, उनके साथ उस ग्रंथ का और तराजू का···" (कुरान 57:25)

"नहीं, यह नहीं।" उसको पूरा करने से पहले ही बशीरजी ने उन्हें रोक दिया।

"यह है क्या?"—इमामजी ने एक और 'आयह' पढ़ना शुरू किया। "इनसाफ के साथ तोला करें और तोलने में···" (कुरान 55:9)

"यह भी नहीं।"—बशीरजी ने निराशा से सिर हिला दिया।

"निश्चित रूप से उसे बताना मेरे वश की बात नहीं है। किसी और के पास जाना बेहतर है।" बशीरजी के चेहरे की नाउम्मीदी को देखते हुए आगे बढ़ कर उन्होंने कहा—"एक काम कीजिए। इस प्रमुख मार्ग को पार करके, आप सीधे आगे बढ़ें। दाईं ओर पंडितों की बस्ती मिलती है। वहाँ से सीधे दस मिनट तक पैदल चलेंगे तो बाईं ओर एक बड़ी मसजिद मिलती है। वहाँ जो मुफ्तीजी मौजूद हैं, उनमें आपके इस सवाल का जवाब देने की सामर्थ्य है। उनकी ओर से आप को जरूर मदद मिलेगी, 'इंशा अल्लाह।'"—मुसकराते हुए ही वे बोले।

"खुदा हाफिज!" बोलते हुए, जल्द-जल्द कदम बढ़ानेवाले बशीरजी ने यकायक रुककर, मारे कौतूहल के, अपनी जगह से ही इमामजी की ओर फिरकर पूछा—"कुल मिलाकर 'कुरान-इ-मजीद' में कितनी आयातें हैं?"

"6,236"—मुसकराते हुए इमाम जी ने बताया।

उन्हें शुक्रिया अदा करके जल्द-जल्द प्रमुख मार्ग को जब बशीरजी ने पार किया, उन्हें पंडितों की बस्ती नजर आई। तभी उनका मन उस ओर उनको खींचने लगा था। अपनी जेब टटोलकर, उस लड़के की ओर से दिए गए कार्ड के ऊपर उन्होंने हाथ फेरा, मगर फिर उन्होंने सोचा कि जिस काम को पूरा करने के इरादे से निकले थे, उसे पूरा कर लेना चाहिए। यों सोचते हुए और फुरती से कदम बढ़ाने लगे। आए दिनों में, इतनी फुरती के साथ उन्होंने कदम बढ़ाया ही नहीं था, लेकिन न जाने क्यों, आज उनको लग रहा था कि एक-एक पल भी बहुत अनमोल है। इस मकसद के अनुकूल, उनके तन में ताकत भी भर रही थी और उनको आगे-आगे चला रही थी। करीब दस मिनट तक चलने के बाद, बाईं ओर वह मसजिद दीख पड़ी। वह काफी बड़ी थी। उसके सामने खड़े होकर, चार-पाँच

मिनटों तक उन्होंने आराम किया। आजू-बाजू में कोई नहीं था। मार्ग पर भी, लोगों का आना-जाना कम ही था। मसजिद का बड़ा दरवाजा बंद था; मगर, उसके बाजू का छोटा दरवाजा थोड़ा खुला हुआ था। उसके द्वारा अंदर जा सकता हूँ, यों सोचकर, उस दरवाजे के पास पहुँचने पर, अंदर से चंद लोगों की बातचीत सुनाई देने लगी। वह 'कुरान' का वाचन ही होगा, यों मानकर, दरवाजे के और करीब पहुँचकर, उसको पीछे हटाने के लिए हाथ बढ़ाया, तो वहाँ की बातचीत साफ-साफ सुनाई देने लगी। वे रुक गए।

*****

"कोई खबर नहीं मिली है।"—संजीवजी ने कहा। "पुलिस चौकी से ही सलीम ने फोन किया था। आधे घंटे के अंदर वह यहाँ आ जाएगा। तब तक उसके साथ आप बाहर टहलकर आ जाइए। मैं दफ्तर जानेवाला हूँ।"

"ठीक है। मैं परसों के लिए टिकट बुक करवा दूँगा। मुश्ताक के बारे में कोई सुराग मिलने के बाद, अगली काररवाई के बारे में तय कर लेंगे।"—नरेंद्र की इन बातों के प्रति संजीवजी ने सिर हिलाकर हामी भर दी। उसने तत्क्षण टिकट बुक करवा दिया। सवेरे साढ़े दस बजे की 'फ्लाइट' में उसे सीट मिली थी। बुकिंग पक्की होने पर, उसने आशा और विक्रम दोनों को 'मैसेज' भेज दिया। उनकी प्रतिक्रियाओं को उधर पढ़ता रहा, तो इधर पंडितजी के फोन की घंटी बजने लगी थी।

"नमस्ते नरेंद्रजी, आज आप को फुरसत है क्या?"

"नमस्ते। यहाँ तो मुझे फुरसत-ही-फुरसत होती है। कहिए न?"

"अब आप डल सरोवर के पास आ सकते हैं क्या?"

"अब—यानी कम-से-कम एक घंटे के बाद—आ सकता हूँ। ड्राइवर कहीं बाहर गया हुआ है। कहिए, क्या बात है?"

"आपको हमारी पाठशाला दिखाने की इच्छा हो रही थी।"

"यह बात है क्या? मुझे बड़ी खुशी हो रही है। मुझे भी एक बात बतानी है। आपके मित्र कैलाशजी की पाठशाला भी आज से इसी बस्ती में शुरू होनेवाली है।"

"तो ऐसा करेंगे। ड्राइवर के आते ही आप यहाँ आ जाइए। यहाँ से दोनों उधर चलेंगे। ठीक है न?"

"खुशी से।"—नरेंद्र ने कहा।

सलीम जब लौटा, वह बहुत ही दुःख में डूबा हुआ था। "मुश्ताक का सुराग ही नहीं मिल रहा है। उसकी माँ को तसल्ली देना बहुत ही मुश्किल हो रहा है। खबर मिलते ही उसके कई रिश्तेदार, गाँवों से यहाँ आ पहुँचे हैं।"—उसके कथन के प्रति सिर हिलाने के सिवा और क्या-कुछ कहना है, यह बात समझ में नहीं आ रही थी। उन दोनों के बाहर

निकल जाने के बाद भी, सलीम अपने आपसे यह बात कहते हुए कार चला रहा था कि "कुछ भी क्यों न हुआ हो, एक-दो दिनों में पता चलेगा ही। शुरू से मैं उसे बता रहा था कि सिर्फ अपनी समस्या सुलझा लेने की बात सोचा करो; बाकी मामलों के बारे में सिर खपाया मत करो।"

"सलीम, परसों मैं अपने यहाँ लौट रहा हूँ।"—नरेंद्र ने कहा।

"ठीक है, सर! आप लौट जाइए। बाद में, उसको समझा-बुझाकर भेज देने का जिम्मा मैं लेता हूँ।" सलीम कहीं खोया हुआ था। इसलिए, नरेंद्रजी की आवाज में छिपी भावना को पहचान नहीं पाया था और पूर्व के अपने आत्मविश्वास के साथ बोल रहा था।

पंडितजी की पाठशाला के छात्रों की संख्या सिर्फ पाँच थी। गली के एक कोने में बनाए गए 'शेड' में उसे चलाया जा रहा था। उन्हें अब यह बात समझ में आ रही थी कि नरेंद्रजी ने आश्रम का उल्लेख क्यों किया? फिर भी यह कोई चिंता की बात नहीं थी। अस्थायी रूप से ही सही, इसकी शुरुआत तो हुई है न, यही विचार उनको थोड़ी सी तसल्ली पहुँचा रहा था। "अगले सप्ताह बच्चों को पहाड़ी की चोटी तक ले जाऊँगा। वहाँ से श्रीनगर कैसा दिखाई देता है, इसे उन्हें देख लेना है।"—लौट आते समय, रास्ते में वे यों बोल रहे थे। उनके व्यक्तित्व में जो बदलाव आया था, उसका असर उनके प्रत्येक बरताव में उभरकर दिखाई दे रहा था। आनेवाले दिनों के प्रत्येक पल का अच्छा सा उपयोग किस तरह किया जा सकता है, इसके बारे में वे सदैव सोचते रहते हैं। विषयों, स्थलों और कार्यक्रमों की सूची वे तैयार करते ही रहते हैं। बड़े उत्साह के साथ, वे कुछ और भी विचार बताने जा रहे थे। इतने में नरेंद्रजी को एक और फोन कॉल आ गई। वह तो कोई नया नंबर था।

"हैलो।"—उसने कहा।

"आदाब। मैं हूँ बशीर अहमद! उस दिन आप मेरे यहाँ तशरीफ लाए थे न!"—ऐसा लग रहा था कि वे किसी दबाव में आकर बोल रहे थे।

"जी हाँ, मुझे याद है। बोलिए न!"—उसकी बोली की आवाज में यह विश्वास झलक रहा था कि बोलनेवाले व्यक्ति का उनसे विशेष परिचय है।

"मुझे अभी आपसे जरूर मिलना है। बस्ती के सामनेवाले चौराहे पर मैं खड़ा हुआ हूँ। आप कहाँ हैं? कश्मीर से लौट तो नहीं गए हैं?"—मानो हड़बड़ी में आकर ही वे बोल रहे थे।

"नहीं, बाहर यहीं कहीं आया हुआ था। पंद्रह मिनट में लौट आनेवाला हूँ। बस्ती के गेट के पास पहुँचते ही आप को फोन कर दूँ क्या?"—उसकी इस प्रतिक्रिया में वही श्रद्धापूर्वक आस्था दिखाई दे रही थी।

"बड़ी मेहरबानी होगी।"—उनकी बातों में उदासी भी झलक रही थी।

उनकी बातें सुन लेने के बाद, नरेंद्र के आंतर्य में भी एक प्रकार की खलबली शुरू हुई। बस्ती के गेट में कार के पहुँच जाने की वह भी प्रतीक्षा करने लगा था। गेट के पास पहुँचते ही उसने कहा—"सलीम, मुझे यहीं उतारकर आप सब बस्ती के अंदर चले जाइए। पाँच मिनट में मैं आ जाऊँगा"—यों बोलते हुए, वह कार से उतर गया; बशीरजी को फोन करके, गेट के सामनेवाली गली में आगे बढ़ने लगा।

दो-चार मिनट के अंदर उसने देखा कि बशीरजी सामनेवाली गली को पार करते हुए आ रहे थे। आधा दौड़ते, आधा चलते अब छोटे मार्ग पर आकर, वे नरेंद्र के निकट ही आ गए। उसको देखते ही, आवाज को धीमी करते हुए उन्होंने पूछा—"एक अहम मुद्दे के बारे में आपसे बात करनी है। यहाँ वह बातचीत हो नहीं सकती। कहीं और चलें क्या?"

नरेंद्र ने उनका चेहरा देखा। बहुत समय से दौड़ते ही आए हैं, ऐसा लग रहा था, क्योंकि उनका दूध जैसा सफेद चेहरा अब लाल-लाल हो चला था। सिर के सामने के बाल माथे के पसीने की वजह से चिपककर, वहीं अटल हो बैठे थे। थकान और दर्द से विभिन्न एक भावना उनकी आँखों में झलक रही थी, मानो शब्दों के रूप में अभिव्यक्त होने की सूचना पाने की प्रतीक्षा कर रही हो।

"चलिए।"—यों बोलते हुए, वह उन्हें संजीवजी के मकान के पास में ही बने एक खाली मकान में ले गया।

उसका पीछा करनेवाले बशीरजी बस्ती के गेट को पार करके, उस मकान के अंदर आते ही चारों ओर झाँक गए। वहाँ रहनेवाले गौरैयों के लिए भी वह हिफाजत की जगह मालूम नहीं हो रही थी। पिंजरे जैसे ऐसे ही मकान में कैलाशजी के रहने की उस मजबूरी की याद आते ही, उन्होंने लंबी साँस निकाली। उसके अंदर जा पहुँचने पर, वहाँ मिली एक कुरसी को आगे करके बैठने की नरेंद्र ने विनती की। फिर भी, उस पर बैठे बिना ही, उन्होंने बोलना शुरू कर दिया—

"मेरी बातें ध्यान से सुन लीजिए। आज शाम को असर निमाज के पूरा होते ही, इस बस्ती के ऊपर हमला होनेवाला है। सेना के यहाँ पहुँचने में देरी हो जाए, इस मकसद से, उसी वक्त यहाँ से चंद किलोमीटर की दूरी पर, बड़े पैमाने पत्थरबाजी शुरू कर दी जाएगी। आप लोगों के ऊपर किस तरीके का हमला होनेवाला है, यह तो मुझे मालूम नहीं है। एक वैन में सात-आठ लोग हमला करने आएँगे, यह तो निश्चित है ही। तुरंत सेना से संपर्क स्थापित करके, उनको इसकी सूचना दे दीजिए, लेकिन ध्यान रहे कि इस हमले की सूचना आप को मिली है, इसका सुराग तक हमलावरों को मिलना नहीं चाहिए। हमारे लिए यही एक मौका मिला है। कहीं भी हमसे भूल नहीं होनी चाहिए। मेरी बात आपकी समझ में आई है न?" तब तक धीमी आवाज में, एक ही साँस में बोलते रहनेवाले वे अब रुककर यह सवाल पूछ रहे थे।

"हाँ!" सिर हिलाते हुए नरेंद्र हालात की गंभीरता का अंदाजा लगा रहा था। जब बशीरजी को यह पक्का हुआ कि उनकी बात उसकी समझ में आई है, बशीरजी ने मारे शरम के, अपना सिर झुका लिया। किसी भी निश्चय पर पहुँचने में विफल होकर, थोड़ी देर तक खलबली में फँसे रहने के बाद, धीरे से सिर उठाकर उन्होंने पूछा—"उस दिन आपने जिस 'आयह' का जिक्र किया था, उसको फिर दुहरा सकेंगे क्या?"

"आपका इनसाफ और आपके सबूत आपके या आपके माँ-बाप के और रिश्तेदारों के खिलाफ होने पर भी, इनसाफ को बनाए रखने के अपने फर्ज से दूर हटिए मत। 'सूरह' चार और 'आयह' एक सौ पैंतीस।"—नरेंद्र का कहना सुन लेने के बाद, अपने आप को काबू में रख लेने की भरसक कोशिश करनेवाले बशीरजी की हालत, उसकी समझ में आ रही थी।

"कुरान-इ-मजीद" में ऐसी और भी कई आयातें हैं क्या?"—बड़ी दुविधा से वे यह सवाल पूछ रहे थे।

"जी हाँ।"—उनकी ओर ही देखते हुए उसने जवाब दिया।

बशीरजी ने फिर सिर झुका लिया। थोड़ी देर बाद, मानो किसी निश्चय पर पहुँचे हों, सिर उठाकर उसी को देखते हुए उन्होंने कहा—"अब मुझे इजाजत दीजिए। सबकी हिफाजत कीजिए; मास्टरजी की भी¨।"—यों बोलते समय उनकी आवाज काँपने लगी थी और उतने ही में अपने को रोक लिया। और चंद मिनटों के बाद; "खुदा हाफिज" बोलते हुए, फिरकर, धीरे-धीरे कदम बढ़ाने लगे। उनको रोक लेने की भावना मन में उभर आने पर भी, उसकी वजह न सूझी। उनको जाते हुए देखना भी मुश्किल हो रहा था। नरेंद्र खिड़की की ओर मुड़कर खड़ा रहा।

*****

सबकुछ बयान कर देने के बाद सलीम से पूछा—"अब क्या करेंगे?"

"पहले संजीवजी को बता देंगे। उनको दफ्तर से बुला लेंगे।"—सलीम की सूचना के मुताबिक नरेंद्र ने फोन करके उनको यह खबर दे दी। अगले चंद मिनटों में ही संजीवजी दफ्तर से चले आए। अपने परिचय के कमांडर के साथ बातचीत करके जब वे लौट आए, दोपहर के तीन बज चुके थे।

"हमारी बस्ती के ज्यादातर लोग शाम के वक्त ही बाहर रहा करते हैं न! इसलिए उन्होंने उसी वक्त को चुना है, यही कमांडर का अंदाजा है।" दोनों संजीवजी की बातें सुन रहे थे। हम लोगों को उन्होंने सूचना दी है कि कोई मकान से बाहर न आए। सेना की दो टुकड़ियाँ मफ्ती में रहती हैं। उनमें से कई 'वॉकिंग' करते रहते हैं। शेष लोग इमारतों के पीछ छिपे रहते हैं। सेना की दो और टुकड़ियाँ और आरक्षक दल की तीन टुकडियाँ

आस-पास की गलियों में लैस होकर खड़ी रहती हैं। पत्थरबाजी को रोकने के लिए दस किलोमीटर के फासले में आनेवाले सभी छोटे क्षेत्रों में आरक्षक दल की टुकड़ियों को तैनात किया जा रहा है। ये सब कारवाइयाँ गुफ्तगू में की जा रही हैं।" उनका यह बयान सुन लेने के बाद, सबके चेहरे और गंभीर हो चले।

"सर, उनकी ओर से कितनी भी सुरक्षा क्यों न दी जाए, हमें तो अपनी सावधानी में रहना चाहिए। बस्ती के सभी लोगों को घरों में नहीं रहने देना चाहिए। उनको बाहर भेज देने से काम आसान बनता है, क्योंकि इससे उनको शुबहा हो जाएगा। इसलिए सिर्फ बच्चों और बड़े-बुजुर्गों को बाहर भेज देंगे; उसके लिए जरूरी इंतजाम भी कर दूँगा। शेष घर के लोगों से बातचीत करके, उनको खबरदार कर दीजिए।"—किसी के आदेश की प्रतीक्षा न करते हुए, सलीम जल्द-जल्द फोन करने लगा।

संजीवजी भी अलग-अलग परिवारों को खबर पहुँचाने के काम में लग गए। अपनी कार्य-योजना के बारे में कमांडर को खबर देने की बात भी भूले नहीं। अगले एक घंटे के अंदर, दूध और तरकारियों की आपूर्ति करनेवाली वैन बस्ती के गेट के सामने जब आ खड़ी हो गई, वहाँ के पहरेदार ने, बिना किसी सवाल के, दरवाजा खोल दिया। धीरे-धीरे आनेवाली वह वैन एक इमारत के पीछे खड़ी हो गई तथा बच्चों और बुजुर्गों को चढ़ाकर, सलीम से इससे पहले ही सूचित जगह की ओर चल पड़ी।

वैन के पास अपने को ले आते समय, कैलाश पंडितजी तो आकुलता से पूछते ही रहे—"आज से पढ़ाई शुरू करनी थी न!"

"कल से शुरू करेंगे। अब वहाँ स्वच्छता अभियान के कार्यकर्ता आ रहे हैं। आपकी तबीयत तो अच्छी है ही नहीं। इसलिए, आप चलिए।"—यों बोलते हुए उनकी बाँह पकड़कर, खुद नरेंद्र ने उन्हें वैन के अंदर चढ़ा दिया। बिना कोई प्रतिवाद किए, उनकी ओर से सूचित जगह पर जाकर वे चुपचाप बैठ गए।

"मैं कहीं नहीं जाऊँगा।"—यों जिद पकड़कर संजीवजी के घर में ही रहनेवाले हृदयनाथ पंडितजी से उसने अनुरोध नहीं किया। उन्हें सही हालात की जानकारी देने लगा। सुन लेने पर लंबी साँस लेकर, घर के बरामदे के एक कोने में पद्मासन लगा कर बैठ गए और इस श्लोक का जाप करने लगे। 'सत्यमेव जयते नानृतं, सत्येन पंथा विततो देवयान:।' (सत्य की ही विजय होती है, न कि झूठ की। सत्य के पथ से होकर भगवान् तक और स्वर्ग तक जा पहुँचने का मार्ग खुला रहता है।) यह मथितार्थ उनके मन में उभर आया। उसके साथ ही यह भावना भी जागी कि विजय भी शीघ्र ही मिलनेवाली है। उन्हें ऐसा भी लगा कि अब जो बोध हो रहा है, वही सत्य का नित्य स्वरूप है। प्रसन्नता का भाव मन पर छा गया कि 'सत्य चिरंजीवी हुआ करता है; सभी सत्यों के लिए हम साक्षी भी नहीं बन सकते हैं या जिन सत्यों के लिए हम साक्षी बने रहते हैं, वे हमसे संबंधित भी नहीं होंगे,

लेकिन सत्य कहीं नहीं जाता; वह स्थायी रूप में रहा करता है। अंत में उसकी ही विजय होती है, होनी भी चाहिए। अब तो मैं अपने पक्ष के सत्य के लिए साक्षी बना हूँ।' फिर भी, अगले ही क्षण, उन्हें ऐसा भी लगा कि यह मुझसे संबंधित सत्य मात्र नहीं है, पूरे कश्मीर राज्य से संबंधित सत्य है। तब उनका चेहरा और गंभीर हो उठा। 'अब तो ध्यान ही सर्वोपरि है। पृथ्वी भी ध्यान में मगन हुई है; अंतरिक्ष भी ध्यान में मगन हुआ-सा लगता है; द्युलोक भी मगन हुआ-सा लगता है; जल और पर्वत भी मगन हुए-से लगते हैं। सबकुछ निश्चल हो चला है। '—यों सोचते हुए हृदयनाथ पंडितजी ने अपनी आँखें मूँद लीं।

"आरती, कुछ भी शोरगुल क्यों न हो, तुम्हें बाहर नहीं निकलना है।" जब तक हम लोग लौट नहीं आएँ, तुम्हें दरवाजा भी नहीं खोलना है। लो, उस खाट के नीचे छिपी रहो। सुन रही हो न ?—'आँसू भरे नयनों से अपनी ओर देखनेवाली अपनी पत्नी के कंधे पर हाथ रखकर बोलकर, उसके उत्तर की भी प्रतीक्षा किए बिना, कमरे का दरवाजा बंद करते हुए संजीवजी बाहर निकल गए।

यह देखने के लिए कि सारे प्रबंध ठीक हैं, नरेंद्र बाहर आकर खड़ा रहा। चंद ही क्षणों में अजान गूँजनेवाली थी। इमारतों के चारों ओर कई मर्द धीरे-धीरे 'वॉकिंग' कर रहे थे। औरतों से लेकर बस्ती के सभी लोगों को अपने-अपने मकानों के अंदर ही रहने की सूचना दी गई थी। भूल से यदि कोई मर्द बाहर आ जाता था, तो 'वॉकिंग' करनेवाले लोग उनको अंदर भेज देते थे। मंदिर के अहाते में चार मर्द बैठे हुए थे। उनमें से एक ने मंदिर की घंटी से बँधी हुई रस्सी पकड़ ली थी।

"सर, सभी दिशाओं में सैनिक मौजूद हैं। पहरेदार की चौकी में तीन-चार लोग छिपे हुए हैं। गेट के नजदीक ही एक पुरानी वैन दिखाई दे रही है। उसके पीछे भी वे ही हैं। सात-आठ नहीं, पच्चीस हमलावर भी आ जाएँगे तो भी क्षण भर में वे सैनिक उनका काम तमाम कर देंगे; चिंता करने की आवश्यकता नहीं है।" बगल में आकर खड़े होनेवाले सलीम की ओर देखा नरेंद्र ने। जब से इसकी जानकारी मिली, तब से क्षण भर के लिए भी सलीम चुप नहीं बैठा है। अपने सभी दोस्तों को तैयार रहने की सूचना दे रहा है। वे भी वहीं कहीं 'कारों' में बैठकर इंतजार कर रहे हैं। जरूरत पड़ने पर, मदद पहुँचाने के लिए किसी अस्पताल के डॉक्टरों को भी तैयार रख लिया है उसने। "सेना रहे, 'सर', हम लोग भी अपनी तरफ से जो कुछ हो सकता है, उसे निभाएँगे।"—यों उसने संजीवजी का भी मुँह बंद करवा दिया है। "सब कुछ पूरा हो जाने तक, मैं भी आपके साथ ही रहूँगा।"—यों जिद करके यहीं रहा है। उसके प्रति नरेंद्र के मन में गर्व की भावना भर आई थी। उसके कंधे पर हाथ डालते हुए उसने कहा—"धन्यवाद, सलीम!"

"'सर', मेरे लिए एक एहसान कर दीजिए।"—उसकी यह बात सुनकर, यह जानने के लिए कि वह क्या एहसान है, नरेंद्र ने उसकी ओर देखा।

"आगे चलकर कभी, किसी से यह सवाल मत कीजिए कि सभी मुसलमान एक जैसे ही हुआ करते हैं क्या ? वक्त आने पर वे ही इस बात को साबित कर देते हैं कि यह भावना गलत है।" सलीम ने भले ही मुसकराते हुए यह बात कही, उसके आंतर्य की भावना ने नरेंद्र के मन को गहराई से छू लिया। उसने भी मुसकराहट के साथ सिर हिला दिया। इतने में, एक सैनिक को इस तरफ आते हुए देखा।

"अंदर चलिए। यह सूचना देने पर भी कि मकान के बाहर नहीं आना है, इधर खड़े होकर क्या कर रहे हैं ?"—यों फटकार सुनानेवाले को देखते ही, नरेंद्र को ऐसा लगा कि इसे कहीं देखा है। इस तरह यह सोचता रहा, तो उसी ने कहा—"अरे सर, आप मेजर अर्जुनजी के बड़े भाई हैं न ? उस दिन आप गणेशजी के मंदिर में आए हुए थे न ?"—खुशी से उसका चेहरा खिल उठा था।

"ओह, लक्ष्मण संधु!"—वह भी मुसकरा उठा।

"जी हाँ! अब निमाज शुरू होनेवाली है। आप लोग अंदर चलिए। आप लोग यों बाहर खड़े रहेंगे, तो उनका सामना करने से बढ़कर, आपकी सुरक्षा करना हमारी प्राथमिकता बन जाएगी। किसी भी रणतंत्र की योजना करने पर भी, उससे कोई फायदा नहीं मिलता।" नरेंद्र की बाँह पकड़कर लक्ष्मण ने उसे अंदर भेज दिया।

अंदर लौटने से पहले, अँगूठा ऊपर उठाकर 'ऑल दि बेस्ट' करके नरेंद्र ने शुभकामना का संकेत दिखाया।

"थैंक यू। निश्चिंत होकर जाइए। हम हैं आपकी सुरक्षा के लिए।"—लक्ष्मण ने भी अँगूठा उठाया।

संजीवजी को बुला लाने के लिए दोनों जब सोपानों पर चढ़ने लगे थे, उन्होंने देखा कि संजीवजी खुद उतरकर आ रहे थे। पूर्व-निश्चित अपनी योजना के अनुसार, उन तीनों ने एक खाली मकान में जाकर दरवाजा बंद कर लिया। कमरे की खिड़की थोड़ी सा खोलकर, वहाँ से साफ नजर आनेवाली बस्ती के गेट को देखते बैठ गए।

*****

"हाय, श्रीनगर क्या इतना ही है ? इसके लिए क्योंकर सभी यों मरते रहते हैं, मानो साँप को रौंद दिया हो ?"—इधर-उधर देखते हुए, मीरादेवीजी यों बोल रही थीं, तो पसोपेश में आकर, इंद्रजीतजी उन्हीं को देख रहे थे।

"क्षमा करें। उन्हें हिंदी आती नहीं है।"—यों रामनाथजी उनसे बोलते रहे, तो कुछ-कुछ समझ में आने से मीरादेवीजी ने मुँह सिकोड़ लिया। हिंदी के अधिरोपण के खिलाफ जो विरोध प्रदर्शन हुआ था, उसके सिलसिले टाउन हॉल जाकर नारेबाजी करके लौटने के बाद, जो टूटी-फूटी हिंदी आती थी, उसको भी अब भूल चली थीं। अब सब कारोबार

के लिए रामनाथजी का आसरा लेना पड़ रहा था। खैर, यह तो अच्छा किया कि उनको अपने साथ जो ले आई। यों कई बार उन्होंने अपनी बुद्धिमत्ता की प्रशंसा खुद कर ली। इतने में होटल आ गया।

"मैडम, ये पूछ रहे हैं कि खाना खा लेने के बाद थोड़ी देर आराम करेंगी क्या?"—यों बोलनेवाले रामनाथजी से उन्होंने कहा—"नहीं, नहीं, जितनी जगहें आज देख सकते हैं, उन सबको आज ही देख लेंगे।"—यों बोलने में नरेंद्र से आगे बढ़ जाने का विचार छिपा हुआ था। इतना ही नहीं, वे यह चाहती थीं कि कहीं उससे भेंट हो जाए और वह मुझे देख भी ले। उसके चेहरे पर अचरज की जो भावना खिल उठेगी, उसे देख लेने की और उपेक्षा की भावना से उसको अनदेखा करने की कल्पनाएँ उनके मन को खुशी पहुँचा रही थीं।

उस दिन परिचर्चा के सिलसिले में उसने जो बात कही थी, उसकी याद हो आई, तो निश्चित रूप में उन्होंने कहा—"पहले किसी कश्मीरी हिंदू का मकान देख लेंगे।"

जो साथ आए हुए थे, उनसे पूछताछ कर लेने के बाद, रामनाथ जी ने कहा—"उनका कहना है कि वह बस्ती यहाँ से काफी दूर है।"

"कोई बात नहीं, वहीं जाएँगे।"—मीरादेवीजी ने कहा। विजय की खुशबू अभी उनकी नाक को लग रही थी, क्योंकि गाड़ी चलने लगी थी, सीट से अब सटकर चैन से वे बैठी हुई थीं।

आधे घंटे पहले ही मंत्रीजी ने मैसेज दिया था—"पहुँच गई क्या?" उनको उत्तर देने का मन हुआ नहीं था—'थोड़ी सी घबराहट रहे, तभी मेरा मूल्य उनकी समझ में आएगा।'—यों सोच लेने पर मन को थोड़ी और तसल्ली मिली, ऐसा उन्हें लगा।

सुंदरकृष्णजी को मैसेज भेज दिया—"अभी पहुँची हूँ।" पाँच मिनट बीत चले थे। फिर भी उनसे कोई प्रतिक्रिया नहीं आई थी। हमेशा हाथ में मोबाइल पकड़े रहनेवाले उन्होंने मेरा मैसेज देखा नहीं होगा। या किसी 'मीटिंग में फँसे होंगे। यों सोचते हुए, रास्ते के दोनों ओर देखने लगी थीं। तब मीरादेवीजी को दो छोटे लड़के दीख पड़े, जिनके हाथों में कोई चीज थी। "गाड़ी रोको, गाड़ी को रोको" करके यकायक वे चिल्ला उठीं। यद्यपि उनकी भाषा समझ में नहीं आई, फिर भी उनकी चिल्लाहट से घबराकर ड्राइवर ने तुरंत गाड़ी रोक दी—

"मैडम, ये लड़के पत्थरबाजी करने के लिए तैयार खड़े हैं। अपने 'रिंग लीडर' की सूचना का इंतजार कर रहे हैं। यहाँ गाड़ी नहीं रोकनी चाहिए" करके ड्राइवर बोल रहा है।—मैडम के उत्साह से परिचित रामनाथजी मारे घबराहट के बोले।

"चुप रहिएजी। क्या मैं बच्चों को नहीं जानती? ये दो छोटे-छोटे बच्चे क्या कर पाएँगे?"—यों बोलते हुए और दूसरों को इसका पता लगने से पहले ही कि वे क्या करने जा रही हैं, गाड़ी से उतरकर, जल्द-से-जल्द रास्ता पार करने लगीं। यों रहते समय यकायक उन्हें एक विचार सूझा। तुरंत उन्होंने सुंदरकृष्णजी को फोन किया और

तुरंत 'स्काइप' के द्वारा उनका संपर्क कर लेने की सूचना टी.वी. चैनलवालों को देने की विनती की। अगले ही क्षण इनसे संपर्क स्थापित करनेवाले टी.वी. चैनलवाले इनकी सूचना का पालन करने के लिए खुशी से राजी हो गए। रास्ता पार करते ही, बच्चों की तरफ मीरादेवीजी ने फोन फिरा दिया। अपनी ओर से भेजे गए प्रतिनिधि के द्वारा प्रेषित कश्मीर के दृश्य को, अपने चैनल मात्र में प्रसारित दृश्य के रूप में, 'ब्रेकिंग न्यूज' के नाम पर सीधा प्रसारण करने लगे वह टी.वी. चैनलवाले। चार-पाँच बार 'हॉर्न' बजाने पर भी, फिरकर भी नहीं देखनेवाली मीरादेवी को देखकर घबरा गए इंद्रजीतजी, रामनाथजी की ओर फिर कर जल्दबाजी में चीख उठे—

"सर, यह बेंगलुरु नहीं है। उन्हें अभी वापस बुला लीजिए। जल्दी कीजिए, जल्दी कीजिए।" जहाँ 'कार' खड़ी की थी, वहाँ से करीब बीस मीटर पीछे, लोग धीरे-धीरे इकट्ठे हो रहे थे, जो उन्हें 'कार' के आईने में दिखाई दे रहा था। इसकी जानकारी के अभाव में, उन दोनों लड़कों की ओर मीरादेवीजी फुरती से जा रही थीं। जो कुछ सामने दिखाई दे रहा था, उसे और खासकर उन दोनों बच्चों को 'फोकस' करके सीधा प्रसार करने में वे लगी थीं।

मुझसे पहले कश्मीर आने पर भी, ऐसा कार्य किए बिना, कहीं छिपकर, बेकार बैठा हुआ नरेंद्र कैसा बेवकूफ है, यों अपने आप में मुसकराते हुए मीरादेवीजी आगे बढ़ रही थीं। इधर इंद्रजीत और ड्राइवर इतनी जोर से चीख रहे थे कि उनके गले मानो फटे जा रहे हों। यह कैसी 'दलिद्दर भाषा' है करके कोसते हुए, रामनाथ की ओर मुड़ी, तो उन दोनों की गड़बड़ी में उसकी औरतों की-सी आवाज ठीक तरह से सुनाई नहीं दे रही थी। चिल्ला-चिल्लाकर थक जानेवाले उन दोनों ने, हाथ के इशारे से बगल की ओर देख लेने की सूचना दी। सफेद टोपी पहने हुए दस-बीस लोगों की भीड़ उनकी ओर फुरती से चली आ रही थी। उसे देखकर घबरा गई मीरादेवीजी पीछे फिरकर दौड़ आने की जब कोशिश करनेवाली ही थी, सामने खड़े उस लड़के के द्वारा फेंका गया नुकीला पत्थर उनके माथे को चीर गया और लहू बहने लगा। शरीर का संतुलन खो बैठीं; 'हाइ-हील्ड' चप्पल ने भी साथ नहीं दिया; 'हाय माँ' करके जोर से चीखते हुए गिर पड़ीं, जिसका सीधा प्रसारण भी हो गया।

*****

"अपने इस घटिया सीधे प्रसारण को रोक दीजिए।"—यों हाथ में फोन पकड़े हुए सुंदरकृष्णजी चैनलवालों पर आग बरसा रहे थे। उनका चेहरा लाल-लाल हो चला था और आँखें आग बरसा रही थीं।

"हाँ सर, हाँ सर!" बोलनेवाले चैनलवालों को शायद उसको रोक देने की इच्छा नहीं थी।

*****

अजान की आवाज का इंतजार करनेवाले बशीर अहमदजी ने, उसे सुन लेते ही, मसजिद के अंदर कदम रखा। यों मसजिद में आकर, भीड़ के साथ निमाज अदा किए जमाना ही बीत गया था। इसलिए उन्हें सबकुछ अजीब सा लग रहा था। निमाज के शुरू होने में अभी दस मिनट बाकी थे। फिर भी, कई लोग वहाँ इकट्ठे हो चले थे। और भी कई लोग जल्द-जल्द वहाँ आ रहे थे। सब लोग 'वजु' पूरा करके, अंदर आकर, बड़े पैमाने पर बिछाए गए 'जाय-निमाज' के ऊपर कतार में खड़े होने लगे तो बशीरजी ने पहली कतार में एक जगह चुनकर, वहाँ खड़े होकर मुफ्ती लतीफजी की ओर देखने लगे। बशीरजी जिस जगह खड़े हुए थे, वहाँ से मुफ्ती लतीफजी साफ दिखाई दे रहे थे और लाउडस्पीकर के अभाव में भी उनकी आवाज साफ-साफ सुनाई दे रही थी। मुफ्तीजी बड़ी उमंग के साथ सब लोगों से मिल रहे थे। अपने साथ बातचीत करने के लिए आनेवाले लोग जो सवाल पूछ रहे थे, उनमें से किसी के कंधे पर हाथ रखकर जवाब दे रहे थे, तो किसी और का हाथ पकड़कर सब्र से जवाब दे रहे थे। शायद किसी ने कुछ पूछा था, जिसके जवाब में मुफ्तीजी यों बोल रहे थे—

"आज भले ही शुक्रवार क्यों न हो, फिर भी यह हमारे लिए शुभ दिन ही है। काफिरों को मार भगाने का हर दिन हमारे लिए शुभ दिन ही होता है। अल्लाह-सुभानहु-ब-ताला का रहम हम पर हो, यही अहम होता है।"—यों बोलते हुए वे जोर से हँस रहे थे।

हँसते हुए रहने की उनकी भंगिमा को देखते ही बशीरजी को सबकुछ याद आया। अपनी दोनों आँखों के जैसे जो रहे थे—यानी बेटे अनवर और आसिफ—उनमें से एक तो फूल बिखेरनेवाले पौधे के जैसा रहा, तो दूसरा जहर का पेड़ बन चला था। वह जहर तो कैलाशजी के परिवार के लिए मारक ही सिद्ध हुआ न!

मेरी ओर से भूल कहाँ हुई, यों सोचने पर मुझे ऐसा लगा कि जिसने बीज बोया था, उसको सिंचाई करने का जिम्मा भी लेना चाहिए था। यह जिम्मा उठा लेने की काबिलियत ही मुझमें नहीं थी करके जो नीचताबोधक प्रवृत्ति मैंने बना ली थी, उसकी याद हो आई। ऐसा भी लगा कि यह अकेले मेरी मानसिकता मात्र नहीं बनी थी। यों जब मैं सोचता रहा, उधर मुफ्ती लतीफजी निमाज की शुरुआत कर रहे थे।

'सूरहों' को बोलते हुए, 'रकात' करते वक्त, बीच-बीच में मुफ्तीजी की पीठ को ही देखने लगे थे बशीरजी। इतने जीवों की बलि चढ़ जाने के बाद भी, यह तय कर लेने की मैंने जितनी कोशिश की कि मैं मुसलिम हूँ या काफिर हूँ! सतीश को जब मार दिया गया और जुल्म कर देने के बाद जब सविता को काटकर फेंक दिया गया, सबकी नजरों में मैं सच्चा मुसलिम बना था, तो बाबा की तथा अपनी ही नजरों में मैं काफिर ही बना था। आज नरेंद्रजी से मिलकर, सबकुछ बता देने का जो काम मैंने किया है, वह हमारे लोगों की नजर में काफिरों के योग्य काम ही क्यों न हो, अल्लाह की और अपनी नजर में कट्टर

मुसलमान ही बना हूँ। यदि बाबा आज जिंदा होते, तो जरूर बहुत खुश होते। इस विश्वास को रूपित कर लेने तक, सारी जिंदगी ही मिट गई न! यों सोचते-सोचते बशीरजी का मन बहुत दुःखी हुआ। पहली भूल तो हमारी नहीं है, हमको गुड़ियों की भाँति नचानेवालों की है। जब तक हम नाचते रहेंगे, वे नचाना बंद नहीं करेंगे। इसकी जानकारी मिलने के बाद भी, नाचते ही चलेंगे, तो वह हमारी भूल होगी। यों जब अपनी भूल मालूम हुई, कपड़े में लिपटा हुआ, अनवर का जला हुआ वह बदन याद आया; तब दुखड़ा उमड़ आया। आँसू पोंछ लेते हुए 'सजदा' अदा किया। बार-बार आँसू बह आ रहे थे। कौन सा 'रकात' अदा कर रहा हूँ, इसकी गिनती नहीं रख पा रहे थे। बदन थकता जा रहा था; मन भारी होता जा रहा था। लंबी साँस भरते हुए, बड़ी देर तक मुफ्ती लतीफजी को देखते रहे। फिर आँसू नहीं बहाए। "आपका इनसाफ और आपका सबूत, आपके या आपके माँ-बाप के और रिश्तेदारों के खिलाफ होने पर भी, इनसाफ को बनाए रखने के अपने फर्ज से दूर मत हटिए।" ('सूरह' चार, 'आयह' एक सौ पैंतीस)। अपने आप से इसे कह लेते हुए, निमाज के खत्म होने का इंतजार करने लगे।

निमाज के खत्म हो जाने पर, एक-एक करके सब लोग निकलने लगे। बशीरजी अब भी अपनी जगह बैठे रहे। सब लोगों के निकल जाने में दस मिनट से अधिक वक्त लगा।

"अरे, अब भी आप निकले नहीं हैं? बातें करनी हैं क्या?"—अपनी मसजिद में उनको इससे पहले देख लेने की याद न होने पर भी, मुसकराते हुए पूछा मुफ्ती लतीफजी ने।

"जी हाँ। आपसे अकेले में बातचीत करने के लिए इंतजार कर रहा था।"—यों बोलते हुए, बशीर अहमदजी ने धीरे-धीरे जाकर, मसजिद के दरवाजे को बंद कर दिया और अंदर से अरगल भी लग दी।

□

ग्रंथ-सूची

(अतिरिक्त अध्ययन के लिए)

1. The Legend of Sharda Saraswati—Dr. Kashinath Pandit—Publisher, Sanjeevani Sharda Kendra, Jammu.
2. Baharistan-i-Shahi, A Chronical of Medieval Kashmir—Dr. Kashinath Pandit—Publisher, Gulshan Books, Kashmir
3. Displaced Kashmiri Hindus—K.N. Pandita, Jawaharlal Kaul
4. Sharda Granthmala-1—Publisher Sanjeevani Sharda Kendra, Jammu.
5. Kashmir Shaivism, The Secret Supreme—Revealed By Swami Lakshmanjoo
6. My Frozen Turbulence in Kashmir (Eleventh Edition updated to July 2014)—Jagmohan Malhotra
7. Languages of Belonging—Chitralekha Zutshi
8. Kashmir: The Undeniable Truth by Hashim Qureshi
9. My Reminiscences of Sardar Patel Volume 1—V. Shankar (e-book)
10. My Reminiscences of Sardar Patel Volume 2—V. Shankar (e-book)
11. The Story of The Integration of The Indian States—V.P. Menon (e-book)
12. India Betrayed, The Role of Nehru—Brig B.N. Sharma (Retd)—Manas Publications
13. Critique of Gandhi—M.M. Kothari, Critique Publications
14. Sardar Patel's Correspondence 1945-50 Vol 1—Edited by Durga Das (e-book)
15. The Sepoy Mutiny and the Revolt of 1857—R.C. Majumdar (e-book)
16. Sri Shankaracharyaru—Baladeva Upadhyaya (Kannada)
17. Kalhanana Rajatarangini—Neerpaje Bheemabhatta (Kannada)

18. Bharatiya Kshatra Parampare—Shatavadhani Dr. R. Ganesh (Kannada)
19. Swamy Vivekananda—Somanathananda, Sri Ramakrishna Ashrama, Mysuru (Kannada)
20. Swamy Vivekanandara Sambhashanegalu—Sri Ramakrishna Ashrama, Mysuru (Kannada)
21. Upakhandada Upakathegalu—Professor Premashekhar (Kannada)
22. Kadadida Kanive—Rahul Pandita. (Kannada Translation) B.S. Jayaprakasha Narayana
23. Our Moon Has Blood Clots—Rahul Pandita
24. Genesis and Growth of Nehruism Volume 1—Sita Ram Goel
25. The Only Fatherland—Arun Shourie
26. Negationism In India, Concealing the record of Islam—Koenraad Elst
27. Psychology of Prophetism—Koenraad Elst
28. Communal Violence and Propaganda—Koenraad Elst
29. The Koran—Everyman's Library
30. The Meaning of the Glorious Qur'an—An explanatory translation by Mohammad Marmaduke Pickthall
31. Pavitra Quran—Shanti Prakashana Mangaluru (Kannada)
32. Quran Vyakhyana 1—Shanthi Prakashana Mangaluru (Kannada)
33. Quran Vyakhyana 2—Shanthi Prakashana Mangaluru (Kannada)
34. Vedanta Prabodha—Swamy Paramananda Bharati (Kannada)
35. Mahaparivrajaka—Swamy Paramananda Bharati (Kannada)
36. Abhinavagupta—Sa. Kru. Ramachandra Rao (Kannada)
37. Secular Bharatadallina Muslim Rajakarana—Hamid Dalwai (Kannada Translation) Chandrashekhara Bhandari
38. Hadis Chitrisuva Islam, matavishwasavo—matandhateyo?—Ram Swarup (Kannada Translation) Sudarshana
39. The Qur'anic concept of WAR—Brig. S.K. Malik
40. In The Path of God, Islam and Political Power—Daniel Pipes
41. Why I Am Not a Muslim—Ibn Warraq
42. Inside Jihad—Dr. Tawfik Hamid
43. A God Who Hates—Wafa Sultan
44. Radical—Maajid Nawaz
45. Infidel—Ayaan Hirsi Ali
46. The SWORD of The Prophet—Serge Trifkovic

47. Slavery, Terrorism and Islam—Peter Hammond
48. The Life of Mahomet, From Original Sources—Sir William Muir
49. Mohammed and The Rise of Islam—D.S. Margoliouth
50. Muhammad his life based on the earliest sources—Martin Lings
51. Islam The Arab Imperialism—Anwar Shaikh
52. Islam: Sex & Violence- Anwar Shaikh
53. Pakistan or The Partition of India—Dr. B.R. Ambedkar
54. Heroic Hindu Resistance to Muslim Invaders (636 AD to 1206 AD) Sita Ram Goel
55. Indian Muslims Who Are They—K.S. Lal
56. The Calcutta Quran Petition—Compiled and Edited by Sita Ram Goel
57. Muslim League Attack on Sikhs And Hindus In The Punjab 1947—S. Gurbachan Singh Talib
58. Freedom At Midnight—Dominique Lapierre, Larry Collins
59. India's Secularism New Name for National Subversion—Sita Ram Goel, Translation by Yashpal Sharma
60. The Future of Freedom, Illiberal Democracy at Home and Abroad—Fareed Zakaria
61. Hindu Temples What Happened To Them Volume I—Sita Ram Goel
62. Hindu Temples What Happened To Them Volume II—Sita Ram Goel
63. Defence of Hindu Society—Sita Ram Goel
64. Hindu View of Christianity and Islam—Ram Swarup
65. Pseudo-Secularism Christian Missions and Hindu Resistance—Sita Ram Goel
66. The Story of Islamic Imperialism in India- Sita Ram Goel
67. Woman In Islam—Ram Swarup
68. Jihad—The Islamic Doctrine of Permanent War—Suhas Majumdar
69. Jizyah And The Spread Of Islam—Harsh Narain

Online References:

1. www.chabad.org—Jewish Scriptures and Practice
2. www.sunnWah.com—The hadith of the Prophet Muhammad
3. www.quran.com—The Noble Qur'an

□□□